탄생 100주년 문학인 기념문학제
논문집

2016

해방과 분단,
경계의 재구성

탄생 100주년 문학인 기념문학제
논문집

2016

해방과 분단,
경계의 재구성

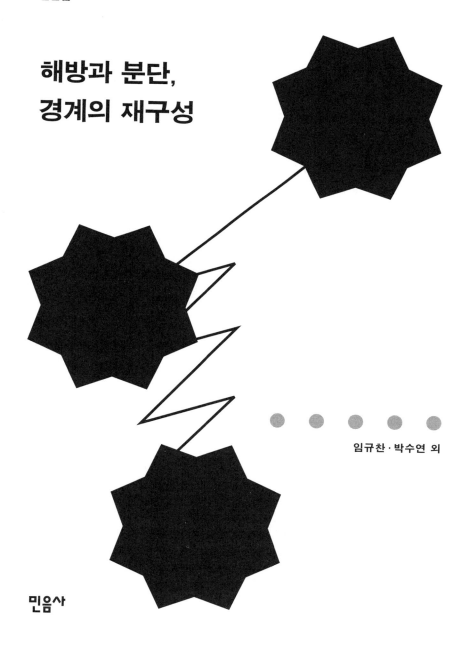

임규찬 · 박수연 외

민음사

차례

극단의 시대와 '기억/망각'의 변증법

식민지·해방·분단과 역사의 시선들

임규찬 | 성공회대 교수

1

한 신문 기사의 제목이 흥미롭다. "셰익스피어만 중요해? 탄생·서거 100주년 맞은 국내외 작가들". 오늘 이 자리에 초대한 문인들을 포함한 국내외 작가들을 소개한 기사였다. 우선 셰익스피어의 '서거'에 비추어 다수 작가의 '탄생'을 대비하는 구성이 눈에 잡힌다. 니체가 제시한 '기념비적 역사 관점'과 '골동품적 역사 관점'이 자연스럽게 투사된다. '서거'의 경우 대개 소수 정예주의로 개인화된 기념인 대신, '탄생'을 쓸 때는 그보다 다수 세대화되고 집단화된 기념이 된다.

기념비적 역사는 과거의 위대성에 대한 존경, 즉 탁월한 모범의 기억을 불러들인다. 이미 오래전에 지나간 순간 중 최고의 것을 현재화하는, 살아 있는 위대성을 기억하려는 데 목표가 있다. 기념비적 역사의 유용성은 과거가 만든 위대함의 현재화와 재생화이다. 반면 골동품 수집적인 역사는 자신이 유래한 곳, 자신이 자란 곳을 신뢰와 사랑으로써 회상하려는 역사 관점이다. 과거의 보존과 전승에 목표가 있다. 역사는 전통을 매개하고, 전통은 인간을 매개하면서 인간은 비로소 자신의 유래를 알고 현재를 이해하게 된다. "나무가 자신의 뿌리에 대해 느끼는 쾌감, 자신이 완전히 자의적이고 우연하다고 생각하지 않고, 상속인으로서 꽃과 과실로서 과거로부터 성장하며 그로써 자신의 실존에 대한 해명을 얻고 정당성을 얻는 행복감 — 이런 것이 우리가 이제 즐겨 진정한 역사적 의미라 부르는 것이다."[1]

이런 기념비적 또는 골동품 수집적인 역사가 우리 주변에서 손쉽게 보는 역사의 투망법이다. 문제는 과거의 것들이 현재에 어떤 의미가 있는지 파악하려 하지 않은 채 무조건 보존만을 강조할 때이다. 그래서 필요한 또 다른 시선이 비판적 역사의 관점이다. 현재의 생성과 변화에 주목하여 과거를 재해석하고 해체하는 힘에 중점을 둔다. 과거를 오늘의 법정에 세워 심문하고 결국에는 유죄까지 선고할 수 있는 현재의 생성력, 이제껏 보존되고 전승된 과거와 싸움을 벌이며 전통을 넘어선 '전통', 그런 복안(複眼)의 시선을 찾는 일이야말로 역사 연구의 지속적인 목적일 것이다.

올해 탄생 100주년을 맞는 작가로 시인 박두진·김종한·설창수·안룡만·함형수 등이 있고, 소설가 김학철·최태응·이봉구 등이, 그 외에 여성 시조 시인 이영도, 여성 수필가 전숙희, 시나리오 작가 최금동 등이 있다.

이들의 활동 시기를 보면 김종한·박두진·최태응·안룡만 등이 비교적 빠른 1930년대 후반기부터이고, 김학철·설창수·이영도 등 나머지 작가들은 1945년 해방 이후에 본격적으로 문학 활동을 시작했다. 일제 강점기 말과 해방 직후라는 극단의 시대가 이들 세대의 주 무대이다. 물론 이들 중 일부, 이를테면 박두진이나 김학철 같은 경우 전개 과정 중심의 접근이 일생에 걸친 문학적 성채의 본질을 제대로 가늠하는 데 방해가 되기도 한

---

1) 니체, 이진우 옮김, 『비극의 탄생·반시대적 고찰』(책세상, 2005), 311쪽.

다. 개개인의 문학적 고도와 성취에 따라 기념비적 면모는 달라지는 만큼, 모든 것을 똑같이 중요하다고 보아 놓치기 쉬운 상호 간의 관계와 가치의 차이 또한 유념해야 한다.

문학사의 전체적인 조감도에서 보자면 《문장》의 추천을 통해 등단한 박두진·김종한·최태응을 먼저 주목하지 않을 수 없다. 주요한 경향이나 집단 등을 생각할 때 청록파의 박두진을 1차로, 또한 일제 강점기 말 시인으로서 평론가로서 가장 정력적으로 활동면서 친일 등 논란의 중심에 선 김종한에도 눈길이 간다.

남다른 삶의 이력과 활동 무대, 삶의 방식의 측면에서 보면 김학철·설창수·안룡만 등도 관심 대상이다. 독립운동, 포로, 정치적 망명이나 탈출 등 여러 이유로 한반도와 일본, 중국을 넘나들었던 김학철과, 남과 북에서 각기 '진주', '신의주' 등 한 지역을 무대로 언론, 출판, 문학 운동 등 전방위적 활동을 펼쳐 왔던 설창수, 안룡만도 인상적이다. 무엇보다 시기 면에서 남북 분단과 정치 체제의 고착화와 연결된 좌우 사상의 틀로 이들 작가 역시 편제된다. 박두진·최태응·설창수 대 김학철·안룡만의 구도로 확연히 나뉜다. 한국 전쟁 시기에 박두진·최태응과 안룡만은 각기 남과 북을 대표하는 종군 작가의 역할을 적극 수행하기도 했다. 그러나 그 이후 각자가 선택한 정권에 맞서 문학적 정치적으로 자신의 신념을 실천해 나간 박두진과 김학철의 남다른 행보는 좌우 체제를 넘어서는 폭넓은 시각으로 근현대사를 바라볼 것을 요청한다.

또한 시(박두진, 김종한, 설창수), 소설(김학철, 최태응) 등 일차적 기본 문학 장르 외에 여성 시조 시인 이영도, 시나리오 작가 최금동, 수필가 전숙희 등을 떠올리면 주변부 장르로 문학이 확산되는 다양성의 시대가 이들 세대부터 본격화됨을 알 수 있다. 그 외에 28세, 30세의 짧은 나이로 삶을 마감한 김종한이나 함형수, 작품보다 작품 외적 요소로 더 대중적인 평판을 많이 받았던 '명동 백작' 이봉구, 청마 유치환의 「사랑했으므로 행복하였네라」로 이름 높은 이영도 등을 떠올리면 이들 세대 역시 세상의 파노라마를 제각기의 삶과 문학적 문양으로 다채롭게 직조해 냈다고 해야 할 것이다.

이번 심포지엄의 제목은 "해방과 분단, 경계의 재구성"이다. 식민지에서 해방, 그리고 뒤이어 분단으로 이어지는 격동의 시대, 극단의 시대, 분열의 시대를 온몸으로 통과할 수밖에 없는 젊은 20~30대의 이야기가 주축이다. 식민지 말기라는 극한 상황에서 친일, 그리고 뜻밖의 해방이 가져다준 혼란 속에서 이데올로기의 대립, 남과 북의 분단, 그리고 한국 전쟁에 이르기까지 숨 쉴 틈 없이 밀어닥친 극단의 시대인 만큼 그 경계는 뚜렷하고 뚜렷한 경계의 정체성만큼 경계 바깥을 경계하는 관념 또한 예사로울 수 없는 분열의 시대였다.

그런데 오늘날에도 여전히 분단 극복, 식민지 잔재 청산이란 말이 역사적 과업으로 나올 정도로 이 시대의 덫으로부터 자유롭지 못하다. '경계의 재구성'을 표제로 내세운 것도 지나온 과거를 좀 더 다른 시각, 좀 더 큰 시각에서 바라보자는 데 있다. 혼란스러운 격동의 시대 속에서 상호 배척이 만든 극단의 절벽, 분열 대신 통합의 시선으로 함께할 수 있는 광장을 만들어 보자는 것이다.

2

1916년생 작가의 문학사적 위치를 개별 작가 차원에서 보자면 박두진이 앞머리다. 문학적 성취에서도 그러하지만 '청록파'라는 특별한 서정시 집단의 문학사적 위치 때문이다. 신인들의 합동 시집 한 권이 특정한 유파를 지칭하듯 특별한 문학사적 지위를 얻는 경우란 『청록집』 말고는 찾기 힘들다. 올해로 간행 70주년을 맞는, 특정 매체의 출신 신진 시인들의 일회적인 시 모음집 『청록집』, 일제 말기의 정치 불모와 해방 직후의 정치 과잉의 시대에 독특한 희소가치로 역사의 사다리에 오른다. 《문장》의 계승자, 더 나아가 시문학파, 그리고 김소월로 끝없이 접속하는 시(서정시)의 본령으로 계보화하면서 해방 이후 주류적 시 경향을 잇는 결정적인 디딤돌 역할을 해 왔다.

'박두진' 하면 이렇게 청록집, 청록파, 문장파, 자연파 등으로 계열화·정전화하는 시선만이 절대적일까. 뿌리나 열매를 신성화하기 위해 개인의 차이나 고유성을 난폭하게 처리하기 십상이라고 비판한 푸코의 말 앞에 박두진은 어떠할까. 박두진 자신에게서 먼저 상반된 두 목소리가 들려온다. 정전화 작업에 시인 자신의 진술로 적극 동참하기도 했으나 그런 방향에 이의를 제기하는 또 다른 목소리 또한 존재한다. 가령 박두진은 "청록파 세 사람의 시적 바탕이 암흑기 최중(最中)의 마지막 등불로서 그 사상과 정조와 기법에 있어 지금까지의 모든 한국시적 전통을 응축 집약했다고 볼 수 있을 것이다. 그러면서도 조지훈이 한용운으로부터, 박목월이 김소월로부터 그 시적 특성을 계승하면서 각각 특이한 개성으로 발전시켰다."[2]라고 하여 청록파의 문학사적 위치를 자신에 찬 진술로 확증했다.

그런데 청록파의 3인을 분석한 대부분의 평론이나 논문에서 세 사람의 변별성 또한 두루 언급해 왔다. 그 가운데 가장 이질적인 면모를 보여 준 시인이 박두진이다. 박목월은 향토적 서정을 간결하고 선명한 이미지로 노래하고, 조지훈은 전통문화를 소재로 민족 정서를 형상화했으며, 박두진은 기독교적 세계관에 기반한 자연과 인간의 이상적 조화를 보여 줬다는 평가는 누구나 수긍할 법한 내용이다. 그렇다면 이러한 차이까지 두루 껴안은 채 자연, 서정, 전통 등의 개념으로 적당히 일반화된 타협적 태도가 정확한 평가의 실상이라 해야 할 것이다. 박두진 역시 이 점을 강하게 의식했다.

내가 《문장》에서 추천을 받음으로써 시에 정진할 각오를 하게 될 당시의 우리 문단, 특히 시단의 풍조는 대체로 민족주의와 민족 감정, 민족 정서를

---

2) 박두진, 『현대시의 이해와 체험』(신원문화사, 1996), 61~62쪽.

순화, 부활시키는 일종의 순수 문학적 지향이 지배적이었다. 시에 임하는 신인들, 특히 조지훈, 박목월, 박남수, 김종한, 이한직 등의 추천 동기들의 시풍과 시적 체질, 혹은 그런 것을 신념으로 하는 문학적 주장에서 그랬다.

복고가 회고주의적 감상으로, 서정이 감각적 기교주의로, 하면서 진취적이고 사유적이고 사상적, 비판적이기보다는 향토와 토속, 서정적 율조미를 추구, 숭상했다. 이른바 청록파의 시적 소재가 자연으로 일치한다고 했지만, 세 사람 각기의 시적 기저와 사상적 입지에는 상당한 차이가 있었다. 그러한 차이가 각기의 시적 개성의 차이로 구체화한 과정은 이들 세 사람의 그 뒤의 작품 전개의 궤도를 통해 점점 더 분명해졌다.[3]

박두진은《문장》출신의 신인들을 일종의 순수 문학적 지향, 그리고 청록파에 한해서는 자연을 소재로 한 점에 공통점이 있지 시적 기저와 사상적 입지에는 서로 상당한 차이가 있다고 지적했다. 오히려 자기 자신은 민족주의에 그치지 않고 자연을 소재로 한 윤리적 진실을 추구하는 넓은 의미의 정치적 이상주의와, 종교적 사랑, 평화의 이상 추구가 주제라고 했다.

그렇다면 청록파의 계보화에 가장 결정적인 작용을 하는《문장》이나 정지용과 이들이 어떻게 맺어지는가? 그들이 정지용의 추천으로《문장》을 통해 등단했다는 사실 자체가 곧바로 1930년대 중·후반의 조선적 향토와 조선심(朝鮮心) 논의의 계승이라고 단언할 수 없다. 정지용은 박두진의 시적 체취가 삼림에서 풍기는 식물성이며, 이들이 인류와 친밀한 자연어로 등장하고 있음을 주목하여 박두진의 시가 '신(新)자연'을 보여 준다고 명명했다. 조지훈의 경우는 회고적 에스프리에 주목, 그의 시가 자연과 인공의 극치를 보여 준다며, 이를 '신(新)고전'이라고 호명했다. 박목월은 민요풍의 시에서 시에 전진하기까지 목월의 고심이 크다고 평가한 뒤, 요적(謠的) 수사를 정리하면 목월의 시가 곧 '조선시'가 될 것이라고 의미 부

3)　박두진,『시적 번뇌와 시적 목마름』(신원문화사, 1996), 62쪽.

여를 했다.

　이러한 정지용의 평가를 주목하면 '자연'에 맞추어져 있지 않다. 박두진이나 조지훈에게서 주목한 것은 '신'이라는 관형어가 지시하는, 새로운 세대의 새로움이다. 박두진은 이후에도 계속해서 자연을 자신의 관념이나 정서와 결합해 왔다. 정지용의 명명처럼 박두진의 '신자연'은, 인간과 구별되는 객관적 실체나 심미적 관조의 대상이 아니라, 시인 자신의 영혼과 꿈을 투영하는 '관념'의 상관물이자 거기에 질서와 형태를 부여하는 우의적(寓意的) 대상이다. 시인의 의식으로 선택하고 재구성한 '관념화된 자연'이다. 그것은 곧 기독교적인 공간이기도 하다. 그가 바라는 이상적인 공간은 창세기에 나오는 창조적 질서가 회복되는 곳으로 모든 사물들이 초월적 절대자인 하느님, 예수 그리스도와 긴밀히 연결된다. 자연의 역동적이면서 남성적인 생명의 교감은 지극히 기독교적이다. 그 점이 이전에 볼 수 없었던 남다른 박두진만의 미학적 특질이다. 박두진에게는 낙원 회복이라는 뚜렷한 미의식이 있다. 그가 말하는 자연은 있는 그대로의 현실적인 세계가 아니라, 언젠가 도래해야 할 구원과 연결된 미래적이고 당위적인 세계이다. 초기부터 박두진에게 '자연-인간-신'은 이렇게 서로 맞물려 돌아가는 원환적 유기체였다.

　청록파와 선을 끊고 역사적 현실과 밀착해서 박두진의 시 세계를 일괄하면 가장 대중적인 시 세 편이 오롯이 떠오른다. 「해」, 「6·25 노래」, 「우리들의 깃발을 내린 것이 아니다」. 각기 '해방', '한국 전쟁', '4월 혁명'에 상응하는 시로서 박두진의 삶이 지향한 바를 비추는 거울이다. 일제 식민지에서 해방을 꿈꾸던 청년에서, 해방이 되자 우파 자유 민주주의 체제를 택해 종군 작가의 길까지 걷고, 이후 독재 정권에 맞서 자유 민주주의의 본령을 위해 노력한 그 나름의 철저한 삶의 궤적이 따라온다. 좀 더 풀자면 해방이 되자 그는 좌익 계열 '조선문학가동맹'에 맞서 김동리, 조연현, 서정주 등과 함께 '조선청년문학가협회'에 참여하여 우익 측의 노선을 충실히 따른다. 그러나 전쟁이 끝나고부터 사회 부조리와 불합리에 분노, 그의 시 세계는 격정적인 분노를 여과 없이 폭발하는 쪽으로 나아간다. 한국 전쟁 전후로 박두진의 시 세계가 확연히 달라졌다.

4·19 혁명 직후 연세대학교에서 해직, 한일 국교 정상화 협상에 반대한 서명 문인 1호, 또한 한일 청구권과 관련,《사상계》중심의 지식인 반대 운동에 적극 참여, "문학 본래의 사명과 책임에 충실한 결과로 오히려 우리의 민주 비판적 영향의 잠재력을 과시한 좋은 표징"[4]이라고 한 김지하의 '오적 필화 사건' 관련 감정서 작성, 「101인 선언」과 '자유실천문인협의회' 참여 등이 예시하는 작가의 실천적 삶이 그것이다.

물론 말년의 '수석(水石)'의 종교적 예술화가 상징하듯 다분히 예술적이고 초월적인 종교 세계로 깊숙이 침잠하는 문학적 세계 또한 지속적으로 넓어지고 깊어졌다. '자연-인간-신'을 고리로 확산하는 삼위일체의 실천은 자연시, 사회시, 종교적인 시 등 다양한 시적 교차로를 펼쳐 낸다. 청록파적인 작은 서정시 노선만을 강조하는 것이 문제임이 자연 드러난다. 오히려 박두진은 우리의 시가 시적 체험을 서정과 감각으로만 몰아가 전폭적이고 포괄적인 사상적인 면이 부족함을 강력하게 비판했다. "그러니까 시가 사회적이며 역사적이며, 그 사상적이며 우주적이라고 하는, 세계적이란 걸 잊어버리고 쓰니까, 그런 사람들 거대한 파도가 오면 훅훅 넘어가요.", "그러니까 시가 시의 구실을 하려면은 그 속에서 모든 게 나와야 돼요. 모든 걸 표현해야 돼요."[5] 정년 퇴임 고별 강연에서 노시인은 이처럼 문화의 가장 첨단, 정신적인 민족 자각의 제일 복합적이고 섬세하고 치밀한 작업을 촉구했다. 일례로 표현이 쉽고 서정적이고 주제가 포괄적이거나 보편적인 작품을 대표작으로 일컫는 사회적 통념을 문제 삼는 것도 같은 맥락이다. "이렇게 골라낸 작품에 대한 일반 독자 대중의 편협성이나 기호 역시 상당히 보수적이고 인색하고 불성실해서 어느 한 편을 정해 놓고 나면 10년이 가든 30년이 가든 막무가내로 도로 제 타령이다. 그 뒤의 작품

---

4) 박두진, 『여전히 돌은 말이 없다』(신원문화사, 1996), 53쪽.
5) 박두진, 『시적 번뇌와 시적 목마름』(신원문화사, 1996), 48~50쪽.

을 검토해 보거나 그 시인에 대해서 성실한 관찰을 해 주지 않는다."[6) 어떤 비평적인 평균치, 독자 대중의 최대 공약수적인 보편적 기호에 의해 이름이 붙여지는 작품을 넘어서는 비평적·역사적 재평가가 필요한 시인들이 있다. 『거미와 성좌』, 『수석열전』, 『포옹무한』 등으로 대표되는 박두진의 중·후기 작품도 그러하다.[7)

3

현재적 관점 혹은 반성적 관점에서라면, 이번 심포지엄의 최대 문제적 인물은 김종한일 것이다. 최근의 근현대 문학 연구 분야에서 개별 작가로 새로이 부각되고, 그러면서 평가가 엇갈리는 등 그 자신이 논쟁적이면서 그만큼 쟁점을 많이 불러일으키고 있다.

지금까지 한국 근대 문학 연구는 기본적으로 식민지 시기를 친일과 반일, 또는 협력과 저항이라는 이분법적 구도로 바라보았다. 친일 자체를 논의하는 자리가 아니라면 철저히 본격 연구에서 한쪽을 배제하는 방식이었다. 그런데 최근 들어 '1940년대 전반기의 문학' 또는 '이중어 문학' 등의 시각으로 접근하면서 새로운 시도들이 나타나고 있다. 그 가운데 가장 논쟁적인 작가가 김종한이다. 그 역시 지금까지 친일 문학의 범주 속에서 부분적으로 논의되어 왔을 따름이었다.

개인적인 측면에서 김종한은 동세대 작가들에 비해 매우 독특하다. 우선 1935년 1월 및 1938년 1월에 제각기 《조선일보》, 《동아일보》 신춘현상

---

6) 박두진, 위의 책, 32쪽.
7) 그러한 점을 일찍이 주목한 사람이 김수영이다. "그의 시의 본령(本領)은 「사상」 계열의 사회시에보다도, 그리고 「산이 좋다」, 「봄에의 격(檄)」 계열의 자연시에보다도 역시 종교적인 시에 있다고 나는 본다. 그리고 이러한 종교적인 시 중에서 가장 독창적인 치열한 작품을 하나 들라면 나는 서슴지 않고, (중략) 「갈보리의 노래」 I, II, III을 들 것이다." 김수영은 이처럼 단순한 종교 시인을 넘어서는 진정한 시인으로서 박두진을 고평한다. 김수영, 「시의 완성」, 『김수영 전집 2』(산문)(민음사, 2003), 244~247쪽 참조.

문예(민요)로 당선되었으면서도 다시 1939년 8월 《문장》을 통해 정지용의 추천을 받아 시인으로 정식 재등단 절차를 밟았다. 이것은 곧 1916년생 작가들 가운데 가장 일찍 등단한 시인으로 또 가장 활발히 활동하면서, "당신이 구태여 추천의 수속을 밟는 태도는 당당하시외다."라는 정지용의 선후평에서 보듯 그만큼 시인됨을 널리 인정받고 싶어 한 열정과 욕망의 청년이었음을 말해 준다. 또한 단순히 창작 활동만 펼친 것이 아니라 평론에서도 크게 두각을 나타냈고, 기타 번역, 수필 등 다방면의 글쓰기를 수행한 전방위적 활동가이자 문인이었다.

김종한은 니혼 대학교 전문부 예술과를 1940년에 졸업했고, 1939년 봄에 일본의 《부인화보(婦人畵報)》 기자가 되었다. 1942년에 조선으로 돌아온 후, 《국민문학》 편집을 맡으면서 당대 논단을 주도하며 문학 창작 활동뿐 아니라 여러 좌담회에 참석, 전시 체제의 시국 문제에 자신의 견해를 밝히는 적극적인 친일의 길을 걸어갔다. 그리고 1943년에는 일본어 시집 『たらちねのうた(어머니의 노래)』(인문사)와 일본어 번역 시집 『설백집(雪白集)』(박문서관)을 간행하기까지 했다. 그런데 1944년 9월 27일, 채 서른이 되기도 전에 급성 폐렴으로 급서했다.

그러나 김종한은 일제 강점기 말 대표적인 문예지 《문장》을 통해 등단한 신진 시인 중 일제 강점기 말에 가장 주도적인 활동을 펼쳤으면서도 유일하게 친일 행적을 보인 인물로 낙인찍히면서 문학사의 대상에서 일찌감치 지워졌다. 친일이라는 선입견이 그의 모든 작업을 부정적으로 보는 혹은 적극적인 평가를 가로막는 아킬레스건이 되었다. 상당수의 작품들이 일어로 쓰여 접근에 어려움이 있기도 했지만, 그런 글쓰기를 포함한 친일행위 자체가 평자들로부터 철저히 외면당한 셈이다.

그런 그가 최근 서서히 부활하고 있다. 그 부활의 바람은 일본으로부터 불어왔다. 일본에서 먼저 김종한을 주목했고, 그러한 관심과 연구가 국내 연구의 촉매가 된 셈이다. 일본에서 무려 900페이지 가까운 방대한 분량으로 『김종한 전집』(藏石貴代·大村益夫외 편, 綠陰書房, 2005)이 발간되었다.

우리 쪽에서 크게 주목받지 못한 작가가 일본에서 관심을 받고, 방대한 전집까지 출간했다는 사실부터 예사롭지 않다.

김종한은 민요에서 모더니즘에 이르는 다양한 시 세계를 보여 주었고, 어느 상황에도 서정성과 시적 긴장을 놓치지 않는 시적 완성도를 지향하는 시인이었다. 또 당대 논단을 주도했던 임화와 김기림을 향해 날선 비판을 하는 동시에 예리한 안목으로 정지용과 백석 시의 빼어남을 간파한 시론가였다. 명백한 친일적 태도와 행적을 보이는 한편, 민족 및 민속에 대한 관심을 끊임없이 표명하기도 했다. 김종한에게는 이처럼 단순하게 정리할 수 없는 복잡 미묘한 면이 산견된다. "기림의 『기상도』 한 권의 세계와, '벌목정정(伐木丁丁)' 넉 자가 내포하고 암시하는 세계와, 제군은 그 어느 것에서 더 큰 세계를 느끼는가.",[8] "이효석 씨의 「메밀꽃 필 무렵」은 아마 조선 언어 예술이 도달할 수 있을 한 정점일 것입니다. (산문으로서의 가치는 딴 문제로 하고라도) 이러한 시적 산문과 대비할 때, 임화가 선전한 그 '줄을 끊어 쓴 산문'에 불과한 작품들은 과연 무엇으로 시로서의 독자성과 자율성을 주장할 수가 있을까요."[9]라는 발언만으로도 그의 저돌적 도발성이 만만치 않음을 알 수 있다.

그런데 최근 김종한에 대해 다양한 관심이 생기고 새로운 접근이 이루어졌음에도 그를 향한 뜻밖의 새로운 시선은 1965년에 김수영이 쓴 「예술 작품에서의 한국인의 애수」에서 발견했다. 역사적인 관(觀)과 비평적인 찰(察)이 빛난다. 김수영은 "우리나라의 현대시사에서 김종한이 차지하는 위치는, 안서 김억과 해방 후의 모더니즘을 연결시키는 중간역같이 생각된다. 「그늘」, 「살구꽃처럼」 같은 것은 모더니즘으로부터 올라가는 기차

---

8) 김종한, 「나의 작시 설계도」, 《문장》 1권 8호, 1939. 9, 129쪽. 이와 무관하지만 본고에서 다루지 못한 함형수의 「해바라기의 비명」에 대한 서정춘 시인의 발언도 이와 유사하다. 두 번째 시집 『봄, 파르티잔』의 서문에서 "그렇게 설사하듯 시를 쓰는 거라면 나도 못 쓸 것 없지요. 시 천 편이 함형수의 「해바라기의 비명」 한 편을 못 당할 걸 아는데 어떻게 함부로 시를 쓴다요."라고 했다.

9) 김종한, 「시 문학의 정도(正道)」, 《문장》, 1939. 10.

가 스쳐 가는 역이고 「연봉제설(連峰霽雪)」, 「망향곡」 같은 것은 안서로부터 내려오는 기차가 스쳐 오는 역"이라고 평하며 김종한을 매우 인상적인 위치에 자리매김시켰다. "그는 안서가 실패한 곳을 역시 사상이 아닌 기교의 힘으로 커버하면서 한국적 애수에 현대적 의상을 입히는 일에 골몰했다. 그의 힘은 기교다. 그는 애수를 죽이지도 않고, 딛고 일어서지도 않고, 자기의 몸은 다치지도 않고 올가미를 씌워서 산 채로 잡는다. 그러니까 과객들은 그가 제시하는 로컬색의 애수보다도 그가 그 애수를 사로잡는 묘기에 더 매료된다. 이것은 한편으로는 한국적 애수의 해체의 시초이기도 하다. 그 점에서는 이장희, 이상, 김기림 같은 선배들이 벌써 해체 작업을 시작하고 난 뒤이지만, 그들은 종한처럼 깨끗한 솜씨로 옷을 벗기지는 못했다. 나는 그가 남긴 몇 편 안 되는 시편 중에서도 특히 「연봉제설」을 머리에 그리면서 이런 말을 한다."[10]

김수영의 연구 방식은 최근과 근본적으로 달랐다. 김수영에게서 떠오른 것은 니체의 '기억(역사)과 망각(비역사)', 벤야민의 '파괴와 재구성'의 변증법이다. 우리가 마땅히 기억해야 할 어떤 것이 지워져 있고, 반면 당연시되던 실증적 현미경을 파괴하며 만들어 내는 비평의 현재성이다. 최근의 논의는 주로 《국민문학》 시대의 평론과 시를 겨냥한다. 김종한이 시인이자 평론가로, 특히 《국민문학》 편집자로 활동하면서 당대 논단을 주도했다는 사실을 주목한다. 그런 만큼 논의 역시 여전히 '친일/국민문학'을 중심으로 맴돈다. 다만 예전과 다르게 '친일'을 확인하는 차원이 아니라 친일의 내적 논리를 발견하는 데로 나아간다. 이 시기를 '암흑기'라 칭하는 민족주의적인 단순 평가와 달리, 일제의 제국주의적 논리와 직접적으로 부딪치면서 비판보다는 내화하는 방향 속에서 친일 문학의 내부에 존재하는 다양한 이념적 스펙트럼을 찾자는 것이다.

그런데 김수영에게서 그 점은 '망각'되고 김종한의 시적 노선이 펼치는

---

10) 김수영, 앞의 책, 349~350쪽.

어느 정점에 '기억'의 눈동자가 자리 잡는다. 김수영에게서 다가오는 것은 '불면과 되새김질'로서 역사의 과잉이 아니라 생성의 유연한 힘이다. 니체의 시선으로 말하면 '역사의 조형력'이다. 과거의 모든 것을 기억으로 되새기면서 살아갈 수 없듯이, 그렇다고 과거의 모든 것을 깡그리 잊어버리면서 살 수도 없다. 조형력이란 과거의 것과 낯선 것을 변형시켜 자기 것으로 만들며, 상처를 낫게 하고 잃어버린 것을 대체하며 부서져 나간 형식들을 스스로 복제할 수 있는 힘을 말한다. 니체는 이 힘이 하나의 인간과 하나의 민족, 하나의 문화의 창조적 생명력을 결정한다고 했다. 이러한 힘은 과거에 매몰되지 않고 어떤 강력한 재난의 체험에서도 그것을 극복하여 자기 것을 더욱 살찌우는 자양분이다.

김수영의 분석을 요즘 논의에 견줘 보면 대상으로 삼는 시부터 다르다. 최근 논의에 중심을 이루는 것은 주로 친일과 관련해서 해석 전쟁을 벌이는 「항공애가(航空哀歌)」, 「원정(園丁)」 등의 시편이다. 그러나 김수영은 민요와 모더니즘이라는 김종한 시의 핵심적 두 범주이자 지향을 포착, 이를 우리의 현대시사와 접맥시킨다. 사실 김수영이 언급한 내용은 '표현의 독창성'을 높이 평가한 김억, '솔직하고 명쾌하고 직절(直截)한 센텐스와 표일한 스타일을 가졌으며, 비애를 기지로 포장하는 기술'로 '일여한 개성을 표현'하고 있다고 본 정지용의 논의와 닿아 있다.

이 점에서 김수영의 시선은 역사 속에 은닉된 채 아직 드러나지 않은 다양한 시선을 발굴한다는 하나의 살아 있는 역사적 실천 사례로 재귀한다.

4

일제 강점기 말을 '암흑기'로 지칭하는 태도는 근원적 숙고가 필요하다. 한 논자는 이러한 시대 호명이 만주 사변(1931)과 중일 전쟁(1937), 태평양 전쟁(1941)으로 이어지는 15년간의 일본 제국의 군국주의적 팽창 시기 중에서 태평양 전쟁만을 분리하여 책임지려는 패전 후 일본의 역사 인식과 관련이 있다고 말한다.[11] 그런데 이와 같은 암흑기 의식이 우리의 내셔널리즘과 기묘하게 결합하여 특정 시대를 은폐하는 정언 명령으로 작용해왔다. 지금까지 이 시기를 부르는 별칭으로서 '암흑기 문학' 혹은 '친일 문학'이란 이름은 한국 문학에 포함시키고 싶지 않은, 이른바 '수치와 치부'를 괄호 친 무의식적 강박이었다.

김종한은 삶 자체가 이 시기와 겹침으로써 의도적인 경원을 당한 경우이다. 이런 족쇄를 풀면 1945년의 가운데를 기점으로 선명하게 나뉘는 두극단의 시기가 뜻밖에 악수한다. 한마디로 김종한의 문학의 독자성과 자율성, 언어 미학의 중요성, 관념성 및 사상시의 배격 등으로 요약되는 '순수시론', 전통과 동양주의를 새롭게 설정하는 '신세대론'은 박두진을 포함, 해방 직후 김동리, 서정주 등의 순수 문학론과 자연스럽게 이어진다. 그동안 해방 직후 남한 문단은 좌우 대결을 가장 큰 축으로 하여 양분되면서, 한편으로 우파 문단이 '문필가협회'와 '청년문학가협회'로 나뉘는 근거가 뚜렷하지는 않았다. 그러나 구세대와 차별화를 시도하는 '청문협'의 독자적 조직화와 주도권 다툼의 배경에는 이렇듯 일제 강점기 말 김종한으로부터 시작되어 이어져 온 세대론적 흐름이 있었던 것이다.

"국민의 이상이란 시대의 필요에 따라서 언제라도 변할 수 있는 것이지만, 자신이 바라는 것은 인간(국민)의 생명력을 진실로 표현할 수 있는 영원의 관점에서 본질적 미가 구현되어야"[12] 한다는 김종한의 단적인 표현이 말해 주듯이 정치적 이념이나 태도와 구별되는 순수 미학적 탐구를 본

---

11) 정종현, 『동양론과 식민지 조선 문학』(창비, 2011), 18쪽. 정종현은 일본이 '태평양 전쟁'을 미국에 대한 전쟁으로 간주하고 이를 중일 전쟁과 구별한 후 태평양 전쟁에 대해서만 군국주의적 일탈로 규정하려는 전쟁관이 일본인들 사이에 암암리에 존재했으며, 이 같은 발상은 중일 전쟁을 배제함으로써 중국에 대한 패배를 인정하지 않을 수 있고 중국에 대한 전쟁을 정당화할 수 있었다는 점, '15년 전쟁'이라는 명명을 통해 일본인들이 가지고 있는 이 시기 전쟁에 대한 주관적 사실을 깨뜨리려는 의도였다고 지적한다. '암흑기'로 보는 시각에 대한 비판 역시 정종현의 위의 책, 16~18쪽을 참조할 것.
12) 김종한, 「새로운 사시의 창조」, 《국민문학》, 1942. 8. 22쪽.

령으로 하는 순수 문학론의 정치학이 이로부터 발원하고 있다. "우리는 '계승'할 유산도 '반동'할 전통도 받지 못했"[13]다며 자기 세대의 정체성을 독자화하고, '실감으로서의 민족주의란 것은 있을 리가 없'고, 그것은 차라리 '세계주의적인 자유주의의 부산물로서의 어떤 기분'으로 규정한 김종한의 세대 의식 또한 해방 직후 김동리, 서정주, 조지훈, 박두진 등에게서 정도를 달리하며 고스란히 투영된다. 가령 박두진도 시가 민족의 표현, 그 전통과 현실의 산물이라는 통설은 말고라도 시에 있어서의 민족의식적 기조는 이른바 시의 순수성을 주장하거나 고수하려는 입장과 아무런 모순도 일으키지 않는다고 말한다.[14]

사실 『청록집』을 둘러싼 평가는 해방 직후 김동리, 서정주 등에게서 시작되었는데, 그 후 문학사의 평가는 크게 보아 이들의 견해를 보완, 확충하는 수준에서 이루어져 왔다. 김동리는 『청록집』의 특징으로 '자연의 발견'을 지적하며, '세기적 심연에 직면하여 절대절명의 궁경(窮境)에서 부른 신의 이름'이 자연이라며 이를 생에 대한 구경(究竟)의 의욕과 동양 정신으로 연결시킨다. 이렇듯 청록파는 자연, 민족, 전통, 순수 서정 등의 용어와 개념을 토대로 한국시의 전통과 주류에 위치 지어졌다. 해방 직후 새로운 현대 문학의 정립 시기에 민족과 전통을 강조함으로써 문학사의 정통으로 순수 문학을 내세운 것은 청년기에 체화한 미학적 세계에 기반하여 신진 세대들이 펼쳐 낸 가장 우파적인 대응 전략이었다.

청록파 가운데 가장 먼저 개인 시집 『해』(1949)를 출간한 박두진에 대해 당시 최대의 찬사가 쏟아진 것도 같은 맥락이다. 김동리는 "항간에서 홍명희의 『임꺽정전』을 이미 고전이라고 하는 것보다는 문학적인 양심과 긍지로서 나는 박두진 씨의 제1시집 『해』를 우리 문학의 고전이라고 말해 두고자 한다."[15]라고 최고의 극찬을 했다. 또한 조연현도 표제작 「해」를

---

13) 김종한, 「시단 신세대의 성격」, 《동아일보》, 1940. 1. 21일자.
14) 박두진, 『여전히 돌은 말이 없다』(신원문화사, 1996), 127쪽.
15) 김동리, 「발」, 시집 『해』(1949), 5쪽.

가리켜 "한국 서정시가 이룰 수 있는 한 절정을 노래했다.", "박두진은 이 한편으로써 유언 없이 죽을 수 있는 인간이 되어 버렸는지도 모른다."[16]라고 하여 역시 박두진을 시인으로서 극점에 올려세웠다.

시집 『청록집』과 시 「해」의 성취를 어느 정도 수긍한대도 이런 정도의 찬사는 과유불급(過猶不及)이다. 과찬 뒤에 숨은 의도가 앞을 선다. 그런데 세월이 흘러 박두진은 해방 직후 상황에 대해서 이렇게 반성한다.

8·15 이후의 격동 혼란기 역시, 그 격렬한 시대적 충격과 의미에 상응하는 문학적 능력의 발현을 볼 수 없었다. 민족적인 이념의 상극과 그 혈연적 비극을 문학으로 증언, 고발, 작품화할 만한 주체적 역량을 갖지 못했다. 8·15 이전의 문학적 폐쇄기의 무력증이 그러한 격동과 비극을 능히 문학적으로 감당할 수 없게 했던 것이다.[17]

8·15 해방 직후 정지용에게서 이미 보이던 인식이다. "이들 해방의 노래가 대개 일정한 정치 노선을 파악하기 전의 사상성이 빈곤하고 민족 해방 대도(大道)의 확호한 이념을 준비하지 못한 재래 문단인의 단순한 습기적(習氣的) 문장 수법에서 제작되었던 것이므로 막연한 축제 목적 흥분, 과장, 혼돈, 무정견의 방가(放歌) 이외에 취할 것이 없었던 것이다."[18] 정지용은 과학과 정치와 경제와 역사와 민족의 추진 비약기에 시와 문학이 문화의 전위라며, 무엇보다도 예술적 이념과 감각이 첨예하고 치열해지는 것은 차라리 자연 발생적인 것이라 했다. 민감성이야말로 시인의 생리라며 당대 현실과의 결합을 촉구했다. 《문장》 출신 시인들을 이야기할 때 '정지용의 에피고넨'이란 말을 할 정도로 정지용의 시선으로 이들을 조감하는 경우가 많았다. 하지만 이상하게도 해방 직후엔 이들의 시선으로 정

---

16) 조연현, 「성신(星辰)에의 신앙」, 《문학과 사상》, 1948, 128쪽.
17) 박두진, 위의 책, 99쪽.
18) 정지용, 「조선시의 반성」, 《문장》 27호, 1948. 10, 271쪽.

지용을 재단했다. 이른바 정지용의 좌익화, 혹은 동조화가 그것이다.

그런데 박두진은 훗날 정지용을 회고하며 정지용의 침묵과 동요를 가장 양심적이라고 평가했다. 해방 직후 성급하게 나와 극단으로 치닫던 좌우의 이러저런 노선보다 정지용의 '방황'을 주목했다. "아무 준비 없이 8·15를 당하고 보니 마비되었던 문학적 정열이 다시 소생되어 막연히 충동적으로 궤도 없이 달렸던 것도 얼마쯤 연민을 아낄 수 없는 것이었으나 민족사상 부당한 시련기가 3년이나 참담하게도 낭비되어도 진정한 민족 노선을 파악지 못하는 시인 문사에게 무슨 문학이 기대될 것인가?"[19]라는 정지용의 외침은 광복 직후, 혹은 현대사를 사유하는 마음의 바탕이 무엇이어야 하는지를 오늘에 재차 심문한다.

5

김종한이 어느 정도 '망각'을 요청하는 존재라면, '기억'을 최촉하는 존재가 김학철이다. 우리 현대 문학사에서 가장 뒤늦게 발견한 기념비적 인물, 그는 작가이기에 앞서 '최후의 분대장'으로 불리길 원했던 진정한 혁명가이다. 조선족의 정신적 지도자, 연변 문학의 대부 등 그를 형용하는 말은 많다. 하지만 김학철이란 존재는 우리의 통념화된 시각에서 보면 매우 이질적인 작가이고, 그 특별함이 곧 그의 위대함이다. 김학철은 삶과 실천이 만들어 낸 행동주의 문학의 한 전범이고, 파란만장한 삶과 그러한 삶을 반영한 기록, 전기, 역사 문학이 그의 문학적 영토이다.

김학철은 1916년 원산에서 태어나 보성고보 재학 중 상해로 건너가 1938년 조선의용대에 입대. 독립투쟁을 한다. 그 후 1941년 12월 호가장 전투에서 다리에 총상을 입은 채 포로가 돼 일본의 나가사키 감옥에 갇히고 그곳에서 부상당한 한쪽 다리를 절단한다. 1945년 해방이 되자 같이

---

19) 위의 글, 275쪽.

옥살이를 하던 송지영 등과 함께 서울로 귀환했다. 그러나 1년 만에 월북했으며, 1949년 공히 권력 투쟁이 한창이던 남북한을 모두 등지고서 다시 중국으로 건너갔다. 김학철은 온전한 몸이 아닌지라 해방이 되자 총 대신 펜을 잡고 작가로서 새롭게 출발했다. 그러나 그는 분단 40년의 그늘 속에 묻혀 버렸다. 그러니 김학철의 복원은 곧 역사의 복원이다.

김학철은 우리 문학사에서 거의 유일한 정치 망명자로서 디아스포라 작가이다. 그는 식민지 시대와 해방 후의 격동기에 한반도-중국-일본 등의 국가적 경계를 넘나들면서 원산-서울-평양-상해-남경-무한-태항산-나가사키, 다시 서울-평양-북경-연변 등 다양한 지역에 정주했다. 그 속에서 조선민족혁명당-중국 공산당-남노당-조선노동당을 거쳐 다시 중국 공산당으로 복귀한 정치적 신분이나 민족주의자-사회주의자로 진전한 사상적 세계 또한 이채롭다.

항일 투쟁 이후 일본에서 4년, 중국에서 10년간의 감옥 생활, 또 1957년부터 1980년까지 24년간 붓을 들 수 없었던 숙청 기간을 생각하면 그가 남긴 문학적 업적은 놀랍기 그지없다. 단적으로 그가 집필할 수 있었던 시기는 1945년부터 1949년 사이 남북한에서 잠깐, 그리고 중국으로 건너간 이후 잠깐이다. 그러고는 64세가 되어서야 본격적인 창작 활동을 펼친 셈이니 이 또한 놀라운 일이다. 2001년 작고 직전까지 장편 소설『격정시대』를 비롯해 마치 화산이 폭발하듯 근 200여 편의 작품과 산문을 발표했다.

우선 김학철의 문학은 항일 독립운동사라는 살아 있는 역사의 기억 서사이다. 상해 임시 정부 계열, 김일성 만주 동북항일연군과 함께 항일 운동 3대 세력의 하나로 꼽히는 조선독립동맹 계열(세칭 '연안파')은 해방 뒤 남과 북 양쪽 모두에게 배척당해 잊힌 역사였다. 김학철이 펼쳐 낸 세계는 바로 이 망각된 조선독립동맹과 조선의용군들의 항일 투쟁사에 관한 역사를 복원한 것임에 일차적 가치가 주어질 것이다. 더 나아가 단순한 역사의 복원을 넘어서서 분단이 야기한 남북한의 역사 왜곡에 대한 저항으로서의 의미도 있음을 환기해야 한다.

작가가 역사적 사실과 의식적 계몽성을 워낙 강조한 탓에 문학적 의미망들이 소홀히 취급된 감이 없지 않다. 좀 더 정확히 말하자면 역사에 짓눌렸다고 볼 수 있지만, 그런 가운데도 엿보이는 문학적 특색, 즉 역사적 가치를 넘어서는 문학적 가치 또한 남다르다. 아니, 역사를 위한 최대한의 노력이 역으로 김학철의 문학에 확실히 차별화되는 개성적 면모를 만들어 냈다고 해야 할 것이다. 물론 그의 문학적 성격이나 성취에 대한 논의에서 별반 큰 쟁점은 없다. 다만 다양한 성격과 역사적 의미를 얼마나 잘 분석해 내고 평가하느냐가 문제일 것이다. 그의 소설은 직설적이고 일상적이고 역사적이고 투명하게, 순수하고 정직한 산문의 길을 걸어왔기 때문이다. 그런 만큼 김학철의 문학에서 가장 중요한 원천은 스스로가 체험한 세계에 대한 총체적 이해와 적용이 갖는 깊이와 크기다. "우리(조선의용군)가 지난날 일본군에 대항해 싸울 때 조선 반도는 하나였다. 38선도 군사분계선도 다 없는 완정한 통일체였다. 그러므로 우리도 조선 반도의 정정(政情)에 대해서는 당당한 발언권을 갖고 있다. 남에 대해서도 북에 대해서도 다 그렇다."[20] 조선의용군의 시각에서 한반도 남북, 나아가 중국까지도 겨냥한 국제주의적 목소리가 여기 있다. 가장 구체적인 실천을 통해 체득한 아름다운 공동체의 삶과 지향, 거기 녹아 있는 너른 포용력을 주목하자. 이것저것 배제하는 순혈주의를 가장한 '현실' 사회주의의 닫힌 길이 아니라 모든 것들과 함께 가고자 하는 사회주의의 열린 길이 거기 있다. 그래서 김학철은 독립동맹과 의용군 내에 공산당원 수는 아주 일부였다고, 이데올로기의 색안경으로만 보지 말고 다양한 세력이 '애국'을 위해 펼친 아름다운 공동체의 힘을 보라고 강조한다. 친일파로 몰려 있던 소설가 이무영을 '소설 스승'으로 당당히 모신 김학철 자신의 이야기부터 친일파 윤극영을 구제하여 새 삶을 살게 인도한 조선의용대의 일화 등 그의 산문 도처에서 만나는 도도한 포용력은 다른 한편으로 1인 독재와 우상화에

---

20) 김학철, 『최후의 분대장』(문학과 지성사, 1995), 409쪽.

대한 목숨을 건 투쟁과 비판으로 치열하게 맞서 있다.

김학철을 상징하는 대표 작품을 꼽자면 『20세기의 신화』와 『격정시대』를 들어야 할 것이다. 『20세기의 신화』가 문제작이자 화제작이라면 『격정시대』는 확실한 대표작이다. 탈고한 지 31년 9개월 만에 출간한 『20세기의 신화』는 마오쩌둥 정권의 우상화에 대한 신랄한 독설과 풍자로 일관한 작품으로, 중국 문화 혁명기에 필화 사건을 일으킨 화제의 소설이다. 1967년 김학철을 반혁명 현행범으로 수감시켜 옥고를 치르게 한 작품으로, 중국에서 발표가 불허된 상태인데 국내에서 먼저 출간된 작품이기도 하다. 이 작품은 무엇보다 '강제 노동 수용소 문학'의 단초를 연 솔제니친의 『이반 데니소비치의 하루』, 『암병동』과 궤를 같이하면서 파스테르나크, 쾨슬러 등 반스탈린주의, 반개인 숭배의 국제주의적 운동과 동행하는 반개인 숭배 사상과 민주주의, 인권 옹호의 인도주의적 세계관을 설파한 문제작이다. 각종 기록을 통해 보면 김학철은 반골 기질을 타고난 것 같다. 일찍이 황포군관학교에서의 교장 장제스에 대한 개인 숭배, 해방 후 서울 남노당 내부의 박헌영에 대한 찬양 일색, 월북 후 스탈린과 김일성에 대한 개인 숭배 등 그가 마주한 모든 개인 숭배에 대해 생래적 거부감을 피력했다.

그런데 이러한 비판이 가능할 수 있었던 사상적 토대는 평등에 기초한 민주주의, 인권 옹호의 인도주의와 짝을 이루는 민중성, 일반 대중과 함께하고자 하는 민중 연대성이다. 김학철 문학은 한마디로 민중성에 기초한 일관된 문학 세계에서 모든 것이 흘러나온다. 최고의 대표작으로 평가받는 『격정 시대』의 특징도 영웅적 관점이 아닌 민중적 관점이랄 수 있는 생생한 현장감이다. 조선의용군의 집단을 하나의 특수한 영웅적 세계로 우상화하지 않고, 그 자체가 일반 사회와 동일한 민중적 생활 현장으로 만들어 놓았다. 그의 특장으로 이야기하는 대화 등에서 나타나는 속담 활용이나 에피소드의 극적 재미, 유머·풍자적 수법 역시 생동하는 민중의 산 입말이다. 거기에 『수호전』과 같은 동양의 고전, 판소리계 소설을 비롯한 민중들의 문학과 『임꺽정』과 같은 근대 역사 소설에서 자양분을 섭취해 다성적이고 개방적인 서사 구조를 활용했다. 말하자면 항일 전쟁 시기를 배경으로 수많은 의용군 전사 혁명가들의 이야기를 다루고 있는데도 선 굵은 중심 사건이 없다. 치열한 전투 장면을 다루면서도 비극적인 색조가 없다. 혁명적 낙관주의로 호명되는 『격정시대』의 커다란 문학적 미덕은 민족 문제를 다룬 대개의 소설들이 찌들리고 비극적인 한의 정서에 깊이 침윤돼 있는 자연주의적 경향을 띠는 것과 좋은 대조를 이룬다. 『수호전』이나 『임꺽정』의 서사 구조를 방불케 하는 영웅들의 일대기이면서 주인공서 선장의 성격 발전 과정을 주축으로 모든 사람들이 각자 상대적인 독립성을 가진다. 우리의 민담이나 판소리계 소설과 같은 서사 구조다. 이야기에 걸맞은 해학과 골계의 민중적 정서가 소설의 도처에서 지천으로 배어나오고, 그런 정서를 가능하게 하는 민족적 풍속과 생활에 관한 묘사가 전편을 관류한다. 민족적 민중 미학이라 이름 붙일 만한 동양적 전통적 서사 양식을 떠올리지 않을 수 없다. 홍명희의 『임꺽정』으로 대표되는 소설적 계보가 민족 내부 축적의 서사 구조로서 오랜 역사성을 가지고 있음에도 현재 망각 상태에 놓여 있다는 점은 김학철의 소설을 기억해야 할 중요한 이유다.

이렇듯 김학철의 민중성은 사상적으로나 미학적으로 더없이 특별하다. 민주주의, 인권 옹호의 인도주의와 짝을 이루는 것도 그러하거니와 무정부주의나 국제주의 등과도 두루 어울리는 것도, 아니 다양하게 확산할 수 있는 것도 개인적 차원이든 연대적 차원이든 인간 사랑의 평등사상, 그 근원적 포용력에 기원하고 있기 때문이다. 그것은 박두진의 "철저한 민주정체,/ 철저한 사상 자유,/ 철저한 경제 균등,/ 철저한 인권 평등"(「우리들의 깃발을 내린 것이 아니다」)이라 한 "우리들의 혁명"과 닮아 있다.

6

김학철은 일본 형무소에서 송지영 등과 함께 출옥 후 돌아온 해방 직후 서울의 분열된 풍경을 만찬 초대와 관련시켜 인상 깊게 이야기한다. 즉 송지영과 같이 머무는 여관에서, 하루는 미군정청 안재홍 민정장관이 송지영만을 초대하고, 그다음 날은 조선공산당 박헌영이 김학철만을 초대한데서 해방된 조국이 좌와 우로 완연히 갈라져 있음을 피부로 느꼈다는 것이다. 이미 살펴본 작가들도 그렇거니와 최태응, 안룡만, 설창수 등도 좌우의 선택 문제가 작가적 삶의 결정적 경계가 된다. 가령 같은 이북 태생으로 일제 강점기 말부터 작품 활동을 시작한 월남 작가 최태응과 재북시인 안룡만의 작품 세계는 좌우 이데올로기가 남과 북의 체제 선택으로이어지고 그에 따라 문학 세계가 형성되는 하나의 전형적 유형이다.

최태응은 그간 해방 직후 좌우 이데올로기의 혼란 속에서 신문사에 재직하며 청문협에 적극 참여하는 등 우익 측을 대변하는 논객으로 평가되거나 전후 세대에 대한 단순한 세대 묘사에 치중한 소설가로 간주되어 왔다. 특히 월남 작가로서 특수한 정체성이 만든 경계가 확실했다. 한국 전쟁 기간 중 대북 심리전 요원으로 추천받아 정보국 첩보과의 선전모략실에서 일할 정도로 전후 남한 정권의 정책에 적극 부응하는 길을 걸어왔다. 심경 소설, 신변 소설적인 최태응의 문학적 특징은 따라서 이승만 정권의 현실적 전개와 맞물려 정세 변화를 민감하게 반영했다. 그 결과 반공=반북 이데올로기를 가장 기본 축으로 하여 주변 현실을 봄으로써 주로 현실에 객관적 인식 대신 개인적이고 도덕적인 차원에서 현실에 순응하는 모습을 그려 냈다. 그만큼 최태응에게서 '반공 이데올로기'는 월남민으로서 뿌리를 내려야 했던 경계의 문제였으며 남한에서의 현실 영합적인 정체성을 구성하는 결정적인 역할을 했다. 이따금 남북 양쪽에 양비론의 비판이 행해지기도 하지만 허무감으로 빠져들 수밖에 없었다. 물론 최태응 소설만의 특장은 신체적 결손을 지닌 인물들의 형상화라는 소박한 문학 세계에 있다. 하위 계층의 삶의 척박함과 비참함을 중층적으로 드러냄으로써 '인간 본연의 선한 본성과 도덕성'을 환기시키는 데 어느 정도 성공적이었다.

사실 1916년생 작가 중 가장 큰 주목을 받으며 등단한 사람은 안룡만이었다. 1935년 《조선중앙일보》 신춘문예에 「강동의 품 — 생활의 강 아라가와여」가, 《조선일보》 신춘문예에 「저녁의 지구」가 동시에 당선되어 문단에 데뷔했는데, 박팔양은 심사평에서 "한 개의 경이요 동시에 의외의 수확이라 그만큼 유쾌하기 짝이 없는 일이었다."라고 고평했다. 더군다나 임화까지 보기 드물게 안룡만의 시를 극찬했다.

> 이 시에는 여태까지의 조선 프롤레타리아 시의 최초의 발전을 볼 수가 있다. 그리고 진실한 낭만주의의 전형적 일례로서 나는 이 시를 생각한다. 자연, 인간, 감정, 모두가 골수에까지 밴 생활의 냄새로 용해되고 시화(詩化)되어 있다.
> 이 시에는 위선(爲先) 진정한 민족성, 그 가장 큰 것으로 향토에 대한 한없는 사랑이 표시되어 있다. (중략) 그러나 그는 이 불행한 고향을 문명인과 같이 버리지 않고 무엇보다 큰 슬픔의 감정을 가지고 노래한 것이다. 이것이 진실한 시의 민족성이고, 또 그가 노래한 소년의 슬픔이 진실한 민족의 감정이며, 그의 낭만주의야말로 참말의 로만티카이다.[21]

어린 시절 부모를 따라 일본의 조선인 특수 지구이자 공장 지구인 '강동'에 정착한 시적 화자가 고국으로 돌아와 회상하는 시점으로 그려진 이 작품은 노동 운동에 투신한 전위를 시적 화자로 등장시켜서 아라가와 압록강을 매개체로 하여 과격함이나 생경함보다는 짙은 서정성을 바탕으로 한 정서적 울림에 집중함으로써 읽는 이로 하여금 임화와는 또 다른 서정적 단편 서사시를 대하는 듯한 느낌을 불러일으킨다.

사실 평안북도 신의주에서 출생한 안룡만의 이력 또한 만만찮다. 광주 학생 사건의 여파로 일어난 동맹 휴학에 참가했다가 출학당하고, 그 후 일

---

21)   임화, 『문학의 논리』, 임화문학예술전집 편찬위원회 편(소명출판, 2009), 509~510쪽.

본에 건너가 노동을 하면서 적색노조에 관계했으며, 다시 귀국 후 이원우, 김우철 등과 함께 잡지 《별탑》을 발간하면서 아동 문학 운동에 적극 참여했다. 1934년 5월에 '카프' 사건에 관련되어 체포되었다가 가을에 출옥하기도 하는 등 일제하 프로 문학 운동의 막내로서 지역에서 적극 활동했다. 그러나 임화로부터 "우리의 시적 명예의 최대의 건설자"가 되었으면 하는 기대를 받은 안룡만이 막상 해방 전에 발표한 작품은 시 5편에, 동시 4편과 동화 1편에 불과하다.

오히려 안룡만은 해방 이후 신의주에서 《서북민보》 창간에 힘썼으며 1946년 2월부터 북조선공산당 평안북도위원회 기관지 《바른 말》 편집을 하면서 작품을 썼다. 또 한국 전쟁 시기에는 전선에 종군하면서 활발하게 창작 활동을 전개했으며 북조선문학예술총동맹 평안북도위원회 위원장을 역임하는 등 적극적으로 활동하면서 모두 4권의 시집을 남겼다. 특히 한국 전쟁기에 창작된 그의 「나의 따발총」은 북한 문학사에서 최고의 전쟁 문학으로 추앙되고 있으며, 1960년대 초반 발표한 「낙원산수도」는 북한 체제문학의 최고봉으로 칭송받는 등 대표적인 북한 시인으로 평가받고 있다.

그러나 지금 우리가 안룡만에게서 주목하는 것은 체제 논리의 추수나 헌신에도 불구하고 그 틈새에 자리 잡고 있는 개성적 면모나 서정성, 그리고 시적 기교와 활용이다. 이를테면 '4·3 제주 민중 항쟁'을 고무·추동하는 일종의 아지프로 시인 「동백꽃 — 항쟁의 제주도여」나 체제 찬양 시 「락원산수도」 등에서 볼 수 있는 것은 이미지의 연쇄적 직조 능력, 그리고 향토적인 시어의 사용과 탄탄한 시적 구성 등이다.

한편 경상남도 진주에 거점을 둔 설창수의 문학적 삶 역시 특별하다. 니혼 대학교에 유학 중 1941년 12월 사상범으로 체포되어 부산형무소에서 2년여간 투옥되었다가 해방을 앞둔 1944년 3월에야 출감했다. 진주에서 해방을 맞이한 설창수는 칠암청년대에서부터 진주문화건설대, 진주시인협회, 한국문화단체 총연합회 진주 지부와 같은 조직과 《낙동문화》, 《경남일보》, 《영문》에 이르는 매체를 디딤돌 삼아 지역 문화의 계몽과 실천에 적극 나섰다.

설창수는 한국 근대 문학사에서 지역 문학의 첫 발견자며, 담론의 생산과 실천의 실질적인 주도자였다는 평가를 받고 있다. 설창수에게서 또 하나 주목할 점은 우익의 입장에서 조선문학가동맹 계열의 좌파 문학을 비판함과 동시에 김동리·서정주 등의 청문협 계열의 순수 문학도 비판하면서 내건 전인(全人)문학론과 일체5원칙(一體五原則) 등의 독특한 이론과 실천 방법이다. 설창수는 진주와 영남 지역 안팎에서 확고한 반공주의자로서 좌파에 맞서면서 또한 우파 민족 문학이 안고 있던 두 경향, 즉 개인주의적 순문학주의와 서울주의 경향을 강도 높게 비판했다. 그는 창작적인 면보다 조직 활동과 문화 행정에 관심을 기울였다. 그리하여 그는 해방 직후 좌·우익 문학 진영을 동시에 비판하면서, 좌익의 행동주의에 맞서는 우익의 행동주의로서 언론·출판·문화 등에서 전방위적 실천을 보여 준 특별한 사례이다.

해방기 시론과 박두진, 그리고 청록파

해방기 시단의 미개주의와 시적 기획

김춘식 | 동국대 교수

1 서론: 해방기와 청록파, 한국 시의 새로운 출발점

혜산 박두진의 시사적 의미는 한 시기에 국한하기보다 1939년《문장》을 통해 등단한 이후부터 1998년 9월 타계하기 직전까지 시력 전체에 걸쳐 논의되어야 할 것이다. 특히 그의 시작 활동이 평생에 걸쳐 지속되었다는 점을 생각하면, 주로 초창기 시작 활동인 청록파와의 연관을 중심으로 박두진 시인을 평가하는 지금까지의 관점은 한 시인의 전체적인 모습을 보여 주는 것이라고 하기는 어렵다. 특히 그의 시작 활동이 초기의 자연을 중심으로 한 미학에서 인간, 신(종교)의 문제로 확장되어 왔고, 이 과정에서 사회성에 관련된 의식도 많이 보여 주었다는 점에서 해방기 청록파 활동에 집중된 연구의 관점은 시인의 한 단면만을 조명한다는 지적을 받기에 충분하다.[1]

그러나 이런 타당한 지적들에도 불구하고 지금까지의 박두진에 대한 연구가 주로 초기 시작 활동에 집중되어 있었던 것은 그만큼 시사적인 의미 혹은 문제적 지점이 이 시기에 집중되어 있다는 사실을 반증하는 것이기도 하다. 혜산 박두진의 시작 활동의 출발 지점은 그만큼 한국 문학사에서 중요할 뿐 아니라 해방 이후 한국 시의 '원점'에 해당하는 의미를 지닌다는 뜻이다.

박두진과 청록파와의 상관성은 한국 전쟁 이후 조지훈, 박목월, 박두진이 모두 각자 개성적인 행보를 걸어갔다는 점, 청록파 활동 당시에도 '자연'이라는 공통적 소재 외에 이 세 시인의 미학적 특징이나 개성이 상당히 독립적이었다는 점을 생각하면, 오히려 특이할 정도로 문학사에서 강조되는 측면이 있다. 실제로 조지훈의 시 창작 활동이나 박목월의 시 창작 활동도 1950년대 중반 이후에는 '청록파' 혹은 '자연파'의 영역에서 모두 벗어났다고 보는 것이 타당하다.

이런 사실에도 불구하고 여전히 '청록파'라는 명칭이나 이들의 해방기 시작 활동에 많은 중요성을 두는 이유는 무엇 때문일까. 일제 강점기 말에 한국의 현대시가 봉착한 여러 난제(서구적 근대성의 몰락, 폭력적인 파시즘, 대동아 공영권 주장, 동양주의의 등장)와 해방 직후의 새로운 시적 모색 과정의 연결 지점에 이들 청록파가 자리 잡고 있었고, 그 시사적 의미나 위치가 분단 이후 한국 시의 향방을 결정하는 중요한 의미를 지녔기 때문이라는 것이 아마도 적절한 답변이라고 생각된다.

박두진의 시사적 위치나 의미가 여전히 청록파 그리고 해방 직후의 시론적 모색 과정과 결부되어 논의되는 것은, 이 시기에 등장한 자연, 인생, 생의 구경 탐구, 전통 등 우파(청문협 중심) 시단의 미학적 테제가 1960년대 이후에는 순수 문학의 영역뿐 아니라 사회, 정치, 경제, 종교, 일상적 휴머니즘 등 단순한 창작적 소재라는 성격을 넘어서 '시정신'이라는 장르적 규범의 형태로 확장되어 자리 잡았기 때문에 가능한 것이라고 할 수 있다.

---

1) 임규찬, 「극단의 시대와 기억/망각의 변증법 — 식민지·해방·분단과 역사의 시선들」, 이 책, 11쪽.

해방 직후 새롭게 재편되기 시작한 문단에서, 새로운 문학의 방향에 대한 모색은 좌파와 우파를 막론하고 가장 중요한 과제임에 틀림없었다. 이 과정에서 새로운 국가 건설의 방향이나 정치의 향배가 문학에 영향을 줄 수밖에 없는 것은 당연한 결과였다. 최근 탄생 100주년 문인의 한 사람으로서 다시 조명되는 혜산 박두진 시인의 의미는 이 점에서 자연스럽게 '해방기'라는 '역사적 상황'과 밀착되지 않을 수 없다. 1916년에 출생한 문인 대부분이 박두진 시인과 마찬가지로 일제 강점기 말에 청년 문사의 시기를 거쳐 해방 직후의 혼란기 속에서 자신의 문학적 전망을 모색했다는 점에서, 박두진을 비롯한 해방 전후에 문학사에 등장하는 신세대 문인들의 문학사적 의의는 특히 다른 시기보다 해방기 문학의 전개 과정과 깊은 상관성을 지닐 수밖에 없다.

　이런 이유에서 본고는 혜산 박두진의 문학사적 이력 전체를 평가하기보다는 해방기를 중심으로 한 초기 시작 활동과 그에 대한 당대의 평가, 그리고 시사적 의미를 중심으로 논의를 전개하고자 한다. 식민지적인 조건이나 상황의 연속성과 해방 직후의 새로운 가능성의 탐색이 중첩되는 지점에서 박두진의 문학 세계를 다시 조명하는 것은 한국 문학사의 한 분기점을 재검토하는 작업이기도 하다.

　『청록집』 발간 직후 청록파, 그중에서도 박두진에 대한 김동리, 조연현, 서정주 등의 주목은 아주 이례적인 것으로 보인다. 그리고 이런 '특별한 관심'에는 박두진의 시적 가치에 대한 미학적 평가만이 아니라 해방기 시단의 복합적인 맥락이 작용한다. 이 점이 해방기 시단에서 박두진을 '문제적인 대상'으로 검토하게 된 중요한 이유다. 지금까지의 연구는, '청년문학가협회' 측의 청록파에 대한 전폭적 지지를 '조선문학가동맹'을 중심으로 한 좌파와의 미학적 대립이라는 다소 도식적인 구도 속에서 논의해 왔다. 그러나 이런 정치적 대립 구도만을 보고, 문학의 자율성 기획 등 청록파를 지지하는 '청년문학가협회' 측의 실질적 '논리'를 간과하는 방식은 이 시기의 시론적 모색이나 한국 시의 미래적 기획의 구체성 등 중요한 성과를 제대로 살펴보지 못하게 하는 원인이 된다. 청록파나 박두진의 평가는 이 점에서 단순히 작품론, 시인론 등의 차원에서 다루어지거나 좌파와의 대립 구도에서 다루어지는 것을 넘어서, '청년문학가협회'의 문학사적 기획 속에서 재평가될 필요가 있다.

2 자연, 전통의 재발견과 '시정신'이라는 보편성

자연이나 전통에 대한 미학적, 문화적 가치의 재발견은 1920년대 '동인지 문단'의 시기부터 근대시의 이념이나 형태를 구상하는 과정에서 이미 나타나기 시작한다. 1930년대 《문장》의 전통주의와 정지용의 '자연'에 대한 이미지 등을 거친 뒤 도달한 청록파의 '전통', '자연'에 대한 재발견은 이 점에서 '근대적 자아'가 구상하고 기획한 새로운 '내면 풍경'에 해당된다. 결국 청록파의 문학사적 위치는 1920년대 '조선 시 정체성'[2] 논쟁이 시작된 이래 민족시의 가능성과 정체성, 시적 자아의 확립, 현대 시의 미학적 가치 등을 모색해 온 식민지 한국의 현대 시가 도달한 지점을 상징적으로 보여 준다. 해방 이후 발간된 『청록집』의 의미는 이 점에서 식민지 시 문학의 연속성과 해방 이후 시사의 새로운 출발점을 긋는 원점(단절성)이라는 양면적 의미를 동시에 지닌다.

실제로 주요한, 김소월, 이장희, 한용운, 이상화, 김영랑, 정지용을 비롯한 일제 강점기 시인들이 자신의 정서를 형상화하기 위한 대상으로 주로 소환한 것은 '산, 강, 나무, 새, 국토(땅), 바다' 등의 자연적 소재였다. 물론 이런 소재에 대한 의미 부여는 시인들의 개성에 따라 일정 부분 다른 점이 있지만, 식민지적인 결여의 측면에서만 보면 '자연', '전통'은 분명 상실된 가치이자 민족적, 개인적 자존감을 포함하고 있는 대상이었다.[3]

---

2) 김춘식, 「조선 시, 전통, 시조」, 《국어국문학》, 2003. 12; 「신시 혹은 근대 시와 조선 시의 정체성」, 《한국문학연구》 28, 2005 참조.
3) "문학, 예술의 자율성을 획득하는 과정에서 개인의 감각을 전면에 내세움으로써 '장'을

청록파에 대한 1990년대 이전까지의 연구는 대부분 '작품론', '시인론', '주제론' 등을 중심으로 하는 '형식 미학'과 '비평적 평가'에 주로 한정되어 있었다.[4] 특히 민중 문학적인 관점이 강하게 제시되기 시작한 1970년대 후반에서 1980년대에는 리얼리즘 미학에 근거하여 이들의 시를 식민지 현실에 대한 도피, 분열적 현실에 대한 의도적인 자기 망각[5] 등으로 평가하면서 미학적인 한계를 지적하기도 한다. 자연에 대한 미학화에 대해서는 특별히 더욱 강한 비판을 가하는데 복고적 취향, 이상주의, 귀족주의 등으로 규정한다. 그럼으로써 청록파는 보수적이면서 복고적인 전통주의 미학의 대명사가 된다. 그러나 이러한 선행 연구는 식민지 문학사의 전체적인 맥락을 함께 고려하지 않은 상태에서 작품의 형식 분석, 주제 분류, 운율론 등을 중심으로 하는 '인상 비평' 수준의 시인론이나 작품론의 성격이 강하고, 1970~1980년대의 시대적인 상황 속에서 '참여 문학과 순수 문학'의 대립 구도로 청록파의 문학을 바라보는 등의 문제점을 지닌다. 따라서 문학사와 근대성의 흐름에 대한 세부적인 천착이 부족한 경우가 많다는 비판을 받을 여지가 많다.

청록파의 시를 미적인 '복고주의', '전통주의', '형식주의' 등의 평가를 벗어나 '근대성과 전통', '근대적 자아의 내면' 등의 주제로 확장해 연구하

새롭게 편성하고자 하는 문인과, 민족의 이념을 전면에 세움으로써 '장'을 구성하고자 하는 문인 사이의 투쟁 속에서 전통, 민요, 자연은 때로는 민족성을 구현하는 수단으로, 때로는 개인의 감각이 지닌 구체성을 드러내는 대상으로 달리 인식된다. 전통, 민요, 자연을 현실에로의 직접적인 소급이 불가능한 '초월적인 것', '초연한 것'으로 규정함으로써 '순수한 것'으로 만드는 일련의 시도와 '민족'이라는 이념을 앞세워 이러한 대상을 선험적 가치를 지닌 개념으로 지속적으로 소환하는 방식 사이의 대립은, 동일한 대상에 대한 서로 다른 '장'의 원리가 충돌하는 과정에서 생겨난 것이다."(김춘식,『미적 근대성과 동인지 문단』(소명, 2005), 51쪽)

4) 이문걸, 「한국 시의 원형 심상 연구」, 동아대 대학원 박사 논문, 1996; 백승수, 『청록집』의 기호학적 연구」, 동아대 대학원 박사 논문, 1994; 김기중, 「청록파 시의 대비 연구」, 고려대 대학원 박사 논문, 1991 등.
5) 김우창, 「한국 시의 형이상 — 하나의 관점」, 『궁핍한 시대의 시인』(민음사, 1977).

기 시작하는 것은 1990년대 이후 문학적 근대성 논쟁, 근대/반근대, 전통/반전통 논의를 거치면서 한국 문학 연구 전체가 '근대 기획'의 다양성 속에서 재구성되면서부터이다. 박두진을 비롯한 청록파 3인은 모두 정지용의 추천으로 《문장》을 통해 등단했는데, 이런 공통점은 자연스럽게 문장파의 미적 취향 혹은 문학적 경향과의 연속선상에서 이들을 바라보게 한다. 《문장》의 기본적 성격은 잘 알려져 있듯이 전통주의에 기반하고 있는데, 이런 특징은 청록파 탄생의 배경적 조건이 되기에 충분한 것이다. 따라서 '청록파'의 '자연, 전통'은 세 시인의 독창적인 창안이라기보다는 식민지 시기 한국 시가 도달한 어떤 상징적인 지점을 암시하는 것으로 파악된다.[6] 일제 강점기 말 '문장파'의 자연주의는 청록파 3인을 문단에 배출한 정지용의 시 세계와 청록파를 연속적인 관계에서 설명하는 근거인데, 실제로 정지용은 청록파 3인과 직접적인 연속 관계에서 설명할 수 있는 시인이면서 동시에 그 시적 단절성의 측면을 비교할 수 있는 대표적인 시인이기도 하다.[7]

청록파 3인에 대해 '자연의 재발견'이라는 의미를 처음으로 부여한 것은 김동리다. 그는 「자연의 발견 ─ 삼가(三家) 시인론」[8]이라는 글을 통해 청록파 3인의 자연이 미학적으로 발견된 자연이면서 동시에 "세기적 심연에 직면하여 절체절명의 궁경(窮境)에서 불러진 신의 이름"[9]이라고 칭함으로써 이들의 자연이 단순한 소재 혹은 전통적 선비 취향의 '화조풍월'이 아님을 주장한다. 이런 옹호는 당시 좌파 문인들의 비판을 다분히 의식한 것

---

6) 김춘식, 「근대적 감각과 '발견'되는 자연」, 《한국문학의 연구》 37집, 2009. 2, 20쪽.
7) 정지용의 '자연'이 이미지즘적이고 감각적인 언어에 의해 발견된다면, 박목월, 조지훈, 박두진의 자연은 이미지의 물질성보다는 오히려 '관념성이나 상징성, 알레고리'의 측면이 강하게 나타난다. 자연의 '엠블럼화'라고도 할 수 있는 이런 미적 구도는 자연을 '사물, 물질, 대상'으로 파악하기보다는 어떤 '의미체, 형상화된 관념'으로 파악하는 태도에서 비롯되는 것으로 자연을 '매개'의 성격을 띠는 것으로 바라보는 것과 관련이 있다.
8) 김동리, 『문학과 인간』(백민문화사, 1948); 『김동리 문학 전집 32 ─ 문학과 인간』(도서출판 계간문예, 2013).
9) 위의 책, 58쪽.

이지만, 분명히 탁월한 안목을 지닌 것이었다. "조선의 시가 한 개 문학사적 의미에서 자연을 발견하게 된 것은 1939년에서 1940년에 이르기까지 한 이삼 년간의 일이다. 당시의 순문예지 《문장》을 통해 세상에 소개된 일군의 신인 중 특히 박목월, 조지훈, 박두진 이 세 사람이 그 사명을 띠었던 것이다."[10] 이와 같은 평가는 청록파의 문학사적 위치를 정확하게 짚어 낸 것이라고 할 수 있다.

이 점은 김동리의 탁견이기도 한데, 그를 해방기의 좌파 이론가들과 명확하게 구분해 주는 점이기도 하다. 즉 식민지 근대 문학의 전개 과정과 해방 이후 시단의 신세대를 그는 문학사적인 연속성의 입장에서 설명하고 있다. 김동리의 이런 시각은 '문학의 자율성'이라는 그의 주장과 연계되어 '문학사'라는 독자적인 영역을 설정한다. '근대성'이라는 차원에서 볼 때, '정치, 사회, 역사'가 사회적 모더니티의 작동 원리를 지닌다면, '미적 모더니티' 혹은 '문화 예술적 모더니티'는 이런 사회적 모더니티에 반발하거나 적어도 '자율적 시스템'을 구성한다. 김동리의 관점은 이런 점에서 보자면 '사회적 모더니티'를 전면에 내세우고 있는 해방기 좌파의 주장과 대립하면서, '미적 모더니티'의 계보를 독자적으로 세우는 새로운 '문학사 서술'을 구상하고 있는 것이라고 할 수 있다.

실제로 청록파 3인에 의한 자연, 전통의 재발견은 '사회적 모더니티'로서의 '서구적 근대성'에 대해서는 '반근대적 자연'의 면모를 지니면서도 '미적 모더니티'의 측면에서 보면 '자연'의 '미적 호명 혹은 인식론적 재발견'이라는 차원에서 혁신적인 의미를 지닌다. 즉, '반근대적 근대'라는 술어적 차원의 가능성은 당시의 일반적 통념과는 '인식'의 구도를 달리한다는 점에서 새로운 '근대의 가능성'을 지닌 것은 분명하다고 하겠다. 김동리의 이러한 생각은 청년문학가협회 소속의 조연현, 조지훈 등의 생각에서도 그대로 나타난다. 이들의 인식적 구도는 좌파 문인들과의 대립이 심해

---

10) 위의 책, 54쪽.

지는 과정에서 정치적인 함의를 지닌 테제로 변질되거나 일정 부분 오해되는 측면도 있지만, 그 자체로 독창적인 가치를 지니고 있다.

일반적으로 해방기 문단에서 정치적인 측면에의 좌우 대립은 '청년문학가협회'가 아니라 '전조선문필가협회'와 '조선문학가동맹' 사이의 대립이 중심이었고, '청년문학가협회'는 순수문학론, 시정신론 등 정치주의보다는 문학론이나 시론 등 '문학'이라는 영역을 중심으로 좌파 문인들과 격렬한 논쟁을 치렀다. 문학사적인 관점에서만 보자면, 특히 시론의 차원에서, 청년문학가협회와 김동석을 중심으로 한 조선문학가동맹 측의 논쟁은 이론적인 측면에서 상당한 성과를 거두고 있고, 향후 한국 시단의 행보를 결정하는 다양한 논제를 제시하고 있다.[11] 특히, '시정신'에 대한 '청년문학가협회' 측의 꾸준한 문제 제기는 좌파 시단의 도식성에 대한 비판을 넘어서 식민지 시기 전체를 관통해 온 문제와의 연속성을 지닌다는 점에서 '한국 시' 일반에 걸친 중요한 문제 제기였다고 할 수 있다.[12]

---

11) 이 점에 대한 최근의 연구로는 박민규의 『해방기 시론의 구도와 동력』(서정시학, 2014)을 꼽을 수 있다. 해방기 시론이 지금까지의 일반적인 평가였던 '좌우의 이념적 대립'을 넘어서 문학사적인 중요 테제를 함축하고 있었다는 관점은 이 논문에서 특히 주목할 점이다. "순수의 비순수성을 주장한 좌파 계열의 논리는 어떠한 문학도 당대의 정치 현실로부터 전적으로 동떨어질 수 없다는 원론적 지적으로선 타당한 것이었다. 하지만 유진오, 김상훈, 한효의 글에서 보았듯 순수의 정치성을 지적한 이들의 의도 또한 다분히 정치적 목적의식에 묶여 있었다. 문학의 자율성을 내세운 청문협도 이 문제에서 자유로웠다고 볼 수는 없다. 문맹의 문학을 비판한 기저에는 문학과 정치의 분리론이 있었지만, 단정 수립 후 남한 문단의 재편 과정에서 우파 문단은 반공주의라는 이념적 기제와 적극 결합하거나 이를 암묵적으로 승인하게 된다. 그래서 우파의 전문협 계열 문인들과 비교해 볼 때 청문협의 정계 진출과 정치적 개입 정도는 상대적으로 약소한 편이었다. 물론 이 약소함 또한 엄격하게 따지자면 비판의 대상이 될 수 있을 것이다." (171~172쪽)

12) "해방기 시론의 양상들 중 일정한 연속성 속에서 꾸준하게 제기된 문제가 바로 시정신이란 무엇인가에 대한 것이었다고 할 수 있다. 일단 어사적으로 보면 '시정신'은 '시'와 '정신'의 합성어이다. 이 어휘에서 도출 가능한 일차적인 뜻들은 '시의 정신'과 '시를 쓰는 정신' 정도가 될 것이다. 시의 정신이란 시를 주어에, 시를 쓰는 정신이란 시를 목적어의 위치에 놓을 때 생성되는 의미이다. 시의 정신에 대한 고찰이 시만의 정신 즉 시 장르

서정주는 「시의 표현과 그 기술 ─ 감각과 정서와 입법의 단계」[13]에서 해방기 좌파의 시를 공격하면서 동시에 정지용의 기교적 모더니즘을 비판하고, 정서와 입법의 단계가 보다 발전된 시의 형태임을 주장한다. 서정주의 이런 주장은 이후에도 계속 전개되는데, 입법의 단계는 종종 묘법, 예지의 단계로 표현되기도 한다. 이 글에서 그는 당시 아직 예지의 단계에 이른 시는 없다고 하면서 이 입법 단계의 시를 가장 고차적인 단계의 시로서 '종합된 정서'가 '사상'을 위해서 취사선택되어 미래적인 '예지' 즉 '비전'을 제시한다고 주장했다. 그의 이런 주장은 "모든 복잡성과 분산성을 종합 정리"하는 것이 시의 '구심성'이자 종합의 능력이라고 하면서 '시정신'을 '종합의 능력'이라고 규정하는 것과 그대로 일치한다. 이 주장은 시의 존재론적 목적으로서 '종합', '예지'를 설정하고 '시 창작'이 그것을 어떻게 구현해 내느냐가 관건이라는 문제로 시정신에 대한 '논점'을 정리하고 있는 것이다. 이런 그의 주장은 김동리의 주장과도 일맥상통하는 것으로 청록파의 '자연'이 "세기적 심연에 직면하여 절체절명의 궁경에서 불러진 신의 이름"[14]이라는 평가에 닿아 있다.

1930년대 시론에서 가장 쟁점을 이루었던 것은 박용철의 '정서론'과 김기림, 임화의 기교주의 논쟁이다. 이 점에 비추어 보면, 김동리나 서정주의 '시정신'론은 1930년대 기교주의 논쟁을 그 출발점으로 삼고 그 연속선상에서 자신들의 논의를 새로운 방향으로 전개하고 있는 것으로 보인다.

의 주체적 특성과 지위를 변별적으로 밝히기 위한 논의라면, 시 쓰는 정신에 대한 고찰은 시를 쓰는 정신의 정신적 자세에 대한 기술이 된다. 전자가 시의 존재론적 규명이라면, 후자는 그러한 시를 다루는 시인의 태도론적 서술에 가깝다."(위의 글, 215~216쪽) 시의 정신과 시를 쓰는 정신으로의 구분이 다소 편의적이기는 하지만 해방기에서의 시정신이 시의 존재론, 즉 시론적 차원과 시 쓰는 정신, 즉 '시창작론'의 두 형태로 쓰였다는 박민규의 지적은 아주 적절한 평가이다. 다만, '시 쓰는 태도'보다는 '시 창작론'의 모색이 시정신이라는 용어의 함축적 의미로 사용되었다고 보는 것이 더 적절하다고 생각된다.

13) 서정주, 「시의 표현과 기술 ─ 감각과 정서와 입법의 단계」, 《조선일보》, 1946. 1. 20~24.
14) 김동리, 『문학과 인간』; 『김동리 문학 전집 32 ─ 문학과 인간』, 58쪽.

서정주의 3단계 구분론인 감각, 정서, 입법의 단계는 각각 기교주의, 감각의 종합 온축과 시간의 지속을 함축한 정서, 그리고 사상에 대응된다. 좌파 시단 역시 청록파를 비롯한 청문협 계열의 신세대 시인들을 '기교주의'로 공격하고 있는 점에서 알 수 있듯이, 해방기 시단에서 청년문학가협회와 조선문학가동맹 양측이 모두 비판하는 과거 식민지적인 쇄말주의의 핵심은 소재나 내용보다는 '기교주의'라는 용어로 대변된다. 다만, 좌파의 '기교주의 비판'이 '미학주의나 형식주의'로 다소 부주의하게 확장되고 있다면, 서정주나 김동리 등은 기교와 감각을 일치시키는 반면, 시의 고차적 단계로서 '정서나 예지'라고 하는 새로운 가능성의 차원을 제시하고 있는 것이 가장 큰 차이라고 할 수 있다. 예를 들면, 김동리의 다음과 같은 시문학사적인 평가는 1930년대 후반에 등장한 시인들이 감각과 기교의 단계를 어떻게 극복하고 있고 또 그것이 해방기 시단에서 왜 계승되어야 하는가를 역설하고 있는 대목이다.

〈순수시〉는 표현 본위의 시운동이었던만큼 점차 형식주의에 기울어져 드디어 시혼(시정신)의 공소(空疎)를 초래하게 되었으며, 후자 모더니즘의 시는 처음부터 인생과 자연에 대한 구경적 정신을 거부하고 〈기계〉와 〈문명〉과 〈인공〉에서 새로운 시의 영야(領野)를 개척하려 한 것이니만치 〈새로운〉, 〈개척〉 등등의 허영적 관념에서 어느덧 유행성에 타락되고 말았던 것이니, 이러한 시정신의 질식 상태에서 분연히 반기를 들고 일어난 것이 유치환, 서정주, 김달진, 오장환, 함형수 등을 대표로 하는 일군의 젊은 인생 시인들이었다.

그들은 감각보다 정서를, 신경보다 심장을, 객관보다 주관을 실증보다 신비를, 문명보다 자연을, 재담보다 통곡을 제 것으로 하였다. 기교보다 정신에서, 기계보다 영혼에서 그들은 다시 시를 찾으려 했던 것이다.

중세적 신앙이나 실증적인 문명이 이미 인간과 유리된 사실을 인정하고 나서도 그들은 생에 대한 구경적 의욕을 포기하려 하지는 않았다. 그들은 어느덧 그들의 발 앞에 가로놓인 것의 깊이에 대해 눈치챘다. 그들은 이 세기적 심연 속에, 영겁을 매장할지언정 〈재담〉이나 〈세공〉이나 〈기계〉와 타협할 수 없음을 깨달았다. 그들은 비교적 여유 있게, 또 용감하게 이 심연을 지키려 하였다. 그들의 후발대(혹은 구조대)가 당도할 때까지…….[15]

중세적 신앙, 근대적인 문명의 한계를 넘어서 여전히 생에 대한 탐구를 지속하고 있는 것이 '현대'의 '시인'이고 그 사명임을 명시하면서 김동리는 그 미학적 구현을 '재담', '세공', '기계'가 아닌 '인생', '정서와 사상', '심연'에서 발견하는 기획을 내세운다. 그리고 그 기획의 가장 '후발적 위치'에 바로 '청록파'가 위치하는 것이다.

특히, 혜산 박두진에 대한 평가는 김동리, 서정주, 조연현 등 이 시기 '청년문학가협회' 논자들에게서 남다른 의미로 나타난다. 김동리의 경우는 "박두진의 특이성은 그의 구경적 귀의가 다른 동양 시인들에서처럼 자연에의 동화 법칙에 의하지 않는 데 있다. 그도 물론 항상 자연의 품속에 들어가 살기는 한다. 그리고 '영원의 어머니'라고 부르기까지 한다. 그러나 그는 거기에서 다시 '다른 태양이' 솟아오르기를 기다리는 것이다. '메시아'가 재림하기를 기다리는 것이다."[16]라고 하여, 박두진 시의 특징을 메시아의 재림과 동양적 귀의처인 '자연' 사이의 간극에서 발견해 낸다. 이제까지 동양 시인들이 대부분 자연을 마지막 귀의처로 설정한다는 점에서 '자연의 발견'은 일반적으로 동양주의에 닿아 있다는 것이 해방기 당시 김동리의 생각이었다. 그러나 김동리에 의하면, 박두진의 자연 발견은, 동양적인 것과 서양적인 "메시아"가 서로 만나는 지점에서 발생했다는 것이다. 이런 새로움에 대한 김동리의 생각은 이후 「해」의 강렬한 생명력에 대한 고평으로 연결된다.

그러나 박두진 자신이 자신의 시적 세계를 기독교의 구약 성서적인 특

---

15) 위의 책, 56~57쪽.
16) 위의 책, 65쪽.

징만으로 환원하는 것에 대해 '부정적인 견해'를 피력했듯이[17] 박두진의 시에 나타난 자연을 종교적인 특징을 지닌 것으로만 단정하기는 어려운 면이 있다. 박두진의 시에 대한 종교성의 평가는 김동리가 박두진의 시를 '메시아주의'로 규정한 이후 많은 평가에서 반복되어 온 것이다. 하지만 "으레 말하는 구약적 세계관이니 인류 이상의 야생적 비유니 하는 말들처럼 나는 종교적인 구약 사상만을 의도했거나 의식하지는 않았다."[18]라는 시인의 말을 단지 표면적으로만 읽더라도 그의 시가 단순히 종교적인 세계에 함몰된 것이 아니라는 점은 잘 알 수 있다. 다만 시 속에 구현된 자연이 기독교적인 메타포나 세계관을 반영하고 있는 것만은 사실인데, 이 점은 청록파 3인 중에서도 박두진의 성격이나 위치를 특별하게 차별화하는 중요한 이유이기도 하다.

그러나 주목할 점은 당시 조연현, 서정주, 김동리의 고평이 이런 기독교적인 메타포 때문이 아니라, 박두진이 「해」와 같은 시편에서 보여 준 역동적 생명력이나 산문적인 율동의 힘, 그리고 미래주의적인 '신념'에 대해서 이루어진 것이라는 사실이다. 실제로 박두진 시의 핵심은 종교성보다는 오히려 현실에 대한 적극적인 관심과 참여 의지에 있다. 이 점은 청록집에 실린 시편과 시집 『해』의 핵심적인 성격인데, 인간 구원이라는 형이상학과 현실의 개선이라는 실천 의지가 만나는 지점에서 박두진 시의 자연(自然)이 발견되는 것이다.

조연현이 "현대인의 생리와 감각"을 통해 박두진을 서구적인 근대의 자연관, 기계주의적인 계량화를 초극해서 원시적인 자연을 시적으로 구현하고 있다고 평가[19]한 것은 분명 종교적인 차원의 '구약'만을 염두에 둔 발언이라고 보기는 어렵다. 조연현과 김동리의 공통점은 박두진의 '자연'을

---

17) 박두진, 「시(詩)의 운명(運命)」, 정한모·김용직, 『한국현대시요람』(박영사, 1974), 662~663쪽.
18) 위의 글, 663쪽.
19) 조연현, 「자연과 근대 정신 ─ 박두진 시집 『해』에 대하여」, 《학풍》 2권 8호, 1949. 10.

서구적 근대의 기계주의적인 자연관과 대립시키고 있다는 점인데, 이런 시각은 해방기 시단에서의 '시정신'의 문제가 근대적 과학주의와 물신주의를 극복하는 데 초점을 맞추고 있음을 알게 한다. 박두진의 생명력, 미래적 정의에 대한 신념, 현실적 개선의 열망 등이 근대적인 폭력에 대한 대응이라는 점에서, 해방기 시단의 '시정신'이 지향하고자 하는 방향과 박두진의 시정신은 일정 부분 보조를 같이하고 있는 것이다.

김동리의 "자연과 초자연은 언제쯤 그 장벽을 헐 날이 다가오는가? 선과 기독교는 박두진을 통하여 악수하게 되는가"[20]라는 질문은 해방기 당대에 한정된 것이 아니라 미래적인 것이다. 이 질문의 미래성은 한편으로는 박두진의 '미래성', '미래적 염원'에서 비롯된 것이다. 이 글에서 '선', '기독교', '자연', '초자연(형이상학)'은 "동양/서구"를 함축하는 말이지만, '육체/정신', '인간/신', '현실/미래' 더 나아가서는 '동양적인 자연과 구원의 간극' 등에 대한 질문을 포함하고 있는 것이다. 이런 점으로 미루어 보면 김동리와 서정주, 조연현의 박두진에 대한 관심은 상당 부분 미래적인 시학의 가능성에 대한 기대와 관련되어 있음을 알 수 있다. 시가 정서의 단계를 넘어서 사상이나 입법(예지)의 단계에 이른다는 것은 이처럼 시의 '미래적 가능성'을 기획하고 실천하는 방법적인 모색에 해당한다.

3 해방기 시론의 지향점과 박두진, 청록파

해방기 시론의 구도는 크게 '조선문학가동맹'의 좌파 정치주의, '전조선문필가협회'의 우파 민족주의, '청년문학가협회'의 순수시론을 중심으로 전개되었다. 이중 실제 문학적인 내용성을 갖춘 것은 '조선문학가동맹'의 논의와 '청년문학가협회' 측의 순수시론이다. '조선문학가동맹' 측의 정치론은 당시의 시대적 정세와 밀착되어 있었다는 점에서, 당대적 현실의 반

---

20) 김동리, 앞의 책, 69쪽.

영주의로부터 시작되어 점차 행동적 정치주의 문학관으로 이동해 가는 모습을 보인다.[21] 반면 청년문학가협회 측은 앞장에서 이미 살펴보았듯이, 시정신이나 문학의 본령이라고 하는 자율성의 문제를 '순수 문학'의 개념으로 정립하면서 정치와 문학의 분리를 주장한다. 해방기의 현실 속에서 정치와 문학을 분리하려는 움직임 자체가 문학의 현실 참여나 반영주의를 부정하는 또 다른 정치성을 지닌 것으로 비판되는 것은 분명 적절한 것이다. 그러나 정치성이 전면에 제기됨으로써 문학의 독자적인 테제나 논리 자체가 부정되는 것 또한 정당한 것은 아니었다고 할 수 있다. 청년문학가협회 측의 초기 대응은 이 점에서 문학의 정치에 대한 전면적인 부정이었다기보다는 '정치에 대한 문학의 독자성 주장' 혹은 조금 더 나아가서 '정치에 대한 문학의 상대적 우선주의'였다고 할 수 있다.

조선문학가동맹 결성식인 '전국문학자대회'의 시 부문 보고 연설에서 김기림은 "일찍이 우리 시는 될 수 있는 대로 정치를 기피한 적이 있었다. 그것은 다름 아니라 한때 이 땅에서는 정치라면 적의 침략 정책의 추궁(追窮)뿐이었을 때에 시는 그 자신의 피해를 될 수 있는 대로 적게 하기 위하여 이러한 의미의 정치로부터 비통한 대피와 퇴각을 결행하는 길을 가려 했던 것이다."[22]라고 하여 일제 강점기의 시의 비정치성이 일시적인 '대피'였다고 규정한다. 이 보고문은 조선문학가동맹의 공식적인 입장을 대변하는 것으로 식민지 시기 비정치와 순수가 상황적인 선택이었고, 이제 새로운 국가 건설의 단계에서 시와 정치의 만남은 필연적인 것이라는 내용의 주장이다.

김기림의 이러한 주장은 조선문학가동맹의 성격을 잘 대변하는 것으로 일제 강점기 '순수 문학'의 진영에 있던 시인들의 상당수가 새로운 상황 속

---

21) 박민규, 앞의 책, 154~175쪽.
22) 김기림, 「우리 시의 방향」, 『건설기의 조선 문학』, 문맹서기국 편(백양당, 1946): 조선문학가동맹 엮음, 최원식 해제, 『제1회 전국문학자 대회 자료집 및 인명록 — 건설기의 조선 문학』(온누리, 1988), 63쪽.

에서 '시와 정치'의 상관성을 자신의 과제로 선택하는 중요한 근거가 된다. 실제로 카프 계열의 문인이 아니었던 상당수의 작가, 시인이 조선문학가 동맹에 가입하는 과정에는 새로운 국가 건설을 위한 '문학의 정치적 복무' 에 참여한다는 명분이 크게 작용한다. 그러나 '시와 정치'의 상관성을 단순히 시대적 여건과 형편에 따르는 것으로 규정하고 있다는 점에서 김기림의 '시와 정치'는 시의 본질적 측면이나 시의 정치적인 기능, 역할 등과는 오히려 무관한 것이다.

역사적 상황이 시의 정치성을 요구한다는 주장 또한 지나치게 단순한 것이어서 시의 정치적 복무는 '일제의 요구인가'(식민지 시기), '민족을 위한 참여인가'(해방 이후)라는 긍정과 부정의 조건만 있을 뿐 시, 정치, 사상, 예술의 종합 또는 그 미적 성취라는 측면은 전혀 고려되어 있지 않다. 이 점은 사상, 내용, 형식이라는 시론의 본질적 고민을 생략한 채 시와 정치의 상관성을 당연시하고 있을 뿐 아니라, 시가 어떻게 정치적으로 참여하는 가와 같은 구체적인 실천의 문제를 둘러싼 이론적 고민 등이 생략되어 있다. 시 창작론이나 시론의 구체성을 결여한 상태에서 당연시되고 있는 시의 정치성은 이후 청년문학가협회 시인들의 비판에서처럼 구체적인 방법론이나 미적, 언어적 성취에 대한 문제 제기에 직면하게 된다.

우리 시단(詩壇)은 해방 전까지는 일제의 검열 때문에 사상의 자유가 크게 제약되었습니다. 그러나 시에서는 그러한 제약이 도리어 사상의 표현이라든지 언어 구사의 기술을 절로 심화하게 한 일면이 있었던 것도 사실입니다. 우리가 기다리던 민족의 해방은 시단에도 자유의 열락을 가져왔으나 그와 함께할 우려할 현상도 가져오게 된 것입니다. 그것은 시의 본질에 대한 아무런 비판과 내성(內省)과 연구 없이도 정치의 해방을 그대로 시의 해방과 혼동하여 아무렇게 써도 시가 된다는 엄청난 자유를 획득한 것입니다. (중략) 어떠한 사상도 시의 기술적 표현을 거치지 않고는 시의 소재의 나열은 될지언정 형상(形象)되고 창조된 시가 못 된다는 것은 누구나 다 아는 사실입니다. 이런 의미에서 해방 후에 나타난 시의 대다수가 소재의 나열, 다시 말하면 사상이 완전히 혈액화(血液化)되고 생활화되지 못하고 미감(美感)과 사상(思想)이 물에 기름 탄 것처럼 유리되고 있었다는 것을 말하지 않을 수 없습니다.[23]

　　모든 불순한 야심과 음모를 버리고 진정한 시정신을 옹호하는 것이 언제나 다름없는 시의 순수성이지만, 이때까지 우리가 가져온 '순수'의 개념은 자칫하면 무사상성(無思想性), 무정치성(無政治性)이란 이름에로 떨어질 위험성이 다분히 내포되어 있었던 것입니다. 해방 전에는 우리 시인들 시에서 사상을 나타낸다는 것은 곧 일제에 매수되고 영합한다는 슬픈 결과가 되었기 때문에 일견(一見)해서 화조풍월(花鳥風月)을 노래하는 무사상성이 우리들의 민족적 양심과 시인적 양심을 아울러 지키는 방편이 되었던 것입니다. 이제 우리 손으로 새로운 문화를 이룩하고 새로운 생활을 설계할 자유를 얻은 만큼 시에서의 사상성 문제도 정당히 재논의되어야 하겠습니다만은 우리가 가지고 있는 '사상'이란 말에 대해서도 반성이 있어야 할 것입니다.
　　예술에 나타난 사상이란 대개가 어떤 주의(主義)를 표방함을 가리킨 적이 많았으나 시에서의 사상이란 이런 좁은 곳에 국한시킬 것이 아니라 인간성의 기미(機微)를 건드리는 것이라면 우리는 작은 서경시(敍景詩)에서도 능히 사상성을 파악할 수 있을 줄 압니다. 그러므로 시의 사상성은 어떤 주의(主義)의 편당성(偏黨性)에보다도 전 인간적(全人間的) 공감성에 뿌리를 두어야 할 것입니다. (중략) 그러므로, 다만 우리가 순수라는 개념을 고쳐 가져야 할 것은 순수는 무사상(無思想)의 것이 아니라 시를 예속시키는 사상이 아니고 순화(純化)된 사상이면 다 순수시가 될 수 있다는 점입니다.[24]

23)　조지훈, 「해방 시단의 과제」, 청년문학가협회 창립대회, 1946. 4. 4; 『조지훈 전집 3 ― 문학론』(나남출판사, 1996), 221~222쪽.
24)　위의 글, 위의 책, 223쪽.

조지훈의 위와 같은 주장은 당시 '청년문학가협회'의 일반적인 생각을 대변하는 것으로 김기림의 주장처럼 사상의 자유가 일제 강점기에 억압되었다가 해방되었다는 점에서는 일치하지만, ① 주의, 정치 이전에 사상의 차원을 강조하는 점, ② 시의 표현 기술이 사상적 억압 속에서도 발전하는 것처럼 시의 해방은 정치의 해방과 다르다는 점, ③ 사상의 혈액화가 시의 진정한 순수성을 보장하는 것이라는 점, ④ 시의 사상은 전인간적 공감성에 기반을 두며 예술적으로 승화되어야 한다는 것 등의 주장에서 김기림보다 구체적인 내용을 담고 있다. 특히 인용한 글 이후에 '민족시와 세계시'의 항목에서 '민족시＝세계시'라는 시적 특수와 보편의 통일을 주장하고 있는 것은 예술의 개성과 가치의 보편성을 논리화하고 있는 대목이다.

'청년문학가협회'의 시론은 이 점에서 조선문학가동맹 측의 '기교주의'라는 비판과는 어느 정도 거리가 있는 것으로 오히려 좌파의 시각에서 비판을 한다면 '자본주의적인 개인주의 미학의 계승'이라고 하는 차원에서의 비판이 가능할 것이다. 사상, 개성이라는 차원에서 사회주의 문학과 청년문학가협회의 시론이 대립되는 것은 명확한 사실이다. 이 점은 '응향' 사건에 대한 이 두 단체의 견해가 전혀 상반된 점에서 잘 나타난다.[25]

'응향' 사건을 바라보는 '청년문학가협회'와 '조선문학가동맹' 두 단체의 시각은 아주 상반된 것으로 '창작의 주체', '창작의 자유' 등에 대한 정치적 입장이 확연히 갈라진다. 또한 '정치'라는 개념에 대한 생각 자체도 완전히 다른데, 인용한 조지훈의 글에서 '정치'란 '주의'나 '정파'를 초월한 '사상의 기미'라고 규정되고 있듯이, '청년문학가협회' 측에서 내세우는 '정치'란 개인의 사상적 자유, 창작의 자율성 옹호 등을 중심으로 생각된

---

25) 김동리, 「문학과 자유의 옹호 ― 시집 『응향』에 대한 결정서를 박함」, 《백민》, 3권 4호, 1947. 7; 『김동리 문학 전집 32 ― 문학과 인간』(도서출판계간문예, 2013), 97쪽); 조연현, 「논리와 생리 ― 유물사관의 생리적 부적응성」, 《백민》 3권 5호, 1947. 9; 백인준, 「문학예술은 인민에게 복무하여야 할 것이다 ― 원산문학가 동맹 편집 시집 『응향』을 평함」, 《문학》 3집, 1947. 4.

다면, '조선문학가동맹'의 '정치'란 당파성, 계급성, 이념성이 핵심이라는 점에서 '개인성' 자체가 부정되거나 축소된다. '응향' 사건은 이 두 단체적 '정치'와 '문학'에 대한 사유가 결정적으로 차이를 보이는 하나의 상징적인 분기점인 것이다.

해방기 시론의 이런 대립 구도 속에서 박두진은 청록파의 한 일원으로서 당시 시의 사상성과 예술성의 결합을 주장하는 '순수시'의 개념을 대표하는 위치에 있었다. 특히, 서정주에 의해서 시집 『해』가 새로운 '예지' 단계에 가까운 예로 논의되는 과정에는 박두진의 시가 지닌 '미래적 가능성'이 크게 작용한다. "그는 적어도 거기에서 과거(過去) 우리들의 모든 육체적(肉體的) 정신적(精神的) 무잡성(蕪雜性)을 오랜 내적 체험(內的體驗)으로서 극복(克服)하고 인류(人類)가 미래(未來)에 또는 영구(永久)히 호흡(呼吸)하기에 알맞은 한 신세계(新世界)를 창조(創造)하려고 의도(意圖)했기 때문이다."[26]라는 서정주의 평가는 '민족이나 인류에게 보편적인 가치를 제공하는 자기만의 사상을 종합의 단계를 거친 정서에서 추출하여 의식적으로 선택하고 신세계를 만든다'는 '입법'의 개념에 박두진의 시가 잘 부합된다는 뜻이다. 즉 정서가 과거적인 것이라면 그 정서의 종합 속에서 미래적인 사상과 세계를 만들고 보여 주는 것이 서정주의 입법이나 예지의 시에 해당된다. 실제로 서정주의 이런 시론은 그가 '신라 정신'이라고 부르는 것의 시적 형상화로 나아가는 출발점이기도 하다.

그렇다면 박두진에게서 서정주가 발견했던 '독자적인 세계'란 무엇인가. 서정주에게 있어서 '종합'이라고 하는 것은 남다른 의미를 지닌 것인데 이것은 시의 구심적 속성을 대표하는 것으로서 인생의 복잡성과 분산성을 하나로 통합하는 원리이면서 개개인의 정서를 사상이라는 보편성으로 응축하는 과정에 해당된다. 결국 종합, 보편, 미래적 세계 등은 민족 문학의 세계 문학화, 일시적인 시간의 응축을 통한 영원성의 시간을 구현해 내는

---

26) 서정주, 「박두진 시집 『해』에 대하여」, 서정주·박목월·조지훈, 『시 창작법』(선문사, 1949), 140쪽.

것 등 미적, 예술적 가치에 '영원성'이나 '미래적 가치'의 지향을 부여하는 것이다. 박두진의 시 세계에서 서정주, 조연현, 김동리 등이 읽어 낸 미래 적인 시간성은, 달리 말하면 '현재'의 자연에 투영된 박두진의 시적 신념, 즉 메시아주의와 동일한 것이다.

김동리가 박두진의 시에서 특별히 '메시아의 강림'을 강조한 것은, 자연 이 매개가 되어 표출되는 '미래적 신념', '가치'의 투영에 큰 의미를 부여하 기 때문이다. 조지훈, 박목월이 모두 자연을 최종적인 귀의처로 선택한 반 면, 박두진의 경우는 '자연'이 최종적인 귀의처가 되고 있지 않다는 점을 특별히 주목하고 있는 김동리의 관점은, 어떻게 민족 단위에서 서양적인 것(제1휴머니즘, 제2휴머니즘)을 극복하고 세계사적 휴머니즘을 향해 나아갈 것인가 하는 고민과 연관된다.

"제3기 휴머니즘의 본격적 출발은 동서 정신의 '창조적 지향'에서의 새로 운 정신적 원천의 양성으로서만 가능할 것이다. 이제 역사적으로 신장하 려는 민족정신에 입각하여 동양적 대(大)예지의 문학을 수립하고 제3기 휴 머니즘의 세계사적 성격을 천명함으로써 민족 문학이면서 곧 세계 문학의 지위를 확립하는 데 이 땅 순수 문학 정신의 전면적 지표가 있다고 생각한 다."[27]라는 김동리의 주장은, 요약하면 '동서 정신의 창조적 지향'을 제3기 휴머니즘의 성격이자 민족 문학이면서 세계 문학이 되는 순수 문학의 지표 로 규정하는 것이다. 박두진에게서 선과 기독교의 만남을 발견하는 김동리 의 생각은 '자연'을 둘러싼 두 세계관의 창조적 결합에서 미래적 가능성을 찾으려는 의도를 통해서 획득된 것이다. 마찬가지로, 조연현이 박두진의 시 에서 근대성을 초월하는 '원시성'을 읽어 낸 것 또한 김동리의 경우처럼, 박 두진의 시에서 민족 단위를 초월하는 '세계 문학의 가능성' 혹은 '영원성이 나 보편성의 가치'를 발견하려고 했기 때문에 가능한 것이었다.

이처럼 해방기 시단에서 청록파 특히 박두진의 시에 대한 청년문학가협

---

27) 김동리, 「순수 문학의 진의 ─ 민족 문학의 당면 과제로서」, 《서울신문》, 1946. 9. 15 : 『김 동리 문학 전집 32 ─ 문학과 인간』, 97쪽.

회 측의 적극적인 지지와 고평에는 ① 해방 이전과의 연속선상에서 이들의 시사적 위치를 자리매김함으로써 해방기 순수시의 계보를 완성하려는 의도 ② 해방기 시론에서 순수시론 혹은 본격문학론의 성격 규정을 위한 측면 ③ 민족 문학 단위에서 세계 문학의 일원으로서 보편성(제3휴머니즘, 예지의 문학, 영원성, 동서 사상의 창조적 지향, 미래적 세계 제시) 제시 등을 이들의 작품을 통해 발견하고자 하는 의도가 함축되어 있었다고 할 수 있다. 이런 과정은 의식적이기보다는 해방기 문단에서 김동리, 조연현, 서정주, 조지훈 등의 논의가 공통적으로 함축하고 있던 순수 문학의 지향이 청록파 3인의 '자연 발견'에서 그 중요한 예시를 얻었기 때문에 나타난 것이라고 할 수 있다. 특히, 박두진은 박목월, 조지훈이 상당 부분 동양주의에 경도된 데 반하여 서구적인 특징을 많이 갖추고 있으면서도 동양적인 자연을 미래적인 이상으로 승화한다는 특징을 지니고 있다는 점에서 미학적으로 더욱 주목을 받는다.

4 결론: 박두진과 해방 직후 청년문학가협회의 시적 기획

박두진의 시는 조지훈, 박목월 등 두 청록파 시인과는 다소 이질적인 측면을 지니고 있다. 조지훈과 박목월 시인의 자연이 미학적이고 자연 귀의적인 면모를 지니고 있다면 박두진 시의 자연은 '형이상학적인 측면'과 '현실적인 대상'의 양면성을 모두 함축하고 있다. 조지훈의 자연이 종종 선적 정관과 관조의 대상으로 나타난다면, 박목월의 자연은 알레고리적인 엠블럼의 세계로서 이상적인 '자연관'을 보여 준다. 그러나 박두진의 자연은 종종 현실을 환기하는 메타포로서 역사와 사회, 정치를 매개하는 측면이 있고, 그러한 불완전한 현실에 대한 대응물로서 이상적 형이상학과 구원에 대한 염원이 투영되는 대상이다.[28]

---

28) 김춘식, 「근대적 감각과 '발견'되는 자연」, 《한국 문학의 연구》 37집(2009. 2), 30쪽.

이런 측면은 박두진의 시 세계가 해방기를 지나 말년에 이르기까지 형이상학적인 이상성과 현실성의 양면을 지속적으로 견지해 온 것과도 밀접한 관련성을 지닌다. 박두진의 시 세계는 일반적으로 '자연-인간-신'의 3단계 구분이 가능하다고 알려져 있다. 이런 구분은 대체로 타당한 것이지만, 인간-신의 단계로 확장되는 과정에서 '자연'의 측면이 여전히 중요한 의미를 지니고 있다는 점 또한 간과할 수 없는 사실이다. 박두진 스스로 주장하듯이, '자연-인간-신'으로 시적 주제가 변화해 온 과정은, 각각 분리되어 단계를 나누거나 단계적으로 발전해 왔다기보다는 자연, 인간, 신의 세 가지가 각 시기의 중요한 관심과 주제에 함께 섞여 들어간 것이다. 이 점에서 박두진의 시는 우주론적인 전제에서 보자면 언제나 "자연, 인간, 신"의 세 요소를 함축하고 있다고 할 수 있다. 생명(자연), 역사(인간), 운명 또는 형이상학(신)으로 각각 대입할 수 있는 박두진 시의 세 가지 측면은 초창기 시에서부터 일관된 것으로서 박두진 시의 중요한 특징에 해당된다.

본고에서 논하고 있는 '해방기 시론에서의 박두진'은 당시 여러 평자들에 의해 주로 미래적인 가능성을 지닌 세계관, 동서의 사상을 조화하는 사상, 자기의 세계 등을 지닌 것으로 평가되면서, 민족 문학 단위의 세계 문학, 영원성과 보편성의 가치를 보여 주는 시의 한 예로 받아들여졌다. 이런 평가는 '청년문학가협회'를 중심으로 하는 시론과 문학관이 박두진의 시를 실현 가능한 실제적 모델로 삼고 있었기 때문에 가능한 것이다. 해방기 시단에서 청록파 특히 박두진에 대한 공통된 관심은 해방 이후 전개될 문학사와 '시의 본질, 가치, 시정신' 등에 대한 이론적 모색, 기획과 밀접한 관련을 지닌다.

이 작업은 '청년문학가협회'를 중심으로 주로 전개되었는데, 시의 정치성에 대한 측면에서도 '시의 사상성과 미적 가치'라는 일견 대립적일 수 있는 테제를 종합하고자 하는 기획을 포함한 점에서 중요한 의미를 지닌다. 실제로 해방 직후의 시단에서 1930년대에 활발히 펼쳐지다가 중단된 '시론적 논쟁'을 해방 후 연속선상에서 다시 전개한 점, 해방 이후 건설할 한국 시의 모델을 고민하면서 이론적 접근이 이루어진 점, 한국 문학의 가치를 세계 문학이라는 보편성의 차원에서 살펴보려 한 점은 이 시기 청록파와 관련된 논의들의 주목할 만한 특징들이다. '세계 문학'이라는 가치적 명제는 미래적인 것이면서 다양한 개념들을 함축하는데, 보편성, 영원성, 반근대, 원시적 생명력, 휴머니즘, 제3휴머니즘 등 당시의 여러 논의를 모두 아우르는 미완의 기획, 미래적 가치에 해당된다. 박두진 시에 나타난 '원시적 생명력이나 미래적 유토피아 주의'는 이 점에서 해방 직후 조연현, 김동리, 서정주 등을 묶어 주는 공통분모 역할을 한다.

결국 박두진이나 청록파의 평가 속에는 식민지 시기의 마지막 계승자이자 해방 직후 건설된 새로운 시 문학의 적자로서 이들을 위치시키는 시사적 기획이 내포되어 있는 것이다. 따라서 조연현, 김동리, 서정주의 공통적 지점에는 '박두진'이라는 하나의 모델이 존재하는데, 식민지 시기와 해방 이후를 연결하면서 동시에 단절시키는 '신기원'의 위치에 청록파와 박두진을 자리매김함으로써 시 창작, 시론, 미학과 사상, 문학적 보편성, 세계 문학, 전통과 현대 등의 다양한 주제를 동시에 펼쳐 나간다. 이러한 '청년문학가협회' 측의 시론적 모색은 그동안의 기존 연구에서처럼 '조선문학가동맹'(좌파)과의 대립 구도 차원에서만 그 특징을 파악해서는 안 될 것이다. '좌-우파' 대립의 정치적 관계 구도 속에서만 이들을 바라볼 경우, 문학의 자율성 기획이나 시정신, 1930년대 후반과의 연속선상에 있는 시론적 기획, 시 창작법, 전통과 현대, 반근대주의의 구체적 미학화, 세계 문학이라는 보편적 가치에 대한 사유 등 여타의 중요한 성과를 간과하게 되기 때문이다.

해방기 시론에서 '자연'의 의의나 가치가 강조된 이유는 크게 두 가지를 들 수 있는데, 첫째는 식민지 시기 시론과 시의 연속선상에서 '자연의 발견'을 한국 시의 마지막 종착점으로 보고자 한 김동리, 서정주, 조연현 등의 관점에 의해서, 둘째는 청년문학가협회의 순수시론이 지향하고자 한 보편성, 영원성, 세계 문학의 개념이 자연의 미학화를 통해서 가능했던 점 때문이다. 특히 해방기에 박두진 시의 자연은 박목월, 조지훈과 달리 동양적 자연 귀의의 형태를 띠지 않으며, "서구적인 것과 동양적인 것의 만남", "원시적 생명력과 근대적 기계주의를 넘어서는 형이상학" 등의 측면을 지닌다고 평가되어 좀 더 특별한 주목을 받는다.

그리고 이런 주목의 배후에는 해방기의 중요한 테제인 '세계 문학의 일원으로서의 민족 문학의 가능성', 그리고 감각과 정서의 단계를 넘어서는 예지(사상)의 문학을 '보편성'의 한 가치로 추구한 청년문학가협회의 해방기 문학론이 존재하는 것이다.

참고 문헌

자료

김기림, 「우리 시의 방향」, 『건설기의 조선 문학』, 문맹서기국편, 백양당, 1946

김동리, 『김동리 문학 전집 32 — 문학과 인간』, 도서출판 계간문예, 2013

박두진, 「시(詩)의 운명(運命)」, 정한모·김용직, 『한국 현대시 요람』, 박영사, 1974

박두진, 『시인의 고향』, 범조사, 1958

박두진, 『한국 현대시론』, 일조각, 1970

박목원·조지훈·박두진, 『청록집』, 을유문화사, 1946

서정주, 「시의 표현과 기술 — 감각과 정서와 입법의 단계」, 《조선일보》, 1946. 1.
  20~24

서정주, 『한국의 현대시』, 일지사, 1969

서정주·박목월·조지훈, 『시 창작법』, 선문사, 1949

조선문학가동맹 엮음, 최원식 해제, 『제1회 전국문학자 대회 자료집 및 인명
  록 — 건설기의 조선 문학』, 온누리, 1988

조연현, 「자연과 근대 정신 — 박두진 시집 『해』에 대하여」, 《학풍》 2권 8호,
  1949. 10

조지훈, 「해방 시단의 과제」, 청년문학가협회 창립대회, 1946. 4. 4

조지훈, 『조지훈 전집 3 — 문학론』, 나남출판사, 1996

단행본

김춘식, 『미적 근대성과 동인지 문단』, 소명출판, 2005

김춘식, 『한국 문학의 전통과 반전통』, 국학자료원, 2003

박민규의 『해방기 시론의 구도와 동력』, 서정시학, 2014

주영중, 『현대시론의 역학적 구도』, 서정시학, 2012

최승호, 『한국 현대시와 동양적 생명 사상』, 청운, 2013

허윤회, 『한국의 현대시와 시론』, 소명출판, 2007

논문

김기중, 「청록파 시의 대비 연구」, 고려대 대학원 박사 논문, 1991

백승수, 「청록집의 기호학적 연구」, 동아대 대학원 박사 논문, 1994

이문걸, 「한국 시의 원형 심상 연구」, 동아대 대학원 박사 논문, 1996

김춘식, 「근대적 감각과 '발견'되는 자연」, 《한국문학의 연구》 37, 2009. 2

손진은, 「『청록집』 수록 박두진 시 연구」, 《어문학》 98, 2007

오문석, 「박두진 초기시의 종교적 성격」, 《겨레어문학》, 2007. 12

임규찬, 「극단의 시대와 기억/망각의 변증법 — 식민지·해방·분단과 역사의 시선들」, 『해방과 분단, 경계의 재구성』, 2016 탄생 100주년 문학인 기념 문학제, 2016

제1주제에 관한 토론문

김응교 | 숙명여대 교수

  김춘식 선생님의 「해방기 시론과 박두진, 그리고 청록파」는 시인 박두진이 해방기 때 어떠한 위치에 있었는가를 살펴본 논문입니다. 해방기의 상황에서 박두진이 어떻게 평가받았는지 청록파의 다른 시인 박목월과 조지훈을 비교하면서 다양한 각도에서 설명하고 있습니다. 청록파의 의미와 조지훈, 박목월, 박두진 개별 시인에 관한 연구가 집중되어 온 연구사를 생각해 볼 때, 거시적인 측면에서 거리를 두고 박두진을 생각하는 시각은 의미가 있다고 생각합니다. 토론자의 공부가 부족한 까닭에 몇 가지 질문하고 싶은 부분이 있습니다.

  첫째, 박두진 자신이 썼던 시론에서 박두진 시론이 나와야 하지 않을는지요. 이 글에서는 박두진, 「시(詩)의 운명(運命)」(정한모·김용직, 『한국 현대시 요람』(박영사, 1974), 662~663쪽)만 인용되고 있어, 박두진의 시론에 대해 궁금증이 더해집니다.

  둘째, 해방기 여러 문학 단체를 좀 더 구체적으로 언급할 필요가 없을는지요.[1] 해방기 시인들이 '자연'을 시에 담아내는 여러 방법을 설명하다가, 시정신을 이어서 설명하려 할 때 문학 단체에 대한 설명이 필요하여 여러 조직과 그 조직의 성향이 설명되어 있습니다. 조직에 대해 언급할 때 박두진이 조직에서 했던 실제 활동들을 언급할 필요는 없을는지요.

해방기의 좌우 문인 단체는 '정문유착(政文癒着)'이라는 면에서 좌나 우나 마찬가지[2]라고 하지만 보다 세세하게 '차이'를 드러내 주면 어떨는지요. 이에 불만을 품은 젊은 세대의 작가와 평론가들이 충무로 2가에 있던 생활문화사(生活文化社)의 토요회(土曜會)라는 친목 모임에 모이기 시작했습니다. 초기에 모인 문인들은 최태웅, 임서하 등이고, 이후에 서정주, 조지훈, 박두진, 박목월, 조연현, 김광주 등이 참여합니다. 이 모임을 시작으로 좌익 문학 단체에 대항할 수 있는 '조선청년문학가협회(朝鮮青年文學家協會, 줄여서 '청문협')'를 1946년 4월 4일에 결성합니다. 이들 젊은 청년 문학인들은 선배 문학인들보다 더 적극적으로 신인들을 결집시켰는데, 회장에는 김동리, 부회장에는 유치환·김달진이 선임되었습니다. '청문협'은 시부·소설부·평론부·희곡부 및 아동 문학·고전 문학·외국 문학부의 사무국과 간부 회원을 두는 등 기존의 우익 문학 단체와는 전혀 다른 모습을 보여 주었습니다. 특히 「조선청년문학가협회 강령」은 전조선문필가협회의 강령과는 일정한 차별성을 지닌 것이었습니다.

1. 自主獨立 促成에 문화적 헌신을 기함.
1. 民族文學의 世界史的 使命의 완수를 기함.
1. 一切의 公式的 예속적 경향을 배격하고 진정한 文學精神을 옹호함.[3]

'인류의 복지와 국제 평화를 빙자하여 세계 제패를 꾀하는 모든 비인도적 경향을 격쇄하자'(「전조선문필가협회의 강령」[4])는 전조선문필가협회보다

---

1) 이후 아래 내용은 졸저, 『박두진의 상상력 연구』(박영사, 2004), 37~43쪽에 나오는 내용이다.
2) 김용직, 『해방기 한국 시 문학사』(민음사, 1989), 38쪽.
3) 한국문인협회 편, 「조선청년문학가협회의 강령」, 『해방 문학 20년』(정음사, 1966), 144쪽.

는 겉으로 보아서는 정치와 단절된 입장에 서 있는 듯이 보입니다. 특히 '일체의 공식적 예속적 경향의 배격'은 특정 이데올로기에 예속되지 않은 상태의 자유로운 창작 활동이 가능하리라는 추측이 떠오릅니다. 그러나 '공식적 예속적 경향'이란 의미는 당시 사회주의자들이 택했던 당파성(黨派性) 혹은 인민성(人民性)을 생각해 볼 때, 청문협의 이런 주장은 곧바로 '반공주의(反共主義)'와 연결됨을 알 수 있습니다. 당연히, 청문협의 행동은 더 예민하게 좌익 문학을 반대하는 반공 반탁(反共反託)으로 발전하지 않을 수 없었습니다. 이들의 결성식에도 김구, 조소앙이 축사를 하고 이승만도 대독격려사를 보낸 모양새로도 그 경향성을 알 수 있습니다. 결성식에서 발표된 임원은, 회장 김동리, 부회장 유치환·김달진, 시부에 박두진, 조지훈, 서정주, 박목월, 유치환, 이한직, 양운한, 조인행[5]이 있었고, 이외에 소설부, 희곡부, 평론부, 아동 문학부, 고전 문학부, 외국 문학부, 서기국 등이 있었습니다.

1946년 6월 6일 '예술의 밤'은 기독교청년회관에서 열렸는데, 조지훈의 개회사, 오상순의 회고담, 이어 유치환의 사회로 《폐허》, 《백조》 동인에서부터 신진에 이르기까지 많은 시인들의 자작시 낭독이 이어졌습니다.[6] 시부문 회원이었던 박두진은 이 모임의 명단에도 있습니다. 한 달에 1회 또는 2회에 걸쳐 진행되었던 '문학연구정례연구회'는 청문협의 중심 회원이었던 김동리, 조지훈, 서정주, 조연현 등이 연사로 활동했고, 연제도 민족 문학, 순수 문학, 본격 문학으로 이어졌는데,[7] 박두진의 참여는 제5회 때 나타납니다.

---

4) 위의 책, 140쪽.
5) 임원 명단과 조직은 『예술연감』(예술신문사, 1947), 118쪽에 있다.
6) 《민주일보》, 1946. 6. 10.
7) 『해방 문학 20년』 1부와 3부를 참조할 것. 제1회(1946년 4월 6일) 김동리 — 민족 문학의 정통성에 대하여, 조지훈 — 민족시의 기술 문제. 제2회(1946년 4월 15일) 서정주 — 순수 정신의 영구성, 최태웅 — 본격 소설로서의 순수성, 조지훈 — 순수 문학으로서의 민족 문학.

제5회(1946년 7월 29일) 서정주 — 휴머니즘에 대하여

박두진 — 근대 시로서의 서양시[8]

그의 이름은 당시 우익 문학 단체의 명부에서 시부와 함께 아동 문학부에서도 볼 수 있습니다. 이런 성격을 보아 『시인의 고향』에 앞 대목에 나타난 아동 문학적 성격의 글은 그의 장르 선택에 있어서도 상관관계가 있음을 볼 수 있습니다.

이어 박두진은 1947년 2월 12일 중앙문화협회, 전국문필가협회, 청년문학가협회가 중심이 된 '전국문화단체총연합회(全國文化團體總聯合會, 줄여서 '문총')'의 창립에도 참여합니다. 이 단체는 앞서 말한 세 단체 외에 극예술연구회, 조선교육미술협회, 고려음악협회, 조선체육회, 건축기술단, 조선천문연구회 등 우익 측이 모두 모인 모양새였습니다. 당연히 좌파인 문련(文聯)을 의식하여, 반공을 골자로 극성스럽게 운동을 펼치며 지방 조직을 확충해 나갔습니다. 대표적인 예가 여순 반란 사건이 일어나고 이에 대항하기 위해 비상 수단으로 개최된 '문화인총궐기대회'[9]입니다. 이런 성격의 단체에서 박두진은 1948년 11월 '전국문화단체총엽합회 중앙위원'이 됩니다. 1949년 12월 9일 한국문학가협회가 발족됩니다.

이렇게 혜산은 우익 문학 단체에서 조직 활동과 문필 활동을 활발히 했습니다. 단순한 회원이 아니라, 중요한 임원이었음을 확인할 수 있습니다. '조선문학가협회 시부 위원장(1946. 4. 4) → 전국문화단체총연합회 중앙위원회(1948. 11) → 한국문학가협회 중앙위원(1949. 11)'으로 참여하면서 조직 활동에도 열심이었습니다.

셋째, 『청록집』에 대한 설명을 더 듣고 싶습니다. 제가 보기에 이 시집은 우익 측의 젊은이들이 출판해 낸 '하나의 시위(示威)'였습니다. 이것은 좌익에 대한 민족 진영의 첫 작품집이었습니다. 박두진의 표현을 빌리면

---

8) 『예술연감』, 118쪽.

9) 조연현, 『내가 살아온 한국 문단』(현대문학사, 1968), 55쪽.

'공산주의적 이데올로기의 도구로 타락시키고 어떤 당이나 집단을 위한 봉사와 예속을 위한 그릇된 목적의식을 앞세우는 좌익 문학 진영에 대한 첫 시위'[10]였던 것입니다. 이 시집은 자본주의적 질서를 옹호하는 첫 시위이기도 했던 것입니다. 양자가 정치적인 목적으로 문학을 이용하는 것은 마찬가지였습니다. 이런 시각으로만 보자면, 『청록집』의 성과는 해방기 정치적 상황에서 우익 판가르기의 승리로도 규정됩니다.

워낙 방대한 해방기 시론을 다루다 보니 자칫 설명이 부족하여 주장처럼 오해될 문장도 있을 듯합니다. 김 선생님께서 보시는 전체적 구상은 공감할 수 있습니다만 몇 군데 설명해 주셨으면 합니다.

"1930년대 시론에서 가장 쟁점을 이루었던 것은 박용철의 '정서론'과 김기림, 임화의 기교주의 논쟁이다. 이 점에 비추어 보면, 김동리나 서정주의 '시정신'론은 1930년대 기교주의 논쟁을 그 출발점으로 삼고 있는 것으로 보인다."라는 문장은 설명이나 각주가 필요하지 않을까 싶습니다.

김 선생님 논문을 읽으며 모르던 부분을 많이 배웠습니다. 발표 이후 보충하셔서 더욱 의미 깊게 논문이 완성되면 그때 다시 읽으며 배우겠습니다. 고맙습니다.

---

10) 박두진, 「『청록집』을 낼 무렵」, 1963. 9.(『햇살』에 재수록. 148쪽)

박두진 생애 연보[1)]

1915년	3월 10일, 경기 안성군 안성읍 봉남리 360번지에서 부친 박 기동(1870~1947년)과 모친 서병권(1880~1951년)의 4남으로 출생.
1924년(10세)	경기도 안성군 보개면 동신리(고장치기) 220-7번지로 이사.
1933년(19세)	서울 창전동으로 이사.
1939년(25세)	6월, 「향현」, 「묘지송」, 9월, 「낙엽송」, 1940년 1월, 「의」, 「들 국화」 등의 작품이 정지용 시인의 추천으로 《문장》지에 추 천. 이후 《문장》에 계속 시 발표.
1946년(32세)	6월, 조지훈, 박목월과 공저로 『청록집』(을유문화사) 간행.
1948년(34세)	5월, 한국청소년문학가협회 시부위원장 역임.
1949년(35세)	5월, 시집 『해』(청만사) 간행. 전국문화전체총연합회 중앙위원.
1950년(36세)	《문예》, 《신천지》에 계속 시 발표.
1952년(38세)	공군 종군 작가 6(창공구락부) 복무.
1954년(40세)	6월, 시집 『오도』(영웅출판사) 간행.
1955년(41세)	4월, 연세대학교 전임 강사 취임. 『박두진 시선』(성문관) 간행.
1956년(42세)	6월, 아세아 자유문학상 수상. 한국문학가협회 시분과위원장.
1959년(45세)	4월, 연세대학교 조교수. 10월, 수상집 『시인의 고향』(범조사) 간행.

---

1) 임영주, 『박두진의 생애와 문학』(국학자료원, 2003); 권영민, 『한국 근대 문인 대사전』
   (아세아문화사, 1990); 박두진, 『박두진 문학 정신 1 — 고향에 다시 갔더니』(신원문화사,
   1996) 등의 생애 연보를 참조하고 서로 대조하여 작성함.

1960년(46세)	1월, 시론집 『시와 사랑』(신흥출판사) 간행. 10월, 연세대학교 교수직 사임.
1961년(47세)	4월 이후 1965년 2월까지 대한감리회 신학대학교, 한양대학교, 동덕여자대학교, 건국대학교 등에 출강. 4월, 시집 『거미와 성좌』(대한기독교서회) 간행.
1962년(48세)	8월, 『한국 전래동요 독본』(을유문화사) 간행.
1963년(49세)	3월, 제12회 서울시 문화상 수상. 4월, 오화섭, 장덕순 교수와 공저로 수상집 『교수와 돌이와 시인의 증언』(어수각) 간행. 8월, 시집 『인간 밀림』(일조각) 간행.
1965년(51세)	고려대학교(전 우석대학교) 조교수와 부교수 취임.
1968년(54세)	11월, 시선집 『청록집·기타』, 『청록집·이후』(현암사) 간행.
1970년(56세)	1월, 수상집 『생각하는 갈대』(을유문화사) 간행. 3월, 시론집 『한국 현대시론』(일조각) 간행. 이화여자대학교 부교수로 취임. 3·1 문화상 예술상 수상.
1971년(57세)	10월, 영역 선시집 *Sea and Tomorrow*(박대인 옮김, 일조각) 간행.
1972년(58세)	9월, 연세대학교 교수로 취임.
1973년(59세)	4월, 수상집 『언덕에 이는 바람』(서문당) 간행. 시집 『고산식물』, 『사도행전』, 『수석 열전』(일지사) 간행. 12월, 시론집 『현대시의 이해와 체험』(일조각) 간행.
1976년(62세)	9월, 대한민국 예술원상 수상. 10월, 시집 『속·수석 열전』(일지사) 간행.
1977년(63세)	10월, 시집 『야생화』(일지사) 간행.
1979년(65세)	4월, 수필집 『하늘의 사랑 땅의 사랑』(문음사) 간행.
1981년(67세)	8월, 연세대학교 교수직 정년퇴임. 9월, 단국대학교 초빙교수로 취임. 12월, 시집 『포옹무한』(범조사) 간행.
1982년(68세)	5월, 시선집 『나 여기에 있나이다 주여』(홍성사) 간행. 1982년 4월~1984년 2월, 『박두진 전집』(시 부문 전 10권)(범조사) 간

행. 8월, 『꺼지지 않는 햇불로』(21인 신작 시집)(창작과 비평사) 간행.

1983년(69세)	11월, 시선집 『청록시집』(정음문화사) 간행. 『한국현대시문학 대계 20 ─박두진』(지식산업사) 간행.
1985년(71세)	8월, 단국대학교 초빙교수 퇴임.
1986년(72세)	3월, 추계예술대학교 전임대우 교수 취임. 4월, 수상집 『돌과의 사랑』(청아출판사) 간행. 8월, 수상집 『그래도 해는 뜬다』(어문각) 간행. 12월, 시선집 『일어서는 바다』(문학사상사) 간행.
1987년(73세)	3월, 시선집 『불사조의 노래』(해원출판사) 간행.
1988년(74세)	10월, 제2회 '인촌상' 수상(문학상).
1989년(75세)	5월, 제1회 '지용문학상' 수상. 12월, 시선집 『서한체』 간행. (제1회 지용문학상)
1990년(76세)	4월, 시집 『빙벽을 깬다』(신원문화사) 간행.
1991년(77세)	3월, 산문 전집·수필 ① 『햇살, 햇볕, 햇빛』(대원사) 간행.
1993년(79세)	10월, 한글학회 '외솔상' 수상.
1994년(80세)	9월, 수상집 『문학적 자화상』(도서출판 한글) 간행.
1995년(81세)	10월, 시집 『폭양에 무릎 꿇고』(두란노) 간행.
1996년(82세)	1월, 『박두진 문학 정신』(10권, 신원문화사) 간행.
1998년(84세)	9월 16일 영면. 경기도 안성군 보개면 기좌리 선산에 묻힘.

박두진 작품 연보[1]

발표일	분류	제목	발표지
1939. 6	시	향현(香峴)/묘지송(墓地頌)	문장
1940. 1	시	의(蟻)/들국화	문장
1940. 2	평론	시와 시의 양식(樣式)	문장
		―나의 문학 십 년기	
1940. 9	시	나의 하늘은 푸른 대로 두시라	문장
1940. 11	시	설악부(雪岳賦)	문장
1941. 4	시	꽃구름 속에	문장
1947. 2	시	바다로	백민
1948. 5	시	상조(霜朝)	백민
1949. 1	시	가을	백민
1949. 2	시	햇볕살 따실 때에	학풍
1949. 5	시	산(山)아	민성
1949. 5	시	비둘기	백민
1949. 8	시	해변	문예
1949. 10	시	별 따신 하늘 아래	문예

1) 권영민, 『한국 근대 문인 대사전』과 임영주, 『박두진의 생애와 문학』의 두 연보를 대조
   하여 발표일, 제목 등의 일부 오류를 바로잡았고, 1950~1980년대 사이에 발표된 시와
   평론 등 누락된 작품의 연보를 추가함. 『한국 근대 문인 사전』의 발간이 1990년이어서,
   1989년 이후 발표한 작품의 연보가 조사된 바가 없음. 1990년 이후 발표된 작품의 연보
   를 조사하여 추가하고 정리함.

발표일	분류	제목	발표지
1950. 1	시	한 아름 해당 꽃이 솟을 때마다	문예
1950. 3	시	숙에게	문예
1950. 12	시	별을 지고	문예 전시판
1951. 3	시	부활절 별편(復活節 別篇)	신천지
1952. 1	시	섬에서	문예
1953. 2	평론	나의 독어록(獨語錄)	전선문학
1953. 6	시	개선도(凱旋道)	신천지
1953. 7	시	학(鶴)	문화세계
1954. 1	시	어느 벌판에서	신천지
1955. 4	시	아이를 재운다	현대문학
1955. 10	시	푸르름을 마신다	문학예술
1955. 11	시	기원	여원
1955. 11	시	대추나무와 벌	현대문학
1956. 1	평론	1955년의 시단총평	현대문학
1956. 1	시	돌의 노래	문학예술
1956. 7	시	나무	문학예술
1956. 9	시	아가야	신태양
1956. 9	시	바다와 무덤	현대문학
1957. 4	시	갈보리의 노래	문학예술
1957. 6	시	갈릴리의 서정	신태양
1957. 9	시	아내를 위한 자장가	현대문학
1957. 10	시	불을 댄다	사상계
1957. 11	시	시인공화국	현대문학
1958. 1	시	그때서야 비로소 너는	사상계
1958. 3	시	조춘연음(早春連吟)	현대문학

발표일	분류	제목	발표지
1958. 6	시	산맥을 간다	사조
1958. 6	시	봄에의 격(檄)	현대문학
1958. 7	시	기빨에 대하여	사상계
1958. 10	시	거미와 성좌	현대문학
1958. 12	시	영원행(永原行)	자유공론
1959. 1	평론	1958년 시단 총평	현대문학
1959. 5	시	조용한 선언	사상계
1959. 9	시	전율의 수목	자유공론
1959. 11	시	바다의 영가	현대문학
1959. 12	시	심연송	사상계
1960. 1	시	인간 밀림(人間密林)	현대문학
1960. 4	시	무제	현대문학
1960. 6	시	우리들은 기빨을 내린 것이 아니다	사상계
1960. 6	시	바다가 바라뵈는 언덕의 풀밭	문예
1961. 2	시	근작삼제(近作三題)	현대문학
1961. 4	시	항아리	현대문학
1961. 4~5	시	산이 좋다	자유문학 4·5
1961. 6	시	해변의 사자(獅子)	사상계
1961. 8	시	상한 장미 외	현대문학
1962. 2	시	웅(熊)	현대문학
1962. 3	시	고원(高原)	사상계
1962. 7	시	자는 얼굴	현대문학
1962. 10	시	계절	신사조
1962. 11	시	고독의 강	사상계

발표일	분류	제목	발표지
1963. 1	시	장미가 날개 속에	현대문학
1963. 6	시	강(江) 2	세계
1963. 8	시	너 외 2편	현대문학
1963. 12	시	자는 얼굴 4	사상계
1964. 3	시	내 손의 이 붉은 피는	사상계
1964. 4	평론	한국 현대시의 형성과 체험	문학춘추
1964. 6	시	월인영가(月印靈歌) 외 5편	세계
1964. 6	시	절정	문학춘추
1964. 8	시	해일이 외 1편	현대문학
1964. 10	평론	기독교와 한국 현대시	현대문학
1964. 11	시	소조(蕭條)	신동아
1965. 1. 1	시	아 동해 우리 바다	경향신문
1965. 2	시	아가	사상계
1965. 5	시	김윤경(金允經) 선생 외 3편	현대문학
1965. 8	평론	기려(羈旅)의 역정 —자전적 시론	사상계
1965. 12	시	잔내비 외 1편	현대문학
1966. 1. 1	시	신생의 노래	신아일보
1966. 6	시	종아리	문학
1966. 8	시	하일(夏日)/어린 것들	세대
1966. 8	시	장미집 5제	현대문학
1966. 11	시	남해습유(南海拾遺) 3제	현대문학
1967. 1. 1	시	이 기원을	경향신문
1967. 3. 26	시	부활	한국일보
1967. 6	시	섭리	동서춘추

발표일	분류	제목	발표지
1967. 7. 6	시	7월의 편지	조선일보
1967. 10	시	천로역정 외 4편	현대문학
1967. 11	시	강	신동아
1967. 12	시	해	현대문학
1968. 1	시	예루살렘의 나귀	사상계
1968. 7	평론	인간 지훈과 교의 30년 — 조지훈론	사상계
1968. 8	시	고산식물	현대문학
1968. 10	시	변산내해(邊山內海), 우천 외 5편	현대문학
1969. 1	평론	전통적 서정 방법과 반전통적 서정 방법	현대문학
1969. 1	시	학(鶴)	신동아
1969. 3	평론	우수(憂愁)의 논리	현대문학
1969. 4	시	상(像)	중앙
1969. 5	시	날아가버린 새 외 6편	현대문학
1969. 8	시	사도행전/자장가/개선 언덕의 바다/성	세대
1969. 8	시	그 강가	신동아
1969. 10	시	인간적	월간문학
1969. 11	시	청자상감운학문매병 연기(緣起)	현대문학
1970. 1	평론	서술성의 거부와 감상성의 거부	현대문학
1970. 2	시	향가	현대문학
1970. 2	시	바람에게	월간중앙

발표일	분류	제목	발표지
1970. 2	평론	형상과 상징과 사상	현대문학
1970. 3	평론	북향	월간문학
1970. 3	평론	주제적 진실과 표현의 진실	현대문학
1970. 4	시	날개	현대시학
1970. 8	시	얼굴	신동아
1970. 9	평론	시의 심도	현대문학
1970. 10	시	별 밭에 누워 외 5편	현대문학
1970. 12	시	가을 나비	월간 중앙
1971. 1	시	연가	월간문학
1971. 1	평론	인간의 체험과 민족의 체험	현대문학
1971. 2	평론	시의 음악성	현대문학
1971. 3	평론	개념과 감각의 사이	현대문학
1971. 3	평론	시의 본질과 기능 —60년대 시의 점검	문학과 지성
1971. 4	평론	시련의 상속과 저력의 귀결	월간문학
1971. 4	시	아 민족	현대문학
1971. 4	시	란(蘭)에게	세대
1971. 6~12	시	사도행전	현대문학
1971. 8	시	밤에	월간문학
1971. 9	시	바다로 간다 외 4편	시문학
1971. 10	시	별들의 묵계	창조
1972. 3	평론	가변과 불변	시문학
1972. 10 ~1973. 6	시	수석 열전(水石列傳)	시문학
1973. 7	시	수석 열전 12	현대문학

발표일	분류	제목	발표지
1973. 8	시	새들의 사랑	시문학
1973. 9	시	수석 열전 14	현대문학
1973. 10	시	수석 열전 15	현대문학
1973. 11	시	수석 열전 16	현대문학
1973. 12	시	수석 열전 17 (10편)	현대문학
1973. 12	시	대합	문학사상
1974. 8	시	수석 열전(속) 1	현대문학
1974. 9	시	수석 열전(속) 2	현대문학
1974. 9	시	우계(雨季)의 새/ 밤의 선율(旋律)/ 총기난동자/편지	창작과 비평
1974. 10	시	수석 열전(속) 3	현대문학
1974. 11	시	수석 열전(속) 4	현대문학
1974. 12	시	수석 열전(속) 5	현대문학
1975. 1	시	우리들의 너희는	문학사상
1975. 1	시	수석 열전(속) 6	현대문학
1975. 2	시	수석 열전(속) 7	현대문학
1975. 3	시	수석 열전(속) 8	현대문학
1975. 4	시	수석 열전(속) 9	현대문학
1975. 5	시	수석 열전(속) 10/ 어서 너는 오너라/ 혜산시화(兮山詩話)	현대문학
1975. 6	시	수석 열전(속) 11	현대문학
1975. 7	시	수석 열전(속) 12	현대문학
1975. 8	시	수석 열전(속) 13	현대문학

발표일	분류	제목	발표지
1975. 9	시	수석 열전(속) 14	현대문학
1975. 10	시	수석 열전(속) 15	현대문학
1975. 11	시	수석 열전(속) 16	현대문학
1975. 12	시	수석 열전(속) 17	현대문학
1975. 12	시	수석 열전	펜·뉴스
1976. 1	시	괴목분재(槐木盆栽)	한국문학
1976. 1	시	수석 열전(속) 18	현대문학
1976. 2	시	수석 열전(속) 19	현대문학
1976. 3	시	수석 열전(속) 20	현대문학
1976. 4	시	수석 열전(속) 21	현대문학
1976. 5	시	수석 열전(속) 22. 끝	현대문학
1976. 4	시	거대한 늪	현대시학
1976. 7	시	화비명(花碑銘)	시문학
1976. 8	시	고향가	한국문학
1976. 9	시	야생대/ 그대는 아직도 잠자고 있고/ 장미고독(薔微孤獨)	창작과 비평
1976. 10	시	월악신전	현대시학
1977. 1	시	불의 새 불새	문학사상
1977. 4	시	열왕기(列王記)	시문학
1977. 6	시	절벽가(絶壁歌)	한국문학
1978. 3	시	결투	한국문학
1978. 3	시	시집	문학사상
1978. 4	시	포옹무한	현대시학
~1979. 11			

발표일	분류	제목	발표지
1978. 7	시	광장	월간문학
1978. 10	시	신약(新約)	현대문학
1978. 11	시	불면기(不眠記)	한국문학
1978. 12	시	개선행(凱旋行)/축제/ 이런 날	창작과 비평
1979. 3	시	삼일절 외	중앙
1979. 5	시	겨울바다 경포	문학사상
1979. 6	시	카나리아	한국문학
1979. 8	시	River 2 외	시문학
1982. 8	시	베드로/형이상/ 떨어져 내리는 꽃	『꺼지지 않는 햇불로』 (창작과 비평)
1987. 1	시	새해에 하느님께	월간조선
1987. 3	시	이상한 나라의 축제	월간경향
1987. 3	시	눈 내리고	동서문학
1987. 5	시	합환(合歡) 외 1편	현대문학
1987. 6	시	이상한 나라의 대낮	신동아
1987. 8	시	무인도	문학사상
1987. 9	시	불의 씨 외	세계의 문학
1988. 1	평론	솔직하고 겸허한 시인적 친분 —내가 만난 정지용 선생	문학사상
1988. 1	시	기도하게 하소서	현대문학
1988. 1	시	사막행	동서문학
1988. 4	시	영영기(營營紀)	현대문학
1988. 7	시	오늘은 오늘은	동양문학

발표일	분류	제목	발표지
1988. 8	시	파도야 파도야	문학사상
1988. 11	시	당신의 새, 서한체	현대문학
1988. 11	시	하언가(何言歌) 외	문화비평
1988. 12	시	늪/누굴까, 누굴까/ 낙엽, 또는 너무나 머나먼 당신의 가을길	창작과 비평
1988. 12	시	아무도 내 노래를	동서문학
1989. 1	시	한일행(寒日行)	신동아
1989. 1	시	혼자서 부르는 노	문학사상
1989. 4	시	시의 나라 시	현대시학
1989. 9	시	꽃사태 외	외국문학
1989. 9	시	이런 날 외	우리문학
1990. 1	시	마라도(馬羅島) 외 1편	현대문학
1991. 2	시	진눈깨비, 밤 외 1편	현대문학
1991. 3	시	수석 영가(水石靈歌): 빛에게 사랑에게 1	시와시학
1991. 6	시	빛에게 사랑에게: 수석 영가 2	시와시학
1991. 9	시	빛에게 사랑에게: 수석 영가 3	시와시학
1991. 12	시	빛에게 사랑에게: 수석 영가 4	시와시학
1992. 1	시	겨울나무 너	현대문학
1992. 3	시	빛에게 사랑에게: 수석 영가 5	시와시학
1992. 6	시	빛에게 사랑에게: 수석 영가 6	시와시학
1992. 7	시	성(聖)처녀 보고 싶은 하늘나라 너	현대문학
1992. 9	시	빛에게 사랑에게: 수석 영가 7	시와시학

발표일	분류	제목	발표지
1992. 12	시	빛에게 사랑에게: 수석 영가 8	시와시학
1993. 6	시	빛에게 사랑에게: 수석 영가 9	시와시학
1993. 7	시	별, 장미, 꿈	현대문학
1993. 9	시	빛에게 사랑에게: 수석 영가 10	시와시학
1993. 12	시	빛에게 사랑에게: 수석 영가 11	시와시학
1994. 12	시	이런 날의 넋의 시름	현대문학

작성자 김춘식 동국대 교수

해방 전후 안룡만 시의 노동시로서의 가능성과 특징적 표현 기법*

이경수 | 중앙대 교수

1 서론

안룡만(1916~1975)[1]의 시에 대한 연구는 이인영을 비롯한 몇몇 연구자

---

* 이 논문은 2016년 5월 12일 대산문화재단과 한국작가회의가 공동 주최한 '2016 탄생 100주년 문학인 기념 문학제 심포지엄 — 해방과 분단, 경계의 재구성'에서 발표한 「생활의 노래와 노동시의 현장성 — 안룡만의 시」를 수정·보완하여 《한국시학연구》 47호 (2016. 8. 31)에 실은 논문 「해방 전후 안룡만 시의 노동시로서의 가능성과 특징적 표현 기법」을 재수록한 것이다.

1) 안룡만의 생몰 연대는 『조선 향토 대백과』에 '1916. 1. 18~1975. 12. 29'으로 나와 있고 이상숙 외 편, 『북한의 시학 연구 2 — 시』에서도 1975년에 사망한 것으로 소개되어 있다. 최근 이상숙은 북한에서 나온 『문학 대사전』에도 안룡만의 사망 시기가 1975년 12월 29일로 나와 있음을 확인했다.(이상숙, 「안룡만 연구 시론(試論) — 서사성과 낭만성」, 『한국시학회 제37차 전국학술발표대회 자료집: 박두진·김종한·안룡만의 시 세계 — 탄생 100주년 시인 재조명』, 연세대 위당관 6층 100주년기념홀, 2016. 5. 21, 54쪽) 정확한 근거를 찾을 수는 없었지만 사망 시기가 날짜까지 구체적으로 밝혀져 있는 것으로 보아 1975년에 사망한 것이 맞는 것으로 보인다. 2013년에 출간된 이인영 편, 『안룡만 시선집』에 수록된 작가 연보

들에 의해 선도되어 왔을 뿐 양적으로 빈약한 실정이다. 안룡만 시에 대한 선행 연구는 크게 서지적 연구, 해방 이전 시의 특징에 대한 연구, 1950년대 전선 문학의 일부로 보는 연구 등으로 나누어 볼 수 있다. 서지적 연구는 『안룡만 시선집』을 엮은 이인영이 주도해 왔는데 북한 문학사에서 언급되고 있으나 소재를 확인하지 못한 작품이나 작품집이 아직 많아 앞으로도 추가로 작품이 발굴될 가능성이 열려 있다. 해방 이전의 안룡만 시에 대한 연구로는 1930년대 후반에 발표된 몇몇 작품을 대상으로 조선 유이민의 현실을 그린 시나 조선인 노동자들의 삶의 세부를 그린 시에 주목한 연구가 있다.[2] 월북 및 재북 작가에 대한 해금 조치가 있은 후 1930년대 후반 서술시의 대표 격으로 백석과 안룡만의 시를 비교한 윤여탁의 연구도 주목할 만하다. 윤여탁은 안룡만의 시를 노동자의 삶과 생활이 뛰어난 서정성을 유지하며 형상화된 서술시로 평가했다.[3] 남한과 북한의 문학사에서 모두 안룡만의 시는 1950년대 전쟁 문학의 전형으로 주목되어 왔는데, 특히 「나의 따발총」은 '조국 해방 전쟁 시기' 전선 문학의 대표작으로 북한의 문학사에서 높이 평가받았다.[4]

북한 문학사에서 주로 언급되는 안룡만의 시로는 해방 전 작품으로 「강동의 품 — 생활의 강 아라가와여」가 "프롤레타리아 국제주의 사상으

에는 안룡만이 1916년 1월 18일에 출생한 것으로 나와 있어서 출생 시기에는 이견이 없으나 작고한 시기에 대해서는 정확하게 밝히고 있지 않다. 1969년 《조선문학》 10월호에 「한 공민의 말」, 「전쟁광 닉슨 놈에게」를 발표한 이후 현역 작가로서 활동한 형적을 찾을 수 없다는 것을 근거로 사망한 것으로 보인다고 추측했으나 정확한 사망 시기를 밝히지는 않았다. 구체적인 날짜까지 밝히고 있으므로 『조선 향토 대백과』에 기록된 안룡만의 사망 시기가 맞을 것으로 판단되지만, 구체적인 근거를 통한 검증이 필요하다.

2)   윤영천, 「안용만 소론」, 『서정적 진실과 시의 힘』(창작과비평사, 2002), 360쪽; 서민정, 「안용만 시에 나타난 노동자 형상화 연구」, 이동순 외 편, 『어디서나 보이는 집』(도서출판 선, 2005), 541~562쪽.

3)   윤여탁, 「1930년대 후반의 서술시 연구 — 백석과 안용만을 중심으로」, 《선청어문》 19, 서울대 국어교육과, 1991.

4)   신형기·오성호, 『북한 문학사』(평민사, 2000), 130쪽; 이상숙 외 편, 『북한의 시학 연구 5 — 시 문학사』(소명출판, 2013), 408쪽.

로 일관된 훌륭한 서정시"[5]로 높이 평가되었으며, 평화적 민주 건설 시기 (1945~1950)의 경우로는 「사랑하는 동지에의 헌사」(1946), 「당의 기발 아래」(1948)[6]와 「축제의 날도 가까워」(1946), 「김일성 장군님께 바치는 송가」(1947), 「파종의 노래」(1946), 「동백꽃」(1948) 등이 있다. 모두 1946~1948년에 발표된 시들이다. 특히 "로동법령에 대한 찬양"을 표현한 「축제의 날도 가까워」는 북한 문학사에서 여러 차례 인용되는 등 평화적 민주 건설 시기의 중요한 작품으로 거론되어 왔다.

조국 해방 전쟁 시기(1950~1953)의 북한 문학사에서 전선 문학의 대표작으로 거론되는 안룡만의 시는 「나의 따발총」(1950)이다.[7] 그 밖에도 「수령님의 이름과 함께」(1951), 「포화 소리 드높은 700리 락동강에」(1950) 등이 조국 해방 전쟁 시기 안룡만의 작품으로 북한 문학사에서 언급되었다.[8]

전후 복구 건설 및 사회주의 기초 건설 시기(1953~1958)에 북한 문학사에서 언급된 안룡만의 대표작은 『안룡만 시선집』(1956)에 수록된 「붉은 별의 이야기」, 「철탑 우의 비둘기」, 「당의 부름을 들으며」 등이다.[9] 특히 「철탑 우의 비둘기」는 전쟁의 불길 속에서 공장을 지켜 낸 로체공들의 창조적 노력에 주목하면서 당에 무한히 충직하며 그에 자기의 생명을 맡기는 당적 인간의 운명과 성격을 해명하는 데 주력한 시로 높이 평가되었다.[10] "당에 대한 충직성, 로동 계급의 강철의 의지, 바로 이것이 시인 안룡만이 해방 전후를 통하여 노래한 기본 빠포스이며 따라서 시집 『안룡만 시선집』을 관통한 창작 정서"라고 북한 문학사(『조선 문학 통사(하)』)에서는

---

5) 안함광, 『조선 문학사: 1900~』(연변교육출판사, 1957), 194쪽.
6) 동일한 작품이 사회과학원 문학연구소 편, 『조선 문학사(1945~1958)』 제1편(과학, 백과사전종합출판사, 1978)에는 「당의 기발 밑에」(1948)라고 나온다.(이상숙 외 편, 『북한의 시학 연구 5 — 시 문학사』(소명출판, 2013), 99쪽)
7) 위의 책, 322~323, 369, 411쪽.
8) 위의 책, 408, 437, 478, 480쪽.
9) 위의 책, 574쪽.
10) 위의 책, 575쪽.

평가하고 있다.[11)]

사회주의의 전면적 건설 시기(1959~1969)의 북한 문학사에서는 안룡만의 「락원산수도」(1963)를 "위대한 수령님의 현명한 령도와 따뜻한 배려에 의하여 지난날 사람 못 살 곳으로 알려져 있던 두메산골 창성 땅이 행복의 락원으로 꽃 피여난 력사적 전변에 대하여 노래하고 있"[12)]는 작품이라고 평가했다. 아울러 이 시기 서정시 문학은 근로자들에 대한 혁명 교양, 계급 교양을 더욱 강화하여야 할 시대적 요구에 따라 미일 제국주의자들과 그 앞잡이들을 폭로 단죄하는 작품들도 적지 않게 창조했다고 하면서 안룡만의 「전쟁광 닉슨 놈에게」(1969)를 미제 침략자들의 죄악을 폭로 규탄하고 놈들에게 사형 선고를 내린 우수한 작품이라고 평가했다.[13)]

마지막으로 주체 시기의 시 문학(1970~)[14)]에서도 앞서 언급한 「전쟁광 닉슨 놈에게」를 풍자시의 예로 거론한다. "풍자시 「전쟁광 닉슨 놈에게」(1969)는 대형 간첩 비행기 '이씨-121'이 우리의 신성한 령공에 날아들었다가 박살이 난 사건을 전후하여 새 전쟁 도발에 더욱 미쳐 날뛰는 미제의 두목이며 전쟁 광신자인 닉슨 놈의 전쟁 광증을 예리하게 풍자 조소"[15)]한 작품으로 평가받는다. 1969년 이후 북한 문학에서 안룡만의 이름을 발견하기 어렵고 1975년에 사망한 것으로 알려진 것으로 보아 주체 시기의 시 문학으로 불리는 시기에 이미 안룡만은 작품 창작을 하기 어려웠을 것으로 추정되므로 1969년 작을 풍자시라는 맥락에서 인용하고 재평가한 것이 아닐까 짐작해 본다.

---

11) 위의 책, 577쪽.

12) 위의 책, 818쪽.

13) 위의 책, 895쪽.

14) 북한 문학사의 시기 구분은 이상숙 외 편, 『북한의 시학 연구 5 ― 시 문학사』의 시기 구분을 따랐다. 각 시기마다 문학사가 새롭게 쓰였고 시기를 지칭하는 명칭도 조금씩 달랐기 때문에 어느 하나의 경우를 따르기보다는 이 모두를 통합적으로 고려해 시기 구분에 대해 판단을 내린 『북한의 시학 연구 5 ― 시 문학사』의 시기 구분을 이 논문에서는 수용했다.

15) 위의 책, 1050쪽.

남북한 문학사나 통일 문학사의 관점에서 남한에서 쓴 문학사에서는 1950년대 전쟁기 문학의 일환으로 안룡만의 「나의 따발총」이 주로 언급되는 데 비해 북한의 문학사에서는 전 시기에 걸쳐 고루 안룡만의 시에 대해 주목하고 있음을 확인할 수 있다. 이러한 현상만 보아도 안룡만은 월북 시인이라기보다는 재북 시인, 즉 북의 시인으로 보아야 할 것이다.

안룡만은 1933년 《신소년》에 동시 「제비를 두고」를 발표하면서 시단에 나왔다. 1930년대에 발표한 몇 편의 동시와 시는 일본에서 노동 운동을 한 체험이 바탕이 된 시로 우리 시에서 낯선 경험이자 소재를 활용해 독특한 개성을 구축하는 데 비교적 성공했다. 그러나 이러한 안룡만 시의 개성은 해방 후에까지 지속되지는 못한다. 아쉽게도 해방 후 안룡만 시는 북한의 체제에 순응하고 사회주의의 미래를 선도하는 방향으로 나아가 북한 시단의 주류로 안착하게 된다. 이 과정에서 해방 전에 보여 주었던 안룡만 시의 개성은 다소 사라지게 된다. 그러나 전선 문학의 일부로 쓰인 안룡만의 시와 전후 복구와 사회주의 건설기에 쓰인 안룡만의 시도 '노동자-전사'라는 주체를 통해 쓰이는 노동시의 연장선에서 읽을 수 있는 시들이 대부분을 이루어 안룡만의 노동시가 지니는 특성을 좀 더 세밀히 살펴볼 필요가 있다. 이 논문에서는 해방 전과 후의 안룡만의 시를 관통하는 특징으로 노동자 주체의 출현, 노동 현장의 묘사, 노동자의 당파성 표출 등을 들 수 있다는 점에서 안룡만 시를 노동시의 관점에서 검토하는 것이 가능하다고 판단했다. 강정구는 북한 시에서 가장 쉽게 발견되는 소재가 노동임에 주목하면서 "노동을 소재로 한 시에서는 북한 사회에서 가장 시급히 요구되는 식량의 문제, 에너지의 문제를 엿볼 수 있"고 이러한 당면 과제를 극복하기 위해 북한 시에는 "생산 격려와 강성대국의 건설"[16]이라는 주제가 뚜렷이 나타난다고 보았다.

일반적으로 노동시는 노동자 주체의 시선으로 노동자의 당파성을 드러

---

16) 강정구, 「'노동'을 소재로 한 최근의 북한 시」, 김종회 엮음, 『북한 문학의 이해 3』(청동거울, 2004), 270쪽.

내거나 노동 현장에서 겪는 노동자의 적나라한 현실을 노래하며 노동 해방의 목적의식을 드러낸 시를 일컫는데,[17] 이미 사회주의 체제를 완성했다고 생각하는 북한 체제에서 쓰이는 노동시는 우리가 일반적으로 사용하는 노동시의 개념과는 다소 거리가 있을 수밖에 없다. 조정환은 일찍이 1980년대 한국의 노동 문학은 현장 노동자들의 글쓰기와 지식인 작가들의 글쓰기라는 두 가지 흐름이 '운동으로서의 문학'이라는 단일한 흐름으로 합류하면서 나타난 것으로, 1987년 민중 항쟁과 노동자 대투쟁의 효과이자 산물이라고 정의했다.[18] 그에 따르면 "당시 노동 문학은 작업장을 의미하는 것으로서의 현장성을, 자본가와의 투쟁을 의미하는 것으로서의 투쟁성을, 민중 연대성과 계급성을 갖추도록, 그리고 전형을 창조하도록 요구받았"[19]는데, 이는 노동시의 경우에도 별반 다르지 않았다. 조정환이 내세운 기준에 근거할 때 안룡만의 노동시는 현장성과 민중 연대성과 계급성을 갖추고 있고 노동자의 전형을 창조하고자 했다고 볼 수 있지만, 북한 체제의 성격상 '자본가와의 투쟁을 의미하는 것으로서의 투쟁성'을 갖추었다고 보기는 어렵다. 또한 북한 체제를 공고히 하는 데 기여했다는 점에서도 결정적 차이가 있다. 이 논문에서는 이러한 차이점에 유의하면서 안룡만이 창조한 노동자 주체의 특징과 노동시의 현장성에 주목하고자 한다.

안룡만 시의 경우, 노동 현장(건설 현장)을 배경으로 한 시와 전장을 배경으로 한 시가 사실상 별로 다르지 않아 시적 표현상의 유사성에 주목해서 안룡만 시의 특성을 살피는 연구가 필요해 보인다. 지금까지의 안룡만 시에 대한 연구는 대체로 내용이나 주제적 측면의 연구가 대종을 이루어 안룡만의 시가 지니는 개성이 충분히 주목되지는 못했다. 그런데 몇 편 되

---

17) 양광준, 「1980년대 노동시의 수사 기법 연구 ─ 반복을 중심으로」, 《비평문학》 38, 한국비평문학회, 2010. 12, 312~313쪽.

18) 조정환, 「사회주의 리얼리즘의 종말 이후의 노동 문학」, 『카이로스의 문학』(갈무리, 2006), 128쪽.

19) 위의 글, 129쪽.

지 않는 해방 이전 시에서부터 안룡만의 시는 남다른 개성을 드러내고 있었다. 실제로 해방 후 사회주의의 전면적 건설 시기(1959~1969)에도 그는 지도 비평의 성격을 지니는 글「보다 개성적 세계의 탐구에로!」에서 "문학은 언제나 창조적이며 비반복적이며 개성적인바 오늘의 위대한 현실에 상응하게 시대정신의 높이에 서서 창작적 앙양과 개화를 위하여 신인들이 각기 개성적 세계를 개척해 줄 것을" 요구하기도 했다.[20] 이 논문에서는 안룡만의 시가 지니는 개성에 좀 더 주목하고자 한다. 안룡만은 기본적으로 북한 체제에 순응하며 당의 강령으로 내려온 창작의 방향에 충실한 시를 쓴 시인이다. 그러므로 그 과정을 확인하는 것은 큰 의미가 없어 보인다. 이 논문에서는 주어진 창작 방향과 대주제를 수용하면서도 표현 기법에서 나타나는 안룡만 시의 특징에 주목함으로써 안룡만의 노동시가 지니는 개성을 살펴보고자 한다. 특히 노동 주체, 공간과 소재, 화법적 특성에 주목해 안룡만 시의 특징을 규명해 보고자 한다.

2 노동하는 청년 주체의 긍정적 형상화와 봄의 활기

1933년 《신소년》에 동시「제비를 두고」를 발표하며 본격적인 시작 활동을 시작한 안룡만은 해방 전 4편의 동시[21]와 5편의 시[22]를 발표한다. 몇 편 되지 않는 작품이지만 동시와 시를 망라해 일본에서의 노동 운동 체험이 그려져 있으며 이전의 우리 시에서는 보기 힘들었던 개성이 눈에 띄었다. 발표 지면이나 시의 화자로 보아 동시로 판단되는 시에서조차 이러한

20) 안룡만, 「보다 개성적 세계의 탐구에로! — 11, 12월호 시 작품을 읽고」, 《청년문학》, 1966. 1: 이인영 편, 『안룡만 시선집』(현대문학, 2013), 471쪽에서 재인용.
21) 「제비를 보고」, 《신소년》, 1933. 5: 「가버린 동무야」, 《별나라》, 1934. 1: 「저녁노을」, 《신소년》, 1934. 2: 「휘파람」, 《신소년》, 1934. 4.
22) 「강동의 품」, 《조선중앙일보》, 1935. 1. 1: 「저녁의 지구」, 《조선일보》, 1935. 1. 3: 「봄의 커터부」, 《조선중앙일보》, 1935. 1. 4: 「생활의 꽃포기」, 《조광》, 1937. 10: 「꽃 수놓든 요람」, 《시건설》, 1939. 10.

개성은 두드러져 노동을 소재로 한 동시라는 설명만으로는 그 개성을 드러내기에 충분하지 않아 보인다. 이 장에서는 해방 전 발표 시를 중심으로 안룡만의 노동시에 나타난 개성에 주목해 보고자 한다. 그 특징의 일부는 해방 이후 북의 시인으로 활동하면서 사라지지만 일부의 특성은 여전히 계승되고 있다고 보았는데 노동하는 청년 주체에 대한 긍정적 형상화와 봄의 활기를 통해 긍정성을 표현하고 있는 점은 해방 이후 시에도 여전히 그 특성이 이어진다.

> 잠깐 후 ─ 기다리는 애들께
> 말할 예정 세우노라 머리는 혼잡하다
> ✕✕ 나빠복 바지
> 프린트 ✕✕는 두 손 꼭 쥐어 지고
> 열 올라 능금같이 붉힌 볼
> 이른 첫봄의 저녁!
> 쌴들한 바람 스치며 희롱하드라
>
> 이제껏 전선에 앉아
> 재재거리던 제비 한 마리
> 바람을 양쪽에 가르며
> 내 귀 옆을 래레게 지나친다
> 아아 삼월이라 남쪽에서
> 북국의 첫봄 ─ 찾아든 제비!
> 날개 포동거리며 사래치는 까만 몸뚱
> 보고 있다 문득 저 땅 봄 생각이 드구나
>
> 일본 ─ 모멩옷과
> 조선 ─ 흰옷 섞어

쾌활한 얼굴 왔다 갔다 하구

기쁨에 넘치는 말소리

움직이는 공기에 가득 찬 본부―

피오닐 회관에서

늬들과 팔씨름 겨누며

안 지겠다 땀 흘리든 즐거운 시절 생각난다야

――「제비를 보고」(《신소년》, 1933. 5) 부분

    윤영천에 따르면 안룡만은 1932년 일본 도쿄로 건너가 '적색구원회', '일본전국산별노조협의회'[23] 등의 조직에 참여하여 활동하면서 문학 수업에 정진했다고 한다.[24] 1934년 신병 치료를 위해 귀국하기 전까지 도쿄에서 노동 운동을 했던 것으로 추정되는데 이때의 경험이 일제 강점기 말 1930년대에 발표된 동시와 시에 녹아 있다. 인용한 시에서도 노동 운동에 대해 논의하기 위해 '철의 집'을 향해 가는 소년 노동자의 모습이 공장 노동자가 입는 푸른 작업복을 뜻하는 "나빠복 바지", 프린트를 두 손에 꼭 쥐고 있는 모습 등으로 그려진다. 노동 운동 조직 활동을 어떻게 전개할지 머리를 맞대고 의논하는 이들의 모습에서는 첫봄에 찾아든 제비 같은 활기가 느껴진다. "열 올라 능금같이 붉힌 볼"과 "쾌활한 얼굴 왔다 갔다 하구/ 기쁨에 넘치는 말소리/ 움직이는 공기에 가득 찬 본부" 등에서도 소년 노동자의 열정과 기대와 환희가 생생하게 느껴진다. 피오닐, 즉 공산소년단 회관에서 "팔씨름 겨누며/ 안 지겠다 땀 흘리든 즐거운 시절"에 대한 기억으로

---

23) 이인영 편, 『안룡만 시선집』에 수록된 작가 연보에서는 '일본전국노동조합협의회'로 조직명이 바뀌었고 도일한 시기도 1931~1932년으로 추정하고 있어 이에 대해서는 구체적인 자료를 토대로 한 검증이 필요하다. 윤영천이 작성한 연보는 『안룡만 시선집』(조선작가동맹출판사, 1956)의 김우철의 발문, 『현대 조선 문학 선집 11』(조선작가동맹출판사, 1960)과 『현대 조선 작가 선집 11』(조선작가동맹출판사, 1960)의 「략력」을 참조해 재구성한 것이라고 그 출처를 밝히고 있다.

24) 윤영천, 앞의 글, 364쪽.

오늘을 견디며 이 땅에도 봄을 불러오기 위해 "소년부"를 조직하려 애쓰는 소년 노동자의 모습은 봄을 불러오는 제비처럼 활기차고 싱그럽다. 조직에 가담해 활동하는 소년 노동자의 모습을 그린 시라는 점에서 독특한 데다 여기에 이국적 분위기까지 더해져 이 시는 일반적인 동시와는 다른 느낌을 자아낸다.

난 흐르는 강물
돛대 달은 뱃머리 바라보며
햇볕을 마음껏 받으며
높은 콘크리 ― 트 담벽에 지대고 있다
저편 공장 높은 굴뚝
푹푹 뽑는 연기가 무던히 희구나

막, 성이 나 죽겠다야
네가 가 버릴 줄 꿈에도 몰랐단다
지금처럼 쉬는 시간
종시껏 넌 말 안 했지
네래 키워줬었든 난
네 말을 지키며 동무들과 사귄다
먼저 아이들을 사랑하구
친해 두었다는 네 말을 지키려

무엇보담 한 애를 끌자
그래 난 영호와 친하단다
그 애는 벌써 알어져
같이 모여 책도 본단다
친한 애를 끌자니까 좋아하더라

너는 언제나 올 테냐

근심 말구 잘 있거라 응

이 공장은 내가 있으니 안심해라

난 죽어도 네 말을

끝까지 끝까지 지켜볼 테다

—「가 버린 동무야」(《별나라》, 1934. 1) 부분

일찍이 이인영은 "회상을 통하여 개인적 체험을 시화하는 방식"이 안룡만의 해방 전 시 세계에서 자주 발견되는 시적 방법임을 간파했다.[25] 이 시와 앞서 인용한 「제비를 보고」에서도 일본에서의 공산소년단 활동과 조직 활동 체험이 회상의 기법을 통해 그려졌는데 이러한 특징은 해방 이후 북한에서 쓴 시에서도 지속된다. 해방 전 시에서 회상의 기법은 이인영이 지적한 것처럼 안룡만의 시가 "의식적 주체로서의 기원을 일본에서의 체험에 두고 있다는 점"[26]을 보여 준다면, 해방 후 시에서 회상의 기법은 그의 시에 서사성과 서정성이 어우러지게 하는 장치로서 기능한다.

시의 발화 주체는 공장에서 일하는 소년 노동자로 쉬는 시간에 높은 콘크리트 담벼락에 기댄 채 저편 공장 높은 굴뚝에서 푹푹 뿜는 연기를 바라보며 지금은 떠나고 없는 '너'를 생각한다. 시에 진술된 내용으로 보아 '너'는 '나'를 노동자이자 공산소년단원으로 각성시키고 키워 준 동무이자 동지로 짐작된다. '너'는 비록 갑자기 떠나 버렸지만 '나'는 '너'에게 배웠듯이 영호를 비롯해 다른 동무들과 친하게 지내며 함께 책도 읽고 그들을 조직하고 의식화하는 활동을 지속하고 있다. "이 공장은 내가 있으니 안심해라"라는 말에서 시적 주체의 의지와 '너'를 향한 신의가 느껴진다. 일본에서의 조직 활동 체험을 통해 평범한 한 소년이 어떻게 공산소년단원으로 성장해 갔는지를 실감 있게 보여 주는 이 시는 소재와 배경의 독특

---

25) 이인영, 「북의 시인 안룡만」, 이인영 편, 『안룡만 시선집』(현대문학, 2013), 506쪽.
26) 위의 곳.

함으로 인해 일반적인 동시와는 다른 분위기를 만들어 낸다.

　　가장, 매력 있는 지구였다. 강동은……
　　남갈(南葛)의 낮은 하늘을 옆에 끼고 아라가와〔荒天〕의 흐릿한 검푸른 물
살을 안은 지대다.
　　수천 각색 살림의 노래와 감정이
　　먼지와 연기에 싸여 바람에 스며드는 거리 — 이곳이 내 첫 어머니였다.

　　내가 사랑튼 지구 — 강동…… 아라가와의 물이여!
　　세 살 먹은 갓난애 적…… 살 곳을 찾아 북국의 고향을 등지고 현해탄에
눈물을 흘리며 가족 따라 곳곳을 거쳐 닿은 곳이 너의 품이었다.
　　누더기 모멩옷 입고 끊임없이 사이렌이 하늘을 찢는 소란한 거리 빠락에서
맨발 벗고 놀 때 '석양의 노래'를 너는 노을의 빛으로 고요히 다듬어 주었다.

　　아빠, 엄마가 그 콘크리트 담 속에서 나옴을 기다리며
　　나는 아라가와의 깊은 물살을 바라보았다
　　너는 내, 어린 그때부터 황혼의 구슬픈 어려운 살림의 복잡한 물결의 노
래를 들리어주었다.

　　내가 컸을 때 강가에 시들은 풀잎이 싹트고 낮게 배회하는 검은 연기 틈
에 따뜻한 볕이 쪼이는 봄 —
　　나는 아라가와의 봄노래가 스며드는 금속의 젊은 직공으로 오야지 — 그
에게 키워 상임에까지 올랐다. 곤란한 몇 해를 겪어서.

　　(중략)

　　광막한 대륙의 한 모퉁이에 긴 반도에도 봄이 찾아왔다.

얄루강도 녹아 뗏목이 흘러나린다
강산에 뻗친 젖가슴 속에 꿈을 깨며 자라나는
처녀지의 기록을 따뜻한 품속에 안아주려고,
오! 강동이여! 나는 네 회상 속에 불길을 이루어 간다.
—「강동의 품 — 생활의 강 아라가와여」《조선중앙일보》, 1935. 1. 1) 부분

　아라가와는 도쿄를 가로지르는 강이다. 이 시에도 도쿄의 강동 지구에서 노동 운동 및 조직 활동에 가담했던 안룡만의 체험이 고스란히 녹아 있다. "흐릿한 검푸른 물살을 안은 지대", "먼지와 연기에 싸혀 바람에 스며드는 거리" 같은 구절에서 드러나듯 강동 지구는 공장 지대였다. 안룡만은 "이곳이 내 첫 어머니"였다고 그의 노동시의 시적 기원을 고백한다. 신의주에서 태어난 안룡만을 연상시키는 시적 주체는 "살 곳을 찾아 북국의 고향을 등지고" 현해탄을 건너와 이곳 강동 지구에 닿았던 것으로 보인다. 가족을 따라 이곳에 온 시적 주체는 "누더기 모멩옷 입고 끊임없이 사이렌이 하늘을 찢는 소란한 거리 빠락에서" 가난한 소년 시절을 보내며 공장 지대에서 일하는 "아빠, 엄마가 그 콘크리트 담 속에서 나"오기를 기다리곤 했던 듯하다. 그곳에서 "금속의 젊은 직공으로" 오야지, 즉 상사에게 키워져 상임에까지 올랐다고 그는 고백한다. 아라가와 강에서 노동자로, 공산소년단의 활동가로 단련된 시적 주체는 고향인 얄루(압록) 강반으로 파견이 결정된다. 아라가와 강 위를 제비가 날곤 했듯이 이제 "광막한 대륙의 한 모퉁이에 낀 반도에도 봄이 찾아왔다."라고 한다. 의식화된 시적 주체가 고향 얄루 강반으로 파견되어 가면서 봄의 기운을 그곳에도 몰고 간 셈이다. "언제나 근로자의 가슴에서 버림받지 않으"며 흐르는 아라가와 강은 시적 주체에게 영원한 기원의 표상으로 자리 잡아 강동의 "회상 속에 불길을 이루어 간다."

　일제 강점기 말에 쓰인 이 무렵의 시에서 안룡만이 그리는 노동하는 청년 주체는 몰려다니며 적극적으로 노동조합을 조직하고 의식화하면서 활

기를 몰고 다닌다. 생명이 약동하는 봄의 활기를 동반한다는 점도 특징적인데 일제 강점기 말에 쓰인 시들이 대체로 어둡고 우울한 기조를 형성하는 데 비해 안룡만의 시는 일본에서의 노동 운동 체험을 바탕으로 청년 주체를 긍정적으로 형상화하고 시에 봄의 활기를 불어넣는다.[27)]

> 자연과 살림의 아름다운 조화!
> 나는 홀린다. 보드라운 입김에 싸인 어여쁜 이 거리여!
> 나는 왔다. 저녁 거리의 품이어!
> 나를 맞아다고……
> 네, 입김은 소생의 뜨거움 같다
> 녹아지는 대지, 속삭이는 바람, 백은색의 연기 — 싹트는 네 입은 희망을 아뢰고
> 나는 네 품, 자연의 향기 속에 근로자들의 가슴을 생각한다.
> 새롭은 정열로 끓으는 감정을 너는 따뜻하게 키워가는 것이지.
> 여덟 시 — 사이렌!
> ……흐르는 파란 나빠복의 떼
> 웃음, 농지거리, 그 바람에 실려 가는 생활의 노래 이들을 안은 저녁의 거리, 사랑하는 품이어 나를 맞아다고 —
> 생생한 감정을 읊으려는 내 가슴은
> 저녁 거리의 사랑에 터질 듯이 뜨겁고나
> ――「저녁의 지구(地區)」(《조선일보》, 1935. 1. 3) 부분

이 시의 주체가 저녁의 거리에 홀리는 까닭은 그곳이 "생활의 노래"로

---

27) 일제 강점기 말에 쓰인 안룡만의 시에서 긍정적 청년 주체가 등장하는 장면은 사실상 비판의 여지가 있다. 이 시기 안룡만 시의 관심은 '계급'에 놓여 있었지 '민족'의 현실을 겨냥하고 있지는 못했던 것으로 보인다. 그러나 안룡만의 이 시기 노동시가 해방 이후 북한 시에 나타난 긍정적 청년 노동자의 형상을 선취하고 있었음은 기억할 필요가 있다.

가득한 곳이기 때문이다. "여덟 시 — 사이렌"과 함께 거리로 쏟아져 나와 "흐르는 파란 나빠복의 떼"는 노동자들의 무리를 가리키는데, 이들 사이에선 "웃음"과 "농지거리"가 흘러나온다. "자연과 살림의 아름다운 조화"가 거기서 솟아 나옴을 시적 주체는 직시하고 있다. 저녁의 지구의 거리는 노동하는 청년들로 가득하고 그들에겐 생활에서 우러나오는 건강한 웃음과 농담이 흘러넘친다. "근로자들의 가슴"은 새로운 정열로 끓어오르고 그런 생생한 감정을 읊으려는 시적 주체의 가슴은 저녁 거리에 흘러넘치는 사랑에 터질 듯이 뜨겁다. 청년 노동자의 건강함과 생활에서 우러나오는 열정과 희망이 저녁의 지구에 "소생의 뜨거움"을, 즉 봄의 활기를 불어넣는다.

　　……봄의 서곡.
　　나는 커터를 돌린다 —
　　오늘 밤 반(班)의 꽃 피어질
　　넘치는 기쁨의 전류 속에 스위치 누른 후
　　기계 소리의 곡조 따라 나의 즐거움에 찬 가슴은 뛰논다
　　따뜻한 바람과 잎이 싹트는 사월 달, 머루나무의 희망이 얼키운
　　어여쁜 자연의 빛깔은 내 가슴의 품에 안기었고나
　　나는 사랑치 않을 수 없다
　　어떻게 향기 높은 우리들의 생활인가
　　하얀 증기를 다북이 띄운
　　따스한 봄볕에 싸여 양기로운 직장 안 공기 —
　　끊임없이 규율 있게 도는 피댓줄 조대(調帶)의 움직임……
　　여공들의 금속선의 노랫소리가 남공의 귀를 째는 작업 휘파람에 섞인다
　　(중략)
　　순아, 아무것도 모르고 캐득거리며 손을 놀리는 여공 동무들과
　　나노아라, 빛나 오르는 이 기쁨을…… 계집애들의 뜨거운 젖가슴도 맥,

치는 핏줄이 뛰지 않겠느냐

　신춘(新春)이어, 너는 채엽복(茶葉服) 파란빛과 녹아드노나

　물오르는 풀포기의 향내와 선율과도 같이 나의 노래는 임금(林檎)의 과

즙으로 맑게 흐르고

　새롭은 알지 못할 기쁨의 감정이 가슴에 끓고 있다

　이 속에 봄철과 함께 커가는…… 아, 참말루 사랑치 않을 수 없는

것 ― 얼마나 향기 높이 풍기는 것인가.

―「봄의 커터부」(《조선중앙일보》, 1935. 1. 4) 부분

　이 무렵의 안룡만의 시에 지배적으로 등장하는 계절적 배경은 단연코
봄이다. 종이 제조에 쓰는 커터를 돌리는 시적 주체의 가슴은 "기계 소리
의 곡조 따라" 즐거움에 차 뛰논다. 기계 소리가 들리고 피댓줄이 움직이
는 공장은 기쁨의 전류가 흐르고 활기가 넘치는 노동의 현장으로 그려진
다. 흥미로운 것은 기계 소리가 들리는 생활의 현장에 자연의 생명력도 배
척되지 않고 평화롭게 공존하고 있다는 점이다. 노동하는 청년 주체와 노
동의 현장이 긍정적으로 형상화된 안룡만의 시에서 겨울을 지나 꿈틀거
리는 봄의 생명력이 충만한 까닭은 이와 무관하지 않아 보인다. "따스한
봄볕에 싸여 양기로운 직장 안 공기"는 "여공들의 금속선의 노랫소리가
남공의 귀를 째는 작업 휘파람에 섞"이는 일을 가능케 한다. 규칙적으로
돌아가는 기계 소리와 피댓줄의 움직임 속에서 청춘은 봄을 맞아 꽃을 피
운다. "채엽복 파란빛과 녹아드"는 "신춘"은 청년 노동자 주체의 건강성과
긍정성을 표상하는 동시에 노동하는 청춘 사이에 피어오르는 고양된 사
랑의 감정을 표상한다.[28]

28)　강정구는 '생산 격려와 강성대국 건설'이라는 "당의 정책과 시인의 개성은 충돌하기 쉬
　　운 요소"였는데 사실상 북한 시에서는 이 두 가지를 동시에 요구하는 경우가 많았다고
　　본다.(강정구, 앞의 글, 273쪽) 북한의 시에서 사랑의 감정이 노동과 종종 결합하는 것, 즉
　　"노동을 통한 사랑의 형상화"(위의 곳)가 종종 등장하는 까닭은 충돌하기 쉬운 두 가지

3 노동 현장의 핍진한 묘사와 생생한 현장감의 전달

앞서 살펴본 것처럼 해방 전 일제 강점기 말의 안룡만 시는 일본에서의 노동 운동 체험을 바탕으로 노동하는 청년들의 생생한 활기를 보여 주었다. "레포"라든가 "나빠복", "피오닐" 같은 시어들을 사용해 일본에서 전개되던 노동 운동의 이국적인 분위기를 적절히 그려 냄으로써 안룡만의 이 시기 시는 새로운 감각을 보여 주는 시로 주목받았다.

그러나 안룡만의 노동시가 가지고 있던 그런 개성은 해방 후에는 사라진다. 청년 노동자의 모습이나 노동의 활기를 드러내는 시에서 계절적 배경으로 흔히 등장하던 봄은 별로 달라지지 않았지만 시의 분위기는 상당히 달라진다. 그렇다고 해서 해방 이후 '평화적 민주 건설 시기'에서부터 북한에서 쓰인 노동시가 천편일률적인 형태를 띠고 있었느냐 하면 꼭 그렇지는 않았다. 당의 강령에 의해 써야 하는 주제는 대체로 정해져 있었다고 할 수 있지만 그런 주제 의식을 어떻게 표현할 것인지의 문제는 여전히 시인들의 몫으로 남아 있었다.

이 논문에서 안룡만의 노동시가 지니는 특성에 주목하고자 하는 이유는 바로 여기에 있다. 해방 전 안룡만의 노동시가 보여 준 독특한 분위기와 개성은 해방 이후 충분히 꽃피지는 못했지만 그런데도 다른 시인들의 시와 구별되는 안룡만 시의 개성은 살아 있었다. 이 장에서는 해방 후에도 여전히 남아 있던 안룡만의 노동시가 지닌 가능성, 그중에서도 노동 현장의 핍진한 묘사에 주목하고자 한다.

3

다시 동무여, 노래하자./ 원쑤와의 판가리싸움으로/ 백만의 아들딸들을/ 이끌어 가는 우리 당을—/ 이천 도 백열하는 도가니 속/ 용광로 불길로 달

요소를 성취하기 위한 하나의 전략이었다고 볼 수 있는데, 이렇게 본다면 해방 전 안룡만의 시는 이미 노동을 통한 사랑의 형상화를 선취하고 있었다고 볼 수 있다. 해방 후 안룡만의 시가 북한 체제에 쉽게 안착할 수 있었던 이유를 여기에서도 찾을 수 있을 것이다.

쿠어져/ 백광을 빛내며 흐르는 쇳물,/ 당은 우리를 이렇게/ 거세찬 투쟁의 불길 속에서/ 강철의 전사로 기르거니//

（중략）//

여기 공장의 쩨흐에서/ 브리가다 선봉들이/ 불꽃 튀기는 노력의 매 분초마다/ 당의 성스런 과업을/ 심장의 고동 소리로 들으며 싸우노니//

한 삽의 콕스를 떠서/ 용광로에 부어 넣을 때/ 고향의 전야에 오곡을 가꾸며/ 황금 물결치는 이삭을 거둘 때,/ 밀림을 헤쳐 아름드리 통나무/ 쩡쩡 메아리 울리며 찍어 낼 때 ― / 그 하나하나의 노력이/ 조국의 미래를 위하여/ 우리 당 앞에 드리는/ 당신의 아들들의 뜨거운 맹세다.

　　　―「어머니 ― 당의 노래」(『당의 기치 높이』, 조선작가동맹출판사, 1956) 부분

안룡만의 시를 노동시로 읽을 때 해방 전 시와 해방 후 시 사이에 연속성을 논할 수 있는 가능성이 열린다. 물론 해방 전 시에서는 노동자의 당파성보다는 일본에서의 노동 운동 및 조직 활동 체험을 토대로 청년 노동 주체의 긍정성과 활기를 드러냈다면, 해방 후 시에서는 북한 체제의 변화에 따라 체제에서 요구하는 문학의 창작에 충실한 모습을 보여 준다는 점에서 결정적 차이가 눈에 띄기는 한다. 그러나 청년 노동자라는 긍정적 노동 주체의 창출이라는 점에서는 상통하는 면이 있고, 노동 현장이나 노동하는 모습에 대한 핍진한 묘사는 노동시가 갖추어야 할 리얼리티에 얼마간 기여하는 바가 있다. 사회주의 건설이라는 이미 주어진 목표를 전제로 한 안룡만의 시에서 자본가와의 갈등과 대결 구도 속에서 노동자의 당파성을 획득하는 일반적인 노동시의 주제를 발견하기는 어렵지만, 사회주의 건설에 앞장서는 '노동자-전사'가 희망의 미래를 앞당기기 위해 노력하는 노동 현장과 그곳에서 이루어지는 노동 행위에 대한 묘사는 구체적으로 이루어져 현장감의 전달에 기여하고 있다.

　세 부분으로 이루어진 이 시에서 "역사의 새봄, 인민의 봄을/ 이 땅에 찾아오려" 싸우던 해방의 전사는 이제 사회주의 건설을 앞당기는 노동

자-전사가 되어 '어머니-당'이 혁명의 깃발을 높이 들고 승리의 길로 나아가는 데 기여한다. 그중에서도 인용한 '3' 부분에서는 "이천 도 백열하는 도가니 속/ 용광로 불길로 달쿠어져/ 백광을 빛내며 흐르는 쇳물"처럼 "거세한 투쟁의 불길 속에서/ 강철의 전사로" 길러 내는 당을 예찬하고 있다. 초점이 노동자-전사보다는 그들을 길러 내는 어머니-당에 놓여 있기는 하지만 "한 삽의 콕스를 떠서/ 용광로에 부어 넣"는 노동의 행위와 이들의 노동 현장이 핍진하게 그려진 점은 눈여겨볼 만하다.

　　동해 쪽빛 수평선에/ 먼동이 터 오는 이 아침/ 오늘의 첫 출선을 기다리며/ 우리는 탑빙봉을 틀어쥐고 섰다.//

　　노체 안의 열도는 제대로/ 천칠백의 고열로 활활 타오르고/ 열풍로의 풍압도 좋다./ 면경을 벗어 아득히/ 정든 고향의 푸르른 바다/ 출렁이는 물결 소리 듣노라면 —//

　　공화국의 무쇠를 녹여내는/ 자랑찬 마음 후더워./ 수령의 영채로운 모습 뵈옵던/ 그날의 감격이 가슴에 안겨 온다.//

　　지난해 어느 봄날/ 수령께서 동해안을 찾아오시어/ 밝은 웃음, 환하게 웃으시며/ 지척에 서시어 격려하시던 말씀 — / 노체 안의 쇳물도 바라보시고/ 탑빙봉도 몸소 쥐어 보시며/ —동무들, 수고하오./ 더 많은 무쇠를 조국에 보내야겠소—//

　　태양의 영상을 가슴에 안으며/ 그이—수령 앞에 다진/ 맹세를 지켜 일떠선 용광로여!//

　　중공업의 기치 높이/ 흐르는 쇳물은 주조되고 압연되어/ 사랑하는 조국 땅을 덮노라.//

　　아, 우리는 이 나라 용해공/ 당의 불길 속에서 길러/ 심장 우에 붉은 당증이 얹혀/ 붉은 전사의 마음 불타거니
　　　　　　　　　　　　—「용해공의 붉은 마음도」(『붉은 깃발 휘날린다』,
　　　　　　　　　　　　　　　조선작가동맹출판사, 1959) 부분

용광로를 관리하는 노동자를 일컫는 용해공의 노동이 공산주의의 미래를 앞당길 것이라는 기대와 예찬이 드러난 시다. 사회주의의 전면적 건설 시기에 발표된 이 시는 중공업의 기치를 높이 든 이 시기 당의 강령에 충실한 시로 무쇠를 녹여내는 용광로를 관리하는 용해공의 노동을 탑빙봉, 노체, 열풍로, 용광로, 면경, 무쇠, 쇳물 등 노동 현장을 실감케 하는 시어들과 천칠백의 고열, 풍압, 주조, 압연 등의 용광로와 관련된 시어들로 표현하고 있다.[29]

첫 출선을 기다리며 탑빙봉을 틀어쥐고 서 있는 용해공은 "공화국의 무쇠를 녹여내는/ 자랑찬 마음"으로 가득 차 지난해 어느 봄날 수령을 봤던 그날의 감격을 떠올린다. 오늘의 노동의 현장에 과거의 회상이 끼어드는데 바로 그 장면에 수령의 격려와 당부가 삽입된다. 노체 안의 쇳물도 바라보고 탑빙봉도 직접 쥐어 보고 하는 장면은 수령을 형상화한 이 시기의 시에서 종종 등장하는 전형적인 장면이다. 노동 전사를 격려하는 수령의 모습, 그런 모습에 감격해 몸과 마음을 다해 용광로를 관리하는 용해공의 붉은 마음과 이러한 혁명 투사의 노력으로 공산주의의 미래를 앞당기는 장면 등은 북한 문학에서 익숙하게 볼 수 있는 것이다. 안룡만의 시에는 상대적으로 노동 현장이나 공구를 지칭하는 시어와 표현이 구체적으로 등장하는데 이런 점이야말로 안룡만의 시를 노동시로 읽을 수 있게 하는 특징이라고 볼 수 있다.

강반의 동뚝 밑에 자리 잡고/ 그리 높지 않은 지붕들이/ 이곳저곳 널려 있는 자그만 공장 — / 문패를 바라보면 적혀 있다./ '방직기계 제작소……'// 여기는 전쟁의 불길 속/ 폐허 우에 일떠선 자그만 공장이었다./ 여기는 몇 해 전만 하여도/ 몇 대의 보잘것없는 기대들이/ 니켈 단추며 모표나 만

29) 해방 이후 안룡만과 동시대에 노동 현장을 그린 리용악이나 백석의 시와 비교할 때, 안룡만의 시는 공장을 배경으로 즐겨 사용했고 노동 현장을 구체적으로 실감하게 하는 노동의 도구나 기계, 그것의 작동 방법 등에 대해 구체적으로 묘사하는 특징을 드러냈다.

들며/ 피댓줄에 감겨 돌아가던 공장이었다.//

  이 자그만 공장에서/ 우리는 만들었다. 정방기를,/ 낡은 몇 대의 기대가 새끼 쳐서 만든/ 새 기계를 돌려 우리 손으로/ 커다란 정방기 무수한 부속품을!//

  천삼백이 넘는 방추며/ 정밀한 도면과 선삭을 요하는/ 복잡하고 어려운 부속품들을,/ 깎고 다스리던 밤과 밤 —/ 애로와 난관이 앞을 막아설 때/ 그때마다 우리는 생각했다./ 빨찌산 전사들 고난의 싸움을!//

  (중략)//

  시방도 새 정방기 한 대/ 조립을 끝낸 기쁨을 안고/ 시운전 스위치를 넣으면/ 가볍게 돌아가는 기계 소리 —/ 이 기쁨과 자랑을/ 우리는 그이께 드리노라, 나누노라

  ——「정방기 조립의 날」(《조선문학》, 1960. 5) 부분

  강반의 동둑 밑에 자리 잡은 방직 기계 공장을 배경으로 한 이 시에도 방직과 관련된 공정을 표현하는 시어들이 구체적으로 등장한다. 정방기는 방적(紡績)의 마지막 공정인 실을 질기고 탄력 있게 하면서 일정한 굵기로 만들기 위해 잡아당기면서 비트는 공정에 쓰는 기계이다. 전쟁의 불길 속 폐허 위에 세워진 자그만 공장이었던 이곳은 몇 해 전만 해도 "몇 대의 보잘것없는 기대들이/ 니켈 단추며 모표나 만들며/ 피댓줄에 감겨 돌아가던 공장이었다." 노동자들의 손으로 "커다란 정방기 무수한 부속품을" 만들고 정방기를 만드는 기적 같은 일이 이 자그만 공장에서 일어났다고 화자는 회상한다. "천삼백이 넘는 방추며/ 정밀한 도면과 선삭을 요하는/ 복잡하고 어려운 부속품들을" 깎고 다스리며 조립하는 공정의 과정을 이 시는 세세히 그려 낸다. 안룡만의 노동시에 구체성을 부여하는 힘은 바로 여기 있다.

  이 시에서도 수령과 직접 만났던 그날의 감격에 대해 노래한다. 사회주의의 전면적 건설 시기에 발표된 이 시에는 몸소 공장을 돌며 노동 전사

들을 격려하는 수령의 모습이 전형적으로 그려진다. 이 시기 북한 문학이 공들여 그려야 했던 것이 수령의 형상화였다고 볼 수 있는데, 안룡만의 시는 이런 전형적인 장면을 회상 기법을 통해 보여 주면서 그 앞뒤로 노동의 현장인 방직 기계 공장에서 이루어지는 정방기 조립의 공정과 조립을 끝낸 정방기의 시운전 모습을 배치함으로써 구체성을 부여했다. 노동 현장의 핍진한 묘사는 시에 현장감을 불어넣는다. 이미 사회주의의 전면적 건설 시기에 접어들었다고 판단한 이 시기 북한 문학에서 노동시가 나름의 개성을 확보할 수 있는 가능성은 사실상 그렇게 많지 않아 보인다. 안룡만의 시는 구체적인 공정 및 공구 등을 활용해 노동 현장을 핍진하게 묘사함으로써 시에 현장감을 불어넣고 나름의 시적 개성을 확보한다.

그 밖에도 신의주 제지 공장에서 쎄빠를 돌리는 갈래머리 여성 노동자를 그린 「양태머리 쎄빠공」에서도 '그이'로 지칭된 수령을 만나는 장면이 등장한다. 제지 공장을 방문해 쎄빠공과 직접 대화를 나누는 모습, 공장에서 기계를 직접 만든 일을 격려하고 더 많은 기계를 생산하도록 북돋아 주는 장면 등은 북한 문학에서 익숙하게 볼 수 있는 전형적인 장면이다. 주체 문예 시대에 본격적으로 들어선 이후의 시를 대상으로 한 글에서 강정구는 "북한 시가 관심을 갖는 대상은 주체 사회주의 건설을 위해서 열심히 일하는 근로자이면서, 당에 무한하게 충성하는 자"[30]이며, "생산 격려와 강성대국의 건설"을 다루는 시에서 종종 "수령 형상 창조 문제가 개입된다."[31]라고 보았는데, 그런 점에서 이 시는 다소 앞서 있었다고 볼 수 있다. 주제 의식이 뚜렷한 이 시에 현장감을 불어넣는 것은 역시 "쎄빠"를 돌리고 "주물에서 갓 나온 쇳내"를 풍기는 기계에 미싱유를 붓고 닦는 모습, 낮에는 쇳밥을 묻히고 밤에는 야간 학교에서 배우면서 합숙 침대를 사용하며 미래에 대한 기대와 기쁨에 부풀어 있는 모습 등이다. 공장에서 일하는 장면에 대한 세세한 묘사는 시에 현장감을 불어넣는 데 기여한다.

---

30) 강정구, 앞의 글, 268쪽.
31) 위의 글, 270쪽.

따바리 불타는 총자루
앞세워 승승장구
삼팔선을 넘어
벌써 아득한 천 리 길

나의 따발총이여
더웁게 단 총구멍
식혀 줄 사이도 없구나

항복하지 않는 원쑤에게
복쑤의 섬멸전에 올라
싸우는 날과 날
놈들을 물리쳐
선생의 기쁨에 안기어 오는
해방구 동트는 아침

침략자를 무찔러
저무는 저녁에
반짝이는 별빛
맞아 주는 어느 지역 —

나의 따바리여
뜨라 따따……따
불길을 뿜어라 뿜어라
분노의 불길
증오의 화염을!

토— 치카 진지에 육박하는

백병전의 돌격을 앞두고

원쑤의 과녁을 겨누어

일제히 사격 —

한 눈을 나직이 감고 보내는

총탄 총탄……

— 「나의 따발총」(『나의 따발총』, 문화전선사, 1951) 부분

조국해방전쟁기에 쓰인 이 시에는 노동의 현장 대신 전장이 등장하지만, 사실상 이 시에 등장하는 따발총은 노동자의 손에 들린 공구와 다를 바 없다. 해방 후 안룡만의 시에서는 '노동자-전사'라는 주체가 일관되게 등장한다. 이들의 손에 공구가 쥐어져 있거나 총이 쥐어져 있는 차이만 있을 뿐 안룡만의 시에서 공구와 무기는 사회주의의 미래를 선취하는 목적을 달성하기 위한 도구로서 기능한다.

"더웁게 단 총구멍"이나 "뜨라 따따……따/ 불길을 뿜"는 따발총, "한 눈을 나직이 감고 보내는" 따발총의 총탄 등을 묘사하는 장면은 공들여 노동의 현장이나 도구를 묘사하는 장면을 연상시킨다. 총과 공구라는 차이만 있을 뿐 이들은 모두 혁명의 무기로서 기능한다.

1964년에 조선문학예술총동맹출판사에서 간행된 시집 『새날의 찬가』에 수록된 「나는 그 총을 메고 있다」에도 "분계선 가까운 고지의 영마루", "조국의 초소에 서서/ 총가목을 가슴에 안고" 빨치산 투사들이 생명보다 더 소중히 여겼던 한 자루의 총에 대해 생각하는 화자가 등장한다. 이 시에서도 한 자루의 총이 지니는 상징성을 혁명의 무기라고 밝히고 있는데, 이는 비단 총에만 해당되는 것은 아니다. '노동자-전사'가 사회주의 미래를 앞당기는 역할을 담당하듯이 이들의 손에 쥐어진 공구와 총은 혁명의 무기로서 기능한다. "돌아가는 피댓줄에 감겨" 직포기가 "달그락 딱딱" 소리를 내는 모습을 묘사한 「향기 높은 새 생활」이나 "바위를 치뚫는 보

링과 착암기와/ 도리후도의 요란한 소음"과 "우르릉 드르릉…… 돌아가"
는 "찌브 크레인"을 묘사한 「승리의 찬가」, "바이트의 각도를 맞추어/ 후
라치 핸들을 돌리"는 청년 작업반장이 등장하는 「새 선반기 앞에서」, "에
어해머의 우람한 음향 속에/ 한 덩이 강괴를 두드리고/ 압연 로라에서 시
뻘건 강판을 뽑아"내고 "바이트의 날을 세워 가며 쇳밥을 먹여 무쇠를
깎"는 노동의 장면이 등장하는 「당의 부름을 들으며」 등도 노동의 기적을
창조한 '사회주의 조국'의 미래를 현장감 있게 묘사함으로써 사회주의 혁
명의 무기로서의 노동시의 가능성을 보여 준다.

4 대화체의 삽입과 생동감의 부여

안룡만의 시가 회상의 기법을 자주 사용함은 이인영이 지적한 바 있
다.[32] 회상의 기법을 통해 그려지는 과거의 시간은 안룡만의 시에서 대화
체를 동반하는 경우가 많은데 이는 과거의 시간에 생동감을 부여함으로
써 생생한 현장감을 불어넣는 데 기여한다. 앞서 살펴본 노동 현장을 그린
시들에서도 간간이 대화체가 삽입된 예들이 보였는데 이때 대화체는 주로
노동 현장을 직접 방문한 김일성 수령과의 대화를 드러내는 데 할애되었
다. 수령이 노동 전사에게 건넨 말을 대화체의 삽입을 통해 그려 내는 까
닭은 우상화된 대상에 살아 있는 인물로서의 생동감을 부여하기 위한 것
으로 보인다. 이 장에서 다루는 시들에서는 대화체가 좀 더 본격적으로
활용된다.

　　밤도 이무 깊었는데
　　보채는 아이 젖 먹이며 조으는
　　사랑하는 아내여

---

32) 이인영, 앞의 글, 506쪽.

나는 내일 모임의 보고를
빛나는 계획 숫자를 넘쳐 실행할 글을 꾸미면서
고요한 감격이 가슴에 설레어
그대의 흐트러진 머리카락을 쓸어 올려 본다

오늘 저녁도 그대는 어린아이 업고
가두세포에 나아가 이야기에 꽃피웠다거니
시방 북조선의 산하를 통틀어 어느 한 치 땅도 남김없이
두메에서 마을에서 공장 거리에서
온 인민이 새나라 건설의 터전을 닦는 이 일을 가지고
불붙는 토의를 거듭하고 일에 옮겨 가고 있는 것이지
그러기 밤 늦추 돌아온 나에게 보내는 그대의 따뜻한 미소
사랑에 넘치는 눈동자는 새 희망에 가득 찼드니라

(중략)

이렇게 말하면 그대는 웃으리라
그는 지나간 기억 속에 파묻혀진 이야기
ㅡ 쌀값은 자꾸만 오르니 어찌 되우
ㅡ 아이들 입힐 옷 한 감이 장거리서 얼마게유
그대, 오죽이나 괴로웠기 그런 말을 했을구
우리의 생활은 그날그날 괴롭고
어린아이에게 강낭밥도 못 먹이는 끼니가 있건만두
이 고난은 승리를 가져오려는 진통의 크낙한 시련이다
앞날의 비쳐 드는 희망을 앞두고
오늘이란 현실의 세찬 격랑을 헤엄쳐 나가야느니
그대는 이무 잘 알고 있으며 지난날의 회상이구나

—「사랑하는 아내에게 — 인민경제계획에 바치는 노래」

《문화전선》, 1947. 8) 부분

　　사랑하는 아내에게 보내는 편지의 형식으로 쓰인 이 시에서 화자는 내일 모임의 보고를 준비하고 있고 그의 사랑하는 아내는 밤도 깊었는데 보채는 아이에게 젖을 먹이며 졸고 있다. 2연에 따르면 아내가 조는 이유는 오늘 저녁에도 "어린아이 업고" "가두세포에 나아가 이야기에 꽃피웠"기 때문이다. "온 인민이 새나라 건설의 터전을 닦는" 일에 토의를 거듭하고 있는 상황에서 "따뜻한 미소"로 자신을 응원해 주는 아내를 향해 화자는 "고요한 감격"을 느낀다. 그런 이들 부부에게도 "미움의 싹을 키워" 왔던 "지나간 어두운 세월"이 있었다. 그 시절 어린아이를 돌보고 살림을 꾸리느라 힘겨웠던 화자의 아내는 "쌀값은 자꾸만 오르니 어찌 되우", "아이들 입힐 옷 한 감이 장거리서 얼마게유" 같은 투정의 말을 했었다. 바로 여기서 아내의 말을 옮기는 데 대화체가 삽입된다. 아내의 투정의 말을 직접화법으로 인용함으로써 일제 강점기 말에 아내가 느꼈을 괴로움이 보다 생생하게 전달된다. 해방 전과 후를 고난의 시절과 희망의 시절로 대비하는 상상력은 북한 문학사의 평화적 민주 건설 시기와 남한 문학사의 해방기 작품에 공통적으로 나타나는데,[33] 이 시에서도 선봉 부대로 밤을 밝히며 강낭밥도 못 먹이는 가난 속에서도 승리와 희망을 위해 "진통의 크낙한 시련"을 견뎌 나가는 부부의 모습을 통해 희망찬 미래를 보여 줌으로써 해방 전과 후를 대비한다. 이 시에서 대화체는 딱 한 군데 등장하지만 적절한 삽입을 통해 아내의 근심 걱정을 전달하는 데 기여한다.

　　봄갈이 앞둔 어느 날

---

33) 해방기 시에 나타난 시적 표상의 대립에 대해서는 다음 논문을 참고할 수 있다. 이경수, 「해방기 시의 건설 담론과 수사적 특징」, 《한국시학연구》 45(한국시학회, 2016. 2), 11~52쪽.

막내딸이 일하는 기계 공장에
흙 내음새 거름 내음새
그대로 몸에 밴 옷차림을 하고
고향 마을에서 오신 할아버지,

기대들이 돌아가는 속에서
선반을 돌리며 웃음으로 맞는
딸의 모습 즐거운 듯 바라보셨네.
—애, 네가 깎는 게 뭐냐?
—아버지 이건 말야요.
뜨락또르 부속품이야요.

이윽고 점심참 마주 앉아
풍작 이룬 고향 마을
놀라운 수확을 거둔 소식도 가지가지
딸은 딸대로 공장 이야기
농기계를 농촌에 보내는 자랑 —

(중략)

—애, 너는 기곌 만들구
난 땅을 가꾸니 말이다.
우린 노농 동맹 집안이구나.
—호호호, 아버지두……

할아버지 인제 마을에 돌아가면
보고 온 기계 공장의 자랑

쇠를 깎는 막내딸 자랑 이야기,
이야기하리라. 이 땅 온 마을마다
기계를 보내 준 노동자들에게
더 많은 알곡을 보낼 데 대하여!

　　　　　——「노농 동맹 집안일세」(《조선문학》, 1960. 5) 부분

　사회주의의 전면적 건설기에 발표된 인용 시에서는 아버지와 막내딸의 대화 장면을 대화체의 삽입을 통해 생동감 있게 그려 내고 있다. 봄갈이 앞둔 어느 날 막내딸이 일하는 기계 공장에 온 아버지는 "흙 내음새 거름 내음새/ 그대로 몸에 밴 옷차림"의 할아버지의 모습을 하고 있다. 어엿한 기계공이 된 막내딸의 모습과 노인이 된 아버지의 모습을 대비해 청년과 노인, 공장과 농촌, 노동자와 농민 가릴 것 없이 사회주의 건설에 앞장서야 함을 효과적으로 그려 냈다. 아버지와 막내딸의 대화는 2연과 6연에 두 번 등장한다. 2연에서는 막내딸이 공장에서 하는 일에 관심을 보이며 나누는 아버지와 딸의 문답을 대화체를 삽입해 보여 줌으로써 분위기를 환기하고, 6연에서는 아버지와 딸의 대화만으로 연을 구성해 시에 생동감과 활기를 불어넣는다. 이 시의 주제 의식이 가장 잘 그려진 부분이 6연이라는 점도 흥미롭다. 딸은 기계를 만들고 아버지는 땅을 가꾸면서 노농 동맹 집안으로 사회주의 건설에 앞장서는 자랑스러움이 아버지의 말과 그에 응대하는 딸의 웃음소리에서 묻어난다. 더 많은 수확을 위해 농촌에도 필요한 기계를 만드는 일을 하는 막내딸의 노동 현장을 직접 방문해 본 후, 땅을 가꾸는 아버지는 "기계를 보내 준 노동자들에게/ 더 많은 알곡을 보"내기 위해 생산 투쟁에 더욱 노력할 것을 다짐한다. 노농 동맹 집안이라는 자부심에 가득 찬 부녀의 모습이 대화체를 통해 생동감 있게 전해진다.

　——순아, 오늘부턴 새 생활이
이 공장에도 찾아왔구나.

초지실 책임인 이 동무가
웃음으로 던지는 말에도
순이 젖가슴은 기쁨에 젖는다.

— 얘, 영남아, 너두 인제는
어른과 같이 임금을 받고
— 얘, 산월인 여섯 시간 일한단다.
직장 안 공기도 밝게 비치는데
참으로 오늘부터 우리들의 생활은
노동이 그대로 즐거움이 되리라.

이 나라 가난한 어린이
수많은 나이 어린 영남이
늬들에게도 새 살림이 시작되고
열다섯 산월이 두 뺨에
기쁨의 열매가 복숭아처럼 열리리.

지나간 세월은 어두워,
어리던 시절부터 삯전 몇 잎에 팔려
종이 추노라, 고무풀 붙이노라
조그만 두 손마저
서리 맞은 꽃처럼 시들었거니
인제사 모든 것이 꿈과도 같아라.
　　　—「축제의 날도 가까워」(『안룡만 시선집』, 조선작가동맹출판사, 1956) 부분

　북한에서 쓰인 안룡만의 시는 논평적 화자가 등장해 전지적 작가 시점
으로 이야기하는 시들이 높은 비중을 차지하는데 특히 대화체가 삽입된

시들에서는 더 그 비중이 높다. 이 시에서도 초지실에서 함께 일하는 순이, 영남이, 산월이에게 건네는 초지실 책임인 이 동무의 말을 직접 인용함으로써 노동 현장의 생생함을 전달하고 있다. "어리던 시절부터 삯전 몇 잎에 팔려/ 종이 추노라, 고무풀 붙이노라" 고생했던 순이, 영남이, 산월이들에게 이제 어른과 같이 임금을 받고 여섯 시간 일하는, "노동이 그대로 즐거움"인 새 생활이 열릴 거라고 기쁜 소식을 전한다. "노력으로 쌓아 올리는 건설의 길 우에/ 꽃피는 축제의 날도 가까워" 왔음을 어두웠던 과거와의 대비를 통해 전하는 이 시에서도 대화체는 기쁜 소식을 생생히 전하는 역할을 담당한다.

> 지난날 눈 내리는 밤이면
> 굶주린 승냥이 울음소리
> 잣나무 숲에 처량턴 산골에도
> 새 살림이 기쁨으로 주렁 지어
> 이 밤, 조합의 민주 선전실은
> 오는 봄의 전망에 흥거워라.
>
> ― 이 봄부턴 말이지요.
> 언덕바지에 양사며 우사를 짓구
> 등세기 비탈엔 과수를 심죠.
> 또, 앞벌 자갈밭 황무지를
> 지난해보다 백 곱이나 일궈야 해요.
> 세포 위원장 열 오른 말에
> 사람들은 저마다 앞날을 그려 본다네.
>
> 마을 마을이 합쳐서
> 새 살림 조합으로 꾸려

첫해 첫 분배도 듬직이 받아
삼동 추위 대한인데 오히려 즐거워……
화롯전에 대통을 툭 툭!

방 안에는 벌써 새봄이 찾아온 듯
바라보는 얼굴에 불빛이 비쳐
즐거운 웃음이 새빨간 산열매처럼 무르익었네.

—우리 앞날은 더 좋지요.
압록강으로 흘러내리는
저 산골짜기 여울물을 끌어올려
인제 관개 공사가 끝나면
이 산마을에도 논을 풀구요……

—허, 거 무슨
옛말에 단샘이 솟아나구,
사시철 꽃 핀다는
희한한 얘기 같네그려.

사람들의 웃음소리 흔들리는데
선전실 한복판에 걸린
김일성 원수의 초상화도 미소를 지으시고
—그렇소, 이 땅의 어디나
모든 살림이 아름다워질 것이요.
말씀하시는 듯…… 굽어보신다.

(중략)

정들은 벌가의 마을을 쫓겨
두메산골 막바지에다
돌바위를 일쿠고 부대를 파며
가꾸운 감자 뙈기마저
왜놈 산림간수가 뺏어 갔거니
ㅡ뉘 허가루 땅을 팠어?
이 망할 놈의 두상!
내리치는 채찍에 핏줄이 쭈루루……

박 서방의 불타는 눈은
아득히 뻗어 간 산발을 바라보았다.
우거진 태고의 밀림을 타고
압록강, 두만강을 넘나들던
빨찌산 용사들이 싸우는 이야기
들리어오는 곳 ㅡ
　　　　ㅡ「이른 봄에」(『안룡만 시선집』, 조선작가동맹출판사, 1956) 부분

　조합의 민주 선전실에 모여 앉아 이야기꽃을 피우며 다가오는 봄에 대한 희망과 기대를 나누는 조합원들의 모습이 그려진 시다. 하늘 아래 첫 동네 이 두메산골은 지난날 눈 내리는 밤이면 굶주린 승냥이 울음소리가 들릴 정도로 잣나무숲이 처량하던 곳이었는데 이제 "언덕바지에 양사며 우사를" 짓고 "등세기 비탈엔 과수를 심"는 꿈에 부푼 마을이 되었다. 황무지를 개간하고 관개 공사를 하고 나면 수확량을 늘릴 수 있으리라는 기대로 가득하고 "단샘이 솟아나구,/ 사시철 꽃 핀다는/ 희한한 얘기"가 실현 가능한 곳이 되었다.
　이 시에서 대화체가 삽입되는 곳은 크게 세 군데로 나누어 볼 수 있다. 황무지를 개간해 새살림을 꾸리는 기대에 가득 찬 마을의 조합원들 간의

대화가 주를 이루고, 이 대화의 뒤를 이어 사진 속 김일성 원수의 초상화가 건네는 말이 삽입되고, 회상의 장면에서 돌바위를 일궈 가꾼 땅을 빼앗아간 "왜놈 산림간수"의 폭력적 언사("뉘 허가루 땅을 팠어?/ 이 망할 놈의 두상!")가 삽입된다. 어두운 과거와 희망찬 현재/미래의 대비는 이 시기 북한의 시에서 지배적으로 활용하던 시간 구조인데, 안룡만의 시에서는 현재와 과거의 장면을 망라해 주제 의식을 전달하는 중요한 장면에서 대화체를 삽입하고 있어서 현재의 장면에 생동감을 입히고 과거의 회상 장면에 현장감을 불어넣는 역할을 한다. 다만, 대화체의 삽입이 수령 형상의 창조와 우상화에 기여함으로써 안룡만의 시에서 당의 정책과 시인의 개성은 사실상 타협적으로 공존하는 것이었을 뿐, 안룡만 시는 체제 순응적인 문학으로서의 한계를 여실히 드러내고 만다.

5 결론

이 논문에서는 안룡만의 해방 전 시와 해방 후 시를 관통하는 특징을 포착하기 위해 안룡만의 시를 노동시의 관점에서 다루어 보고자 했다. 해방 이전의 시와 이후의 시에서 노동 주체가 처한 상황은 다르고 이들이 최종적으로 추구하는 바도 달랐지만, 북한 체제에 순응하는 시를 써 왔던 해방 후 안룡만 시의 주제 의식의 변화를 살피는 것보다는 주어진 주제 의식 아래에서도 그가 드러내고자 한 시적 개성으로서의 표현적 특징을 찾아보는 것이 좀 더 의미 있을 거라고 판단했다. 그의 시를 노동시로 볼 때 통일 이후의 문학사에서 안룡만의 시사적 위치를 찾을 수 있을 거라는 기대도 있었다. 이 논문에서 새롭게 규명한 결과는 다음과 같다.

첫째, 안룡만의 노동시에서는 노동하는 청년 주체가 긍정적으로 형상화되어 이 시기 북한 문학사에서 표방한 긍정적 노동 영웅을 구현하는 데 기여했으며, 이들의 건강한 모습은 대개 봄의 활기를 동반하며 표현되었다.

둘째, 안룡만의 노동시에서는 노동 현장 및 노동 공구와 행위 등의 핍진한 묘사가 지배적인 특징을 이루었다. 구체적인 노동 현장과 분위기, 공구의 이름과 용도 등이 세세히 그려져 있어서 노동과 건설 현장의 생생한 현장감을 전달하는 데 기여했다.

셋째, 안룡만의 노동시에서도 어두운 과거와 희망 찬 현재의 대비가 지배적인 시간 구조로 활용되었는데, 이때 과거와 현재의 장면에 모두 대화체가 직접 인용의 형태로 삽입되어 있어서 노동 현장의 생동감을 전하고 과거 회상에 현장감을 부여하는 기능을 했다. 다만, 대화체의 삽입이 수령 형상의 창조와 우상화에 기여함으로써 체제 순응적인 문학으로서의 한계를 드러내기도 했다.

안룡만 시의 노동 주체는 '노동자-전사'의 모습을 하고 있는 경우가 대부분이어서 사회주의 건설에 앞장서고 사회주의 혁명을 완성하는 혁명 전사로서 기능했다. 해방 이후 안룡만의 시에서 이러한 주제 의식에 별다른 변화는 없지만, 노동시로 안룡만의 시를 다시 읽을 때 청년 주체의 긍정적 형상화와 봄의 상징성의 활용, 노동 현장 및 공구 등의 핍진한 묘사를 통한 생생한 현장감 전달, 대화체 삽입을 통한 주제 의식의 명확한 전달과 생동감 부여 등은 통일 이후의 문학사에서 노동시의 계보 안에 안룡만의 시를 위치시킬 수 있는 가능성을 열어 준다.

참고 문헌

강정구, 「'노동'을 소재로 한 최근의 북한 시」, 김종회 엮음, 『북한 문학의 이해 3』,
　　청동거울, 2004

김재홍, 「안용만, 노동자의 삶과 살림의 서정」, 『한국 현대 시인 연구 2』, 일지사,
　　2007

서민정, 「안용만 시에 나타난 노동자 형상화 연구」, 이동순 외 편, 『어디서나
　　보이는 집』, 도서출판 선, 2005

송희복, 「안용만론」, 《외국문학》, 1990년 겨울호

안룡만, 『나의 따발총』, 문화전선사, 1951

_____, 『안룡만 시선집』, 조선작가동맹출판사, 1956

_____, 『새날의 찬가』, 조선문학예술총동맹출판사, 1964

양광준, 「1980년대 노동시의 수사 기법 연구 — 반복을 중심으로」, 《비평문학》
　　38, 한국비평문학회, 2010. 12

오창은, 「한국 전쟁의 현장 형상화한 북한 전선문학의 대표작-안룡만의 「나의
　　따발총」」, 《근대서지》 7호, 근대서지학회, 2013. 6

윤여탁, 「1930년대 후반의 서술시 연구 — 백석과 안용만을 중심으로」, 《선청
　　어문》 19, 서울대 국어교육과, 1991

윤영천, 「안용만 소론」, 『서정적 진실과 시의 힘』, 창작과비평사, 2002

이경수, 「해방기 시의 건설 담론과 수사적 특징」, 《한국시학연구》 45, 한국시
　　학회, 2016. 2

이상숙, 「《문화전선》을 통해 본 북한시학 형성기 연구」, 《한국근대문학연구》
　　23, 한국근대문학회, 2011. 4

———, 「안룡만 연구 시론 — 서사성과 낭만성」, 『한국시학회 제37차 전국학
술발표대회 자료집: 박두진·김종한·안룡만의 시 세계 — 탄생 100주년 시
인 재조명』, 연세대 위당관 6층 100주년기념홀, 2016. 5. 21

——— 외 편, 『북한의 시학 연구 2 — 시』, 소명출판, 2013

——— 외 편, 『북한의 시학 연구 5 — 시문학사』, 소명출판, 2013

이인영, 「서정과 이념의 간극 — 해방 후 안용만 시 연구」, 《현대문학의 연구》 7,
한국문학연구학회, 1996

———, 「1950년대 북한 전쟁시의 개작 양상 연구: 안룡만의 전쟁시 개작 과
정을 중심으로」, 《한국학연구》 31, 인하대 한국학연구소, 2013

——— 엮음, 『안룡만 시선집』, 현대문학, 2013

조정환, 「사회주의 리얼리즘의 종말 이후의 노동 문학」, 『카이로스의 문학』,
갈무리, 2006

제2주제에 관한 토론문

곽명숙 | 아주대 교수

선생님의 발표 잘 들었습니다. 안룡만은 1930년대 후반 현대 문학사와 북한 문학사에서 줄곧 언급되는 시인임에도 재북 시인이라는 점에서 여러모로 접근도 어려웠고 그에 관한 연구도 희소한 편이었습니다. 노동 문학과 전선 문학에서 주로 언급되던 안룡만의 시에 대해 시적 표현상의 개성을 총체적으로 재조명해 주신 선생님의 발표를 통해 그의 전반적인 면모와 시적 개성에 대해 많은 배움을 얻었습니다. 안룡만에 대해 과문하지만, 토론자로서 소임을 다하기 위해 몇 가지 물음을 던지고자 합니다.

안룡만은 1930년대 후반 새로운 노동시와 독특한 개성을 보여 주었다는 점에서 주목해 볼 만한 것 같습니다. 발표문에서 강조하신 노동하는 청년 주체, 노동자-전사라는 시적 주체의 긍정적인 형상화와 낙관성이 그것일 것입니다. 저 역시 크게 동의하는 바이며 그 시기 여타의 노동시나 신세대 시인들과 구별되는 그의 특이성이라고도 할 수 있을 것 같습니다. 그가 보여 주는 이러한 긍정성이 노동시에 색다른 활력을 주었고 청년 노동자 주체의 건강성을 보여 주었다는 점, 또 이것이 시 작품에서 청춘이 지닌 사랑의 감정이나 봄이라는 계절의 생명력과 어우러지면서 기존 노동

시에 부족했던 서정성을 서사성과 성공적으로 결합시켰다는 평가에도 충분히 동의합니다. 이 점에서 안룡만은 북한 문학사에서 표방하는 긍정적인 노동 영웅 구현에 순조롭게 안착할 수 있었던 듯합니다. 저에게 들었던 의문은 안룡만의 이러한 긍정성이나 낙관성이 노동 쟁의나 카프 해산 과정에서 시인들이 겪어야 했던 패배감이나 절망감, 혹은 비슷한 신세대 시인들의 허무주의나 역사에 대한 환멸감과 너무나 동떨어져 있는 정서라는 점입니다.

이러한 낙관성은 시에 등장하는 일본 체험에 대한 회상과 관련이 깊을 것입니다. 그렇다면 그것이 사상의 문제인가 형식의 문제인가라는 점에 의문을 갖게 되었습니다. 보다 확대시켜 본다면 이러한 시적 개성이 청춘 노동자-전사라는 시적 주체의 특성에서 비롯되는 계보적인 것은 아닌지, 또는 세대론적인 특징에 대한 단서를 찾아볼 수는 없는지 여쭙고 싶습니다. 이러한 시적 주체의 출현에 대해 1930년대 후반이라는 시대적 배경과 조응시켜 본다면 어떠한 문학사적 의미 부여가 가능할지 선생님의 의견을 듣고 싶습니다.

두 번째로 질문 드리고 싶은 것은 안룡만의 개성이라고 말씀하신 특징 중 하나인 '대화체'에 대한 평가입니다. 안룡만은 현실적 생동감을 부여하는 방식으로 시 가운데 대화를 삽입하는 장치를 사용했고, 이러한 기법은 초기부터 북한의 사회주의 전면적 건설기에 쓰인 작품에까지 꾸준히 등장하는 것으로 보입니다. 1930년대 서술시의 양상을 살펴본 한 연구에서 담론의 관점에서 보면 백석의 독백보다 안룡만의 대화체가 보다 우위에 있는 것이 아닌가라는 평가를 내린 바도 있습니다. 선생님께서는 안룡만의 대화체가 생동감을 부여한다는 긍정적 평가를 내리고 있지만, 제가 볼 때 안룡만의 대화체는 진정한 의미에서 다성학적인 성격, 즉 두 주체를 통해 담론의 상호 작용이나 다양성을 보여 주는 면이 적어 보입니다. 즉 시적 형식의 단순성을 탈피할 수는 있으나 오히려 사상적인 단일성이나 통일성을 강조하는 효과가 커 보입니다. 선생님께서 언급하셨듯이 북한에서 쓰인 그의 시에는 논평적 화자가 등장해 전지적 작가 시점으로 이야기하고 있는 시가 많은 비중을 차지하고 있기에 대화체의 기능이 단순화된 것으로 보이기도 합니다. 이 점은 그의 대화체가 가지고 있는 일반적인 특징인 것인지 북한 체제에 순응하는 과정에서의 변화인지 선생님의 의견을 듣고 싶습니다.

마지막으로 전선 문학으로 간주되었던 시편들도 노동시와 같은 계열로 간주하고 살펴보셨는데, 문학사에서는 이 두 범주를 분류하는 것이 일반적이라는 점에서 선생님의 의도를 더 듣고 싶습니다. 공구와 총 모두 혁명의 무기라는 관점으로 접근하셔서 노동 현장에 대한 핍진한 묘사를 보여주었다고 설명하셨습니다. 우문입니다만 작품들이 창작된 맥락과 다루는 주제의 측면에서 구별됨에도 불구하고 전선시를 노동시로 편입시켜야 하는가에 의문을 갖게 됩니다. 이에 대한 선생님의 설명을 통해 이해를 돕고자 합니다. 선생님의 발표를 통해 통일 이후 문학사에서 안룡만의 시를 노동시의 계보에 정위시킬 수 있는 가능성에 대해 생각해 볼 수 있었기에 감사드립니다.

안룡만 생애 연보[1]

1916년   1월 18일, 평북 신의주 진사리에서 태어남. 안룡만의 아버지
는 1881년 평북 의주에서 태어나 변호사로 활동한 안병찬으
로 추정됨. 안병찬은 1910년 안중근을 변호하여 유명해졌는
데, 이후 1911년에는 이재명의 변론을 담당했고, 1919년 대한
독립청년단 총재, 1920년 상해 임시정부 법무차장, 임시헌법
기초위원장 등을 역임하다 1921년 만주에서 피살된 것으로
알려져 있음.

1928년(12세)   신의주에서 보통학교를 졸업한 후 삼무중학교에 입학함.

1929년(13세)   광주학생운동이 일어나자 동맹 휴학을 일으켜 출학당한 것으
로 전해짐. 이후 신의주에서 김우철, 이원우 등과 함께 '국경
프롤레타리아아동문학연구회'를 조직하고 동인 잡지 《별탑》
을 발간함. 《별탑》은 4집까지 발간되었으며 일제에 조직이 발
각된 직후 발행 금지 당함.

1932년(16세)   윤영천의 『서정적 진실과 시의 힘』(창작과비평사, 2002)에 수
록된 「안용만 소론」에 따르면, 이 시기 안룡만은 일본 도쿄로
건너가 '적색구원회', '일본전국산별노조협의회' 등의 조직에

---

1)   이 연보는 이인영 편, 『안룡만 시선집』(현대문학, 2013)에 실린 「작가 연보」와 윤영천, 『서
정적 진실과 시의 힘』(창작과비평사, 2002)에 실린 「안용만 소론」; 이경수, 「생활의 노래
와 노동시의 현장성 ─ 안룡만의 시」(『해방과 분단, 경계의 재구성 ─ 2016 탄생 100주년 문
학인 기념문학제 심포지엄 자료집』, 대산문화재단, 2016. 5); 이상숙, 「안룡만 연구 시론(試
論) ─ 서사성과 낭만성」, 『한국시학회 제37차 전국학술발표대회 박두진·김종한·안룡만
의 시 세계 ─ 탄생 100주년 시인 재조명』(한국시학회, 2016. 5)을 참조하여 수정·보완함.

참여하여 활동하면서 문학 수업에 정진했다고 함. 이인영 편, 『안룡만 시선집』에 수록된 작가 연보에서는 '일본전국노동조합협의회'로 조직명이 바뀌었고 도일한 시기도 1931~1932년으로 추정하고 있어 이에 대해서는 구체적인 자료를 토대로 한 검증이 필요함. 윤영천이 작성한 연보는 『안룡만 시선집』(조선작가동맹출판사, 1956)의 김우철의 발문, 『현대 조선 문학 선집 11』(조선작가동맹출판사, 1960)과 『현대 조선 작가 선집』(조선작가동맹출판사, 1960)의 「략력」을 참조해 재구성한 것이라고 그 출처를 밝히고 있음.

1933년(17세)　　《신소년》에 동시 「제비를 보고」를 발표하면서 등단. 《별나라》에 동화 「목장의 소」를 '이용만'이라는 이름으로 발표함.

1934년(18세)　　2월, 지병 악화로 신병 치료를 위해 귀국함. 김우철, 이원우 등과 계속 교유하면서 문학 창작 활동을 지속하던 중, 같은 해 5월 카프 사건에 연루되어 전주로 압송되었고 가을에 출감했다고 전함. 《별나라》에 동시 「가버린 동무야」를 '이용만'의 이름으로, 《신소년》에 동시 「저녁노을」과 「휘파람」을 '안용만'의 이름으로 발표함.

1935년(19세)　　《조선중앙일보》 신춘문예에 「강동의 품 — 생활의 강 아라가와여」와 「봄의 커터부」가, 《조선일보》 신춘문예에 「저녁의 지구」가 당선되어 문단의 이목을 끌기 시작함. 특히 「강동의 품」은 심사위원들의 극찬을 받음.

1937년(21세)　　《조광》 10월호에 「생활의 꽃포기」를 발표함.

1938년(22세)　　다시 도일하여, 니혼 대학교 예술과와 메이지 대학교 신문과에 적을 두고 공부했다고 전함. 이 시기부터 해방 전까지의 행적은 거의 알려지지 않았으며, 서울, 신의주, 일본을 오가며 방랑 생활을 했다고 전함.

1939년(23세)　　《동아일보》 신춘문예에 「여정기(旅程記)」로 응모했으나 당선되지 못함. 《시건설》에 「꽃 수놓든 요람」을 발표함.

1945년(29세)   해방 후 조선프롤레타리아문학동맹에 일원으로 참여했으며, 신의주에서 김우철 등과 더불어 《서북민보》를 창간함.

1946년(30세)   조선공산당 평안북도위원회 기관지 《바른 말》을 편집했으며, 첫 시집 『동지에의 헌사』를 발간함. 이후 북조선 문학예술총동맹 평안북도위원회 위원장을 지냈으며, 전쟁기에 평양에서 활동한 것 외에는 압록강반에서 창작 생활을 했음.

1951년(35세)   한국 전쟁 기간인 7월 20일, 전선문고로 두 번째 시집 『나의 따발총』을 문화전선사에서 발간함. 시집의 발행인은 김남천, 인쇄인은 류종섭으로 되어 있고, 값은 55원으로 밝혀져 있음. 표제시 「나의 따발총」은 북한 문학사에서 전쟁기 대표작으로 간주되고 있음. 한편 안룡만은 소련에 가장 많이 소개된 북한 작가로 알려져 있음. 소련과 친선이 강조되던 1950년대 초반 그의 「바다에서 온 처녀」, 「우리는 한 지구에 산다」, 「자작나무」, 「전호 속의 5월」, 「붉은 별 이야기」, 「봄밤」, 「나의 따발총」 등이 소련에 번역 소개되었음.

1956년(40세)   12월 20일, 『안룡만 시선집』(조선작가동맹출판사)을 발간함. 시선집의 「서문」에서 안룡만은 자신이 시 창작에 들어선 시기를 1934년으로 언급함. 작품의 배치 순서는 해방 전, 평화적 건설 시기, 전쟁 기간, 전후 복구 건설과 같이 "대개 발표된 년대 순을 주로 따랐으나 때로 내용에 따라서 적당히 배치했다."라고 밝힘. 이 책을 엮은 감회를 밝히며 안룡만은 "이 시집은 나에게 있어서 하나의 리정표로 될 것이다. 그것도 새로운 발전을 위한 지난날의 자그만 초석이다."라고 말함. 『안룡만 시선집』의 편집은 김희종이, 장정은 엄도만이 맡았으며, 발문은 김우철이 작성함. 발행 부수 8500부, 값 100원으로 밝혀져 있음.

1960년(44세)	조선작가동맹출판사에서 나온『현대 조선 문학 선집 11』에 안룡만의 광복 전 작품이 '30년대 현대시 분야에서 거둔 성과'의 하나로 소개됨. 이 글에서는「강동의 품」을, "이 시는 일본 노동 계급의 운동이 점차 앙양되던 1930년대의 강동 지구의 투사들의 투쟁이 아라가와 강의 정서와 결합되어 독특한 색조와 서정을 자아내는 시적 분위기로써 특징지어지고 있다. 시인의 서정적 모티프로 되는 아라가와의 생활의 매력 그것은 바로 혁명적 앙양기의 투사들의 정열과 청춘의 낭만적 체험이다. 그러나 아라가와에 대한 시인의 높은 서정의 세계에는 조국의 강 압록강과 연결된 청춘의 정열이 뛰놀고 있다. 따라서 이 시는 이국 생활에서 체험한 혁명적 정열을 통하여 조국의 혁명 투쟁에 대한 이 시인의 열망의 빠포스를 안받침하고 있다는 것을 지적할 필요가 있다."라고 평가하고 있음.
1964년(58세)	7월 15일,『새날의 찬가』(조선문학예술총동맹출판사)를 발간함. 이 시집은 서문이나 발문 없이 작품만으로 이루어져 있으며, 송가, 마음의 등'불, 동백꽃, 락원 산수도 등 4부로 구성되어 있음. 편집 오영재, 교정 황태연, 장정 최병철. 발행 부수 5500부, 값 70전으로 밝혀져 있음.
1969년(63세)	《조선문학》 10월호에「한 공민의 말」,「전쟁광 닉슨 놈에게」를 발표한 이후 현역 작가로서 활동한 형적을 찾을 수 없음.
1975년(69세)	12월 29일 사망한 것으로『조선 향토 대백과 17 인물』(평화문제연구소, 2004, 65쪽)에 나와 있음. 이상숙 외 편,『북한의 시학 연구 2 — 시』에서도 1975년에 사망한 것으로 소개되어 있음. 이인영 편,『안룡만 시선집』(현대문학, 2013)에 수록된 작가 연보에서는 1969년 10월 이후의 행적을 찾을 수 없다는 것을 근거로 사망한 것으로 보인다고 추측했으나 정확한 사망 시기를 밝히고 있지는 못함. 사망 시기가 날짜까지 구체적

으로 밝혀져 있는 것으로 보아 『조선 향토 대백과 17 인물』에 기록된 안룡만의 사망 시기가 맞을 것으로 판단되지만, 구체적인 근거를 통한 검증이 필요함. 사망 후에도 안룡만의 작품들은 『현대 조선 문학 선집』에 빈번하게 소개됨. 북한 문학사 속에서 안룡만은 "로동자들의 투쟁세계를 조직적인 투쟁의 견지에서 암시적으로 그리면서 서정적 주인공-로동자들이 자기 위업의 정당성을 확신하고 투쟁의지를 다지며 승리를 락관하는 사상정신세계를 일반화하고 있는것으로 하여 특색있게 보여"(류희정 편, 『현대 조선 문학 선집 28 — 1930년대 시선 (3)』, 문학예술출판사, 2004, 19쪽) 준 시인으로 거론됨.

안롱만 작품 연보[1]

발표일	분류	제목	발표지
1933. 5	동시	제비를 두고	신소년
1933. 5	동화	목장의 소	별나라
1934. 1	동시	가버린 동무야	별나라
1934. 2	동시	저녁노을	신소년
1934. 4	동시	휘파람	신소년
1935. 1. 1	시	강동의 품	조선중앙일보
		― 생활의 강 아라가와여	
1935. 1. 3	시	저녁의 지구	조선일보
1935. 1. 4	시	봄의 커터부	조선중앙일보
1935. 2	시	강동의 품	시원
		― 생활의 강 아라가와여	
1935. 2	시	저녁의 지구	시원
1935. 9	시	봄의 커터부	시건설
1937. 10	시	생활의 꽃포기	조광
1939. 10	시	꽃 수놓든 요람	시건설

---

[1] 이인영 편, 『안롱만 시선집』(현대문학, 2013)에 실린 「작품 목록」; 이상숙 외 편, 『북한의 시학 연구 2 ― 시(박호범~홍현양)』(소명출판, 2013); 『북한의 시학 연구 5 ― 시문학사』(소명출판, 2013)를 참조하여 수정·보완함.

 * 표시가 된 것은 원전을 확보하지 못했거나 출전 확인이 어려운 작품 혹은 작품집임.

발표일	분류	제목	발표지
1946	제1시집	동지에의 헌사*	
1946. 7	시	살구 딸 유월	문화전선
1946. 7	장시	압록강*	문화전선
1947	시	축제의 날도 가까워*	
1947	시	김일성 장군님께 바치는 송가*	
1947. 5. 4	시	환송의 새벽	평북 노동신문
		—— 인민회의 가는 평북 대표들께	
1947. 8	시	사랑하는 아내에게	문화전선
		—— 인민경제계획에 바치는 노래	
1947. 10	시	첩첩준령을 넘어서*	조선문학
1947. 11	시	그리운 레닌 초상	조쏘문화
		—— 10월 혁명 30주년을 맞아 회억함	
1948	시	당의 깃발 밑에	조국의 깃발
		—— 도당대표(道黨代表)에	(종합 시집)
		드리는 노래	
1948	시	동백꽃 우표	창작집
			(종합 시집)
1949	시	고국으로	영원한 친선
			(종합 시집)
1949	시	승리의 찬가*	
1950	시	동백꽃	한 깃발 아래
			에서(종합 시집)
1950. 4	시	강반음(江畔吟)	조선문학
1950. 7. 20	시	영웅들이여	노동신문
1950. 7. 24	시	나의 따바리총	노동신문

발표일	분류	제목	발표지
1950. 10. 4	시	포화 소리 드높은 칠백 리 낙동강에서*	노동신문
1950. 10. 17	시	수령의 이름과 함께*	노동신문
1950	시	감나무 밑의 전호 속*	
1951	제2시집	나의 따발총 나의 따발총/ 남방전선 감나무 밑/ 당과 조국을 불러/ 분노의 불길/ 포화소리 드높은 七백 리 락동강/ 영웅들이여/ 한 장의 지원서/ 고향길/ 전호속의 오월/ 수령의 이름과 함께	문화전선사
1952. 12	시	불길 더운 화선에서*	문학예술
1953. 8	시	북방에 띄우는 노래*	문학예술
1954. 6	시	녀맹반장 인순이	조선문학
1955	시	단풍잎/압록강반에서	영광의 한길 (종합 시집)
1955	시	씨비리 네 고향 땅에	전하라 우리의 노래(종합 시집)
1955. 11	시	붉은 별의 이야기	조선문학
1956	시	어머니 ─ 당의 노래	당의 기치 높이 (종합 시집)

발표일	분류	제목	발표지
1956. 3	시	이른 봄에	조선문학
1956. 12	시집	안룡만 시선집	조선작가동맹출판사
		강동의 품/	1부
		저녁의 지구/	
		봄의 캇따부/	
		꽃수 놓던 요람/	
		살구 딸 六월/	
		옥의 능금볼/	
		생활의 꽃포기/	
		대지/파종의 노래/	2부
		동지에의 헌사/	
		강반에서/	
		파리 꼼무나 영웅들/	
		축제의 날도 가까와/	
		류성/동백꽃/	
		크낙한 혼에게/	
		향기 높은 새 생활/	
		당의 깃발 밑에 — 도당 대표들에게	
		드리는 노래/고국으로/	
		행복의 약속/	
		승리의 찬가/	
		나의 따발총/	3부
		남방 전선 감나무밑/	
		당과 조국을 불러/	
		자작나무/고향 길/	

발표일	분류	제목	발표지
		포화소리 높은 七백리 락동강에/	
		싸우는 평양/진달래/	
		북방에 띄우는 노래/	
		전호속의 五월/	
		새 선반기 앞에서/	4부
		마을의 인순이/	
		고향의 가을/	
		방선에 선 초병의 노래/	
		손길/단풍잎/	
		전기로 불ㅅ길 넘어/	
		붉은 별의 이야기/	
		공장 지구의 봄밤/	
		철탑 우의 비둘기/	
		평화에 대하여/	
		당의 부름을 들으며/	
		이른 봄에	
1958	시	고향의 창가에	전우에게 영광을(종합 시집)
1958. 7	시	동백꽃/나의 조국	조선문학
1959	시	조국의 강을 두고/ 용해공의 붉은 마음도	붉은 깃발 휘날린다(종합 시집)
1959. 3	시	평화의 별/ 영변 아가씨 마음	조선문학
1960	시	새 고지를 향하여	당이 부르는 길로(종합 시집)

발표일	분류	제목	발표지
1960	시	수령의 미소	8월의 태양 (종합 시집)
1960	시	옥의 능금 볼	현대 조선 문학 선집 11
1960. 1	시	당증을 두고	조선문학
1960. 5	시	정방기 조립의 날/ 노농 동맹 집안일세/ 양태머리 쎄빠공/	조선문학
1960. 5	시	서해의 갈밭/ 자랑찬 마음	청년문학
1960. 10	시	당의 심장으로	조선문학
1960. 11	시	비래봉 기슭에서	조선문학
1961	시	첫 고지 우에서 — 수령 앞에 드리는 건설자의 노래	당에 영광을 (종합 시집)
1961. 6	시	우리 시대의 청춘 만세/ 젊은 화학 기사의 꿈/ 횃불은 꺼지지 않는다	청년문학
1961. 9	시	나는 당의 품에서 자랐다	조선문학
1963	시	낙원산수도	해방 후 서정 시선집
1963. 7	시	마음의 등불/ 노래의 주인공	조선문학
1963. 10	시	락원산수도	시문학
1964	시	첫 유격대가 부른 노래	청춘송가 (종합 시집)

발표일	분류	제목	발표지
1964. 3	시	마산포 제사공 누이에게	조선문학
1964. 7	시집	새날의 찬가	조선문학예술총동맹출판사
		나는 당의 품에서 자랐다/	송가
		크낙한 그 이름을 동지라 부름은……/	
		붉은 당증/	
		한 자루의 총을 두고/	
		안도 마을의 자그만 집/	
		첫 유격대가 부른 노래/	
		빨찌산의 봄/	
		나는 그 총을 메고 있다/	
		행복의 뿌리	
		마음의 등'불/	마음의 등'불
		노래의 주인공/	
		녕변 아가씨 마음/	
		대동강반의 아침/	
		귀국선 첫 배가 닿으면/	
		진달래/	
		《평양-북경》 렬차/	
		우리 시대의 청춘 만세!/	
		젊은 화학 기사의 꿈/	
		조국 땅 삼천리를 비날론으로	
		동백꽃/	동백꽃
		마산포 제사공 누나들에게/	
		수풍의 밤에/	
		남해에 부치다/	

발표일	분류	제목	발표지
		《동백단》이야기/	
		단죄하노라, 아메리카를!/	
		력사의 추물/	
		일어서는 싸움의 전구여	
		조국 땅 어데를 가나/	락원 산수도
		두메에 황금철이 왔소/	
		창성 향토지/	
		락원 산수도/	
		문지령 고개'길/	
		황금평에 부치는 편지/	
		고추 풍년/	
		산촌의 로동 일가	
1964. 9	시	비단평에서 온 처녀/	조선문학
		인형에 깃든 마음/	
		직물설계도	
1965	시	공장 당의 창문	영광의 길 우에
			(종합 시집)
1965. 6	산문(월평)	시 형식의 다양성을 위하여	조선문학
1965. 9	가사	직포공 처녀의 마음	조선문학
1966. 1	시	고향집 감나무	조선문학
1966. 1	시	친선의 다리에서	청년문학
1966. 1	산문	보다 개성적 세계의 탐구에로!	청년문학
	(작품 지도)	──11, 12월호	
		시 작품을 읽고	
1966. 2	산문	시의 주제를 탐구하는 길에서	청년문학

발표일	분류	제목	발표지
	(창작 경험)	──「낙원산수도」를 두고	
1968	시	수령님의 이름과 함께*/	수령님께 드리
		'백두산 장수별' 이야기*	는 충성의 노래
			(종합 시집)[2]
1968	시	싸우는 세계의 인민들은	판가리 싸움에
		노래 부르네	(종합 시집)
1968	시	조선의 고지는 말한다	철벽의 요새
			(종합 시집)
1968	시	무장 유격대의 총소리	조국이여 번영
		남녘땅에 울린다	하라(종합 시집)
1968. 5	시	세계의 싸우는 전우들에게	조선문학
1969. 10	시	한 공민의 말/	조선문학
		전쟁광 닉슨 놈에게	
1976	시	나의 따발총	조선은 하나다
			(종합 시집)
1976	시	마산포 제사공 누나들에게	잊지 말자, 행복
			할수록
			(종합 시집)
1979	시	락원산수도/나의 따발총/	해방 후 서정시

---

2) 이인영에 따르면, 안룡만의 시 두 편이 수록된 종합 시집 『수령님께 드리는 충성의 노래』
는 1968년에 발행되었다. 통일부 북한자료센터에 소장된 동명의 책은 '가요집'으로 분류
되어 악보와 가사가 함께 수록되어 있으며 1969년 조선청년사에서 발행된 것으로 되어
있는데, 해당 자료의 목차와 본문을 확인한 결과 안룡만의 작품은 찾을 수 없었다. 이인
영 편, 『안룡만 시선집』에서 소개하고 있는 『수령님께 드리는 충성의 노래』와 북한자료센
터에서 소장 중인 동명의 시집은 서로 다른 자료로 추정된다. 안룡만의 시가 수록된 종합
시집의 실물은 확인하지 못했기에 이인영이 정리한 작품 연보를 참조하여 정리했다.

발표일	분류	제목	발표지
2004	시	포화소리 드높은 7백리 락동강에 강동의 품/ 저녁의 지구/ 봄의 캇따부/ 꽃수놓던 요람/ 살구딸 6월/ 옥의 능금볼/ 생활의 꽃포기	선집(종합 시집) 현대 조선 문학 선집 28: 1930년 대 시선 (3)
2005. 6	시	나의 따발총	조선문학
2011	시	파종의 노래/ 동백꽃	현대 조선 문학 선집 55: 1940년 대 시선 (해방 후 편)

작성자 황선희 중앙대 박사 과정

일제 강점기 말 한국 문학의 로컬리즘에 대한 내부와 외부의 시각

박수연 | 충남대 교수

1 시의 내부

이 글은 김종한(1914~1944)의 시 세계에서 핵심적이라고 여겨지는 것을, 백석과의 대비라는 큰 전제하에, 논의해 보려는 것이다. 김종한이 문인으로서의 첫발을 민요시인으로 시작했고 서정시인으로 다시 등단했으며 친일 시인으로 마침표를 찍었다는 사실에 대해서는 이미 잘 알려져 있다. 그동안의 주요 논점은 그의 친일 문학이 어떤 내용으로 이루어졌는가 하는 것이었다. 특히 식민주의에 대한 협력과 저항을 고찰하는 유행적 경향 속에서 대부분의 연구는, 한국 문학의 포스트식민주의적 양상을 전제하면서, 그의 신지방주의가 해방과 구속의 차원 중 어느 층위에 연결되고 있는가라는 점을 다루고 있었다. 오무라 마스오나 후지이시 다카요처럼 김종한의 잠재적 저항성에 초점을 맞추는 시각이 한편에 있다. 이에 반해 한국 학자들의 전형적인 시각은 김종한의 친일을 부정할 수 없는 사실 자체로 전제한 후 그 시기를 어디에 둘 것인가에 초점을 맞추는 것이다. 윤대석은 김종한의 친일을 사실 그대로 인정하되 식민주의에 대한 순응과 저항이라는 포스트식민주의적 시각을 함께 강조하고 있다. 이때 김종한의 신지방주의는 그 주장의 가장 중요한 근거이다. 한편, 김종한의 문학적 면모에 대한 전체적인 고찰을 진행하고 있는 연구자는 심원섭이다. 초기 문학의 영향 관계에서 시작하여 신지방주의론에 이르는 그의 관심 영역은 전방위적인데, 이는 그가 일본의 학자들과 함께 김종한 전집을 편집한 이력과 관련될 것이다.

이 외에 여러 연구가 2000년대 이후 친일 문학 담론 분석의 일환으로 진행되어 왔다. 이 연구들은 임종국의 실증적인 친일 문학 정리 이후 망각되어 왔던 한국 문학의 숨겨진 그늘에 대해 식민주의 담론 일반을 활용한 다방면의 접근을 통해 분석해 왔고, 그 결과 친일 문인이라는 이유로 방치되어 있던 김종한의 문학 세계를 복원하는 데 큰 기여를 해 왔다. 그런데 김종한의 문학 세계를 그의 친일 행적에 맞춰 논의하는 일은 이제 어느 정도의 성과를 이루었다고 판단된다. 임종국의 실증적 연구에서 시작되어 2000년대 초반에 이르러 정점을 이룬 친일 문학 논의는, 특히 김종한의 경우로 한정한다면 이미 그 증거가 뚜렷할뿐더러, 식민주의 역사 담론을 이용한 다층위적 분석도 풍부한 성과를 이루었다고 여겨지는 것이다. 더구나 그의 모든 작품을 모아 놓은 전집[1]이 일본에서 나오고, 최근에는 곽형덕의 신자료 발굴 소개까지 이루어진 터여서 그가 친일 시인인가 아닌가의 문제 설정은 불필요하다고 여겨질 정도이다.

이제 우리가 김종한과 관련하여 논의해 볼 것은 그를 포함한 예의 그

---

[1] 藤石貴代·大村益夫·沈元燮·布袋敏博, 『金鍾漢全集』(綠蔭書房, 2005). 앞으로 김종한 인용은 특별한 경우가 아니면 이 영인본 전집에서 가져온다. 이 전집 이외에 김종한과 관련한 자료는 《근대서지》 12호에 곽형덕이 소개한 노리타케 가즈오(則武三雄)의 「김종한의 추억(金鍾漢の思ひ出)」(《國民詩人》 第四卷第四號)과 그 글에 포함되어 있는 김종한의 시 「광진(光塵)」이 있다.

친일 문학이 어떤 문학적 지형도를 구성하고 있으며 나아가 어떤 미적 인식론을 작동시키고 있는가 하는 점이다. 이는 '문학'이라는 존재가 구체적 현실 속에서 어떻게 변형되어 유지되는가를 살펴보는 문제이기도 하고, 따라서 제아무리 언어 예술의 심미적 척도로부터 멀리 떨어진 친일 문학이라고 해도 시대적 조건 속에서 문학과 비문학 사이를 왕복하는 시국적 언어의 구성적 계기는 어떤 것인가를 살펴보는 문제이기도 하다. 요컨대 김종한의 시적 구성물은 무엇인가라는 논점이 이와 관련될 것이다.

이와 관련하여 일찍이 김종한의 친일 시가 자리하고 있는 특별한 위치에 대해 논의된 것이 있다. 친일 시의 세 영역을 국민문학파, 전향파, 미학파로 구분하고 김종한을 서정주와 함께 친일 시의 미학파로 규정한 논의가 그것이다.[2] 이 논의에서 김종한은 비록 일제의 요구에 부응하는 국민문학을 수행해 나가면서도 언어의 미적 감각을 소홀히 하지 않았던 시인으로 구분되었다. 김종한을 미학파로 구분하는 근거는 김종한의 「나의 작시 설계도」(《문장》 1939. 9), 「시문학의 정도 — 참된 '시단의 신세대'에게」(《문장》 1939. 10), 「일지의 윤리」(《국민문학》, 1942. 3)이다. 「나의 작시 설계도」는 시적 창조의 내적 자율성을 강조하고, 「시문학의 정도」는 언어 자체의 미를 배제한 채 내용이 논의될 수 없음을, 「일지의 윤리」는 그의 친일문학론의 핵심을 모아 놓았으면서도 여전히 시의 예술성을 강조하는 글이다.

이제 우리는 김종한의 이러한 미학주의적 주장과 그것의 구체적 요소로서 그의 시적 경향에 대해 살펴볼 것이다. 이를 위해서는, 그의 문학적 변모가 상당히 급한 굴곡을 보여 준다는 점에서, 시기별 고찰을 필요로 하는데, 그의 초기시의 미학적 내용에 대해서는 심원섭의 중요한 논문들이 이미 발표되어 있다.[3] 이미 논의된 여러 사항들을 전제하면서 여기에

---

2) 박수연, 『국민, 미, 전체주의』(열린길, 2012).
3) 김종한의 가족사와 문학 선배로서의 김억의 영향, 그리고 신민요론에 대해서는 「김종한의 초기 문학 수업 시대에 대하여」가 있고 그의 유학 시절 형성된 순수시의 이념에 대한 서구적 영향에 대해서는 「김종한의 일본 유학 체험과 '순수시'의 시론」이 있다.

서는 김종한 문학의 영역을 ① 민요시론 ② 민요시론에 연결되어 발전되는 번역 시와 언어미학론 ③ 신지방주의론으로 구분하여 살펴보겠다.

2 민요에서 기교까지

시인 김종한은 그다지 많이 알려져 있지 않다. 일차적으로는 그의 문학적 종점이 친일 문학에 있었기 때문일 것이다. 친일 문학이 문학적으로 고려할 가치가 없으리라는 점, '친일'이라는 화두는 정치적이고 역사적인 것이지 문학적 내부 요인들과는 무관하다는 믿음이 여기에는 있다. 동시에, 그의 요절이 그의 문학을 단절시켰다는 점, 따라서 문학사적 평가를 위한 자료 접근의 계기가 주어지지 않았다는 점 때문일 것이다. 승리의 역사만을 기억하려는 정치적 선택[4]은 패배자의 기록이 될 수밖에 없는 친일에 대한 실증접 접근을 가로막고 따라서 역사적 사실을 억압하여 굴절된 현실상을 만들어 낸다. 2000년대 이전까지 친일 문학이 제대로 연구되지 않은 것이 이에 연유한다. 다음, 그럼으로써 친일 문인들의 문학사적 평가는 제대로 진행될 수 없었다. 이 경우 친일 문인들은 일방적으로 상찬되거나 반대로 부정되어 왔다. 미학파의 친일 시인들 중에서 전자가 서정주라면 후자는 김종한이다.

그렇게 김종한은 한국 문학사에서 오래 억압되고 망각되고 배제되어 왔다. 우리에게 남겨진 문학사적 평가는 그가 활동했던 당대의 회고[5] 및 그의 사후에 진행된 문우들의 회고 등이 대부분이다. 그래서 그의 민요시론의 주장이 무엇이며 번역 시학은 어떤 것인가에 대해서는 그다지 많은 논

---

[4] 이 선택이 친일파의 집권과 연관되어 있는 한국과는 대조적으로 프랑스의 경우 레지스탕스의 집권 이후 친독 부역자들의 역사적 기록을 배제하는 과정을 보여 주는데, 이 두 경우 모두 네이션의 역사를 자부심으로 가득 찬 승리자의 그것으로만 기억하려 한다. 이에 대해서는 Steven Unger, *Scandal & Aftereffect*(Minesota Univ. Press, 1995) 참조.

[5] 牧洋, 「金鍾漢の人及作品」, 《國民文學》, 1944. 11; 유정, 「호한고독 김종한」, 《현대문학》, 1963. 2가 대표적이다.

의가 이루어지지 못했다. 2000년대 이후의 친일 문학 연구의 흐름 속에서야 그는 비로소 한국 문학의 사실로 들어오기 시작했고, 2005년에 일본에서 전집이 간행됨으로써 연구자들의 주목을 받기 시작했던 것이다. 그 전까지 그의 작품을 읽기 위해서는, 식민지 시대의 잡지와 신문을 뒤적어보는 경우가 아니라면 박남수의 시편들과 함께 편집된 시선집[6]을 찾아보아야 했는데, 이는 지극히 제한된 일이 될 수밖에 없어서 연구자들에게도 활발한 접근이 어려웠던 것이다.

전후의 한국 문학에서 김종한을 언급했던 사람은 유정과 김수영이다. 유정은 김종한을 대상으로 회고 산문을 쓰면서 그의 시를 '간결직절한 시'라고 썼고, 김수영은 '애수'라는 한국 문학의 주제론을 전개하면서 김종한을 언급했다. 좀 특이한 경우이기는 하지만 김수영의 발언에 주목해 보도록 하자. 둘 모두 번역에 대한 애정을 가지고 있었고, 시인이었다는 공통점도 있지만, 김수영의 발언은 김종한의 시적 기교를 한국 문학사 속에서 특이한 방식으로 언급한 몇 안 되는 경우에 해당하기 때문이다.

> 우리나라 현대시사에서 김종한이 차지하는 위치는, 안서와 해방 후의 모더니즘을 연결시키는 중간역같이 생각된다. (중략) 그는 안서가 실패한 곳을 역시 사상이 아닌 기교의 힘으로 커버하면서 한국적 애수에 현대적 의상을 입히는 일에 골몰했다. 그의 힘은 기교다. 그는 애수를 죽이지도 않고, 딛고 일어서지도 않고, 자기의 몸은 다치지도 않고 올가미를 씌워서 산 채로 잡는다. 그러니까 관객들은 그가 제시하는 로컬색의 애수보다도 그가 애수를 사로잡는 묘기에 더 매료된다.(「예술작품에서의 한국인의 애수」)

한국 시사에서 민요시와 모더니즘이 차지하고 있는 위치는 전혀 다르다. 근대시의 계기를 국민 국가의 형성과 그에 따른 민요시의 재구성에

---

6) 박남수·김종한, 『박남수·김종한』(지식산업사, 1983).

서 찾는 주요한의 입론[7]을 고려하더라도, 민요시는 새로움보다 전통이라
는 의미 영역을 환기한다. 그런데 김억과 모더니즘을 연결하는 고리는 시
적 기교인데, 과연 김억이나 한국 모더니즘이나 그 기교의 문제에 집중하
고 있다. 김수영이 논의의 실마리로 잡고 있는 것이 바로 그 기교이다. 낭
만주의자들의 정서적 언어에 연동되어 있을 '애수'가 모더니스트들의 견고
한 언어에 연결될 '기교'에 의해 극복되어야 한다는 이 주장은 물론 온전
히 새로운 것은 아니지만, 김억과 모더니즘을 연결시키는 통시적 시사 파
악은 한국 문학을 차이에 의한 구분의 방법이 아니라 유사성에 근거한 분
류의 방식으로 서술하는 것이어서 흥미롭다.

　김수영의 이 분류법은 충분히 근거가 있는 것이다. 김억은 실로 한국 근
대시의 기교에 초석을 놓은 인물로 기록될 수 있을 터인데[8] 그 자신 시의
실제 번역이나 창조에서뿐만 아니라 그 자신의 비평문들을 통해서 시적
기교의 중요성을 누이이 강조해 온 바 있다. 민족적 호흡률과 시 형식을
주장한 「시형의 음률과 호흡」도 대표적이지만, 여기에서는 김종한과 관련
한 언급을 잠시 살펴보겠다. 《삼천리》 1935년 12월호에 실시된 시가 응모
에서 김종한의 작품을 평하면서 진술한 부분이다.

　　이 신인에게 나의 바라는 바는 실로 크외다. 모도다 시가(詩歌)가 되랴다
가 되지 못한 관(觀)을 주는 시가(詩歌) 중에서 을파소의 작품만은 뛰어나
게 의의와 가치를 가젓든 것이외다. 이리하야 을파소의 작품이 여러 편이
되엿습니다. 아무리 조흔 상(想)이라도 시가에서는 그 표현으로의 기교가
능치 못하면 아모러한 의미도 가질 수 업는 것이외다. 을파소의 상 그것과
가튼 것이 얼마든지 잇섯것만은 표현으로의 기교와 용어가 그곳을 잇지 못
하여서 아모것도 되지 못한 것이 만핫다는 말을 하나 부기해두고 십습니다.
　　을파소의 그것은 능하외다. 소위 기성시인으로서 이만한 표현능력을 가

---

7)　주요한, 「노래를 지으시려는 이에게」, 《조선문단》 1924, 10~12.
8)　최라영, 『김억의 창작적 역시와 근대시 형성』(소명출판, 2014) 참조.

지지 못한 것을 볼 때에 이 신인에게 나의 기대는 압날을 괄목지 아니할 수 없습니다.

　을파소(김종한)의 「거종(巨鐘) ― 보신종(普信鐘)을 읊은」에 대한 평이다. 3·3·4조를 기본으로 하고 변형격이 삽입되는 이 시가 당시의 신민요 유행과 관련이 있으리라는 사실은 김억이 위의 진술에 이어서 김종한의 또 다른 투고작에 대해 레코드 취입을 권유하고 있다는 점으로도 드러난다.[9] 또 김종한은 1934년에 《별건곤》의 '신유행소곡대현상모집'에 응하여 작품을 발표하고 있기도 한데, 이때 《별건곤》은 모집 공고에서 작품의 형식적인 요인까지 정해 놓고 있다. 김종한의 「임자 업는 나룻배」가 취한 율격인 3·3·4조도 그 형식 중 하나이다. '선후감'은 김종한의 이 소곡을 레코드사에 의뢰하여 곡을 붙이는 중이라는 사실을 밝히고 있다. 그런데 이 '선후감'이 강조하는 것은 "가장 새롭고 또한 예술적으로 고아한 노래"이다. 위의 《삼천리》에서의 김억의 선후평이나 《별건곤》의 유행 소곡 선후감이 강조하는 선곡 기준만으로 판단한다면 김종한의 시는 시적 기교를 상당히 인정받고 있었던 셈이다.

　당대의 신민요 내지 소곡은 근대시의 한 형태로 창작된 것이었다.[10] 근대시로서의 신민요 창작에 대한 자각과 함께 형식미에 치중하는 사실을 고려할 때, 김종한의 시적 경향은 이미 그의 시작 초기부터 내용보다 기교에 충실한 것이었다고 할 수 있다. 김수영이 김종한을 기교파 김억과 그를 잇는 한국 모더니스트의 계보에 넣은 것이 그 때문일 터이다. 김종한이 완성하는 시적 기교의 사례로 김수영에 의해 언급된 대표작은 「연봉제설」이다. 눈 쌓인 산맥과 그 아래 마을(아마도 김종한의 고향 마을을 상상케

---

9) 당시 신민요의 유행가적 성격에 대해서는 이소영, 「일제 강점기 신민요의 혼종성 연구」, 한국학중앙연구원 2007 박사 학위 논문 참조.
10) 근대시로서의 신민요에 대해서는 구인모, 「시인의 길과 직인의 길 사이에서」, 《한국근대문학연구》 24, 2011 참조.

하는)의 풍경을 시각적 이미저리를 동원해 묘사하고 있는 이 시는 그 자체로 출중한 기교를 자랑한다. 고향을 떠올리면서 애수에 빠지지 않고 객관적 상관물을 동원하는 능력도 나무랄 데 없이 깔끔하다. 김억과 모더니즘을 연결하도록 하는 논리는 언어와 기교에 대해 고민해야 할 창작자로서의 김수영이 가진 문학사적 감각으로부터 주어질 것이다. 김종한에 대한 그의 평가도 동일 선상에 놓여 있는데, 그것을 관통하는 기준이 기교라는 점은 식민지 시대의 한국 시사와 관련하여 특별히 유념할 만하다. 시적 기교는 언어를 다루는 문제이고, 언어를 다룬다는 것은 그 언어를 통해 어떻게 의미가 만들어지는가에 주의를 기울인다는 것이기 때문이다. 이 문제는 그래서 시적 대상을 언어적으로 번역하거나 타자의 언어를 주체의 언어로 번역하는 일로 이어진다. 김억의 번역 시론이 따라서 함께 논의되어야 할 것이다.

김수영의 말처럼 김종한의 시가 모더니스트적 기질을 발휘함으로써 정서적 언어의 애수를 넘어서는 '힘'을 보여 주고 있다면, 우리는 그 힘의 소재를 시의 정서적 내용보다도 언어적 예술성이라고 해야 한다. 김수영 자신이 "진정한 예술작품은 애수를 넘어선 힘의 세계"라고 말하고 있는데, 그 '힘'이 눈에 보이는 어떤 이미지나 내용이 아니라 언어들의 역학 관계에 의해 형성되는 것이기 때문에 결국 그것은 언어의 잠재적 능력에 대한 심미적 구성이라고 할 수 있다. 김종한이 민요에서 시작하여 모더니즘에 이르기까지의 한국 근대시의 교량 역할을 하고 있다는 김수영의 지적은 그러므로 근대적 기교의 한 양태로 출발한 민요시가 모더니즘에 이르러 완성되는 사례의 한 가지를 환기하는 것인 셈이다.

김종한의 시적 출발이 이런 기교적 민요시론에 있다면, 그것의 내용을 개략해 볼 필요가 있다. 살펴봐야 하는 글은 「신민요의 정신과 형태」(《조선일보》, 1937. 2. 6~13)이다. 주장의 요점이란, 민요는 생산 양식과 교통 양식의 흐름에 따라 변화할 수밖에 없으며, 따라서 신민요는 전통으로부터 단절되기 마련이며 당대의 대중음악이라는 형식으로 발전하는 것이 가능하다는 점이다. 구체적으로 그것은 인위적 제작, 향토성 불식, 대중가요화, 기계적 (녹음) 예술, 단기간의 유통 등이다. 이것이 신민요의 예술적 계보라면, 정신적 측면에서 신민요는 전통 민요와 달리 개성적 언어 형식이다. 이와 함께 김종한은 시적 자율성의 측면에 주목하는데, 그것은 "민중의 생활의 템포와 일치하지 않아도 관계치 않을 것"이라는 주장이다. 민요 혹은 예술의 전개가 생산 양식과 관련된다는 앞서의 진술과 미묘하게 모순되는 진술이지만, 근대시의 자기 규정으로서 생활로부터 분리된 예술의 존재 양식을 상정하고 있는 문학관을 여기에서 볼 수 있다. 신한국 근대시의 원형질로서 이미 주요한이 민요시를 강조했다는 점을 여기에 연결할 수 있음은 물론이고, 1930년대 일본의 소곡 운동과 연계된 또 다른 시 형식으로서의 신민요가 이렇게 주장되고 있기 때문에 김종한의 심미주의는 이미 언어 형식의 기교를 최대치로 밀어 올리는 민요시 창작 시절부터 형성되어 있었던 셈이다.

이런 판단은 그의 심미적 언어 세계 자체가 대동아 전쟁 이후 그로 하여금 친일 문학의 세계로 나아가도록 한 원인이라는 주장을 하는 것이 아니다. 우리는 다만 그의 심미적 언어 세계가 왜 시국적 국민 문학 요청을 뿌리치지 못했을까 하는 질문을 던져 볼 수는 있다. 다시 말해 심미성의 미학적 관점이 문제가 아니라 그 심미성에 대한 인식론적 관점이 문제되는 것이다. 혹시 그의 친일 문학은 시의 내부에 지나치게 사로잡혀서 그 외부의 내용이 어떤 것이든 관계치 않으려 했던 미학적 배타주의의 가장 나쁜 결과는 아니었을까? 그것은 현상적으로는 시인의 위치에서 내부의 시각으로 현실이라는 외부를 처리하는 방식처럼 보이지만, 실제적으로는 그 내부가 빠져 들어갈 수밖에 없는 외부의 힘을 그대로 용인하는 것일 수도 있다. 요컨대 그 외부는 내부에 의해 적절한 긴장 속에서 늘어나고 줄어드는 존재가 아니라 내부의 무관심 속에 온전히 제 영역을 배타적으로 확보하는 존재가 된다는 것이다. 이때 시적 내부에 연결되어 있을 개성은 시 외부의 보편적 힘과 존재에 의해 사로잡히는 일이 발생하는데, 이런 개성과 보편의 길항에서 보편을 강조하는 김종한의 시론[11]은 이미 그의 초기 시 세계에서부터 준비되고 있었다고 할 수 있는 셈이다. 요컨대, 시적 언어를 강조하는 내부론은 그와 대비되는 외적 현실을 있는 그대로 인정하는 맹목적 외부론으로 이어졌던 것이다.

3 미학적인 것의 구심력

김수영의 김종한 논의를 참고하면서 한 가지 더 고려해 보아야 할 것이 있다. 시의 기교는 곧 시의 언어의 문제이고, 언어를 다루는 관점의 문제라는 점이 그것이다. 김수영이나 김종한 공히 시의 번역에 많은 관심을 가지고 있었다는 점을 참고한다면, 시의 언어 문제는 더욱 도드라진다. 번역은 언어와 언어의 관계 설정이기 때문이다. 그런데 그것도 단순한 산문 번역이 아니라 시의 번역이기 때문에 모더니스트로서의 김수영과 김종한에게 번역은 축자적 번역 이상의 의미를 갖는다.

김종한은 그의 번역 시집 『설백집』 후기에서 이렇게 쓰고 있다.

시에 관한 한에 있어서는 나는 나름대로의 독재자이고 싶다. 그래서 나에게는 반도 시단의 일람표를 만든다든가 분포도를 그린다든가 하는 기능적인 행동을 하는 일이 없다.

내가 다른 사람의 시를 번역하고 편집하는 것은 그 시편의 한가운데에서 나 자신의 분신을 발견하는 것에 한정되어 있다. 그런 의미에서 번역은 하나의 독립적인 창작으로 허용된 경우이다.

'독립적인 창작'이라는 말이 김억의 「역시론」(《동광》 1931. 5~6)에 관련되어 있음은 김종한의 작품 이력을 통해 확인되는 것이다.[12] 김종한은 장

---

11) 김종한, 「시문학의 정도—참된 '시단의 신세대'에게」, 《문장》 1939. 10.
12) 이 사실을 맨 처음 지적한 학자는 심원섭이다. 심원섭, 「김종한의 초기 문학 수업 시대에

적(張籍)의 한시 「야노가(野老歌) — 안서의 역시론을 읽고」[13]를 《동광》 26
호(1931. 10)에 번역하여 발표했다. 부제목에서 알 수 있듯이 이 시의 번역
형태는 안서의 「역시론」의 영향임을 짐작할 수 있다. 시의 원문과 번역을
본다.

老翁家貧在山住　　耕種南山三四畝
苗疎稅多不得食　　輸入官倉化爲土
歲暮鋤犁倚空室　　呼兒登山收橡實
西江賈客珠百斛　　船中養犬長食肉

늙은이 가난하여 산에 살고 있다네
씨 뿌려 일구느니 남산의 서너 이랑뿐
적은 곡식에 세금은 많아 굶주리고 있는데
관아 창고에 거둔 곡식은 썩어 흙이 된다네
세모 되어 호미 쟁기 빈집에 걸어 두고
아이 불러 산에 올라 상수리 열매를 모으는데
서강의 상인은 진주가 백 섬이고
배에서 기르는 개는 늘 고기를 먹고 있구나

이 번역문을 살펴보는 이유는 김종한이 번역한 시가 원문 직역과는 전
혀 다른 형식과 내용을 보여 주고 있기 때문이다. 김종한의 번역을 위 원
시 번역과 비교해서 보기로 하자.

늙은 아비 홀로 가난에 지쳐
사흘가리 화전(火田)이나마 씨뿌리고 김매고 가진 고초(苦楚)로

대하여」, 《한국문학논총》, 2007. 8 참조.
13) '야로가'라고 읽어야 할 테지만, 원문대로 '야노가'라고 쓴다.

추수(秋收)할 곳 바이 없는 이내 신세(身勢)에
납세(納稅)만은 여전히 ― 먹을 것 없네

보라 우리들의 피땀을 짜내어
그네들의 창고(倉庫)의 채움을 ―
이해도 저물어 서리바람 살쩜을 어이는데
먹을 것 없는 빈방 안에 쌀쌀한 바람만 엄습(掩襲)하는고녀

우리들은 이리하야 헐벗은 무명옷을 부둥케쥐고
뒤동산(東山)에 올라 도토리를 줏는 것이옵네
강중(江中)의 뜨노는 배〔船〕 안에서 권주기일곡(勸酒歌一曲)이 바람에 쓰처올 때
피방아 찌는 가삼을 살못이 눌리고서
배 안에 기르는 김생들의 생활도
우리보다 나은 것을 똑똑히 알엇네

화전민의 가난한 현실을 지주나 관리들의 호화로운 생활과 대비시키는 이 번역 시가 식민지적 현실에 대한 대응과 연결된다는 점을 알 수 있다. 4음보격의 리듬을 바탕에 깔고 적절히 변형을 주는 시 형식이 당시의 민요시 운동과 관련되리라는 점도 지적해 둘 만하다. 그러나 무엇보다도 이 시에서 주목해야 할 것은 번역 시라는 사실이다. 시의 부제목이 '안서의 역시론을 읽고'임에 비추어본 다면, 이 번역 시는 문자 그대로의 번역이 아니라 시적 창조를 강조하는 번역이다. 안서는 시를 번역하는 일에 대해 축자적 번역을 넘어선 개성과 의역을 시로 창조하는 창작으로서의 역시를 강조했다.[14] 이 번역관이 김종한의 위 번역 시에 대한 충실한 설명이

---

14) 김억, 「역시론」, 《동광》, 1931. 5. 김억의 말을 좀 더 본다. "詩歌의 번역은 반드시 어학력 여하에만 잇는 것이 아니외다. 어데까지든지 譯者가 그 자신의 개성을 통해서 보지 아니

될 수 있다. 물론, 김종한의 번역 시가 충분히 성공한 번역 시인가에 대해서는 또다른 분석이 필요할 것이다.[15] 김억이든 김종한이든 번역 시에 대해서 시적 창조 능력을 강조하고 있기 때문에 이 사항은 결국 언어에 대한 그들의 관점을 살펴보는 차원으로 나아가야 한다.

언어를 강조하면서도 일본어에 집중하는 김종한의 입장은 좀 특이하다.[16] 그는 오히려 일본어의 번역이라는 측면에 주목하는데, 번역이란 그것 자체로 창조라는 관점을 그가 고수하고 있기 때문이다. 그러나 그가 '신지방주의'를 주장했던 것만큼이나 모든 언어는 지방의 색채를 지닐 수

하는 한에서는 詩譯으로의 시적 생명은 붙잡을 수가 없는 일이외다. 그러기에 이 譯者는 창작적 감동으로 沒却해서는 아니 될 가장 중요한 생명을 잊어버렷다 하지 아니할 수가 없습니다. 다시 말하면 이 譯者가 原詩를 읽고서 어떠한 시적 감동을 받어 그것을 자기의 거이 창작이라 할 수 잇는 譯詩에 담아 놓았는가 하는 문제외다. 창작에서도 그러합니다마는 譯詩에서도 譯者는 詩歌로의 핵심을 잡고 창작력의 尖點을 잡지 아니하고는 詩歌답은 詩歌를 만들어 놓을 수가 없습니다. 詩人인 동시에 깊은 洞察力을 가진 鑑賞者가 아니고는 譯詩者가 될 수 없습니다."(「역시론」,《동광》1931. 6, 64~65쪽)

15) 김억은 번역 시가 독자적인 어감과 운율을 포함하여 "原文詩의 가진바 조건 전부를, 다시 말하면 詩歌의 형식이니, 音調니, 語美니, 語數니 하는 것을 전적으로 옮겨 놓은 것이라야 진정한 譯詩"라고 쓴다.

16) 이는 그가 친일을 한 시점과도 관련시켜 논의해야 할 사항이다. 그의 시 「살구꽃처럼」이 문제인데, 이 시는 1940년 11월《문장》에 발표되었다. 이 시 자체로 보면 '살구꽃과 전쟁'을 직유하는 몇 개의 구절을 보면 시국적인 요인이 소재 차원에서 있기는 해도 친일 시라고 할 수는 없다. 더구나 당시의 김종한이 또 다른 친일 작품들을 남겨 놓고 있지도 않다. 그런데, 최근 살펴본 자료로, 김종한이 책임 편집한 호일 것으로 여겨지는 《부인화보》 (1940. 12)에는 「조선의 저널리즘」이라는 기획 코너에서 조선어와 관련하여 다음과 같은 진술을 하고 있다. "하나의 민족이 그들 고유의 언어를 잃어버린다는 것은 첫째 근본적으로 적막한 일에 다름 아니다. 그것은 잘 알 것이다. 내지가 파초의 나라, 만엽의 나라이므로 조선에도 만엽과 파초는 있는 것이다. 여기에서 우리들이 생각해야 하는 것은 하나의 전체적인 조화를 형성하기 위해서는 어떠한 여러 부분적인 장식이 희생되지 않으면 안 된다는 것이다. 조선어가 비극의 운명을 향해 가고 있다는 것은 그들에게는 정말로 견딜 수 없는 슬픔에 다름 아니다. 그렇지만, 언어라는 것은 결국은 수단이지 목적이 아니다."(「朝鮮のジャアナリズム」,《婦人畫報》朝鮮 特輯號, 1940. 12, 36~37쪽) 조선어의 몰락을 당연하게 여기는 이 진술이 김종한의 시국관과 결합되어 있는 것이라면, 그의 친일은 이 시기부터 예비되어 있었다고 할 수 있는 셈이다.

밖에 없는 것이기도 하다. 일본, 조선, 내선일체라는 언어가 조선과 일본의 입장에서 동일하게 사용될 수는 없는 것이었다는 사실이 그것이다. 그것은 일종의 전이사(shifter)와도 같았다. 당시의 상황을 요약하여 조선과 일본의 관점을 번갈아 지시하는 대명사였다는 말이다. 그런 의미에서 그의 신지방주의는 '내선일체'와 같은 말로서 일제가 왜곡된 보편을 강조하고자 했을 때 그 보편에 대한 조선적 번역을 드러내려는 말이기도 할 것이다. 그가 시적 개성을 보편성으로 용해해야 한다고 말하고 있을 때, 거기에는 사물의 내부에 있는 순수한 본질을 드러내려는 욕망이 있고, 마찬가지로 시를 번역할 때 그곳에는 시의 내부에 있는 '순수 언어'(벤야민)와도 같은 것을 조선적으로 드러내려는(창조하려는) 욕망이 있다는 말이다. 앞서 살펴본 「야노가」의 번역이 근본적으로 이런 번역관과 연결될 터이다.

그리고 그 번역관이 「국어공부기」로도 이어진다. 이 글은 "대상과 필자와의 거리의 적확성"을 강조하면서 일본 근대 문학의 '사생문' 공부를 좀 더 열심히 하자는 자기 다짐을 드러낸다. 대상을 생생히 묘사하려는 자연주의적 태도와 연결되는 것으로서의 사생문이란, 결국은 그 대상과 관련한 언어 사용 기술로 이어지는 것이다. 그것은 따라서 문학적 기교의 문제라고 할 수 있다.

그 기교가 드러내려 했던 것이 번역자로서의 순수 언어의 차원이었다면, 그것은 주체의 영역을 벗어나 있는 것을 주체의 관점에서 재구성하는 문제이기도 했다. 모든 언어 기교가 곧 이런 문제에 근본적으로 연결되어 있을 터이다. 요컨대 드러낼 수 없기 때문에 기교를 필요로 하는 것이다. 그렇지만, 그 기교란 다른 면에서 보면 드러낼 수 없는 객관에 무엇인가를 보여 달라고 끈덕지게 매달리는 태도이기도 하다. 그리고 그것은 그 기교를 통해 객관을 주관적으로 구성하는 자기 동일성의 문제에 연결되는 것이기도 하다. 김종한의 태도를 시적 내부에 사로잡혀 외부의 보편에 맹목이었던 것으로 앞에서 설명했던 것은 바로 이 자기 동일성의 관성에 사로잡힌 언어미학주의자의 궁극적 모습을 지적하려는 것이었다. 실로 모든 친일 문학은 바로 그 인식론적 태도와 어떻게 관련되는가의 문제일 수밖에 없다. 많은 친일 문인들이 자신의 친일을 '민족을 위한 길'이라고 믿고 있었던 것은 따라서 그 자신의 내면에서 보면 온전한 진실이었다고도 할 수 있는 것이다. 친일 문학은 결국 자기 자신의 내부를 본 것이지 그 외부의 동등한 존재들을 보지는 못한 셈이다. 그들의 길은 민족을 위한 길이 아니라 자신을 위한 길이었던 셈이다.

그렇다면, 친일문학론은 지금까지의 실증적인 논증 이후 이제 비로소 그 주체의 인식론의 문제로부터 다시 시작되었다고 해야 하는 것 아닐까? 그렇다면 김종한이 번역 시집 『설백집』 후기에서 '시의 번역은 그 대상 시의 내부에서 번역자로서의 시인이 자기 자신을 볼 때 가능하다'는 주장을 하고 이어서 다음과 같이 말하는 것은 곧 그의 신지방주의로서의 친일 문학의 자기 고백이 아닐 수 없다.

「복지장」에는 반도에 사는 농민의 생활과 풍속을 노래했던 작품을 모아 봤다. 의식적으로 합리주의적인 문화성과 근대성을 거부하고, 토착적인 자연성과 신화성을 강조했던 것들이다. 이 작품들을 택한 것은 반도인의 익찬은 반도라는, 일본의 하나의 지방에 안심입명하는 것에서 출발한다고 생각했기 때문이다. 그때 가장 곤란한 것은, 반도 문화의 실정을, 뭔가 민족적인 것과 혼동하거나 오해하거나 하는 것이다. 오랫동안 나는 그 이율배반적인 문제로 고민했다. 그러나 최근에는 이런 신념을 갖게 되었다. 즉 반도의 시인들이 어떠한 시대와 전쟁을 노래하더라도 그것이 황국의 한 지방인 반도의 땅과 자연성에 근거하는 것이 아닌 한은 공허하고 관념적인 것으로 끝나거나 독자에게 감명을 주지 못한다는 것이다. 그에 대해서는 나치스의 국민문학 작품들을 읽으면서 최종적으로 확신을 가지게 되었다. 그와 함께, 반도의 시인들은 그들이 아무리 자연발생적인 것을 노래해도, 그것이 오늘날 있어서는 안되는 민족적인 것과 결코 혼동되어서는 안 된다는 점이다.(『설백집』(1943. 7) 「후기」)

이와 같은 태도는, 조선과 일본의 공통점으로서의 황국의 한 지방인 조선이 자신의 자연을 노래함으로써 황국 일본을 완성시킨다는 주장을 환기한다. 요컨대 조선의 특수한 삶을 노래하는 것은 조선이라는 지방의 민족주의를 노래하는 것이 아니라 일본이라는 보편을 노래하는 행위라는 주장이 강조되는 것이다. 이것은 결국 조선을 통해 일본을 번역하여 정착시킨다는 주장일 수밖에 없다. 특수 언어로 이루어지는 번역이 보편성에 연루된다는 점을 환기하기도 하는 김종한의 이 번역론과 관련하여 더 주목해야 할 것은 대상 시 안에서 자기 자신 바라보기를 외부에 대한 맹목을 통해 자신 바라보기의 문제로 이어 놓는 것이다. 이것은 결국 일본이라는 외부적 중심에 대한 신지방주의의 미학적 표현일 수밖에 없다는 것이다.

이런 언어적 관심을 중심에 놓은 김종한의 시는 일단 그의 문학적 관심사가 가리키는 방향을 따라서 당연히 문학의 내적 구성의 결과로 이해되어야 한다. 이때 '내적'이란 말이 가리키는 것은 일반적으로 심미적 언어 사용에 집중하는 태도를 의미한다. 그것은 언어 내부의 미적 기술에 관련된 문제이지만, 그것은 또한 언어를 바라보는 인식론적 태도의 문제로 확장될 수도 있다. 이럴 경우, 문학 언어의 내적 구성에 관심을 두는 태도란 세계 인식의 차원에서 인식 대상의 경계 내부의 논리와 가치만을 강조하는 태도로 이어질 것이다. 이러한 태도는 외부에 대한 독단주의(solipsism)로 이어져서 관계론적 사유를 불가능하게 한다. 근대의 독단론이 그것일 텐데, 이 근대주의적 사유 체계가 제국주의와 식민주의라는 외연적 체계의 근간임은 주지하는 바이다.

그런데, 지금까지 김종한의 문학 내부가 한국문학사에서 소홀히 취급되어 왔다면, 그것은 예의 그 친일 문학 때문이다. 친일 문학은 허위로 점철된 정치적 선택의 영역이고, 그것도 나쁜 가치관의 문제이기 때문에 문인의 진정성에 연결되어 있을 문학 자체의 내적 논리와는 무관한 것이라는 생각이 여기에 있다. 따라서 이 경우 이른바 '내부'와 관련한 두 가지의 관점이 작동한다. 하나는 '내부'에 집중하면서 외부와 관계 맺지 못하는 독단주의에 연결된 관점, 또 하나는 내부를 분석하기 위해 전제되어야 할 가치론적 관점이 그것이다. 첫째는 김종한의 시적 태도와도 연결된다. 김종한의 시학은 시의 주제나 소재에 연결된 내용과 관계없이 형식적 완성을 추구하는 데 초점이 맞춰져 있다.[17] 이 논리가 서정주의 주장과 연결되어 친일 문학의 언어미학파를 구성한다.[18] 이것은 시는 오직 시일 뿐이어서 문학 언어 내부의 구성 체계에 초점화되어야 한다는 논리에 가닿는다. 시를 말하는 자리라면, 결국 친일 시에서 문제가 되는 '친일'은 논의 대상에서 제외되어야 하는 셈이다. 둘째, 시의 내적 구성을 강조할 때 그것이 언어적 완성도라는 경계 안에서 이해되어야 한다는 생각은 그러나 그것 자체로 정당화될 수 있는 것이 아니다. 시의 내적 구성이 인식론적 차원에서 세계의 미적 구성 그 자체를 표상한다고 해도, 그것이 세계 속에 있기 때문에 심미적 대상에 대한 가치 규정이 필연적으로 동반되는 것이다. 내부를 강조하는 태도는 결국 세계에 대한 태도와 연결되고 나아가 세계에 대한 심미적 태도의 가치와 연결된다. 그 심미적 태도는 추한가, 숭고한가 등등의 평가가 그것이다. 김종한의 시는 이런 근거에서 다시 평가되어야 한다. 따라서 그의 시 세계를 소홀히 취급하는 것은 그 자체로 그의 친일 시의 논리를 제대로 이해하지 못하는 것을 은폐하는 결과로 이어질 것이다. 친일 시에 대한 분석적 평가가 필요한 이유가 여기에 있다. 그의 친일 시는 무기교의 그것이 아니라 기교마저도 포괄해야 할 친일 시이다. 요컨대 맹목의 기교가 도달할 수 있는 파탄의 한 모습이 김종한에게 있는 것이다. 그렇다면 그의 '언어 내적 완성론'이 보여 준 귀결은 무엇인가. 그것은 그의

---

17) "시에 있어서는 내용이 형태에 내속(內屬)하는 것이므로 언어 자체의 미를 떠나서는 여하한 시상도 공허한 개념에 불과한 것"이라고 김종한은 말한다. 김종한, 「시문학의 정도─참된 '시단의 신세대'에게」, 《문장》 1939. 10.
18) 서정주, 「시의 이야기─주로 국민시가에 대하여」에는 "취재야 아무데서 해도 좋은 것"이며 "시는 무엇보다도 언어해조"라는 주장이 있다.

삶의 외부일 수밖에 없는 일제 권력에 대해 어떻게 반응하고 있는가.

김종한이 언어 내부론에 사로잡혀 외부를 돌아보지 않았을 때 그에게 대두한 것은 조선의 경계를 넘어 있는 일본이라는 외부였다. 그런데 그 외부는 조선의 관점에서 번역된 내적 논리의 외부, 요컨대 내부를 강조함으로써 그 내부를 보편화할 수 있는 외부였다. 그것은 외부를 외부 그 자체로 바라보는 외부가 아니라 내부에 의해 재단된 외부이다. 주관에 의해 외부를 묘사하는 사생문을 강조하는 태도가 그에 연결될 터인데, 이때 일본은 조선을 실현할 수 있는 외부이기도 했다.

그러나 현실의 차원에서 그 일본은 조선을 일본화해 버리는 외부였다. 역학 관계가 그랬고, 그 결과 문화적 층위가 그랬다. 그것은 김종한의 주관적 믿음과는 정반대의 결과였다. 친일 문학은 그 역학 관계의 명시적 표현인데, 이때 조선이라는 내부는 결국 일본이라는 외부를 내부에 받아들이면서 내부를 상실하는 외부화된 내부에 지나지 않았다고 할 수 있다.

4 신지방주의와 지방주의

김종한의 신지방주의는 민족적 전통을 강조하는 차원의 귀속주의를 넘어선 것이다. 그것은 새로운 통합 체계로서의 세계 구상 과정에서 각 지방의 자율성을 강조하는 것이었다고 할 수 있다. 따라서 그의 신지방주의를 포스트식민주의론을 원용하여 동화 속의 이화라고 보는 견해는 충분히 있을 수 있는 주장이다.[19] 그런데 문제는 그 자율성으로서의 이화가 결국은 동화의 그물망에 사로잡힐 수밖에 없다는 사실이다. 보편적인 것으로서의 일본 문학과 특수한 것으로서의 조선 문학에 대한 논의[20]에서

---

19) 윤대석, 「1940년대 《국민문학》 연구」, 서울대 박사 학위 논문, 2006; 정종현, 『동양론과 식민지 조선 문학』(창비, 2011) 참조.

20) 「시단의 근본 문제를 말한다」, 《국민문학》, 1943. 2. 이하 좌담의 인용은 문경연 외 옮김, 『좌담회로 읽는 《국민문학》』(소명출판, 2010)에서 이루어짐.

그는 "어떤 의미에서 그것은 세계사의 동향이기도 한데, 세계주의에서 일종의 새로운 지방주의로 돌아간다는……. 따라서 향토적인 것이 더욱 강조되어도 좋습니다. 다만 그럴 때의 마음가짐이 문제일 텐데, 그런 향토성은 일본 문학을 만들어 내는 하나하나의 요소이자 단위가 됩니다."라고 말한다. 조선이라는 지방의 자율성이란 결국 일본 제국의 하나의 지방으로 '안심입명'하는 과정에서 부여된 임무 수행의 자율성인 셈이다. 이것은 '내부'와 '외부'라는 프리즘으로 바라보면, 시적 언어의 내부를 강조하면서 외부에 맹목이 되고, 그럼으로써 현실이라는 외부가 보편적 힘으로 시의 내부를 규정하는 사태가 있고, 그다음에는 조선의 자율성이라는 내부적 시각이 일본 제국이라는 현실적 외부의 보편성을 그대로 용인함으로써 최종적으로 조선을 규정하는 사태가 있는 것이다. 김종한이 '민족적인 것의 극복'이라는 명제를 누누이 반복하면서 내세운 '신지방주의'란 따라서 내부에 침몰하여 전개한 세계 인식이 도달한 자기 명분이었다고 할 수 있다. 이 명분이 주어졌을 때, 그는 적극적이지만 여전히 미학적인 친일 문학을 지속시킨다. 《국민시인》에 수록되었다가 최근에 발굴된 시 「광진」[21]은 그의 친일 시 「원정」과 같은 주제를 다루고 있는 시이다.

> 너의 눈동자에는
> 태양조차 아직 흔들려 정해지지 않고
> 먼 옛날 푸른 하늘이
> 그 빛의 줄무늬만이 비추고 있네
> 우리 눈에조차
> 형태를 갖추지 못한 봄의 혼돈함에
> 부모 얼굴을 겨우 알아보는 네가
> 그 정도로 궁구하는 것은 대체 무엇이냐?

---

21) 노리타케 카즈오, 곽형덕 옮김, 「김종한에 대한 추억」, 《근대서지》 12호, 2016.

묵도 중에 나타난 이 나라의
그 목숨을 이어
뜬구름처럼 그늘 없이
바다에 이는 파도처럼 멈추는 것을 모른 채
너는 더해지고
아로새겨지고
맞고 권유를 받고
용감한 사냥꾼이 돼
미래를 몰아대겠지
네가 보내는 광진(光塵)이
푸르게 계속 접혀 내게 보여
지금은 새로운 세기의 세상
나라가 태어나는 괴로운 때로
네가 맞이하는 날이야말로
노래해야 할 만요(萬葉)의 봄이 되리라
네 꿈 알 길 없지만
그 무거움은 너를 안는 내 사지에 전달돼
이렇게 서 있는 나를
내 지식인 네가 성장하는 날에
절실히 아름다운 노래로 불러 주리라

　김종한의 시 「원정」이 진정한 내선일체의 실현을 미래의 역사적 과제로
남겨 두고 있듯이 「광진」 또한 갓 태어난 아이의 역사적 과제를 노래한다.
지금은 새로운 세기를 건설하기 위한 고난의 시대라는 진술로써 시인의
임무를 암시한 후 아이가 맞이한 '만엽의 봄'은 당연히 내선일체의 대동아
공영이다. '새로운 세기를 위한 나라의 고난'이란 어디에서든 있을 수 있는
것이지만, 그것의 지향점이 "만요의 봄"이기 때문이다. 이른바 황국의 전

적으로서의 '만요'를 통해 김종한은 새 세대가 구성할 현실의 핵심을 확정해 놓고 있는 것이다.

김종한은 「시단의 근본 문제를 말한다」에서 "향토성은 일본 문학을 만들어 내는 하나하나의 요소이자 단위"라고 주장했다. 이 개별적 향토성의 결합으로서의 신지방주의를 실현하는 것이 국민 시이고, 그것의 사례 중 하나를 백석의 「두보나 이백같이」에서 김종한이 찾아내고 있을 때, 김종한의 주장은 그 백석에게 어떻게 이해될 수 있었을까? 백석과 김종한의 관계를 실증적으로 재구할 수는 없지만, 최소한 그 둘이 노리타케 카즈오를 통해 연결되어 있었으리라고 추측할 수는 있다. 김종한이 백석의 시적 방언에 대해서 침묵하면서도, 「두보나 이백같이」에서 "너무나 스케일이 큰 범동아주의"[22]를 표상하는 국민 시를 읽어 내는 관점은 그래서 의미심장하다. 만주에서의 디아스포라적 정황을 겪으면서 백석이 민족적 정체성을 넘어선 심리를 묘사하는 장면은, 백석의 의사와는 무관하게, 그것 자체로 김종한에게는 신지방주의의 면모이기 때문이다. 「두보나 이백같이」에는 배타적 향수심을 자극하는 지방주의는 없는 것이다.[23] 그러나 과연 백석의 시는 김종한의 신지방주의를 충분히 뒷받침해 주는 작품이라고 할 수 있을까? 백석의 시는 김종한의 시처럼 내부에 집중함으로써 외부에 대해 맹목적이 된 시라고 할 수는 없다. 그렇다면 그 둘 사이에는 어떤 차이가 있을까?

김종한의 신지방주의가 가진 한계를 살펴보기 위해서는 그의 문학적 주장들을 백석의 문학과 비교해 보는 일이 필요하다. 이를 위해서는 백석이 일제 강점기 말에 만주에서 집필했던 여러 시편들의 갈피를 확인해야

---

22) 김종한, 「조선 시단의 진로」, 《매일신보》 1942. 11. 16.
23) 물론 배타적 향수와 같은 감정은 없지만 고난받는 존재들의 연대 같은 감정이 시의 이면에 면면히 흐르고 있음도 주목해야 할 요인이다. 이는 백석의 디아스포라적 정서가 그의 향토에 대한 정서적 기울기와 아주 무관하다고 할 수는 없기 때문이다. 백석의 디아스포라적 정체성에 대해서는 졸고, 「디아스포라와 민족적 정체성」, *Comparative Koreans Studies*(The International Association of Comparative Korean Studies, 2006) 참조.

할 것이다. 이제 김종한과 백석을 비교하는 작업은 세계사의 전환기를 살아갔던 두 시인이 로컬리즘을 어떻게 이해했는가를 살펴보는 일이기도 하다. 그것은 로컬리즘의 내부와 외부라는 말로 다시 정리될 수 있을 것인데, 이를 위해서는 별도의 백석론을 전개할 필요가 있다.

참고 문헌

大村益夫 外 編, 『金鍾漢全集』, 綠蔭書房, 2005

김억, 「역시론」, 《동광》, 1931. 5

심원섭, 「김종한의 일본 유학 체험과 '순수시'의 시론」, 《한국문학논총》 2008. 12

심원섭, 「김종한과 사토 하루오」, 《배달말》 2008. 12

심원섭, 「김종한의 초기 문학 수업 시대에 대하여」, 《한국문학논총》 2007. 8

유정, 「호한고독 김종한」, 《현대문학》 1063. 2

구인모, 「시인의 길과 직인의 길 사이에서」, 《한국근대문학연구》 24, 2011

김재용, 『협력과 저항』, 소명출판, 2004

김재용, 「프로 문학 시절의 임화와 문학어로서의 민족어」, 《임화문학연구》, 소명출판, 2009

박수연, 「포스트식민주론과 실재의 지평」, 《민족문학사연구》, 2007

박수연, 『국민, 미, 전체주의』, 열린길, 2011

박수연, 「식민지적 디아스포라와 그것의 극복」, 《한국언어문학》, 2007

박수연, 「친일과 배타적 동양주의」, 《한국문학연구》 34, 2008

문경연 외 옮김, 『좌담회로 읽는 《국민문학》』, 소명출판, 2010

박규택, 「로컬의 공간성 이해를 위한 이론적 틀」, 《한국민족문화》 33, 2009. 3

윤대석, 「1940년대 《국민문학》 연구」, 서울대 박사 학위 논문, 2006

이소영, 「일제 강점기 신민요의 혼종성 연구」, 한국학중앙연구원 박사 학위 논문, 2007

정종현, 『동양론과 식민지 조선 문학』, 창비, 2011

최라영, 『김억의 창작적 역시와 근대시 형성』, 소명출판, 2014

가라타니 고진, 박유하 옮김, 『일본 근대 문학의 기원』, 민음사, 1997

牧洋, 「金鍾漢の人及作品」, 《國民文學》, 1944. 11

Steven Unger, *Scandal & Aftereffect*, Minesota Univ. Press, 1995

제3주제에 관한 토론문

곽형덕 | 카이스트 연구교수

선생님의 발표문은 김종한의 시가 노정한 '미학적' '심미적' 경향성을, 민요시론에 연결돼 발전되는 번역 시와 언어 미학론, 그리고 신지방주의 론으로 나누어 살펴보고 있습니다. 그간 김종한의 시는 친일 문학으로 분류되거나, 혹은 잠재적 저항성을 찾아내는 "동화 속의 이화"라는 구도 가운데 회자되어 왔습니다. 선생님의 발표문은 김종한의 시가 지니는 언어적, 내재적 특성을 '서정'에 초점을 맞춰 "언어의 구성적 계기"를 살펴보고 "시적 구성물"의 실체를 탐구, 이를 다시 시의 '외부'와 연결시키고 있는 점이 흥미로웠습니다. 일제 강점기 말에 쓰인 시는 '외부'로부터 "언어의 구성적 계기"를 탐구해, 그 의미를 밝혀 왔기에 더욱 그렇습니다.

선생님의 발표문은 김종한의 시가 "친일 시인가 아닌가"라는 것에 초점을 맞춰 문제 설정을 하고 있지는 않습니다. 그의 시가 일제의 파시즘 체제와 어떠한 연관 가운데 '지방(로컬리즘)'을 사유하고 시작(詩作)을 했는가를 묻고 있다는 점에서는 기존의 문제 설정을 확장하고 있다고 생각됩니다. 다만 제2장에서 '민요'와 '신민요'가 김종한의 시 창작에 미친 영향을 분석하는 부분은 '심미성'이 '시국 문학'으로 이어질 수밖에 없는 '내적 논리'를 규명하고 있습니다. 그렇게 봤을 때, 시적 '내부'와 '외부'를 이항 대립적으로 전제해 김종한의 시를 규명하려는 작업은 '내부'를 '외부'와 분리된 것으로 설정해, 내부의 '미학적 배타주의'로 인해 '외부'의 힘을 용인했다는 식으로 해석되는 것인지요? 미학적 배타주의를 "외부가 어떤 것이든 관계치 않으려"는 것으로 설정하셨는데, 그 태도가 이미 외부의 어떤 것과 관계하고 있는 상태로 보게 되면, 시의 내부와 외부를 잘라 낼 수 있을지도 궁금합니다.

민요시론에 연결돼 발전되는 번역 시와 언어 미학론 부분도 좀 더 설명해 주셨으면 합니다. 김종한이 번역을 '독립적인 창작'으로 생각했다는 부분은 명료하게 이해가 됩니다. 이러한 번역자의 위치와 번역이 지니는 "주체의 영역을 벗어나 있는 것을 주체의 관점에서 재구성하는 문제"가 신지방주의론으로 이어지는 부분이 저는 잘 이해가 되지 않았습니다. 또한 김종한이 1930년대 초반에 화전민의 가난과 사회적 부조리를 담아 번역한 시와, 1940년 이후의 번역 시 사이에는 커다란 간극이 존재하는 것 같습니다. 번역이 곧 '창조'라는 관점에서 보자면, 번역이 지니는 "가치의 재생산"의 내실은 김종한의 향토론처럼 "일본 제국의 숭고 이념에 조선을 결합시킨 폭력성"을 노정할 수도 있지만, 그 반대로 일본 제국주의를 비판하는 방향으로도 갈 수 있다는 점에서 그렇습니다.

신지방주의론에 대해서는 선생님의 「신지방주의와 향토 — 김종한에 기대어」와 마찬가지로 일본 문학에 부가되는 '지방'이라는 점에서 그 지방은 '일본적인 것'의 가치 체계를 받아들인 것으로 이해했습니다. 그렇게 봤을 때 김종한의 시에서 잠재적 저항성을 찾아내려 하거나 "동화 속의 이화"를 발견하려는 다른 연구자들의 견해는 어떤 식으로 이와 연관될 수 있을는지요.

선생님이 누구보다 잘 아시겠지만, 김종한은 일제 강점기 말에 심미적이고 미학적인 시만이 아니라 직접적인 방식으로 '시국'을 그린 시 또한 썼습니다. 이는 일본문학보국회에서 가두(길거리) 시(辻詩)라는 형식으로 일반 대중에게 호소할 수 있는 시를 권장했던 것과도 이어져 있다고 봅니다.

저는 김종한의 일제 말 시를 읽으면서 가와바타 야스나리를 떠올렸습니다. 가와바타 야스나리가 품은 일본의 전통문화에 대한 '향수'가 전시 체제 속에서 미학적 파시즘과 결합되는 방식이 김종한의 일제 강점기 말 '친일 시'와 식민자와 피식민자라는 입장의 차이는 있겠으나, 근저에서는 맞닿아 있는 것이 아닐까 해서입니다.

1914년	2월 28일, 함북 명천군 입석동에서 태어남. 생가는 농가로서 '달밭집'이라고 불림.
1919년	봄, 청진에서 개업한 의사였던 큰아버지의 양자로 들어감. 이로 인해 생모와 양모 사이에서 갈등하는 어린 시절을 보냄.
1928년	1월 5일, 《조선일보》에 최초로 창작시 발표.
1933년	경성고등보통학교 재학 중 「격류」가 학생문단 가작으로 뽑혀 《동광》에 수록됨. 경성고보 졸업 후에 동명의 친구에게 애인을 빼앗긴 후 만주 등지를 유랑함. 김억의 인정을 받으면서 다시 시 창작에 집중.
1937년	가을, 일본으로 건너가 니혼 대학교 전문부 예술과에 입학함. 이후 1939년 3월에 졸업. 이해에 김사엽과 《조선일보》를 통해 민요 논쟁을 전개.
1938년	봄, 사토 하루오를 방문함. 같은 해 7월에 '부인화보사'에서 아르바이트를 시작하여 1939년 2월경까지 계속함. 9월 니혼 대학교 예술과의 학내 잡지인 《예술과》에 최초의 일어 시 「낡은 우물이 있는 풍경」을 발표.
1939년	11월, 《문장》 지에 정지용의 추천으로 시를 발표하며 등단. 《모던 일본》 조선판에 백석, 주요한, 정지용의 시를 번역하여 수록.
1940년	일본대 전문부 예술과 졸업. 이해에 결혼한 것으로 추정됨. 이는 1944년 사망시 그의 아들의 나이가 4세라고 매일신보에

160

기록된 것을 역산한 것임. 그해 여름에는 《부인화보》의 기자로 경성에 체류하면서 문인들에게 원고를 청탁하여 《부인화보》의 '조선 특집'을 구성.

1941년   부인화보사를 퇴직하고 동경에 있는 해양문화사에 입사.

1942년   초, 조선으로 귀국하고 그해 봄부터 1943년 7월까지 《국민문학》의 편집에 종사함. 12월에 징병제 실시 선전 정책의 일환으로 전쟁 유가족을 방문하기도 함.

1943년   3월, 조선문인보국회 시부의 기관지 《국민시가》의 편집위원. 4월, 조선문인협회 결성에 참여하고 '시부회간사'로 선출되는 등 시국 관련 행사에 집중적으로 참여. 5월부터 경성일보 교열부원이던 김달수와 종로구 사간동에서 함께 기거. 中野中治와 서신 교환. 가을경 매일신보사에서 발행한 일본어 주간지의 기자로 일함.

1944년   2월, 매일신보사 입사. 가을 '조부 위독' 전보를 받고 귀행하던 중 기차 안에서 급성폐렴에 걸림. 경성여자의전에서 치료받다가 9월 27일, 사망.

김종한 작품 연보

발표일	분류	제목	발표지
1928. 1. 5	시	가을비/하소연	조선일보
1931. 10	한시 번역	野老歌 — 안서의 역시론을 읽고	동광
1933. 1	시	激流	동광
1934. 3	소곡	임자업는나루배	별건곤
1934. 3	시	決算/巨鐘(普信鍾)	중앙
1934. 4	소곡	쌀내하는색시	별건곤
1934. 11. 29	시	臣鍾	조선일보
1935. 1. 2	민요	베짜는각씨	조선일보
1935. 1. 27	민요	남어지이한밤	나머지조선일보
1935. 2.	민요	베짜는색시	시원
1935. 2. 8	민요	얄루강구비구비	조선일보
1935. 2. 8	시	雪景	동아일보
1935. 5. 18	시	셋집/田園	조선중앙일보
1935. 10. 17	시	午後 세시	조선중앙일보
1935. 11. 26	시	車窓詩篇	조선중앙일보
1935. 12	시	巨鐘-普信鍾을읊은	삼천리
1935. 12	시	그늘	학등
1935. 12 24	시	除夜吟	조선중앙일보

발표일	분류	제목	발표지
1935. 12	시	그늘/파잎	조선문단
1936. 1. 4	민요	望鄉曲	동아일보 신년호 부록
1936. 8. 7~9	평론	民謠를 통해 본 吉州·明川 (1)~(3)	조선일보
1937. 2. 6, 9, 13	평론	新民謠의 精神과 形態 ①~④	조선일보
1937. 07 3	민요	마전타령	동아일보
1937. 9	민요	백두산타령	시건설
1938. 1. 12	민요	明川방아타령	동아일보
1938. 3. 29	유행가	얄루강처녀	조선일보
1938. 4. 25	속요	海峽의 달	조선일보
1938. 6	시	古井戸のある風景	예술과
1938. 6	가요시	新浦實情	사해공론
1938. 9	시	낡은 우물이 있는 風景, 未亡人 R의 肖像	조광
1938. 10	민요	빨래질	여성
1938. 10	평론	시집『동경』독후감	해협
1938. 11	시	未亡人 R의 肖像/生活	조광
1938. 12. 24	수필	卒業을 압둔 藝術의전당에서	조선일보
1939. 1	시	낡은 우물이 잇는 風景	현대 조선 시인 선집
1939. 2	시	山家/祕密	여성
1939. 4	시	歸路	문장
1939. 4	시	4월/생활	부인화보
1939. 5	시	歸路/旅情	예술과

발표일	분류	제목	발표지
1939. 6	시	故園의 詩/그늘	문장
1939. 8	시	할아버지/系圖	문장
1939. 8	掌篇	露領の見える街	부인화보
1939. 8	수필	詩人が語つた「新しさ」について	부인화보
1939. 8	기사	讀書室	부인화보
1939. 8. 18	시	路傍/山中	동아일보
1939. 9	평론	나의 作詩設計圖	문장
1939. 10	평론	시문학의 정도 — 참된 '시단의 신세대'에게	문장
1939. 10	시	夏期休暇/길	백지
1939. 10	시	雪景	시건설
1939. 10. 26	시	海港	동아일보
1939. 11	번역 시	鳳仙花(주요한), 焚火(백석), 白鹿潭(정지용)	モダン日本
1939. 11. 14	평론	현대시와 모뉴멘털리즘 詩論 =時論=試論 ①	동아일보
1939. 11. 15	평론	에피그램의 서정시적 가치 詩論=時論=試論 ②	동아일보
1939. 12. 14	시	新制作派展	동아일보
1940. 1. 21, 23	평론	시단 신세대의 성격 (상), (하)	동아일보
1940. 2	시	連峯霽雪	문장
1940. 2. 22	평론	예술에 잇어서의 비합리성 (상)	동아일보
1940. 2. 24	평론	詩語 問題·피카소의 原畫 (하)	동아일보
1940. 3	평론	詩壇改造論	조광

발표일	분류	제목	발표지
1940. 4	시	泊	조광
1940. 4. 20	평론	박남수 시집 『초롱불』을 읽고	동아일보
1940. 5	시	돌	조광
1940. 8	소설 번역	路は暗きを(박태원)	モダン日本
	번역 시	白魚のやうな白い手が(박종화), 螢(김상용), 罪(김동환), 西關(김억), 哈爾賓驛にて(임학수)	
1940. 11	시	살구꽃처럼	문장
1940. 11	평론	시단시평	문장
1940. 12	시	故園의 詩/連峯霽雪/歸路/古井戸のある風景	부인화보
	좌담회	若き世代が語る修正·內鮮結婚問題其他	부인화보
1941. 1	평론	시단시평	문장
1941. 1	평론	朝鮮文化の基本姿勢	삼천리
1941. 4	시	航空哀歌(歸還抄)	문장
1941. 7	앙케이트	앙케이트 회답	삼천리
1941. 8. 6, 7	수필	증오의 윤리 (상), (하)	매일신보
1941. 10. 16	시	월색 2	매일신보
1941. 10. 17	시	박꽃에부티는 서정	매일신보
1941. 12. 8	시	명천	매일신보
1941. 12. 12	시	주을	매일신보
1942. 1	시	원정	국민문학
1942. 1	수필	美しくありたい心	신여성
1942. 3	평론	일지의 윤리	국민문학

발표일	분류	제목	발표지
1942. 3	수필	남방에의 초대	대동아 14-3 (《삼천리》改題, 표지는 5월호, 판권란은 3월)
1942. 3. 1	수필	제명 미상	매일사진순보 (《국민신보》게재 광고에 근거)
1942. 3. 16	시	춘복	매일신보
1942. 4	시	合唱について	국민문학
1942. 4	수필	佐藤春夫先生く	국민문학
1942. 4	수필	短歌門外觀	녹기
1942. 4	좌담회	新しい半島文壇の構想	녹기
1942. 4. 14	평론	新地方主義文化の構想(一) 歷史について	경성일보
1942. 4. 15	평론	新地方主義文化の構想(二) 神話について	경성일보
1942. 4. 17	평론	新地方主義文化の構想(三) 地理について	경성일보
1942. 4 18	평론	新地方主義文化の構想(四) 地方について	경성일보
1942. 5	시	승전가	전쟁 시집 (대동아사) (《대동아》 1942년 5월호 광고에 근거)

발표일	분류	제목	발표지
1942. 6	시	풍속	국민문학
1942. 6	앙케이트	心の祖國	녹기
1942. 6	시	약관	동양지광
1942. 6. 18	기사	文化だより	경성일보
1942. 7	시	幼年·徵兵の詩	국민문학
1942. 7	신간 소개	김동환 서정시집 해당화	국민문학
1942. 7	좌담회	軍人と作家·徵兵の感激を語	국민문학
1942. 7	번역 시	馬について(정지용)	문화조선
1942. 7	수필	바다·효석·하숙	춘추
1942. 7	기사	時の橫顔1 小供とねころんで 文化動員を考へる ☆ある 日の倉島情報課長さん	국민문학
1942. 8	평론	新しき史詩の創造	국민문학
1942. 8	소설 번역	皇帝(이효석)	국민문학
1942. 9. 2	수필	국어공부기 고사기와 만엽과 사생문(燈火隨想 上)	매일신보
1942. 9. 3	수필	문단공부기 중량과 천재의 작가(燈火隨想 中)	매일신보
1942. 9. 5	수필	沈思默考記 회석경원과 독서 (燈火隨想 下)	매일신보
1942. 10	편집 후기	국민문학	
1942. 10. 9	수필	만주색의 문화	만선일보
1942. 11	좌담회	國民文學の一年を語る	국민문학
1942. 11	편집 후기	편집 후기	국민문학
1942. 11. 13~17	평론	조선시단의 진로	

발표일	분류	제목	발표지
		— 특히 국민시와 관련하야 (1)~(5)	매일신보
1942. 11. 22	서평	만주시인집	매일신보
1942. 12	시	待機	국민문학
1942. 12	좌담회	明日への朝鮮映畵	국민문학
1942. 12	편집 후기	편집 후기	국민문학
1942. 12	번역 시	鳳仙花(주요한)/ぬれぎぬ (김동환)/毗盧峯(정지용)	문화조선
1942. 12	수필	시인폐업기	신시대
1943. 1	수필	鰯敍情	신시대
1943. 1. 9	시	朝陽暎發(신춘의 기원)	매일신보
1943. 1. 16	르포	영예의 유가족을 차저서 ④ 泰山不動의아버지 나라위해또밧칠 아들업슴을한	매일신보
1943. 1. 28	신간평	재만조선시인집	매일신보
1943. 1. 30	평론	문단점묘	문화조선
1943. 2	시	巨鐘	춘추
1943. 2	좌담회	詩壇の根本問題	국민문학
1943. 2	편집 후기	편집 후기	국민문학
1943. 3	평론	신진작가론	국민문학
1943. 3	편집 후기	편집 후기	국민문학
1943. 3	시	殺鷄白飯	대동아
1943. 3. 10	시	けふ陸軍記念日	경성일보
1943. 4	평론	文學賞について	문화조선
1943. 5	편집 후기	편집 신화	국민문학

발표일	분류	제목	발표지
1943. 5. 26, 28, 30, 31	평론	해양과 조선 문학 (1)~(4)	매일신보
1943. 6	辻詩	海/雪白集 著者のことば	국민문학
1943. 6	좌담회	戰爭と文學	국민문학
1943. 6		편집후기	국민문학
1943. 6	시	童女	문화조선
1943. 6	문화 소식	朝鮮の詩人たち	문화조선
1943. 6	문학 시평	思想の誕生	신시대
1943. 7	辻詩	樹	국민문학
1943. 7	신간 소개	조선문인협회 편 『조선 국민 문학 선집』	국민문학
1943. 7	좌담회	映画『若き姿』を語る	국민문학
1943. 7	편집 후기	편집 후기	국민문학
1943. 7. 5	시집	たらちねのうた	
1943. 7. 20	역시집	雪白集	
1943. 8	辻詩	草奔	국민문학
1943. 8	좌담회	國民文化の方向	국민문학
1943. 8	문화 소식	偶語二題	문화조선
1943. 8	평론	兵制と文學	신시대
1943. 8. 1		徴兵制を讃ふ詩	국민총력 (《경성일보》8월 5일 조간의 광고 목차에 의거)
1943. 8. 6	시	님의부르심을바쓸고서	매일신보
1943. 9	시	海洋創世	문예

발표일	분류	제목	발표지
1943. 9	시	放送局の屋上で	신시대
1943. 9	좌담회	문학 정담	국민문학
1943. 10	좌담회	むすめ座談會-兵制にそなへて	신시대
1943. 11	시	待機/童女	朝鮮詩歌集 (道久良編)
1943. 12	시	약관/분묘	춘추
1943. 12	수필	朝鮮のこころ	조광
1943. 12	평론	文化の一年 — 一文化人の眼 に映つたもの	신시대
1944. 1	시	용비어천가	국민문학
1944. 1	시	용비어천가	신시대
1944. 3	시	連峯霽雪/雪中故園賦	춘추
1944. 3	시	族譜/歸路/染指鳳仙花歌	조광
1944. 6	시	금강산/폭포	신시대
1944. 6	시집	용비어천가	未見(동도서적 회사)
1944. 7. 14~16	평론	생성하는 문학 정신 ①~③	매일신보
1944. 8	소설	睡蓮	日本夫人 朝鮮版
1944. 9	시	白馬江/百濟古甕賦	조광
1944. 11	시	急性肺炎(遺作) くらいまつ くす/快癒期	신시대

작성자 박수연 충남대 교수

20세기 동아시아 국제주의 문학의 '철필(鐵筆)'

오창은 | 중앙대 교수

"편안하게 살려거든 불의에 외면하라.
그러나 사람답게 살려거든 그에 도전하라."
— 2001년 9월, 김학철 유언

1 기억과 역사, 호가장 전투

1941년 12월 12일, 김학철[1]의 삶과 문학에서 조선의용대[2]와 일본군이

---

[1] 김학철은 1916년 11월 4일 함경남도 원산 덕원군 현면 용동리에서 태어났다. 그는 보성고보 재학 중 중국 상해로 망명해 조선민족혁명당에 가입해 활동했고, 중앙육군군관학교(황포군관학교)를 졸업한 후 조선의용대 일원으로 항일 무장 투쟁에 참여했다. 호가장 전투로 인해 다리에 부상을 입고 포로가 되어 나가사키 형무소에서 복역하다 해방과 함께 출옥했다. 그 후 소설가로서 활동하며 장편 소설 『격정시대』, 『해란강아 말하라』, 『20세기의 신화』, 소설집 『무명소졸』, 『태항산록』을 썼다. 2001년 9월 25일 연길에서 85세의 나이로 타계했다.

[2] 조선의용대는 1938년 10월 10일, 무한의 중화기독교청년회관에서 발족했다. 조선의용대는 중국 국민당 군사위원회의 승인을 받은 '최초의 조선인 무장부대'였고, 지휘부인 총대부와 2개의 구대(區隊)로 구성되었다. 총대는 기밀주임 신악, 총무주임 이집중, 정치주임 김학무, 훈련주임 윤세주 등이었고, 대장은 김약산이었다. 김두봉과 유자명이 편집위원회를 이끌었고, 도쿄의전 출신 한금원이 의무실을 맡았다. 제1구대는 박효삼이 대장을 맡았고, 의열단 출신과 민족혁명단 출신으로 구성되어 있었다. 제2구대는 이익성이

171

호가장에서 벌인 전투는 중요한 결절점이었다. 호가장 전투에서 김학철은 네 명의 동료를 잃었고,[3] 다리에 부상을 당했으며, 일본 나가사키 형무소로 이송되어 3년 6개월간 옥살이를 했다.[4] 호가장은 김학철에게 문학의 거점과 같은 역할을 했다. 기억은 공간과 결합함으로써 물질성을 갖는다. 특정 장소에 대한 기억은 현재 삶의 기반이며, 현재적 관점에서 과거의 시간에 대해 각성하게 하는 계기를 마련한다.

김학철 문학은 조선의용대에 대한 기억의 서사가 한 축을 형성한다. 그는 남경 화로강에서 함께 생활했던 동료들과 중앙육군군관학교(황포군관학교)에 입학했고, 1938년 10월에 창설한 조선의용대에 함께 참가했으며, 호북성 전선에서 중국국민당 군사위원회와 항일 투쟁을 전개했다. 1941년 6월에 중국공산당 팔로군 태항산 지구에 합류해 분대장으로서 전투에

구대장을 맡았고, 전위동맹 출신으로 구성되어 있었다. 조선의용대는 1941년 6월 중국 공산당 팔로군 태항산 지구에 들어가는데, 이때부터는 조선의용군으로 불린다.(이원규, 『약산 김원봉』(실천문학사, 2010), 300~304쪽 참고)

3) 김사량은 『노마만리』에서 호가장 전투를 기록해 놓았다. 『노마만리』는 1945년에 5월 김사량이 조선인 출신 학도병을 위문하는 단체의 일원으로 북경을 방문했다가 탈출하여, 항일 무장 투쟁의 근거지인 태항산으로 향했던 여정을 적은 글이다. 『노마만리』에는 조선의용군의 행적이 구술 채록과 자신의 체험을 바탕으로 기록되어 있다. 김사량은 호가장 전투에서 희생당한 네 명의 조선의용군에 대해 추모의 마음을 담아 다음과 같이 약력을 제시했다. "손일봉(29세). 제2분대장. 평북 회천군 태생. 과묵침용의 인물으로 여태까지 한 번도 생장의 역사를 밝힌 적이 없으므로 세밀한 일을 알 수 없으나 다만 나랏일이 중하고 민족의 일이 귀하여 단란한 가정을 버리고 나와 혁명의 험로를 밟았던 것으로 짐작된다. (중략) 박철동(30세). 평북 의주군 태생. 어려서 조국을 떠나온 이래 이 중국 땅에서 성장하여 중학을 나오고 중앙군관학교 낙약분교를 졸업하였다. (중략) 왕현순(24세). 평북 벽동군 태생. 일찍이 혁명가의 집안에 태어나 고난에 고난을 거듭한 생애였다. (중략) 한청도(26세). 충청도 태생. 작달막한 키에 가로 퍼진 몸뚱이를 둥실거리며 입가에 웃음빛을 거두지 못하여, 왕현순 동무와는 그야말로 대척적인 인물이었다."(김사량, 『노마만리』(실천문학사, 2002), 162~164쪽)

4) 김사량은 『노마만리』에서 「추기」로 광복 후의 상황을 기록해 두었다. "다리를 총에 맞아 쓰러진 채 붙들려 간 동무는 일본 어떤 형무소로 끌려갔다고 할 뿐 그 생사와 진위를 알 수 없었던바 이번 해방을 맞이하여 일본으로부터 돌아왔다. 척각의 작가 김학철 군이 바로 이 사람이다."(같은 책, 165쪽)

참가했다. 조선의용군은 석가장 등 일본군 점령지에서 선전 활동과 무장 투쟁을 전개했는데, 가장 주목할 만한 전투로 호가장 전투와 십자령 전투가 꼽힌다. 호가장 전투는 일본군 점령 지대와 팔로군 점령 지대의 사이에 있는 유격구에서 벌어졌다. 조선의용군 대원 29명이 일본군 1개 중대와 황협군 1개 대대 병력인 500여 명에 맞서 싸웠다. 팔로군이 전투에 참여하여 조선의용군을 지원하면서, 치열한 격전이 벌어져 팔로군 병사 12명도 희생되었다. 일본군의 피해도 만만치 않았다. 일본군은 사망 18명에 부상 32명이었다. 호가장은 중국 팔로군의 태항산 투쟁에서도 중요한 역사적 사건의 장소였다. 중국 화북성 원씨현 호가장은 중국, 일본, 조선을 아우르는 동아시아 역사의 현장이다. 호가장 전투는 조선의용군과 중국 팔로군, 그리고 일본군이 1941년의 정세 속에서 접전을 일으킨 국제전적 성격을 띤다. 조선의용군의 존재가 호가장 전투로 인해 뚜렷이 부각됨으로써, 일본군 내의 조선 출신 병사들과 학병들에게도 심적 충격을 주었다고 알려져 있다. 조선의용군은 동아시아 정세 속에서 국제연합군의 성격을 띠었기에 항일전선에 조선인 독립 부대가 있다는 사실만으로도 일본군에 대한 정치 선전 공작의 효과가 컸다.

호가장 전투는 일제 강점기 무장독립투쟁사의 기념비적 전투이면서, 남과 북 모두에게서 외면당했던 전투이다. 이 전투는 북쪽이 국가적 역량을 동원해 기념하는 '보천보 전투'에 비견된다.[5] 보천보 전투가 김일성의

5) '보천보 전투'는 김일성 부대가 1937년 6월 4일 만주 접경인 함경북도 갑산군 혜산의 '보천보 마을'을 습격한 것을 일컫는다. 김일성 부대의 '국내 침공 전투'로 북에서는 항일 투쟁 역사에 남을 성공적인 전투로 기념하고 있다. '보천보 전투'를 객관적인 시각에서 기록한 서대숙의 기술 내용은 다음과 같다. "김일성의 유격대 시절에서 가장 크고 성공적이었던 전투는 만주 접경의 한국 마을 보천보(혜산진 인근 마을)에 대한 공격이었다. 그가 이끄는 200명 규모의 제1로군 제2군 제6사는 1937년 6월 4일 이 마을을 공격하여, 지방 관서를 파괴하고 일본 경찰 지서와 지방 소학교와 우체국을 방화했다. 그는 지방 주민들로부터 4천 엔을 거두어들였고, 1만 6천 엔으로 추산되는 손해를 입혔다. 그는 마을을 접수하여 하루 동안 점령해 있다가 그다음 날 새벽에 만주로 철수했다. 깜짝 놀란 일본 경찰은 6월 5일에 그의 부대를 압록강까지 추격했으나 그는 회군하여 일본 경찰

존재를 증명한 사건으로 기록되고 있는 반면, '호가장 전투'는 중국 연안파의 숙청으로 북쪽의 역사에서 희미해져 가는 사건이 되었다. 남쪽에서도 '호가장 전투'에 대한 역사적 의미 부여는 미미한 편이었다. 처음 남쪽에서 호가장 전투를 알린 것은 1986년 이정식과 한홍구가 엮은 『항전별곡』을 통해서였다.[6] 이후 약산 김원봉의 존재가 부각된 1990년대 초에 '조선의용대'에 대한 본격적인 언급이 시작되었고, 1993년에는 『김원봉 연구』가 간행되면서 역사적 의미가 부각되었다.[7] 김학철은 문학 작품을 통해 남쪽에 호가장 전투를 본격적으로 알린 작가이며,[8] '조선의용군'의 태항산 전투를 포함한 행적을 증언함으로써 '장소의 기억'을 통해 남북의 망각에 저항한 인물이다.

김학철의 운명도 1941년 호가장 전투를 통해 바뀌었다. 호가장 전투에서 총상을 입고 일본군에 체포되면서, 그는 혁명가에서 문학가로 자신의 몸을 바꿔야 하는 운명에 처했다. 이 전투로 동아시아 국제적 사건의 현장에서 '20세기 동아시아 국제주의 문학의 철필(鐵筆)'인 작가 김학철이 탄생했다.

김학철 문학에 대한 연구는 중국 조선 문학 연구자들을 중심으로 활발하게 이뤄져 왔다. 중국에서는 '김학철 문학 연구'라는 테마로 일곱 권의 단행본이 간행되었다.[9] 중국 연변 조선족 자치주 출신의 유학생 연구자들

병력을 쳐부수고 서장 오카와(大川)를 비롯한 일본 경찰 7명을 살해했다. 계속된 전투에서 김일성은 6월 9일에 무산에 대해 비슷한 공격을 가하고 귀환하는 제4사장 최현(崔賢)의 부대와 만주 창바이(長白) 채벌장 전진 작업장을 습격하고 일본군을 공격하여 10여 명을 살해하고 9명의 인질 및 총포, 탄약을 노획했다. 이 습격으로 김일성은 유명해지고 일본군에게 알려지게 되었다."(서대숙, 서주석 옮김, 『북한의 지도자 김일성』(청계연구소, 1989), 32쪽)

6) 이정식·한홍구 엮음, 『항전별곡』(거름, 1986).
7) 염인호, 『김원봉 연구』(창작과비평사, 1993).
8) 이정식과 한홍구가 엮은 『항전별곡』에는 김학철의 작품 「무명용사」, 「두름길」, 「작은 아씨」, 「맹진나루」, 「항전별곡」이 수록되어 있다.
9) 연변인민출판사 편집부, 『조선의용군 최후의 분대장 김학철 ─ 김학철 문학 연구 제1집』

의 김학철 문학 연구도 활발했다. 이해영은 김학철·김태준·김사량의 연안 체험을 논하면서, 김학철의 창작방법론과 언어적 특징을 분석한 단행본『청년 김학철과 그의 시대』를 간행했다.[10] 강옥은 김학철 문학에 대한 총체적 접근을 통해 '투사'와 '작가' 사이의 길항 관계를 분석했다.[11] 조선족 문학에서 차지하는 선구자적 위상으로 인해 만주라는 공간의 특성과 디아스포라적 특성을 통해 김학철 문학에 접근한 연구 성과도 축적되었다.[12] 김학철 문학을 국제주의적 관점에서 접근해 20세기 동아시아 역사를 관통한 면모를 추적한 연구들도 발표되었다.[13]

논자는 기존 연구 성과를 참고하여 김학철 문학의 국제주의적 특성을 그의 공간 경험에 비춰 접근하려 한다. 그의 문학에 나타나는 화로강의 공간 경험, 태항산의 공간 경험, 그리고 감옥 경험이 기억 서사에 미치는 영향을 밝히려 한다. 이를 통해 20세기 중국, 식민지 조선, 일본을 넘나드

(연변인민출판사, 2002): 연변인민출판사 편집부,『조선의용군 최후의 분대장 김학철 2 ─ 김학철 문학 연구 제2집』(연변인민출판사, 2005): 연변인민출판사 편집부,『김학철론·젊은 세대의 시각 ─ 김학철 문학 연구 제3집』(연변인민출판사, 2006): 김학철문학연구회 편저,『조선의용군 최후의 분대장 김학철 4 ─ 김학철 문학 연구 제4집』(연변인민출판사, 2007): 김관웅·김호웅,『김학철 문학과의 대화 ─ 김학철 문학 연구 제5집』(연변인민출판사, 2008): 김학철문학연구회 편저,『소장과 평론가와 김학철의 만남 ─ 김학철 문학 연구 제6집』(연변인민출판사, 2009): 김학철문학연구회 편저,『로신과 김학철─김학철 문학 연구 제7집(연변인민출판사, 2011).

10) 이해영,『청년 김학철과 그의 시대』(도서출판 역락, 2006).

11) 강옥,『김학철 문학 연구』(국학자료원, 2010).

12) 김호웅,「중국 조선족 문학의 산맥: 김학철」,《민족문학사연구》21 호, 2002: 김관웅,「"디아스포라 작가" 김학철의 문화 신분 연구」,《한중인문학연구》27, 2009: 고인환,「중국 조선족 디아스포라 문학의 한 가능성: 김학철의「20세기의 신화」에 나타난 작가 의식을 중심으로」,《한국문학논총》55, 2010: 연남경,「김학철의「격정시대」에 나타난 만주와 역사의 재현」,《현대소설연구》55, 2014.

13) 김관웅,「1950~1960년대 국제공산주의운동 콘텍스트 속에서의『20세기의 신화』: 김학철의 문학 세계에 대한 비교 문학적 접근을 위한 시론(試論)」,《민족문학사연구》32, 2006: 고명철,「혁명 성장 소설의 공간, 민중적 국제 연대 그리고 반식민주의: 김학철의「격정시대」론」,《반교어문연구》통권 22호, 2007: 서채화,「김학철 일본관 연구」, 서울여대 대학원 석사 학위 논문, 2010.

는 공간 경험을 아우르는 우정과 연대의 서사를 살핌으로써, 김학철 문학의 동아시아 국제주의적 면모를 구체화할 것이다.

2 화로강과 태항산, 그리고 감옥의 공간 기억

김학철의 본명은 홍성걸(洪性杰)이다. 김학철(金學鐵)이라는 이름은 상해로 건너가 독립운동을 하면서 '강철을 본받겠다'는 의미에서 쓰기 시작했다. 그는 원산 토박이 출신으로,[14] 6살 때 아버지를 여의었지만, 외가쪽의 도움으로 원산제2공립보통학교, 보성고보를 졸업할 수 있었다. 보성고보에 다니기 위해 서울로 옮겨 온 후, 《조선문단》의 이학인 편집장과 가까이 지내면서 문학에 대한 관심이 깊어졌다. 이학인이 일본 신문에 실린 윤봉길 의사의 상해홍구공원 폭탄 투척 사건 보도를 보여 주기도 했고, '중국 황포군관학교에 재학 중인 조선 학생들의 근황'이 실린 한글 잡지를 읽게 해 주기도 했다.[15] 김학철은 '빼앗긴 땅'인 조선을 벗어나 중국에서는 독립운동을 하는 투사들이 있다는 사실에 매혹되었다.

김학철은 보성고보 재학 시절 개벽사에 다니던 소설가 이선희와 가까이 지냈으며,[16] 《조선문단》의 자원봉사자가 되어 서점을 돌아다니며 판매량을 점검하기도 했다. 이학인의 요청으로 『마도의 향불』을 연재 중인 방인근에게서 원고를 받아오는 심부름도 했다. 소설 쓰기에도 관심이 많아 400자 원고지 25매가량의 단편을 써서 《조선문단》에 투고했다가, 이학인

---

14) 김학철과 이호철의 대화에 따르면, 원산은 근대 이전까지만 해도 조그만 농촌 마을에 불과했다고 한다. 1880년 개항 이후 일본 상인들이 들이닥치면서 급격히 팽창했는데, 조상 대대로 살던 사람들이 드물고 오히려 외지인들이 태반인 곳으로 변했다고 한다. 김학철은 무관 쪽 아전 집안 때부터 살아온 토박이라고 밝히고 있다.(이호철, 「거인의 임종」, 《창작과비평》, 2001년 겨울호, 창비, 444쪽)
15) 김학철, 『최후의 분대장』(문학과지성사, 1995), 85쪽.
16) 김학철, 「여류 작가 이선희와 나」, 『누구와 함께 지난날의 꿈을 이야기하랴』(실천문학사, 1994).

편집장에게 "이봐, 이도 안 나서 뼈다귀 추렴부터 하겠나?"라는 핀잔을 듣기도 했다고 한다.[17] 문학에 끌림에도, 그는 문학적 성취보다는 '정치적 결단'을 선택했다. 1935년, 그는 보성고보 교복을 입은 채, 상해 임시정부를 찾아 가출했다. 그때 김학철의 나이가 19세였다. 상해행은 문학적 동경에서 낭만적 혁명의 길로 향한 전환이었다고 할 수 있다.

김학철은 「무명소졸」에서 상해행에 대해 "나는 운수가 정말 좋았다."라고 쓰고 있다.[18] 상해 북정거장에 도착한 그는 상해 일본 조계나 다름 없는 '홍구'에서 숙박을 했고, 보성고보 학생복 차림으로 상해 거리를 활보했다. 무모하고 어설펐던 그의 행동은 '조선료리·경성식당'에 들어가면서 급격한 전환을 맞이했다. 그곳에서 김혜숙을 만나, '프랑스 조계 포슈 거리 애인리 42호'에 안착하면서 그가 열망하던 독립운동의 길에 접어들었다. 김혜숙의 주선으로 중국어와 영어 공부부터 시작해, 의열단의 계보를 잇는 조선민족혁명당의 일원이 되었다. 조선민족혁명당은 '무장 투쟁'에 바탕을 둔 독립운동 단체였다. 김학철도 '햇병아리' 혁명가가 되어 친일 요인 암살 임무를 보조하는 일 등을 수행했다.

김학철 문학에서 원산, 경성, 상해는 개인적 공간이자, 혁명적 경험 이전의 공간으로 그려진다. 김학철 문학에서 '기억의 공간'으로 중요하게 형상화되는 곳은 '화로강', '태항산', 그리고 나가사키 형무소와 추리구 감옥이다. 김학철은 '기억의 공간'에 대한 재현을 통해 현실의 억압에 대한 대항의 서사를 구현해 냈다. 그의 문학은 낭만적 공간으로서 화로강, 투쟁의 공간으로서 태항산, 억압과 저항의 공간으로 감옥이 상호 작용하는 양상을 띠고 있다.

김학철의 내면 의식에는 '화로강'이라는 기억의 공간이 자리 잡고 있다. 그는 조선민족혁명당 활동 시기를 '화로강'이라는 공간과 겹쳐 낭만화한다. 남경 중화문 안에 위치한 화로강은 『격정시대』에서는 "해마다 3월 1일

---

17) 김학철, 『최후의 분대장』, 앞의 책, 86~88쪽.
18) 김학철, 「무명소졸」, 《창작과비평》, 1989년 겨울호, 창작과비평사, 415쪽.

에는 모임을 가지고 3·1절을 쇠고 또 8월 29일, 나라가 망한 날에는 점심 한 끼씩은 굶어 주린 창자로 망국의 아픔을 되새겨 보곤"[19] 하는 곳으로 그렸다. 더 나아가 「무명소졸」에서는 "화로강은 우리에게 있어서 이슬람교도들의 성지 메카나 기독교인들의 성지 예루살렘과 거의 맞먹는 곳"이라고도 했다.[20] 수필 「화로강 사화」에서는 "30년대의 화로강에는 우리 민족의 사업에 커다란 업적을 남긴 영도자들이 여러 분 있었고 또 쟁쟁한 젊은 일꾼들도 버걱버걱하도록 많"았다고 그 시절을 추억하기도 했다.[21] 추억은 공간에 대한 기억과 어우러져 구체화된다. 그 공간을 점유하는 주체들이 이제는 사라졌거나, 비극적 운명의 주인공이면, 되돌릴 수 없는 과거로 낭만화될 수 있다. 화로강은 김학철에게 '다른 주체 되기'의 공간이었으며, 정치적 결사공동체의 기원으로 존재한다. 그렇기에 '화로강'은 그의 문학 세계에서 존재의 기원 역할을 한다. 그의 문학 작품 속에서 '화로강'은 '애도와 추모' 이전의 공간으로, 유토피아적 형상을 띠고 있다. 파국이전의 공간이면서, 낭만성으로 충만한 곳으로 그려진다. 김학철 문학에서 '화로강'은 그간 연구자들이 상대적으로 덜 주목한 공간이다. 화로강의 낭만적 형상화는 '태항산'과 이어지면서 기억 서사의 대비를 이루고, 극한적 대립과 갈등 이전의 공간으로 변별되게 된다.

'화로강'이라는 공간 기억은 '태항산'과 연결되면서 대비된다. '화로강'과 '태항산'을 매개하는 중요한 위치에 자리하고 있는 인물이 김원봉이다. 조선민족혁명당 지도자 중 한 사람이었던 김원봉은 중국 국민정부와 교섭하여 조선인 청년 50명을 중앙육군군관학교에 입학시켜 정규 교육을 받도록 했다. 김학철도 중앙육군군관학교에 입학하여 정규 군사 훈련을 받았다. 그가 상해로 망명하면서 꿈꿨던 황포군관학교 입학이 실현된 것이다. 중앙육군군관학교의 전신이 황포군관학교였다. 중앙육군군관학교 출신들

---

19) 김학철, 『격정시대 2』(실천문학사, 2006), 282쪽.
20) 김학철, 「무명소졸」, 앞의 책, 431쪽.
21) 김학철, 「화로강 사화」, 『누구와 함께 지난날의 꿈을 이야기하랴』, 앞의 책, 231쪽.

이 주축이 되어 조선의용대가 결성된 때가 1938년 10월 10일이었다.

　태항산은 중국공산당 팔로군의 근거지이자, 항일 투쟁의 핵심적 거점이었다. 김학철은 화로강에서 혁명적 낭만주의를 경험했다면, 태항산에서는 냉혹한 혁명의 현실을 목도했다. 태항산이야말로 '삶과 죽음'이 공존하는 곳이면서도, 혁명가들의 해방구였다. 그는 「맹진나루」에서 태어나 처음 자유의 땅을 밟아 본 곳이 바로 태항산이며, 그곳은 자유가 있기에 물질적으로 빈궁하지만 정신적으로 부유한 곳이라고 그렸다.[22] 태항산에 들어왔을 때, 조선의용군 대원들은 '진정으로 혁명하는 군대'로서의 면모를 보게 되었다고 한다. 『격정시대』에 팽덕회 장군이 태항산에 들어온 조선의용군 환영 연회를 벌이는 장면이 나오는데, "'연회'에 쓰는 식기와 수저 따위를, 다시 말하여 밥공기와 젓가락을, 고하를 막론하고 다 각자가 지참해야 하는 것"이라고 그렸다. 태항산은 밥과 밥공기와 젓가락을 통해 평등주의를 구현했다. 국민당 군대에서는 군관들이 '술과 고기에 묻혀 사는 것'을 보아 왔는데, 태항산에서 풍족하지는 않지만 동등한 대우를 모두가 받고 있었다.[23] 태항산은 김학철이 주도하여 조선의용군을 이끌고 도달한 정치적 자유의 공간이었다. 김학철은 조선의용대 제1지대가 류양에 머물고 있을 때, 북상해 태항산 항일 근거지로 들어가야 한다고 주장한 핵심적 인물이었다. 그 스스로도 "북상을 주장하는 파의 급선봉은 다름 아닌 나 김학철"이었다고 밝히고 있다.[24] 김학철이 열렬히 원했던 태항산 지구로의 북상은 당시 조선의용군이 주둔하고 있던 강남에는 조선 민족 거주자들이 없었던 반면, 황하 이북에는 조선인 거주자들이 산개해 있었다는 점도 자극이 되었다. 태항산 지구로 들어온 후 김학철은 조선의용군의 작

---

22)　"나는 난생처음 자유로운 땅을 디디었다. 왜냐하면 내 조국이 망하던 그해에 우리 어머니도 겨우 열다섯 살, 홍안의 부끄럼 타는 소녀였으니까. 아, 태항산! 세상에도 빈궁하고 또 세상에도 부유한 태항산아, 우리는 그예 네 품속에 뛰어들었다!"(김학철, 「맹진나루」, 『항전별곡』, 앞의 책, 248쪽)

23)　김학철, 『격정시대 3』, 앞의 책, 257~258쪽.

24)　김학철, 『최후의 분대장』, 앞의 책, 216쪽.

가로서 대우를 받으며,[25] '대용품 작가' 역할을 했다고 한다. 그는 「등대」라는 각본을 써서 공연하기도 했다.[26] 또, 작곡가 류신이 곡을 쓰고, 김학철이 가사를 쓴 「추도가」도 지었다. 태항산 해방구에서 김학철은 예술 활동을 하면서, 자신의 내면세계에 있는 또 다른 정체성을 발견한 곳이기도 하다. 무엇보다 태항산은 자유의 공간이자, 희망의 공간이면서, 비극의 기억이 머무르는 곳이다. 태항산 지구에서 함께 투쟁했던 조선의용군의 동료 대부분이 해방 이후 북에서 활동하다가, '연안파' 숙청으로 희생당했다. 그렇기에 김학철 문학에 등장한 태항산 지구에서 벌인 전투들은 비극적으로 죽음을 맞이한 동료들에 대한 헌사이자, 역사적 재현을 통한 현실 정치에 대한 저항이기도 하다. 태항산에 대한 서사는 김일성 개인 숭배에 대한 의도적 저항의 의미를 지닌다. 김학철은 항일 혁명 투쟁의 전통을 북쪽의 김일성 부대가 전유하려는 것에 대해 기억을 통한 문학적 재현으로 저항한다. 그는 태항산을 저항 공간으로 서사화함으로써 일본의 동아시아 침략을 상대화하고, 중국의 공산당의 항일 투쟁을 국제주의적 연대 투쟁으로 확장했다. 김학철은 태항산이라는 저항 공간을 통해 일제와 중국 공산당, 북쪽의 공식 역사를 상대화하고 동아시아 역사를 다각화했다.

'화로강'과 '태항산'과 대립하면서, 김학철 문학 세계에서 공간적 극점을 형성하는 곳이 나가사키 형무소와 추리구 감옥이다. 그에게 감옥의 폐허의 공간이자 인간애에 기반한 삶의 의지가 재생되는 공간으로 그려진다. 그의 감옥 체험은 '화로강'의 낭만성과 '태항산'의 혁명성을 강화하는 육체적·정신적 단련의 계기로 그려진다. 1941년 12월 12일, 호가장 전투에서 포로가 되어 김학철은 심각한 부상을 입었다. 육체적으로 훼손된 김학

---

25) 1938년 가을, 중국 한구에 있는 청년회관에서 연극 공연을 조선의용대가 맡아서 할 때도 김학철은 각본을 맡아 쓴 적이 있다고 한다. 그때 제목은 「서광」이었으며, 연극이 상연되고 난 후에 신문에 촌평이 실리기도 했다고 한다.(김학철, 「나의 처녀작」(『태항산록』, 대륙연구소 출판부, 1989), 260~261쪽)
26) 김학철, 「아, 태항산」, 『나의 길』(연변인민출판사, 1999), 17~18쪽.

철은 적절한 치료를 받지 못한 채 일본으로 압송되었고, 치안유지법 위반으로 10년형을 선고받아 나가사키 이사하야 본소에 수인 번호 1454번으로 수감되었다. 나가사키 형무소 당국은 총상을 입은 김학철의 다리에 대한 수술을 '비국민, 황국의 적'이라는 이유로 거부했다. 극심한 고통을 감내하다 1945년 2월에야 신임 의무과장 히로다 요쓰구마(廣田四熊)의 도움으로 3년 동안 부상당한 채 방치되어 있던 다리를 절단할 수 있었다. 그는 자신의 다리 절단 수술을 받고 나서 "이젠 살았다"라고 환성을 올렸으며, '도마뱀의 꿈'을 이루었다고 표현했다.[27] 그의 감옥 생활은 일제 강점기에 포로로 근 4년여 동안 한 것에 그치지 않았다. 1967년에 『20세기의 신화』를 집필한 것이 빌미가 되어 반혁명죄로 10년 동안 중국 추리구 감옥에서 수감 생활을 해야 했다. 공교롭게도 그의 문학은 감옥 체험을 그린 작품이 많다. 장편 소설 『20세기의 신화』는 주인공 임일평이 강제노동수용소에서 하루 동안 겪은 일과 그후 후일담을 그린 작품이기에 '감옥 소설'이라고도 할 수 있다. 단편 소설 「죄수의사」는 추리구 감옥에서의 경험이 투영하여 감옥 내의 부조리한 상황을 풍자하고 있다.[28] 나가사키 형무소와 추리구 감옥은 극단적 폭압의 공간이자 내면성으로 향하는 의지의 공간이기도 하다. 김학철은 나가사키 형무소에서 다리를 절단하는 극한적 고통을 겪으면서도, 일제가 패망하리라는 신념을 포기하지 않았다. 오히려 고통스러운 성찰의 공간은 추리구 감옥에서였다. 김학철은 추리구 감옥에서 김일성 정권의 연안파 숙청으로 인해 조선의용대의 동료들이 스러져 가야 했던 사건에 대해 되새겼고, 더불어 모택동 개인 숭배에 대한 비판적 의식을 더욱 날카롭게 다듬었다. 김학철에게 감옥은 '화로강'과 '태항산'의 옆자리에 위치함으로써, 폐허의 세계 인식 속에서 오히려 현실 비판적인 세계 인식이 강화되도록 하는 역할을 했다.

해방 전, 김학철은 애송이 혁명가에서 중앙육군군관학교 출신의 중국

---

27) 김학철, 『최후의 분대장』, 앞의 책, 289쪽.
28) 김학철, 「죄수의사」, 『태항산록』(연변인민출판사, 2011).

군 장교, 이어서는 조선의용군 분대장으로 변화해 나갔다. 화로강과 태항산이라는 공간은 항일 투쟁 경험을 환기하며 그를 역사의 증언자, 의지적 인간의 길로 이끌었다. 일본 나가사키 형무소와 중국 추리구 감옥에서는 냉혹한 현실의 핍박을 견뎌 내며 '민중주의적 민주주의'에 입각한 개인 숭배 비판의 관점을 확고히 하는 계기를 마련해 주었다. 국제 도시 상해에서 조선민족혁명당의 젊은 혁명가로서 영어와 중국어를 배우며 국적을 초월한 삶의 감각을 체득했던 예비적 단계를 거친 후, 김학철은 중앙육군군관학교 출신의 국민당 군대의 장교로, 중국공산당 당원으로서 태항산 해방구에서 활동했다. 그의 정체성은 조선의용군의 분대장이었지만, 민족 해방에 국한되지 않는 국제 반파시즘 운동과 접맥되어 있었다. 그는 호가장 전투에서 팔로군 군관 출신의 포로로 잡혀 일본으로 압송되어 나가사키 형무소에서 4년여 동안 복역했다. 김학철은 해방될 때까지는 동아시아의 조선, 중국, 일본을 넘나들며 원산, 경성, 상해, 남경, 태항산, 석가장, 나가사키로 이동했다. 해방 후에는 일본에서 경성으로, 경성에서 평양으로, 평양에서 북경으로, 북경에서 다시 연변으로 이동하며 동아시아의 지리적 감각을 체득했다. 그는 일본 제국주의 지배 아래의 2등 국민인 조선인이었으며, 상해에서는 조선민족혁명당의 애송이 혁명가였고, 중앙육군군관학교의 생도이자 장교였다가, 중국공산당 당원과 일본군 포로라는 디아스포라적 삶을 감당했다. 이 과정에서 '동아시아 국제주의자'로서 자신의 정체성을 형성했고, 문학을 통해 자신의 세계를 형상화하려 노력하다가 또 다른 고통을 감내해야만 했다.

3 의용군의 문학, 조선족의 문학 — 한국 문학에 가한 두 번의 충격

삶의 상처는 기억의 증거다. 상처야말로 살아 있음의 증거이자, 기억의 계기를 마련해 주는 물적 토대이다. 돋보이는 상처가 자랑거리일 수는 없지만, 소설가 김학철의 절단된 다리는 그의 삶을 관통하는 상징이었다. 나가사키 형무소에서 다리를 절단했던 김학철은 1946년 3월에 서울 소공동의 한 식당에서 겪은 일을 기록해 놓았다. 식사 요금 계산서가 2원 50전이 나와 1원짜리 석 장을 식탁 위에 놓고 거스름돈을 받지 않고 나왔다. 그러자, 종업원이 "아저씨" "아저씨"하고 따라 쫓아오더라는 것이다. 김학철은 '나와는 상관없겠거니 여기고 지팡이를 짚고 계속 걸었다'고 한다. 그러자 종업원이 다급히 "학도병 아저씨"라고 불렀다. 김학철은 자신을 '학도병 아저씨'라고 부르는 종업원에게 거스름돈을 팁으로 그냥 건넸다. 이 에피소드에서 김학철은 '학도병 아저씨'라는 호칭에 주목한다. 그는 '학도병 출신'의 부상병이 아니라, 당당히 일제와 대항해 싸운 조선의용군 출신의 부상병이라는 자의식을 강하게 표출했다. 김학철은 "백만장안에, 일본군에 끌려 나갔던 학도병이 아닌 부상병은 나 하나밖에 없"으리라고 탄식했다.[29] 김학철은 조선의용군의 부상병 출신 혁명가로서 해방 공간에서 소설로 자신의 존재를 알렸다. 그가 해방기 문단을 압도할 수 있었던 것은 '혁명가 출신의 소설가'였기 때문이다.

김학철은 나가사키 형무소 시절에 조선인 정치범 김중민·송지영과 알고 지냈고, 해방 이후 일본에서 해방 조국으로 귀국할 때 동행했다. 서울로 올라오던 도중 송지영의 고향 풍기에 머물렀는데, 그때 김학철은 자신의 고민을 털어놓았다고 한다. 김학철은 "난 인제 다리 한 짝이 없어"져서 막막하다면서, "소설이라두 좀 써 봤으면 좋겠는데"라고 했다.[30] 송지영은 이 말을 기억했다가 서울에 와서는 소설가 이무영에게 김학철을 소개해 주었다고 한다. 이것이 계기가 되어 김학철의 소설 「지네」가 조벽암이 주간으로 있던 반월간지 《건설》에 1945년 12월에 실리게 되었다.[31] 그의 훼손된 신체는 새로운 삶의 계기가 되었고, 상해로 망명하기 전에 꿈꿨던 작가의 길로 들어서게 했다.

29) 김학철, 「학도병 아저씨」, 『사또님 말씀이야 늘 옳습지』(연변인민출판사, 2010), 157~158쪽.
30) 김학철, 「송지영, 나의 벗」, 『누구와 함께 지난날의 꿈을 이야기하랴』, 앞의 책, 75쪽.
31) 김학철, 『최후의 분대장』, 앞의 책, 304~305쪽.

김학철은 두 번에 걸쳐 한국 문단에 충격을 주었다. 첫 번째는 해방 공간에 '조선의용군 출신 작가'의 등장으로 인한 격랑이었고, 두 번째는 조선족 문단이 1980년대 한국 문학에 불러일으킨 울림이었다.

김학철의 등단작이라고 할 수 있는 「지네」(1945. 12)를 《건설》에 발표한 이후, 연이어 「남강도구」(《조선주보》 1946. 4), 「균열」(《신문학》 1946. 4), 「아아, 호가장」(《신천지》 1946. 5), 「달걀」(《민성》 1946. 6), 「야맹증」(《비평문학》 1946. 6), 「밤에 잡은 부로」(《신천지》 1946. 6), 「담배ㅅ국」(《문학》 1946. 7), 「상흔」(《상아탑》 1946. 7), 「안개 낀 아츰」(《우리문학》 1947. 3), 「구멍 뚫린 야맹증」(미확인) 등을 발표했다.[32]

등단작 「지네」에는 '조선의용군 김 분대장'이 주인공으로 등장한다. 김 분대장은 김학철 자신이 투영된 것으로 '강인한 조선의용군의 나약한 모습'을 그리고 있다. 팔로군 부대와 함께 전투를 한 분대장(중대장)이 벌레, 새끼쥐, 지네를 무서워 한다는 것은 희화적이다. "부하를 거느리는 사람"으로서는 위신이 서지 않는 일이기에 부지대장과 정치지도원도 걱정할 정도였다. 그런 그가 위급한 전투의 현장에서 "혼전난투의 백병전"까지 치르며 영웅적인 모습을 보인 것이다. '벼락 영웅'이 된 그는 "팔(八)로군 총사령부와 부녀대 대표들의 뜨거운 위문"[33]까지 받게 되는데, 바로 그 위문의 현장에서 침대 위에 있는 지네에 놀라 기겁하는 해프닝이 벌어진 것이다. 장교이자 전쟁 영웅이 닭 잡는 모습을 못 볼 정도로 심약하고, 벌레와 쥐, 지네를 무서워 한다는 설정이 이 소설의 핵심적 테마다. 전쟁 영웅의 약한 모습을 통해, 전투 요원의 인간적 면모를 형상화하려 한 것이 김학철의 의도였다.

초기 작품에서 약점이 있는 인물은 김학철 소설의 중요한 인물 형상화 방법이었다. 「균열」에서도 서로 갈등하던 김학천과 김시광이, 치열한 전투 중에 한 사람은 팔을 부상당한 후에야 '불구자 동맹'을 결성하여 화해한

---

32) 강옥, 앞의 책, 199쪽.
33) 김학철, 「지네」, 『김학철·김광주 외 ─ 중국 조선 민족 문학 대계 13』(보고사, 2007), 56~57쪽.

다. 수작인 「담배ㅅ국」에 등장하는 문정삼은 조선의용군에 어울리지 않게 "게으름보"였고 실수투성이 병사였다. 취사병으로 있을 때는 담뱃잎으로 국을 끓여 부대원들의 놀림거리가 되기도 할 정도로 문제투성이였다. 병사로서는 그 어떤 역할도 할 수 없을 것 같은 약점 많은 문정삼이 일본군 수송대를 공격하여 "담배가 한 상자. 술이 한 상자. 통조림이 다섯 상자" 등 군대의 식료품을 노획하는 전과를 올린다.[34] 「야맹증」에 등장하는 이지성도 낮에는 가장 모범적인 군인이지만, 밤만 되면 비타민 A 결핍증으로 인한 후천성야맹증으로 인해 고통받는다. 그의 절친한 동료인 임영수는 전투 중에 노획물로 야맹증 특효인 '간유정 비타민 A'를 얻지만, 이지성은 전투 중에 전사한 후였다.

해방기 김학철의 소설은 인물 형상화에 주목했다는 측면에서 문학적 가능성을 보여 주었다. 그는 약점 있는 항일 투사를 등장시켜, 전투 현장의 디테일을 보여 주면서도 삶의 아이러니를 그려 내는 데 주력했다. 하지만, 소설의 서사화 능력이 부족해 이야기의 선이 단선적이거나, 허구적 구성에 약하다는 평가를 받았다. 그래서 그의 작품은 일각에서는 "루포르타쥬"라는 비판을 받기도 하고, 또 일각에서는 "너무 작위적"이라는 논평을 받기도 했다.[35] 그럼에도 해방 공간에서 김학철의 등장은 조선 문단에 큰 충격을 안겨 주었다. 김남천은 "의용군인이 썼다는 것이 중대한 문제"라고 할 정도로 김학철에 압도당했고, 이원조는 "그를 작가라기보다 의용군의 한 사람이라는 느낌"을 가졌다고 토로했다.[36]

김윤식은 「항일 빨치산 문학의 기원」이라는 글에서 "우리 문학의 낯선

---

34) 김학철, 「담배ㅅ국」, 《문학》 제1호, 조선작가동맹, 1946. 7, 82쪽.
35) 《신문학》 제1권 제2호(1946. 6)에 송영, 채만식, 김남천, 이원조, 윤세중, 이흡, 박영준 등이 참석한 「창작합평회」가 실려 있다. 이 합평회에서 김학철의 「균열」에 대한 논평이 실렸다. 이원조는 이태준이 「균열」에 대해 "루포르타쥬"라고 비판했다는 언급을 하고 있으며, 김남천은 "너무 작위적"이라는 비판을 했다고 한다.(송영 외, 「창작합평회」, 『김학철·김광주 외 — 중국 조선 민족 문학 대계 13』, 앞의 책, 163쪽)
36) 위의 책, 163~164쪽.

계보의 등장"이라며 놀라워했다. 김윤식의 지적처럼, 조선문학가동맹의 준기관지인 《신문학》 창간호(1946. 4)에는 이기영, 송영, 박영준의 작품과 함께 김학철의 「균열」이 실려 있다. 또, 조선문학가동맹 기관지인 《문학》 창간호(1946. 7)에도 이태준의 「해방 전후」, 안회남의 「불」, 지하련의 「도정」과 김학철의 「담배ㅅ국」이 나란히 게재되었다.[37] 김학철의 등장과 그의 소설이 배치되는 맥락은 놀랍다. 이에 대해 김윤식은 문학적 완성도를 떠난 "의용군 출신의 한 상이용사에 대한 문학 측이 갖추어야 했던 예의의 일종"이었으며, "기성작가들의 자존심과 콤플렉스의 드러남"이라고 평했다.[38]

김학철은 '조선의용군' 출신의 작가라는 측면에서 카프 출신의 좌파 문인들에게 부담스러운 존재로 부상했다. 작가들은 '의용군'으로서 김학철을 존중하면서도, 작가로서의 역량에는 비판적 태도를 취했다. 김학철의 존재 자체가 해방기 문인들에게는 '문학은 무엇인가'라는 질문을 던지게 했다. 문학을 삶과 현실의 맥락에서 파악하는 김남천은 김학철을 옹호하는 태도를 취했고, 문학적 완성도 자체가 중요하다고 믿는 채만식과 이태준은 '작가의 손으로 충분히 다뤄지지 않은 작품'이라고 비판했다. 해방기에 발표한 김학철의 단편들은 문학적 수준이 균등할 정도의 완성도를 보여주지 못하고 있다. 개성적 인물 형상화와 항일 투쟁의 세부적 상황 묘사가 잘 어우러진 「담배ㅅ국」과 「야맹증」은 의미 있는 작품으로 꼽을 수 있다. 반면, 「지네」와 「균열」은 서사적 일관성과 작품에 대한 작가의 장악력에서 문제가 있는 작품으로 평할 수 있다.

해방기 김학철의 작품은 '약점 있는 조선의용군'을 그림으로써, 전쟁의 비극성을 부각시켰다는 데 의미가 있다. 그는 '조선의용군'이 태항산 지구에서 벌인 전투를 문학적으로 증언하면서도, 절대적 영웅으로 형상화하지 않고 '약점이 있는 보통 사람들'로 그리려 했다. 그렇기에 김학철의 해

---

37) 김윤식, 「항일 빨치산 문학의 기원 — 김학철론」, 《실천문학》 1988년 겨울호, 실천문학사, 397~398쪽.
38) 위의 책, 400쪽.

방기 작품은 '불완전한 서사화로 인한 형상화의 강렬함'을 표출했다.

1946년 11월, 김학철은 서울에서 좌우의 대립이 격해지자 월북을 하게 되었다. 그의 소설집 『조선의용군』이 출간 예정이라는 광고까지 나온 상황이었는데, 갑작스러운 월북으로 작품집은 빛을 보지 못하고 말았다. 이후 김학철은 남쪽의 문학사에서의 잊힌 존재가 되었다. 북에서는 로동신문기자로, 인민군신문 주필로 활동했고, 중편 소설 「범람」 등의 작품을 발표했다. 한국 전쟁이 발발하자 압록강을 건너 북경으로 갔고, 중국의 소설가 정령이 소장으로 있던 '중앙문학연구소'에서 연구원으로 본격적인 문학 공부 및 창작 활동을 했다. 1952년 9월에 연변에 조선족 자치주가 선포되자 이주하여 연변 조선족 문학 형성에 선구적인 역할을 했다. 그의 첫 단편소설집 『새집드는 날』이 1952년 인민문학출판사에서 간행되었고, 1954년에는 연변 최초의 장편 소설인 『해란강아 말하라』가 간행되었다. 또한 번역가로도 활동해 루쉰과 정령 등의 작품 등 2편의 장편 소설을 포함해 20여 편의 문학 작품을 번역했다.[39] 작가로서 김학철은 연변 자치주 성립 초기인 1952년부터 1957년까지 가장 활발하면서도 행복한 문학 활동을 했다. 1957년 이후부터는 중국 내에 반우파 투쟁이 발생해 반동분자로 숙청당해 24년 동안 강제노동을 해야 했다. 계속되는 고난을 견디지 못해 1961년에는 북경 소련 대사관에 망명 요청을 하려 진입을 시도하기도 했다. 문화대혁명이 발생했을 때는 대약진운동을 비판한 『20세기의 신화』의 원고가 홍위병의 가택수색 도중 발각되어 연길 추리구 감옥에서 1967년부터 1977년까지 10년 동안 복역했다. 중국에서 복권된 시기가 1980년이었다.

1945년 조선의용군 출신 작가의 등장이 한국 문단을 떠들썩하게 했다면, 1988년에는 연변 출신 노작가의 장편 소설 『격정시대』(1·2·3권)와 『해란강아 말하라』(상·하)가 출간되어 다시 한 번 김학철을 주목하게 되었다.

---

39) 우상렬, 「김학철의 로신 작품 번역 연구」, 『로신과 김학철』(연변인민출판사, 2011), 495쪽.

『격정시대』는 '혁명 성장 소설'로,[40] 『해란강아 말하라』는 1930년대 만주의 '반봉건 민족 해방 투쟁'을 형상화한 소설로 의미화되었다.[41]

김학철의 대표작 『격정시대』는 항일 빨치산 문학의 백미이다. 『격정시대』는 존재 자체만으로 '북한이 자랑하는 항일 혁명 문학의 전통을 위협'하는 '동아시아 국제주의 혁명 문학의 날카로운 창'의 역할을 한다. 북한 문학이 전유하고 있는 '항일 혁명 문학의 전통'은 김학철의 항일 빨치산 문학으로 인해 크게 훼손되면서 보완되고 있다. 김학철이 소설 속에서 형상화하고 있는 서 선장은 작가의 분신이자, 다중의 정체성을 갖고 있는 디아스포라적 존재이다. 그는 1920~1930년대 식민지 조선 현실을 성장 소설의 각도에서 재현하고 있으며, 국제 도시 상해에서는 혁명가로 성장하는 과정을 보여 주고 있다. 또한 호가장 전투 이전까지 중앙육군군관학교 입교, 국민당 군대에서 항일 전쟁, 그리고 태항산 지구 팔로군에서의 조선의용군의 활약상을 굵은 선으로 서사화하고 있다. 이 소설은 호가장 전투까지를 다룬다. 이는 김학철의 항일 무장 투쟁의 영광스러웠던 과거의 재현이면서, 조선민족혁명당 요원들과 조선의용군 대원들을 통해 펼쳐 보이는 민족 해방 투쟁의 기록이다.

『해란강아 말하라』라는 1930년대 초 만주 조선족 민족 운동의 형상화이자, 중국공산당과 조선 농민들의 연대를 그린 소설이다. 총 60장으로 구성되어 있는 방대한 분량인 이 장편 소설은 해란강변에 위치해 있는 버드나무골을 배경으로 1931년부터 1932년까지의 농민 투쟁이 펼쳐져 있다. 이 작품은 중국 조선족의 사회주의적 주체 형성 과정을 그렸다는 측면에서 1950년대 중국 조선족 사회가 열망했던 이데올로기적 이상이 투영되어 있다. 그래서 김학철은 『해란강아 말하라』에 대해 "나 한 사람의 창작이 아닙니다."라고 강조하고 있다.[42] 이 소설은 김학철이 연변 조선족 농

---

40) 손동우 기자, 「연변 동포 작가 장편 국내 첫 출간, 항일 투쟁 그린 자전 소설」, 《경향신문》 1988년 5월 16일자, 9면.

41) 「장편 「해란강 ─」 출간」, 《동아일보》 1988년 8월 4일자, 8면.

민들의 구술을 채록하고 현장을 취재하는 과정에서 나왔기에 풍부한 민중 서사가 기입되어 있다.

그렇다면, 김학철 문학 정신의 실체는 무엇이라고 의미화할 수 있을까?

김학철 문학은 공간에 대한 기억을 기반으로 서사의 변증법을 구현해 냈다. 그는 낭만적 공간으로서 '화로강', 혁명적 공간으로서 '태항산', 그리고 폐허의 공간으로 '감옥'을 아우르면서, 국가주의적 공식 기억에 저항하는 문학을 형상화했다. 공간 경험에 기반한 기억의 구체성은 공식적 역사의 허구적 이데올로기에 균열을 가한다. 김학철은 민중적 민주주의에 대한 신념을 '화로강', '태항산'을 통해 삶의 기억으로 재현했고, 사라져 간 동료들에 대한 기억을 '감옥'이라는 성찰의 공간에서 재생해 냈다. 이를 통해 김학철은 개인 숭배 및 국가주의를 향해 있는 공식적이면서 이데올로기적 역사에 저항했다. 공간의 기억에 대한 변증법적 서사화 과정을 김학철 문학을 통해 확인할 수 있다.

다음으로, 김학철의 문학은 동아시아를 관통하는 국제주의적 감수성으로 특징지을 수 있다. 그는 국제 도시 상해에서 활동하며, 다중 언어(중국어·영어·일본어)를 습득했다. 그는 일본 경제학자 가와카미 하지메(河上肇)의 『가난 이야기(窮乏物語)』[43]를 읽고 감동하여, 1940년 8월 29일에 중국공산당에 가입했다. 일본인 학자의 책을 읽고, 한일 병합이 이뤄진 국치일인 8월 29일에 중국 공산당원이 되었다는 것의 상징적 의미는 크다. 1930년대 후반부터 1940년대까지의 동아시아적 특수성이 김학철의 몸에 기입되어 있기에, 그의 초기 문학 작품은 항일 투쟁의 기록이면서도 민족 해방을 위한 국제주의적 활동의 기록이라고 할 수 있다.

또한, 김학철 문학은 민중주의적 연대를 그리고 있다는 점을 거론할 수 있다. 그의 초기 작품은 '결함이 있는 조선의용군, 항일 투쟁 용사'를 형상화했다. 항일 무장 투쟁에 나선 사람들을 결함 없는 영웅으로 그리기보

---

42) 김학철, 『해란강아 말하라』(연변인민출판사, 2012), 3쪽.
43) 가와카미 하지메, 송태욱 옮김, 『빈곤론』(꾸리에, 2009).

다는 '친근하고 결핍되어 있는 인물'로 서사화했다. 이러한 그의 문학적 경향이 중국 조선족 문학에 접맥되었을 때, 장편 민중 소설 『해란강아 말하라』가 탄생할 수 있었다. 그의 민중적 연대는 '우상화 반대'로 이어져 그의 삶을 고난의 연속으로 이끌었다. 그는 북에서 김일성 지배 체제로 인해 연안파가 숙청되는 것을 목도했고, 중국에서 반우파 투쟁으로 인해 지식인 계층이 수난을 겪는 것을 목격했다. 그가 『20세기의 신화』에서 비판한 것은 '우상화'였으며, 그 우상화 비판의 저변에는 민중주의적 연대에 대한 그의 신념이 흐르고 있다.

주목할 부분은 김학철 문학이 인간주의와 우애의 윤리를 특징으로 한다는 점이다. 이는 국제주의적 감수성과 민중주의적 연대로 인해 발현되는 문학적 특징이기도 하다. 그의 단편 「원쑤와 벗」[44]은 일본인 구라시게 히사오 석가장 일본 총령사관과 경찰서 유치장에서 나눴던 우애의 기록이며, 나가사키 형무소 이사하야 본소에서 일본 해군 소위 출신의 수감자 스기우라 준스케와 나눴던 우정의 서사이기도 하다. 교전 상태에 있으면서도 일본인과 인간적 교감을 나눌 수 있다는 그의 인간주의적 면모가 작품 전편에 흐르고 있다.

김학철은 인간주의, 민중주의적 윤리적 지향으로 강고한 억압 체제를 돌파한 '위대한 개인'이자 펜 끝에 힘이 넘치는 작가였다. 위대한 혁명가의 엄숙한 죽음은 숱하게 많았다. 하지만 위대한 혁명가의 죽음을 의미 있게 기록한 작가는 드물었다. 그 핵심에는 '화로강', '태항산'이라는 낭만적이면서 혁명적 공간에 대한 서사적 기록 의지가 자리하고 있다. 혁명의 순간, 혁명적 인물들에 대한 사적 기억을 공간 경험과 결합해 문학 속에서 재현해 낼 때, 그들은 현대사의 일부가 된다. 김학철은 문학을 통해 혁명을 기록하는 일, 망각에 저항하는 힘겨운 작업을 수행해 냈다. 그것은 개인 숭배와 국가주의적 공식 역사에 대한 저항이기도 하다. 그 과정에서 동아시

---

44) 김학철, 『해란강아 말하라』(연변인민출판사, 2012).

아 국제주의의 감수성과 접맥하고 민중주의적 태도로 우애의 문학을 구현해 냈다. 문학은 그에게 상처이기도 하며 삶의 의미를 되새기게 하는 표식이기도 하다.

4 김학철 문학과 도전받는 인간주의

김학철의 문학 세계는 '호가장 전투'를 정점으로 항일 무장 투쟁을 다룬 소설과 항일 무장 투쟁 이후의 중국 조선족의 민중투쟁사, 그리고 중국 현실에 대한 비판으로 나아갔다. 김학철은 혁명의 붓펜, 해방의 연필, 감옥의 철필, 저항의 만년필로 항상 꼿꼿이 서 있었다. 그는 등단작인 「지네」를 발표한 이후에 해방기 중요 작품 중 하나인 「담배ㅅ국」을 발표해 카프 출신 문인들을 조선의용군 출신의 신인 작가에 대한 열등감에 빠지게 했던 장본인이다. 김학철은 『해란강아 말하라』를 통해 만주의 항일 혁명 운동을 문학적으로 기록했고, 『20세기의 신화』를 통해서는 '혁명 이후의 중국'을 기억의 서사로 재현하려는 소명 의식을 표출했다. 또한, 『격정시대』는 혁명 성장 소설로서 그의 문학 결산하는 기념비적 작품이다. 그의 서사는 '화로강'이라는 낭만적 공간과 '태항산'이라는 혁명적 공간이 감옥 체험과 변증법적 긴장을 하는 지점에서 돋보인다. 일본 감옥에서 4년, 중국 감옥에서 10년을 보내야 했던 비극적 삶에도 불구하고, 그는 사라져 간 동료들의 인간됨에 대한 믿음을 '화로강'과 '태항산'에 대한 공간 기억으로 재현해 냈다. 한 인간이 지키고자 했던 가치에 대한 가혹한 정치적 보복을 공간의 기억을 통해 견뎌 낸 셈이다.

김학철의 문학을 읽음으로써 독자들은 20세기 동아시아 역사를 문학적으로 경험할 수 있다. 그의 존재 자체만으로 20세기 동아시아 민중의 기억은 피로써 자신을 정화하는 문학적 경험을 공유할 수 있다. 절단된 다리, 오랜 감옥 생활로 피폐해진 신체는 그에게 부여된 항일 무장 투쟁 전투의 상처이며, 중국 문화대혁명에 대한 기록이고, 조선족이 견뎌 내야 했던 디아스포라의 존재 증명이라고 할 수 있다. 그의 삶 자체가 동아시아 민중의 삶의 한 부분이었다는 측면에서는 '20세기의 신화'이다. 그의 문학 세계를 살피는 일은 '한국문학사를 동아시아 문학사로 확장하는 작업'이고, 혁명 문학 운동이 어떻게 인권 문학 운동으로 변화하는가를 파악하는가'에 대한 탐구이기도 하다. 김학철 소설은 '20세기 동아시아 국제주의 문학'의 소중한 자산이다.

20세기를 대표하는 지식인 중 한 사람인 에드워드 사이드는 『도전받는 오리엔탈리즘』에서 다음과 같은 질문을 던졌다. "종족 보존을 위한 인류의 투쟁이 여전히 벌어지고 있는 지금, 우리는 무엇을 어떻게 해야 하는가?"라는 물음이 그것이다.[45] 에드워드 사이드는 세 가지를 제기했다. 첫째가 '과거를 잊지 않고 역사의 교훈을 찾되, 역사의 다양성을 인정하는 것'이고, 둘째가 '폭력적인 극렬 민족주의자를 극복할 수 있도록 지식인들이 평화 공존의 장을 만들기 위해 나서야 한다'고 했고, 마지막으로 '평등 없는 평화란 없다는 전제 아래, 정의와 인권의 수호를 위해 특정 세력이 독점하고 있는 자원의 재분배를 요구해야 한다'고 했다.[46]

에드워드 사이드의 질문에 대응하는 환기점을 김학철의 문학 세계에서 찾을 수 있다. 김학철은 20세기 동아시아 역사가 일본 제국주의 파시즘의 폭력으로 점철됨으로써, 동아시아 민중들이 겪어야 했던 전쟁의 참상을 문학으로 기록했다. 한 국가에 머문 애국주의가 어떻게 민중을 위난에 빠뜨리며, 타자성이 결여되어 있는 우애 없는 투쟁이 어떻게 인간을 피폐하게 하는가를 증언했다. 한·중·일이 첨예하게 대립하고 있는 상황에서도 민중주의적 감성에 입각한 연대의 길을 찾는 것은 소중하다. 20세기 동아시아 경험에 비춰 볼 때, 국가주의적 갈등에 대한 국제주의적 연대의 모색이 소중하게 느껴진다. 더불어, 극렬 폭력주의에 대항하는 평화 공존의 공간을 만드는 것이 중요하다는 사실도 새롭게 되새기게 된다. 그것은 만남

---

45) 에드워드 사이드, 성일권 편역, 『도전받는 오리엔탈리즘』(김영사, 2001), 96쪽.
46) 위의 책, 96~98쪽.

의 장이며, 대화의 장이고, 접촉 면을 넓히는 힘겨운 작업이 될 것이다. 남북 관계에 있어서도 평화의 장을 만들기 위해 한반도 주변 국가들을 설득해야 하고, 지식인들의 담론 생산이 이뤄져야 할 것으로 보인다. 김학철이 20세기에 국제 공산주의운동으로 그 돌파구를 모색했다면, 21세기는 시민운동의 국제주의적 연대가 하나의 대안일 수 있을 것이다. 생명을 중시하는 생태주의 운동의 국제주의적 연대나 '일본군' 위안부 문제를 둘러싸고 벌어지고 있는 복잡한 양상에 대한 한중일 지식인의 공론장 형성도 중요한 대안으로 제기될 수 있다. 독점적 자원의 재분배는 동아시아 각국이 직면하고 있는 공통의 현안이기도 하다. 자본주의 체제든, 사회주의 체제든 정치권력의 세습적 양상이 동아시아 모든 국가들에서 발생하고 있는 현상에 대해 주목할 필요가 있다. 또한 신자유주의적 세계 질서로 인해 독점적 금융 자본이 민중의 생존권 자체를 도탄에 빠뜨리는 상황도 목도하게 된다. 20세기의 패러다임이 자본주의와 사회주의의 갈등이었다면, 21세기 동아시아가 직면하고 있는 패러다임은 '인간의 보편적 가치에 대한 재발견'을 통해 새로운 인간 삶의 패러다임을 구축하는 것이다. 생명에 대한 착취를 정당화하는 소유는 있을 수 없다. 독점적 소유를 넘어서는 '보편적 인간성 구축'을 위한 담론 투쟁이 요구된다.

　김학철의 공간 기억은 에드워드 사이드 식으로 이야기하자면 '역사의 교훈과 역사의 다양성이 공존'하도록 하기 위해 문학사적으로 복원되어야 한다. 그것이 북쪽이 부당하게 전유하고 있는 '항일 혁명 문학의 전통'을 균형 있게 해체하는 작업이 될 수 있다. 북은 항일 혁명 문학의 전통을 김일성 중심의 독점적 문학사로 기술하고 있다. 김학철의 『격정시대』, 『항전별곡』만으로도 남북한 문학사를 해체하면서 풍부화할 수 있다. '화로강'과 '태항산', 그리고 고통 어린 감옥 체험에 대한 문학적 형상화는 더 넓은 의미에서 20세기의 남북 문학사를 동아시아 문학사로 확장하는 것일 수 있다. 시간적으로도 1930~1940년대 남북 문학사를 사실에 입각해 풍부화할 수 있는 길이기도 하다. 그 중심에 김학철의 문학적 증언, 역사적 증언이 두드러진 '20세기 역사의 시계탑'으로 우뚝 서 있음을 기억해야 할 것이다.

참고 문헌

자료

김학철, 「나의 처녀작」, 『태항산록』, 대륙연구소 출판부, 1989

_____, 「담배ㅅ국」, 《문학》 1호, 조선작가동맹, 1946. 7

_____, 「무명소졸」, 《창작과비평》, 1989년 겨울호, 창작과비평사

_____, 「아, 태항산」, 『나의 길』, 연변인민출판사, 1999

_____, 「여류 작가 이선희와 나」, 『누구와 함께 지난날의 꿈을 이야기하랴』, 실천문학사, 1994

_____, 「지네」, 『김학철·김광주 외 — 중국 조선 민족 문학 대계 13』, 보고사, 2007

_____, 「학도병 아저씨」, 『사또님 말씀이야 늘 옳습지』, 연변인민출판사, 2010

_____, 『격정시대(1·2·3)』, 실천문학사, 2006

_____, 『최후의 분대장』, 문학과지성사, 1995

_____, 『해란강아 말하라』, 연변인민출판사, 2012

논문·단행본

강옥, 『김학철 문학 연구』, 국학자료원, 2010

고명철, 「혁명 성장 소설의 공간, 민중적 국제연대 그리고 반식민주의: 김학철의 「격정시대」론」, 《반교어문연구》 통권 22호, 2007

고인환, 「중국 조선족 디아스포라 문학의 한 가능성: 김학철의 「20세기의 신화」에 나타난 작가 의식을 중심으로」, 《한국문학논총》 55, 2010

김관웅, 「"디아스포라 작가" 김학철의 문화 신분 연구」, 《한중인문학연구》 27,

2009

_____, 「1950~1960년대 국제 공산주의 운동 콘텍스트 속에서의 『20세기의 신화』: 김학철의 문학 세계에 대한 비교 문학적 접근을 위한 시론(試論)」, 《민족문학사연구》 32, 2006

김관웅·김호웅, 『김학철 문학과의 대화 — 김학철 문학 연구 제5집』, 연변인민출판사, 2008

김사량, 『노마만리』, 실천문학사, 2002

김윤식, 「항일 빨치산 문학의 기원 — 김학철론」, 《실천문학》 1988년 겨울호, 실천문학사

김학철문학연구회 편저, 『로신과 김학철 — 김학철 문학 연구 제7집』, 연변인민출판사, 2011

김학철문학연구회 편저, 『소장파 평론가와 김학철의 만남 — 김학철 문학 연구 제6집』, 연변인민출판사, 2009

김학철문학연구회 편저, 『조선의용군 최후의 분대장 김학철 4 — 김학철 문학 연구 제4집』, 연변인민출판사, 2007

김호웅, 「중국 조선족 문학의 산맥: 김학철」, 《민족문학사연구》 21호, 2002

서대숙, 서주석 옮김, 『북한의 지도자 김일성』, 청계연구소, 1989

서채화, 「김학철 일본관 연구」, 서울여대 대학원 석사 학위 논문, 2010

손동우 기자, 「연변 동포 작가 장편 국내 첫 출간, 항일 투쟁 그린 자전 소설」, 《경향신문》 1988년 5월 16일자

에드워드 사이드, 성일권 편역, 『도전받는 오리엔탈리즘』, 김영사, 2001

연남경, 「김학철의 「격정시대」에 나타난 만주와 역사의 재현」, 《현대소설연구》 55, 2014

연변인민출판사 편집부, 『김학철론·젊은 세대의 시각 — 김학철 문학 연구 제3집』, 연변인민출판사, 2006

연변인민출판사 편집부, 『조선의용군 최후의 분대장 김학철 — 김학철 문학 연구 제1집』, 연변인민출판사, 2002

연변인민출판사 편집부, 『조선의용군 최후의 분대장 김학철 2 — 김학철 문학 연구 제2집』, 연변인민출판사, 2005

염인호, 『김원봉 연구』, 창작과비평사, 1993

우상렬, 「김학철의 로신 작품 번역 연구」, 『로신과 김학철』, 연변인민출판사, 2011

이원규, 『약산 김원봉』, 실천문학사, 2010

이정식·한홍구 엮음, 『항전별곡』, 거름, 1986

이해영, 『청년 김학철과 그의 시대』, 도서출판 역락, 2006

이호철, 「거인의 임종」, 《창작과비평》, 2001년 겨울호, 창비, 2001

제4주제에 관한 토론문

고명철 | 광운대 교수

1

'중국 조선족 문학의 대부'(김관웅)라 불리는 김학철은 "세계 문화사적인 견지에서 보아도 하나의 기적"(오무라 마스오)이라는 평가가 무색하지 않을 만큼 "한 인간 속에 동아시아(공간)의 근대(시간)가 통일되어 있는"(김명인) 문학의 진폭을 보여 주고 있습니다. 그래서인지 발표자의 이번 발표 제목에 단적으로 드러나듯, 김학철의 문학 세계를 '동아시아 국제주의'의 시계(視界)에 초점을 맞추고 있습니다.

이번 발표를 통해 김학철의 문학에 대한 그동안 논의가 주로 김학철의 3부작 장편 소설 『해란강아 말하라』(1954/서울 1988), 『20세기의 신화』(1965/서울. 1996), 『격정시대』(1986/서울. 1988)를 중심으로 한 논의였다면, 해방 공간에서 발표된 그의 작품을 중심으로 한국 문학사에서 다소 낯선 서사(조선의용군의 생생한 경험에 기반을 둔 서사)의 출현에 주목한 것은 이 시기의 문학사에서 결락된 부분을 새롭게 보완해 주고 있습니다.

그런데 이번 발표는 이처럼 귀 기울일 부분도 있지만, 여러 면에서 이후 논의와 근거를 보완할 점도 있다고 생각합니다.

2

우선, 발표자는 김학철의 문학 세계에서 두 공간, 즉 화로강과 태항산을 주목하고 있습니다. 혁명가로 갱신하는 두 공간을 주목한 것은 흥미롭습니다. 특히, 화로강을 김학철의 "문학 세계에서도 소환되는 존재의 기원 역할"을 맡은 곳이라는 지적은 이 공간이 태항산으로 이어진다는 점에서 주목할 만합니다. 바로 그렇기 때문에 '화로강'에 대한 좀 더 집중적 논의가 요구됩니다. 흔히들 김학철이 혁명가로서 갱신되는 공간으로 '상해'를 주목하는데, 바로 그곳에서 그는 무정부주의적 테러리스트로부터 공산주의 이론을 겸비한 혁명가로 갱신되기 때문입니다.(이에 대해서는 그의 「격정 시대」에서 세밀히 형상화되고 있습니다.) 그렇다면, '화로강'은 김학철에게 '상해'와 다른 혁명가의 어떤 '됨됨이'를 형성시키는 매우 중요한 공간일 텐데, 이것에 대해 좀 더 세부적 논의(작품에 대한 해석학적 접근)뿐 아니라 김학철의 생애를 통한 실증적 접근이 보완되었으면 합니다.

그리고, 발표자는 화로강(혁명적 낭만주의)과 태항산(냉혹한 현실)을 구분하고 있는데, 기존 논의와 김학철의 『격정시대』를 참조하면, 조선의용군으로 직접 참전한 태항산 시기를 작가는 '혁명적 낙관주의'로 회상합니다. 조선의용군은 생사가 오가는 전장에서 인터내셔널가를 힘차게 부릅니다. 발표자도 언급하듯 김학철이 각본을 쓰고 그것을 공연하는 등 일촉즉발의 투쟁의 현장에서, 죽음의 공포와 패배의 비관주의를 그 특유의 '혁명적 낙관주의'로 극복했기 때문입니다. 따라서 이 두 공간을 이렇게 대비하는 게 이들 공간의 특성을 이해하는 데 적실한지 선뜻 수긍하기 어렵습니다.

마지막으로 발표자와 함께 숙고해 보고 싶은 문제입니다. 저 역시 발표자와 다른 논자들처럼 김학철을 '동아시아 국제주의'의 맥락에서 좀 더 그의 삶과 문학을 궁리해 보고 싶습니다. 그래서, 대단히 우문(愚問)으로 들리겠습니다만, 김학철이 혁명가로서 갱신한 이후 꿈꾸고 실천하려고 모색한 '동아시아 국제주의'는 어떠한 것일까요. 발표자는 이번 발표에서 에드워드 사이드의 시선을 빌려 와 그 일단을 언급하고 있는데, 특히 '시민운동의 국제주의적 연대'를 하나의 대안으로 보고 있습니다. 저는 이것에 대해 크게 딴지를 걸지 않습니다. 하지만, 어딘지 모르게 김학철과는 불협화음을 이루는, 무언가 궁색한 것 같다는 생각이 듭니다. 자칫 시민운동의 국제주의적 연대가 구미 중심주의가 그토록 내세운바, 그들의 시선으로 철저히 기획된 채 일상의 깊숙한 영역으로 스며들어 온 구미 중심주의적 시민과 동일시되는, 그리하여 구미 중심주의에 기반한 (탈)근대로부터 꼼짝달싹하지 못하는 그것에 자연스레 공모함으로써 그것과 차질(差質)되는 '또 다른' (탈)근대에 대한 상상을 봉합할 수 있다는 점입니다. (참고로 에드워드 사이드의 오리엔탈리즘의 문제의식은 탁견이 아닐 수 없습니다. 하지만 그의 오리엔탈리즘을 '서구 대 아랍'을 이해하는 데는 매우 적실하지만, 중국을 포함한 동아시아, 특히 아시아 혁명을 인식하는 데는 한계가 있습니다.) 저는 이 같은 우려를 아무리 매번 강조해도 지나치지 않다고 생각합니다.

그래서, 우리가 김학철의 「20세기의 신화」에서 뚜렷이 목도했듯이, 김학철은 '사이비 공산주의(社會主義)'가 아닌 '투철한 공산주의자(사회주의자)'로서 근대를 추구하는 '혁명가-문학인'이라는 지극히 범상한 사실로부터 출발하고자 합니다. 물론, 김학철에게 적실한 '공산주의자(사회주의자)'로서 근대가 어떤 것인지, 우리는 아직 섣부르게 추단할 수 없습니다. 다만, 김학철이 태항산에 이르기까지 그리고 그곳에서 '혁명적 낙관주의'로 꿈꿨던 숱한 '김학철들'이 앙가슴에 품었던, "새로운 아시아 상상은 20세기의 민족 해방 운동과 사회주의 운동의 목표와 과제를 뛰어넘어야 하며, 동시에 반드시 새로운 조건에서 이들 운동이 해결할 수 없었던 역사적 과제를 탐색하고 반성"(왕후이)하는 과제를 제기하고 있습니다. 이 새 과제에 대한 공부의 길을 우직히 걸으면서 새 세계를 상상하는 데 김학철의 존재 가치가 새롭게 다가오지 않을까요. 어쩌면, 김학철이란 리트머스지는 에드워드 사이드의 학문적·비평적 실천으로 포괄하기 힘든 '또 다른' 국제주의에 대한 논의로 우리를 인도하는 게 아닐까요.

3

발표자의 이번 발표를 통해 김학철을 '혁명가–문학인'으로서 다시 한 번 성찰해 보면서, 그의 삶과 문학에 오롯이 자리하고 있는 '동아시아 국제주의'로서 새로운 대안을 궁리해 봅니다.

김학철 생애 연보[1]

1916년	11월 4일, 함남 원산에서 누룩 제조업자의 아들로 태어남. 본 명은 홍성걸(洪性杰).
1922년	아버지 홍두표(洪斗杓) 타계로 홀어머니 김상련 슬하에서 자람.
1924년	원산제2공립보통학교 입학.
1929년	원산제2공립보통학교 졸업 서울 외갓집(관훈동 69번지)으로 이주, 서울 보성학교 입학.
1935년	상해 임시 정부를 찾아 상해로 망명, 상해에서 의열단에 가입.
1936년	조선민족혁명당 입당. 남경 화로강(花露崗)에서 최성장, 반해 량(리춘암), 노철용, 문정일, 정율성, 노민, 김파, 서휘, 홍순관, 한청, 조서경, 이화림, 안창손, 나중민 등과 활동.
1937년	7월, 중국 호북 강릉의 중앙육군군관학교(황포군관학교)에 입학.
1938년	7월, 중앙육군군관학교 졸업 후 소위 참모로 국민당 군대에 배속. 10월, 무한에서 조선의용대 창립대원 제1지대에 소속됨.
1939년	호남성 북부 일대에서 항일무장선전 활동, 호북성 제2지대로 옮겨 중국국민당 제5전구와 서안 일대에서 교전.
1940년	8월 29일, 중국공산당에 가입.
1941년	조선의용대 제1지대원으로 낙양 일대에서 참전. 화북 팔로군 지역으로 들어가 조선의용군 화북 지대 제2분대 분대장으로 참전. 12월 12일 하북성 원씨현 호가장 전투에서 일본군과

---

[1] 이 연보는 김학철의 외아들 김해양이 정리한 김호웅·김해양 편저, 『김학철 평전』(실천문학사, 2007)을 참고해 정리했음.

	교전 중 부상당해 포로가 됨.
1942년	1월부터 4월까지 석가장 일본 총영사관에서 심문 받음. 치안유지법 위반으로 10년형 판결 받음. 5월, 북경 거쳐 부산에서 배를 타고 일본으로 연행. 나가사키 형무소에서 수감.
1945년	호가장 전투에서 부상당한 왼쪽 다리 절단 수술. 10월 9일 맥아더 사령부의 정치범 석방령으로 송지영·김중민과 함께 풀려나 귀국. 송지영의 소개로 소설가 이무영을 알게 됨. 11월 1일, 조선독립동맹 서울시위원회 위원으로 활동하며 소설 창작 활동 시작. 12월 1일, 단편 소설 「지네」를 《건설주보》에 발표.
1946년	11월, 월북.
1947년	《로동신문》 기자, 《인민군신문》 주필로 근무. 김혜원(金慧媛)과 결혼.
1948년	2월, 아들 해양(海洋) 출생. 외금강휴양소 소장으로 근무.
1950년	10월, 한국 전쟁으로 인해 가족과 함께 중국으로 건너감.
1951년	중국 북경 중앙문학연구소 연구원으로 창작 활동.
1952년	10월, 주덕해와 최채가 주선해 연변에 정착. 연변문학예술연합회 주비위원회 주임으로 활동.
1953년	6월, 연변문학예술연합회 주임을 사퇴하고 전업작가로 창작 활동.
1957년	반동분자로 숙청당해 24년 동안 강제 노동.
1961년	북경 소련대사관 진입 시도했으나 실패함.
1966년	7월, 홍위병의 가택수색으로 개인 숭배와 대약진운동을 비판한 장편 소설 『20세기의 신화』가 발각되어 몰수 당함.
1967년	12월, 『20세기의 신화』를 쓴 죄로 징역 10년, 추리구(秋利溝) 감옥에서 복역.
1977년	12월, 만기 출소. 이후 3년간 반혁명 전과자로 실업.
1980년	12월, 복권. 창작 활동 재개.

1985년	11월, 중국작가협회 연변분회 부주석에 당선.
1986년	중국작가협회 가입.
1989년	1월, 중국공산당 당적 회복. 9월부터 12월까지 월북 후 첫 서울 나들이. 12월 일본 방문.
1994년	3월, KBS 해외동포상(특별상) 수상.
1996년	12월, 창작과비평사 초청으로 한국 방문해 『20세기의 신화』 출판 기념회 참석.
1998년	6월, 우리민족서로돕기운동본부 초청으로 서울 방문. 10월, 서울 보성고교 초청으로 한국 방문해 '자랑스러운 보성인'상 수상.
1999년	10월, 우리민족 서로 돕기 운동본부 초청으로 서울 방문.
2000년	5월, NHK 서울 지사 초청으로 서울 방문.
2001년	밀양시 초청으로 한국 방문해 '석정(윤세주) 탄신 100주년 기념 국제학술회의' 참석. 서울 적십자 병원 입원 치료. 8월 29일 연길로 귀환. 9월 25일 오후 3시 39분, 연길시 연변병원에서 타계. 유해는 화장하여 두만강에 뿌려짐. 일부는 우편함에 담아 동해 바다로 보냄. 우편함에는 "원산 앞바다 행(行) 김학철(홍성걸)의 고향 가족, 친우 보내드림"이라고 쓰임.

김학철 작품 연보[1]

발표일	분류	제목	발표지
1945. 10	소설	이렇게 싸웠다	한성시보
1945. 12	소설	지네	건설주보
1946. 1	평론	문화정책과 중국공산당	예술
1946. 3	산문	냉정	신세대
1946. 4	소설	남강도구	조선주보
1946. 4	소설	균열	신문학
1946. 5	산문	혁명가의 푸로필 — 한빈(韓斌)	신세대
1946. 5	소설	아아, 호가장	신천지
1946. 5. 8	평론	시인의 사명	현대일보
1946. 6	소설	달걀	민성
1946. 6	소설	야맹증	문학비평
1946. 6	평론	민족문화의 계급성	예술신문
1946. 6	소설	밤에 잡은 부로	신천지
1946. 6	산문	힘	신문학
1946. 7	소설	담배국	문학
1946. 7	소설	상흔	상아탑
1947. 3	소설	안개 낀 아츰	우리문학

---

1) 김학철 작품 연보는 강옥의 『김학철 문학 연구』(국학자료원, 2010)를 참고하여 수정 보완했음.

발표일	분류	제목	발표지
1951	소설 선집	송도	김학철단편소설선집
1951	작품집	군공메달(중국어)	인민문학출판사
1951. 4	소설	고향의 상공에서	연변문예
1951. 5~6	소설	피흘린 기록(상, 하)	연변문예
1952. 3	작품집	범람(중국어)	인민문학출판사
1952. 5	작품집	군공장(중국어)	인민문학출판사
1952. 9	번역	풍파(노신 작)	연변교육출판사
1953. 5. 27	소설	새 집 드는 날	동북조선인민보
1953. 6	번역	태양은 상간하를 비춘다 (정령 작)	연변교육출판사
1953. 6. 12	소설	맞지 않은 기쁨	동북조선인민보
1953. 6. 26	소설	지나온 다리	동북조선인민보
1953. 7. 10	소설	늪임자	동북조선인민보
1953. 7. 17	소설	뿌리박은 터	동북조선인민보
1953. 9	작품집	새 집 드는 날	연변교육출판사
1953. 9. 23	산문	헌법만세	동북조선인민보
1953. 10	번역	아큐정전(노신 작)	연변교육출판사
1953. 10	작품집	뿌리 박은 터	연변교육출판사
1954	작품집	세전이별	연변교육출판사
1954. 3	소설	삐오네르	연변문예
1954. 8	소설	싸움은 이제부터	연변문예
1954. 9	평론	심각하라!	연변문예
1954. 9. 14	평론	긴 것이 순가?	동북조선인민보
1954. 10. 19	산문	위대한 문호 로신을 따라	동북조선인민보

발표일	분류	제목	발표지
		배우자	
1954. 11	소설	눈보라와 더부러	연변문예
1954. 12	작품집	해란강아 말하라(1. 2. 3)	연변교육출판사
1955. 4	번역	축복(노신 작)	연변교육출판사
1955	소설 선집	구두의 역사	김학철단편소설 선집
1955	소설 선집	새암	김학철단편소설 선집
1955. 8. 26	소설	호박물 뿌리	연변일보
1956	소설 선집	고민	김학철단편소설 선집
1956. 8	소설	내선견습공	연변문예
1956. 10	소설	시공 검사원	연변문예
1956. 10	소설	현장에서 온 편지	연변청년
1956. 10. 16	산문	20년	산문
1956. 12	소설	귀향	연변문예
1956. 12. 4	평론	한약과 소설	연변일보
1957	작품집	고민	연변교육출판사
1957. 1	산문	괴상한 휴가	아리랑
1957. 1	소설	질투	연변청년
1957. 2	소설	봄은 아직 이르다	연변청년
1957. 2	산문	말츠의 단편소설 「도적질」에 대하여	아리랑
1957. 5	희곡	서리	아리랑
1957. 5	작품집	번영	연변교육출판사

발표일	분류	제목	발표지
1957	소설	무명용사전	미확인
1957. 5. 7~8	소설	다리발	연변일보
1957. 5. 24	평론	교조주의와 종파주의를 제거해야 한다	연변일보
1957. 6. 23	평론	소위 "소위 〈란숙기〉"	연변일보
1957. 9	소설	싸움 끝에 드는 정	아리랑
1950년대	소설	돌배나무골 사건	미확인
1962. 9	번역	산촌의 변혁(주립파 작)	연변교육출판사
1964. 2	번역	산촌의 변혁(주립파 작)	연변교육출판사
1981. 1	소설	군공메달	대중문예
1981. 3	소설	우정	천지
1981. 3	소설	인간세상	대중문예
1981. 4	소설	두릅길에서	아리랑
1981. 5	소설	고뇌의 표준	천지
1982. 1	전기 문학	無名勇士傳(중국어)	芙蓉
1982. 1	전기 문학	少奶奶(중국어)	金達萊
1982. 1	편지	遠方來信(중국어)	白花園
1982. 3	소설	담배국	송화강
1982. 11	소설	쌍둥이자매	천지
1983	작품집	항전별곡	흑룡강조선민족 출판사
1983. 2	소설	부재증명	도라지
1983. 2	소설	신랑감	송화강
1983. 3	소설	네 번째 총각	천지
1984	소설	상해춘추	아리랑 15

발표일	분류	제목	발표지
1984	산문	생각나는 대로	아리랑 16
1984. 1	소설	무한춘추	장춘문예
1984. 1	평론	형상성과 유모아	장춘문예
1984. 2	소설	남경춘추	장백산
1984. 2	소설	주둔춘추	송화강
1984. 6	산문	위덕이 엄마	연변녀성
1984. 10	산문	전적지에 얽힌 사연	천지
1985. 1	소설	궁녀	천지
1985. 1.2 4	산문	한담설화	연변일보
1985. 1~2	소설	모험세계	은하수
1985. 2	산문	작가수업	장백산
1985. 3	소설	죄수의사	장춘문예
1985. 4	평론	편집자는 박식가로	문학과 예술
1985. 4. 6	소설	매복전	흑룡강신문
1985. 4. 11	산문	그리운 프로필	연변일보
1985. 5	작품집	김학철 단편소설 선집	료녕인민출판사
1985. 5	작품집	김학철 선집	연변인민출판사
1985. 5	소설	문학도	도라지
1985. 5	산문	원쑤와 벗	송화강
1985. 5. 14	평론	극단예술	길림신문
1986. 7. 7	산문	인육병풍	연변일보
1985. 8. 30	소설	전란 속의 여인들	료녕조선문보
1985. 9	소설	짓밟힌 정조	천지
1985. 9	소설	苦惱人的尺度(중국어)	金達萊
1985. 10	산문	간판왕	은하수

발표일	분류	제목	발표지
1985. 10. 24	산문	또 뒤걸음질?	연변일보
1985. 11	산문	종교만필	청년생활
1986	소설	이런 여자도 있었다	아리랑 24
1986	평론	역시공식화	아리랑 27
1986. 1. 1	산문	나의 양력설	길림신문
1986. 1. 30	산문	나의 처녀작	연변일보
1986. 1	산문	강낭떡에 얽힌 사연	송화강
1986. 1~2	산문	청년시절의 추억	청년생활
1986. 2	산문	세 악마의 죽음	천지
1986. 2	산문	불합격 남편	도라지
1986. 2	산문	죄수복에 얽힌 사연	북두성
1986. 3	산문	《천지》 문학상……	천지
1986. 4	산문	나의 무대생활	새마을
1986. 5	산문	변천의 35년	천지
1986. 5	산문	시인의 품격	도라지
1986. 5	산문	밤의 단상	북두성
1986. 5	산문	쌍년이 ― 우리 어머니	연변녀성
1986. 6	산문	한 녀류작가	천지
1986. 7	산문	맛 문제	은하수
1986. 7. 12	산문	닭알파문	길림신문
1986. 8	작품집	격정시대(상, 하)	료녕인문출판사
1986. 8	산문	"짓밟힌 정조" 후일담	천지
1986. 8	산문	자비출판	천지
1986. 8	산문	심상찮은 소경력	청년생활
1986. 8. 18	산문	무명소졸	길림신문

발표일	분류	제목	발표지
1986. 9. 27	산문	덧붙이기	연변일보
1986. 10. 12	산문	동서남북풍	연변일보
1986. 10. 18	산문	민족형식	길림신문
1986. 11	작품집	항전별곡	거름
1986. 11. 4	산문	로신의 방향	길림신문
1987	작품집	김학철작품집	연변인민출판사
1987	산문	전화에 얽힌 사연	아리랑 30
1987. 1	산문	고통의 심도	문학과 예술
1987. 1	산문	한되들이 알단지	문학과 예술
1987. 1	산문	정률성의 추억하며	청년생활
1987. 1. 13	산문	오고 가는 정	길림신문
1987. 2	소설	밀고제도	천지
1987. 2	산문	우리 외삼촌	도라지
1987. 2	산문	뽑히고서	북두성
1987. 2	산문	횡설수설	북두성
1987. 2	산문	호상승인	갈매기
1987. 2. 7	평론	평론 앞으로 갓	연변일보
1987. 3	평론	「해란강아 말하라」의 역사적 진실성	문학과 예술
1987. 3. 10	산문	민족의 얼	길림신문
1987. 4	산문	"격정시대의 창작 과정"	갈매기
1987. 4	산문	소설 언어	중국조선어문
1987. 5	산문	건망증	은하수
1987. 6	산문	수양 문제	도라지
1987. 6	산문	소년 김학철 — 모순 당착적	북두성

발표일	분류	제목	발표지
		성격	
1987. 6	산문	조선말 — 불사조	중국조선어문
1987. 6	산문	아름다운 우리 말	김학철작품집
1987. 6	산문	경사로운 날에	김학철작품집
1987. 6	산문	발가락이 닮았다	김학철작품집
1987. 6	산문	역시 아편	김학철작품집
1987. 6	산문	나의 '동범'	김학철작품집
1987. 6	산문	연극에 얽힌 사연	김학철작품집
1987. 7	산문	리화림 — 반세기	천지
1987. 8. 3	산문	부작용	연변일보
1987. 10	산문	「반달」에 얽힌 사연	천지
1987. 11. 14	산문	진실성문제	길림신문
1988. 5	장편 소설	격정시대(1 — 3)	풀빛
1988. 7	장편 소설	해란강아 말하라	풀빛
1988. 1. 1	산문	룡 — 상상의 동물	길림신문
1988. 1. 5	산문	나의 전우들	길림신문
1988. 1. 10	산문	후보 '불고기'	연변일보
1988. 1	산문	종횡만리	천지
1988. 1	산문	사색하는 동물	장백산
1988. 1	산문	취미의 력사	은하수
1988. 2	산문	랑만의 세계	천지
1988. 2. 24	산문	청첩공포증	연변일보
1988. 3	산문	황혼의 단상	문학과 예술
1988. 3	산문	그 모습 그 인끔	송화강
1988. 3	산문	주택사정	북두성

발표일	분류	제목	발표지
1988. 3	산문	비굴한 몰골	중국조선어문
1988. 3. 12	산문	다 못가고……	연변일보
1988. 4	산문	인간 문정일	도라지
1988. 4	산문	미적감수	문학과 예술
1988. 5	산문	위대한 삶	천지
1988. 5	산문	비지떡 작가	송화강
1988. 5	산문	주견 없는 사람	갈매기
1988. 5. 14	산문	십자거리	연변일보
1988. 6	창작담	문학도끼리	천지
1988. 6	산문	수양문제	도라지
1988. 6	산문	민족의 치욕	문학과 예술
1988. 6	산문	가랑잎경기	송화강
1988. 9	산문	교묘한 형벌	천지
1988. 9. 8	산문	김창걸 선생	연변일보
1988. 9. 28	산문	군웅할거	연변일보
1988. 10	소설	반역자	천지
1988. 10	산문	녀성의 아름다움	연변녀성
1988. 10. 1	산문	뢰물론난	길림신문
1988. 10. 6	산문	잡문진화론	연변일보
1988. 10. 29	산문	부의 범람	길림신문
1988. 11. 10	산문	뜻깊은 례물	연변일보
1988. 12. 8	산문	숙제지옥	길림신문
1988. 12. 18	산문	신세타령	연변일보
1988. 12. 24	산문	오염된 량심	흑룡강신문
1989. 12	작품집	무명소졸	풀빛

발표일	분류	제목	발표지
1989	작품집	태항산록	대륙연구소
1989. 1. 1	산문	양력설, 음력설	연변일보
1989. 1	산문	고상한 넋	천지
1989. 1	산문	20세기의 신화	도라지
1989. 1	산문	100만대 1	문학과 예술
1989. 1	산문	복잡한 심정	문학과 예술
1989. 1	산문	고운말 미운 말	중국조선어문
1989. 1. 19	산문	련애지남	길림신문
1989. 2	산문	이상현상	장백산
1989. 2	산문	숭고한 인상	갈매기
1989. 2. 18	산문	원로 편집인	연변일보
1989. 3	산문	세월과 더불어	북두성
1989. 3	산문	같은 값이면	중국조선어문
1989. 3. 11	산문	나의 실패작	연변일보
1989. 3. 28	산문	소묘시대	료녕조선문보
1989. 4	산문	야릇한 인연	문학과 예술
1989. 4	산문	결초보은	송화강
1989. 4. 1	산문	훈수군	길림신문
1989. 4. 13	산문	천양지차	연변일보
1989. 4. 25	산문	결핵현상	연변일보
1989. 4. 27	산문	뒤지는 원인	길림신문
1989. 5	소설	세방살이	셋방천지
1989. 5. 9	산문	괴상한 현상	길림신문
1989. 6	창작담	성격형상	장백산
1989. 6	산문	곡절 49년	은하수

발표일	분류	제목	발표지
1989. 6	산문	반풍수	갈매기
1989. 6	산문	울지도 웃지도 못할 일	중국조선어문
1989. 6	산문	송지영 — 나의 벗	길림신문
1989. 6. 3	산문	젊어진 넋	연변일보
1989. 6. 17	산문	소박의 미	길림신문
1989. 6. 22	소설	화로강사화	천지
1989. 7	산문	가련한 인생	은하수
1989. 8	산문	20세기의 신화	천지
1989. 8. 3	산문	이름 가지가지	연변일보
1989. 8. 10	산문	중고품총각	길림신문
1989. 8. 20	산문	미이라	연변일보
1989. 9. 5	산문	신문만필	길림신문
1989. 9. 9	산문	봉사성문제	여변일보
1989. 9. 19	산문	나의 실연	길림신문
1990. 1	산문	나의 참회	장백산
1990. 2	산문	남녀불평등	연변녀성
1990. 4. 8	산문	기쁨과 근심	연변일보
1990. 4	산문	가시밭길	문학과 예술
1990. 5	산문	조정래	도라지
1990. 6. 3	산문	동심란만	연변일보
1990. 6. 8	산문	인격 문제	연변일보
1990. 6. 26	산문	시비박물관	길림신문
1990. 7. 7	산문	원인과 결과	료녕조선문보
1990. 9	산문	미이라	천지
1990. 9. 11	산문	졸작과 걸작	연변일보

발표일	분류	제목	발표지
1990. 10	산문	입의 재난	은하수
1990. 11. 21	산문	알고도 모를 일	연변일보
1990. 12. 1	산문	고향이란 무엇이길래	료녕조선문보
1990. 12	소설	우정 반세기	천지
1990. 12. 15	산문	비석론난	료녕조선문보
1990. 12. 22	산문	문학과 나	료녕조선문보
1991	산문	꽁지 빠진 수꿩	김학철문집 4 나의길
1991. 1	산문	이 생각 저 생각	장백산
1991. 1	산문	동추하춘	문학과 예술
1991. 1	산문	도덕문제	송화강
1991. 2	산문	론난 "한번만"	천지
1991. 2	산문	사형집행 끝났나	국조선어문
1991. 3. 26	산문	내리 사랑 치사랑	연변일보
1991. 3. 30	산문	수상휴유증	연변일보
1991. 4	산문	과잉보호	청년일보
1991. 4	산문	공식 세계	장백산
1991. 4	산문	유감천만	문학과 예술
1991. 5	산문	미학의 빈곤	장백산
1991. 5	산문	구태의연	장백산
1991. 5. 15	산문	공정가격	연변일보
1991. 6	산문	참배풍파	천지
1991. 6. 7	산문	황포동학회	연변일보
1991. 8	산문	벤츠는 달린다	천지
1991. 8	산문	소음공해	청년생활

발표일	분류	제목	발표지
1991. 8. 3	산문	투구 사건	연변일보
1991. 8. 8	산문	6월 31일	길림신문
1991. 9. 7	산문	걸어다니는 백과사전	길림신문
1991. 9. 11	산문	화제거리	료녕조선문보
1991. 9. 28	산문	맨발출연	연변일보
1991. 12. 12	산문	닭 한 마리로 일어난 풍파	길림신문
1992	산문	작품 본위	미확인
1992. 1	산문	판도라의 궤	장백산
1992. 1. 23	산문	너구리 현상	길림신문
1992. 2	산문	고문바람	장백산
1992. 2	산문	제1부인	도라지
1992. 2	산문	거장의 손	문학과 예술
1992. 2. 15	산문	〈거지〉의 뿌리	연변일보
1992. 2. 23	산문	반디불 남편	연변일보
1992. 3	산문	독서삼매	천지
1992. 3	산문	달근 남자	장백산
1992. 3	산문	성장 과정	도라지
1992. 3	산문	고혈압병	문학과 예술
1992. 3	산문	인습타파	문학과 예술
1992. 3	산문	문객문학	송화강
1992. 3. 20	산문	추운 물	연변일보
1992. 3. 24	산문	비교봉사학	길림신문
1992. 4. 3	산문	담배대 승차	연변일보
1992. 4	산문	비유와 적설	장백산
1992. 4	산문	제2차공판	송화강

발표일	분류	제목	발표지
1992. 4	산문	영웅론난	청년생활
1992. 5	산문	수필 산책	송화강
1992. 5. 19	산문	아, 태항산	길림신문
1992. 5. 23	산문	과잉찬사	료녕조선일보
1992. 6	산문	산문수업	장백산
1992. 6	산문	한 소송사건	장백산
1992. 6	산문	소문난 녀자들	여자도라지
1992. 6	산문	보물찾기	문학과 예술
1992. 6	산문	혼자말 중얼중얼	송화강
1992. 6. 26	산문	코끼리때	연변일보
1992. 7. 2	산문	동물성격	연변일보
1992. 7. 15	산문	나의 필기장	길림신문
1992. 8	산문	녀류작가 리선희	천지
1992. 8	산문	나의 판단력	길림신문
1992. 9. 1	산문	속도 문제	길림신문
1992. 9. 8	산문	바람과 기발	연변일보
1992. 9. 26	산문	언어생활	천당과 지옥사이
1992. 10	산문	서울 나들이	두만강 창단호
1992. 10. 8	산문	수상 거절	길림신문
1992. 10. 17	산문	계주자 정신	료녕조선문보
1992. 11	산문	호박엮음	천지
1992. 11	산문	전설정조대	연변녀성
1992. 11. 5	산문	소리의 세계	연변일보
1993. 1. 1	산문	보내며 맞으며	연변일보
1993. 1	산문	나의 길	도라지

발표일	분류	제목	발표지
1993. 1. 20	산문	전화 문화	연변일보
1993. 1	산문	집사람과 나	연변녀성
1993. 2	회상기	락양—서울	청년생활
1993. 2. 11	산문	이 녀성들	길림신문
1993. 2. 27	산문	얼굴 없는 작가	료녕조선문보
1993. 3	산문	통한	장백산
1993. 3	산문	이 사람들	도라지
1993. 3	산문	유리밥그릇	송화강
1993. 3	산문	닭알폭탄	송화강
1993. 3. 4	산문	신판 림꺽정	길림신문
1993. 3	산문	고찰과 장미	미확인
1993. 3	산문	집들이	천당과 지옥사이
1993. 3. 30	산문	련금술	연변일보
1993. 4	산문	만장일치	천지
1993. 4	산문	나의 젊은 시절	도라지
1993. 4	산문	명언 가지가지	아리랑
1993. 4. 17	산문	꼬리수술	연변일보
1993. 5	산문	일그러진 상	천지
1993. 5	산문	량처와 악처	연변녀성
1993. 5. 19	산문	만신창이	연변일보
1993. 6	산문	타부와 십계명	천지
1993. 7	산문	부도수표	천지
1993. 7. 20	산문	오동나무의 고향	연변일보
1993. 8. 22	산문	망루풍경	연변일보
1993. 8. 29	산문	빠찌프로	연변일보

발표일	분류	제목	발표지
1993. 9	산문	덕담신문	천지
1993. 9. 11	산문	사통오달	길림신문
1993. 9. 12	산문	고문 일본 미운 일본	연변일보
1993. 9. 19	산문	견묘미용원	연변일보
1993. 9. 26	산문	김희로 사건	연변일보
1993. 11	산문	불효자	연변녀성
1993. 12. 11	산문	너무 이르오	연변일보
1994	수필집	누구와 함께 지난날의 꿈을 이야기하랴	실천문학사
1994. 2	산문	나의 동기생	천지
1994. 3. 1	산문	폭죽놀이	연변일보
1994. 3	산문	너절한 사내들	연변녀성
1994. 5	산문	장기후식	천지
1994. 4. 9~ 1995. 4	자서전	최후의 분대장	천지
1995. 1	산문	도덕불감증	도라지
1995. 1	산문	민족의 치욕	연변녀성
1995. 1. 28	산문	차렷과 쉬엇	연변일보
1995. 2. 19	산문	복 백만톤	연변일보
1995. 5/1998. 4	산문	죄수의사	천지
1995. 6	산문	청춘이여 안녕	장백산
1995. 6	산문	서안 나들이	연변녀성
1995. 7. 21	산문	홍타령	연변일보
1995. 8	산문	8·15 전후	천지
1995. 8. 2	산문	기자정신	연변일보

발표일	분류	제목	발표지
1995. 8. 12~24	산문	잊혀진 사람들	길림신문
1995. 9. 29	산문	구걸	연변일보
1995. 9	산문	친일파 이신	연변일보
1995. 10. 7	산문	남경과 히로시마	연변일보
1995. 10. 14	산문	사실과 달라요	료녕조선문보
1995.11	산문	파뿌리가 되도록	연변녀성
1995. 11	산문	고추장볶이	천당과 지옥사이
1995. 11. 4	산문	한 친일파의 아들	연변일보
1995. 12	자서전	최후의 분대장	문학과 지성사
1995. 12. 8	산문	거부권 선생	연변일보
1995. 12. 21	산문	돈봉투	연변일보
1996	작품집	20세기의 신화	창작과 비평사 (한국)
1996	작품집	나의 길	북경민족출판사
1996. 1	산문	20세기의 전설들	천지
1996. 1	산문	시인 ― 조룡남	도라지
1996. 1	산문	녀성찬가	연변녀성
1996. 1. 16	산문	만원상금	연변일보
1996. 2. 17	산문	대도공화국	료녕조선문보
1996. 2. 18	산문	지는 별과 뜨는 별	연변일보
1996. 2. 27	산문	바깥바람은 차지만	길림신문
1996. 2	산문	잡필인지 잡탕인지	천당과 지옥사이
1996. 3	산문	부부지간	연변녀성
1996. 3. 9	산문	전태균 방향	연변일보
1996. 3. 21	산문	애꾸눈이 늙은 말	길림신문

발표일	분류	제목	발표지
1996. 4	산문	애누리	천지
1996. 4	산문	한 총리와 두 대통령	장백산
1996. 4	산문	아큐 현상	도라지
1996. 4	산문	짐승의 세계	도라지
1996. 4	산문	호화판 생고생	연변녀성
1996. 5	산문	전사든 자살이든	연변녀성
1996. 5	산문	거짓말쟁이의 아버지	장뱃간
1996. 5	산문	봉건적 륜리	송화강
1996. 5	산문	옹졸한 위선자들	송화강
1996. 5	산문	벌거벗기기	연변녀성
1996. 6	산문	작가와 조방구니	장백산
1996. 6	산문	'체'의 일생	료녕조선문보
1996. 6. 13	산문	왔노라, 봤노라, 이겼노라	길림신문
1996. 6. 27	산문	〈도라지〉 3총사	연변일보
1996. 7	산문	쓰딸린의 딸	연변녀성
1996. 7	산문	어디다 보낼 건가	길림신문
1996. 7	산문	이래도 괜찮을가	길림신문
1996. 8	산문	력사에는 주해가 필요하다	천지
1996. 8	산문	여자에게 맞아댄 남자	연변녀성
1996. 9	산문	가해자와 피해자	연변녀성
1996. 10	산문	쉰들러의 명단	연변녀성
1996. 10	산문	호박이 수박으로 변한 이야기	길림신문
1996. 10. 8	산문	강자와 약자	연변일보
1996. 10. 31	산문	길한 일과 언짢은 일	연변일보
1996. 11	산문	나의 길	천지

발표일	분류	제목	발표지
1996. 11	산문	나의 하루	천지
1996. 11	산문	나의 생일	천지
1996. 11. 23	산문	정문이, 잘가오	료녕조선문보
1996. 12	산문	녀성순례	연변녀성
1997. 1	산문	가면무도회	장백산
1997. 1. 7	산문	또 별 하나	연변일보
1997. 2	산문	균렬	장백산
1997. 2	산문	죽음은 급살이 제일	도라지
1997. 2	산문	타부와 십계명	은하수
1997. 2. 14	산문	우리의 외사촌	연변일보
1997. 2. 15	산문	하루강아지	하룻강아지길림신문
1997. 3	산문	무명소졸	장백산
1997. 4	산문	로신위대	장백산
1997. 4	산문	결혼은 애정의 무덤이다	연변녀성
1997. 5	산문	홍명희문학	장백산
1997. 5	산문	'회귀'는 '귀속'	은하수
1997. 5	산문	대낮잠꼬대	은하수
1997. 5. 23	산문	나의 요즘	연변일보
1997. 5. 29	산문	벼락이야기	길림신문
1997. 6	산문	이와의 전쟁	장백산
1997. 6. 21	산문	베푸시노라	료녕조선문보
1997. 7	산문	로신의 고뇌	천지
1997. 8. 2	산문	리임과 취임	료녕조선문보
1998. 1	산문	연길의 인디언족	천지

발표일	분류	제목	발표지
1998. 1. 1	산문	오래 살자는 목적	연변일보
1998. 1	산문	활동자금	장백산
1998. 1	산문	우리 손녀	장백산
1998. 1	산문	학도병아저씨	장백산
1998. 1	산문	드레퓌스 사건	장백산
1998. 1	산문	가서 15행	장백산
1998. 2	산문	악마부스	장백산
1998. 2	산문	층층시하	장백산
1998. 2	산문	쎈다피	장백산
1998. 2	산문	구팽	은하수
1998. 3	산문	사은기도	장백산
1998. 3	산문	려포현상	장백산
1998. 3	산문	1표 반대	장백산
1998. 4	산문	주어진 공간	장백산
1998. 4	산문	들을이 짐작	장백산
1998. 4	산문	작품도 상품	장백산
1998. 5	작품집	김학철 문집 1 — 태항산록	연변인민출판사
1998. 5	산문	독불장군 앞	천지
1998. 5	산문	창발력 만세	장백산
1998. 5	산문	해동년대	장백산
1998. 5	산문	사또님 말씀이야 늘 옳습지	장백산
1998. 6	산문	벼슬중독자	장백산
1998. 6	산문	나의 고뇌	장백산
1998. 6	산문	돌베개와 벽돌베개	장백산
1998. 11	작품집	김학철 문집 2 — 격정시대(상)	연변인민출판사

발표일	분류	제목	발표지
1998. 12	작품집	무명소졸	료명민족출판사
1999. 1	산문	과장법 가지가지	장백산
1999. 1. 12	산문	층층대풍경	연변일보
1999. 2	작품집	김학철 문집 3 ― 격정시대(하)	연변인민출판사
1999. 2	산문	얼음장이 갈라질 때	장백산
1999. 2. 4	산문	길이란 본래 없었다	연변일보
1999. 3	산문	류행병 시대	장백산
1999. 3. 6	산문	'통치'와 벌금	도라지
1999. 4	산문	제발 이제 그만	연변일보
1999. 4	산문	빈궁감과 부유감	연변문학
1999. 4	산문	렴치와는 담 쌓으신 분들	장백산
1999. 4. 6	산문	유감성명	도라지
1999. 5	작품집	김학철 문집 4 ― 나의 길	연변인민출판사
1999. 5	산문	손녀와 더불어	연변일보
1999. 5	산문	력사 비빔밥	장백산
1999. 5	산문	그 놈이 그 놈	나의 길
1999. 5	산문	날조의 자유	나의 길
1999. 5	산문	참매미	나의 길
1999. 6	산문	할애비감투	장백산
1999. 9	산문	도마뱀은 꼬리가 살린다	연변문학
2000	산문	나의 20세기	장백산
2000. 1	산문	천당과 지옥사이	장백산
2000. 2	산문	흙내와 분내	장백산
2000. 3	산문	활동사진관식수필	장백산
2000. 4	산문	밀령주의라는 유령	장백산

발표일	분류	제목	발표지
2000. 4	산문	시효도 국경도 없다	연변문학
2000. 5	산문	이른바 삼천궁녀	장백산
2000. 6	산문	맹견주의	연변문학
2000. 9	산문	매질군의 넋두리	천당과 지옥사이
2001. 1	산문	마음을 받으며 크는 사람들	장백산
2001. 2	산문	'우표' 좀 더	장백산
2001. 3	산문	길이란 본래 없었다	장백산
2001. 3	산문	장기쪽 인생	장백산
2001. 4	산문	집중포격은 금물	장백산
2001. 4	산문	벽	장백산
2001. 4	산문	골라잡으시라	장백산
2001. 5	산문	영예시민 귀하	연변문학
2001. 6	산문집	우렁이 속 같은 세상	창비
2001. 6	산문	위선생과 유선생	우렁이 속 같은 세상
2001. 11	산문	우렁이 속 같은 세상	연변문학
2001. 11	산문	두 명의 김학철	연변문학
2002	작품집	김학철 문집 5 — 천당과 지옥 사이	연변인민출판사
2003. 11	편지	리상각 선생에게 보내는 서신	연변문학
2006. 11	장편소설	격정 시대(1 — 3)	실천문학사

작성자 오창은 중앙대 교수

어두운 시대 현실과 훼손된 삶의 일화들

온정적 휴머니즘과 최태응 소설의 현재적 의의

유임하 | 한국체대 교수

1

작가 최태응(1916~1998)은 황해도 장연 출신으로, 1939년에서 1940년에 걸쳐 《문장》의 3회 추천을 통과함으로써(추천자는 상허 이태준) 기성 작가 대우를 받으며 등단했다. 그러나 그는 강고해지는 일제 강점기 말 파시즘 체제하에서[1] 1942년 낙향하여 고향 인근의 사립 학교에서 교편을 잡았으나 이마저 폐교당한 후 독서와 창작으로 소일하다가 해방을 맞는다.[2]

---

[1] 최태응은 1941년 《문장》에 발표했다가 중편 『재전(再戰)』 원고를 몰수당했다. 이 작품의 성격을 해명하는 일도 필요하다. 그는 점증하는 파시즘의 압력 속에 《문장》이 폐간되자 낙향을 선택했던 것으로 보인다.

[2] 최태응의 선친 최상륜은 1911년 일제가 대표적인 민족 운동 세력을 탄압하기 위해 조작한 105인 사건에 연루되었던 황해도 은율의 선각자의 한 사람이었다. 그는 김구와 백남훈 등과 의형제지간이었고, 맏형 최태영 박사는 장연 일대의 3·1 운동에 가담한 실질적인 주동자의 한 사람으로 일제 강점기 내내 창씨개명을 하지 않은 법학자이기도 했다. 최

해방 직후, 그는 단신 월남하여 언론문화계에 종사하면서 작품 활동을 병행했다.[3] 전쟁이 발발하자 피난 가지 못한 채 가족과 함께 서울과 교외에 은신했다가 서울 수복 이후 종군 활동에 나서기도 했다. 그는 종군 시절 연재한 장편 『전후파』를 비롯하여, 1960년대 후반까지 활발한 창작 활동을 펼쳤던 '월남민 출신의 전쟁 구세대 작가'였다.[4]

그러나 최태응의 문학에 대한 이해는 너무 소략한 수준에 머물러 있어서 아쉬움을 준다. 대표작으로 꼽히는 「바보 용칠이」를 비롯하여 그의 첫 장편 『전후파』가 주로 언급되지만, 이는 소설 전체에서는 극히 일부에 지나지 않는다는 점에서 지엽적인 논의가 될 위험성을 안고 있다. 그의 작품에 대한 논의는 1990년대 후반부터 점차 활발해지고 있어서 매우 고무적인데, 종군 작가 시절의 작품 소개,[5] 대구 피난 시절의 신문 연재 장편 발굴,[6] 신체 결손형 등장인물의 분석,[7] 장편 『전후파』와 아프레걸 논의,[8] 잔

태응 역시 이러한 가풍 속에서 1932년 속칭 '경성제대 예과 사건'으로 정학 처분을 받은 뒤 학업을 포기한 채 도일했을 만큼 반일 성향의 소유자였다. 최태응, 「나의 기자 시절」, 『신문과 방송』(1977) 및 「나의 문학도 회고」, 《백민》(1949) 참고.

3) 이 시기의 활동상은 최태응, 위의 글에 잘 드러나 있다. 글 말미에는 1946년 《민주일보》 정리부장, 1947년 《민주일보》 편집부장과 《부인신문》 편집국장, 1950년 《평양일보》 대표, 1951년 주간 잡지 《국민전선》 주간을 역임한 것으로 기술돼 있다.

4) '구세대 작가'란 1950년대 중후반 등장한 6·25 전쟁 세대의 작가들과 달리, 1930년대 후반에서 1940년대 초반 문단에 나온 작가들을 가리킨다. 이들 세대는 1960년대 이후 전쟁 체험 세대들에게 문학사적 과제를 양도한다는 특징을 보여 준다.

5) 신영덕, 『한국 전쟁기 종군 작가 연구』(국학자료원, 1998).

6) 안미영은 「최태응 소설에 나타난 전후 인식 — 전후 미발굴 장편 소설을 중심으로」(《어문연구》 42집, 우리어문학회, 2003)에서 처음으로 최태응의 소설 전반을 개괄하면서 1939년 등단~해방 이전(1기), 해방 이후~6·25 전쟁 직전(2기), 6·25 전쟁~1960년(3기), 1961년~1979년 미국 이민 전까지(4기)로 나누었으며, 첫 장편 『전후파』 외에 두 편의 연재 장편 『행복은 슬픔인가』와 『낭만의 조락』(미완)을 발굴, 소개하고 있다.

7) 김효석, 「최태응 소설의 작중 인물 고찰 — 결손 인물형을 중심으로」, 《우리문학연구》 30호(우리문학회, 2010).

8) 최미진, 「1950년대 신문 소설에 나타난 아프레걸」, 《대중서사연구》, 13-2, 한국서사학회, 2007.

류파 문인의 한 사례로 논의되는 경우,[9] 월남 문학 논의[10] 등이 있다. 작가론의 관점에서는 해방 직후 우익 문단 활동과 반공주의적 활동으로 김일성 장군 가짜설 유포,[11] 1959년 역사 소설의 형식으로 집필한 『청년 이승만』[12] 등을 문제 삼는 경우도 있다. 이들 논의에서는 문학 텍스트에 대한 논의보다 텍스트 바깥의 문화적 정치적 요소를 우선시하는 경우가 종종 발견된다. 그렇다 보니 반공 우익 민족주의자의 성향을 가진 월남민 출신의 언론문화인, 이른바 '잔류파 문인'으로서 반공 동원 기제 안에 놓

---

9) 김미향, 「잔류파의 현실 인식과 문학적 증언」, 《국어문학》 59호, 국어문학회, 2015. 최태응의 「구각을 떨치고」를 최인욱의 「목숨」, 곽학송의 「철로」 등과 함께 논의한 경우임.

10) 월남 문학의 관점에서 최태응의 문학을 검토한 경우로는 김효석, 「전후 월남 작가 연구」, 중앙대 박사 논문, 2005; 공임순, 「빨치산과 월남인 사이, '이승만'의 재현/대표성의 결여와 초과의 기표들」, 『스캔들과 반공국가주의』(앨피, 2010); 전소영, 「해방 이후 '월남 작가'의 존재 방식」, 《한국현대문학연구》 44집, 한국현대문학회, 2014; 서세림, 「월남 문학의 유형」, 《한국근대문학연구》 31호, 한국근대문학회, 2015; 정주아, 「'정치적 난민'의 공간 감각, 월남 작가와 월경의 체험」, 《한국근대문학연구》 31호, 한국근대문학회, 2015 등이 있다.

11) 가령, 김일성 가짜설을 촉발시킨 당사자로 최태응을 지목하는 경우가 있는데(공임순) 이는 대표적인 오해이다. 1946년 6월 《이북통신》에서 유포되기 시작한 김일성 가짜설(신형기, 『시대의 이야기 이야기의 시대』(삼인, 2015), 136쪽)에 비해 최태응은 「金日成 氏에게」(《대조》, 1949. 4. 37~40쪽)에서 고향을 파괴한 자로서 적대감을 표출하는 정도였다.

12) 후지이 다케시의 「'이승만'이라는 표상 — 이승만 이미지를 통해 본 1950년대 지배 권력의 상징 정치」(《역사문제연구》, 19호, 9~30쪽 참조)에 따르면, 이승만 전기로는 이미 1949년 양우정의 『이 대통령 투쟁사』(연합신문사, 1949), 서정주의 『이승만 박사 전기』(삼팔사, 1949), 로버트 올리버가 쓴 Syngman Rlee: the Man Behind the Myth(New York, Dodd Mead and Company, 1954)가 있었고, 한철영의 『자유 세계의 거성 이승만 대통령』(문화춘추, 1954), 공보실에서 간행한 갈홍기의 『대통령 이승만 박사 약전』(공보실, 1955) 등이 있으며 1955년 10월 탄생 80주년을 기념하는 이승만 동상 기공식이 남산에서 열렸다. 이러한 이승만 우상화의 움직임과 최태응이 기술한 『청년 이승만』은 구별해서 살필 필요가 있다. 최태응은 1959년 신상옥 감독의 『독립협회와 청년 이승만』의 원작으로 기술한 상기 소설을 집필하기 위해 앞서 언급한 올리버의 저작과 『한국계년사』, 『한국독립운동사』, 『경성부사』를 참고했다고 밝히고 있다. 최태응, 「발문」, 『청년 이승만』(성봉각, 1960), 302~304쪽; 이화진, 「'극장국가'로서 제1공화국과 기념의 균열」, 《한국근대문학연구》 15호, 2007, 219쪽 재인용.

인 조건을 면밀히 고려하지 못한 대목도 생겨난다. 어두운 시대 현실을 헤쳐나온 한 월남 작가가 작품 안에 기입해 둔 반공 국가주의에 대한 분열적 기술들이나 그 안에 담긴 사상적 존재 증명을 위한 절규, 민감한 정치적 현안에 대한 우회와 침묵 같은 세밀한 요소들에 대한 분석은 앞으로 최태응 문학 연구에서 반드시 짚어야 할 과제에 해당한다.

최태응 문학에 대한 논의는 1996년, 작고하기 2년 전 권영민의 주도로 간행된『최태응 문학 전집』(전 3권)에 와서야 가능했을 만큼 관심의 영역에서 비껴나 있었던 게 사실이다. 전집 출간과 함께 그의 문학이 차츰 언급되기 시작했기 때문이다. 전집에 수록된 작품은 장편 1편, 희곡 1편 외에 중편과 연작, 단편과 콩트를 포함하여 모두 77편이 수록돼 있다. 하지만, 이번에 작가 연보와 작품 연보를 작성하는 과정에서 확인된 작품 수는 105편에 이르고 있어서 전집 수록 분량을 크게 상회한다. 새로 확인된 작품들까지 모두 합치면 182편(장편 6편, 중편 14편, 콩트 및 단편 161편, 희곡 1편)으로, 이제야 작품의 대략적인 윤곽 그려 볼 수 있게 되었다. 하지만 수필과 논픽션, 번역물까지 감안하면 그가 남긴 문학 유산은 대중문화 전반에 걸쳐 있다는 사실을 유의해야 한다.

최태응의 문학적 생애는 크게 다섯 시기, 곧 작가로서 활동을 시작하는 1930년대 후반부터 해방 전까지를 '초기', 해방 직후부터 1960년대 후반까지를 '중기', 1970년대에서 1990년대 후반까지를 '후기' 등으로 3분해서 살필 수 있다.[13] 해방 이전의 초기 작품으로는 「바보 용칠이」(1939), 「항구」(1940), 「산사람들」(1940) 등이 있고, 해방 이후 작품들로는 「강변」(1946), 「새벽」(1946), 「사탕」(1946), 「북녘사람들」(1947), 「집」(1947), 「미아리 가는 길」(1948), 「월경자」(1948), 「슬픔과 고난의 광영」(1949), 「소」(1949) 등을 꼽을 만하다. 전쟁 발발 이후부터 1950년대 중반까지 그는 반공 전시 문학에

---

13) 안미영은 최태응의 소설 세계를 모두 네 시기(1기: 1939~1945년, 2기: 1945~1950년, 3기: 1950~1960년, 4기: 1960~1979년)로 나누고 있으나,(안미영, 앞의 논문 참조) 2기와 3기는 함께 논의해도 무방하다고 판단된다.

속하는 작품을 발표하지만,[14] 주로 전쟁의 여파 속에 전락하는 후방의 부정적인 세태에 주목해 나갔다. 첫 장편 『전후파』(1953)를 비롯하여, 잔류파의 경험을 다룬 「구각을 떨치고」(1951), 세태 비판의 성격이 강한 「삼인」(1953), 「자매」(1953), 「꿈 깨인 아침」(1954), 「옛 같은 아침」(1954) 등이 거론될 만하다. 진남포에 진주한 소련군의 야만적 행태와 월남민의 비애를 자전적 화자의 목소리로 담아낸 「슬픔과 괴로움 있을지라도……」(1954), 「무엇을 할 것인가」(1956), 개인적 불행 속에서도 가난에 극한 작가의 일상적 정경을 서정성 짙게 드러낸 「상처 이후」(1956), 「맞선」(1957) 등이 이 시기의 문제작이다. 또한 이 시기의 작품으로는 황해도 장연의 개화 초기 선각자들을 다룬 「여명기」(1957), 전쟁으로 만신창이가 된 가족 질서의 복원 가능성을 탐색한 「제삼자」(1957), 「여인도」(1959), 「살처자」(1959), 「인간가족」(1960) 등이 거론될 만하다. 1970년대 이후 그의 소설 세계는 노인 화자를 등장시켜 전쟁과 피난 시절을 회고하거나 물신 풍조를 비판하고,(「죽음의 자리」, 1970; 「하늘을 보아라」, 1976) 변두리 인생을 온정적 시선으로 포착해 나갔다.(「외로운 사람들」, 1976; 「못사는 이유」, 1977) 1979년 도미한 뒤, 그는 미주 동포 문단에서 작가 지망생들을 지도하며 이민 생활의 쓸쓸함을 담은 작품도 남겼다.

그러나 이 같은 시기 구분에 따른 작품 분석에 앞서, 최태응 문학의 온전한 이해와 복원이 더 절실한 형편이다.[15] 이 글은 탄생 100년을 맞이한 시점에 최태응 문학을 이해하는 단초가 마련되기를 바라면서, 제한적이나

---

14) 이에 대한 작품의 윤곽은 신영덕, 앞의 책 참고.

15) 가령 최태응이 『전집』 간행 이전에 출간한 작품집에 수록된 작품의 윤곽 또한 검토해 볼 여지가 많다. 『전후파·기타』(선일문화사, 1975)에 수록된 작품은 장편 『전후파』를 비롯해 「작가」, 「사과」, 「살처자」, 「타인」, 「무지개」, 「삼인 가족」, 「바보 용칠이」, 「소」, 「취미와 딸과」(수록순) 등 모두 10편인데, 『만춘』(한진문화사, 1982)에 수록된 작품으로는 「혈담」, 「월경자」, 「유명의 경지에서」, 「차창」, 「타인」, 「만춘」, 「살인 문제」, 「살처자」, 「죽음의 자리」, 「이제 또 봄이」 등 10편이 수록돼 있다. 희미하게나마 작가 자신이 선별 수록한 작품의 윤곽은 『만춘』에서는 「타인」과 「살처자」의 중복을 제외하고 나면 해방 이후부터 1970년대 작품까지 고르게 수록하려는 면모가 나타난다.

마 그의 소설에 관류하는 미적 특질이 무엇인가를 논의해 보고자 한다. 이를 위해 이 글은 먼저 대표작 「바보 용칠이」를 비롯한 초기작과 그의 소설 세계 전반을 관류하는 미적 특질을 살펴보고, 그런 다음 이러한 미적 특질이 해방과 분단, 전쟁을 거치면서 어떻게 변화했는지를 간략하게 알아보기로 한다.

2

이태준은 선후평에서 성의와 역량을 가진 사람을 뽑은 자부심으로 "되도록 그를 자극하고 그에게 발표할 기회의 우선권을 주어 하로 바삐 그가 일가를 이루기에 함께 노력"한다는 문학적 후견인으로서의 격려와 함께 "더디게 나서는 소설부의 첫 신인"(《문장》, 1940, 128쪽)이라고 상찬하고 있다. 최태응이 《문장》의 3회 추천제가 마련된 이후 처음 배출하는 신진 작가였을 뿐 아니라 다소 늦은 등단이라는 표현 속에는 '신체 불구'의 역경을 딛고 문학으로 회심한 것을 상찬한 이태준의 곡진한 언사였다. 이에 화답이라도 하듯 소감에서 최태응은, "내가 소설을 쓰고 내 소설이 남들에게 읽혀지는 데 자그마한 다행이나 보람이 있다면 나는 내 운명이 나를 불구자로 만들어 준 데 고마워해야 할는지 모른다."라고 기쁨을 반어적으로 표현하고 있다. 또한 그는 "마땅히 삽과 가래를 다루며 거름 내음새를 소화해야 할 처지를 상실하고 나는 내 소설에 취급되는 인물들을 위해서 감히 글을 쓰자"는 결의를 토로하는 한편, "수박 겉핥기의 감" 때문에 미안한 감정을 품고 있다고 첨언하고 있다.[16]

작가의 일성(一聲)이 이렇게 농민과 농촌 현실을 염두에 두고 있으면서도 세세한 생활 감정으로 육박해 들어가지 못한 것에 대한 미안함으로 표출된 것은 신체적 부자유로 인해 드러낼 수밖에 없는 인식의 한계에서 연

---

16) 최태응, 「요설록」, 《문장》, 1940, 129쪽.

유한다. 「바보 용칠이」, 「봄」, 「항구」, 「산사람들」 등의 초기작은 도시가 아닌 농촌과 항구를 배경으로 위악한 현실 속에 전락을 거듭하는 인간의 가난과 불행을 품는 한편, 용서와 연민으로 감싸는 특유의 인간애를 발휘하는데, 여기에는 특히 '자기 연민의 객관화'를 넘어 '사회적 약자에 대한 응시와 수용적 인간애'가 내장돼 있음을 간과해서는 안 된다.[17]

흥미로운 것은 이 같은 미적 요소의 출처가 잘 드러나 있다는 점이다. 자전적인 작품인 「작가」(1942)에 담긴 풍경이 바로 그것이다. 이 작품은 자전적인 만큼 그 내면의 정황을 보여 주기에 충분한, 곡진한 내면의 정경을 가감 없이 드러내 보인다. 3회 추천을 통과한 뒤 부과된 '신세대' 작가라는 도정 앞에, "스스로 자기가 작가라는 긍지와 인식과 계산을 지니고 문학을 영위하는 작가란 있는 것일까?", "장차 최태응이라는 한 작가가 되는데, 꼴이라니 참혹한 절름발이를 마치 무기 따위로 삼았대서야 될 말인가."(『전집』 1권, 178쪽) 하는 자문은 이제 출발점에 선 신진 작가의 내면을 보여 준다. 하지만 그 안에는 "죽음의 유혹"과 "만 가지 한"을 주저앉히고 "문학이 안겨 주는 그 황금이 문제가 아닌 마음의 재력과, 용솟음치는 희망에서 오는 행복"과 함께 여성 독자 K에게서 받은 편지를 소개하고 있다. "자중하소서, 작품이 곧 유작이 되는 한이 있으시다 해도 너그럽게 작품하실 의열을 버리려"(『전집』 1권, 191쪽) 하지 말라는 편지에서 자신의 문학에 대한 세상의 응답을 들으며 그 스스로 작가로 공인받는 현실과 작가의 책무를 되새긴다. 이 장면이 인상적인 까닭은 사회적 약자와 자신을 유비적으로 놓는 의식의 출처 — 그 자신에게 닥친 신체적 불구라는 불행과 그것을 만회할 존재 증명의 돌파구가 작가의 길이었다는 고백 — 가 잘 드러나 있기 때문이다.

첫 추천작 「바보 용칠이」(1939)는 이태준의 「오몽녀」와 외견상 닮아 있

---

17) 이 '연민(pity)'에 가까운 휴머니즘을 특별히 이 글에서는 '온정적 휴머니즘'이라 부르고자 한다. '동정(sympathy)', '값싼 동정'에 관해서는 손유경, 『고통과 동정 — 한국 근대소설과 감정의 발견』(역사비평사, 2008), 13~23쪽 참조.

다. 그러나 「바보 용칠이」는 '여성의 성적 일탈'이라는 서사의 유사한 소재를 달리 재현한 경우이다. 「오몽녀」가 늙은 소경 지참봉의 손에서 벗어나 독립적 삶을 결행하는 '자아의 서사'인 것과는 달리, 「바보 용칠이」에서 용칠의 아내 필녀는 오몽녀처럼 주체적인 존재가 아니다. 그녀는 가난 때문에 마을 목화밭에서 목화를 훔치다 음흉한 밭주인 숙근에게 발각되고 겁탈당한 뒤 그와의 사통을 두려워 않으면서 동네 스캔들의 중심에 선다. 용칠은 이런 사통을 주인댁의 도움으로 응징하고 난 뒤 숙근에게 아내를 양도하는 조건을 내세우고는 아내와 마지막이라는 심정으로 동행했다가 처가의 극진한 대접에 마음을 움직여 새로운 삶에 대한 의지를 갖는다.

작품에서 '용칠'이 아내 필녀와 결행하려는 새로운 삶을 향한 의지는 확실히 득의의 영역이다. 용칠이 처가에서 받은 극진한 환대를 삶을 긍정하는 동력으로 치환시켜 위악한 현실을 돌파하려는 면모는 김동인의 「감자」에서 그려진 협잡의 냄새와 비극의 냉연한 결말 처리와는 다른 따스함이 배어 있다. 이러한 삶의 새로운 의지는 또 다른 추천작인 「봄」에서 부박한 욕망에 이끌려 대처로 나갔던 얌전이를 다시 데려온 사님의 결단과 공유하는 지점이다. 도덕적 결함을 지닌 배우자를 보듬으며 이들을 대동하며 새로운 삶을 결행하는 전환적 국면에 대한 소설적 포착은 어두운 시대 현실과 훼손된 삶을 감안하면 결코 범상한 성취가 아니다. 약자들의 삶에 깃든 온갖 상처와 질곡을 위무하는 한편, 자력으로 새로운 삶의 기반을 새롭게 열어 가겠다는 질긴 생명력, 삶을 경영하는 지혜로운 선택이기 때문이다. 이것이야말로 논자들이 「바보 용칠이」를 대표작으로 꼽는 이유다.

하지만, 「바보 용칠이」나 「봄」에서 달리 주목해야 할 부분이 있다. 그것은 바로 삶에 대한 긍정과 새로운 출발에도 불구하고 남는 '위악한 세계'라는 여지다. 용칠 부부의 새로운 삶의 설계는 산골을 벗어난다고 해도 그들의 삶이 개선될 가능성은 극히 희박하다. 「바보 용칠이」에서 이미 숙근이 필녀를 술집에 팔아넘기기로 약조했다는 소문처럼, 그리고 「항구」에서처럼 한쪽 팔만 쓸 수 있는 지게꾼 '곽 서방'에게 진남포라는 항구는 점차 근대적 풍모를 더해 가면서 제도의 벽이 높아지고 그런 만큼 폭력적 배제가 횡행하는 세계다. 전락을 거듭하는 삶의 굴레를 벗어나려는 결의가 소박한 내면의 정황이라면 그들이 직면하는 세계는 결코 호의적이지 않은 셈이다. 이렇듯 최태응의 초기작에서 개인들이 처한 곤경은 그들의 의지로만 해결하기 어려운 불가항력적인 사회 경제적 조건을 간과하지 않고 있다. 이러한 시대 현실을 놓치지 않으면서도 상처와 절망에 내미는 따스한 손길에 응답하며 소생시킨 새로운 삶에 대한 의지는 일제 파시즘으로 치달아 가는 1930년대 후반의 식민지 조선 현실을 감안하면 그 의미는 각별하다.

「바보 용칠이」나 「봄」, 「항구」, 「산사람들」 등의 초기작들에 등장하는 개인들은 위악한 존재나 빠르게 변모하는 세태와는 동떨어진 세계에 머물러 있는 사회적 약자들에 해당한다. 이들은 그날그날 연명하는 궁핍한 산골 농민(「바보 용칠이」, 「봄」)이거나 항구에서 무거운 짐을 짊어지지 못하는 신체 불구의 지게꾼(「항구」), 숯가마꾼(「산사람들」) 등이다. 이들의 공통분모는 동네 사람들로부터도 조롱당하는 순박한 사회적 약자일 뿐 아니라 위악한 현실로부터 밀려난 하위 주체들이다. 이들은 해방 이후 월남과 탈향의 사회적 계기와 마주하면서 다양하게 변주된다.

3

해방과 전쟁을 거치면서 최태응 소설의 미적 원리인 '온정적 휴머니즘'은 많은 변화를 보인다. 그 변화는 두 가지 측면에서 보다 근본적이다. 해방과 분단이라는 어두운 시대 현실의 높은 파고는 초기작에서 보여 준 훼손된 삶에 대한 새로운 결행의 좌절을 낳게 만들었고, 그러한 현실을 배태시킨 이북의 소련군과 공산주의자들에 대한 환멸과 적대감을 갖도록 만들었다. 이 두 개의 흐름은 해방 이후 최태응 소설의 행로를 집약적으로 보여 주는 외적 계기였을 뿐 아니라 서사 문법의 차원에서는 결정적인 요소였다.

최태응은 다른 월남 작가들보다 이른 1945년 10월, 단신 월남했다. 「사과」(《백민》, 1947. 3, 『전집』 1권)는 자전적 화자를 내세워 분단 현실을 비판하며 월남 동기를 밝힌 단편이다. 자전적 화자가 말한 월남의 동기는 정세 때문이 아니라 '그릇된 공산주의'에 대한 환멸과 '문학 예술의 자유'를 구속하는 것 두 가지다.[18] 모친이 정성을 담아 보낸 사과 상자가 전해지지 못하는 허탈함은 월남민에게 또 다른 상처가 된다. 그러나 그 '훼손된 월남민의 삶'에 전제되는 월남 동기인 '문학 예술의 자유'는 '원한이 골수에 찬 청년'의 적의와 유비 관계를 이루며 해방기 남북의 현실 모두를 비판하는 근거가 된다. 청년은 "이북에서 보안서원이나 적위대원이 되었기로서니 남의 나라 병대가 도적질을 하는데도 팔을 걷고 도와주려 들고, 달아나는 여자라도 잡아다 주는 참혹한 인간들"과 "이남에서 높은 지위의 통역관이나 고문이 되었기로니 외국 사람이면 무턱대고 상전으로 알고 제아무리 제 민족에 손실과 억울이 있다 해도 눈여겨볼 생각도 없는 그런 분자들"을 비판한다. 청년은 이러한 이들이 "전에 일본 헌병이 되고 헌병보가 되고 고등계 밀정이 됨으로써 그 위에 없는 영광, 둘도 없는 행복으로 알고 흔들리던 일제의 주구들과 무엇이 털끝만큼이라도 다른 데가 있는가"(216쪽) 하

---

18) "허나 윤이 서울로 떠나온 까닭은 그러한 정세에 관련된 것이 아니었다. 그는 문학하는 사람, 소설을 만드는 일로 일생을 보내려는 사람이었고 그 이상의 민족적인 과업이 있다 해도 가장 문학과 가까운 거리에서 일하지 않고는 견딜 수 없는 일념이었다. / 거의 일본이 한 모서리나 진배없이 하잘것없는 서울이었으나 윤에게 서울은 해방 전의 얼마나 그리운 고장이었던가. (중략)/ 해방 후 조선의 절반에는 사회주의라기에는 너무도 흠이 많은 그릇된 공산주의의 일단이 어리석은 그늘을 드리우려 했다. / 문화·예술은 아무리 찬란한데 이상을 두었거나 인생 천년의 앞길을 투시하는 형안과 사상을 가졌거나 덮어놓고 어느 외국을 본떠다 놓은 적화 운동의 일원이 아닌 바에는 구속, 탄압, 말살이 있을 뿐이라는 자유일 뿐 더없이 톡톡한 자유를 특수한 인간들이 어림없이 독차지하려는 무서운 계제였다. / '시나 소설이나 도대체 문학은 인민 대중을 위한 것이 아니면 용서할 수 없다. 굶주린 인민들을 곁에 두고 꽃과 구름을 노래하고 연애를 그리는 것은 용서할 수 없다.'/ 그렇다. 윤을 불러다 놓고 훈계하듯 떠벌리던 피스톨의 소유자는 그림일 뿐 떡과 돈과 옷을 그려야 하고 노래면 역시 쌀과 고기와 그런 것만을 엮어서 떠들어야 비로소 예술일 수 있다는 모양이었다."(「사과」, 《백민》, 1947. 3, 『전집』 1권, 212~213쪽)

고 반문한다. 절규에 가까운 남북 현실에 대한 비판이 「사과」에서처럼 직설적으로 드러난 경우는 흔치 않다.

해방 직후부터 전쟁 전까지 최태응의 소설에서 우세한 장면은 친일 분자들의 영락한 삶의 면모를 비롯하여, 그 자신마저 포함된 귀국 전재민을 비롯한 월남자의 훼손된 삶이다. 「사과」의 비판적 관점은 일제 강점기 말 친일 분자의 영락과 서울에서 호사를 하며 적산(敵産) 매물을 사들이며 "마음대로 내일을 꿈꾸고 있"(『전집』 1권, 203쪽)는 현실에 대한 비판을 담은 「강변」, 세칭 '목사'로 불리며 소련 군대에서 동족의 목숨을 구해 주던 이가 월남한 뒤 몰매를 당하는 사연을 담은 「월경자」의 일화는 이북에서 겪은 공산당의 횡포를 회고하는 「북녘 사람들」, 「고향」 등과 공유하는 부분이다.[19)]

이외에도 거주지 부족 사태와 같은 현실의 소재를 다룬 「집」, 아이의 때 이른 죽음에 배급받은 사탕을 입에 물려 장례를 치르는 「사탕」과 같이 남한 사회 참상을 다룬 소품도 있다. 전집에서 누락되었으나 돋보이는 이 시기 작품의 하나로 「미아리 가는 길」(1948)을 꼽을 만하다. 이 작품은 월남 전재민으로 집을 구하던 주인공이 친일 분자들의 재빠른 변신과 비아냥 속에 무기력하게 살아갈 집과 직장을 찾아 나선다는 내용이다. 그런 다음에 주인공은 가족과 함께 임시 숙소에서 지내던 중, 뒤따라 월남한 어머니가 병고를 겪어 상을 치르게 된다. 이 슬픈 이야기에는 해방에 대한 기대치와 전망이 사라지고 친일 분자의 부박한 삶이 대비되면서 무력함이 배가되는, 월남민의 뿌리 뽑힌 삶의 도저한 슬픔이 가감 없이 아로새겨져

---

19) 최근 최태응의 월남 동기를 명시한 작품으로 「월경자」를 지목하기도 하지만, 이는 별로 관련이 없어 보인다. 오히려 「슬픔과 괴로움 있을지라도……」(1954)가 자전적인 면모를 세부적으로 드러낸 경우다. 해방과 더불어 고향을 찾은 세원이의 진남포행은, 가지 않았더라면 영영 볼 수 없는 기회였다는 서술에서 보듯이 월남의 동기는 해방 기간 달포 동안 겪은 평양의 정거장 구내에서 목도한 소련군의 행패이다. 최태응, 같은 작품, 『전집』 2권, 347쪽.

있다.[20] 이처럼 최태응의 소설에서 가장 활발하게 작품을 발표한 것도, 가장 활발하게 월남 전재민들의 훼손된 삶을 다룬 시기도 해방 공간이라는 점을 특히 감안할 필요가 있다.[21]

4

최태응의 소설은 전쟁 발발 이후, 해방 공간에서 보여 준 '월남민의 훼손된 삶'에서 '잔류 파 문인'이라는 또 다른 외생 변수 때문에 다시 한 번 많은 변화를 보인다. 우선 전쟁 발발과 함께 최태응은 공보처와 국방부 촉탁으로 주간 자격으로 《평양일보》 전시판 발행을 주도했고 종군작가단 상임위원으로 많은 종군 활동을 펼쳤다. 6·25 전쟁이 발발하자 그는 도강하지 못한 채 적 치하의 서울에서 은신했다. 그는 월남 출신의 잔류파 문인으로서 수복 직후에는 가족들을 칠곡으로 보낸 다음 촉탁 임무와 종군 활동에 나섰던 것이다. 논자들의 지적처럼 당국의 요청과 월남 작가라는 특수성이 종군 활동 참여의 구체적인 동기가 되었으나,[22] 이른바 '잠적파'였던 최태응은 「구각을 떨치고」(『전쟁과 소설 ── 현역작가 5인집』, 계몽사,

---

20) 그러나 「혈담」(1948)과 「유명의 경지에서」(1948)는 상징적이지만 자전적 화자의 재등장이라는 현상을 보여 주는 사례다. 이들 사례는 「작가」에서 보았던 작가의 소명이 험난한 시대 현실과 충돌하면서 흔들리는 지점을 보여 준다. 이 자전적 화자는 발병과 헌신적인 간호로 자신을 위무하던 구원자 여성의 죽음을 서술하고 있는데, 이는 문학 예술의 자유가 제한되는 시대 현실에 대한 무력감과 상처 입은 시대 현실에 대한 피로감의 토로와 무관하지 않아 보인다.

21) 해방 공간의 참상을 다룬 많은 작품들 중에서 최태응의 소설적 성과가 누락된 것은 국문학계의 방임이라고 판단된다. 여기에는 해방 공간의 문학에 대한 논의가 가진 일종의 부담감이 작용하는 것으로 보인다. 요컨대 문학 텍스트 자체에 한정되지 않는 이데올로기적 가변성과 그로 인한 해석의 편차가 매우 커진다는 점 때문이다. 그러나 최근 해방기 작품들에 대한 논의가 활발해지면서 이 시기의 최태응 소설은 본격적인 검토가 가능해질 토양이 마련되었다고 본다.

22) 전소영, 「월남 작가의 정체성, 그 존재태로서의 전유」, 《한국근대문학연구》 32호, 2015, 94쪽.

1951)를 비롯하여,[23] 「고지에서」, 「전선의 아침」, 「자유의 나라로」, 「무지개」 등에서 보여 주듯 주로 전시 종군 활동을 작품화한다.

그러나 그의 소설에는 전시 동원 체제 속에서조차 반공 국시에 소극적이며 심지어 이념 자체에 냉소적으로 반응하는 모순 형용의 서술이 엿보이기도 한다.[24] 1951년 11월부터 1952년 4월까지 종군 활동 중에 연재한 첫 장편 『전후파』는 그런 측면에서 전쟁 발발 이후 최태응 소설의 수원지이자 분기점 역할을 하는 작품이다. 이 장편은 폐허의 서울 거리에서 만난 옛 제자와의 낭만적 사랑이라는 이야기 틀을 취하고 있지만 작가의 자긍심을 회복한 계기가 된 작품일 뿐만 아니라 1960년대 후반에 이르기까지 발견되는 그의 소설적 특성을 고스란히 담고 있다는 점에서 그러하다.

이야기의 줄기는 가족을 둔 채 종군에 나선 무기력한 지식인 작가가 주인공이다. 그는 가족에 대한 죄책감을 안고 있으나 돌연히 종군에 나서지만 딱히 어떤 대책이 있는 것이 아니다. 이 무모하고 돌연한 결행은 이미 김동리의 「흥남철수」에서도 목격되지만, 『전후파』에서는 잔류파 문인으로서의 자기 증명, 곧 "정책 협력의 차원에서 산출된 피동적인 생산의 결과물인 동시에 스스로 전장으로 달려 나간 능동적인 생산의 산물"[25]이라는 점을 '돌연한 결행'으로 표현한 것에 불과하다. 이야기는 종군 작가로 예우받으며 군인들의 희생과 헌신이라는 전쟁의 비극적 현실을 절감하지만, 이야기의 방향은 실상 전장의 급박한 분위기와는 판이한 돈과 욕망과 부패와 범죄로 얼룩진 전쟁 이후의 도덕적 아노미에 대한 비판적 시선으로 모아진다. 여옥은 가세 몰락 후 첩과 함께 홍콩으로 떠나 버린 아버

---

23) 김미향은 「잔류파의 현실 인식과 문학적 증언」(《국어문학》 59호, 국어문학회, 2015)에서 최태응의 「구각을 떨치고」에 대해 '잠적파'로 최태응의 상황을 언급하고 있으나 1950년대 최태응 소설에서 국책 문학이 차지하는 비중과 의의는 상대적으로 낮다는 것이 필자의 판단이다.

24) 정주아, 「'정치적 난민'의 공간 감각, 월남 작가와 월경의 체험」, 《한국근대문학연구》 31호, 한국근대문학회, 2015, 50~51쪽.

25) 위의 글, 51쪽.

지 때문에 남겨진 모친과 동생들을 부양하는 가장 역할을 떠안은 직업여성이다. 어린 첩과 홍콩으로 도피해 버린 가장의 몰윤리는 전쟁 발발과 함께 도망친 이승만 정부를 우회적으로 비판하는 일종의 메타포다.[26] 여옥의 헌신과 사랑은 무능력한 작가에 대한 예우에 걸맞게 자기 연민과 보상의 방식에서 벗어나지 않으면서도 피난지에 가족을 두고 온 가장으로서의 자괴감 반대편에서는 거침없는 욕망이 작동한다.

산골 교사와 제자와의 관계에서 연인으로 진전되는 애정 관계가 지탄의 대상이 아닌 순결한 사랑으로 오인되고 사회적으로 용인되는 것은 무엇보다도 전쟁이라는 비상하고도 암울한 현실 때문이다.[27] 금전 문제로 고민하는 여옥에게 추파를 던지는 실업가 김민섭이나 양공주가 된 사회주의 시인 김유악의 아내 안나 모두 전쟁과 함께 전락하는 타락자의 대표적 표상이다. 밀무역으로 성공한 김민섭이 감옥에 갇히는 것이나 돈만이 자신을 지켜 줄 것이라 믿었던 안나가 미군 장교와 결혼을 꿈꾸다가 부산에서 자살로 생을 마감하는 것도 전쟁 속에 거칠 것 없는 욕망이 불러들인 비극의 한 단면이다.

이렇듯 『전후파』에서 담긴 아프레걸들의 면면은 타락자에서 구원자 여성, 새로운 꿈을 좇는 평범한 이혼녀인 형순 엄마에 이르도록 폭이 넓다. 이후 작품에서 『전후파』의 여성들은 먼저 서울로 피난 와서 범죄의 길로 들어선 자매(「자매」, 1953), 다방 레지 여옥(「만춘」, 1956), 전쟁 과부(「맞선」, 1956) 등 여러 계층에 속한 여성들의 사회 일화들로 확산된다. 또한 전쟁의 참화 속에 파열해 버린 가족 구성원의 죽음과 이산을 소재로 작품들

---

26) 이승만 체제와의 정책적 협력과 능동적인 산물로는 영화 「독립협회의 청년 이승만」의 원작 소설인 『청년 이승만』을 예로 들 수 있다.

27) 여옥이 동규에게 애정을 고백하고 동규가 여옥을 받아들이는 지점, 곧 동규가 언제 어느 때 떠나더라도 선의로 여겨 주고 언제 다시 나타나더라도 꼭 같이 여겨 줄 것을 부탁하며 전선으로 떠나는 장면은 「바보 용칠이」에서 보았던 용칠의 새로운 삶의 결행과 닮은 꼴이다. 하지만 동규의 처지는 온정을 베푸는 것이 아닌 온정의 시혜를 받는 자의 국면이라는 점에서 소설적 성취는 다소 퇴색된다.

인 「살처자」(1959), 「3인 가족」(1959), 「여인도」(1959), 「인간 가족」(1960), 「허기」(1961), 「영길이 엄마」(1964) 등으로 이어진다. 이 중 「여인도」(1959) 는 「바보 용칠이」에서 보게 되는 위악한 현실과 순연한 인간애로 관용하는 면모를 반복하고 있어서 주목된다. 타락한 남편을 받아들이는 여인의 태도는 전도된 「바보 용칠이」에 가깝다. 이는 모성의 발현인지 아니면 암울한 시대 현실에서 전락한 자에게 손을 내미는 '자기 연민의 문학적 확장'인지 구분하기 힘들지만 분명한 것은 저류로 이어지는 '타자에 대한 연민과 호의'라는 낯익은 '휴머니즘'의 반복이라는 점이다. 「여인도」는 모파상의 「여인의 일생」처럼 빠른 이야기 전개가 돋보인다. 하지만 「허기」의 창수 어미는 「여인도」에서 덕실이 부도덕한 애정 행각을 보이며 타락과 방종을 일삼던 진복을 포용하는 패턴을 답습하고 있어서 「바보 응칠이」에서 진전된 면모는 아니다.

그러나 '1956. 7. 새벽'으로 탈고 시간을 표기한 「상처 이후」는 1982년에 간행된 『만춘』에 「속·상처 이후」(1957)와 한데 묶여 수록된 미발표작이다. 이 작품은 특히 여기에는 1950년대 중반 상배(喪配)의 불행을 소재로 삼은 자전적 이야기이다. 아내의 죽음 이후, 그 부재에서 오는 공허감과 아내를 향한 애틋함, 가족애와 경제적 어려움 등등, 일상적 소재가 작품의 주된 줄기이다. 그러나 스쳐 가듯 언급되는 신익희의 급거(急遽, 1956. 5. 5) 대목[28]에는 이승만 정권에 대한 냉소와 변혁에 대한 기대가 물거품

---

28) "오늘(5월 5일)은 내가 늦게 돌아온 구실이랄 것도 없이 장차 열흘을 앞두고 내 나라와 내 민족의 역사가 한번 적지 않은 변동을 가져오고, 그날을 계기로 해서 또한 이 나라 이 민족의 흥망성쇠가 저으기 보람 있는 빛을 발휘하게 될는지도 모른다는 흥미와 기대 속에 나날이 낳은 사람들의 지지와 흥분까지 집중하고 떨치면서 돌진해 나아가던, 기실 보배롭고 위대한 인물이라 일컫기에 족한 대일 항쟁 독립 투쟁의 크나큰 공적자이며 민족의 지도자, 세계적 정치가 한 분이 어이없고 슬프게도 그만 꿈같이 딴 세상 사람이 되고 말았다는 사실이 나로 하여금 예사롭지 않은 마음과 발길을 혹은 하염없이 혹은 굼뜨게 만들어 주었음에 틀림이 없었다./ 세교로 '큰아버지'라 여김으로써 환국 이래 남달리 상종해 온 바 있는 백범 선생 떠나실 때 받은 충격이나 감개가 처음이라면 이번이 둘째라고 하리만큼……."(「상처 이후」, 『만춘』, 한진출판사, 1982, 177쪽)

이 된 충격을 구체적으로 표현하고 있어 흥미롭다. 이 대목이 문제적인 것은 자전적 화자의 입을 빌려 "하등의 야심이라거나 조예라고는 없는 정치야 내 알 바 아니로되 어찌 다 같은 인생으로 나서 그렇듯 개인을 떠난 생애 — 업적 — 에 대한 평가라거나 숭앙하는 마음이야 못가질 것이랴." (177쪽) 하는 탄식을 아내의 사별로 인한 충격과 방황에 잇대어 놓고 있기 때문이다. 이 같은 표현의 중첩은 정치와 거리 두기, 이데올로기와의 절연을 통해 월남민이자 잔류파 문인으로서의 비난을 회피하는 한편, 반공 체제 안에서 이데올로기와 정치적 가치 판단을 분리하는 자기 검열의 구체적인 국면에 가깝다.

전쟁 체험 구세대 작가로서 최태응은 종군 활동과는 별개로 전시 국책 문학에 부합하는 협력적 글쓰기를 수행했다는 것은 명백하다. 하지만 그는[29] 작가 자신을 포함한 변두리 인생들에 대한 애정과 관심을 바탕으로 파괴된 가족의 복원과 같은 인간적인 가치와 윤리의 옹호를 포기하지 않는 한편, '온정적 휴머니즘'을 고수함으로써 월남민의 훼손된 삶을 담은 사회 일화들을 포착해 내는 '월남 문학'의 특색을 보여 주었다.

5

식민지 말기로부터 해방기를 거쳐 전쟁과 산업화에 이르는 시대 현실 속에서, 최태응의 소설 속 인물들은 대체로 자전적인 요소와 체험의 반경에서 그다지 벗어나지 않는다. 이들은 해방 직후 월남 전재민이고 전쟁 발발과 함께 삶의 기반을 상실한 서민들로서 훼손된 삶을 살아간다. 이들은

---

29) 그런 측면에서 1950년대 이후 최태응의 소설에 부재하는 정치성은 『청년 이승만』(1960)을 집필했던 것이 체제 협력의 차원에 머문 것이었다고 판단된다. 이에 관해서는 이화진, 「극장국가로서 제1공화국과 기념의 균열」, 《한국근대문학연구》 17집, 한국근대문학회, 2007, 197~228쪽 참조. 그러나 이승만의 대표성 재현에 적극적이었다는 관점도 있다. 공임순, 『스캔들과 반공 국가주의』(앨피, 2010).

분단과 전쟁으로 가족 구성원의 죽음과 이산을 겪으며 생활의 기반을 상실한 사회적 약자와 피해자들이며, 산업화 속에 인간미를 지켜 나가거나 인간성을 잃어버린 다양한 군상이다. 이들은 어려운 시대 현실 속에 온갖 비극과 불행과 전락의 사회 일화를 담은 훼손된 삶의 주인공에 해당한다. 최태응의 소설 세계는 신변적 소재와 세태 묘사와 같은 일상 쇄말사를 담아내기도 하지만, 그 저변에는 「바보 용칠이」에 담긴 '온정적 휴머니즘'의 원리가 작동하고 있다. 해방기 서울과 적치하(敵治下)의 서울, 전쟁기의 서울 근교, 종군했던 전선, 피난지 대구와 부산 등지에 이르기까지 그의 소설세계는 식민지 산골에서부터 해방과 전쟁으로 이어진 근현대사의 상처 난 현실을 무대로 삼고 있는 셈이다.

최태응의 인물은 냉엄한 현실 원칙에 충실하게 움직이는 개인들이 아니다. 그들은 언뜻 보면 조금 모자란 듯하나 순박한 성정으로 악한과 같은 이들에게 휘둘리지만, 그렇다고 해서 타락한 세상을 욕하지 않고, 그들에게 다가가 더는 물러설 곳 없는 처지를 이해하며 그들을 감싸 안는다. 현실 세계가 가진 욕망과 열락, 전쟁 이후 범람하는 물질 향유의 온갖 부정적 세태를 관조하면서도 서술자 뒤에 어른거리는 작가의 이미지는 따스한 시선을 가진 존재로서 인간애를 잃지 않는다. 이러한 면모는 범람하는 세상의 악과 그것의 위력을 넘어서지 못하는 무기력한 수동성을 지닌 대신, 세상이 그들에게 베푼 호의에 답하는 서민들의 순박한 성정을 닮아 있고 그들끼리 지혜롭게 제휴하는 면모를 연출해 내기도 한다. 이 유연성은 불의와 악행이 만연한 사회 현실에서는 구조적 모순을 넘어서려는 현실 변혁의 논리와 결합되었다면 훨씬 더 많은 활력을 얻었을 것이다. 그러나 반공 체제는 이 같은 유연성과는 절연된 채 국가주의의 일원성만을 강요한다. 최태응 소설이 해방 공간의 생생한 사회 현실의 반영이 아닌, 신변과 세태 묘사를 통해 비정치적 성향으로 침잠하는 경로는 반공 체제가 강요하는 일원성에 어쩔 수 없이 협력해야만 하는 월남민의 삶에 깃든 기묘한 이중성과 깊은 연관이 있다. 국가에 대한 충성 맹약과 국민됨을 강요할수록 사회 변혁에 필요한 현실 비판 대신 침묵과 신변으로 퇴각하게 된다.

1930년대 후반 시작된 최태응의 문학 활동은 해방 직후 선배 문인들의 대거 월북으로 생겨난 공백을 메우며 문단 주도권을 행사한 청문협 인사들의 틈바구니에서 언론 문화인으로 활약하며 왕성하게 창작해 나갔다. 하지만 전쟁 체험 세대 작가들의 등장과 함께 순수문학파가 퇴조하면서 최태응의 문학 역시 관심 밖으로 밀려나기에 이른다. 그러나 최태응은 반공주의 국가 시스템과 길항하면서도 초기작 이후 해방과 분단과 전쟁을 거치면서 비정치적인 소재들을 작품화하는 일면을 보이기는 했으나 암울한 시대 현실을 살아간 월남민과 전쟁 피해자들의 훼손된 삶에 주목하는 일관된 면모를 보여 준 작가라는 사실만큼은 다시 한 번 상기할 필요가 있다.

제5주제에 관한 토론문

서영인 | 충남대 강사

우선 1939년 등단부터 1970년대에 이르기까지 오랜 기간 동안 방대한 양의 작품을 발표한 최태응 문학 세계의 전반을 꼼꼼히 살피고 그 문학적 경향을 면밀하게 정리하신 노고에 감사를 드립니다. 작가의 작품 세계에 대한 이러한 전반적 정리 및 고찰에 의해 주제적 접근이나 문학사적 연구가 깊이를 더할 수 있을 것이며, 그래서 이러한 작업은 이후의 연구에 매우 중요한 근거가 될 수 있다고 생각합니다.

발표자 선생님께서 지적하신 대로 최태응 문학은 1996년 전집(전 3권)이 발행된 이후 본격적으로 연구의 영역에서 관심을 얻기 시작했으며, 전집에 미수록된 작품이 상당하다는 점에서 작가론적 견지에서의 연구가 더 필요하다고 할 수 있습니다. 이 발표문은 최태응 문학의 전체적 경향을 '온정적 휴머니즘'이라 정리하면서 특히 해방 이후에서 전후에 이르는 시기, 월남 작가로서의 정체성, 체제 협력적 면모와 거기에 대한 거리 두기라는 이중적 성격에 초점을 맞추고 있습니다. '반공주의 국가 시스템'과 길항하면서 '비정치적 소재들을 작품화하는 일면', '암울한 시대 현실을 살아간 월남민과 전쟁 피해자들의 훼손된 삶에 주목하는 일관성' 등이 최태응 문학 세계의 핵심이라고 이해할 수 있습니다. 작품 해석에 전반적으로 동의하면서 1916년에 출생하여 일제 강점기 말, 해방기, 전쟁기 및 전후에 걸쳐 문학 활동을 한 최태응 문학의 세대론적 의미, 그리고 각 시대별 문학사와의 관련에 대해 몇 가지 질문을 드리고자 합니다.

우선 그의 등단 시점과 초기 문학 활동에 관련된 것입니다. 최태응은 1939년 《문장》을 통해 등단했으며 이후 1942년 무렵까지 「바보 용칠이」를 비롯, 그의 대표작들을 이 시기에 발표합니다. 「바보 용칠이」로 대표되는 작품들은 선생님의 지적대로 훼손된 삶을 감싸 안는 인간애를 보여 주는 한편 이러한 인물들이 처해 있는 환경이 가혹하게 인물들의 삶을 압박하고 있다는 사실을 놓치지 않습니다. 이른바 탈정치적인 휴머니즘으로 보이는 세계 이면에는 그러한 휴머니즘을 불가능하게 만드는 세계의 압박이 전제되어 있는 셈입니다. 최태응이 활동을 시작한 1930년대 후반은 식민주의의 파시즘이 가장 강력한 권능을 발휘하던 시대였으며, 이 시기 발표 가능한 작품은 국책 협력의 문학이 아니면 이른바 순수주의로 정의할 수 있는 순박하고 따뜻한 인간애가 최대한이었을 것입니다. 즉 그의 소박한 휴머니즘이나 순수주의는 곧 사회적 이데올로기적 압박에 대응하는 소극적이지만 최선의 결과라고 읽을 수 있습니다. 이러한 최태응의 문학 세계는 최인욱이나 김이석 등 비슷한 이력을 가진 동시대 작가들과 통하는 면이 있습니다. 그런 의미에서 일제 말기 등단하고 해방 이후 작품 활동을 계속한 작가들에게 일부 발견되는 순수주의란 시대적 맥락 속에서 읽을 때 더 적극적으로 해석할 여지가 있다는 생각이 듭니다. 이러한 일제 말기의 문학 활동 경험이 해방 이후 이데올로기적 급변의 시대 상황 속에서 순수한 인간애를 견지하고자 한 작품 경향에 어떤 원체험으로 작동했을 가능성이 있지 않을까요. 이에 대한 선생님의 의견을 듣고 싶습니다.

두 번째 질문은 해방 이후 남한 문단의 재편성 과정과 관련된 것입니다. 《백민》에 대한 선행 연구 성과에서 확인할 수 있듯이 최태응이 주로 활동한 지면과 그 활동의 궤적은 《백민》에서 《문예》로 옮겨 간 해방 이후 청문협파가 주도한 문단 형성 과정과 대체로 일치합니다. 《백민》을 중심으로 한 남한 문단의 흐름을 좌우파 문학 논쟁과 이념적 주도권 경쟁, 그리고 단독 정부 수립 이후 '순수 문학'의 한국적 이데올로기 형성과 《문예》의 창간이라는 궤적으로 정리할 수 있다면 최태응의 문학도 이와 연관이 있다고 할 수 있을까요.

물론 최태응의 문학은 이러한 흐름에 반드시 일치되지 않는 개성을 가지고 있습니다. 남한 문단의 대세에 편입됨으로써 월남 작가라는 신분적 불안을 해결하고자 했고 이러한 조건과 부딪치면서 그의 문학 세계가 형성되었다고 판단할 여지가 있습니다. 선생님께서는 최태응의 문학을 해석하면서 해방 후의 남한 문단의 형성과 이데올로기적 측면보다는 '온정적 휴머니즘'이라는 일관성에 더 방점을 두고 계십니다. 해방 후 문단 형성 과정과 관련한 최태응의 문학적 개성에 대하여 조금 더 보충해 주시면 좋겠습니다.

최태응 문학의 전반을 충실히 살피지 못한 형편입니다만, 전체적으로 최태응 문학은 소박한 휴머니즘이나 세태 묘사에 머물렀다는 아쉬움을 남깁니다. 이러한 최태응 문학의 면모는 작가론적 연구와 함께 그가 살았던, 활동했던 시대의 환경, 그리고 문학장의 구조와 연결하여 해석할 때 더 풍부하게 의미화될 수 있다고 생각합니다. 그런 맥락에서 일제 말기의 문학적 환경, 해방 후 남한 문단의 형성 과정과 관련한 질문을 드렸습니다. 이는 탄생 100주년 문인 기념 문학제가 이제 한국 현대사의 격동의 시기를 두루 포괄하면서도 그러한 시대적 변천과 문학적 길항의 과정을 더 섬세하게 짚어야 하는 국면에 이르렀음을 의미하는 것이기도 합니다. 부족한 질문이지만, 최태응을 비롯해 이 시기를 살아간 문인들에 대한 다각적 접근에 도움이 될 수 있기를 바랍니다.

최태응 생애 연보[1]

1916년(1세)   5월 16일(음), 황해도 은율군 장연읍 동부동 1051번지에서 기
              독교 장로인 아버지 최상륜(崔商崙)과 어머니 김영순(金永順)
              의 자녀 8남매 중 일곱째, 아들 5형제 중 막내로 출생.

1923년(8세)   장연공립보통학교 입학.

1929년(14세)   휘문고등보통학교 입학.

1932년(17세)   성대(경성제대) 예과 사건에 연좌되어 정학, 도일.

1934년(19세)   귀성 중 스포츠 활동(풋볼)을 하다가 고관절 탈구로 10여 차
              례 수술을 받음.

1937년(27세)   다시 서울대병원에 입원하여 5~6차례의 재수술했으나 무위.

1938년(23세)   염세와 자살 의식을 벗어나 독서와 소설 습작에 몰두함.

1939년(24세)   단편 「바보 용칠이」(《문장》 3호), 「봄」(《문장》 8호) 2편이 《문
              장》의 추천을 받음.

1940년(25세)   단편 「항구」(《문장》 14호) 역시 추천됨으로써 3회 추천을 통
              과하여 기성 작가 대우를 받음. 「취미와 딸과」(《문장》 17호)
              발표. 가을에 귀성하여 결혼함.

1941년(26세)   「산사람들」(《문장》 23호) 발표. 동경 '아테네 프랑세' 예과 및
              일본 대학 문과 수료. 단편 「어머니들」(매일신보사 《사진순보》

---

1)   이 연보는 『전후파·기타』(선일문화사, 1975), 『최태응 문학 전집』(전 3권)(권영민 편, 태학
     사, 1996), 『한국 현대 문학 사전』(권영민 편, 서울대 출판부, 2004), 안미영의 「최태응 소
     설에 나타난 전후 인식 — 전후 미발굴 장편 소설을 중심으로」(《어문연구》 42호, 우리어문
     학회, 2003) 등을 참조해 작성했음.

에 발표). 중편 「재전(再戰)」을 《문장》에 투고했으나 원고를 몰수당함.

1942년(27세)   선대(先代) 가문에서 설립한 사립 중흥학교(重興學校)(읍내에서 30리 떨어진 산간 '피아골' 소재)를 운영하면서 부부가 함께 교사로 재직함. 단편 「작가」(《춘추》 12월호) 발표.

1943년(28세)   학교마저 폐교당하고 산과 바다에서 소일함. 작품 창작과 독서에 몰두함.

1944년(29세)   맏아들 수철 출생.

1945년(30세)   10월, 단신 월남하여 중앙문화협회 상무위원으로 출판 관계 업무에 종사함.

1946년(31세)   5월, 가족들 월남하여 합류함. 전국청년문학가협회 결성에 참여함. 콩트 「매춘부」(《서울신문》 8. 25)를 비롯한 십수 편의 작품을 발표함.

1947년(32세)   맏딸 영철 출생. 민주일보 정리부장(整理部長)으로 재직함. 「사과」, 「혈담(血痰)」 등 다수의 작품을 발표함.

1948년(33세)   민중일보 편집국장으로 전직. 「월경자(越境者)」를 비롯하여 다수의 작품을 발표함.

1949년(34세)   《부인신보》 편집국장 취임. 서라벌예대 창립이사 겸 강사. 차녀 은철 출생. 한국문화연구소 소장대리 및 월간지 《별》 주간. 단편 「산다는 것」 외에 다수의 작품을 발표했으며 《백민》 9월호에 「나의 문학도 회고(文學道回顧)」를 게재함.

1950년(35세)   정신여고 교원으로 재직하다가, 6·25 전쟁 발발 후 공보처와 국방부 촉탁으로 평양 파견 주간(主幹) 자격으로 《평양일보》를 발행함.

1951년(36세)   종군작가단 상무위원으로 연 42회에 걸쳐 밤을 새워 가며 각 전선을 종군함. 「전선의 아침」, 단편 「삼인(三人)」, 「까치집 소동」, 「고지에서」, 「장산곶」 발표. 중편 「자유의 나라로」, 「조국 있는 슬픔」 등 십수 편 발표함.

1952년(37세) 삼녀 은희 출생. 가족은 피난지인 경북 칠곡군 매천동에 둔
채 서울에서 주간 《국민전선》을 발간함. 장편 『전후파』 연재
를 비롯하여 다수의 작품을 발표함.

1953년(38세) 『전후파』(정음사) 간행. 동부전선 종군 중 부상으로 후송.

1954년(39세) 대구도립병원으로 이송되어 1차 수술. 장편 『행복은 슬픔인
가』(《영남일보》, 1954. 10. 24~1955. 2. 24)를 연재하는 한편,
다수의 단편 발표.

1955년(40세) 상배(喪配). 아내가 별세한 대구'성모병원에 입원함. 장편 『행
복은 슬픔인가』(《영남일보》) 연재함. 단편 「상처(喪妻) 이후」
등 수 편의 작품 발표.

1956년(41세) 장편 『낭만의 조락』(《대구매일신문》, 3. 25~7. 3) 연재 중단함.
단편 「무엇을 할 것인가」, 「만춘(晚春)」 외 수 편의 단편을 발
표함.

1957년(42세) 「슬픈 생존자」(《세계일보》)를 비롯해 수편의 중단편을 발표함.

1958년(43세) 상경하여 문총 기관지 《문화시보》 편집국장 취임. 단편 「문단
으로 가자던 사람」 등 수편의 작품을 발표함.

1959년(44세) 모친 별세. 단편 「여로」, 「살처자(殺妻者)」 외에 다수의 작품
을 발표함.

1960년(45세) 장편 『슬픔과 고난은 가는 곳마다 ― 청년 이승만』(성봉각) 간
행함.

1962년(47세) 단편 「이렇게 큰 선물을」 외에 작품 다수 발표.

1963년(48세) 연작 「평순이 이야기」 중 「섬에서」, 「뭍에서」, 「전매국 뒤에
서」 등과 다수의 작품을 발표함.

1964년(49세) 중편 「두 불행」 등 다수의 작품 발표.

1965년(50세) 장편 「소설 경무대」(《세대》에 연재, 10회), 다수의 작품 발표.

1969년(54세) 단편 「죽음의 자리」 외에 논픽션 「대동강」(《주간조선》) 연재

함. 이어 「속 대동강」을 《자유공론》에 연재함.

1971년(56세)	『해방 문학 20년』(한국문인협회 편. 정음사 간)에 「북한문단」 집필함.
1972년(57세)	외아들 수철 결혼.
1973년(58세)	차녀 은철 출가, 미국 여행. 첫 손자 창우 출생. 부친 별세.
1974년(59세)	단편 「김노인 돌았다」(《문학사상》 12월호) 발표.
1975년(60세)	단편 「말세」(《월간문학》 4월호) 발표, 작품집 『바보 용칠이』(삼중당) 발간
1978년(63세)	「외롭지 않은 날들」(《한국문학》 4월호), 「이제 또 봄이」(《신동아》 6월호)
1979년(64세)	딸이 살고 있는 미국 동부 시카고 지역으로 이민.
1980년(65세)	캘리포니아 주 오클랜드로 이주.
1985년(70세)	재혼. 「샌프란시코는 비」(《소설문학》 3월호), 「덤 인생」(《미주문학》 3호) 발표.
1996년(81세)	『최태응 문학 전집』(전 3권)을 태학사에서 간행함.
1998년(83세)	8월 9일, 영면.

최태응 작품 연보[1]

발표일	분류	제목	발표지
1939. 4	단편	바보 용칠이	문장 3
1939. 9	단편	봄	문장 8
1940. 3	단편	항구(港口)	문장 14
1940. 7	단편	취미(趣味)와 딸과	문장 17
1941	단편	*어머니들	사진순보(작품 미확인)
1941	단편	*아기 잠들다	사진순보?(작품 미확인)
1941. 2	단편	산(山)사람들	문장 23
1942. 12	단편	작가(作家)	춘추 23
1946?	콩트	*생명	게재지 불명 (게재일자 불명)
1946?	중편	*독립 전(前)	게재지 불명
1946?	중편	*백야	게재지 불명
1946?	단편	*뒷그림자	게재지 불명
1946?	단편	*어린 전사자(戰死者)	게재지 불명

1) * 표시는 전집 미수록 작품, ? 표시는 작품이 발표된 추정 연도임.

발표일	분류	제목	발표지
1946?	단편	*돌	게재지 불명
1946. 3	단편	*점(占)	예술부락 3
1946. 4	단편	*사랑하는 사람들	여성문화 2
1946. 7	단편	강변(江邊)	대조 2
1946. 7	단편	*새벽	예술신문
1946. 7. 9~25	단편	*노 선주(老船主)	가정신문
1946. 8. 25	콩트	매춘부	서울신문
1946. 10	단편	사탕	백민 5
1947?	단편	*연정 삼제(戀情 三題)	게재지 불명
1947?	단편	*손해	게재지 불명
1947?	단편	*봉황천기(記)	게재지 불명
1947. 3	단편	사과	백민 5
1947. 4	단편	북녘사람들	문화 5
1947. 8	단편	*단편집	대조
1947. 9	단편	집	백민 10
1947. 11	단편	산(山)의 여인	백민 11
1948. 1	단편	*미아리 가는 길	구국 1
1948. 3	단편	혈담(血痰)	백민 13
1948. 5	단편	월경자(越境者)	백민 14
1948. 6	단편	*고향	신천지 26 (*전집에는 「고향바람」이 수록돼 있으나 별개의 작품임)
1948. 7	단편	*병자 연애	평화신문

발표일	분류	제목	발표지
1948. 10	단편	유명(幽明)의 경지에서	백민 16
1948. 12	단편	스핑크스의 미소	대조
1949?	단편	*소녀여 농담을 버리고	게재지 불명
1949?	단편	*산다는 것	게재지 불명
1949?	단편	*다시 사는 것	게재지 불명
1949?	단편	*현대의 고심	게재지 불명
1949?	단편	*비바람 지난 아침	개제지 불명
1949. 2	단편	돌	민성 31
1949. 3	단편	*시체	해동공론 49
1949. 5	콩트	극작가 K씨	신천지 36
1949. 5	단편	참새	백민 19
1949. 5	중편	소	문장
1949. 8	단편	슬픔과 고난의 광영(光榮)	문예 1
1949. 9. 1 ~10. 20	중편	*정원의 노래	동광신문 (27회 분재)
1949. 11	단편	*아픔 속에서	민족문화 1
1949. 11	단편	*정(情)의 고갈	영문(嶺文) 8
1950. 2	단편	슬픈 승리자	백민 20
1950. 4	단편	*현대의 고민	문예 9
1950. 4	중편	차창	문학 1
1950. 4. 16	단편	*구름	서울신문
1951?	단편	삼인(三人)	게재지 불명
1951?	단편	*까치집 소동	게재지 불명
1951?	단편	*고지에서	게재지 불명
1951?	단편	*전선의 아침	게재지 불명

발표일	분류	제목	발표지
1951?	단편	*장산곶	게재지 불명
1951?	중편	*자유의 나라로	전쟁문학선 (사병문고4) (발행연도 불명)
1951?	중편	*조국 있는 슬픔	게재지 불명
1951. 5	단편	*구각(舊殼)을 떨치고	전쟁과 소설 (계몽사)
1951. 11~1952. 4	장편	전후파	평화신문(게재지 미확인)
1952	소년소설	*감나무	학원
1952?	장편	*다시 솟는 해	국방
1952?	소년소설	*남쪽 바다	게재지 불명
1952?	소년소설	*그리운 누나	게재지 불명
1952?	소년소설	*옥색 조개껍질	게재지 불명
1952?	소년소설	*봄바람도 상쾌하게	게재지 불명
1952. 4	단편	*1952년의 표정	자유세계 3
1952. 6	단편	대가(代價) 외 삼제(三題)	문예 14
1952. 6	단편	*우리들의 길	단편소설집- 사병문고 3집 (청구문화사)
1952. 6	단편	*봄바다	희망 2권 5호
1952. 8~9	단편	*사회의 표리(表裏)	정훈 16~17 (분재)
1952. 9. 2~27	소년소설	*여인의 경우	대구매일신문

발표일	분류	제목	발표지
1952. 11	단편	무지개	자유예술 1
1953. 4, 5, 6·7	단편	*다시 솟는 해	정훈 23~25 (*정훈 25호는 6, 7 합병호)
1953. 7	단편	삼인(三人)	문화세계 1 (재수록)
1953. 7	단편	자매	신천지 54
1953. 9	희곡	폭풍우의 밤	전선문학 6
1953. 11	단편	빠이론의 수명	문예 18
1953. 11	단편	빨래터	문화세계 4
1953. 12	단편	*씨름	신천지 58
1954	단편	*나그네	게재지 불명
1954	단편	*운천(雲天)	게재지 불명
1954	단편	*무제	게재지 불명
1954. 1~1. 7	단편	*가족 계보	대구매일신문 (7회 분재)
1954. 4	단편	꿈 깨인 아침	신태양 20
1954. 4	단편	*특별실	연합신문
1954. 5	단편	옛 같은 마을	신천지 63
1954. 10	단편	슬픔과 괴로움 있을지라도	신천지 68
1954. 12	단편	태양의 수고	신태양 28
1954. 10. 24 ~1955. 2. 24	장편	*행복은 슬픔인가	영남일보 (총 106
1955. 7. 15~28	단편	*남일동에서	대구매일신문 (분재)

발표일	분류	제목	발표지
1955	단편	*사고뭉치 박일병	게재지 불명
1955. 9	단편	*고독	현대소설선 (수도문화사)
1955. 12	단편	타인	문학예술 9
1955. 12	단편	*지옥에 사는 사람들	예술집단 2
1956?	단편	*고독자	게재지 불명
1956?	단편	*둥지를 떨려난 까치들	게재지 불명
1956?	단편	*상관은 고달프다	게재지 불명
1956. 3	단편	무엇을 할 것인가?	현대문학 15
1956. 3. 25~7. 3	장편	*낭만의 조락(凋落)	대구매일신문 (총 83회)
1956. 5	단편	만춘(晩春)	문학예술 14
1956. 7	단편	*상처(喪妻) 이후	『만춘』(한진문화사, 1982)에 수록
1956. 10	단편	살인문제	문학예술 19
1956. 12	단편	맞선	자유문학 3
1957?	단편	*배추밭	게재지 불명
1957?	단편	*가을비 단편	게재지 불명
1957?	단편	*사람이고저	게재지 불명
1957	단편	*사랑의 힘	문학계 1집 (경북문학가협회)
1957	소년소설	*나의 외로움	게재지 불명

발표일	분류	제목	발표지
1957?	단편	*슬픈 생존자	세계일보(게재 일자 미확인)
1957?	중편	*지옥왕래	게재지 불명
1957?	중편	*전원의 노래	게재지 불명
1957?	중편	*스승	게재지 불명
1957. 3	단편	속(續) 상처 이후	문학예술 23
1957. 5	단편	버섯	신태양 56
1957. 5	단편	나의 주변	자유문학 5
1957. 8	단편	과거의 사람들	자유문학 6
1957. 8	단편	*해후	불교세계 2
1957. 12	단편	여명기	문학예술 32
1957. 12	단편	제삼자(第三者)	자유문학 9
1958?	단편	*갈 것과 올 것	게재지 불명
1958?	중편	*재혼 문제	게재지 불명
1958?	단편	문단으로 가자던 사람들	게재지 불명
1958?	단편	*처녀는 그런 것	게재지 불명
1958?	단편	*샘물이 맑기를	개제지 불명
1958?	단편	*소년기	개제지 불명
1958. 4	단편	추억을 밟는 사람들	신태양 67
1958. 5	단편	개살구	자유문학 14
1958. 8	단편	*액수(縊首)	사상계 61
1958. 9	단편	*낙엽	신문화 1

발표일	분류	제목	발표지
1958. 10	단편	사람이고저	자유문학 19
1959?	단편	*여로	게재지 불명
1959. 5~6	단편	살처자(殺妻者)	자유문학 26~27
1959. 11	단편	3인가족	사상계 76
1959. 12	단편	여인도(女人道)	문예 2
1960. 8, 12	중편	인간가족	자유문학 41, 45
1960?	단편	*외할머니	게재지 불명
1961?	단편	*간첩기	게재지 불명
1961?	단편	*동수 엄마	게재지 불명
1961	소년 소설	*아이미 이야기	학원(게재일자 미확인)
1961. 1	단편	허기	현대문학 73
1961. 8	단편	된서리	현대문학 80
1962?	단편	*이렇게 큰 선물을	게재지 불명
1962?	단편	*수리채 처녀	게재지 불명
1962. 6	단편	그 고요하던 산간	자유문학 60
1964?	단편	*섬에서	게재지 불명 ('평순이 이야기' 연작)
1964. 7	단편	뭍에서	문학춘추 4 ('평순이 이야기' 연작)
1964. 9	단편	영길이 엄마	문학춘추 6

발표일	분류	제목	발표지
1964. 10	단편	대폿집에서	문학춘추 7 ('평순이 이야기' 연작)
1964	단편	*전매국 뒤에서	게재지 불명 ('평순이 이야기' 연작)
1964. 12	단편	역풍의 계절	현대문학 120
1964?	중편	*두 불행	게재지 불명
1964?	중편	*고향에 왔다	게재지 불명
1965?	단편	*십년지계	게재지 불명
1965. 11	단편	계기	문학춘추 16
1966	소년 소설	*소년 조선	게재지 불명
1967. 1~12	장편	*경무대	세대 42-48, 51-53
1969. 8	단편	서울은 하직이다	신동아 60
1969?	단편	*슬픔의 종착역에서	게재지 불명
1969?	단편	*여인의 우는 내력	게재지 불명
1969?	단편	*그때를 생각하면	게재지 불명
1970?	단편	*변두리	게재지 불명
1970. 2	단편	죽음의 자리	월간문학 16
1972	단편	*두 집에 영광이	게재지 불명
1972	콩트	*낡은 성을 수리하라	게재지 불명
1974. 12	단편	김노인 돌았다	문학사상 27
1975. 4	단편	말세	월간문학 74
1976	단편	*일장춘몽	한국문학?

발표일	분류	제목	발표지
			게재지 미확인
1976. 3	단편	하늘을 보아라	한국문학 29
1976. 12	단편	외로운 사람들	한국문학 38
1977. 3	단편	못사는 이유	현대문학 267
1977. 7	단편	인(忍)	현대문학 271
1978. 4	단편	외롭지 않은 날들	한국문학 54
1978. 6	단편	이제 또 봄이	신동아 166
1979. 3	단편	아빠 보고 우는 아기	한국문학 65
1985. 3	단편	샌프란시스코는 비	소설문학
1985. 6	단편	*덤 인생	미주문학 3
1988	단편	*하나 남은 천사	미주문학 6
1995	단편	*노마네	『33인의 만남』 (샌프란시스코 문학 1집)
1953	소설집	전후파	정음사
1960	소설집	슬픔과 고난은 가는 곳마다 —청년 이승만	성봉각
1975	소설집	전후파·기타	선일문화사
1975	소설집	바보 용칠이	삼중당
1982	소설집	만춘	한진출판사
1996	소설집	최태응 전집(전3권)	태학사

『전집』수록작 77편, 95편의 작품명 확인. 총 173편.

장편 5편(미완 1편), 중편 13편, 연작 소설 3편, 단편 147편(콩트 4편 포함), 희곡
1편.

*작품 연보에는 포함시키지 않은 공편저와 논픽션은 다음과 같다.

김영수, 김진호, 최태응 공저,『판문점의 비둘기: 김삿갓 북한 방랑기』, 대양문화
사, 1965.

최태응 조성출 공편,『승공문학독본』, 익성문화사, 1975.

최태응 편역,『모택동』, 신태양사, 1973.

_____,『모택동: 아시아의 공포』, 한국출판공사, 1984.

최태응 편,『세계의 신화』, 아카데미, 1975.

최태응 편,『세계의 우화』, 아카데미, 1975.

작성자 유임하 한국체대 교수

문학의 기회균등과 신념의 시*

장만호 | 경상대 교수

1 들어가며

파성(巴城) 설창수(1916~1998)는 800편에 가까운 시를 창작한 시인이었으며 11편의 희곡을 창작하고 상연한 극작가였다. 진주 지역을 포함한 경남 지역 문학·문화 운동의 기획자였으며, 총 224회의 시화전을 개최한 전시예술가였다. 그는 또한 불온사상을 이유로 일제에 의해 2년 만기의 옥살이를 한 독립운동가였으며,[1] 문교부 예술국장, 초대 참의원, 전국문화단

---

* 이 글은 필자가 《우리문학연구》 51집(2016. 7)에 발표한 「설창수론: '전인'의 문학과 의지의 언어」를 재수록한 것이다. 또한 논의의 효율성을 위해 '2장 해방기 지역 문학의 역설과 설창수' 부분은 필자의 다른 글 「해방기의 지역문학론 — 파성 설창수를 중심으로」(《우리어문연구》 45집, 2013)에서 가져왔음을 밝힌다.

1) 설창수는 1939년 교토 리쓰메이칸 대학교 예과 야간부에 입학하고, 이듬해인 1940년 니혼 대학교 예술학원(전문부) 창작과에 입학한다. 1941년 키타큐슈의 한 저수지에서 일하던 중 '고등계 형사대'에 연행, 부산으로 이송되어 불온 사상을 이유로 2년 형을 선고받고

체총연합회 의장, 전국문학협회장, 《경남일보》의 주필 및 사장을 역임하는 등 정치인, 문화 정책인, 언론인의 삶을 살았다.

간단한 이력에서도 알 수 있듯이 설창수의 생애는 어느 한 면을 강조하기 어려울 만큼 역동적이고 다면적이었다. 그럼에도 설창수의 문학 이력과 사회 활동에서 가장 중요한 의미를 찾아야 한다면 다음의 두 가지를 들 수 있다. 첫째는 그가 해방 후 진주 지역을 중심으로 지역 문학과 이와 연계한 문화 활동을 전개했다는 사실이다. 주지하듯 해방기의 최대의 화두는 '새로운 국가 건설'이었다. 좌파와 우파 문인들은 공통적으로 새로운 국가의 문학이 '민족 문학'이어야 함을 주장했고 그 실질적 내용과는 별개로 '민족 문학'이라는 기표를 자기 진영의 기치로 삼고자 했다. 해방기 문단의 이 같은 특성상 '지역 문학' 수립을 주창하고 이에 헌신한 설창수의 활동은 해방기 문학에서 그 예외성만큼 충분한 의의를 지닐 수 있을 것이다. 설창수 활동의 또 다른 의의는 그의 독자적인 문학론인 '전인문학론'에서 찾을 수 있다. 그는 '전인문학론'이라는 문학론을 고안하고 이를 문학적 방법과 사회적 실천의 원리로 삼았다. 본론에서 자세히 기술하겠지만 그의 '전인문학론'은 문학관이면서 동시에 윤리적·실천적 지침이었다. 지역 문학과 민족 문학을 아울러 포괄할 수 있는 보편적 성격을 지닌 것이기도 했다. 앞서 말한 설창수의 해방기 활동은 이 같은 전인문학론의 토대 위에서 전개된 것이었는데, 단순한 문학론에 그치지 않고 이를 통해 민족 문학과 지역 문학의 이론적 지침을 삼고자 했다는 점에서 그 특이성을 설창수 문학 활동의 의의로 평가할 수 있겠다.

1944년 3월 만기 출소한다. 설창수는 법정의 최후진술에서 "내가 공부하는 시는 진실의 땅에서라야 꽃피는 것이다. 아닌 것을 긴 것으로 거짓을 참으로 믿을 수는 없다. 소중대 (학교 : 인용자 주)의 각급 은사나 일본 시대의 의식주고 학우들, 일본인은 우리 겨레와 마찬가지로 착하였다. 그러나 끝내 迷信할 수 없기에 각 자유성을 인정한 동양주의자는 될지라도 내가 일본인이 될 순 없다."라고 진술한다. 1년 반이 구형되었으나, 이 발언 탓인지 그는 2년형을 선고받는다. 심문을 받는 과정에서 가족들은 그가 써 왔던 많은 시들과 글들, 일기장들을 소각한다.(설창수, 『나의 꿈 나와 조국』(시집)(동백문화, 1992), 212~215쪽)

설창수에 대한 기존 연구들 역시 이 점에 주목하고 그의 지역 문학 수립 활동과 문학론, 그리고 설창수가 간행했던 지역 문예지《영문》의 성격을 고찰했다. 설창수의 지역 활동에 주목한 연구들은[2] 민족 문학 논쟁에 집중하고 있던 해방기 문단에서 설창수의 지역 문학과 문화 활동이 갖는 의의와 성격을 규명하고자 했다. 박태일의 논의는 설창수에 관한 자료를 정리하고 이를 연구 대상으로 삼은 최초의 연구로서 의의를 지닌다. 그는 설창수를 '근대 지역 문학의 발견자'로 호명하면서 그의 진주 지역 활동과 지역문학론이 지닌 성격을 상세히 고찰하고 있다. 그에 따르면 설창수의 지역문학론은 신민족 문학이면서 지역 문학이었고, '일체5원칙'이라는 구체적 행동 지침을 거느린 실천문학론이었다. 박민규는 '청문협'과 '문총' 등 중앙 시단과의 관계 속에서 설창수의 활동을 살펴보고 설창수의 시론을 '순수시론', '신민족시론'의 성격을 지닌 것으로 파악했다. 장만호는 해방기 문학장에서 설창수의 지역문학론이 지니는 위상을 '해방기 지역 문학의 역설'로 설명하고자 했다. 이 시기 좌파 및 북한 문인들이 '지역 및 직역 문학'의 수립을 강조했지만『응향』사건에서 보듯 지역 문단에 대한 중앙 문단의 통제로 이어진 점, '청문협' 등 우파 문인들이 지역 문학에 대한 별다른 관심을 보이지 않았는데도 오히려 이 점이 지역 문학의 자생적 발전을 가능케 했다는 점을 논구함으로써 설창수의 지역문학론이 지닌 당대적 의의를 살폈다. 유경아의 경우, 설창수의 전인문학관이 '유가의 전통적 시인 의식과 상통하는 특성을 지니며, 온전한 인간이라는 르네상스적 인본주의 이상'과 연결된 것이라는 점을 밝히고자 했다.[3] 이외 설창수의 희곡에 관한 연구,[4]《등불》→《영남문학》→《영문》으로 개

---

2) 박태일, 「한국 근대 지역 문학의 발견과 파성 설창수」,《로컬리티 인문학》1집, 2009 ; 박민규, 「해방기 경남 지역의 시 운동과 시 이념」,《한국문학이론과 비평》57집, 2012 ; 장만호, 「해방기의 지역문학론 ― 파성 설창수를 중심으로」,《우리어문연구》45집, 2013.

3) 유경아, 「파성 설창수의 전인문학관 고찰」,《현대문학이론연구》41집, 2010.

4) 김봉희, 「파성 설창수의 광복기 희곡 연구」, 김봉희 외, 『파성 설창수 문학의 이해』(경진, 2011).

제(改題)되면서 18집까지 간행되었던 《영문》에 대한 서지적 연구와 수록 작품의 정리를 통해 설창수의 지역 문학 운동의 전개 양상을 살펴본 연구,[5] 설창수의 진주에서의 생활과 문학 활동을 정리한 연구,[6] 설창수가 진주 지역에서 함께 활동하던 조진대, 이경순과 함께 간행한 《삼인집》의 성격을 밝힌 연구,[7] 설창수 시의 특징들을 개괄적으로 정리한 강희근의 연구[8]가 있다.

이상의 선행 연구들은 현재까지 설창수에 관한 논의의 대부분을 이루고 있는데, 앞서 언급한 바와 같이 해방기 지역 문학 운동과 그의 '전인문학론'에 대한 연구가 주를 이루고 있다. 그러다 보니 설창수의 시가 지닌 미적 특질이나 주제적 측면 등에 대해서는 강희근의 경우를 제외하고는 찾아보기 힘든 실정이다. 기존의 논의에 덧붙여 설창수 시에 대한 고찰이 필요한 것은 이 때문이다. 이 논문은 설창수의 지역 문학 수립의 노력과 그의 전인문학론의 성격을 기술하고, 설창수 시의 한 특징이 '신념'과 '의지'의 시적 형상화에 있음을 밝히고자 한다.

2 해방기 지역 문학의 역설과 설창수

앞서 살펴본 바와 같이 설창수가 한국문학사에서 차지할 수 있는 중요한 의의의 하나는 그가 전개한 해방기의 활동과 특유의 지역 문학 수립 노력에 있다. 설창수에 대한 본격적인 논의에 앞서 해방기의 지역 문학이

---

5) 문옥영, 「문예지 《영문》 연구」, 경남대 대학원 석사 학위 논문, 2010.
6) 한정호, 「설창수의 문학살이와 진주」, 김봉희 외, 같은 책.
7) 이순욱, 「근대 진주 지역 문학과 『삼인집』」, 《지역문학연구》 10집, 2004.
8) 강희근, 「설창수 시 연구」, 유재천 외, 『경남의 시인들』(박이정, 2005) ; 『오늘 우리 시의 표정』(국학자료원, 2000) ; 『경남 문학의 흐름』(보고사, 2001). 강희근은 이 논의들을 통해 설창수 시의 특성을 '祖孫에의 지향', '受刑 의식', '불가적 세계'로 요약·평가했다. 설창수의 시에 국한한 논의라는 점에서 의의를 찾을 수 있으나, 대부분 개략적이고 인상적인 평가에 그치고 있다는 점이 아쉬움으로 남는다.

처해 있던 상황을 살펴볼 필요가 있을 듯하다.

　해방기라는 시기적 특성과 '지역' 문학이라는 내재적 특성상 '지역 문학'에 대한 관심은 지역의 중대 관심사일 수는 있었지만, 중앙이 고민해야 할 문제는 아니었다. 중앙이 보기에 지역의 문제는 어디까지나 민족 문학의 수립과 연결되어야 할 부분이며, 민족 문학 담론을 발명한 중앙으로서는 이를 어떤 방식으로 효율적이고 체계적으로 전파할 수 있을지를 고민했던 것으로 보인다. 이 시기 좌익과 북한 문단의 중대 관심사 중의 하나였던 '문예의 대중화' 문제는 이에 대한 중앙 문단의 고민의 결과인 셈이다. 그러나 결론부터 말하자면, 지역은 '문예의 대중화'를 전개해야 하는 여러 대상 중의 하나였으며, 통제되어야 하는 객체로 이해되었다.

　'조선문학동맹'으로 일시적 통합 단계를 거친 조선문학건설본부와 조선프롤레타리아문학동맹은 전국문학자대회(1946. 2. 8~9)를 통해 '조선문학가동맹(이후 '문맹'으로 표기)'으로 정식 통합되면서 '제1회 전국문학자대회 결정서'를 채택한다. 이 결정서에서 문맹은 "민중 자신이 문학적 창조 능력을 발현 육성"하기 위한 방침을 수립할 것과 "문학의 대중화와 문학 운동의 도시 편중주의를 시정"할 수 있는 방침을 작성 실행할 것을 결정했다.[9] 민족의 구성원을 '인민'으로 규정했으므로 민족 문학의 창작과 향유 역시 인민 대중의 것이어야 한다는 인식의 결과였다고 할 수 있다. 그러나 결정서에는 이를 실현할 구체적 방안을 명시하지 않았다. 이로부터 1년여 후 문맹의 3차 중앙집행위원회가 결정한 「지방 조직에 대하야」에 이르러서야 이에 대한 실행 방안이 제시되었는데, 그 주된 내용 중 하나는 각 지부 하에 "동맹(조선문학가동맹)의 취지 강령에 찬동하는 그 지역 또는 직장의 문학동호인"을 중심으로 맹우회를 설립하고 소설, 시, 평론, 희곡, 아동 문학, 계몽 운동, 연구반 등을 구성하도록 한 것이었다.[10] 그러나 지역(地域)과,

---

9) 「제1회 전국문학자대회 결정서」, 문맹서기국 편, 『건설기의 조선 문학』(백양당, 1946), 198~199쪽.

10) 「地方組織에 對하야」, 《문학》 창간호, 조선문학가동맹, 184~186쪽.

직장을 배경으로 하는 맹우회의 설립은 주로 직역(職域)에서만 성과를 거두었고 '결성이 미비했던 지역 맹우회는 이후 「문학운동의 대중화와 창조적 활동의 전개에 관한 결정서」에 따라 지부에 통폐합'되기에 이른다.[11]

이처럼 지방 문화의 조직화와 각종 "써-클" 조직을 통한 대중화 운동은 서울이 아닌 지역에까지 문화적 영향력을 발휘함으로써 지역 문학의 수립에 일정 정도 기여할 가능성을 보여 준 것이었지만 실제적 의미에서 '지역 문학'의 수립에 기여할 바는 별로 없었던 것으로 보인다. 인민 개개인에게 문화 및 문학의 향유와 창작 기회를 제공함으로써 민족 문학을 수립하고자 했지만, 실제로는 "지부를 거점으로 하여 문학을 통한 계몽 운동"을 목적으로 삼았기 때문이다. 문학 운동의 지역화가 아니라 "문학 운동의 전국화를 도모"한 셈인데,[12] 특정 지역의 역사성과 공간성을 전제로 개성 있는 지역 문학을 만들어 내고자 한 것이 아니라 이를 소거함으로써 '인민'이라는 일반성으로 균질화된 공간을 창출하고자 했던 것이다. 이 점에서 문맹의 문예 대중화는 지역 문학의 수립과는 정 반대되는 결과를 낳을 가능성이 있었다.[13]

더 큰 문제는 문예의 대중화 운동과 이에 따른 각 지부 및 맹우회의 설립 과정에서 이 단체들이 중앙이 지역을 조종하고 통제하는 도구로 이용

---

11) 지역 맹우회의 지부에의 통폐합에 관해서는 박민규, 「조선문학가동맹 '시부'의 시 대중화 운동과 시론」, 《한국시학연구》 33호, 한국시학회, 2012, 191~192쪽 참조.

12) 인용 부분은 「문학 운동의 대중화와 창조적 활동의 전개에 관한 결정서」, 《문학》 3호, 1947. 4.

13) 물론 이와 같은 결론이 더욱 타당성을 얻기 위해서는 문맹의 결정서와 중앙 문단의 담론에 대한 검토 이외에 이 시기 결성된 문학가동맹의 지부의 활동 및 발간 매체들의 확인이 필요하다. 박정선은 문학가동맹 지부 중 가장 먼저 결성된 '진주 지부'의 예를 들면서 이 단체에서 발간된 매체들을 확인하고 재구성함으로써 해방기 대중화운동의 실상을 확인할 필요성을 강조했다. 이는 이 시기 지역 문학의 성격을 확인하는 데서도 그대로 필요한 일이라고 판단된다. 이에 대한 부분이 이 글의 숙제로 남는다. 문학가동맹 진주 지부의 창립과 관련된 문제에 대해서는 박정선, 「해방기 조선문학가동맹의 문화 대중화 담론과 조직적 실천」, 《어문학》 39집, 한국어문학회, 2006, 443쪽 참조.

될 수 있다는 점이었다. 앞서 언급한 문맹의 3차 중앙집행위원회가 결정한 「지방 조직에 대하야」는 각 지부로 하여금 "중앙에서 발행하는 간행물의 배포, 판매 대리, 맹원 부담금 수납 또는 그 지역에서 발행하는 간행물을 중앙에 송부하는 외, 문학 활동상 필요한 정상(情相)을 보고하는 임무를 수행"하도록 명시해 놓고 있다. 이는 중앙과 지방 간의 유기적 연결을 위한 조치일 수 있지만, 다른 한편으로는 지방에 대한 중앙의 감시의 역할을 할 수 있는 것이었다. 중앙의 이념이 권위적으로 도식화될 경우 지역은 언제든지 수정되고 비판될 수 있는 객체로 전락할 수밖에 없는 것이었다.

실제로 이러한 위험은 북한 문단에서 『응향』이라는 사건을 통해 현실화된다.

> 『응향』의 집필자는 거의 모두 원산문학동맹의 중심인물이다. 더욱 『응향』에 수록된 작품의 하나나 둘이 이상 지적한 바와 같은 경향을 가진 것이 아니고 여러 사람이 거의 동상동몽인 데에 문제의 중요성이 있다. 즉 원산문학동맹이 이러한 이단적인 유파를 조직으로 형성하면서 있는 것을 추단할 수 있는 것이다. 이것은 내로는 북조선예술동맹을 좀먹는 것이며 외로는 아직 문화적으로 약체인 인문 대중에게 악기류(惡氣流)를 유포하는 것이 된다.
>
> (중략)
>
> 二, 원산문학동맹이 이상에 지적한 바와 같은 과오를 범한 데 대하여 그 직접 지도의 책임을 가진 원산예술연맹이 또한 이러한 과오를 가능케 하는 사상적 정치적 예술적 약점을 가지고 있음을 지적하는 동시에 동연맹은 속히 이 시정을 위한 이론적 사상적 조직적 투쟁 사업을 전개할 것이다.[14]

북조선문학예술총동맹(이하 '북예총'으로 표기) 중앙상임위원회의 이름으로 발표된 『응향』에 관한 결정서는 이 시기 북한의 지역 예술 단체가 북예

---

14) 북조선문학예술총동맹 중앙상임위원회, 「시집 『응향』에 관한 결정서」, 《문학》 3호, 1947. 4, 72~73쪽.

총이라는 중앙 단체와 유기적인 상하 관계를 형성하고 있었음을 보여 준다. 이 시기 북한은 북예총 산하에 원산예술동맹을, 원산예술동맹 산하에는 역시 원산문학동맹을 설치함으로써 상하 단체의 위계적 질서를 수립하고 있었던 것이다. 이 같은 위계적 질서의 수립은 곧 지방 문단에 대한 중앙 문단의 효율적이고 강력한 통제를 위한 것으로 사용되었다. 북예총은 이와 같은 체계를 통해 『응향』의 발매를 금지하고 현지에 검열원을 파견하여 시집 『응향』이 편집 발행되기까지의 경위를 상세히 조사할 것을 결정했다. 또한 시집 『응향』의 편집자와 작가들과의 연합회의를 개최하도록 함으로써 작품의 검토, 비판과 작가의 자기비판을 명령했다. 원산문학동맹의 사상 검토와 비판을 행한 후 책임자 또는 간부의 경질과 그 동맹을 바른 궤도에 세울 적당한 방법을 강구하도록 지시했다. 나아가 해당 결정서가 발표될 때까지 원산문학동맹에서 발간한 출판물 중 북예총에 보내지 않은 것을 조사하여 그 내용을 검토할 것, 마지막으로 시집 『응향』의 원고 검열 전말을 조사할 것을 지시했다. 일련의 과정을 거쳐 북한은 함흥 지역에서 발간된 문학 서적 및 잡지들을 조사하고 이를 통제하기에 이른다. 함흥에서 출간된 모기윤의 『문장독본』, 《써클 예원》, 《예술》을 인민과 분리되고 인민의 요구에 배치되는 예술이라 규정한다. 이에 따라 『문장독본』의 발매 금지 조처, 《써클 예원》 3집과 《예술》 3집, 『오후』 등의 편집진 전원을 교체하기에 이른다.[15]

한설야는 북한의 북예총이 대중 조직으로서 출발했으며 이 대중 조직의 결성과 정도가 남한의 문맹보다 더 크다는 점을 내세워 문학의 중심이 평양으로 이동했음을 주장했다.[16] 이찬 역시 북한의 문예 대중화가 면에서부터 시, 군, 도로 연결되는 "군중적 기반"에서 형성되었다는 사실을

15) 이 시기 함흥 지역 문학의 검열 및 통제에 대해서는 신형기·오성호, 『북한문학사』(평민사, 2000), 73쪽 참조.

16) 한설야, 「예술 운동의 본질적 발전과 방향에 대하여」, 『해방 기념 평론집』, 1946. 8. 이선영 외 편, 『현대 문학 비평 자료집』 1(태학사, 1993).

들어 평양 중심의 문학이 남한 서울 중심의 문학보다 우위에 있다고 주장했다.[17] 이는 당대 북한 문인들의 자신감의 피력이면서 서울에 대항하는, 혹은 서울을 능가하는 새로운 중심의 선언이었다고 할 수 있다. 그러나 이는 동시에 이 시점까지 지속되어 온 '서울이라는 중앙'에 대한 '평양이라는 지방'의 열등감을 내재하고 있는 발언으로 읽히기도 한다. 역설적이게도 이와 같은 평양 중심주의는 또다시 북한 내의 다른 '지방(원산)'에 대한 억압과 통제로 이어졌던 것이다.

『응향』과 관련된 일련의 사건은 북한문학의 관료주의적 경도를 나타내는 지표,[18] 문학에 대한 관료적 제재,[19] "북한 문학의 다양한 스펙트럼이 도식주의적 경향으로 획일화되는 상징적 사건"[20]으로도 평가될 수 있지만, 해방기 북한 내에서 새롭게 창출된 평양이라는 중앙 문단의 지방 문단에 대한 정치·문학적 통제가 본격적으로 작동되고 있었음을 보여 준 사건이라고도 할 수 있다. 이 같은 정황에서 『응향』 사건 이후 북한의 '지역 문학'이란 중앙문단의 노선, 나아가 북한의 정치 이념과 사회 제도를 내면화하거나 복사하는 방향으로 나갈 수밖에 없었던 것으로 보인다.

결국 해방기 좌익과 북한 문단의 '지방 문화' 수립이란 문예 대중화를 위한 써클 결성의 일환이었고 지방에 대한 통제와 억압으로 전개되었다. 그렇다면 우익의 지역문학에 대한 관심은 어떠했을까.

문필가협회 내지 문화단체총연합회가 작년 3월 발족 후 과연 얼마만한 투쟁을 해왔스며 진정한 민족 문화 수립에 얼마쯤 이바지하여 왔는가 이 문제는 당연히 제기되어야 하며 자체 내에서도 어느 정도 자기비판의 침통을

---

17) 이찬, 「예술 문화의 군중 노선」, 『해방 기념 평론집』, 이선영 외 편, 앞의 책.

17) 이찬, 「예술 문화의 군중 노선」, 『해방 기념 평론집』, 이선영 외 편, 앞의 책.
18) 김재용, 『북한 문학의 역사적 이해』(문학과지성사, 1994), 128~130쪽.
19) 신형기·오성호, 앞의 책, 73쪽.
20) 오태호, 「'『응향』 결정서'를 둘러싼 해방기 문단의 인식론적 차이 연구」, 《어문논집》 48집, 중앙어문학회, 2011, 41쪽.

느끼고 있는 모양 같으나 우익 진영의 정치적 혼란을 여실히 반영하야 오늘날 그 주체의 소재조차 분명치 못한 현상이며 그리고 활동의 질적인 면은 고사하고 성명 한 장 바로 내지 못하는 약체화한 현상임을 부인할 용기가 있는가.[21]

그 결과를 떠나 좌익이 인민성에 기반한 민족 문학을 주장함으로써 자연히 인민과 대중, 그리고 농민과 여성의 문제, 나아가 지역의 문제에도 일부 관심을 기울인 것에 비한다면 우익의 대표격인 청문협의 조직적 활동은 익히 알려진 바대로 좌익에 비해 상대적으로 미미한 것이었다. 『국어대사전』의 출간 기념 행사에 문맹이 축사를 보내왔으나 청문협이나 문총 등의 우익 단체들은 별다른 움직임을 보이지 않았음을 개탄한 이 글은 이 당시 우익의 활동의 정도를 보여 주는 하나의 예에 해당한다. 이 시기 청문협 중심의 문인들은 "문학으로 무엇을 할 것인가를 가지고 경쟁한 것이 아니라 문학으로는 다른 무엇을 하지 않는 것을 '민족 문학'의 무기"로 삼았다는 점에서 어찌 보면 이는 당연한 결과일 수도 있다.[22]

애초 '민족문학론'의 선편을 좌익에게 빼앗긴 우익은 좌익의 민족문학론과 반대적 입장을 취함으로써 자신들의 민족문학론을 완성할 수 있었다. 좌익의 민족문학론을 경향성과 당파성으로 규정함으로써 '일체의 공식적 예속적 경향의 배격'이라는 자신들의 일부 강령을 대타적으로 선택할 수 있었던 것이다. 청문협의 강령은 '자주독립에 문화적 헌신'과 '민족문학의 세계사적 사명의 완수', '일체의 공식적 예속적 경향을 배격'하고 '진정한 문학 정신을 옹호'하자는 선언에 머물렀을 뿐, 이에 대한 구체적 활동 사항이나 규정을 두지는 않았던 것이다.

그러나 지역 문학의 관점에서 본다면 우익 문학 단체의 이 같은 태도가 지역 문학 수립에 긍정적 역할을 할 수 있는 역설적 상황이 전개될 수 있

21) 「重刊 二週年 記念特輯 ― 解放後 三年의 回顧와 展望」, 《동아일보》, 1947. 12. 2.
22) 김한식, 「『백민』과 민족 문학 ― 해방 후 우익 문단의 형성」, 《상허학보》 20집, 2007, 256쪽.

었다. 좌익과 북한 문단의 경우처럼 중앙의 통제와 간섭이 개입될 여지가 거의 없었다는 점에서 지역 내의 자율적 문학 수립 운동이 전개될 가능성을 확보할 수 있었다. 실제로 이에 대한 구체적인 활동이나 계획이 어떠했는지는 아직 밝혀지지 않았지만 청문협 경남 지부가 발족(1946. 6. 22)되면서 청문협 강령에 "지방 문화의 육성과 향토 문학의 건설을 기함"이라는 네 번째 강령을 추가한 것이 이 예에 해당한다.[23] 또한 경상 지역에서 발행된 대구의 《죽순》, 마산의 《낭만파》, 진주의 《영문(嶺文)》 같은 경우도 지역적 요구에 의한 자연 발생적인 문학 잡지였다고 할 수 있다.

정치적·문학적으로 혼란을 거듭했던 해방기에서 우익 문학 단체의 비활동성은 지역 문인들의 비판의 대상이 될 수 있었다. 지역 문인들은 지역 문단에 대한 관심을 요구할 수 있었고, 지역 문단에 관심을 갖지 않는 중앙 문단을 비판할 수 있었다. 공식성과 예속성을 배격하고자 했던 우익 문학 단체에게 공식적 역할을 수행하도록 종용할 수도 있었다. 중앙 문단의 민족문학론 자체에 대해 근본적으로 회의할 수 있는 가능성도 있었다. 좌익과 북한의 문단이 '지방 문화'를 강조하고 이를 실현시키고자 했지만 실제로는 중앙 문단의 통제와 감시라는 결과를 낳았던 것과는 반대로 지방 문학에 대한 우익 중앙 문단의 무관심이 지역문학론이 탄생할 수 있는 계기를 마련할 수 있는 역설적 상황이 전개된 것이다. 그리고 이 역할을 설창수가 맡았던 것이다.

3 문학·문화 활동 방법으로서의 '투쟁과 정진'

설창수는 1940년 니혼 대학교 예술학원(전문부) 창작과에 입학하고 1941년 키타큐슈의 한 저수지에서 일하던 중 불온 사상을 지녔다는 이유로 일제에 의해 2년 형을 선고받는다. 1944년 3월 만기 출소 후 진주에

---

23) 청문협 경남 지부는 1946년 6월 22일 부산 동대신정 광신국민학교에서 결성되었으며, 하기락, 탁창덕, 조주흠, 천세욱, 오영수 등이 준비위원이었다. 《동아일보》 1946. 6. 15.

정착하여 해방을 맞이한 그는 진주 지역을 기반으로 문학과 문화 활동을 전개하기 시작한다.[24] 1945년 해방 직후 '칠암청년대'라는 단체를 조직하여 진주 지역의 치안 유지에 힘썼고, 같은 해 12월에는 '진주문화건설대'의 문예부장을 맡으며 지역의 계몽 활동에 주력했다.[25] 1946년에는 《경남일보》의 주필에 취임하여 반공정신 고취를 포함한 사설을 발표했으며, 1947년에는 '진주시인협회'를 결성하고 지역 문예지 《등불》을 발행했다. 1948년 진주시인협회가 영남문학회로 전환되면서 《영남문학》(5집, 1948. 6)으로 개제되고, 다시 《영문》(7집, 1949. 4)으로 개제되는 이 잡지는 1960년 18집을 마지막으로 간행될 때까지 300여 명의 필자가 900여 편의 글을 싣는다.[26] 자신이 발행인을 맡아 많은 공을 들였던 이 잡지를 통해 설창수는 자신의 작품과 문학 이론들을 전개해 나갔다.

주목할 점은 설창수의 진주 지역 활동이 '진주문화건설대', 《경남일보》, 《영문》 등 다양한 매체와 방법을 통해 다각적으로 전개되고 있었다는 점이다. 설창수는 '진주문화건설대'를 통해서는 지역민들에 대한 계몽 운동을, 진주 지역을 기반으로 하는 《경남일보》를 통해서는 반공 사설 등을 발표함으로써 좌익 세력 및 공산주의 사상과의 투쟁을, 문학 잡지 《영문》을 통해서는 지역 문단의 수립과 소속 문인들의 문학적 역량 강화를 도모하고자 했다. 그의 표현을 빌리자면 "文建(진주문화건설대: 이하 인용자 주)의 계몽, 慶日(경남일보)의 투쟁, 嶺文(잡지 《영문》)의 정진을 운동 면의 삼대 주축"[27]으로 삼았던 것이다. 이처럼 문화 단체의 조직을 통한 선전, 언론을 통한 여론의 조성과 쟁점의 사회적 환기, 문예지를 통한 발표지면의 확보와 문학 역량 강화, 문학 단체 구성과 소속 구성원의 관리라는 일련의

---

24) 설창수의 해방기 활동과 이력에 대해서는 그의 시집과 전집 및 수필집 외에 김봉희 외, 『파성 설창수 문학의 이해』(도서출판 경진, 2011)에 실린 연보를 참고했다.

25) 박태일에 따르면 진주문화건설대는 그 산하에 미술, 문학, 연극, 무용, 계몽, 후생에 걸친 부서를 두고 계몽 활동을 벌인 '범진주 지역 문화 단체'였다. 박태일, 앞의 글.

26) 《영문》의 필자와 발표 작품에 대한 통계는 문옥영의 조사에 따랐다. 문옥영, 앞의 글.

27) 설창수, 「全國文化人總蹶起大會參加記」, 《영문》 7집, 1949. 4, 29쪽.

활동들은 설창수가 문학의 문제를 당대 사회 현실과의 연관 관계 속에서 사유하고 있었다는 점을 알게 해 준다. 설창수에게 지역 문단이란 단순히 지역 문인들의 문학적 연합체가 아니라 좌익 및 반공 세력과의 대결과 투쟁, 새로운 국가의 국민으로서의 국민의식 함양, 그리고 이를 가능케 할 수 있는 조직의 완비, 문학 잡지와 신문 등 매체의 확보가 함께 진행되어야 하는 문학·문화·사회의 결사체였던 것이다.

이 같은 입장을 지닌 설창수에게 당시 우익 문단을 대표하던 '청문협'은 어떻게 인식되고 있었을까. 진주 지역의 문학과 문화 건설에 전념하던 설창수는 1948년 2월 청년문학가협회(이하 '청문협') 진주 지부(지부장 설창수) 결성을 계기로 청문협 문인들과의 교류를 확대한다. 진주를 넘어 부산, 마산 등지의 문인들의 글을 적극 수록하고 청문협 문인들의 작품을 게재함으로써 잡지《영문》의 외연을 넓혀 나가기 시작한다.[28] 그러나 조지훈 등 문인들과의 교류와는 별개로 설창수는 청문협에 대해 매우 비판적 태도를 보인다.

보라! 그들은 궁핍하면서도 또 법망을 뚫고 불안과 싸워 가면서도 46년도의 문동 각부 위원회는 계열 전 동인들을 망라한 연간집을 내었으며 …… 그럴듯한 외모를 갖추고 존재를 잃지 않음은 비록 북조선인민위원회가 남조선 동무들에 주는 문화적 군자금의 혜택이라 할지라도 그 조직 유지력과 실천 능력의 왕성하믄 일소에 붙이기는 지난한 것이다. 우리들은 인간성 순수 낭만 공× — 이러한 예술 원칙적 '싸롱'과 필협 청문협이란 고층 건축에 의지

---

28) 청문협과의 비판적 관계 설정과는 별개로 설창수는 청문협 지부 설치를 계기로《영문》의 역량 강화를 도모한다. "《등불》이란 제호가 현하 문화 운동의 바른 노선인 중앙 집중의 폐를 ×棄하는 향토 문학 건설의 의욕이 약하다."(조지훈, 「嶺南詩壇의 斷面 — 晉州의《등불》에 대하여,《영남문학》5집, 1948. 10. 19~20쪽)라는 조지훈의 의견을 받아들여《등불》을《영남문학》으로 개제하고(5집), 조지훈, 유치환, 박목월, 김달진, 조연현, 김춘수, 조향, 이윤수, 구상 등 진주 외의 문인들의 작품을 게재하기 시작한다. 그가 청문협의 진주 지부를 맡은 직후의 일이다.

하여 소시민적 안일과 도취에 自閑하려는 무서운 과오를 범하면서 '씨니칼'한 가두풍담을 일삼지는 않는가? 좌정관천격으로 조고마한 私文學器에 충만한 자기과신을 부여안고 일말의 가치할 바 아닌 치졸한 서정적 구름을 詩感興으로서 완롱하지 않는가?[29]

청문이 단일한 "휴매니티"를 옹호하려는 보수적 문학 기관이라면 거대한 조직체가 필요치 않다. 오히려 문동의 내외 정치 시위적 문단 독점 세력에 항의를 표명하기 위한 대립적 시위체라면 유야무야다.
본래 예술지상파들이 작당을 불×하든 예나 지금이나 다름이 없다. 그들에게 필요한 것은 "아드모스페 ― 어"(분위기)인 것이다. 그러므로 비공식 동인체 하나면 목적이 달성된다.[30]

청문협 진주 지부가 결성된 직후 발표된 글에서 인용한 이 제시문들에는 청문협의 조직과 소속 문인들에 대한 설창수의 실망이 고스란히 드러나 있다. 그가 보기에 청문협은 '민족 진영'을 대표하는 단체임에도 불구하고 새로운 민족 문화의 형성에 이바지할 행동을 보여 주지 못하는 단체였다. 이의 가장 큰 이유는 아직 잔존하고 있는 좌익 세력의 일소를 위해 그들과의 전면적인 투쟁을 진행하지 못하는 것이었다. 설창수는 문맹 계열의 문인들이 탄압과 구속을 겪으면서도 활동을 지속하고 있는 것을 민족주의 우파가 당면한 위기라고 보았다. 앞서 진주 지역을 대상으로 하는 활동에서 알 수 있듯, 설창수는 철저한 반공주의자의 길을 걸었고 해방기 문단의 과제를 좌파 문단의 잔존 세력을 일소하는 것에 두었던 것이다.[31]

---

29) 설창수, 「신민족문화운동론 ― 청문 진영에의 제창」, 《영남문학》 5집, 1948. 6.
30) 위의 글.
31) 《영문》 8집에 실린 「문총 진주 지구 특별 지부 결성기」의 '결성서'는 이 같은 그의 인식과 의지의 일단을 보여 주는 것이었다. 그는 이 결성서를 통해 "문련 산하의 문맹 美盟 등 가맹 분자로써 탈퇴 의사를 공표치 아니한 자는 지하적 반동분자"이며, "서울 발행 순간 《새한민조》 부산발행 주간 《문예신문》 월간잡지 《중성》, 《문화건설》 등은 문맹 계열 분

그러나 설창수의 위기의식과는 달리 청문협 문인들은 "인간성 순수 낭만 공× — 이러한 예술 원칙"을 내세우고 "청문협이란 고층 건축에 의지하여 소시민적 안일과 도취에 자한(自閑)하려는 무서운 과오"를 범하고 있었다. "좌정관천격으로 조고마한 사문학기(私文學器)에 충만한 자기과신을 부여안고 일말의 가치할 바 아닌 치졸한 서정적 구름을 시감흥(詩感興)으로서 완롱"하고 있었던 것이다. 결국 '문학하는 분위기'만을 위해서라면 "비공식 동인체" 정도면 충분할뿐더러, 문맹의 활동에 대해 "항의를 표명하기 위한 대립적 시위체" 정도로 만족한다면 청문협은 존재할 필요가 없다는 것이 설창수의 판단이었던 것이다.

이때 청문은 종합기관지와 각부 기관지를 높이 쳐들고 모든 실력적 동지 앞에 공개하믈 요한다. 녹쓸은 채 의연히 행세하고 있는 文名본위의 상업주의 소써-컬주의 編輯人原稿社交 자기존대 배타성 문단매혹증 기성시기증 폭론 괴평 기회주의 淸高病 등등 만신창이의 쓸아림을 민족생명의 강건한 의욕으로 물리치고 당당한 정신부대 정열부대를 편성 진군할 것이다.[32]

설창수가 판단하기에 청문협이 이 같은 상황에 빠진 것은 산하의 종합기관지나 각부 기관지가 없었기 때문이었다. 실제로 설창수의 글이 발표된 1948년경엔 문맹의 기관지인《문학》이 비정기적이지만 꾸준히 발간되고 있었고,《서울신문》,《신천지》,《민성》등 좌익 친화적인 지면들이 있었다. 반면 우익 문인들의 발표는《백민》과 같은 소수의 잡지에 국한되어 있었기에 문맹 계열에 대한 투쟁 역시 지면을 통해서 가능하다고 설창수는 판단했던 것이다. 설창수는 '지면의 빈곤은 혼의 빈곤'을 의미하는 것이라고 생각했고 진주 지역 문단의 활동 역시 이 같은 인식에 근거해 성과를

자들로써 편집 내지 주간 되고 있는 반동지"임을 적시하고 있었다. 설창수, 「문총 진주지구 특별 지부 결성기」,《영문》8집, 1949. 11.
32)   위의 글.

거뒀다는 점에서 기관지의 발간을 통해 청문협 구성원들의 구심점으로 삼고자 한 것이다. 또한 설창수가 생각하는 이 기관지는 소속 회원 모두에게 공평한 지면을 할애해야 했다. 모두에게 열린 지면이야말로 청문협 소속 문인들의 '공기(公器)'가 될 수 있을 것이고, 이를 통해 "정신부대 정열부대를 편성 진군"할 수 있다고 생각했기 때문이다.

결국 청문협에 대한 설창수의 제언은 좌익에 대한 투쟁을 강화하고, 청문협 내부의 분발과 단합을 위해 종합 기관지와 각 활동별 기관지를 창간하여 문학적 문호를 넓히는 것, 동지를 규합하여 조직을 결성하고 유지·실천하도록 하는 것으로 이루어졌다고 할 수 있다. 그러나 설창수의 이 같은 제언은 별다른 반응을 얻지 못한다. 이 글에서 인용하지는 않았지만, 설창수가 신랄하게 비판했던 청문협의 좌장 김동리조차도 설창수의 원색적인 비난에 어떤 반응을 보였다는 증거는 아직 찾아지지 않았다. 그의 제언에 대한 화답이나 반박을 실을 청문협의 지면이 없었다는 것 외에, 그가 지역 문단의 신인이었다는 점도 하나의 이유였을 것이다. 중앙 문단의 폐해를 지적한 지역 문인을 무시함으로써 당대 중앙 문단이 지역 문단을 어떻게 대하고 있었는지를 스스로가 드러내 보여 준 예라 하겠다.

설창수는 청문협에 대한 제언을 발표한 이후, 전국문화단체총연합회(이하 '문총')로 활동의 무대를 옮긴다. 문총이 1948년 12월 27~28일, 양일간 개최한 '민족정신앙양 전국문화인총궐기대회'에서 영남 지역을 대표해 '지역 문화 정세 보고'를 낭독하면서 본격적인 활동을 시작하는 한편,[33] 이듬해인 1949년 7월 22일 '문총 진주 지구 특별 지부를 창설'하여 지부장을 맡게 되는 것이다.[34] 또한 1949년 겨울 무렵 「문총 재건에의 구상 — 일

---

33) 대회 참가 및 경과에 대해서는 설창수, 「전국문화인총궐기대회 참가기」, 《영문》 7집, 1949. 4. 참조.

34) 박민규는 문총이 청문협을 포함한 29개 조직체의 연합 단체이긴 했지만 김광섭, 박종화, 이헌구 등 전문협 계열의 문인들이 주도권을 잡고 있었다는 점에서 설창수와 이들의 문학적 지향의 유사함을 확인할 수 있다고 보았다. 또한 설창수가 '민족정신앙양 종합예술제'에 설창수가 주빈으로 초대되고, 1950년 1월 문교부 예술과장으로, 같은 해 5월 중앙

체오원칙을 상론하여」,「전인 문학의 신운동 단계: 경향일체와 최면기의 서울지반주의」,「황무에의 사색」,「신민족시의 정신 — 생명과 미의 거리에 대하여」와 같은 글들을 발표하며 자신의 색깔을 좀 더 분명히 하게 된다. 일련의 글들을 통해 그는 문단, 특히 '청문협'에 대한 비판을 강화한다. 이전의 글인「신민족문화운동론 — 청문 진영에의 제창」(1948. 6)이 '청문협' 내부에서의 비판이었다면 이 글들은 '청문협'의 외부에서 행해진 비판이 었고, 자신이 속한 '문총'이 문화인 단체인 데 반해 '청문협'이 문학 단체라는 점에서 문인 설창수의 비판은 한층 더 자유롭고 날카로울 수밖에 없었다.

이 글들에서 설창수가 문제 삼은 것은 먼저 좌익과의 '민족 문학' 논쟁 과정에서 나름의 논리적 체계를 획득한 '순수 문학'과 '예술지상주의'였다. 설창수는 이를 '소순수문학', '소예술주의'라고 격하하면서 배격의 대상으로 삼았다. 그는 또한 문단의 주도권을 잡고 있는 기성 문인들의 문제를 거론함으로써 '세대론'의 문제로 확대시켰다. 그는 또 서울에 집중된 문학 매체들과 종사자들이 야기하는 문제를 '서울 지반주의'라고 이름 붙이고 이를 '지역 문학'과의 관계 속에서 해결하고자 했다. 얼핏 복잡하고 다양 해 보이는 이 문제들을 설창수는 자신의 '전인문학론'을 통해 다루어 나갔 다. 설창수의 문단 비판과 대안이 모두 '전인문학론'과 관계되므로 논의의 편의를 위해 그의 전인문학론을 먼저 살펴볼 필요가 있을 것 같다.

4 기회균등 문학으로서의 전인문학론과 지역 문학·민족 문학과의 관계

설창수는 "진정한 인간 앞에 존재하는 세계는 개인, 민족, 인류, 신의 사단계"로 놓여 있으며, 올바른 인간이라면 개인과 민족, 인류와 신을 동

국립극장의 희곡분과 위원으로 위촉된 것은 그가 문총과의 긴밀한 교류를 유지한 덕분 이라고 보았다. 박민규, 앞의 글, 131~134쪽 참조.

시에 구유하며 사유해야 한다고 생각했다.[35] 개별적 자아를 넘어 민족과 인류, 신을 내재한 인간상을 그는 '전인(全人)'이라 지칭하고, 그 문학을 '전인 문학'이라 정의했다.[36] 설창수의 '전인문학론'은 '문학 그 자체'에만 국한된 것이 아니라는 점에 특별함이 있었는데, 그에게 문학 행위란 '문학 그 자체'만이 아니라 '함께 문학하는 사람들', 그리고 '문학에 관계된 제반 제도들', 나아가 '민족과 사회'와 깊은 연관을 둔 것이라야 했다. 그렇기에 '전인 문학'은 "전동 문학(全動文學)"이며, "전선 참획(全線參劃)"의 문학이기도 했다.

    전동적 문학이란 個自의 문학적 내용을 최대한으로 발양키 위한 개인해방의 문학일 것이오 如斯한 개인 해방을 전문학인에게 기회균등화하는 문학운동으로 자연 전개된다. 전인이란 개인, 민족, 인류, 신의 同時 全一的 존재이기 때문이다.[37]

설창수에게 개인의 발전은 민족과 인류의 발전으로 파급될 수 있고 그렇게 되어야만 하는 것이었다. 같은 논리로 "개인 해방"은 "전 문학인의 해방"으로 자연히 전개되는 것일 수밖에 없었다. '전인'이라는 개념 자체에 이미 '민족과 인류, 신'이 구유(具有)되어 있는 "동시 전일적" 존재라는 의미가 내재되어 있기 때문이다. "전선참획" 역시 같은 논리의 연장이라 할 수 있다. 그는 "온전히 사랑하거나 온전히 죽을 수 있는 것을 전인의 삶"이라 할 수 있고, "그렇지 않은 것은 부분적 삶"이라고 정의했는데, '온전한 삶'이란 모든 것을 걸고 모든 곳에 참여하는 삶, 곧 "전선참획"의 삶이었던 것이다. 같은 논리에서 '전인문학론'은 "전문학인에게 기회균등화"하는 문

35) 설창수, 「文學과 宗敎의 聯關 — 文學論의 一方法的 考察」, 《영남문학》, 1948. 10, 23쪽.
36) 이하 전인문학에 대한 설명과 인용은 설창수, 「全人文學의 新運動段階 — 京鄕一體와 催眠期의 서울 地盤主義」(《영문》 8집, 1949. 11)를 따랐다.
37) 같은 글.

학론이었으며, "전체 문인의 공동복리"를 위한 문학이라는 점에서 필연적으로 '민족 문학'일 수밖에 없었다.

설창수의 전인문학론의 성격은 '소순수주의'와 '기성 지반주의', '서울 지반주의'를 비판하는 과정에서 보다 구체적으로 드러난다. 전인 문학의 입장에서 설창수가 가장 먼저 비판의 대상으로 삼았던 것은 김동리의 '본령정계의 문학'이었다. 설창수가 판단하기에 김동리의 인간주의란 개인주의적인 영역에 국한되었으므로 그의 문학론은 '소순수문학', '소예술주의'에 지나지 않았다. 주지하듯 좌익 문인과의 '순수 논쟁'을 통해 김동리를 비롯한 일부 문인들이 좌익의 '빗발 같은 화살'을 "태극방패"로 막아낸 공을 인정할 수 있으나, 설창수는 "그것은 또한 방패다운 양면성을 가져서 안으로 살펴보면 오로지 자기 유지를 위주한 개인주의적 인간만을 옹호"했다고 본 것이다.[38] 그러므로 김동리의 "소순수문학은 개자(個自) 해방을 위주하여 민족에까지 논급하지만 전 문학인에게의 공동복리를 운동화하지 못"하고, "늘 소아적 문학행 이외로 탈피하지 못하는 것"이라고 비판했다. 더불어 "북한이란 정치적 공간과 (좌익 계열의 문인들이) 남한의 지하에 분열 세포적으로 만연하고 있는" 상황에서 개인의 가치나 생명, 인간주의에만 기반한 김동리의 문학은 민족 문학이 되어서는 안 된다고 주장했다.

> 그러면 대체 어디메서 오늘날 우리 문단의 빈혈성이란 초래되었는가. 그것은 지극히 간명하게 갈파할 수가 있다. 그는 곧 서울 문단의 기성적 중심 세력이 되어 있는 김동리 일련의 운명론적인 인간주의와 문학동지적 빈혈성에 기인하는 것이다.[39]

시인이기 위해서는 먼저 생명의 순정을 가질 것이오 그것을 성취하기 위

---

38) 설창수, 「신민족시의 정신(상) ― 생명과 미의 거리에 대하여」, 《태양신문》, 1949. 11. 25.
39) 설창수, 「황무에의 사색 ― 특히 영남 문학 동지에게」, 《자유민보》, 1949. 11. 8.

한 객관적 장애와의 싸움에서 반드시 이겨야 할 것이니 외력의 폭압과 무지의 암운이 상겨 답답하게 頭上을 억누르고 있는 오늘날 민족적 공동 생명의 정상한 영위를 위한 분격도 반항도 없이 그저 이끼 묻은 미의 호소지대에서 휘파람이나 불고 돌아다니는 꼬라지를 냅내 하고 후진들 앞에 대시인연함은 올바른 목숨과 미에의 모독행위임을 알아야 할 것이다.[40]

설창수가 김동리를 비판한 까닭은 김동리의 문학관이 '순수 문학'을 주장한 것에만 있는 것은 아니었다. '순수 문학'을 주장한 외에도 김동리와 청문협이 문제적이었던 것은 이미 그들이 당대 문단을 대표하는 기득권층으로 성장해 있었다는 사실에 있었다. 사실 '전인 문학'의 성격을 "문학의 기회균등화"로 보았던 설창수의 입장에서는 이 점이야말로 본질적인 문제였다고 할 수 있다. 설창수는 민족 문학 건설의 과제는 전 문인의 동지적 결속과 지면의 기회균등에 있다고 생각했다. 그러나 설창수가 보기에 문단은 청문협을 위주로 운영되었으며, 지역이나 신인에 대한 배려는 찾아볼 수 없었다. 그들은 순수 예술주의, 심미적 지상주의에 빠져 있는 동시에, "민족적 공동 생명의 정상한 영위를 위한 분격도 반항도" 없는 존재이며, "이끼 묻은 미의 호소지대에서 휘파람이나 불고 돌아다니는 꼬라지를 냅내 하고 후진들 앞에 대시인연"하는 존재일 뿐이었다. "해방후 우리의 중견 이상급 문학인들이 몇 개의 문단거용문을 만들었으며 적어도 해방 사 년 동안에 몇 사람의 추천 신인을 배출하였는가"[41]라고 물으며, 설창수는 결국 "동리류의 문학 정신이나 문단인 '스케일'로써 민족 '루넷쌍스'의 영도 세력이 될 수도 없고 되어서는 아니 된다."라고 선언하게 된다.

젊은 문학민족의 해방이란 발표의 해방을 요구하는데 "써번트"로서가 아닌 특권 편집인, 문학 운동 동지로서가 아닌 "쩌너리스트"로서의 편집인,

40) 설창수, 「新民族詩의 精神(下)」, 《태양신문》, 1949. 11. 28
41) 위의 글, 128쪽.

개척적 선진자로서가 아닌 자기 기반주의적 집필자, 대민족문학 화단의 백화난만을 설계하지 않는 졸장부적 분재사들이 우리 수도 문단의 門直的 포지슌을 장악하는 동안 대한의 문단이란 서울 지방주의와 협량한 소수의 우선자들로써 구축되어진 지반주의에서 선듯 해방되지 못할 것이니 이 사태야말로 문학 민족의 해방 운동적 정면 과제로서 파악되어야 할 것이다. 민족 해방이 소수의 간악한 정치적 경제적 모리배들의 것이 아님과 동의로 문학 해방이 서울 限地的 소수 賣名的 것이 될 수 없음은 엄연한 원칙임을 정시할 것이다.[42]

여기에는 영남 일대의 향토에서 팽배하게 대두하고 있는 신진 문학 동지들의 중후한 진지 구축이 있어야 할 것이다. 우리들은 다방의 한구석에서나 도시의 신경적 기류로서 조고맣게 ××되어 서울적 문단 바둑판을 주고받는 솜씨 좋은 소아상에 홀리기보담 얼마나 생신한 문학적 제재를 신변에 향유하지 않는가. 우리의 거리에는 ×비로써 피흘리신 농민의 亡靈이 있고 특수 이득자로서 창×하여진 勞農 대중과 소시민의 명인이 있고 우직한 영남 기질의 전통을 묵시하는 위연한 산악이 있고 유유히 물굽이치는 낙동강류 칠백리와 연안의 옥야를 갖고 있다. 여기에 자연과 민족과 시대와 영구의 황무를 노래할 수 있는 위대한 신문학 생명의 맥박을 自診하여 보자.[43]

설창수는 또한 "서울 지방주의"라는 표현을 통해 지방에 대한 서울의 특권과 기성 문인들의 섹터주의를 비판했다. 그가 보기에 민족 문학을 이끌어 가야 할 "수도 문단"은 "특권 편집인, 문학 운동 동지로서가 아닌 "쩌너리스트"로서의 편집인, 개척적 선진자로서가 아닌 자기 기반주의적

---

42) 설창수, 「全人文學의 新運動段階 — 京鄕一體와 催眠期의 서울 地盤主義」, 《영문》 8집, 영남문학회, 1949. 11.
43) 설창수, 「황무에의 사색 — 특히 영남 문학 동지에게」, 《자유민보》, 1949. 11. 8.

집필자, 대민족문학 화단의 백화난만을 설계하지 않는 졸장부적 분재사들"이 모인 곳에 지나지 않았다. 이 같은 관점에서 '문학의 해방이란 곧 지면의 해방'이라고 주장했던 설창수에게 서울 문단은 중앙 문단이 아니고 한낱 '지방'에 지나지 않았다. 서울 문단을 '전체 문인'과 괴리된 지역 문단의 하나로 격하시킨 것이다.

설창수는 이 같은 문제를 극복하기 위해서 먼저, 서울 문단의 전향적 변화를 요구했다. "서울이 아니면 문학할 수 없다는 중앙 집권적 문학면의 봉건 의식"을 버리고, "하늘 아래 품기는 흙냄새 솔냄새 갯냄새를 총 수용하여 경향(京鄕)의 건전한 일체적 기류를 구성"할 것을 제안한 것이다. 더불어 지방은 지방대로 새로운 문학을 창신할 것을 제안했다. 자신이 속한 지방의 자연과 역사를 제재 삼아, "자연과 민족과 시대와 영구의 황무"를 노래함으로써 "신문학 생명의 맥박"을 가늠해야 한다는 것이다. 그에게 "황무"란 "바둑판" 같은 서울의 획일성과 대비되는 지역의 생명력을 일컫는 것이면서, 아직 '경작'되지 않았지만 "신문학"의 맥박이 될 수 있는 '지역 문단의 가능성'에 대한 비유였다.

이처럼 설창수는 해방기 문단의 제반 문제들을 자신의 문학론을 통해 해결하고자 했다. 개인에서 민족, 인류, 신의 단계로 확장되고 보편화되는 '전인'의 인간상을 수립하고, 이를 토대로 '전동적 문학'과 '전선참획'을 강조했다. 전동적 문학이란 개인으로부터 시작하여 모든 문인에게로 확산되는 "기회균등화"의 문학이었고, 전선참획이란 민족 문학 건설이라는 지상명제가 부분적 해결로는 성취될 수 없다는 인식에서 비롯된 유기적 실천 방법이었다. 이 같은 '전인문학론'의 입장에서 볼 때, 김동리, 혹은 "동리류"는 이중적인 극복의 대상이었다. 김동리의 문학관은 민족 문학을 순수 문학과 동일한 것으로 등식화하고 '순수'의 절대성과 초역사성을 주장했다는 점에서 '민족적 역사의식'과 시대 인식이 부재하는 문학관으로 부정되어야 했다. 다른 한편으로는 그가 당대 문단의 헤게모니를 쥐고 있었다는 점에서 '서울 지반주의', '기성 지반주의'를 야기하는 상징적 존재로 비판되어야 했다. 설창수는 또한 서울과 기성 중심의 섹터주의를 강하게 비판하고, 서울과 지방이 하나라는 서울 문단의 인식 전환과 지역 문단의 향토적 색채를 요구했다. "흙냄새 솔냄새 갯냄새" 나는 각 지역문단의 개성과 서울 문단의 "일체적 기류"가 조성될 때 민족 문학 건설이 가능함을 주장했다.

설창수는 문단의 재편과 변화를 요구하는 한편, 자신의 전인문학론을 실천하고자 지속적으로 노력했다. 그가 제시한 '일체오원칙'은 전인문학론의 실천 방안이라 할 수 있었다.[44] 설창수는 해방기 문단이 "소(小)서울주의, 관존주의(官尊主義), 민비주의(民卑主義), 학무주의(學務主義), 예술주의(藝術主義)"에 빠져 있다고 진단했다. 서울 중심주의, 행정 우위의 문학 정책, 민중과 고립된 문학, 학교(학생)와 무관한 문학, 예술 지상주의가 그것이다. 설창수는 이 같은 문제들을 '경향일체(京鄉一體), 문관일체(文官一體), 문민일체(文民一體), 문학일체(文學一體), 문건일체(文建一體)'로 구성된 '일체오원칙'을 통해 해결해야 한다고 보았다. 서울과 지방의 편차를 극복하고 하나의 기류를 형성할 필요성(경향일체), 문학인과 관의 유기적인 연결을 통한 문학 정책의 수립(문관일체), 소외된 민중에게 문학을 향수할 수 있도록 하는 한편 문학 대중화를 통한 문학의 확산(문민일체), 학교와 학생에게 문학을 보급하여 문학 교육을 확대(문학일체), 예술주의를 지양하고 민족 문학 건설이 곧 민족 국가 건설과 다르지 않음(문건일체)을 주장했던 것이다.[45]

1949년 11월 22일(음력 10월 3일) 개천절을 맞아 5일간 개최한 제1회 영남예술제(1958년 10회부터 개천예술제로 개칭)는 이 같은 그의 문학론과 실천 이념이 구체화된 대표적 사례라 하겠다.[46] 예술제의 개최는 작게는 해방

---

44) 설창수, 「文總 再建에의 構想——體五原則을 상론하여」, 《연합신문》, 1949. 3. 10~12.
45) 설창수의 일체오원칙에 대한 자세한 논의는 박태일의 앞의 글 참조.
46) 1950년 6·25와 1979년 10·26으로 인해 두 번의 결제(缺祭)가 있었다. 설창수는 이 예술제의 창시자로서 진행위원장을 맡았으며, 이후 단군에게 드리는 제사의 '제사장'의 역할

이후 서울 집중화가 시작되고[47] 지방의 인적 자원들이 "자석에 끌려가는 사철 모양으로 서울로 끌려가는" 상황에서 "제 향토마다 얼을 갖게" 하자는 뜻이었지만[48] 다른 한편으로 "온전한 예술이란 사람의 목숨과 같이 영원히 자유롭고 대중적인 것"이며, 독립 1주년을 맞아 "전 영남의 정성으로 개천의 제단 앞에" 예술을 봉헌한다고 선언함으로써, 지역 예술제의 역할을 넘어서고자 했다.[49] '독립'과 '단군', '예술의 대중성'과 '영남(진주)'이라는 단어들을 강조하면서 민족 국가의 건설, 민족 문학과 문화의 건설, 지역 문학과 문화의 창발, 문학·문화의 기회균등을 함께 강조한 것이다.

5 의지의 시와 조국의 발견

설창수의 전인문학론은 세대론과 지역 문학, 민족 문학의 발전을 위한 실천적 제안이며 공리적 문학관이었다는 점에서 일반적인 창작론과는 거리가 있었다. 전인문학론을 전개하는 과정에서도 그는 창작 방법이나 시

을 맡았다. 지금까지 진행되고 있는 이 예술제는 해방 후 지역에서 개최하는 최초의 예술제였으며, 같이 행해졌던 '유등 띄우기'는 '진주 유등축제'라는 이름으로 별도로 진행되고 있다.

47) 해방 후 정치, 경제, 사회, 문화 등 제반 분야의 건설과 재편이 이루어지면서 서울 중심화가 본격화된다. 1944년 5월 98만 8,537명이었던 서울의 인구는 1949년 5월 143만 7,670명으로 늘어나는 것은 서울로의 집중을 보여주는 한 예라 할 수 있다. 동포들의 귀국과 38선 이북으로부터 남하한 월남민이 대거 서울로 몰렸다는 점을 감안하더라도, 1946년 4월경까지 20만 명에 가까운 일본인이 본국으로 돌아간 것도 상기할 필요가 있다. 서울의 인구 증가에 대한 수치는 장규식, 「거대 도시 '서울공화국'의 명암」, 《역사비평》 65집 (역사문제연구소. 2003)을 참고했다.

48) "문화 정치 경제 사회의 모든 살림살이가 서울에만 너무 치우쳐서 이처럼 감투 노름이 들이워졌으니 문화부터 가장 앞서서 제각기 향토에다 뿌리를 박는 운동이 이러나야 하겠고 문화가 향토를 지키지 않는 동안 정객이나 실업가나 그밖에 유위한 사람들이 자석에 끌려가는 砂鐵 모양으로 서울로 끌려가는 것은 막을 수 없는 일이어늘 문화인이 제 향토마다 얼을 갖게 하고 꽃을 숭상해야 한다는 의미에서 영남예술제를 벌려 보자는 것" (설창수, 「發揚期의 藝術 ─ 嶺南藝術祭를 열며」, 《서울신문》 1949. 11. 19)

49) 설창수, 「취지문」, 『개천예술제 40년사』(개천예술제단. 1991).

적 성취에 대해 이렇다 할 의견을 제시하지 않았다. 이 점에서 그가 《태양신문》에 발표한 「신민족시의 정신 — 생명과 미의 거리에 대하여」는 그의 시관을 확인할 수 있는 드문 글에 속한다.

　　여기까지 이끌어오고 보면 생명과 미가 이원적인 것이 아님과 꼭같이 시와 인생이란 별존할 수 없게 된다. 생명의 객체인 인간이 사회적 범주에서 부당하게 억압될 때 거기에서 항거함이 없이야 그 생명이 구제될 수 없고 그 구제 없이야 시가 빛날 수 없는 것은 자명의 정리가 아니겠는가. 시인이기 위해서는 먼저 생명의 순정을 가질 것이오 그것을 성취하기 위한 객관적 장애와의 싸움에서 반드시 이겨야 할 것이니 (……) 거리에서 싸울 순 없으리라 싸우며 노래하진 못하리라 이렇게 사는 것이 나의 시 생리라고 하면 자위나 좋은 궤변이 될 수는 있으나 왜곡된 인간성을 밝히는 정도가 문학인의 소박한 제일 사명일진대 최고한 생명 존위를 수호하여 영원한 승화를 이룩함은 시인만이 갖는 성원인 것이다.[50]

설창수가 볼 때 인간은 사회적 존재이며 사회와의 관계 속에서 삶을 영위해 나가야 한다. 시인 역시 인간이기에 부당한 사회적 억압에 항거하고 객관적 장애와의 싸움에서 반드시 이겨야 한다. '싸움'을 포기한다면 그 생명이 구제될 수 없고 시가 빛날 수 없으며 왜곡된 인간성을 밝힐 수 없다. 새로운 민족의 시는 그때야 가능하다는 것이 설창수의 주장이라 할 수 있다. 그가 청마의 시를 높이 평가한 이유 역시 청마의 시가 "생명을 육박하는 영혼의 우수함"을 지니고 있다고 보았기 때문이다.[51] 이처럼 시

---

50)　설창수, 「신민족시의 정신 — 생명과 미의 거리에 대하여」(하), 《태양신문》, 1949. 11. 28.
51)　"정주가 개척한 예술파, 지훈들이 보여 준 백설청록파 요사이 두진이 ××한 메시아적 자연파에 비하면 청마의 경지는 미와 생명을 훨씬 접근시킨 것으로 나는 보고 있다. 생명을 육박하는 영혼의 우수함에 있어서야 그리하여 그 자리 잡은 터전의 ××함에 있어서야 두진의 「해」의 세계와 달라서 보담 동양적인 중후와 안정성을 보여 준다." 같은 글.

와 시인의 문제를 사회적 관계 속에서 설명하고 사회적 투쟁의 승리를 통해 스스로를 수호할 수 있다는 논리가 낯설지 않은 이유는 설창수가 발표한 대부분의 글들이 이와 같은 구도를 따르고 있기 때문일 것이다. 즉 그의 글들은 좌익, 청문협, 기성, 서울과의 '싸움'과 '항거', '대결'의 방식을 통해 우익과 민족문학, 신인과 지역이 승리를 거둬야 한다는 전개 방식을 사용했던 것이다.

이는 달리 말해 그가 사회적 공리와 윤리적 감각을 바탕으로 문학을 사유하고 있었다는 의미이기도 하다. 설창수가 추구한 전인 문학이란 '문학의 공리성'에 대한 예각적 표현이라 할 수 있는데, 그가 누차 강조한 민족문학, 문학의 기회균등, 소외된 지역과 신인 그리고 민중에 대한 배려가 이를 증거한다고 할 수 있다. 스스로를 민중과 민족, 약자의 편에 세움으로써 얻게 되는 신념의 굳건함이야말로 그를 평생 지탱한 힘일지도 모른다. 그의 시들 중에 나름의 성취를 보여 준 시들은 대부분 신념의 '대결 구도'와 '내면의 의지'를 전면에 드러낸 시들이라는 점에서 주목을 요한다.[52]

내 성낸 궐기는 모든 세속적 타협을 모른다.
내 아슬아슬히 목 없는 견평선(肩平線)—
접속철판의 냉엄한 감각 위에
한 마리의 비둘기도 날아 앉지 못한다.

---

52) 그러나 창작 편수의 많음과 시업의 오래됨에 비해 설창수의 시집 간행은 많지 않았다. 설창수는 1952년 진주 지역의 이경순, 조진대와 함께 『삼인집』, 1976년 『개폐교』, 1986년 고희 기념으로 『설창수 전집』 6권을 엮었으며, 이후 1992년 『나의 꿈, 나와 조국』을 간행했다. 그마저도 주위의 '강권'에 의한 간행인 경우가 많았다. 그의 전집은 결의형제 구상과 주위의 강권에 의해 간행되었고, 주위의 예약을 받는 형식으로(한 구좌에 30부씩) 4000부를 판매했다. 더군다나 전집 수록 시들도 창작의 연도나, 시기를 밝히지 않고 있어 시집별, 시기별 작품 분류가 쉽지 않다. 소재나 주제 역시 불교적 소재나 사유를 보여 주는 시, 화초와 나무 등 식물에 관한 시, 기행시, 전쟁이나 정치적 사건에 관한 시, 가족과 일상에 관한 시 등 다양한 스펙트럼을 보여 준다. 추후 수기 원고나 발표 지면에 대한 연구가 필요한 부분이다.

―미모도 공감도 특권도 아부도.

난 무자비한 괴한이 아니다.
외로운 어머니의 복약 시간을,
첫 청춘의 밀회 시간을 막으려곤 않는다.
난 규율과 섭리 앞에 순종할 뿐,
난 배신을 모른다.

난 위대한 원시인이다.
난 위대한 문명인이다.
서건 눕건
난 위대한 노예다.

―「개폐교」 부분[53]

생물이나 사물에 자신을 투사함으로써 의인화하는 것은 설창수의 시에서 자주 확인되는 수사법이다. 첫 단독 시집의 제목이기도 한 이 시는 개폐교를 통해 "세속적 타협"을 거부하는 신념적 인간형을 그려내고 있다. "미모도 공감도 특권도 아부도" 내려앉지 못하는 개폐교가 "냉엄한 감각"을 지닐 수 있었던 이유는 "짓밟음, 바람비, 수레바퀴, 침뱉음을/ 오랜 동안 말 없이 참아 온" 인고에 있으며, "규율과 섭리"에 대한 순종에 있다. 중요한 것은 이 규율과 섭리의 내용인데, 그것은 공감이나 특권, 아부의 거절이라는 점에서 도덕적 결벽이며, "외로운 어머니의 복약 시간"과 "첫 청춘의 밀회 시간"을 막지 않으려 한다는 점에서 인간적이다. 개폐교가 노예이면서 동시에 "위대한 노예"인 까닭이다.

---

53) 『설창수 전집』. 앞으로 인용할 시들은 별도로 인용처를 밝히지 않는다.

눈알 있는 돌멩이처럼,
뽀얗게 먼지투성이로 그들은 간다
가야 할 거기로.

소리 있는 돌멩이처럼,
억센 노래 부르며 그들은 간다,
가야 할 거기로.

산에 산에 돌멩이처럼,
고향도 사랑도 없는 돌멩이처럼,
산바람과 밤서리를 맞으면서
그들은 기다린다,
있어야 할 그때를.

팔매 던진 돌멩이처럼,
원수를 겨누어 부딪쳐 가면
돌멩이 송두리째 불꽃이 된다.

—「돌멩이」전문

　설창수의 시 중에서 드물게 간결하고 반복적인 리듬을 보여 주는 시다. 총 4연으로 구성되어 있으면서 3연만 5행으로 처리한 방식 역시 형태적인 파격과 의미의 중첩을 보여 준다. 또한 그의 시에서 흔히 보이는 한자어나 관념적 표현을 자제하고 줄곧 구체적인 시어를 사용하고 있다는 점에서, '돌멩이'라는 사물에 신념과 의지, 투쟁의 의미를 미학적으로 부여하고 있다는 점에서 설창수 시의 수작이라 할만하다. "가야 할 거기"와 "있어야 할 그때"란 투쟁의 장소와 시간이며, "뽀얗게 먼지투성이로" "억센 노래 부르며" "산바람과 밤서리를 맞으면서" 기다리는 것은 투쟁의 어려움 혹은 강한 의지이다. 이 투쟁이란 "고향도 사랑도 없는" 것처럼 고독하고 외로운 것이지만, "원수"를 향해 한번 부딪쳐 가면 "송두리째 불꽃이" 되는 격렬을 그 안에 내장하고 있기에 그만큼 열렬한 것이라 할 수 있다. 설창수는 이 '원수'를 구체적으로 설명하지 않음으로써 "그들"(돌맹이)의 연대 의식을 부각시키며, 억압과 위험에 대해 투쟁함으로써만 존재의 의미를 구체화할 수 있는 정신의 공동체를 그려 내고 있다.

> 난 본시 사상의 새는 아니다.
> 도저한 의지와 행동의 새다.
> 올빼미의 비겁과
> 가마귀의 작당과
> 여우의 교간(狡奸)을
> 천품한 일 없기로서니
> 기한(飢寒)과 고독에 굴종할 내이랴.
>
> 난 표한(慓悍)을 오만하고 싶진 않다.
> 귀족주의는 차라리 적,
> 시육(屍肉)을 싫어하는 것은
> 한갓 결벽의 소연일 뿐.
>
> 지금 나 혼자 바닷가에 와서
> 서해의 낙조를 망연히 바라본다.
> 나에겐 이미 천품을 무위한 만년의 회한이 있다.
> 바위와
> 바람과
> 하늘과 더불어
> 내 청춘은 저물었건만

산맥의 번영에 공헌한 바 없이
후대에 주는 기원만이 남았다.

나는 또 죽지를 벌려
네게로 돌아 가자.
나의 영원한 조국—
산아,
나의 이 기도를 보증하라.
　　　　　　　　——「노응(老鷹) — 한라산록(漢拏山麓)에서」 전문

　「노응」은 앞의 시들과 같이 신념과 의지를 드러내고 있지만, 시적 주체
가 회한에 젖어 있다는 점에서 다른 양상을 보여 준다. 「신민족시의 정신」
에서 강조한 '부당한 사회적 억압에의 항거'나 '객관적 장애와의 싸움'을
찾을 수 없는 까닭이다. "올빼미의 비겁과/ 가마귀의 작당과/여우의 교간
(狡奸)을" 갖고 태어나지 않은 "도저한 의지와 행동의 새"이지만, 이미 '늙
은 매'이기 때문일까. '객관적 장애'에 대한 항거가 곧 생명의 보존이라고
했던 설창수의 시가 '회한'을 이야기하는 이유를 알기 위해서는 그의 생애
에 대한 추가적 이해가 필요할 듯하다.
　사실 설창수의 전인 문학은 문학 제도적 영역에 치중한 문학론이라는
점에서 정치·사회적 변화에 따라 심하게 부침을 겪을 수밖에 없었다. 관과
의 협력, 행정의 효율화, 문학 단체의 조직 강화와 같은 일들은 일정 부분
'정치'의 영역에 속하는 것이었기 때문이다. 지역 문화에 대한 공헌과 문총
내에서의 지속적인 활동에 힘입어 설창수는 서정주의 뒤를 이어 1950년
문교부 예술국장을 맡았고 1960년 4·19 이후 실시된 총선에서 6년 임기인
초대 참의원(상원)에 당선되었다. 1961년 2월에는 문총의 대표의장에도 취
임했었다. 그러나 설창수는 5·16 쿠테타 이후 '반민주 인사'로 몰리면서 국
회 참의원을 비롯한 모든 공직에서 물러나게 된다. 군부의 '단체 해산 명령'

에 의해 '영남문학회' 역시 해산되었으며, 《영문》마저 폐간되는 사태에 이르렀다. 이듬해인 1962년 2월에는 재창간 이후 16년(사장 재임 10년)을 머물던 경남일보사에서마저 퇴사하게 된다. 광복 이후 '전선참획'과 '전동적 문학'의 신념을 지니고 참여했던 단체, 주력했던 사업들로부터 모두 물러나게 된 것이다. 또한 생계의 문제까지 겹치면서 설창수는 이후 경남 지역을 중심으로 시화전, 시서예전, 시사전 등의 전시회를 224회까지 개최하며 생활의 방편으로 삼게 되었던 것이다.[54] 한 연구자가 지적했듯이 설창수의 시에 "절치(切齒)"라는 시어가 빈번한 것은 이 같은 상황에 대한 좌절과 수형의식, 그리고 회한이었을 것임은 쉽게 짐작할 수 있다.[55]

결국 「노응」에서 비겁과 작당, 교간과 고독을 철저하게 배격하고자 했던 "의지와 행동의 새"가 "만년의 회한"으로 바라보는 "서해의 낙조"란, '전인으로서의 삶'을 저지당한 설창수의 내면 풍경이라 해도 좋을 것 같다. 그가 "민들레꽃 한 떨기에 시를 읽고 있는 들녘에서/ 날 불러낼 서울도 연인도 없고,// 자유가 간통된 채 지쳐 쓰러지고/ 연금된 공화국이 또 입원을 선고받던 밤,/ 젊은이들끼리의 약속 있는 시간을 섬겨/ 먼저 돌아오는 것이 내 예의로 알았다."(「봄비에서」 부분)라고 썼을 때, 이 내면 풍경은 좀더 분명해진다. 그가 해방기에 그토록 이루고자 했던 민족 국가의 "자유가 간통"당하고, "연금된 공화국이 또 입원을 선고"받는 모습을 보며 그가 할 수 있는 일이란, 젊은이들을 섬기고 그 앞에서 먼저 일어나 주는 것뿐이었던 것이다. "산맥의 번영에 공헌한 바 없이/ 후대에 주는 기원만" 남은 '늙은 매'처럼.

그러나 '늙은 매'가 다시 "산"으로 돌아가는 「노응」의 마지막 연은 설

---

54) 설창수는 자신의 전시 활동에 대해 다음과 같이 말하고 있다. "뜻을 팔기보다야 작품을 바꿔 아들이자, 남편이나 아비 노릇 하는 짓을 신판 김삿갓의 상심표백에만 비길 거냐고 자위한 것도 사실이다." 설창수, 「후기/편력 산하 20년」, 『설창수 전집』6, 시문학사, 1986, 372쪽.

55) 강희근, 「설창수 시 연구」, 유재천 외, 앞의 책, 84~85쪽.

창수가 여전히 '의지'의 세계에 있으며, 해방기에 꿈꾸었던 '신성한 민족 국가' 건설의 신념을 놓지 않고 있음을 보여 준다. 다만, 그 국가란 국민의 자유가 간통당하고 연금된 공화국이 입원을 선고 받는 정치 공동체로서의 국가가 아니라 '산'(한라산)으로 대유되는 국토·역사·혈연적 공동체로서의 '민족 국가'로, 유한한 정권이 아니라 영원한 조국으로 바뀌었던 것이다. 그러나 그 국가는 실현 가능한 구체적 국가로부터 상상된 추상적 국가로 바뀐 것이기도 했다.

6 결론

설창수의 '전인문학론'은 순수 문학을 비판한 참여 문학이었고, 기성의 헤게모니에 대해 지면 분할을 요구하는 세대론이었다. 기회균등을 주장한다는 점에서 평등과 연대의 문학론이었으며, 지역과 서울의 구분을 무화시키고자 했던 지역문학론이기도 했다. 그의 문학론이 좀더 특수했던 것은 문학 매체의 창간과 유지에 대한 열정은 물론, 문학과 관련된 정책이나 제도에의 관심, 문학 단체 결성과 유지를 통한 '동지 의식'의 강화, 예술제와 같은 행사의 개최 등 문학 외적 문제에 대한 실천을 강조했다는 점에 있었다. 설창수는 이처럼 '전동적 문학'과 '전선참획'이라는 '전인 문학'의 속성을 문학 외적 문제에까지 확대시키면서 이의 실천에 주력했다. 그는 이 방법이 민족 문학과 민족 문화 건설의 방법이라고 믿었던 것이다. 이 같은 인식과 태도야말로 해방기 문단에서 설창수가 차지하는 독자적인 위상임은 분명해 보인다.

설창수는 자신의 문학관을 전개해가는 과정에서 기존 세력과의 '대결'의 방식을 택했다. 전면적이고 전체적인 노력이 수반되지 않는 한 지역 문학과 민족 문학 수립이란 요원한 일이라고 판단했기 때문일 것이다. 그가 '화로'나 '시골뜨기 검사(劍士)'라는 별명을 얻은 것은 이 같은 '대결과 투쟁'의 성정과 방법에서 기인한 것일 터이다. 그의 시 중에서 일정 정도의 성취를 보여 준다고 판단되는 시들 역시 대부분 신념과 의지를 표명하고 불의와 '대결'하고자 하는 의지를 시적으로 구조화한 작품들이었다. 가치관과 삶의 이력이 문학 작품을 통해 형상화된 전형적인 예라 할 것이다.

참고 문헌

1차 문헌

《서울신문》, 《동아일보》, 《연합신문》, 《태양신문》, 《자유민보》, 《영남문학》, 《영
   문》, 『개천예술제 40년사』(개천예술재단, 1991), 『문학』(조선문학가동맹), 『건
   설기의 조선문학』, 문맹서기국 편, 백양당, 1946
설창수, 『개폐교』, 현대문학, 1976
설창수, 『나의 꿈 나와 조국』, 동백문화, 1992
설창수, 『설창수 전집』 1-6, 시문학사, 1986
설창수·이경순·조진대, 『삼인집』, 영남문학회, 1952

2차 자료

강희근, 『경남 문학의 흐름』, 보고사, 2001
강희근, 『오늘 우리 시의 표정』, 국학자료원, 2000
김봉희 외, 『파성 설창수 문학의 이해』, 도서출판 경진, 2011
김재용, 『북한 문학의 역사적 이해』, 문학과지성사, 1994
김한식, 「《백민》과 민족문학 ― 해방 후 우익 문단의 형성」, 《상허학보》 20집,
   2007
문옥영, 「문예지 《영문》 연구」, 경남대 대학원 석사 학위 논문, 2010
박민규, 「조선문학가동맹 '시부'의 시 대중화 운동과 시론」, 《한국시학연구》 33호,
   한국시학회, 2012
박민규, 「해방기 경남 지역의 시운동과 시 이념」, 『한국 문학 이론과 비평』 57집,
   2012

박정선, 「해방기 조선문학가동맹의 문화대중화 담론과 조직적 실천」, 《어문학》
39집, 한국어문학회, 2006

박태일, 「한국 근대 지역 문학의 발견과 파성 설창수」, 《로컬리티 인문학》 1집,
2009

신형기·오성호, 『북한문학사』, 평민사, 2000

오태호, 「『응향』 결정서'를 둘러싼 해방기 문단의 인식론적 차이 연구」, 《어문
논집》 48집, 중앙어문학회, 2011

유경아, 「파성 설창수의 전인 문학관 고찰」, 《현대문학이론연구》 41집, 2010

유재천 외, 『경남의 시인들』, 박이정, 2005

이선영 외 편, 『현대 문학 비평 자료집』 1, 태학사, 1993

이순욱, 「근대 진주 지역 문학과 『삼인집』」, 《지역문학연구》 10집, 2004

장규식, 「거대 도시 '서울공화국'의 명암」, 《역사비평》 65집, 역사문제연구소,
2003

장만호, 「해방기의 지역문학론 ─ 파성 설창수를 중심으로」, 《우리어문연구》
45집, 2013

제6주제에 관한 토론문

유성호 | 한양대 교수

 장만호 선생님의 발표문은 진주 지역의 문학적 대부로 알려진 파성 설창수 선생에 대한 매우 선명한 인물 소묘이자, 해방기 우파 문단의 분기상 혹은 내부적 균열을 보여 주는 문학사적 삽화입니다. 또 진주 지역을 포함한 지역 문화 운동의 역사를 보여 주는 문단사적 풍경화이기도 합니다. 일견 폭넓고 중층적인 설창수의 생애와 문학적 지향을 매우 분명하게 그려 주셔서, 별 이견이나 새로운 쟁점의 도출은 거의 무망할 것 같습니다. 물론 그의 브랜드이기도 할 '전인 문학론'과, 발표자가 거론한 이른바 세대론, 지역 문학론, 민족 문학론 등의 층위에서 그의 논지와 실천을 평가해 보는 스펙트럼이 얼마든지 가능하겠지만, 이는 해석 공동체의 차근차근한 후속 연구를 기다리기로 하고, 여기에서는 발표문에 국한하여 몇몇 소략한 부가 질의를 해 보도록 하겠습니다.

 먼저 장 선생님께서는 진주 지역을 기반으로 전개된 설창수의 매체 활동을 조명하셨는데, 지역 문예지 《등불》을 발행한 것이 그 한 예입니다. 그 매체가 나중에 《영남문학》으로 다시 《영문》으로 개제되었다고 하셨는데, 해방 후 지역 문학의 입장에서 볼 때 이 잡지가 기여한 부분은 무엇일지요? 또한 설창수는 직접 발행인을 맡아 이 잡지를 통해 자신의 작품과 문학 이론들을 전개해 나갔다는데, 그에게 이 매체는 과연 무엇이었을까요? 혹시 장만호 선생님께서 진주에 터 잡으신 후로 들으신 에피소드 같은 것이 있지 않을까 싶습니다.

그다음에 설창수와 해방기 청문협의 관계가 궁금해집니다. 그때도 사람 사는 때였으니 개인적 충돌이나 호불호가 작동하지 않을 수는 없었겠지만, 그래도 설창수가 철저한 반공주의자였고 청문협 진주 지부장이기도 했으니 청문협과 갈라설 까닭은 거의 없지요. 그런데 그가 왜 비판적 논지로 돌아섰는가가 궁금합니다. 자신의 매체에 박목월, 조지훈, 조연현 등 청문협 핵심들의 작품들도 싣지 않았습니까? 그런데 설창수가 청문협에 대해 취한 비판적 태도는 그 근원이 무엇일까요? 물론 논리적으로는 청문협이 민족 진영을 대표하면서도 새로운 민족 문화 형성에 별 기여를 못한다고 판단한 것이기는 하지만, 혹시 김동리 개인을 향한 것은 아니었을까 하는 생각이 들기도 합니다. 동리가 당대의 대표 문인이었고, 당대 문단의 헤게모니를 쥐고 있었다는 점에서 '서울 지반주의', '기성 지반주의'를 야기하는 상징적 존재로 비판되어야 했지 않았을까 합니다. 이때 설창수는 문학가동맹 계열 문인들이 탄압을 받으면서도 활동을 지속하고 있는 것을 민족주의 우파가 당면한 위기라고 보았는데, 그 당시 청문협이 이러한 투쟁의 전위에 섰던 것이 이제까지의 문학사적 상식이라는 점에서, 설창수의 비판은 우파 진영 내부에서의 어떤 분화 과정은 아닐까 생각해 봅니다. 이러한 질문들을 묶어 답변해 주시면 어떻겠습니까?

마지막으로 설창수가 청마(靑馬)의 시를 높이 평가한 이유는 청마 시가 "생명을 육박하는 영혼의 우수함"을 지니고 있다고 보았기 때문입니다. 그리고 파성은 미당과 지훈과 두진의 시편은 상대적으로 격하하고 있습니다. 설창수 시편이 신념의 '대결 구도'와 '내면의 의지'를 전면에 드러낸 시들이라고 하셨는데, 이는 분명히 청마와의 친연성으로 보입니다. 청마와의 관련성을 더 천착하는 것이 설창수론에 더욱 중요한 혜안을 열어 줄 것 같은 느낌이 듭니다. 진주-통영이라는 지리적 인접성이 있고, 또 나이로 보면 열 살 터울쯤 지니까, 직간접적인 영향 관계가 나오지 않을까 합니다. 추후의 과제겠지요. 몇 마디 얹어 주시면 감사하겠습니다.

설창수 생애 연보[1]

1916년	1월 16일, 경남 창원시 북동리 155번지(현 창원시)에서 아버지 설근헌(薛根憲)과 어머니 황호(黃鎬) 사이에서 장남으로 태어남. 호적상의 생일과 달리 실제는 음력 10월 8일이라고 『설창수 전집 6』에 밝히고 있음.
1922년(6세)	4월, 창원공립보통학교(현재 창원초등학교)에 입학. 나이와 키가 가장 작은 학생이었음.
1928년(12세)	3월, 창원공립보통학교 졸업. 졸업식 뒤 반일 감정에 취해 학우들과 교정에서 음주 및 기물을 파괴하는 난동을 벌인 일로 소견표에 기재됨. 이 일로 마산상업학교(현 용마고등학교) 입시 구두시험에 낙방.
1929년(13세)	3월, 밀양농잠학교에 응시했으나 소견표에 적힌 일에 관한 문답으로 역시 낙방. 왜인 교장과 학부형 회장이었던 선친의 타협으로, 4월 신학기에 다시 6학년에 들어가 1년을 재수함.
1930년(14세)	4월, 진주농림학교(현재 경남과학기술대학교)에 입학. 학생 비밀결사단체 TK단(단결의 약칭)에 가담하여 섭외부장을 맡음. 3학기에 파업에 동조하여 불량학생으로 낙인찍힘. TK단 가입이 탄로나 졸업할 때까지 해마다 기미독립만세 의거일(3월 1일)과 러시아 혁명기념일(11월 7일) 무렵에는 예비 검속을 겪음.

---

1) 약력과 작품 연보는 『설창수 전집 6』의 '자서 약력 및 작품 연보'와 『파성 설창수 문학의 이해』(김봉희 외, 2011)의 약력을 기본 자료로 삼고 이외 설창수의 시집과 산문집 등을 참고하여 정리했음.

1932년(16세)	가족들 진주로 이사.
1935년(19세)	3월, 진주농림학교(5년제)를 졸업. 6월, 창녕군 대지공립보통학교 촉탁교원이 되어 숙직실에서 자취.
1937년(21세)	1월, 교직을 떠나 부산시 무진(無盡)회사 진주 지점 서기로 일함. 무진(無盡)이란 일정한 계좌수와 급부 금액(給付金額)을 정하여 정기적으로 부금을 납입한 부금자(賦金子)에게 1계좌마다 추첨·입찰 등의 방법에 의하여 일정 금액을 급부하는 제도였음. 최고의 모집 성적을 올렸으며, 신사 참배 시엔 사무실을 지킨다는 핑계로 동참하지 않음.
1938년(22세)	7월, 회사를 사직하고, 8월, 일본 고학길에 오름. 경도제대에 유학 중이던 향우 오석규(영문학자)와 동경 남선사(南禪寺)에서 기거. 학비 등을 조달하기 위해 오사카《大阪朝日新聞》의 판매점 배달부, 막일 등을 함.
1939년(23세)	4월, 교토 리쓰메이칸(立命館) 대학교 예과 야간부에 입학. '초일주(草日朱)'라는 필명으로 풍자시 「사이내리아」를 교지에 게재. 죽도 공장, 화력발전소 중기계 기름닦이, 인부제공 하청업자의 비서 등의 일을 함.
1940년(24세)	4월, 동경의 니혼 대학교 예술학원(전문부) 창작과에 입학. 이석영, 김보성, 박현수와 일인 학생 4명을 포함 8명이서 문학동인 '화요그룹'을 결성하여 합평회를 진행. 여름 방학 동안에 귀국하여 경상남북도를 떠돌며 모필(毛筆) 행상을 하여, 그 수익으로 본가 빚을 갚고 학비에 보탬. 이 경험이 뒷날 사용하게 되는 청모필(靑毛筆)이라는 필명의 연원이 됨. 겨울 방학엔 북구주(北九州)에서 노동으로 학비 마련. 후일 일본 유학의 길은 문학 수업이기보다 차라리 고된 노동의 날들이었다고 술회함.
1941년(25세)	교수 및 강사들과 '천황제' 등에 관한 격렬한 공개토론을 일

삼아, '화로'라는 별명을 얻음. 학교 행정에 대한 이의 제기와 선동 연설로 시말서를 작성. 겨울 방학 때 북구주의 저수지 공사장에서 윈치(Winch) 조종부로 일하던 중 파견 형사대에 연행되어 현지 경찰서에서 2박 후, 부산으로 압송. 12월 31일 경남 경찰부 유치장 1호 감방에 사상범으로 수감됨.

1942년(26세)   3월, 니혼 대학교 예술학원 창작부의 학우이자 훗날 아내가 되는 김보성의 면회. 이후 부산형무소 구치감 12호실 독방에 수감. 6월 천황에 대한 불충 사상 등의 이유로 검사가 1년 반을 구형함. 최후 발언에서 "각급 학교에서 일본인 교사에게 배웠고, 동경서는 일본인 식당밥을 먹었으며, 문학 공부도 거의 일본글로서 해 왔으니 일본인에게 존경도 우정도 있는 바이나 우리가 조선 사람인데 어찌 일본인이 될 수야 있겠는가. 서로의 전통과 개성을 자유보장한다면 공통번영의 연합으로 동양주의자야 될 수 있겠지만."이라고 진술함. 7일 후의 선고에서 2년형을 언도받음.(미결 수감 3개월 포함)

1943년(27세)   동경 시절에 썼던 소설을 비롯한 작품들은 일경에게 또 다른 증거가 될까 두려워한 가족들의 '증거인멸'로 소거되었으나, 11년에 걸쳐 썼던 일기장은 물증으로 사용되어 지인 20여 명이 소환 검문을 당하게 됨.

1944년(28세)   3월 4일, 부산형무소 만기 출옥. 가족을 비롯, 고향 공주에서 출감일에 맞춰 온 김보성과 재회. 4월 2일, 대구신사(大邱神社, 대구 소재) 신주(神主) 주례로 김보성(김의홍과 포영관의 장녀)과 혼인. 이후 슬하에 아들 봉규, 맹규, 준규와 딸 호정을 얻음. 7월, 진주상공주식회사에 취직.

1945년(29세)   8월, 광복을 맞아 진주 지역의 지역 문화와 문학에 대한 활동을 전개하기 시작함. 이때진주 칠암청년대를 조직하여 대장역을 맡는 한편, 추석을 기하여 일본 고학 전 부친의 뜻으로 세

왔던 칠암야학회를 재개. 진주상공경제위원회 기관지인 《상공시보》의 주필, 문화건설대의 문예부장을 맡음. 12월 진주극장에서 『젊은 계승자』(3막, 원작·주연을 맡음) 상연. 이때부터 진주 지역을 중심으로 문학, 문화, 언론, 계몽, 정치를 연계한 설창수 특유의 활동이 전개됨.

1946년(30세) 3월, 《경남일보》의 창간 기자로 입사, 6월 부친 급서(急逝)한 날 밤에도 반공사설을 집필하여 가족들의 힐난을 들음. 9월에는 《경남일보》 초대 주필에 취임. 11월에서 12월 두 달간 원작과 주연을 맡은 농민극 「동백꽃 다시 필 때」(일명 「돌아온 백성」, 3막 9장)를 진주, 삼천포, 사천, 의령 등지에서 상연함.

1947년(31세) 1월, 합창극 「화천의 북소리」(단막)와 촌극 「충무제·강토에 외치다」(단막)를 진주극장에서 공연. 2월 진주시인협회를 창립하고 회장에 오름.(편집 백상현, 총무 정황, 조직 백성기, 최계락은 부원) 1월~3월 김보성, 노영란, 손동인 등과 「동백꽃 다시 필 때」를 하동, 곤양, 진주 등 경남 지역에서 상연. 5월 진주 지역을 중심으로 하는 시 잡지 《등불》의 발행인이 되어 2집과 3집(9월)을 발행. 10월 조선청년문학가협회 희곡부 위원으로 가입.

1948년(32세) 1월, 《등불》 4집 발행. 2월 한국청년문학가협회 진주지부장에 취임. 시인 이정호의 안내로 평생의 친우인 구상과 만나 우정을 이어 감. 6월 영남문학회를 설립하고 대표를 맡아 기존의 《등불》을 개제하여 《영남문학》을 발행함. 기존의 호를 이어 5집으로 삼음. 10월 《영남문학》 6집을 발행. 12월 전국문화단체총연합회(문총)이 27~28일, 양일간 개최한 '민족정신앙양 전국문화인총궐기대회'에서 영남 지역을 대표해 '지역문화 정세 보고'를 낭독함.

1949년(33세) 2월, 경남일보사 부사장에 취임하고 4월에는 조지훈 등의 건의를 받아 《영남문학》을 《영문》으로 개제하고 7집을 발행. 8월 문총 경남 지부(지부장 유치환)의 부지부장을 맡고, 같은 달 문총 진주 지구 특별 지부를 창설하여 지부장에 취임. 11월 《영문》 8집을 발행. 해방 후 최초의 지역 예술제인 영남예술제(1959년 개천예술제로 개명)를 창시하고 제1회 대회장을 맡음. 이후 《영문》은 영남예술제의 기관지의 역할을 함. 서정주의 후임으로 문교부 예술과장에 취임.

1950년(34세)　　3월, 서울예술학원 야간부 문예창작과에 출강하면서 교무처장서리를 겸임. 서라벌예술학원 재단 감사에 취임하고 박생광을 동양화과 주임으로, 유치환을 국문과의 주임으로 추천하여 내정함. 5월 중앙국립극장 희곡분과 위원. 6월 6·25 발발, 공주 마곡사 부근의 처가로 피신. 9·28 수복 후 10월 25일 귀경.

1951년(35세)　　3월, 문교부예술과장을 사임하고 진주로 귀향, 해인대학 전임강사에 임명. 4월에는 도립 진주농과대학 강사에 임명됨. 11월 《영문》 9집 발행, 제2회 영남예술제 대회장을 맡음.

1952년(36세)　　3월, 경남일보사 제3대 취체역(取締役) 사장을 겸임. 8월 이경순, 조진대와 함께 최초의 시집이라 할 수 있는 『삼인집』(영남문학회)을 간행함. 7월, 《경남일보》에 이승만 하야를 주장하는 논설을 작성, 게재. 이로 인해 정체 모를 자들로부터 신문사 인쇄소 피습되었으나, 도리어 질서 문란죄로 경찰과 검찰의 조사를 받게됨. 11월 《영문》 10집 발행. 제3회 영남예술제 대회장을 맡음.

1953년(37세)　　3월, 제1회 눌원문화상 수상. 11월 《영문》 11집 발행 및 제4회 영남예술제 대회장을 맡음.

1956년(40세)　　6월, 제1회 시화전을 진주에서 개최. 11월 《영문》 14집 발행. 제7회 영남예술제 대회장.

| 1957년(41세) | 2월, 전국문화단체총연합회 창립 10주년 기념 제1회 문화공 |
로상 수상. 9월 제29차 국제 펜 회의에 한국대표단원으로 참
석. 11월《영문》15집을 발행. 제8회 영남예술제 대회장.

1958년(42세)   11월,《영문》16집 발행. 제9회 영남예술제 대회장.

1959년(43세)   4월 30일에서 6월 30일까지 두 달간 미국무성 초청으로 미국
문화를 시찰. 하버드 대학교 Lamont 시(詩) 전문 도서관에서
자작시 12편을 30분짜리 음반으로 제작. 8월, 사단법인 개천
예술사업회 이사장에 오름. 제10회 개천예술제(영남예술제 개
명) 대회장을 맡음.《영문》17집을 발행.

1960년(44세)   4·19 혁명이 일어난 후 실시한 선거에서 국회 상원에 해당되
는 초대 참의원 의원에 당선. 12월, 미국 시찰한 내용을 바탕
으로 한 기행문집 『성좌 있는 대륙』을 수도문화사에 출간.

1961년(45세)   2월, 전국문화단체총연합회 대표 의장에 취임. 5·16 쿠테타
로 낙향. 군부로부터 반민주 인사로 지목되어 국회 참의원을
비롯한 모든 공직에서 물러나게 됨. 아울러 1948년 발족하여
이끌어 온 영남문학회가 해체되고. 18집까지 간행되었던《영
문》역시 종간됨. 개천예술제 준비위원장을 사임.

1962년(46세)   2월, 해방 직후부터 근무하던 경남일보사 퇴임.

1963년(47세)   8월, 제4회 시화전을 부산에서 개최. 이후 시화전, 시사전,
시서예전을 1980년대 초반까지 경상남북도의 시와 읍을 중심
으로 전국에 걸쳐 244회를 개최함. 전시회는 공적인 업무로부
터 배제된 후의 사회적 활동이며 동시에 생활의 방편이기도
했음.

1967년(51세)   4월, 어머니 뇌졸중으로 귀천. 5월 둘째 아들 설맹규가 독초
의 즙을 먹고 지리산 세석고원에서 숨짐. 국회의원 선거에 입
후보하였으나 낙선.

1970년(54세)   3월, 둘째 아들 맹규의 유고 시집 『모독당한 지점에서』를 삼

애사에서 간행함. 8월, 진주 성지 복원 사업이 진행되자 촉석루 옆에 있었던 30평짜리 집을 내어줌(진주시 본성동 497번지). 야학 교사 시절의 제자가 분양해 준 밭 130평에다 이층집을 지어 입주(칠암동 56번지), 경북 왜관 낙동강가 시인 구상의 사랑에 달아주었던 '관수재(觀水齋)'와 대를 이루어 '청수헌(廳水軒)'이라 이름 지음.

1971년(55세)	10월, 일본 동경에서 재일동포위문시화전(재일본 대한민국 거류 민단 중앙총본부단장 초대, 100점)을 열고 11월에는 오사카에서 재일동포위문시화전을 개최.
1976년(60세)	장남 설봉규, 구상 주례로 이효숙과 혼인. 12월 첫 단독 개인 시집『개폐교』를 현대문학사에서 간행.
1977년(61세)	11월, 국가보훈법에 의한 독립유공자 포창. 12월 제1회 진주 시문화상 수상.
1979년(63세)	아내 김보성 장편 소설『원다희자전』(현대문학사)를 회갑 기념으로 발간.
1980년(64세)	10월, 딸 호정이 김철과 황순원 주례로 혼인.
1981년(65세)	5월, 국제문화협회의 대한민국 사회교육문화상에서 제1회 문학부 대상 수상. 한국문학협회 창립 총회에서 이사장에 오름. 아들 준규가 김숙희와 박두진 주례로 혼인.
1984년(68세)	11월, 1960년을 끝으로 그만두었던 개천예술제에 참여. 개천예술제단의 제사장을 다시 맡음.
1985년(69세)	5월, 동경에서 개최된 제47차 국제펜회의에 한국 대표단원으로 참석. 11월, 제35회 개천예술제 제사장과 대회장을 맡음.
1986년(70세)	2월, 광복회 경상남도 지회장. 고희 기념『설창수 전집』(시문학사)(1~4권: 시집, 5권: 수필집, 6권: 희곡집) 간행. 10월 구상과 함께 엮은『조국 송가』를 홍성사에서 발행. 이 시집은 원래 개천예술제에 봉헌하기 위해 1959년 계획되고 원고를 모았으

나 사업적, 정치적 문제로 1986년에야 발행됨.

1990년(74세)   은관문화훈장, 건국훈장 애족장, 서훈. 11월 개천예술인상,
             창업공로상 수상.

1992년(76세)   11월, 문집 『청수헌산고』를 부산 동백문화에서 발행. 시집
             『나의 꿈, 나의 조국』을 동백문화에서 발행. 10월, 한국예술
             문화단체총연합회로부터 예술문화대상 수상. 12월, 서울신문
             사 향토문화대상 수상.

1994년(78세)   2월, 광복회 회보 편집위원이 촉탁. 3월 상록수중앙회로부터
             인간상록수로 추대됨.

1995년(79세)   3월, 회고 산문집 『강물 저 혼자 푸르러』(예술가의 삶 19)를
             혜화당에서 발행.

1998년(82세)   6월 6일 6시 30분에 영면. 향년 82세. 대전 국립 현충원 애국
             지사 묘역에 안장.

설창수 작품 연보

발표일	분류	제목	발표지
1939. 7	시	사이네리아	입명관대학 교지
1946	희곡	김충주의 사/젊은 계승자/동백꽃 다시 필 때	경남일보
1947. 5. 20	시	백팔의 한/사월/창명/태동의 시	등불 2
1947. 9. 20	시	배와 낙타/기치/옥수수원/황탄실의 프리즘/푸른 거울/단상	등불 3
1948. 1. 15	시	청삽살의 송굿니 등불/등잔불/바람소리/막역/사찰생	등불 4
1948. 1. 15	희곡	쓰러지는 학동야학(1)	등불 4
1948. 1. 15	산문	소우주 형성	등불 4
1948. 6. 5	시	고루에서/사월팔일/도립병원	영남문학 5
1948. 6. 5	산문	영남문학 탄생기/신춘응모 시 선후평/청문지부 결성기/신민족문학운동론: 청문진영에서의 제창	영남문학 5
1948. 6. 5	희곡	쓰러지는 학동야학(2)	영남문학 5
1948. 10. 10	시	독립의 노래/고성월광곡/결론/수제축/뇌우부	영남문학 6
1948. 10. 10	산문	문학과 종교의 연관	영남문학 6

발표일	분류	제목	발표지
1948. 10. 10	희곡	쓰러지는 학동야학(3)	영남문학 6
1948. 11. 23	시	세레나데	경향신문
1948. 12. 24	시	아들 딸	경남일보
1949. 1. 6	시	고상	자유민보
1949. 1	시	명암	해동공론
1949. 2. 20	시	무대의 시	경남일보
1949. 4. 5	시	적막/우리에서/백장미/산랑/ 유토/왕위선포	영문 7
1949. 4. 5	희곡	쓰러지는 학동야학	영문 7
1949. 4. 5	산문	전국문화인총궐기대회참가기	영문 7
1949. 11. 1	시	화장장/심정화/입원	영문 8
1949. 11. 1	희곡	천막촌	영문 8
1949. 11. 1	산문	전인문학의 신운동단계/ 문총진주지구특별지부 결성기	영문 8
1949. 11. 8	시	금붕어 장수	태양신문
1950. 1. 1	시	임수레	태양신문
1950. 1. 2	시	콩사리	주간서울
1950. 3. 5	시	만세 날	연합신문
1951. 1. 20	시	올대로 안개처럼	부산일보
1951. 1. 21	시	무쇠의 밤 장막을	민주신보
1951. 3. 27	시	하야유정	대한신문
1951. 4. 5	시	수리	대한뉴스 3
1951. 4. 15	시	달	창광 18
1951. 4. 18	시	곡/촉석	구국 2권 3호
1951. 4. 28	시	에밀레종	국제신보

발표일	분류	제목	발표지
1951. 5. 10	산문	常과 나	구상시집 『具常無常』
1951. 6. 5	시	방위자	경남일보
1951. 6. 22	시	나룻배	부산일보
1951. 6. 24	시	대심판 오라	경남일보
1951. 7. 6~7	시	강물 혼자 푸르러	경남일보
1951. 7. 11	산문	H군의 액자와 맥향 창간호에의 말씀	맥향
1951. 7. 25	시	청춘	신조 1권 2호
1951. 8. 4	시	경남일보의 노래	경남일보
1951. 8. 31	시	무궁화	초등국어 5-1(문교부)
1951. 10. 21	시	노량진	민주신보
1951. 11. 1	시	천지교담/장교지망/매아미	영문 9
1951. 11 .1	희곡	동록지대	영문 9
1951. 11 .1	산문	비판 창조 혁명	영문 9
1951. 12. 8	시	대장봉	경남일보
1951. 12. 22	시	용문사의 밤	군상 2
1952. 2. 1	시	며느리 첫 절	희망
1952. 3. 1	시	분노	경남일보
1952. 3. 5	시	숲	애국시 33인집
1952. 3. 20	산문	개척자의 사명	개척자 속간호
1952. 4. 1	산문	고적순례	새벗
1952. 6. 18	시	자장가	자유민보
1952. 6. 18	시	산우야	부산일보

발표일	분류	제목	발표지
1952. 6. 25	시	목동아	천주교회보
1952. 7. 1	시	산소행	경남공론
1952. 7	산문	서문	민주고발(구상 사회시평집)
1952. 7. 11	시	대금산보	경남일보
1952. 7. 14	시	바다	영남일보
1952. 7. 24	시	기우	영남일보
1952. 8. 30	시	개폐교/여정/전상차/목련/ 야산우/정신의 노래/모란/ 목내이/파초도/	삼인집
1952. 8. 30	희곡	혼백	삼인집
1952. 10. 1	시	오솔길	소년세계
1952. 11. 5	산문	시와 혁명	시와 시론 1
1952. 11. 19	시	기우사/감로수/유자	영문 10
1952. 11. 19	희곡	김시민과 삼장사	영문 10
1952. 12. 1	시	탁류	신태양 1권 1호
1953. 1. 1	시	상사암	경남일보
1953. 1. 10	산문	영광의 결승자	산화초
1953. 3. 19	시	이씨기단	연합신문
1953. 3. 30	시	상주포에서	자유민보
1953. 4. 5	시	수로왕릉에서	서울신문
1953. 4. 26	시	쌍홍문	영남일보
1953. 5. 1	시	삘기 노래	소년세계 2권 5호
1953. 5. 12	시	감로수	금산 속간호
1953. 5. 17	시	장미 터진다	부산일보

발표일	분류	제목	발표지
1953. 5. 19	시	극장 상량	경남일보
1953. 5. 25	시	돌멩이	전선문학 5
1953. 6. 4	산문	나의 처녀작품	중앙일보
1953. 7. 1	시	애환	신시대 1권 3호
1953. 7. 5	시	눈	형정 6
1953. 7. 15	산문	총력전과 비판지	개척자 3
1953. 8. 1	시	농악	경남공론 14
1953. 8. 15	시	노량진 외 2편	청룡
1953. 9. 1	시	기원(冀願)	가톨릭신보
1953. 10. 25	시	여정/구름	야탑 1
1953. 11. 5	시	글라디올라스	영문 11
1954. 1. 5	시	산가재/진달래산	1953년간 시집
1954. 1. 5	산문	신년에 구상하는 시	신생공론
1954. 1	산문	글과 마음	중안 특집호
1954. 2. 18	시	고원	자유민보
1954. 3. 1	시	승무	부산일보
1954. 3. 1	시	무명묘	문예 5권 2호
1954. 4. 3	시	봇물	서울신문
1954. 4. 5	산문	계몽사업의 주동과 대상	계몽
1954. 4. 13	시	비둘기	카톨릭신보
1954. 4. 13	시	음악가	교육주보
1954. 4. 13	시	운동화	교육주보
1954. 4. 13	시	바람	교육주보
1954. 6. 1	시	혜	문학과 예술
1954. 6. 20	시	매미	양독시선

발표일	분류	제목	발표지
1954. 9. 20	산문	서	목련
1954. 6. 21	산문	극장문화의 건설	극장문화 1
1954. 6. 29	시	초야의 소리	민주신보
1954. 7. 1	시	그네	현대공론 2권 5호
1954. 7. 15	시	여인환상	한국애정명시선
1954. 7. 24	시	수리	시첩 1
1954. 10. 1	시	흑반지	희망
1954. 11. 5	시	고분/파초 제2장	영문 12
1955. 1. 1	시	옥잠화	부산일보
1955. 1. 1	시	수국부	부산일보
1955. 2. 1	시	딱따구리	소년세계 4권 2호
1955. 2. 9	시	은진미륵	새벽 3권 4호
1955. 3. 1	시	귀항사	신태양 31
1955. 3	산문	운동대상의 개정	개척자 4
1955. 3. 15	산문	조문	중안 5
1955. 4. 1	시	향일규	현대문학 1권 4호
1955. 4. 30	시	정제선생의 노래	경남일보
1955. 6. 20	시	무명묘 외 2편	1954년간시집
1955. 9. 2	시	다보탑	동아일보
1955. 10. 10	시	준공사	경남공론 30
1955. 11. 5	시	파초 제3장/문단협동체의 분열	영문 13
1955. 12. 24	시	아사부랑 전설 2장	P.E.N 1권 3호
1956. 1. 1	시	파초 4장	부산일보
1956. 2	산문	도불원	개척자 5
1956. 4. 25	시	분황사탑	부산일보

발표일	분류	제목	발표지
1956. 5. 12	시	송월대	서울신문
1956. 5.26	시	낙화	동아일보
1956. 6. 1	시	선구 제2장	자유문학 창간호
1956. 6. 5	시	백제탑	한국일보
1956. 6. 20	산문	무엇이 무서운가	비봉 12
1956. 7. 25	시	갑도의 방구(放毆)	신생공론 6권 3호
1956. 8. 6	시	사리	경향신문
1956. 10. 20	시	코스모스	제주신보
1956. 11. 1	시	헌제의 시수/파초제5장/ 치자꽃과 산우/상은암 제2장/ 백작약/은어/밤바다/춘정자한/ 가두시론	영문 14
1956. 12. 1	산문	지방 문단 풍토기	자유문학 1권 3호
1956. 12. 15	시	토함산 석굴암	조선일보
1957. 2. 1	시	전주야화	문학예술 4권 11호
1957. 2. 15	시	어미닭	푸른싹 17호
1957. 2. 10	산문	푸른 세대에의 초혼	개척자 6
1957. 2. 22	시	정방폭포	한국일보
1957. 3. 14	시	노응	동아일보
1957. 4. 1	시	해녀 4.4조	여원 3권 4호
1957. 4. 1	시	수목	신태양 55
1957. 5. 5	시	금붕어	한글문예 2
1957. 5. 11	시	천지연폭포	세계일보
1957. 7. 1	시	해녀	사상계 5권 7호

발표일	분류	제목	발표지
1957. 7. 1	시	목포야화	삼천리 2권 7호
1957. 7. 23	시	산문에서	민주신보
1957. 7. 24	시	풍경도	영남일보
1957. 8. 1	시	동백을 심어 놓고	자유문학
1957. 8. 15	시	팔월의 노래	전남일보
1957. 10. 8	시	석상부	민주신보
1957. 10. 10	시	단제	문필 창간호
1957. 11. 15	시	바다의 초대	영문 15
1957. 11. 15	산문	국제 펜클럽 29차 회의와 내왕 15일	영문 15
1958. 2. 1	시	홍수 이후	자유문학 3권 2호
1958. 3. 1	시	연동	새누리 17
1958. 4. 1	시	허무의 밤새	사상계 56
1958. 4. 4	시	민들레	평화일보
1958. 4. 6	시	갈매기는 난	세계일보
1958. 4. 16	시	찢어진 북	동아일보
1958. 5. 1	시	진달래	신조문학 1
1958. 5. 30	시	그와 내외설	코메트 33
1958. 6. 1	시	종달새	자유세계
1958. 6. 1	산문	지방 문단의 특징	자유문학 3권 6호
1958. 7. 20	시	금붕어 단장	시와 시론 2
1958. 7. 22	산문	다시 머릿말	머리말청천 4
1958. 7. 24	산문	지방 문단과 중앙 문단	서울신문
1958. 8. 1	산문	진주의 자연미	자유문학 3권 8호
1958. 8. 1	시	오동꽃	대구일보

발표일	분류	제목	발표지
1958. 8. 2	시	금성의 노래	현대시 2
1958. 8. 2	시	명망이	부산일보
1958. 8. 7	시	신라 오릉에서	동아일보
1958. 8. 7	산문	시원한 내 고장	서울신문
1958. 8. 28	시	서글픈 춘극	민주신보
1958. 8. 29	시	예불상	경남일보
1958. 8. 29	시	백장미	경남일보
1958. 9. 1	시	찔레꽃 5.5조	여성계 7권 8호
1958. 9. 5	시	지리연만도	문화시보
1958. 10. 1	시	개천송가	학원 68
1958. 10. 1	시	석굴암 대불과 11면 관음	자유문학 3권 10호
1958. 11. 1	시	또다시 낙화	주부생활 2권 11호
1958. 11. 1	시	금환일식	사상계 64
1958. 11. 1	시	산과 찬양대	사조 1권 6호
1958. 11. 1	산문	인종과 자비의 경상도 여성	여성계 9권 9호
1958. 11. 10	시	초목에의 밀담	영문 16
1958. 11. 17	산문	지·정·의의 초극	부산일보
1958. 11. 26	산문	그룹활동에 대하여	동아일보
1958. 11. 30	시	군니예불상	경남시단
1959. 1. 14	시	앵가	세계일보
1959. 1. 26	시	석란	동아일보
1959. 2. 1	산문	나의 애송시	보건세계 38
1959. 2. 2	산문	대지와의 거리	개척자 7

발표일	분류	제목	발표지
1959. 2. 14	산문	시인이 된 동기와 이유	세계일보
1959. 2. 20	시	고향의 산	푸른싹 18
1959. 3. 5	산문	결혼과 신명의 보증	세계일보
1959. 4. 1	시	수자단경	자유문학 4권 4호
1959. 4. 5	시	대원사 구중탑	사운 2
1959. 5. 23	산문	책임있는 작업을	동아일보
1959. 5. 30	시	지하의 강	시와 시론
1959. 5. 31	시	할미꽃	청천 5
1959. 6. 1	시	노후선 6601호	신태양 80
1959. 8. 12	시	연묵의 시	조선일보
1959. 10. 1	시	역우	자유문학 4권 10호
1959. 10. 1	산문	심군에게 답한다	문학 1권 1호
1959. 11. 3	시	실물	영문 17
1959. 11. 3	산문	신과 실존 이외에	영문 17
1959. 11. 1~12	산문	미주 기행 上 ·下	자유문학 4권 11. 12호
1959. 12. 1	시	동백 7.7 조	여성생활 35
1960. 2. 4	산문	희(噫) 일하선생의 죽음	한내 1
1960. 2. 15	시	청산사	새벽 7권 2호
1960. 2. 20	시	열상의 장	사상계 81
1960. 3. 17	시	쇠 장수	동아일보
1960. 3. 19	산문	의암 바윗가의 빨래소리	세계일보
1960. 4. 1	산문	내 고장 여인의 자랑	여성생활 39
1960. 4. 11	산문	단청도 설빔된 촉석루	국제신보

발표일	분류	제목	발표지
1960. 4. 15	산문	역사 앞에 외상은 없다	새벽 7권 5호
1960. 5. 3	산문	추상열일의 민족법정을	조선일보
1960. 6. 15	시	대지의 노래	새벽 7권 7호
1960. 7. 1	산문	4월혁명과 종교정신	현대불교 5
1960. 7. 15	시	야학가	사운 3
1960. 7. 31	산문	물레방아와 쉰개의 별	해동 7
1960. 8. 1	산문	푸른 미주와 회상의 여인	자유문학 41
1960. 10. 1	산문	새 문화 정책을 말한다	자유문학 43
1960. 10. 1	산문	백일의 창도자에	새벽 7권 10호
1960. 11. 10	시	야산우	산과 바다는 부른다
1960. 11. 10	시	진달래산	꽃 피고 잎은 푸르고
1960. 11. 20	시	석류 터졌다	영문 18
1960. 12. 30	기행문집	성좌 있는 대륙	수도문화사
1961. 1. 16	산문	정계진출 반년의 감회	민국일보
1961. 2. 1	산문	관순과 천명	자유문학 47
1961. 3. 1	산문	당신을 아로새기기에	자유문학 48
1961. 4. 1	산문	정치와 나	국민평론 2권 2호
1961. 4. 1	산문	일본기행	자유문학 49
1961. 4. 19	시	상자선언	조선일보
1961. 5. 25	시	2월의 화엄폭포	등불 7
1961. 8. 10	시	관음의 창	사상계 7권 8호
1961. 9. 1	시	군묘에서	자유문학 6권 8호
1962. 1	시	물레방아	진농학보 21

발표일	분류	제목	발표지
1962. 3. 1	시	목조 두꺼비	자유문학 67
1962. 4. 13	산문	화초목 잡기	경향신문
1962. 5. 1	시	치자꽃 핀다	여원 81
1962. 7. 1	시	시호여묵	향우 1
1962. 11. 8~9	산문	안의 심진동 기행	국제신보
1962. 11. 13	시	베짱이의 진심	대한일보
1963. 1. 1	산문	김병호에의 낡은 추모	현대문학 97
1963. 3. 12	산문	내 고향의 봄소식	부산일보
1963. 5. 1	시	봄비에서	자유문학 69
1963. 6. 15	산문	활자라는 것	진주교대학보
1963. 9. 3	시	백로는 서서	개척자 8
1964. 1	시	홍여사와 노고지리	계간시문예 창간호
1964. 4. 1	시	베짱이의 사실	예총 창간호
1964. 6. 1	시	농촌 어머니	새농민 32
1964. 7. 1	산문	진주의 동키호테	현대문학 115
1964. 10. 1	산문	경상남도 여류인물지	여상 24
1965. 1. 27	산문	외율에서 온 폐해	전남일보
1965. 4. 1	시	춘추의 시	문학춘추 13
1965. 4. 9	산문	앙가쥬망 자서	대한일보
1965. 5. 29	시	나목과 별	1964년간 한국 시집
1965. 6. 1	시	산해의 시	신동아 10
1965. 7. 1	시	천주산에/산니여	시문학 4
1965. 10. 21	시	토굴의 여승들	새논제 10

발표일	분류	제목	발표지
1965. 11. 1	산문	목마른 이를 위해	여상 37
1965. 11. 15	산문	혁명과 문화	한국현대문인 수필선집
1965. 11. 21	산문	표리 부동	삼남일보
1965. 11. 26	산문	수필문학의 현대성에 대하여	전북일보
1966. 2. 19	산문	성외녹영	경향신문
1966. 10. 1	산문	내 고장의 맛자랑	신동아 26
1966. 10. 15	시	한라산 나리	사상계 162
1966. 10. 30	시	산설	한국시집
(1966. 1. 7	산문	고고(呱呱) 새 영문	새영문 창간호
1966. 11. 10	시	무적	한글문학 3
1966. 11. 18	시	수석의 노래	중앙일보
1966. 1. 27	시	노인성	나를 잊지 마셔요
1966. 12. 20	시	대지의 노래	진주농전학보
1967. 8. 20	산문	참된 시혼은 어둠을 찢는 빛	시와 시론 11
1968. 2. 1	시	분노 이후	현대문학 158
1968. 3. 1	시	대목장 풍경	우리들 27
1968. 3. 1	시	화석 이제	세대 56
1968. 3. 15	시	시계	시와 시론 13
1968. 4. 9	시	만엽귀근이라지만	경남매일신문
1968. 4. 30	산문	제주도 근대화와 문화 행정의 방향	제주도 33
1968. 6. 11	시	풍장	국제신보
1968. 6. 30	시	풍파	협동 33
1968. 8. 1	시	동해에 뜨는 해	현대문학 164

발표일	분류	제목	발표지
1968. 9. 20	시	소녀의 편지	중앙문학 1권 복간 3
1968. 9. 30	시	수첩과 나	제주도 35
1968. 10. 1	시	범생의 장	한국시선
1968. 10. 1	시	파초 7	한국시선
1968. 10. 25	시	그날을 위하여	진주농대학보
1968. 11. 13~20	산문	그 시절 1, 2, 3, 4	마산매일
1968. 12. 5	시	조손애가	신문학60년대표작선집
1969. 1. 12	산문	호서와 나	대전일보
1969. 1.	산문	시를 대하는 정신	한국시단 창간호
1969. 4. 1	시	오늘의 강	신동아 56
1969. 5. 1	시	삐삐 동냥	영우구락부 28
1969. 5. 1	시	머리칼을 불살라	주부생활
1969. 6. 1	시	백로도 현대시학	1권 4호
1969. 7. 30	시	백로	한국시원 1
1969. 7. 31	시	영화 「지상 최대의 써커스」에서	제주도 39
1969. 8. 15	시	구룡포에서	교단시 5
1969. 8. 31	시	한산섬에서	경남문학 창간호
1969. 10. 1	시	토끼 한 쌍	내고장 방위
1969. 10. 1	산문	남강에 살어리랏다	여성동아 24
1969. 11. 1	시	가야산 해인사	월간문학 13
1969. 11. 21	시	겨울 꼬아리	경남매일신문
1970. 1. 15	시	새날을	영우구락부 32
1970. 4. 1	시	무상 앞에 앉는다	현대시학 14

발표일	분류	제목	발표지
1970. 4. 25	시	시조	한산섬
1970. 4.	시	푸른 마리아	진농동창회보
1970. 6. 15	산문	서	어린이 시조 첫 걸음
1970. 6. 22	산문	향토 문학과 문학인	진주교대학보
1970. 7. 25	시	휘호의 장	진주시단 창간호
1970. 8. 1	산문	먼저 간 아들에게	여성동아 34
1970. 8. 31	시	영일만호미곶	경남문학 2
1970. 11. 1	시	새벽 종소리	월간중앙 32
1970. 11. 25	시	남겨 준 풍경	영우구락부 37
1970. 12. 1	시	내가 만난 보살행자	불교 7
1971. 1. 1	시	어느 신화	영우구락부 38
1971. 2. 1	시	노괴를 보며	산 18
1971. 2. 1	산문	시 속의 산	산 18
1971. 4. 1	시	이사기	월간문학 4권 4호
1971. 4. 10	산문	시상 몇 조각	수필문학 1
1971. 4. 22	시	시조	거북선
1971. 5. 1	시	부화운동	현대문학 197
1971. 5	시	귀산애곡	진주산악 1
1971. 6. 1	시	봉별	신동아 82
1971. 7. 1	시	천주산에서	주부생활 76
1971. 7. 1	꽁트	해	영우구락부 7권 5호
1971. 7. 30	시	벌목의 사연	진주시단 2
1971. 8. 2	시	까마귀 촌경	제주도 50

발표일	분류	제목	발표지
1971. 8. 17	시	연기 아래서	경남매일
1971. 9. 1	시	저문 바다	월간중앙 42
1971. 9. 1	산문	맹아의 탑산	아리랑 202
1971. 11. 1	산문	「향토가」를 지으신 선생님	잊을 수 없는 스승
1972. 1. 1	시	쥐해의 시	경남일보
1972. 1. 1	시	한란사	월간문학 5권 1호
1972. 1. 1	시	가야산 1박 외 8편	현대시학 34
1972. 1. 1	시	숙박굴	창조 26권 1호
1972. 3. 1	산문	한 시인의 은혼 여행	여성동아 53
1972. 4. 5	시	어느 신화	자유 24
1972. 5. 1	시	우연묘지	시민들 1
1972. 7. 1	시	신탄진 연초제조장	월간중앙 52
1972. 8. 14	시	팔월에 고한다	제주신문
1972. 11. 1	시	첼라	주부생활 92
1972. 12. 1	시	지진	세대 113
1972. 11. 18	시	선	공화신문
1973. 1. 15	시	산어초	통일 2권 1호
1973. 6. 20	시	경상남도 찬가	한국의 여행
1973. 7. 1	시	석죽화/무궁화	월간중앙 64
1973. 7. 22	시	낙매성	한국일보
1973. 7. 2	시	모란상	제주도 60
1973. 8. 1	시	일부변경선/출토전에서/ Q.E호의 최후	현대시학 5권 8호
1973. 10	시	한라산을 보며	산 50
1973. 11. 24	산문	염소와 사제	경남매일

발표일	분류	제목	발표지
1973. 12. 10	시	백운 산장에서	박노석시선
1974. 2. 5	시	춘정자한	한국일보
1974. 4. 1	시	악아기	문학사상 19
1974. 4. 1	시	맹자독작	월간문학 63
1974. 5. 1	시	식목 후	신동아 27
1974. 5. 5	시	청개구리	서울신문
1974. 6. 1	시	아카시아 꽃피면/옥잠화	주부생활 111
1974. 9. 5	시	민족의 바다 외 5편	시선집(어운각)
1974. 9. 20	시	남강 가에서	부산일보
1974. 10. 1	시	암산노향	진주시단 3
1974. 10. 1	시	손	현대문학 238
1974. 11. 5	시	숲으로 질으라	경상대학보 131
1974. 12. 30	시	추상	창녕문학
1975. 2. 20	시	들 성둑에서	동아일보
1975. 2. 30	산문	서	탄피와 돌의 상형
1975. 4. 1	시	외짝 장갑	샘터 61
1975. 4. 1	산문	아버님에 대한 추억	신동아 128
1975. 4. 15	시	동묘	제주도 65
1975. 5. 1	시	원효승속	문학사상 32
1975. 6. 1	시	양자회담	월간문학 8권 7호
1975. 8. 1	시	거울과 산새 외 2편	시문학 49
1975. 8. 18	시	식목 후	제주시 30
1975. 8. 25	산문	논개의 정신	개척자 12
1975. 9. 15	산문	산과 바다와 사람과 외 7편	한국대표수필문학전집

발표일	분류	제목	발표지
1975. 9. 17	시	꽃신	한국일보
1975. 10. 1	시	진혼사	영우구락부 11권 5호
1975. 10. 8	산문	고 동전선생과 야성아형	회고 60년
1975. 10. 15	시	물과 불과 사람과	월간개발 제주 3
1975. 11. 1	시	소녀의 기도	월간중앙 92호)
1975. 11. 8	시	산하와 칠암아들	경상대학보
1975. 11. 15	시	칠암에서	진농 1
1975. 12. 1	시	전순 4.4조	현대문학 252
1976. 3. 1	시	극장 폐허	신동아 139
1976. 3. 1	산문	이심전심의 인생선 외 3편	여성중앙
1976. 4. 1	시	황제 팽권	월간 독서생활 5
1976. 4. 1	시	구슬이	세대 153
1976. 5. 16	시	민족의 바다	부산교육 182
1976. 10. 1	시	무지개	월간중앙 103
1976. 10. 1	시	수로왕릉에서	영우구락부 12권 6호
1976. 10. 27	시	산 비둘기	한국일보
1976. 11. 5	시	청태 7.5조	마산문학 4
1976. 12. 1	시	갓 씨앗 몇 알	시문학 65
1976. 12. 1	시	물사슴왕의 종언	현대문학 264
1976. 12. 1	시	과부 황새	월간문학 9권 12호
1976. 12. 15	시	민족의 바다	조국이여 강산이여

발표일	분류	제목	발표지
1976. 12. 5	시집	개폐교	국판 300쪽, 100편, 현대문학사
1977. 1. 1	시	화성적막	한국문학 39
1977. 2. 1	시	낙도 운동회	월간세대 163
1977. 2. 20	시	원지다리	충청문학 9
1977. 3. 1	시	위암 다시	경남일보
1977. 4. 1	산문	나·문학·인생	한국문학 42
1977. 4. 1	산문	조손의 산	여성동아 114
1977. 5. 1	산문	잊을 수 없는 은사님	월간 학부모
1977. 5. 28	산문	내 고향―그 영원한 빛과 향기	한국일보
1977. 5. 29	산문	진주―의의 성	경남일보
1977. 6. 1	시	알마시라	문학사상 57
1977. 6. 1	산문	연쇄 실물기	현대시학 99
1977. 6. 10	시	할아버지 타령	월간중앙 112
1977. 7. 1	시	별빛 하나	신동아 155
1977. 7. 1	산문	순절한 시혼의 불사조	한국문학 45
1977. 8. 1	산문	「진주의 얼」 사랑하여	월간세대 169
1977. 8. 1	산문	눈물과 불꽃의 인간 순수	현대문학 272
1977. 8. 21	산문	덕소나루 사연	독서신문
1977. 9. 1	시	관 집	현대시학 102
1977. 9. 20	시	석란	'77한국현대시선
1977. 9. 25	시	바위상	마산문학 5
1977. 10. 1	시	호소무처	월간세대 171
1977. 10. 26	산문	인간 석천의 멋	석천 오종식

발표일	분류	제목	발표지
			선생의 추모문집
1977. 10. 31	시	천 마리의 참닭	경상대학보
1977. 11. 1	시	무 뽑는 아가씨	여원
1977. 11. 5	시	효천분수	문예 가을호
1977. 11. 10	시	낙동강에서	시조문학 44
1977. 11. 20	시	개구리떼 울음	내륙문학 10
1977. 12. 1	시	무례한 조객	시문학 77
1978. 1. 10	산문	여성교육의 위치	삼현 5
1978. 1. 25	시	노랑나비	한국일보
1978. 2. 1	시	조소	현대문학 278
1978. 2. 5	시	십자매 한 쌍	주간한국
1978. 2. 15	시	노송나무	조선일보
1978. 3. 19	시	사탑 기울다멎다	주간조선
1978. 4. 1	시	금산 보리암	시문학 81
1978. 4. 1	시	들국화	월간중앙 121
1978. 6. 1	시	철새 도래지	월간문학 11권 6
1978. 6. 5	산문	작은 새의 노래여	차 한 잔의 연서
1978. 7. 1	시	난장이 이상촌	한국문학 57
1978. 7. 5	산문	《영문》 시절 회고	남부문학 6
1978. 8. 1	시	종치는 여승	주부생활 161
1978. 9. 25	산문	서문	그날까지 파도처럼
1978. 10. 1	시	육체	시와 의식 10
1978. 10. 26	시	사루비아꽃	제주신문
1978. 11. 10	산문	서문	기상통보

발표일	분류	제목	발표지
1979. 1. 1	시	봉수대	죽순 복간호
1979. 2. 28	시	대숲에서, 호국상명	한국현대시선
1979. 3. 1	시	경일 70년	경남일보
1979. 3. 9	시	쌍동이 점호	경남매일
1979. 3. 11	시	춘치	한국일보
1979. 3. 26	시	금산정에서	광복
1979. 3. 30	시	잔월	남부문학 8
1979. 3.	산문	투박해도 고운 여심	여성동아 137
1979. 4. 1	시	투계	현대시학 122
1979. 4. 5	시	실필한	주간한국
1979. 4. 5	시	아기의 탄생	여성중앙 113
1979. 5. 1	시	두꺼비 한놈	월간중앙 131
1979. 5. 10	시	한란사 2	시문학 95
1979. 6. 1	시	석굴암 대불과 11면 관음 외 4편 영혼을 사르는 헌화가	
1979. 6. 3	산문	서	만장대
1979. 6. 15	시	어도	새마음호 12호
1979. 6. 20	시	고니의 죽음	문예중앙 2권
1979. 8. 18	시	조보 7.5 조 외 1편	제주도 75호
1979. 9. 1	시	타지마할 묘궁	한국문학 72호
1979. 9. 5	시	전주 생각에	전북문학 56집
1979. 10. 5	시	어려워요 참	삼진학보 3호
1979. 10. 20	시	문조와 고양이, 골목길에서	해조 2집
1979. 11. 1	시	가야금 70년	월간문학 129호
1979. 11. 1	산문	서문	촉석루 시집

발표일	분류	제목	발표지
1979. 12. 20	시	팔레비 성형수술설	시도 제5사화집
1979. 12. 30	산문	내 정신의 하늘에 터뜨린 불꽃(1)	시와 의식 14호
1980. 1. 10	시	백발의 빛	죽순
1980. 1. 15	시	마라톤 출발	경남매일
1980. 2. 22	산문	지헌형 이 나라 기강 위해 한평생 바치시니	
1980. 3. 1	시	안경	시와 시론 27
1980. 3. 1	시	조송사	현대시학 133
1980. 3. 1	시	야쿠르트 아줌마	중원문학 1
1980. 3. 5	시	한라설경	제주신문
1980. 3. 20	시	지동설 시비	문예중앙 4
1980. 3. 30	시	시, 가야금 70년	'80 한국현대시선
1980. 4. 1	시	아우시비츠, 밴드	한국문학 78
1980. 4. 1	시	쌍홍문아가씨	현대문학 304
1980. 4. 1	시	조롱박 분재	주부생활 181
1980. 4. 3	산문	나룻목까지의 길	월간여성불교 4
1980. 4. 10	산문	서	산여울 물여울
1980. 4. 30	시	고수동굴	시와 의식 6권 1호
1980. 4 · 8 · 12	산문	내 정신의 하늘에 터트린 불꽃 2, 3, 4	시와 의식 15 · 16 · 17
1980. 5. 1	시	아빠신랑 엄마신부	여성중앙 126
1980. 5.	시	까치집	샘터 122
1980. 5. 5	시	건란출수	시문학 107
1980. 6. 15	산문	서(	생활의 창변에서

발표일	분류	제목	발표지
1980. 7. 1	시	모구의 울음	월간문학 138
1980. 8. 31	시	성산일출	시와 시론 28
1980. 9. 20	시	흙과 사람과 꽃과	대등사보
1980. 10. 7	산문	내가 감명받은 책	경남매일
1980. 10. 15	산문	말할 사람이 그리워서	새마음 23
1980. 10. 20	시	속리산 법주사에서	한국 P.E.N 6권 3호
1980. 11. 17	시	조범산방에서	제주신문
1981. 1. 1	시	야인	시와 시론 29
1981. 1. 1	산문	빈 터와 집터	불광 75
1981. 1. 10	산문	서	어머니
1981. 2. 1	시	모과	한국문학 88
1981. 2. 1	시	국화피면	시문학 115
1981. 2. 1	시	선피도	현대시학 143
1981. 2. 3	시	고희송	진농 1
1981. 2. 9	시	지동설 시비	현대시 151인의 축제
1981. 2. 27	산문	막버스 편승기	창원 기우
1981. 3. 3	시	숲을 가꾸리	그대 왜 거기가 섰나
1981. 3. 20	시	동백꽃 봉지 속에	마산문학 7
1981. 4. 1	시	조계산 송광사	월간조선
1981. 4 · 9	산문	내 정신의 하늘에 터트린 불꽃 5, 6	시와 의식 18, 20
1981. 5. 15	시	할미꽃 봉지	노인계

발표일	분류	제목	발표지
1981. 6. 15	시	녹색의 공	불교 113
1981. 7. 15	시	도량석	정우 1집
1981. 9. 1	시	봉선화	주부생활 199
1981. 9. 17	시	강남제비	제주신문
1981. 9. 17	시	하루살이	한국일보
1981. 10. 1	시	고루에서/남강가에서/개천의 노래/개천예술제가/논개의 노래	남강물에 촉석루 비치고
1981. 10. 1	시	밤바다	학생중앙 9권 1호
1981. 10. 12	시	황석산, 용추폭포	개척자 18
1981. 10. 15	산문	사랑에 대하여	사랑하게 두십시오
1981. 10.	산문	진주 남강 가을소리 여섯	엘레강스
1981. 11. 1	시	도인 신정희(申正熙)	한국문학 97
1981. 11. 1	시	포장마차	샘터 141
1981. 11. 1	시	홍의장군의 칼	광복
1981. 11. 3	산문	그때 잠시 청담스님 곁에서	여성불교 31
1981. 12. 1	시	철도원의 순직과 쇠망치	현대시학 153
1981. 12. 12	시	벌판을 지나며	시와 시론 29
1981. 12. 20	산문	시상 일련	한국의 문학 1
1982. 1. 1	산문	일송사백의 인간과 활동	아내여 아내여
1982. 1. 5	산문	서문	용주곡
1982. 1. 5	시	비에 젖은 손가락	동백문학회보 1
1982. 2. 3	시	샛별꼬마	진농 2
1982. 2. 5	시	눈	동백문학 2

발표일	분류	제목	발표지
(1982. 3. 1	시	장식롱, 놋요강, 놋화로	시문학 128
1982. 3. 30	산문	내 정신의 하늘에 터트린 불꽃 7	시와 의식 21
1982. 4. 1	시	낙엽을	도가니 5
1982. 4. 20	시	라제통문	시와 시론 32
1982. 5. 15	시	친권재판	현대시 200인
1982. 6. 15	산문	조두남 선생 생각	그리움
1982. 6. 20	시	팔려가는 집오리	서울신문
1982. 6. 30	시	실일	한국일보
1982. 6. 30	시	움막 빈터에서	전북문학 79
1982. 7. 27	산문	내 고향의 여름	서울신문
1982. 8. 1	시	반가사유상	한국문학 106
1982. 8. 1	시	부곡 온천에서	죽순 17
1982. 8. 20	시	이락사에서	시와 시론 33
1982. 9. 1	시	케오프스왕의 유체는?	현대시학 162
1982. 10. 1	산문	서문 회	소재문고
1982. 10. 5	시	강버들 이식	심진학보
1982. 11. 6	산문	논개	서울신문
1982. 12. 1	산문	유랑극단 시대 외 15편	수필문학 113
1982. 12. 21	시	어미 할미의 등	진농 2
1983. 1. 1	산문	임영창 시조집 「나」에	한국문학 111
1983. 1. 20	시	눈	세계시집
1983. 2. 5	시	봉황의 하늘	봉황 1
1983. 2. 10	시	114번 아가씨	동명 22
1983. 3. 1	산문	시와 혁명 외 14편	수필문학 114

발표일	분류	제목	발표지
1983. 3. 30	시	연어 돌아오다	시세계 4
1983. 4. 1	시	우주 목소리	시문학 141
1983. 4. 18	시	상록과 낙목	진농 동창회보
1983. 5. 5	산문	겨레얼은 남강과 함께 오늘도 흐른다	한글새소식 129
1983. 5. 30	시	십자호	시와 시론 34
1983. 6	시	가오리연	목요문화 27
1983. 6. 30	시	목련낙화	불교 134
1983. 7. 1	시	은행노목	시문학 144
1983. 7. 1	시	불일폭포	현대시학 172
1983. 7. 20	시	인간사 고(考)	내륙문단 20
1983. 9. 30	산문	전원의 머슴애	건강하게 살려면
1983. 10. 15	시	기중 졸도사건	경간문화 4
1983. 10. 22	산문	은혜로운 말씀을	월간쇳물 138
1983. 11. 30	시	단풍산	불교 139
1983. 12. 1	시	그릇된 신화	여성동아 195
1984. 1. 22	시	신문팔이 아가씨	서울신문
1984. 2	시	파초 X장 외 1편	목요문화 35
1984. 2. 15	시	지하의 강	세계시집
1984. 2. 25	시	사슴 2代	일신 34
1984. 2. 29	시	관혁소리	불교 142
1984. 3	시	팔검무	제일모직사보 장미 5권 3호
1984. 4. 14	시	봄 아가씨	진농동창회보
1984. 4. 14	산문	조명 연합군 전몰 위령비문	임란과 사천

발표일	분류	제목	발표지
1984. 4. 25	시	산해이제	'84한국현대시선
1984. 5. 1	시	불수어천	한국인 22
1984. 5. 20	시	골란고원과 시나이반도	시와 시론 35
1984. 6. 1	산문	맺지 못한 인연	월간여행 6
1984. 6. 17	시	돌쪼는 소리	서울신문
1984. 6. 30	산문	산과 바다와 사람과 외 10편	한국현대수상록
1984. 8. 1	시	이유기	한국문학 130
1984. 8. 31	산문	머릿말	김정우 수상록
1984. 9. 1	시	육십령	샘터 175
1984. 9. 1	시	착각	불교 149
1984. 10. 1	시	반달가슴 처녀곰	현대문학 358호
1984. 10. 5	시	상여 실은 배	심진학보
1984. 10. 5	산문	애향과 온고 정신	향토의 정기
1984. 10. 10	시	울창하라 포철탑	횃불 150
1984. 10. 27	시	조송사	대구매일신문
1984. 11. 1	산문	나의 인생 나의 불교	불교사상 12
1984. 11. 1	시	만장굴송	현대시학 188
1984. 11. 5	시	흰 머리칼아	한글새소식 147
1984. 12. 1	시	대추나무	월간 2000년 20
1984. 12. 15	시	산방굴사 외 2편	세계의 문학 34
1985. 1. 1	시	거제 포로수용소 지(址)	정경문화 239
1985. 2. 1	산문	풀잎마다 부처 있어	월간 금강 1
1985. 2. 28	산문	지방문화시대	전국문화원 4
1985. 3. 1	시	피그미족, 보신각종, 허수아비	빛나는 별들
1985. 3. 20	시	배추짐꾼들	현장의 소리 74

발표일	분류	제목	발표지
1985. 4. 1	시	구관조 타령	부산문화 3
1985. 4. 10	시	바위	세계시집
1985. 4. 13	시	보신각종	대구매일신문
1985. 4. 25	시	반달가슴, 처녀곰, 파초 실장(失章)	현대시 205인의 축제
1985. 5	시	목요의 꽃탑	목요문화 50
1985. 5. 1	시	고향의 산	불교 157
1985. 5. 1	시	참성단에서	소설문학 114
1985. 5. 1	시	참새떼들	오늘의 문학 11
1985. 5. 15	시	도량석	봉은 13
1985. 5. 25	산문	화지 자장단	한국여성시 17
1985. 6. 1	시	군자란 출경	진농 3
1985. 6. 9	시	지구 하나	서울신문
1985. 6. 15	시	입원기	전북문학 102
1985. 6. 25	시	산나리꽃	KBS 사보
1985. 7. 1	산문	불교와 나라	법륜 197
1985. 7. 1	시	수선움	법륜 197
1985. 7. 1	시	꽃향기	어린이문예 72
1985. 7. 15	시	자장암 소년, 다람쥐	미술학원 16
1985. 8	산문	불교와 정치	대원 33
1985. 9. 1	시	묘도(猫圖)	죽순 19
1985. 9	시	보신각종	신동아
1985. 10	시	휠처에 앉은 영운	PEN 문학 1
1986. 1	시	실크로드	시문학
1986. 1	시	어화넘차	오늘의 문학

발표일	분류	제목	발표지
1986. 2. 1	전집	설창수 전집 1, 2, 3, 4, 5, 6	시문학사
1986. 3	시	동백 칠칠조	동백문학
1986. 3	시	강화풍정	장락
1986. 3	시	심장 수술, 줄타기 광대	시와 시론
1986. 4	시	매화문답	현대문학
1986. 4	시	달팽이	한글새소식
1986. 4	시	임의 심술, 사화아가씨	문학사상
1986. 5	시	지구 하나	현대시 222인의 축제
1986. 6	시	시크로라나의 꿈	동서문학
1986. 8	시	범람과 병아리들, 시라소니 가다	시와 시론
1986. 10. 15	편저	조국 송가	홍성사
1986. 12	시	강화풍정	남강문화
1986. 12	시	새벽참새 지저귐	부산스카우트
1987. 1	시	누구에게도 속지 않은 투시자로서 자라라	정우
1987. 3	시	풍경유실	창령문학
1987. 6	시	공룡의 알, 철새문고	시와 시론
1987. 6	시	부복심청관음경	불교
1987. 7	시	오리 행렬	한글새소식
1987. 7	시	백수련	소설문학
1987. 8	시	금방아	울산문화
1987. 11	시	뿌리	세계시집
1987. 11	시	꾀꼬리참외	죽순

발표일	분류	제목	발표지
1987. 12	시	고성사람들	소가야의 메아리
1987. 12	시	옛가야와 낙동강	고성소식
1988. 1	시	문학적 나무와 26시	시문학
1988. 1	시	KAL259편 비망기	정우
1988. 1	시	돌공장 빈터	현장
1988. 2	시	갠지스강	동서문학
1988. 3	시	산마을 풍의 봄풍경, 강화교를 건너며	의창문화
1988. 3	시	비로자나석불상	시와시론
1988. 4	시	국제간첩 김현희	현대문학
1988. 4	시	송(頌)진암허선생, 야행열차, 전화선과 연실	세계의 문학
1988. 7	시	천지연폭포, 실인기, 군용견을 보며	시와 시론
1988. 8	시	개선자의 명인(鳴咽), 태풍 셀마호, 노송와시	서세루시
1988. 8	시	2천년의 연꽃	월간조선
1988. 10	시	우정시인의 호시	중원문학
1988. 11	시	금강산 가던 길	눌원문화
1988. 12	시	치술령애화	경남문학
1988. 12	시	불귀하라 무진(戊辰)이여	정우
1989. 1	시	부디 가곤 오지마	시문학
1989. 1	시	단심백수	백수 고희기념 사화집
1989. 2	시	노인과 소녀	유년기의 자화상

발표일	분류	제목	발표지
1989. 2	시	문조파수	현장
1989. 2	시	향편유정, 고래 구출 작전	한국문학 1
1989. 3	시	머리칼을 불사른다	어머니 시모음집
1989. 3	시	쇠루탄 여사장 풀이	시와 시론
1989. 4	시	은하강물과 한글새소식	한글새소식
1989. 5	시	J씨……	헌정-정우지 개제
1989. 5	시	옥야송	흙집문학
1989. 6	시	백록담 개구리	시와 시론
1989. 7	시	청천 칼텟, 가나인	경남문학
1989. 8	시	독립의 노래	경남지역 독립 운동사 학술대회
1989. 8	시	황수련	시문학
1989. 9	시	불구부부 인생보	농민문학
1989. 9	시	연하답장을 쓰며	고성문학
1989. 10	시	정관의 돌, 고을 닭소리	의창문화
1989. 11	시	게와 운과 청산과	시와 시론
1989. 12	시	동해일출	낙동강 사람들
1989. 12	시	동해 해돋이	가톨릭사회
1990. 2	시	연어	선학
1990. 3	시	그날 밤의 후일담	깃발 함성 그리고 자유
1990. 3	시	해외 입양아	시와 시론
1990. 4	시	송(頌) 코라손 아키노	PEN문학
1990. 4	시	보이저 1, 2號	어둠과 빛의 코오러스

발표일	분류	제목	발표지
1990. 5	시	정이품송 수술	한국현대시인회보
1990. 5	시	여든 돌날에	진농팔십년사
1990. 6	시	꿈 못 이룬 독도동이	경남문학
1990. 6	시	과부 황새의 절조	실상문학
1990. 7	시	선진에서	시문학
1990. 8	시	충견 루스위드군	동양문학
1990. 9	시	쵀동시(啐同時)	세계의 문학
1990. 9	시	시베리아 흑두루미의 거취	경남문학
1990. 10	시	중무덤, 고을 닭소리	우리문학
1990. 10	시	불씨앗의 까닭은	한글문학
1990. 11	시	원숭이의 순애	불교서정시선
1990. 11	시	녹랑(綠廊)에서	경남문학
1990. 12	시	사명당 읍비, 잘게 썰은 낡은 〈달러〉	현대문학
1991. 1	시	청제를 묻고	시문학
1991. 1	시	아기 부처 굴	창원문화
1991. 2	시	탁마의 돌	안원섭학장 회갑논문집
1991. 6	시	사당역 어귀	경남문학
1991. 6	시	아기부처굴	교단문학
1991. 6	시	서사시 나의 꿈 나와 조국	시와 비평
1991. 7	시	까치집 II	한글새소식
1991. 7	시	학해무진	윤태규교수 회고록

발표일	분류	제목	발표지
1991. 9	시	잃어버린 F. PEN	경남문학
1991. 12	시	황제명덕대신	경남문학
1992. 1	시	목탁새	불교
1992. 1	시	매손 환국	문학사상
1992. 1	시	가야의 북소리	경남문화
1992. 2	시	지천명의 어깨여	가고파의 회상
1992. 3	시	분재사우	경남문학
1992. 11. 20	시집	나의 꿈·나와 조국	동백문화
1992. 11. 25	산문집	청수헌 산고	동백문화
1995. 3. 10	선집	강물 저 혼자 푸르러	'예술인의 삶' 시리즈 19, 혜화당

작성자 장만호 경상대 교수

이영도 문학에 형상화된 '목숨(생명)'의 기원과 의미

'목숨(생명)'의 용법을 중심으로

김수이 | 경희대 교수

1 서론

시조는 중세와 근현대를 관통하며 천 년에 가까운 역사와 생명력을 축적해 온 장르다. 고려 중기에 발생해 조선 시대를 거쳐 21세기인 현재도 창작되고 있는 시조는 "우리가 가진 고전 문학 중에 가장 으뜸 자리"이자 "한국인의 성미에 가장 알맞은"[1] 민족 문학의 정수로서 "민족적 애호와 육성의 성의(誠意) 경주(競走)"를 통해 더욱 발전시켜야 할 "범국민적 국민 시가"[2]로 평가된다. 그러나 현대의 시조는 전통과 현대, 민족과 개인, 이념과 서정, 정형과 파격 등의 두 방향 사이에서 갈등하면서, 사실상

---

[1] 이은상, '제사(題詞)', 박을수, 『한국시조문학전사(韓國時調文學全史)』(성문각, 1978), 5쪽.

[2] 이호우, 「민족시가(民族詩歌)로서의 시조」, 이호우 시조 전집, 『삼불야』(목언예원, 2012), 286쪽.

선택지가 별로 없는 가운데 활로를 모색해야 했다. 현대 시조가 처한 곤경은 딜레마의 성격을 갖고 있다. 현대적 실험을 추진하면 할수록 시조는 자유시에 근접하면서 장르의 존립을 스스로 위협하는 결과를 초래한다.[3] 반대로 전통의 계승에 충실하고자 하면, 시조는 형식과 표현의 제약으로 인해 현대 사회의 복잡한 삶에 밀착하기 어려운 장르적 한계를 노출하게 된다.

정운(丁芸) 이영도(1916~1976)의 출현은 현대 시조가 처한 이러한 난경과 더불어 각별한 의의를 갖는 측면이 있다. 이영도는 우리 시조에 몇 가지 현대적 특성과 국면을 부여하는 역할을 했다.

첫째, 이영도는 현대 여성 시조 시인의 원조 격으로서, 남성 시인이 장악한 시조 문단에서 그들과 어깨를 나란히 하며 활발한 창작 활동을 했으며 뚜렷한 문학적 성과를 남겼다. 전통 시조 문단에서 여성 창작자가 주변인이나 익명의 존재였던 것과는 확연히 구분된다.

둘째, 이영도는 평생을 생계 현장에서 일하면서 생활형 시인의 길을 걸었다. 생활과 시의 일치는 근대 문학이 추구하는 작가적 윤리이자 창작의 윤리다. 생활형 시인 이영도는 생활의 전선과 시의 전선이 분리될 수 없는 가운데 시조를 창작하면서 현대적 작가의 운명을 흡수했다.

셋째, 이영도는 시인 유치환과의 사랑을 통해 전통 윤리(공동체의 도덕)와 현대적 윤리(개인의 자유) 사이에서 갈등하면서, 전통 시조의 시적 주체와는 다른 주체를 발견해 나갔다. 유치환과의 사랑은 이영도에게 글쓰기의 에너지를 공급하는 무한한 원천이었으며, 자신의 삶과 가치관에 대해 다른 시선을 갖게 한 지속적인 계기였다. 그러나 세상의 비난과 도덕적 갈

---

3) 이에 관해, 현대시와 시조를 함께 쓰는 유종인은 시조는 "본질적 정형시로써 오롯하게 현대시조로 옮아가야 마땅하다"고 주장한다. 시조의 정형성이 곧 시조의 정체성이며, 현대시에 역설적으로 기여할 수 있는 시적 자산이라는 입장이다. 유종인은 "현대 시조의 특징이나 시조의 현대성을 추구한다는 미명하에 정형시인 시조의 형식을 와해하고 파괴하는 형태로 소위 형식 실험을 각성 없이 추수(追隨)하"는 시조계의 현실을 비판한다.(유종인, 「시조의 본령과 현대시조」, 《딩아돌하》(2015. 가을), 29~30쪽)

등을 감수해야 하는 사랑은, 선비 집안의 딸로서 품격과 교양이 몸에 밴 이영도에게 심각한 내적 분열을 안겨 주었다.[4] 이 분열을 다스리고 통합하는 것은 이영도의 삶과 문학의 중대한 과제였다.[5]

넷째, 이영도는 전통 시조의 3장 형식을 3연 6행이나 7행으로 변주한 단수 형식에 모더니즘의 기법을 접목함으로써 현대적 감각이 살아 있는 시조를 창작했다. 이러한 실험이 매우 적극적이거나 전면적인 양상을 띠는 것은 아니다. 그러나 이는 이영도 개인의 한계라기보다는, 앞서 언급한 것처럼 시조가 지닌 태생적 한계에 기인하는 바 크다. 즉 이영도의 시조 실험은 전통과 현대가 아슬아슬하게 조화를 이루는 지점까지 나아갔으며, 거기에서 멈추었다.

다섯째, 이영도는 엄격한 유교 집안에서 자라나 불교에 경도되었다가 30대 중반에 기독교로 개종했으나, 종교적 배타성에 함몰되지 않고 범종교적 가치관을 시조에 구현했다.[6] 이영도의 시조는 유교, 불교, 기독교의 가치관이 공존하는 현대 시조의 특이한 예로서, 그녀의 삶의 변화와 더불어 전근대와 근대의 종교적 가치관을 누적하며 통합해 나가는 특징을 보인다. 초기 시조에는 유교 및 불교적 색채가 강하고, 후기 시조에는

---

4) 유치환이 이영도에게 보낸 편지의 한 부분을 참조할 수 있다. "시방 당신이 얼마나 나를 지극히 사랑하는가를 나는 잘 압니다. 그렇게도 자존(自尊)과 긍지(矜持)가 높은 당신으로서 나를 이같이 사랑하기까지에는 얼마나 큰 고뇌를 겪었으며 현재 겪고 있는가를 나는 또한 잘 압니다."(유치환, 『사랑했으므로 행복(幸福)하였네라』(중앙출판공사, 1974), 188쪽). "우리의 길이 당신이 느끼는 대로 반드시 죄라고 친다면, 그것이 꼭 인간에게서 피할 수 없는 원죄의 하나임을 알고 당신이 당신 스스로를 책벌하는 그러한 행위는 반드시 말아야 옳을 것입니다."(유치환, 같은 책, 202쪽)

5) 유치환에 따르면, 이영도는 "오늘 우리네가 서구적인 향락주의에 휩쓸려 있으면서도 본래의 윤리 의식을 벗을 수 없어 생각과 행동의 불합리에서 오는 어색과 초조를 일으키고 있다는" "생각"을 갖고 있었는데, 그녀 역시 당대의 서구적 가치관과 전통적 가치관이 충돌하는 개인적인 상황을 돌파해야 했다.(유치환, 위의 책, 206쪽 참조)

6) 조동화에 의하면, "이영도 시조는 그 사상 면에서 유교주의에서 출발하여 불교적 세계관 속을 얼마간 서성이다가 기독교적 구원(救援)의 날개 밑에 안주하는 것"으로 요약된다.(조동화, 「이영도 시조, 그 사상(思想)의 발자취」, 이영도 시조 전집, 『보리고개』, 231쪽)

기독교적 색채가 강하나, "그의 정신과 영혼은 굳이 한 종교를 고집하지 않"[7]았는데, 이는 이영도의 시조가 현대성을 획득하는 하나의 요인이 되었다.

정리하면, 이영도는 여성, 생활인, 현대적 개인(자신의 감정과 진실에 충실한), 현대적 예술가(새로움을 창조하는), 종교적 배타성을 넘어선 종교인 등의 정체성을 시조 시인으로서 견지하면서 현대성을 장착했으며 우리 시조의 현대화에 기여했다. 여기서 남는 문제 한 가지는, 이영도의 시조가 현대적인 면모 속에서도 여전히 전통적인 아취를 짙게 풍긴다는 점이다. "맑고 고요하고 격조 높은 시를 쓰고 시를 이야기하고 또 시를 생활화하고 간 여인",[8] "'때가 묻지 않은 사람', 누가 때를 묻게 하려도 '때가 묻어지지 않는 사람'",[9] "글 쓰는 정신과 평소의 삶이 혼연일체가 되어 숨쉬"던 "이루 말할 수 없는 그 극도의 누더기 정신"[10]의 소유자 등 이영도의 인품과 작가적 면모에 대한 평가 역시 전통적인 가치관을 벗어나지 않는다.

본고는 이영도와 그녀의 문학이 전통과 현대, 개인과 사회, 삶과 문학, 불교와 기독교 등의 간극을 통합해 나간 동력을 규명하는 데 목적을 둔다. 그 원동력이 이영도의 시조와 산문에서 핵심적인 위상을 차지할 뿐 아니라 매우 높은 빈도로 등장하는 '목숨(생명)'에 있다고 보고, 이영도만의 독특한 '목숨(생명)'의 용법을 텍스트 중심으로 분석하여 그 구체적인 의미를 네 가지 측면에서 밝혀 보고자 한다.[11] '목숨(생명)'은 이영도의 시조 세계를 둘로 구분해 온 기존의 관점에 연결 고리를 부여하는 역할도 할

7)   신미경, 「이영도 시조의 주제별 분석」, 《청람어문학》 2권 1호, 청람어문학회, 1989, 81쪽.

8)   이은상, '책머리에'(이영도 시집, 『언약(言約)』, 중앙출판공사, 1976), 이영도, 앞의 책, 28쪽.

9)   정완영, 「이영도, 그 시와 인생」, 《시문학》 통권 58호, 1976. 5; 박을수, 앞의 책, 426쪽에서 재인용.

10) 서 벌, 「안 잊히는 사람에게」, 《한국경제신문》, 1983. 2. 26; 신미경, 앞의 논문에서 재인용.

11) 본고는 이를 이영도의 시조와 산문 및 이영도가 20년에 걸쳐 연인들만의 언어 공동체를 형성한 유치환에게 받은 편지를 분석함으로써 논증하고자 한다.

것으로 기대된다. 이영도 시조 경향의 '이대별(二大別)' 관점을 대변하는 박을수는, 이영도의 시조가 초기에는 "여성 특유의 맑고 경건한 계시주의 (啓示主義)와 한국적 전래(傳來)의 기다림, 연연한 낭만(浪漫) 등 가락과 사념(思念)의 세계에서 정결하고 섬세(纖細)한 감각의 언어를 구사하고", 후기에는 "구도적(求道的)인 면과 사회(社會)의 부조리(不條理)에 대한 고발(告發) 같은 인정적(人情的)인 현실적(現實的) 관심을 표명"[12]한다고 요약한다.[13] 이러한 시각은 최근, 이영도의 문학이 사적인 욕망을 공적인 욕망으로 지양하려는 구조를 갖고 있다는 해석[14]으로 변주되기도 했다. 지금까지 주류를 이루어 온, 이영도 시조의 특징을 그리움과 한(恨) 등으로 파악한 연구들[15] [16]은, 이영도 시조에 나타난 자연물, 사랑, 조국, 민족 등의 다양한 가치를 '한'과 '그리움'이라는 정서적 차원의 추구 대상으로서 등가적으로 해석하거나, 확장형의 발전 구도로 파악하고 있다. 이영도 시조의 이질적인 경향을 충분히 포괄하고, 그 핵심 동인을 설명하기 위해서는 보다 근원적인 원동력을 찾는 작업이 필요하다고 판단되는데, 본고는 이영도가 평생에 걸쳐 텍스트에 구축한 '목숨(생명)'의 기원과 의미를 분석함으로써 그 한 계기를 마련해 보고자 한다.

---

12) 박을수, 앞의 책, 422쪽.

13) 박을수의 시각은 유제하의 다음과 같은 견해에 영향 받은 것이다. "그의 시는 가장 전통과 결부된 속에서 강렬한 개성을 풍기는 특성을 지니면서도 시적인 패턴을 굳게 유지하고 있다 하겠으며, 그의 이런 시정신이 『석류』까지 유지되었으나 70년대에 들어서면서부터는 사회의 관심이 표면화해 가고 있다."(유제하, 「이영도의 시 세계 ── 이영도 소고(小考)」, 《시문학》 통권 58호, 1976. 5; 박을수, 위의 책, 같은 곳에서 재인용)

14) 임지연은 이영도의 문학을, 어릴 적 조부에게 "유관순처럼 집안을 적자로 만들 아이"라는 말을 들었던 이영도가 '공적 욕망'을 성취해 간 과정으로 파악한다. 이런 맥락에서, 이영도가 유치환 서간집의 출간을 강행한 것도 유치환과의 사랑을 공적인 것으로 승화하고 인정받기 위한 욕망의 발로였다고 본다.(임지연, 「이영도 문학의 공적 욕망 구조」, 《여성문학연구》 23호, 한국여성문학학회, 2010. 203~235쪽 참조) '공적 욕망'은 이영도 문학의 추진력의 하나로 볼 수는 있어도 핵심 동력으로 보기는 어렵다는 것이 본고의 판단이다.

2 이영도 문학에 형상화된 '목숨(생명)'의 기원과 의미

이영도는 『청저집(靑苧集)』(1954), 『석류(石榴)』(1968), 『언약(言約)』(유고 시집, 1976) 등 총 3권의 시조집과, 『춘근집(春芹集)』(1958), 『비둘기 내리는 뜨락』(1966), 『머나먼 사념(思念)의 길목』(1971), 『애정은 기도처럼』(1976), 『나의 그리움은 오직 푸르고 깊은 것』(유작 수필집, 1976) 등의 산문집을 남겼다.[17) 18)] 2006년에 이영도 시조 전집 『보리고개』가 발간된 바 있다.

15) 이숙례는 이영도가 '그리움의 미학'을 노래했으며, "정한과 그리움을 격조 높은 시조로 승화시켜" 현대 시조의 예술성 확보에 기여했다고 평가한다. (이숙례, 「이영도 시조 연구」, 《어문학교육》 24집, 한국어문교육학회, 2002, 268~277쪽 참조) 오승희는 이영도의 시조가 "부단히 확대 추구하는 자아 확대 지향"으로 압축되며, "단순한 인사적(人事的) 사랑에의 그리움이 아니라 혈통 조국 천상(天上)과의 동일성(同一性)을 형성하고자" 했다고 본다.(오승희, 「정운(丁芸) 이영도 시조의 공간 연구」, 《동아어문논집》 3집, 동남어문학회, 1993, 109쪽) 유지화는 이영도가 유교 가풍과 조부의 영향으로 어릴 때부터 민족의식이 확고했던, "조국애의 시인, 시대적 아픔을 고뇌한 시인, 그리움의 시인"이라고 주장한다.(유지화, 「이영도 시조 연구」, 《시조학논총》 42집, 한국시조학회, 2015, 213~234쪽 참조) 조춘희는 이영도 시조는 떨어진 가족과 이룰 수 없는 사랑으로 인한 "고독과 그리움으로 점철"되며, "이상적 가족을 그리워하는 이러한 행위는 국가를 재건하려는 열망으로 이어"진다고 분석한다.(조춘희, 「전후 현대시조의 현실 인식 연구: 이호우, 이영도를 중심으로」, 《배달말》 57집, 배달말학회, 2015, 303~315쪽 참조)

16) 한편, 유혜숙은 '원초성의 되새김질'이라는 바슐라르의 개념을 빌려 이영도 시조를 "한 대상과 공간에 안주하고자 하는 열망"의 산물로 이해한다. 원초성에의 열망은 많은 시인들의 시에 나타나는 보편적인 지향성으로, 이영도 시조의 독특한 개성을 설명하기에는 미흡한 감이 있다.(유혜숙, 「이영도론: 원초성에의 되새김질」, 《숭실어문》 15집, 숭실어문학회, 1999, 430~442쪽 참조)

17) 이영도는 『청저집』에 실은 44편의 신작 중 25편을 추려 『석류』에 재수록했는데, 이 중 일부는 개작했다. 민병도에 따르면, 이영도는 "끊임없는 개작 과정을 거치면서 평생 스스로를 정리했던 셈"이고, "시집 『석류』는 생전에 남긴 대표작이었던 셈이다."(민병도, '이영도 시조 전집을 내면서', 이영도, 『보리고개』, 19쪽)

18) 본고는 『언약』(1976)이 국립중앙도서관에서 현재 분실 상태임에 따라 해당 시집에 대해서는 이영도 시조 전집 『보리고개』를 텍스트로 한다. 산문집의 경우는 『머나먼 사념의 길목』(1971)은 재판본(1976)을, 『춘근집』(1958)과 『나의 그리움은 오직 푸르고 깊은 것』(1976)은 선집인 이영도, 『그리운 이 있어 내 마음 밝아라』(문학세계사, 1986)를 텍스트로 한다.

이영도는 1945년 8월에 남편을 여의고, 12월에 첫 시조 「제야(除夜)」를 써서 이듬해에 《죽순》 창간호에 발표했다. 그해에 시인 유치환, 작곡가 윤이상 등이 재직하던 통영여고 교사로 부임했으며, 이후 폐침윤(肺浸潤)의 발병으로 마산 결핵요양원에서 휴양하는 동안 불교에서 기독교로 개종했다.[19]

'목숨(생명)'은 이영도의 문학에서 육체, 유한한 생명체, 정신, 영혼, 인간, 존재, 단독자, 자아, 인생, 삶 등의 다채로운 의미를 중첩하면서, 다양한 갈등을 통합하고 인간과 세계에 대한 보다 넓은 시선을 확보하는 원동력으로 작용한다. '목숨(생명)'이 이영도 문학의 뿌리이자 핵심 동력이 된 것은 이영도가 겪은 중요한 생애사적 사건과 그녀의 천성적인 기질에 연원하는데, 이를 참조하면서 '목숨(생명)'의 다양한 의미를 분석하기로 한다. 그러나 본 분석 작업은 최대한 이영도의 시조와 산문, 유치환의 편지 등 공식적으로 출간된 텍스트를 근거로 하며, 이영도의 생애사적 사건들과 '목숨(생명)'의 다양한 의미가 명확히 구획되거나 폐쇄적으로 대응하는 것은 아니라는 점을 미리 밝혀 둔다.

1 사랑하는 이의 죽음─존재와 삶의 실재로서의 '목숨'

남편의 죽음은 이영도가 불과 만 29세에 겪은 생애 전반기의 최대 사건이었다. 명문가의 딸로 태어나 유복하게 성장해 조부의 뜻에 따라 만 19세에 대구 부호의 아들 박기주(朴基澍)에게 시집간 이영도는, 위궤양을 앓던 남편이 극진한 간호의 보람도 없이 결혼 10년 만에 병사(病死)하면서 삶의 전환점을 맞는다. 어린 딸 하나를 둔 미망인이 된 이영도는 죽음에 대한 충격적인 실감 속에서 시가의 경제적 몰락까지 겪으며, 한 인간이자 여성으로서 생활인이 되어야 했다. 시인의 길을 걷기 시작한 것도 이 무렵이었다. 1945년 8월에 남편을 여의고 12월에 첫 시조를 썼으니, 남편의 죽음과

---

19) 이하 이영도 생애의 기본적인 사실에 관해서는 「이영도 연보」, 이영도 시조 전집 『보리고개』, 234∼235쪽 참조.

문학적 출발점이 맞물린 셈이다.[20) 21)]

　남편의 죽음과 함께, 생애 후반기에 겪은 사랑하는 두 사람의 죽음, 즉 20년간 서로 연모한 시인 유치환의 죽음(1967. 이영도의 나이 만 51세 때)과 문학을 비롯해 평생을 많은 면에서 의지한 친오빠인 시조 시인 이호우의 죽음(1970)도 큰 영향을 끼쳤을 것으로 추측된다. 죽음은 이영도에게 '목숨'을 지닌 존재들의 유한성과 거스를 수 없는 숙명을 다양한 정서와 가치관으로 내면화하게 한다.

　① 정녕 윤회(輪廻) 있어 받아얄 몸이라면
　　아예 목숨을랑 허공(虛空)에다 앗아지고
　　한오리 연기로 올라 구름이나 되려오.

　　　　　　　　　　　　　　──「구름 II」(『청저집』, 1954) 부분

　② 항도는 밤이 고와 비가 오는 밤이 고와
　　바다, 산, 거리 없이 총총히 밝힌 등불
　　찬란히 펼친 성좌가 이 지상에 이뤘다.

---

20) 유혜숙이 이영도가 데뷔한 《죽순》의 주간 이윤수에게 들었다는 회고담에 따르면, 남편 박기주는 생전에 이영도의 시조 창작을 적극 외조했다고 한다. 남편이 이영도에게 가진 무게를 짐작할 수 있는 증언이다. 유혜숙은, 이영도의 "문단 데뷔가 오빠 이호우의 주선으로 이루어진 것처럼 항간에 알려져 있지만 1946년 당시 《죽순》을 주간하던 이윤수 씨에 따르면 오빠와 그녀의 문단 데뷔 이면에는 그의 남편 박기주의 평소 외조가 컸다고 한다."라고 기록하고 있다.(유혜숙, 앞의 논문, 425쪽)

21) 첫 시조 「제야(除夜)」는 '할머니의 죽음'과 새해의 '새날 맞이'를 대비하면서, 과거와 결별하고 새로운 삶을 살고픈 열망을 표출한다. "밤이 깊은데도 잠들을 잊은 듯이/ 집집이 부엌마다 기척이 멎지 않네/ 아마도 새날 맞이에 이 밤 새우나 부다.// (…)// 할머니가 오시고 새해는 돌아오네/ 새로운 이 산천(山川)에 빛이 한결 찬란커라"(「제야」, 『청저집』, 1954). 여기에서 '할머니의 죽음'은 문맥 그대로의 의미이겠으나, 창작의 정황상 '남편의 죽음'의 환유적 대체로도 볼 수 있다.

자욱한 여우 속에 지엄한 분부 있어

일제히 분묘마다 휘황한 부활이여

목숨의 그 한 찬미 내 심령을 울린다.

—「부활(復活)」(『청저집』, 1954) 전문

③ 고개 올라서니/ 안겨 드는 푸른 바다//

목숨의 설운 願은/ 설레어 파도인데//

드높이/ 다른 하늘 이르시며/ 임은 웃고 계시네.

—「석굴암(石窟庵)」(『석류』, 1968) 전문

　죽음의 체험은, ① 윤회의 수레바퀴에서 해방되기 위해 '목숨'을 무화(철회)하고자 하는 열망, ② 하느님의 "지엄한 분부"에 의한 "분묘마다 휘황한 부활"로써 '목숨'을 재생하고자 하는 열망, ③ "드높이 다른 하늘 이르시"는 '임'과의 못다 한 사랑을 내생으로 이월해 "목숨의 설운 원(願)"을 풀고자 하는 열망 등으로 변주된다. 이 시들에서 '목숨(생명)'은 한 생명이 지닌 목숨 그 자체이자, 인간, 존재, 자아, 영혼(①. ②. ③), 영원한 생명(②), 전생애, 내면(③) 등의 의미로 다의적이며 탄력적으로 맥락화된다. 또한 이 시들에는 죽음에 관해 한(恨)과 초탈(①), 환희(②), 설움과 초월(③) 등의 정서가 다양하게 표출되어 있으며, 불교적 해탈(①)과 기독교적 부활(②), 범종교적인 내생(來生)의 기약(③) 등의 이질적인 종교관이 혼용되어 있다.

　'죽음'을 둘러싸고 이처럼 다양한 지향성과 정서, 종교적 가치관이 갈등 없이 공존하는 비밀은, 이영도가 인간과 삶의 제반 문제를 '목숨'이라는 본질적인 실재의 차원에서 사유하는 것에 있다. 인간이 만든 질서의 의미론적 차원이 아닌, 인간이 관여할 수 없는 '목숨'의 존재론적 차원에서는 모든 감정과 생각과 가치관 들은 위계 없는 가치 중립의 상태에 놓이게 된다. 이영도는 '목숨'을 살아 있는 '생명체'와 '삶'의 갖가지 층위, 즉 생명, 육체, 존재, 단독자, 자아, 자기, 주체, 개인, 정체성, 정신, 영혼, 삶, 인생, 생애 등을 포괄하는 열린 개념으로 상정하고, 다의성과 모호성을 보존하는 가운데 그 의미를 가변적으로 운용한다. 이영도의 문학에서 '목숨'은 인간을 주체, 자아, 정체성 등으로 치환하는 사회 구성적이며 의미론적인 명칭이 아닌, 인간과 삶의 실재를 가리키는 존재론적 명칭으로서, 시와 산문의 문맥에 따라 끊임없이 운동하는 열린 개념으로 자리 잡고 있다. 존재론적 명칭으로서 '목숨'은 인간과 다른 생명체들에 동등하게 적용되며, 주체, 자아, 정체성 등의 사회 구성적이며 의미론적인 명칭들을 수렴하고 복합적으로 함축하며 다각도로 대행한다. '목숨(생명)'의 다채로운 용법은 시조보다 산문에서 훨씬 섬세하게 드러나는데, 몇 가지 예를 들면 다음과 같다.

■ 어쩌면 내 뜰의 마지막 장식이 될 국화 옆에서 나는 불길 같은 목숨의 부르짖음을 듣고 있는 것이다.[22]
■ 종다리가 울어 날던 그 들녘엔 이제는 밤마다 개구리들이 한창 목을 놓고 (중략) 모두가 계절과 더불어 간절히도 자아(自我)를 울부짖는 생명의 절규(絶叫)들일 것이다.[23]
■ 하늘에 떠가는 한 점 구름에도 (중략) 내 목숨의 존재를 헤아려 보는 것이다.[24]
■ 모두가 그지없이 허허로우면서도 애달픈 이 목숨의 진실 앞에서 나는 항상 너그러운 깨우침인 자연을 찾아 삶을 달랠 수밖에 없었던 것입니다.[25]
■ 진실로 나의 주변에는 참 많은 거울들이 나의 시선을 기다리고 있다. 내 지성(知性)의 시선을 기다리고 있는 책들! 정(精)의 손길을 기다리고 있

22) 이영도, 「달밤」, 『비둘기 내리는 뜨락』(민조사, 1966), 30쪽.
23) 이영도, 「뻐꾸기」(『춘근집』, 1958), 『그리운 이 있어 내 마음 밝아라』(문학세계사, 1986), 25쪽.
24) 이영도, 「길」(『춘근집』, 1958), 위의 책, 28쪽.
25) 이영도, 「은총(恩寵)의 장(章)」, 『머나먼 사념의 길목』(중앙출판공사, 1976), 164쪽.

는 이웃, (중략) 그 거울 속에 둘려 나의 생명은 씻기고 매만지고 다듬어져 가고 있는 것이다.[26)]

■ 오랜 세월을 기다림에 살아온 목숨이 있었습니다.[27)]

■ 진정 사랑하는 사람과 더불어 누리는 생활 속에서 (중략) 의지하고 도 웁고 서로 신뢰하고 살아간다는 것은 얼마나 보람 있고 빛나는 인생이며 그 생애가 든든한 목숨이겠는가?[28)]

■ 이렇듯 후미지고 수줍은 한 송이 수련의 고요 앞에 인생의 자세를 찾 고 있는 나의 생리는 어쩌면 시대에 유리된 목숨인지 모른다.[29)]

■ 저 노파의 굶주림은 어떠한 목숨을 의미하는 것이겠는가?[30)]

■ 세상에 피로한 목숨들이 어느 때고 찾아와 두 다리 뻗고 쉬일 수 있는 인정의 동산을 내 마음에 가꾸어야 한다.[31)]

■ 나무 한 그루가 제대로 자라려면 몇십 년의 연륜을 입어야 하는 것을 그들은 더 잘 알면서도 위선 목구멍이 바빠 무슨 앙갚음이라도 하듯 마구 산천을 찍어 눕혀 발가숭이를 만들고 있으니, 정말 이대로 무슨 대책이 없 고서는 앞으로 폭우가 아니라 이슬비만 내려도 이 강산은 수재(水災)의 환 란을 면치 못하리가 생각이 듭니다. (중략) 어째서 우리 국민들은 산천까지 깎아 먹지 않고는 배길 수 없는 목숨들인 것이며, (후략) [32)]

(밑줄은 강조 — 인용자)

이 예시들에서 '목숨(생명)'은 살아 있는 생명체, 자아, 자기, 단독자로서 의 존재, 정체성, 인생, 생애, (독특한 생리와 기질을 지닌) 인간/사람, 개인 생

---

26) 이영도, 「거울」, 『비둘기 내리는 뜨락』, 81~82쪽.

27) 이영도, 「무상(無常)의 장(章)」, 『머나먼 사념의 길목』, 155쪽.

28) 이영도, 「쌀을 일면서」(『춘근집』, 1958), 『그리운 이 있어 내 마음 밝아라』, 52쪽.

29) 이영도, 「수련」, 『비둘기 내리는 뜨락』, 65쪽.

30) 이영도, 「요양원 일지」(『춘근집』, 1958), 『그리운 이 있어 내 마음 밝아라』, 66쪽.

31) 이영도, 「딸에게서」(『춘근집』, 1958), 위의 책, 57쪽.

32) 이영도, 「죽령에서 — C선생께」, 『비둘기 내리는 뜨락』, 197~198쪽.

활인, (맹목의) 생명체 등을 일의적이나 중의적, 혹은 다의적이거나 복합적으로 의미한다. '목숨(생명)'의 의미는 "자아를 부르짖는 생명의 절규", "내 목숨의 존재" 등에서처럼 동일한 의미의 은유적 보조 관념과 함께 제시되기도 한다. 그러나 '목숨(생명)'은 해당 비유와 반드시 1대 1로 대응하는 것은 아니며, 그 외의 다른 의미들을 중첩적으로 내포하는 경우가 대부분이다. "모두 그지없이 허허로우면서도 애달픈 이 목숨의 진실", "그 생애가 얼마나 든든한 목숨이겠는가?", "나의 생리는 어쩌면 시대에 유리된 목숨", "저 노파의 굶주림은 어떤 목숨을 의미하는 것이겠는가" 등에서 보듯, '목숨'은 특정 단어와 적확하게 대응하지 않으며, 어떤 특정 단어와 등가화하는 순간 오히려 그 의미가 손상되는 사태를 촉발한다.

이영도의 문학에서 '목숨(생명)'은 정확히 설명되거나 다른 어휘로 환원될 수 없는, 즉 목숨을 지닌 존재의 본질적 차원(존재, 육체, 정신, 영혼 등을 아우르는), 사회적 차원(자아, 주체, 개인 등으로 구성되고 분화되는), 행위의 차원(삶, 인생 등으로 종합되는) 등을 복합적이거나 총체적으로 가리키며, '인간 존재'와 '삶'의 모든 국면을 아우르는 만능에 가까운 개념으로 사용되고 있다. 이런 맥락에서, 모든 생명체의 단독성과 자율성을 존중하는 이영도가 말년에 현대 문명이 자행하는 생명 파괴의 현실에 관심을 가진 것[33]은 자연스러운 귀결이었다. "나비, 불, 공기마저/ 독에 젖은 이 거리"(「아가야 너는 보는가」, 『언약』), "내 눈은 남해 검붉은 녹물 미나마따에 겹친다"(「흐름 속에서」, 《한국문학》(1976. 4) 《시소문학》(1976. 5)) 등의 시구들은 이영도가 공해와 미나마타병[34] 등 자연을 파괴하고 죽음을 창궐하게 하는 현대 문명

---

33) 이에 관한 연구로는 유동순, 「이영도 시조의 생명성 연구: 에코페미니즘적 관점을 중심으로」(경기대 석사 논문, 2011)이 있다.

34) 미나마타 병(Minamata disease)은 수은 중독에 의해 발생하며, 이와 유사한 '공해병'을 통칭하기도 한다. 신경 장애, 언어 장애, 성장 억제 등을 유발하며, 심한 경우 사망에 이르게 한다. 1956년 일본 구마모토 현의 미나마타 시에서 어패류를 먹은 주민들에게 집단적으로 발병하면서 사회적으로 큰 문제가 되었다. 인근 화학 공장에서 바다에 방류한 메틸수은이 유발한 생태 재앙으로, 2001년까지 2265명의 환자가 확인되었다.(『표준국어대

의 반생명적인 행태에 대해 비판적으로 성찰했음을 예증한다.

2 생명에 대한 열애와 삶의 애환 ― '생명하다'의 주체로서의 '목숨'

죽음의 경험을 통과하면서 '목숨'에 대한 간절한 열망을 노래하는 한편으로, 이영도는 자연의 생명에 대한 지극한 사랑과 연민을 글쓰기의 중요한 테마로 삼았다. 이영도의 초기 시조에서 자연의 제재와 감흥이 많이 발견되는 것은 시조라는 장르의 전통과도 관련되지만, 근본적으로 이영도가 천성적으로 지닌 생명에 대한 연민과 사랑에 기반하는 것으로 보인다. 먼저 이영도에게 자연의 아름다움은, "어느 인간의 애환에 미칠 수 없는 가슴"을 지닌 자연의 항상적이며 초월적인 덕(德)과 동일한 지평에서 감각된다.

> 무릉(無陵)에 이르르니 물은 한결 조요하고
> 만경(萬頃) 꽃구름이 서운(瑞雲)인 양 부시는데
> 그윽한 풍류 소리가 넋을 절로 앗아라.
>
> ――「무릉(無陵)」(『청저집』, 1954) 부분

> 저 청산(靑山)이 좋아/ 여여(如如)한 기맥(氣脈)이 좋아//
> (중략)
> 산(山)은 푸른 산(山)은/ 내 말 없는 친구//
> 어느 인간(人間)의 애환(哀歡)에/ 미칠 수 없는 가슴
>
> ――「산(山)」(『청저집』, 1954) 부분

자연의 항상적이며 초월적인 덕(德)은, "인간의 애환"에 지친 '목숨'이 위로와 깨달음을 얻는 원천이 된다. "슬기는 우주(宇宙)를 갈〔耕〕아도/ 목숨

사전』과 위키백과 https://ko.wekipedia.org 참조)

은 가파르다// 삶에 지칠수록/ 마주 앉는 먼 능선(稜線)// 달래는/ 가슴을 질러/ 둥 둥 구름이 간다."(「능선」 전문, 『석류』)에서처럼 '먼 능선'과 '구름'은 삶에 지친 가파른 '목숨'이 안식을 구하는 궁극의 처소가 된다. 그러나 이영도 시조에서 자연물은 인간과 마찬가지로 '목숨'의 수고로움과 "깊은 한"을 감당해야 하는 존재로 형상화되는 경우가 더 우세하다. 이런 배후에는 시적 주체의 감정이 이입된 측면도 있지만, 이영도가 인간을 포함해 자연의 모든 생명체와 사물을 저마다의 생명을 "절규"하고 "증언"하는 존재로 인식하는 것이 더 근본적인 요소로 작용하고 있다.

> 끊으랴 끊을 수 없는/ 너의 깊은 한(恨)을//
> 낙엽 흩인 뜰에/ 이 날도 내리느니//
> 아득히/ 싹 트인 목숨/ 헤아리고 앉았다.
> ─「빗소리」(『석류』, 1968) 전문

> 여기 내 놓인 대로 앉아/ 눈 감고 귀 막아도//
> 목숨의 아픈 증언/ 꽃가루로 쌓이는 사월//
> 만리 밖/ 회귀(回歸)의 길섶/ 저 귀촉도(歸蜀道) 피 뱉는 소리
> ─「바위─어머님께 드리는 시」(『언약』, 1976) 전문

목숨의 차원에서 살아 있는 모든 생명체는 동등하며, 단독의 유일한 생명을 실현할 권리와 의무를 갖는다. 이는 모든 '목숨'이 지닌 천부적 권리이자 본성으로, 이영도는 자연의 존재들이 '목숨'을 치열하게 "부르짖는" "목숨의 자세"로부터 자신이 가져야 할 '목숨의 자세'를 배우는 것을 삶과 문학의 중요한 과업으로 삼는다.

■ 그 허공에 뻗어 선 가지와 삭풍에 저항하여 부르짖는 몸짓! 끝까지 자아(自我)를 주장하여 내일의 영화를 가꾸기에 현실의 위치를 확보하려는

<u>목숨의 자세들을 바라보며 나는 또한 스스로의 생명을 생각하지 않을 수 없는 것이다.</u>[35]

■ 나는 화초들에게서 무수한 목숨의 자세를 배우고 거기서 자아(自我)를 찾기도 하고 시(詩)와 애정을 듣고 느끼기도 한다.[36]

(밑줄은 강조 — 인용자)

"목숨의 자세"는 세상에 하나밖에 없으며 단 한 번뿐인 생명을 온전히 개진·향유하고, 단독자로서 삶의 고투에 치열하며, 자아의 실현을 위해 매진하고, 자신만의 삶의 진실을 추구하는 등등의 한 생명체가 살아가면서 하는 모든 일의 윤리적 자세('생명의 윤리'라고 부를 수 있는)를 의미한다. 주목할 점은, 이영도가 '목숨'이 목숨을 발현하는 일과 그 바람직한 자세를 표현함에 있어 국어사전에 등재되지 않은 단어인 '생명하다'라는 동사와 '가치(價值)하다'[37]라는 형용사를 사용한다는 것이다. 국어사전에서 "① (생물체가) 목숨을 이어 가다, ② (사람이나 짐승이 어떤 곳에서) 자리를 잡고 머무르거나 지내다, ③ (사람이) 어떠한 일을 하거나 태도를 보이며 생활을 영위하다"를 뜻하는 단어인 '살다'는 이영도의 어법으로는 '생명하다'가 되며, '가치 있게 살다'는 '목숨(생명)을 가치하다'가 된다.

■ 나는 과연 어느 모습으로 <u>생명</u>할 것인가? 그리고 어떻게 <u>낙명(落命)</u>할 것인가?[38]

■ 그리하여 봄풀처럼 아름답고 줄기찬 힘과 인내와 꿈과 어여쁜 자세로 나도 <u>생명하자!</u>[39]

35) 이영도, 「목숨의 자태(姿態)」(『춘근집』, 1954), 『그리운 이 있어 내 마음 밝아라』, 34쪽.
36) 이영도, 「뜰과 더불어」, 『비둘기 내리는 뜨락』, 45쪽.
37) 이영도가 조어한 단어인지의 대해서는 별도의 고찰이 필요하다.
38) 이영도, 「목숨의 자태」(『춘근집』, 1958), 『그리운 이 있어 내 마음 밝아라』, 35쪽.
39) 이영도, 「냉이」, 위의 책, 16쪽.

■ 우러르면 또 머리 위엔 만천성좌(滿天星座)가 속삭인다.

—목숨이란 결국 그런 것이라고!

—모두가 저마다 저만의 빛으로 저만의 모양으로 저만의 홀로로서 반짝여야 한다고! (중략)

어두울수록 한결 빛나는 별빛 같은 목숨으로 나도 <u>생명하라</u>는 것이다.[40]

■ 내가 산다는 것! 곱게 산다는 것! 그리고 곱게 죽는다는 것!

이 앞으로의 남은 삶과 죽음에 임할 마지막 나의 자세의 다스림이 오늘날 <u>애틋한 내 생애의 오직 하나 진실일 것이며 또 내 목숨의 가치(價値)할 엄연한 척도가 되는 것이다.</u>[41]

(밑줄은 강조 — 인용자)

'생명하다'는 한 생명체가 그 자신의 생명을 발현하고 향유하는 일체의 행위를 뜻한다. 이 '생명하다'의 주체가 바로 생명 즉 '목숨'이다. 이영도가 자신을 비롯해 모든 생명체를 '목숨'이라고 호명하고, 생명체가 하는 일체의 활동을 '목숨의 일'로 인식하는 것은 이러한 존재론적 인식에 기반한다. '목숨'은 존재, 자아, 자기, 주체 등의 이름(층위)에 앞서, 인간과 여타의 생명체를 부르는 가장 본질적이고 적확하며 유일한 이름이기 때문이다. 이영도는 대체로 '어떻게 살 것인가'라는 행위의 문제로 제기되어 온, '자기 앞의 생'에 처한 인간의 근본적인 질문을, "어떻게 하나의 '목숨'으로서 그 목숨의 본질을 구현할(생명할) 것인가"라는 존재론적인 질문으로 전유하고 있다.

이영도는 '어떻게 생명할 것인가'의 문제를 지속적으로 다루는데, 위의 예문들에서 보듯 산문에서 이 점을 보다 구체적으로 개진한다. "어느 모습으로 생명할/ 낙명할 것인가?"라는 자기 성찰, "봄풀처럼 나도 생명하자!"는 결의, "별빛 같은 목숨으로 나도 생명하라"는 만천성좌(대자연)의

---

40) 이영도, 「길」, 위의 책, 28~29쪽.
41) 이영도, 「잡초처럼」, 위의 책, 21~23쪽.

명령에 대한 순응, 곱게 살고 곱게 죽는 것을 "내 목숨의 가치(價値)할 엄연한 척도"로 삼는 "나의 자세의 다스림" 등은 이영도의 삶과 문학을 관통하는 가장 지배적인 문제의식이다. 이영도 시조의 핵심 주제로 지목되어 온 '그리움'과 '한(恨)' 역시 '목숨의 생명하기'의 맥락에서 설명될 수 있는데, 이영도는 이 점을 분명히 밝혀 둔 바 있다.

> 진정 어디메고 반드시 있어야 할 것! 내 목숨이 이렇게도 목마르게 간구하는 것! 그것은 고향보다도 조국보다도 혈연(血緣)보다도 더 높고 귀하고 아득한 것!
> 원하여도 원하여도 다할 수 없는 오직 영원히 충족할 줄 모르는 영원의 희구(希求)! 이것은 대체 무엇이라 이름 지어 불러야 한단 말인가? (중략)
> 매화 향기처럼 가슴에 와 안기는 이 애틋한 그리움![42]

'그리움'은 이름 붙일 수 없는 궁극의 고귀한 것을 향한 생명하기이며, 그러나 아무리 간구해도 영원히 충족될 수 없는 불가능성의 행위로서 생명하기이다. 이로 인해 '한'이라는 처리할 수 없는 감정과 존재 상태를 유발하는 '그리움'은 생명하기의 가장 간절한 활동이자 존재 조건이 된다. 이영도에게 '생명하기'의 열렬하고도 불가피한 행위이자 존재 조건이 '그리움'이라면, '목숨(생명)을 가치하기'의 최상의 미학적이며 윤리적인 행위는 '문학'과 '사랑'[43]이다. "문학은 그것이 바로 사랑이요 이해요 생명"[44]이며, "진정 통곡도 다 못할 세월 속에서 나의 시조(時調)는 내 목숨의 기도(祈禱)일 수밖에 없습니다."[45]라고 이영도는 진술하거니와, 이영도에게 시조 쓰기는 "어질고 고울수록 약하고 외로운" 법인 '목숨'을 '가치'하는 "기

---

42) 이영도, 「나의 그리움은」, 위의 책, 48쪽.
43) '사랑'에 관해서는 2장 4절에서 논의한다.
44) 이영도, 「애정의 갈랫길」, 위의 책, 61쪽.
45) 이영도, 「후기」, 『석류』(중앙출판공사, 1968), 147쪽.

품" 있는 행위를 뜻한다. 현대적 형태시의 기법을 차용한 시조 「아지랑이」
에는, 이영도가 "어느 무리에도 휩쓸리지 않고 노래도 통곡도 부르짖음도
없이 오직 요요(嫋嫋)히 누리는 아름다운 목숨!"이라고 지칭한 '나비'가 조
용히 나는 모습, 즉 생명하는 자태가 잔잔한 여운 속에 감각적으로 묘사
되어 있다. 이 시의 '나비'는 이영도가 열망한 목숨의 자태인 "곱게 살기"
의 표상이자, "당신 숨결"에 "아지랑이"로 피어오르는 "사랑"의 표상이기
도 하다.

어루만지듯
당신
숨결
이마에 다사하면

내 사랑은 아지랑이
춘삼월(春三月) 아지랑이

장다리
노오란 텃밭에

　　　　나비
　　　나비
　　　　나비
　　　나비
　　　　　　　　　　　——「아지랑이」(『석류』, 1968) 전문

　창문을 열고 내다보니 환히 장다리꽃이 피어오른 뜨락엔 노랑나비 한 쌍
이 조용히 날고 있다.

진정 연연한 자태다.

어느 무리에도 휩쓸리지 않고 노래도 통곡도 부르짖음도 없이 오직 요요(嫋嫋)히 누리는 아름다운 목숨! 그 가냘픈 몸집과 고요한 하늘댐 속엔 진실로 어느 맹수의 포효(咆哮)도 인간의 발버둥도 미칠 길 없는 생명의 절규가 선율(禪律)져 나부끼고 있는 것인지 모른다.

오직 목숨이란 어질고 고울수록 약하고 외로운 것! 그러기에 일찍 예술은 무력(無力)보다 그 생명이 길고 빛나는 것이다.

한 마리 나비처럼 곱게 살고 싶다.

항간의 그 짙은 냄새들은 오히려 멀리하여 한떨기 장다리꽃의 은은한 향기를 찾아 내 뜨락을 날으는 나비의 기품으로 살고 싶은 것이다.[46]

이영도가 쓴 단수 중 이례적으로 4연으로 구성된 이 시조는 '나비'라는 시어를 4연에서 2행에 걸쳐 시각적으로 배치함으로써 나비의 역동적인 날갯짓을 이미지화하는 동시에, 나비의 고운 생명하기의 몸짓을 생생하게 이미지화한다. "한 마리 나비처럼 곱게 살고 싶다."라는 고백에서 단적으로 드러나듯이, 이영도는 '나비'를 모든 목숨이 지닌 본능으로서 생명하기의 활동인 '목숨의 부르짖음(절규)'의 가장 기품 있고 미학적인 표상으로 인식했다.

생명하기 및 생명을 가치하기 위한 삶의 날들이 기품 있고 미학적인 시간으로만 채워질 수는 없다. 매일 반복되는 일상과 생계 활동은 생명하기의 기본적인 활동이기 때문이다. 이영도는 생계를 위해 자신의 몸을 움직여 일해야 하는 수고로움을 자주 피력한다. 특기할 것은 산문에서는 이 같은 생계의 문제를 비교적 솔직히 토로하는 반면, 시조에서는 거의 드러내지 않고 있다는 점이다. 이영도가 시조와 산문에 대해 다른 장르적 자의식을 지니고 있었음을 알 수 있는 대목이다.

---

46) 이영도, 「뻐꾸기」(『춘근집』, 1958), 『그리운 이 있어 내 마음 밝아라』, 25~26쪽.

3 질병과 죽음의 위기―타자와 공통의 것이자 공동의 것으로서의 '목숨'

이영도는 30대에 폐침윤이 발병해 요양한 것을 필두로 평생 병약하게 살았다. 죽을 고비를 여러 번 넘기기도 했는데,[47] 이러한 투병 경험은 이영도로 하여금 '목숨(생명)'에 대한 치열한 사유를 하게 만들었다.

> 투명한 관(管)을 타고 혈맥(血脈)을 흘러 드는
> A형(型) 1000그램 아리도록 붉은 혈액(血液)
> 그 어느 뜨거운 인연이 내 목숨에 연(連)하는가.
>
> 젊은 피 강(江)물 되어 조국(祖國)을 적시던 날
> 정작 내 육신은 꾸어다 둔 등신불
> 눈, 입, 귀, 멀거니 뜨고 막힌 피로 굳은 등신불.
>
> 지금 내 잦아지는 숨결 마지막 불을 밝혀
> 어느 혈액은행(血液銀行) 앞 어두운 대열(隊列)속을
> 파리한 A형(型) 청년(靑年)의 검은 눈을 더듬는다.
>
> ―「수혈(輸血)」(『석류』, 1968) 전문

위독한 중에 받았던 수혈을 제재로 한 이 시조는, 이영도의 문학에서 '목숨'이 자아와 타자, 개인과 사회, 사적인 것과 공적인 것 등을 연결하고 연대하게 하는 동력이 되는 장면을 생생하게 보여 준다. 수혈을 통해 이영

---

47) 이영도는 1960년 4월에 쓴 산문에 얼마 전 심한 빈혈증에다 심장 충격으로 몇 시간을 기절했다가 의술의 힘으로 소생하게 된 일을 서술하면서, "내게 허락된 남은 세월은 기쁘고 슬프고 또한 아름다운 생명의 자취를 나의 문학으로 윤색하고 조각하며 회한 없는 목숨을 누려야겠다."라는 결심을 밝힌다.(이영도, 「생사(生死)의 갈림길에서」, 『비둘기 내리는 뜨락』, 35~39쪽 참조) 1966년 5월에 쓴 산문에서는 "지난해에 몇 굽이의 죽음을 직면했던 터"라 목숨을 기약할 수 없어 수의를 장만하게 된 일을 적고 있다.(이영도, 「어머니날과 수의(壽衣)」, 같은 책, 56~59쪽)

도는 모든 생명체가 지닌 '공통의 것'인 목숨이 '공동의 것'으로 바뀌는 극적인 체험을 한다. 어느 A형 청년의 피는 '나'의 혈맥에 흘러들어 내 육체와 목숨의 직접적이고 실질적인 일부가 된다. 수혈은, "A형 1000그램"의 계량 가능한 물질성의 '혈액'을 한 생명체가 지닌 '특수하고 개별적인 신체 성분'에서, "그 어느 뜨거운 인연이 내 목숨에 연하"여 이룩하는 '공동의 생명 자산'으로 변환한다. 관념이 아닌 '혈액'의 실물 차원에서 타자와 내가 생명을 나누는 '목숨 공동체'임을 실감한 시인은 자신의 몸에 흘러드는 뜨거운 혈액의 주인을 상상하며 불특정 타자들을 향해 나아가고, 다시 사회·역사적 차원으로 나아가는 인식의 확장을 수행한다. 수혈은 개별 생명체인 '나'를 죽음에서 삶으로 복귀하게 하는 육체의 체험이자 존재의 체험이며 공동체적 체험이다. 이영도는 자신에게 피를 나누어 준 청년과, 비극의 역사 속에서 조국을 위해 희생한 젊은이들을 동일 지평에 놓음으로써 '타자'를 거쳐 국가(조국) 공동체로 나아간다. 이 과정은 수혈해 준 젊은이에 대한 고마움과 미안함, 일방적으로 수혈을 받는 '나'에 대한 자괴감 등의 윤리 의식이 역사에 대한 성찰로 확장되는 양상을 띤다.

'젊은 피/A형 청년'과 '나'는 증여-수혜의 일방적인 관계 및 반대 입장에 있다. 특히, "조국을 적시던" "젊은 피"와 '나'는 희생-생존, 사회·역사-개인 등의 대립 관계에 있기도 하다. "젊은 피 강물 되어 조국을 적시던 날"에 "눈, 입, 귀, 멀거니 뜨고 막힌 피로 굳은 등신불"이었던 '내 육신'(조국이 위급할 때 자기 본위의 삶에 급급했던 '나'의 존재와 자의식의 표상)은 현재, "어느 혈액은행 앞 어두운 대열속"의 "파리한 A형 청년"의 덕에 "잦아지는 숨결 마지막 불을 밝히"고 있다. '나'는 수혈의 두 차원, 즉 타인에 대한 증여와 공동체(조국)를 위한 희생의 혜택을 입었다. 목숨을 증여받은 공동체의 일원인 '나'는 그들의 삶을 "더듬는" 최소한의 윤리적 실천으로서 '기억'과 '애도'를 행한다.

이영도가 '조국'을 노래하는 것은 이념이나 투철한 역사의식보다는, 모든 사람이 저마다의 목숨을 지닌 단독자인 동시에 '목숨'이라는 공통의 것

혹은 공동의 것을 지닌 '목숨의 공동체'라는 인식에 의한다.[48] "너는 내 목숨의 불씨/ 여밀수록 맺히는 아픔"(「진달래 ―조국에 부치는 시」, 『언약』), "한 장 치욕 속에/ 역사도 피에 젖고// 너희 젊은 목숨/ 낙화로 지던 그날"(「피 아골」, 『석류』) 등의 시구는 이영도가 '목숨'이라는 '공통의 것'에 대한 뼈아픈 공동 감각을 통해 역사에 대한 통찰에 이르고 있음을 알게 한다. 조국이든 이념이든 인간이 설계한 그 무엇도, 단 하나뿐인 귀중한 목숨을 앗아 갈 이유가 될 수 없다는 것이 이영도의 생각이다.[49] 때문에 이영도는 목숨이라는 공통의 것을 지닌 한 생명체의 입장에서, 타의에 의해 폭력적으로 목숨을 빼앗긴 타자의 고통에 대해 애도하고, 그의 희생에 의해 지속되는 '나'의 "욕처럼 남은 목숨"에 대해 부끄러워한다. "어쩌면 오늘의 내 하잘것없는 목숨인즉 꽃 같은 조국의 청춘들이 잦아져 거름된 그 토양에 발 붙인 버섯 같은 존재가 아니겠는가."[50] 그들의 목숨은 살아남은 자들의 목숨을 지탱하는 공동의 것으로 화했지만, 그렇다고 해서 그들의 희생이 정당화되거나 미화될 수는 없다. 이때 '목숨'은 타자와 '나'가 분유하고 있는 공동 감각의 역할을 함께 한다. 이영도는 목숨을 잃은 타자의 고통

---

48) 조동화의 지적처럼, 이영도의 시조에서 "상당히 많은 작품들에 자연스레 용해되어 있는 조국애와 민족애"는 "유교주의"의 산물이기도 하다. (조동화, 앞의 글, 같은 책, 220쪽) 그런데 이영도가 조국과 민족을 노래한 시조들은 유교 정서에 침윤된 초기가 아니라, 기독교적 가치관에 집중한 후기에 더 활발히 창작된다. 이 시편들이 가장 많이 실려 있는 것은 유고 시집 『언약』이며, 그다음이 두 번째 시집 『석류』이다. 따라서 문제는 이영도가 조국과 민족에 대한 사회·역사적 인식으로 나아간 구체적인 동인을 찾는 데 있다. 본고는 그 결정적인 동인을, 이영도 자신이 투병 생활에서 경험한 '목숨'의 수혜에 따른 인식의 확장, 즉 타자와 '나'가 '목숨 공동체'로서 이룩해 온 조국과 민족에 대한 인식에 있다고 본다.

49) 이영도는 한국 전쟁의 격전지였던 지리산을 등반한 후 이렇게 서술했다. "공산 정치 교육에 기계처럼 굳어 버린 철없는 젊은 思想들이 오직 조국을 구하는 싸움이란 그릇된 신념에서 꽃같이 져 간 목숨의 골짜기다!"(이영도, 「지리산 등반기: 세계골」(『춘근집』, 1958), 『그리운 이 있어 내 마음 밝아라』, 77쪽) 이영도가 젊은이들의 목숨을 앗아 간 이념의 허구성을 간파하고 있었음을 엿볼 수 있다.

50) 이영도, 「진혼(鎭魂)의 장(章)」, 『머나먼 사념의 길목』, 171쪽.

과 이를 촉발한 조국의 "피 맺힌 역사"를 응시하면서, 타자와 '나'가 '목숨'을 증여하고 수혜하는 '목숨 공동체'임을 인식하는 동시에 그 일방적인 비대칭성에 대한 죄의식의 윤리를 각성한다.[51] 한국 전쟁과 4·19 혁명 등 현대 역사의 비극적 사건을 관통하는 이영도의 시각은 일관되게 '목숨'의 문제로 귀결된다.

조국의 솟은 분노 저 타는 화염(火焰) 속을
차라리 백설(白雪)처럼 그대는 지는 것을
이 강토(疆土) 이 슬픔 위에 보람 없는 내 목숨
　　　　　　　　　　—「안타까움」(『청저집』, 1954) 2연

그렇듯 너희는 지고/ 욕(辱)처럼 남은 목숨//
지친 가슴 위엔/ 하늘이 무거운데//
연련히/ 꿈도 설워라/ 물이 드는 이 산하(山河).
　　　　　　　—「진달래 — 다시 4·19 날에」(『석류』, 1968) 전문

눈에 포탄을 박고 머리는 맷자국에 찢겨
남루히 버림 받은 조국의 어린 넋이
그 모습 슬픈 호소인양 겨레 앞에 보였도다.

행악이 사직(社稷)을 흔들어도 말 없이 견디온 백성
가슴 가슴 터지는 분노 천동하는 우레인데
돌아 갈 하늘도 없는가 피도 푸른 목숨이여!

---

51) 이 대목에서, 현대 사회와 현대인이 "겪은 실패는 상상력의 실패, 공감의 실패"로, "우리는 이런(타인이 고통받는 — 인용자 주) 현실을 마음 깊숙이 담아 두는 데 실패해 왔다."라는 지적은 더욱 뼈아프게 다가온다.(수전 손택, 이재원 옮김, 『타인의 고통』(이후, 2004), 25쪽)

너는 차라리 의(義)의 제단(祭壇)에 애띤 속죄양(贖罪羊)

자국 자국 피 맺힌 역사(歷史)의 기(旗)빨 위에

그 이름 뜨거운 숨결일레 퍼득이는 창천(蒼天)에…….

〈1960년 4월〉

——「애가(哀歌) — 고 김주열 군에게」(『석류』, 1968) 전문

이 유형의 시조들에서 이영도가 행하는 내면의 작업은 파커 J. 파머가 '마음의 연금술'이라고 부른, 마음으로부터의 윤리적이며 정치적인 실천을 떠올리게 한다. '마음의 연금술'은 비통한 자들(the brokenhearted)이 행하는 "부서져 열리는(broken open)", 즉 "창조적으로 긴장을 끌어안는" 마음의 습관으로, "우리 안의 차이를 생명을 불러일으키는 방향으로 끌어안는 법"을 말한다. 파커에 따르면, 마음의 연금술은 "고통을 공동체로, 갈등을 창조의 에너지로, 그리고 긴장을 공공선을 향한 출구로 바꿔 낼 수도 있다."[52] 사적이며 공적인, 의학적이며 역사적인 차원에 걸쳐 젊은이들의 피를 수혈함으로써 살아남았다고 자책하는 이영도는, "돌아갈 하늘도 없는", "피도 푸른 목숨"들을 마음의 연금술을 통해 끌어안으면서, 이 목숨들 덕에 공동의 것이 된 조국의 현재와 미래를 고통스럽게 직시한다.

4 "통곡도 모자라는 열모(熱慕)"—사랑의 토대이자 존재 방식으로서의 '목숨'

유치환과의 사랑은 이영도의 삶과 문학에 '목숨'을 최대의 행복과 한(恨)[53]의 양면성으로 각인한 사건이었다. 이영도는 시조를 발표하기 시작

---

52) 파머는 '마음의 연금술'이 "사회적 연대와 공공적 책임"을 끊임없이 생각하는 능력이며, "공동체를 창조하기 위한 오래되고 고귀한 인간적인 노력"으로서 '민주주의'의 토대가 되는 것이라고 주장한다.(파커 J. 파머, 『비통한 자들을 위한 정치학』(글항아리), 17~44쪽 참조)

53) 일례로, 남홍숙은 "이영도의 수필은 내면에서 마그마처럼 끓어오르는 한(恨)의 결정체"라고 하면서, "엄한 유교적 가풍에서 유년을 지낸 정운에게, 특히 1950~1960년대 봉건

한 1946년에 유치환을 처음 만났으며, 문인인 두 사람은 약 20년간 편지를 주고받으며 서로의 글쓰기와 삶에 많은 영향을 끼쳤다. 이영도와 유치환은 편지뿐 아니라 일기도 교환했는데, 각자 쓴 시도 보여 주고 서로 조언을 아끼지 않으면서 연인이자 문우(文友)의 관계를 이어 나갔다.[54]

생명파로 불릴 만큼 '생명'을 자신의 시와 삶의 모토로 삼은 유치환은, 이영도에게 쓴 편지에서도 '목숨(생명)'이라는 어휘를 유독 편애하고 강조한다. 유치환의 편지들에서 '목숨(생명)'은 등장하지 않는 날짜가 드물 정도로 매우 높은 빈도수를 보인다. 유치환은 ① 이영도에 대한 절대적인 사랑을 맹세할 때, ② 이 사랑으로 인한 환희와 고통을 토로할 때, ③ 현실의 도덕에 위배되는 사랑의 정당성을 역설할 때, ④ 현실에서 함께할 수 없는 사랑을 죽음을 통해 극복(상쇄)하고자 할 때 등 진정성을 필요로 하는 모든 절실한 순간에 '목숨(생명)'을 거론한다.

구체적으로 보면, ① 절대적인 사랑을 맹세할 때 유치환은 이영도를 "나의 생명",[55] "애중하고도 보배로운 목숨의 반려요 힘",[56] "나의 목숨이

적인 사회 속에서 남편을 먼저 저세상으로 떠나보내고 청마와의 연정이 싹트게 된, 그가 처한 현실은 윤리적 유배지와 다름 없었을 것"이며 "억압된 본능은 한이란 정조를 심어 주었"을 것이라고 추론한다.(남홍숙, 「이영도 수필에 나타난 미적 이미지 세 가지」, 『수필 시대』(문예운동사, 2007). 11, 267~268쪽)

54) 문우로서 서로의 글쓰기에 영향을 준 구체적인 양상과 예들은 다음과 같다. ① 글쓰기 독려; "당신도 마음 허망히 가지지 말고 책 읽고 글 쓰십시오. 수필(隨筆) 쓰십시오.// 어느 날이고 당신의 수필집을 한 권 꾸밀 것을 나는 꿈꾸고 있습니다."(유치환, 1956년 3월 31일, 앞의 책, 222쪽) ② 시 읽기와 선별; "선(選)해 보내신 것 고맙습니다. 언제나 마(馬)의 인간보다도 이 얼마 되지 않은 작품들을 더 사랑한다고 입버릇처럼 나를 탓하시는 당신이기에 이 선에 당신의 깊은 애정이 깃들여 있을 것이 내가 부아 내기 전에 나도 알뜰히 여겨지는 것입니다."(유치환, 1956년 4월 9일, 같은 책, 224쪽) ③ 글에 대한 교정과 조언; "원고는 읽어 보았습니다. 항상 당신이 풍겨 있는 글입니다. 다만 한 곳 고칠 곳이 있습니다만 글로 그것을 지적(指摘)하기가 길겠기에 모레 가서 이야기하겠습니다."(유치환, 1957년 4월 13일, 같은 책, 251쪽) ④ 일기 교환; "이것(일기 — 인용자 주)이야말로 당신과 나의 목숨을 닮은 귀하고도 애틋한 것입니다."(유치환, 1952년 9월 5일, 같은 책, 66쪽)

55) 유치환, 1958년 11월 20일, 위의 책, 294쪽.

56) 유치환, 1956년 6월 4일, 위의 책, 229쪽.

회구하는 그 무엇의 화신",57) "나의 목숨을 값지게 하고 행복을 느끼게 하는 이",58) "나의 목숨에서 쪼개 낼 수 없는 나의 당신!",59) "목숨인들 아까울 것" 없는, "문학보다도 시보다도 귀한 당신"60) 등으로 규정한다. 유치환에게 사랑은, "내 목숨의 뿌리가 진정 당신의 존재 그 깊은 속에 박혀 간직되고 있음을 절실히 깨닫"고 "당신의 목숨도 마(馬) 속에 있음을 아는 것",61) 즉 사랑하는 사람과 '내'가 자신의 '목숨'이 서로의 "존재 깊은 속"에 뿌리내리고 있는 '목숨 공동체'임을 인식하는 과정이다. ②, ③, ④에 해당하는 예시를 보이면 다음과 같다.

② 사랑의 환희와 고통을 토로할 때
■ 필경은 쓰러질 — 어느 날 쓰러질지 모르는 목숨이요, 육신이건만 이렇듯 곱게 내 위에 당신의 세월로 가리워진 세월은 아아, 어느 세상에서도 쓰러지지 않을 것만 같습니다.62)
■ 사실로 나는 내게 주어진 인생의 목숨에 있어서 오늘 가장 철천(徹天)한 비원이요, 한은 지애한 나의 사람과 살 수 없는 그 일인 것입니다.63)

③ 현실의 도덕에 위배되는 사랑의 정당성을 역설할 때
■ 아아, 하나의 사랑이 이렇게도 온통 한 생명의 존재를 다 차지할 수 있는 것이리까? (중략) 나의 목숨, 우리의 목숨은 누구나도 관여할 수 없는 것이며 관여를 허락지 않을 것입니다.64)

---

57) 유치환, 1955년 5월 28일, 위의 책, 201쪽.
58) 유치환, 1953년 4월 10일, 위의 책, 139쪽.
59) 유치환, 1953년 6월 6일, 위의 책, 204쪽.
60) 유치환, 1955년 5월 28일, 위의 책, 203쪽.
61) 유치환, 1960년 9월 25일, 위의 책, 309쪽.
62) 유치환, 1952년 6월 28일, 위의 책, 12쪽.
63) 유치환, 1960년 2월 10일, 위의 책, 322쪽.
64) 유치환, 1952년 8월 18일, 위의 책, 51쪽

■ "세상이 치욕하려는 그 근거와 동기 같은 것들이 얼마나 부질없고 어리숙한 것인지를 모르십니까? 그러한 하잘것없는 것에 무슨 값으로 우리의 목숨을 청탁하겠습니까?"[65]

④ 현실에서 함께할 수 없는 사랑을 죽음을 통해 극복(상쇄)하고자 할 때
■ "죽어서도 우리는 같이 갑시다. 아아, 진정 이날의 목숨에서 애닳던 사랑이었기에 죽어서는 함께 한없는 목숨을 맺어야 할 것이 아닙니까?"[66]
■ "마지막 죽는 날에는 당신은 마(馬)의 무릎에서 가셔야 하고, 나는 당신의 품에 안겨 낙명(落命)하여야만 할 것입니다. 아아 이같이 애닳고 질긴 애정 앞에 다른 무엇이 뜻있으며 값있는 것이겠습니까?"[67]

'목숨'을 나누어 가진〔分有〕, 전적으로 두 사람만으로 이루어진 연인들의 공동체는 사랑의 토대와 존재 방식을 모두 '목숨(생명)'에 둔다. 이들에게 사랑은 '나'의 자아나 주체가 선택하고 결정하는 일이 아니며, '나'의 천부적이고 운명적인 '목숨의 일'이다. 가령, 사랑하는 이에 대한 그리움은 자아나 주체의 그리움이 아닌, "목숨의 그리움"[68]이다. 때문에 살아서 이룰 수 없는 "진정 이날의 목숨에서 애닳던 사랑"은 "죽어서는 함께 한없는 목숨을 맺어야 할", '목숨'을 함께 완결하는 문제로 사유된다. 같은 날 같은 시각에 함께 죽는 일은 곧 "우리의 승리"[69]가 된다는 것이다. 세상이 비난하는 사랑의 정당성을 보장해 주는 근거 또한 '목숨(생명)'이다. 유치환은, "내가 내 생명에 충실하고 참됨에는 어느 누구

---

65) 유치환, 1955년 6월 6일, 위의 책, 205쪽.
66) 유치환, 1956년 3월 22일, 위의 책, 220쪽.
67) 유치환, 1958년 6월 2일, 위의 책, 288~289쪽.
68) 유치환, 1959년 5월 23일, 위의 책, 313쪽.
69) "마지막에야 내가 당신 무릎에 당신 내 무릎에서 서로가 고이 운명할 날이 있지 않겠습니까? 그것이 결국은 우리의 승리인 것입니다."(유치환, 1955년 10월 27일, 위의 책, 213쪽)

의 관여(關與)를 용납하리까."⁷⁰⁾라고 연인에게 역설한다. "내 생명"의 단독성에 충실하려는 생명의 윤리는 세상의 모든 도덕과 윤리로부터 "우리"의 사랑을 수호하고 정당화하는 절대적인 근거가 된다. 세상의 하잘것없는 척도에 "우리의 목숨을 청탁"할 수는 없기 때문이다.

유치환에게 이러한 내용과 어법의 편지를 20년간 받은 이영도가 그로부터 적지 않은 영향을 받았을 것은 자명하다. 이 영향은 상호적이었을 것이다. '목숨(생명)'의 의미와 어법은 — 사랑하는 연인들이 보편적으로 사용하는 의미를 포함하기도 하지만 — 유치환과 이영도가 편지와 일기 등을 통해 공유하는 가운데 두 사람만의 함의와 용법으로 발전되었을 가능성이 크다. 이영도의 삶과 문학에서 '목숨(생명)'이 갖는 다양한 차원과 의미는 앞의 세 절에서 살펴보았거니와, 사랑에 관해서도 이영도는 일관되게 '목숨(생명)'의 존재론적 차원에서 사유하는 모습을 보여 준다. 이영도 역시 유치환처럼 사랑하는 이를 "진정 이 목숨과 더불어 같이할 이름 하나!"⁷¹⁾라고 칭하며, 사랑의 정당성에 관해서도 '목숨의 일'로써 그 근거를 확보한다. 심지어 이영도는, "목숨은 사랑하기 위해 있는 것"이라는, "사랑하라, 사랑하라. 서러운 목숨들아, 땅 위에서 사랑하라."는 "신의 음성"을 들었노라고 쓴다.⁷²⁾

이영도의 시조와 산문에는 유치환과 나눈 사랑과 대화의 흔적이 곳곳에 드러나 있다.

은하(銀河) 물이 드는/ 칠석(七夕) 하늘 우럴으며//

인연의 겨운 목숨/ 달래던 그 자락에//

못다 한/ 꿈을 새기듯/ 깨알 같이 돋는 대화(對話).

---

70) 유치환, 1952년 7월 18일, 위의 책, 28쪽.
71) 이영도, 「애상(哀傷)의 장(章)」, 『머나먼 사념의 길목』, 159쪽.
72) 이영도, 「은총(恩寵)의 장(章)」, 위의 책, 166쪽.

■ 일찍이 나는 사랑하는 이와 더불어 흐르는 별똥을 향해 아픈 기원을 나누어 왔다.

우리들의 목숨이 같은 날, 같은 시각에 죽어서 멀고도 창창한 영겁(永劫)의 길을 동반할 수 있기를 빌었던 것이다.74)

산(山)이여! 목 메인듯/ 지긋이 숨 죽이고//

바다를 굽어 보는 / 머언 침묵(沈黙)은//

어쩌지/ 못할 너 목숨의/ 아픈 견딤이랴?//

너는 가고 애모(愛慕)는/ 바다처럼 저무는데//

그 달래임 같은/ 물결소리 내 소리//

세월은/ 덧이 없어도/ 한결같은 나의 정(情).

—「황혼(黃昏)에 서서」(『석류』, 1968) 전문

■ 창창한 목숨이었습니다. 통곡도 모자라는 열모(熱慕) 속에 안으로 맺혀 가던 노래의 씨가 사리(舍利) 되어 여기 조국의 하늘을 이고 영원히 굳어 갈 그대와 나! 희구는 끝내 저승에서만 이루어지는 발원이었던 것입니다.75)

이영도에게 사랑은 '목숨(생명)의 일'이다. "인연의 겨운 목숨"이 그 주인의 의지와 관계없이 목숨(생명)의 본성대로 행하는 일이고, 따라서 현실과

---

73) 이영도는 다수의 산문에서 자신이 쓴 시조를 인용하면서 시작 노트를 겸했는데, 한 산문에서 시조「별」의 창작 배경이 된, 유치환으로 추정되는 '그'의 말을 옮겨 적고 있다. "우리의 목숨이 어쩌면 하나하나 저 별들과 인연되어 있는 것인지도 모릅니다."(이영도, 「황홀(恍惚)한 불길 속에」, 위의 책, 176쪽)

74) 이영도, 「유성(流星)」(『나의 그리움은 오직 푸르고 깊은 것』, 1976), 『그리운 이 있어 내 마음 밝아라』, 238쪽.

75) 이영도, 「애린(哀憐)의 장(章)」, 『머나먼 사념의 길목』, 150쪽.

사회의 질서에 의해 조정될 수 없는 일이며, 삶과 죽음의 경계에도 구속될 수 없는/구속되지 않는 일이다. 이승에서 이루어질 수 없는 사랑은 목숨이 다한 뒤에는 "사리(舍利)"가 되어, "어쩌지 못할 너 목숨의 아픔 견딤"을 통해 "끝내 저승에서만 이루어지는 발원"의 형태로 성취된다. 이영도에게 '목숨(생명)'은 사랑의 동력이자, 사랑이 이승과 저승을 초월해 실현되는 존재의 조건이자 방식이다. 즉 이영도에게 '목숨(생명)'은 삶과 죽음을 관통하면서 유한한 존재의 한계를 넘어서고, 삶에서 이루지 못한 사랑을 죽음 이후에 실현하는 구체적이고도 초월적인 동력이자 인간 존재의 영속적인 기반을 의미한다.

3 결론

이 논문은 이영도의 시조가 지닌 근대적 특성과 전통 지향성의 공존, 상이한 종교적 가치관들의 공존, 내적 지향성과 공동체 의식의 공존, 개인과 사회의 윤리적 갈등 등을 아우를 수 있는 새로운 독법을 제시하는 데 초점을 두었다. 이를 위해 이영도의 시조와 산문에 매우 높은 빈도로 등장하면서 독특한 용법으로 운용되고 있는 '목숨(생명)'에 주목했다. 연구 방법으로는 이영도의 '목숨(생명)' 인식에 결정적인 영향을 끼친 생애사적 사건을 참고하면서, 이영도의 시조와 산문 및 이영도와 '연인들만의 언어 공동체'를 형성한 청마 유치환이 이영도를 단독 독자로 하여 보낸 편지 등 텍스트를 면밀히 분석하는 방법을 채택했다. 그 결과 존재와 삶의 실재(자아, 자기, 존재, 주체, 인생 등 '인간'과 '삶'의 모든 국면을 수렴하고 대행하는 역할을 하는), '생명하다'의 주체, 타자와 공통의 것이자 공동의 것, 사랑의 토대이자 존재 방식 등의 네 가지 측면에서 이영도 문학에 형상화된 '목숨(생명)'의 의미를 규명했다.

'목숨(생명)'은 이영도가 존재론적 차원에서 인간과 삶의 제반 문제를 사유한 근거였으며, 살아 있는 모든 존재를 평등하게 호명하는 공통의 본질적인 명칭이었다. 존재의 본질과 생명 행위를 강조하기 위해 이영도는 '생명하다'와 생명을 '가치하다'라는 단어를 새로 조어해 사용하기도 했다. '목숨(생명)'은 이영도가 존재론적 차원에서 인간과 삶의 제반 문제를 사유하고자 한 징표이며, 그 문제들을 처리하는 절대적인 척도이자 동력이었다. 물론, 이영도가 추구한 인간과 삶의 존재론적 실재로서의 '목숨(생명)'은 있는 그대로의 존재론적 차원을 반영한다기보다는, 존재론적 차원을 지향하는 것이라고 말해야 옳다. 옥타비오 파스가 간파한 것처럼, 인간은 '의미'의 도움 없이 '존재'의 차원을 사유할 수 없기 때문이다. "모든 작품은 의미화 작용에 닻을 내린다. 인간의 손길이 스치면 지향성에 물들게 되어 어딘가를 향하게 되는 것이다."[76]

이영도에게 문학은 '생명하기'의 가장 고결하고 미학적인 행위였고, 사랑은 '생명하기'의 거역할 수 없는 신성하고도 절대적인 행위였으며, 삶은 "곱게 살고 곱게 죽는" 생명의 몸짓을 현실화하는 과정이었다. 이영도가 창의력과 실험 정신을 발휘해 현대 시조의 새로운 장면을 만들어 낸 것 또한 '생명하기'의 일환이었다. 이영도에게 '목숨(생명)'은 한 생명체의 가장 본질적인 실재에서부터 삶과 문학의 모든 차원을 관통하는 존재 방식이었으며 실천 윤리였다. '목숨(생명)'의 부르짖음에 충실함으로써, 이영도는 자신에게 닥친 모든 시련과 갈등과 분열을 극복하고자 했다. 요컨대, 이영도의 삶과 문학은 '목숨(생명)'의 존재론적 차원에 입각해 삶과 죽음, 자아와 타자, 개인과 사회·역사, 사랑과 도덕, 생활(생계)과 문학, 유교와 불교와 기독교, 전통과 현대 등의 다양한 갈등과 차이를 통합해 나가는 과정이었다. '목숨(생명)'은 이영도의 문학에서 보편적인 의미 이상의 독자적인 의미망을 형성하면서 이영도의 자기의식, 타자 의식, 사랑의 가치관, 윤리 의식, 현실 인식 등을 제어하는 근본적인 동력으로 작동하고 있다. 이영도에게 '목숨(생명)'은 삶과 죽음을 관통하면서 유한한 존재의 한계를 넘어서

---

76) 옥타비오 파스, 김홍근·김은중 옮김, 『활과 리라』(솔출판사, 1998).

고, 가치 있는 생명 행위를 가능하게 하는 구체적이고도 초월적인 동력이
자 인간 존재의 영속적인 기반을 의미했다.

참고 문헌

1차 문헌

이영도, 『청저집(靑苧集)』, 문예사, 1954

_____, 『석류』, 중앙출판공사, 1968

_____, 『보리고개』, 목언예원, 2006(이영도 시조 전집)

_____, 『비둘기 내리는 뜨락』, 민조사, 1966

_____, 『머나먼 사념의 길목』, 중앙출판공사, 1976(재판)

_____, 『그리운 이 있어 내 마음 밝아라』, 문학세계사, 1986(선집)

유치환, 『사랑했으므로 행복(幸福)하였네라』, 중앙출판공사, 1974

2차 문헌

남홍숙, 「이영도 수필에 나타난 미적 이미지 세 가지」, 『수필시대』, 문예운동사,
　　　2007. 11, 258~271쪽

신미경, 「이영도 시조의 주제별 분석」, 《청람어문학》 2권 1호, 청람어문학회,
　　　1989, 67~104쪽

오승희, 「정운(丁芸) 이영도 시조의 공간 연구」, 《동아어문논집》 3집, 동남어
　　　문학회, 1993, 93~110쪽

유동순, 「이영도 시조의 생명성 연구: 에코페미니즘적 관점을 중심으로」, 경
　　　기대 석사 논문, 2011

유종인, 「시조의 본령과 현대시조」, 《딩아돌하》, 2015, 가을, 29~30쪽

유지화, 「이영도 시조 연구」, 《시조학논총》 42집, 한국시조학회, 2015, 213~
　　　238쪽

유혜숙, 「이영도론: 원초성에의 되새김질」, 《숭실어문》 15집, 숭실어문학회, 1999, 423~442쪽

이숙례, 「이영도 시조 연구」, 《어문학교육》 24집, 한국어문교육학회, 2002, 247~284쪽

_____, 「이영도 시조의 특성 연구」, 《어문학교육》 28집, 한국어문교육학회, 2004, 103~230쪽

이호우, 「민족시가(民族詩歌)로서의 시조」, 이호우 시조 전집, 『삼불야』, 목언예원, 2012, 286쪽

임지연, 「이영도 문학의 공적 욕망 구조」, 《여성문학연구》 23호, 한국여성문학학회, 2010, 203~235쪽

조동화, 「이영도 시조, 그 사상(思想)의 발자취」, 이영도 시조 전집, 『보리고개』, 목언예원, 2006, 217~231쪽

조춘희, 「전후 현대 시조의 현실 인식 연구: 이호우, 이영도를 중심으로」, 《배달말》 57집, 배달말학회, 2015, 283~319쪽

박을수, 『한국시조문학전사(韓國時調文學全史)』, 성문각, 1978

한나 아렌트, 이진우·태정호 옮김, 『인간의 조건』, 한길사, 1996

수전 손택, 이재원 옮김, 『타인의 고통』, 이후, 2004

파커 J. 파머, 김찬호 옮김, 『비통한 자들을 위한 정치학』, 글항아리, 2012

옥타비오 파스, 김홍근·김은중 옮김, 『활과 리라』, 솔출판사, 1998

제7주제에 관한 토론문

이송희 | 전남대 교수

　이영도의 시조와 산문을 대상으로 '목숨(생명)'의 기원과 층위를 분석을 시도하신 김수이 선생님의 글을 잘 읽었습니다. 평소 시조에 대한 각별한 애정과 예리한 필력으로 여러 문예지에 발표하신 평론을 접한 저로서는 이번 기회가 반갑지 않을 수 없었습니다. 청마 유치환의 연인이며 시조 시인 이호우의 여동생이라는 선입견이 이영도 문학 연구에 무의식적인 작용을 했을 가능성을 배제할 수 없다는 점에서 이번 글은 그녀 시조에 대한 또 다른 해석의 장을 열어 주는 계기가 되었다고 생각합니다. 이 토론문은 선생님의 발표문에 대한 토론보다는 그동안 연구자와 창작자의 입장에서 가져 왔던 생각과 의문들을 공감, 질문하는 것으로 토론문을 대신하고자 합니다.

　선생님께서는 "존재와 삶의 본질로서의 '목숨'", "'생명하다'의 주체로서의 '목숨'", "타자와의 공통의 것 혹은 공동의 것으로서의 '목숨'", "사랑의 토대로서의 '목숨'"이라는 네 개의 층위를 통해 이영도 문학이 "전통과 현대, 개인과 사회, 삶과 문학, 불교와 기독교 등의 간극을 통합한 기제 및 동력을 규명하는 데 목적"을 두고 그의 문학에 대한 포괄적인 접

제7주제―이영도론　377

근을 시도하셨습니다. '목숨(생명)'이 이영도 문학의 뿌리이자 핵심 동력이
된 것은 이영도가 겪은 생애사적 사건과 그녀의 천성적인 기질에 연원하
는데 이를 참조하면서 '목숨(생명)'의 다양한 의미를 읽고 계십니다. 이영
도의 글쓰기의 원천이 어디에 있는지를 짐작게 하는 소중한 시간이 된 듯
합니다.

선생님께서는 그동안 이영도 문학을 '한'이나 '그리움'의 정서에 국한하
여 연구한 논의들이 이영도 시조의 이질적인 경향을 충분히 포괄하는 데
에 다소 한계를 드러내고 있음을 지적하고 계십니다. '한'과 '그리움'만의
정서로 포괄할 수 없는 낯설고 이질적인 정서들이 담겨 있다고 보시는 건
가요?

작가의 감각 혹은 내적 체험에서 시가 촉발된다고 볼 때, 이영도 시인의
감정이 형상화되는 과정, 즉 그녀의 시적 형상화에 관한 이야기를 빼놓을
수 없을 듯합니다.

가령, 「아지랑이」라는 시는 시조 형식의 자유분방함을 보이고 있습니
다. 가람의 연시조 운동 영향이 지대했던 1950~1960년대에도 이영도는
단시조를 활발히 창작해 왔는데, 이 시조는 "내 사랑"과 "춘삼월"의 공통
적인 특질인 '아지랑이'와 나비의 움직임을 시조의 정형률 안에서 녹여내
고자 고심한 흔적이 엿보입니다. 기존의 3행 혹은 3연 6행의 형식에서 벗
어나고자 하는 단시조의 형식 실험은 두 번째 시집 『석류』에서부터 드러나
기 시작했습니다. 이영도는 행과 연의 자유로운 배열과 시각적이고 공간적
인 배열로 시조계의 주목을 받은 동시에 보수적인 입장의 논자들로부터
많은 비난을 받았는데요. 관념보다는 정서, 이상보다는 현실을 구현한 고
시조에서 현대시조로 이행하는 과정을 잘 보여 준 그녀의 미적 형상화의
의지와 그 특징들이 '목숨(생명)'의 층위들을 형상화하는데 어떤 기여를 하
고 있는지 설명해 주실 수 있으신지요?

선생님의 말씀처럼, "시조는 중세와 근·현대를 관통하며 천 년에 가까
운 역사와 생명력을 축적해 온 장르"입니다. 그런데 오늘날 현대 시조는

형식적 측면에서 현대적 실험을 추진하면서 자유시와의 변별점이 미비하다는 점 등으로 인해 장르의 존립을 스스로 위협하는 결과를 초래하는, 이른바 정체성의 혼란을 겪고 있는 측면이 없지 않습니다. 현대 시조를 텍스트로 여러 평론을 쓰고 계신 선생님께서는 이러한 현대 시조의 변화를 어떻게 보시는지 궁금합니다. 더불어 앞으로 현대 시조가 나아갔으면 하는 방향이 있다면 함께 말씀해 주시기를 부탁드립니다.

좋은 기회를 주신 선생님께 다시 한 번 감사드립니다.

이영도 생애 연보[1]

1916년(1세)   10월 22일, 경북 청도군 대성면 내호동 259번지에서 구한말
            군수를 지낸 아버지 이종수(李鍾洙)와 어머니 구봉래(具鳳
            來) 사이에서 2남 2녀 중 막내로 태어남. 본관은 경주. 호는
            정운(丁芸). 조부인 혜강(兮岡) 이규현(李圭晛)은 한학과 시
            문이 뛰어난 선비로 민족의식이 투철했으며, 오빠인 이호우는
            현대 시조의 대표적인 시인으로 잘 알려져 있음. 만석꾼의 재
            력을 지닌 명문가에서 자란 이영도는 유교의 가풍 속에서 유
            복한 어린 시절을 보냈으며, 성장한 후로는 불교에 기울었음.
            훗날 민족의식이 강한 시조 시인이 되는 데는 조부와 오빠의
            영향이 컸던 것으로 보임.

1924년(9세)   4월, 밀양국민학교에 입학.

1937년(22세)   대구 명문 부호의 아들 박기수와 결혼.

1939년(24세)   10월 10일, 외동딸 진아 출생.

1944년(29세)   1월 8일, 부친 사망.

1945년(30세)   8월 10일, 결혼 8년 만에 남편 박기수가 위궤양으로 사망. 박
            기수는 이영도가 글을 쓰는 데 외조를 아끼지 않았던 것으로
            전해짐. 당시 대구 서부국민학교 교사로 재직 중이던 이영도
            는 10월에 언니 이남도의 권유로 통영에 있는 통영여고 교사
            로 부임하면서 그 학교에 국어 교사로 있던 청마(靑馬) 유치환

---

1)   김학동 외,『한국 전후 문제 시인 연구 2』(예림기획, 2005), 이영도 시조 전집,『보리고개』
      (목언예원, 2006) 등을 참조하여 작성함.

	과 음악가인 윤이상 등을 만남. 12월, 첫 시조 「제야(除夜)」를 대구의 동인지 《죽순》에 발표하면서 시조 시인으로 데뷔함.
1946(31세)	5월, 기숙사 사감과 수예점 경영 등으로 과로한 끝에 폐침윤이 발병해 마산 결핵요양원에서 휴양함. 이때 요양원의 간병인에게 감화를 받아 불교에서 기독교로 개종함.
1947(32세)	1년여 만에 폐침윤이 완쾌해 퇴원함.
1953(38세)	5월, 시조 시인 초정 김상옥의 권유로 당시 임시 수도였던 부산의 남성여고에 재직. 이영도는 학생 기숙사 방 2개를 빌려 기거하면서 그곳을 '수연정(水然亭)'이라 이름 지음. 당시 청마는 경남 안의중학교에 재직했음.
1954(39세)	첫 시조집 『청저집(靑苧集)』(문예사) 발간. 10월경에 폐침윤 재발.
1955(40세)	오전 수업만 하는 조건으로 부임한 성지여중고의 사택을 '계명암'이라 부름. 이곳에 도둑이 들어 신경성으로 병세가 악화되자 이듬해에 다시 부산 남성여고로 부임함.
1956(41세)	부산여대 강사로 출강하면서 동래 온천장에 후생 주택을 마련하여 '애일당(愛日堂)'이라 부름. 생활이 안정되고, 부산일보 문예란에 고정적으로 기고함.
1958(43세)	'봄미나리(春芹)'라는 뜻의 첫 수필집 『춘근집(春芹集)』을 자비로 출판함.
1959(45세)	8월, 어머니 시조 모임인 '달무리회' 조직. 달무리회는 한 달에 한 번씩 국제신문 문화란에 작품을 발표하는 등 왕성하게 활동함.
1963(48세)	부산 아동회관(어린이집) 관장을 맡고, 집 주위를 쾌적한 환경으로 만들기 위한 부인들의 모임인 '꽃무리회'를 조직하여 여성 교양 운동에 힘씀. 꽃무리회는 부산시에 최초로 등록된 여성 단체로, 꽃무리회가 펼친 운동은 지금도 계속되고 있음.

딸 진아 유학에서 돌아옴.

1965(50세) 당시 유치환이 부장으로 있던 부산시 문협회가 발간하는 《부산문예》 2월호에 나란히 작품을 발표. 이영도는 「무제」를, 유치환은 산문 「나의 생활과 시작(詩作)」을 발표함.

1966(51세) 수필집 『비둘기 내리는 뜨락』(민조사) 발간. 이 제목은 이영도가 기거하던 애일당에 비둘기가 자주 내려와 앉은 까닭에 지은 것으로, 애일당의 뜰을 가리킴. 6월 10일, 부산시청 회의실에서 어린이집 관장으로서의 활약, '달무리회'와 '꽃무리회' 등의 여성 교양 운동의 실천, 『청저집』과 『춘근집』의 출판 등의 공적으로 제8회 눌원(訥員)문화상을 수상함.

1967(52세) 유치환 사망. 유치환에게 받은 편지를 모은 서간집 『사랑했으므로 행복하였네라』를 출간. 이 책이 베스트셀러가 되면서 청마와 20여 년에 걸친 열애로 세간의 주목을 받음. 9월, 서울로 이주하여 마포구 하수동 95-10번지에 임시 거처를 마련함.

1968(53세) 오빠 이호우와의 공동 시조집 『비가 오고 바람이 붑니다』를 2권으로 상재함. 이영도 편은 『석류(石榴)』(이영도의 두 번째 시조집), 이호우 편은 『휴화산(休火山)』.

1969(54세) 서간집 『사랑했으므로 행복하였네라』의 인세로 청마의 유가족들과 마찰이 생김. 청마의 미망인과 타협하여 이 인세를 모두 '현대시학사'에 넘겨 '정운(丁芸) 문학상'을 제정함. 딸 진아 결혼함.

1970(55세) 오빠 이호우 심장 마비로 작고.

1971(56세) 수필집 『머나먼 사념의 길목』 발간.

1974(59세) 중앙대학교 예술대학에 출강.

1975(60세) 한국 시조작가협회 부회장 등으로 선출되어 문단 활동을 활발히 함.

1976(61세) 3월 5일, 세 번째 시조집 『언약』의 서문과 수필집 『나의 그리

움은 오직 깊고 푸른 것』의 수정을 부탁해 놓고 오후 5시쯤 귀가해 2층 서재로 올라가는 길에 넘어져 의식을 잃고 세브란스 병원으로 옮겨졌으나 사망. 사인은 뇌일혈. 장례식은 3월 8일에 문인장으로 거행되었으며, 이은상이 장례 위원장을 맡고 구상이 조사를 낭독함. 밀양 유천의 선영에 안치됨. 유고 시조집 『언약(言約)』과 유작 수필집 『나의 그리움은 오직 깊고 푸른 것』이 출간되었으며, 이후 2006년에 이영도 시조 전집 『보리고개』가 목언예원에서 출간됨.

이영도 작품 연보

발표일	분류	제목	발표지
1945	시조	제야(除夜)	죽순 창간호(12)
1946	시조	낙화(洛花)/춘소(春宵)	죽순 2(8)
	시조	머언 생각/맥령(麥嶺)	죽순 3(12)
1947	시조	병고/먼 등불	죽순 4(5)
	시조	제승당	죽순 5(8)
1948	시조	세병관/노을/삼월	죽순 8(3)
1949	시조	낙화(洛花)	죽순 9(1)
	시조	봄	시조연구 1
	시조	고가/빗소리/	전선문학 2
	시조	아침/신록(新綠)/추야(秋夜)	문예 9
1954	시조집	청저집	문예사 1. 7
1956	시조	바람/낙목(落木)	여원 1
	수필	애정의 갈림길	한국문예 1
	시조	석양(夕陽)/바위/우후(雨後)	현대문학 3
	시조	단풍(丹楓)/황혼(黃昏)에 서서	현대문학 11
1957	시조	시조탑(塔)/꽃대봉(峰)/	현대문학 8
		천왕봉(天王峰)/피아골	
1958	수필집	춘근집(春芹集)	청구출판사
	시조	한라산	현대문학 5

발표일	분류	제목	발표지
1959	수필	반지	현대문학 1
	시조	울산암/계곡/절벽	현대문학 9
1960	수필	새처럼	현대문학 1
	수필	생사의 갈림길에서	현대문학 4
	시조	4월의 하늘 아래서	현대문학 6
1961	수필	모색(暮色)	현대문학 2
	시조	첨성대/사리탑	현대문학 4
1962	수필	달밤	현대문학 1
	수필	빛과 꿈	현대문학 5
1965	시조	무제	부산문예 2
	시조	목련화	현대문학 8
	시조	수혈	현대문학 12
1966. 4. 12	시조	아지랑이	중앙일보
	시조	결식아동/운동장	시조문학 9
	수필집	비둘기 내리는 뜨락	민조사 10
1967	수필	바람	시조문학 2
	시조	나목(裸木)	현대문학 3
	시조	달	시조문학 6
	서간집	사랑했으므로 행복하였네라	중앙출판공사 11
1968	시조집	석류	중앙출판공사 2
	시조	백록담	현대문학 3
	시조	저녁놀	시조문학 8
	시조	외따로 열고	여류문학 11

발표일	분류	제목	발표지
1969	시조	미소	현대문학 11
	시조	들에서	월간문학 3
	시조	등불	여류문학 5
	시조	추정(秋情)을 간다	시인 12
1970	시조	제야에	월간문학 8
	시조	계곡에서/파회정에서 추월담에서/동구에서	현대시학 9
1971	시조	달무리	월간문학 3
	시조	봄	월간문학 8
	시조	연	낙강 12
	수필집	머나먼 사념의 길목	중앙출판공사 4
1972	시조	단풍 앞에서/기도 청맹(靑盲)의 창(窓)/ 아폴로의 독백	현대시학 2
	시조	손주	현대시학 2
	시조	직지사(直指寺) 이제(二題)	낙강 12
1973	시조	난(蘭)	월간문학 7
	시조	어머님	현대시학 9
1974	시조	천계(天啓): 4월의 탑 앞에서	문학사상 11
1975	시조	돌이킬 하늘은 없는가/ 1975년 입춘에	한국문학 3
	시조	광화문 네거리에서	한국일보 5
	시조	비익사(飛翼詞)	한국문학 12
1976. 2. 17	시조	봄비소리	한국일보

발표일	분류	제목	발표지
1976. 3. 7	시조	차창춘색	한국일보
1976. 3. 9	시조	진달래	조선일보
	수필집	애정은 기도처럼	범우사
	유고 시조집	언약(言約)	중앙출판공사
	유고 수필집	나의 그리움은 오직 푸르고 깊은 것	중앙출판공사

작성자 김수이 경희대 교수

최금동 시나리오의 변모 과정과 미학적 특성 연구

「애련송」, 「에밀레종」, 「역마」 그리고 「중광의 허튼소리」를 중심으로

김남석 | 부경대 교수

1 문제 제기와 연구사 검토

최금동(崔琴桐)은 한국 시나리오의 기원을 연 작가 중 하나로 손꼽히는 인물이다. 그의 시나리오 데뷔작인 「환무곡」은 동아일보사 영화 시나리오 공모에서 당선작으로 선정되며 시나리오의 독자적 문학화(영화 소설)의 가능성을 타진한 바 있고, 이후 이 시나리오는 '극연'의 전폭적인 지원 아래 「애련송」으로 각색되어 영화화되기에 이르렀다. 이후 최금동은 영화 소설 「해빙기」(1938년 5월 7일~)[1]와 「향수」(1939년 9월 19일~)[2]를 《매일신보》에 연재하며, 이 분야의 개척자이자 형식적 계승자로 자리 잡기에 이르렀다.

하지만 시나리오사적 의의에도 불구하고, 현재까지 최금동에 대한 연구는 소략하기 이를 데 없다. 최금동의 각색 시나리오 「역마」의 1960년대적

---

1)   최금동, 「영화 소설 — 해빙기」, 《매일신보》(1938. 5. 7), 8면.
2)   최금동, 「향수」, 《매일신보》(1939. 9. 19), 2면.

가치를 밝힌 연구[3]와, 최금동의 작품 세계 전반을 다룬 종합적 연구[4]가 전문적 연구로는 전부라고 하겠다. 전자는 「역마」라는 대표작을 바탕으로 그 미학적 특질과 완성도를 점검한 연구이기 때문에, 최금동 작품 세계의 주요한 특질을 두루 탐색했다고 보기 힘들다. 또한 후자의 연구는 최금동의 작품 세계 전반을 포괄했다는 의의를 지니지만, 개괄적인 시각으로 인해 미학적 특장을 세부적으로 살피는 데에는 다소의 한계를 드러냈다. 따라서 최금동과 그의 시나리오에 대한 연구는 아직은 소기의 성과를 거두었다고 보기 힘들며, 그로 인해 후속 연구의 필요성이 가중되고 있는 상황이다.

본 연구는 이러한 필요성과 시대적 요구를 충족하기 위해서 지금까지 간과되었던 미학적 특질에 대한 접근을 시도하고자 한다. 하지만 최금동의 시나리오는 60여 편에 이르고 그중에서는 현실적으로 구하기 어려운 작품도 상당수 존재한다. 따라서 60여 편에 대한 일률적 탐색은 현재로서는 곤란한 상태이며, 이로 인해 최금동 시나리오의 개성과 독자성을 구명할 연구가 대안적으로 요구된다. 이러한 현실적 정황을 고려하여, 일단 최금동의 대표작 4~5편을 추출하고 공통의 미학적 자질을 추려 내어, 이러한 미학적 자질들이 변전하는 과정을 추적하고자 한다.

이를 위해서 최금동의 시나리오 세계를 대표하는 4~5편의 작품을 선별했다. 최금동은 동아일보사 영화 시나리오 공모에 영화 소설 형식을 빌린 「환무곡」을 응모하여 당선하였는데, 이 작품은 이효석에 의해 각색(혹은 윤색)되어 「애련송」으로 영화화되었다. 본 연구에서는 이러한 의의를 최대한 인정하고 최금동의 작품 세계를 전체적으로 탐구할 수 있는 방안으로 이 데뷔작을 포함시키고자 한다. 또한 최금동의 회고대로 「환무곡」에서 「애련송」으로의 변화는 '윤색' 과정으로 이해될 수 있기 때문에, 「애련

---

3) 김남석, 「1960~1970년대 문예영화 시나리오의 형식 미학 연구」(고려대 박사 학위 논문, 2003); 김남석, 「시나리오 「역마」에 나타나는 '길'의 형상 연구」, 《한국문학이론과비평》 54집(한국문학이론과비평학회, 2012), 27~48쪽.
4) 오영미, 「최금동 시나리오 연구」, 《드라마연구》 35집(한국드라마학회, 2011), 271~303쪽.

송」을 논의의 과정에서 적극적으로 인용 분석했으며, 특별히 원작을 표기해야 할 경우에만 「환무곡」의 제명을 언급하고자 했다.[5]

또한 1960년대 영화화된 두 편의 시나리오 「에밀레종」과 「역마」는 최금동의 대표작으로 선정하여 역시 논의에 포함시키고자 한다. 「에밀레종」은 1961년 국제영화공사 제작, 홍성기 감독, 최무룡·김지미·조미령 주연

---

5) 동아일보사는 1936년 7월 28일자 신문 지면을 통해 '영화 소설 현상 공모'를 발표했고, 이때 영화 소설이 "종래의 소위 영화 소설이 아니요 영화와 문학과의 유기적 종합이 가능함을 구체적으로 보여 주는 새로운 형식의 독물(讀物)을 의미"한다고 설명하고 "이를 지상에 게재하면 '읽는 영화'가 되고 다소의 시나리오적 각색을 더하면 곧 촬영 대본이 될 수 있는 것"이라고 부연한 바 있다.(「영화소설(映画小說) 현상공모(懸賞公募)」, 《동아일보》, 1936년 8월 21일, 7면) 이러한 동아일보사의 입장을 감안하면 「환무곡」에게 요구했던 영화 소설의 성격은 현대 시나리오의 성격과 오히려 유사하고, 이효석의 각색(윤색) 작업은 시나리오에서 촬영 대본(콘티)으로의 변형 과정으로 이해할 수 있겠다. 동아일보사는 「환무곡」을 「애련송」으로 명칭 변경하여 1937년 10월 5일부터 연재하기 시작했는데(「현상 당선 영화 소설 「애련송」('환무곡' 개제(改題)」, 《동아일보》(1937년 10월 3일), 4면 참조) 이때부터 이미 극연 영화부의 주도 아래 연출된 '스틸 컷'이 포함되기 시작했으며, 영화 감독인 김유영에 의해 지면에 노출되는 영화 소설로 구성될 수 있도록 전체 형식이 조율되었다. 즉 최초 연재부터 영화화에 대한 강력한 의지를 숨기지 않았는데, 실제로 「애련송」은 1937년 10월경에 영화로 제작되기 시작했다.(「본사 당선 영화 소설 「애련송」 촬영 개시」, 《동아일보》(1937년 10월 29일), 5면 참조) 1936년 전후 조선의 문학계(영화계)에서 시나리오의 형식은 현재의 시나리오 형식과 상이했는데, 1936년 동시기에 《삼천리》에 게재된 시나리오 「오몽녀」(게재 당시 제목 '신작 영화 오몽녀')는 줄글이 포함되고 #이 없는 독물의 형태로 게재되었다. 말하자면, 《동아일보》에 게재된 「애련송」과 유사한 형태였다. 반면 1938년 《삼천리》(10권 5호)에 게재된 「무정」의 시나리오는 현재의 시나리오 체제와 거의 흡사한 형식을 담고 있다.(김남석, 「1930년대 시나리오의 형식적 특성과 변모 과정 연구」, 《현대문학이론연구》 44집(현대문학이론학회, 2011), 112~125쪽 참조) 영화 소설 「환무곡」의 형식적 위치는 「오몽녀」와는 유사하고 「무정」보다는 덜 정제된 상태였다. 바꾸어 말하면 「환무곡」은 「오몽녀」에서 「무정」의 시나리오 형식으로 나아가는 도정에서 창출된 작품(형식)이었다. 따라서 「환무곡」에서 「애련송」으로의 변모는 기본적으로 윤색이고 각색이지만, 동시에 시나리오 형식의 형식적 발전이라고도 하겠다. 이러한 형식적 발전은 1936~1938년의 시점에서 시나리오(형식)에 대한 형식적 정리가 이루어졌다는 기존 학계 의견을 확인시킨다. 이러한 전후 사정을 고려할 때, 「환무곡」은 영화 시나리오의 원형을 간직한 시나리오 대본으로 간주할 수 있고, 각색 대본 「애련송」은 영화 촬영을 위한 현장 촬영 대본으로 간주할 수 있다.

으로 영화화되었다.[6] (시나리오의 창작 연대를 1960년대로 간주) 또한 「역마」는 1967년 ㈜합동영화 제작, 김강윤 감독, 김승호·신성일·남정임·조미령 주연으로 영화화되었는데,[7] 이 작품의 원작은 김동리의 동명 소설이었고, 각색은 최금동과 김강윤이 공동으로 맡았다.(최금동의 기여분을 인정하여 최금동의 시나리오에 포함하여 논의를 전개한다.)

마지막 선별 작품은 최금동의 형식적 원숙미가 묻어 나오는 마지막 작품 「중광의 허튼소리」이다. 이 작품은 내용적·형식적 파괴가 돋보이는 작품인데, 이로 인해 최금동이 데뷔 이후부터 연계하여 발전시킨 형식 미학의 귀결점을 확인할 수 있는 작품이다. 따라서 작가 의식의 변모 과정을 확인하는 유효한 참조 지점이 될 전망이다.[8]

「애련송(환무곡)」에서 시작하여 1960년대 「에밀레종」과 「역마」를 거쳐 그의 시나리오 형식 미학은 변모를 거듭하는데, 이러한 변모는 시대의 변화뿐만 아니라 그의 작법 기술과 세계관의 변화도 포괄하고 있다. 따라서 이를 관찰하기에 이 4~5작품의 존재는 그 유효성을 갖추고 있다고 판단된다.

2 최금동 시나리오의 미학적 특징과 그 변모 양상

단선적 플롯에서 회상의 플롯으로

「애련송」은 기본적으로 단선적 플롯에 의거한 시나리오이다. 이 작품은 오프닝 신(opening scene)부터 '이철민'과 '안남숙'의 연애를 전면화하고 있고, 오프닝 이후의 플롯에서도 두 사람의 '사랑'에 초점을 맞추어 사건을

---

6)   한국영화데이터베이스(http://www.kmdb.or.kr/) 참조.

7)   한국영화데이터베이스(http://www.kmdb.or.kr/) 참조.

8)   「환무곡」은 《동아일보》 연재본을 저본으로 하고, 「애련송」·「에밀레종」·「역마」는 영화진흥공사에서 편천한 시나리오 전집을 저본으로 하며, 「증광의 허튼소리」는 커뮤니케이션북스 출판사에서 간행한 간행본을 저본으로 삼는다. 자세한 서지 사항은 해당 지면에서 공개하기로 한다.

전개하고 있다. 두 사람을 주요 인물로 간주한다면, 기본적으로 이 작품은 두 사람의 '연애'에 초점을 맞추고 관련 서사를 구축한 작품이다.

하지만 이철민과 안남숙이 헤어져 있는 기간에는 장면들이 별도의 연쇄로 구성되기에 이른다. 안남숙이 겪는 결혼에의 압력과 그녀 부친의 사연(청구 학교 경영과 재정적 위기)이 결합되면서 이 작품에서 하나의 중심 플롯을 형성하고, 이철민의 유학과 귀국 과정이 이러한 플롯과 평행하게 진행되는 또 하나의 플롯을 형성한다. 두 개의 플롯이 형성되는 까닭은 「애련송」이 두 연인의 이별을 부각하려는 의도를 다루고 있기 때문인데, 이 작품에서 이별 대목은 상당한 분량과 비중을 차지하고 있다.

그러니까 「애련송」은 '이철민과 안남숙의 만남(도입) → 안남숙의 결혼과 이철민의 유학(전개) → 안남숙과 이철민의 재회(결말)'라는 전체 구조를 형성한다. 이러한 구조는 플롯의 양분화, 즉 두 인물의 개별 상황을 보여 주는 사건 전개가 상호 교차하여 문면(화면)에 나타나는 양상을 보인다. 안남숙의 아버지가 처한 청구 학교의 상황, 이를 미끼로 다가오는 강필호의 접근, 그리고 안남숙과 강필호의 결혼 관련 서사는 일련의 과정을 형성하며 메인 플롯을 형성하는 셈이다.

반면 안남숙의 상황에 따라 유학을 떠났던 이철민이 급거 귀국하고, 결혼식장에 나타나고, 실연의 아픔을 딛고 일어나기 위해 방황하는 서브 플롯이 형성된다고 하겠다. 메인 플롯에 해당하는 장면들과 서브 플롯에 해당하는 장면들은 상호 교차되며 작품의 중반부를 이루고 있다.

다만 이러한 사건 전개는 사실 미시 서사의 차원에서는 양분된 양상이지만, 거대 서사의 차원에서는 하나의 이야기로 간주될 수 있다. 주목되는 점은 이러한 두 개의 서사(메인 플롯/서브 플롯)가 거대 서사를 이루는 방식에서 교차 편집(cross cutting) 혹은 평행 편집(parallel editing) 효과가 자연스럽게 구현된다는 점이다.[9] 다만 두 개의 서사가 생성해 내야 하

---

9)　평행 편집(평행 구조)이란 두 개 이상의 서사가 영화적으로 상호 교차하여 문면(화면)에 재현되어 플롯의 외적 통일성을 이룩하는 영화 문법을 가리킨다.(김용수,『영화에서의 몽

는 템포나 리듬까지 고려된 것은 아니며, 나아가서는 이러한 이중 플롯(double plot)이 창출하는 영화적 구조(문법)까지 계산된 것은 아니었다. 따라서「애련송」의 서사 구조는 단선적인 서사의 장면적 분할로 상정할 수 있으며, 아직은 미학적, 형식적 장면 배열과 구축의 단계에 정교하게 도달했다고 판단하기 어려운 수준이었다.

다만 이러한 플롯 구성은「에밀레종」에서도 동일하게 나타난다는 점에서 주목을 요한다. 백제 고란사를 떠난 참마루[眞宗郞]의 행적과 사건에 따라, 작품의 전체 장면들은 단선적 진행을 보인다. 다만 이러한 참마루의 플롯(메인 플롯)과 평행하게 두 사람의 이야기가 나란히 진행되는데,(두 개의 서브 플롯) 하나는 부여에 두고 온 금아(琴娥)의 플롯(금아가 참마루를 따라 신라로 오면서 두 개의 플롯은 서로 접근한다.)이고, 다른 하나는 서라벌에서 만난 공주의 플롯이다. 두 여인의 플롯은 참마루의 행동(사건)에 종속되어 작품 내부로 스며든다.

가령 참마루가 종을 만드는 제작장을 멀리서 바라보는 금아의 시선이나, 참마루를 만나기 위해서 방문하는 공주의 행동 등이 그러하다. 그녀들의 플롯(서브 플롯)은 참마루와 크게 분리되지 않으며, 경우에 따라서는 참마루에 플롯(메인 플롯) 속에 합류시킬 여지도 상당하다고 하겠다. 따라서 '안남숙-이철민의 연애담'(거시적 의미에서의 선조적 플롯)과 차별화된다고 할 수 없으며, 다만 '금아-참마루-공주'라는 삼각 구도를 이루고 있어 기본적으로 플롯이 세 개로 늘어난 인상을 준다는 차이점만 인정할 수 있다.

최금동의 이러한 플롯 구성 방식은 1960년대 이전까지 영화 시나리오에서 일반적으로 답습되는 플롯 구성 방식이다. 이러한 플롯 구성 방식은 이야기의 차별성을 살려 낼 수 있는 대체 방안을 필요로 하는데, 1960년대 문예 영화의 등장은 이러한 플롯 구성의 정형성에서 벗어나는 계기를

타주 이론』(열화당, 1996), 161쪽 참조) 이러한 평행 편집은 자연스럽게 이중 플롯으로 이어지는 경우가 흔하다.

마련한다.

그중에서도 최금동의 「역마」는 회상 구조를 다양한 방식으로 사용하여 서사의 입체성과 인물의 다양성을 동시에 겨냥한 경우이다. 「역마」는 '성기'와 '계연'이 만나는 과정을 그리면서, 이와 흡사한 만남을 가졌던 몇 명의 사연(과거)을 포함시키고 있다. 성기의 어머니 '옥화'와 성기의 아버지 '법운', 옥화의 어머니 '소향'과 '오동운'(오동운은 계연의 아버지이기도 하다.)이 그들이다. 그리고 넓은 의미에서, 법운의 아버지인 '혜초 화상'과 '이복누이'의 사연도 여기에 포함될 수 있다.

문제는 이러한 다양한 인물들의 사연을 영상미학적으로 보여 주는(보여 주도록 시나리오가 지시하는) 방식이다. 옥화와 법운의 사연, 그리고 오동운과 소향의 사연은 기본적으로 플래시백(flashback, 회상)[10]을 활용하고 있다. 즉 서브 플롯의 형성을, 기억에 의한 과거 시간의 현현 즉 시간의 이중화로 마련하고 있는 것이다.

16. 옥화네 집 앞(저녁)
추억의 실마리를 더듬듯 장터 쪽을 바라다보는 동운.
고조되는 풍악 소리.
카메라, 동운의 얼굴을 향하여 전진하면서

17. 광장(회상)(달밤)
사방에 횃불을 밝혀 놓고 광대들이 판을 벌렸다.
흰 두루마기에 부채를 든 젊은 날의 오동운이가 춘향전 이별가 대목을 부르고 있다.

　　동운　　　(진양조) 아이고 여보 도련님, 참으로 가실라요. 나를 어쩌고

---

10) 플래시백이란 과거 회상이 나타나는 장면이나 이러한 장면을 구현하기 위해 동원된 기법을 가리킨다. 플래시백은 진행 중인 사건의 원인을 설명하기 위해서 혹은 인물의 과거 상태를 현재화하여 그의 성격을 알려 주기 위해서 주로 사용된다.

가실래요. 인제 가면 언제 와요. 그마는 날이나 일러 주오.

구경꾼들 뒤에서 넋을 잃고 바라다보는 소향.[11]

(밑줄은 인용자)

화개장터 옥화의 집으로 흘러든 오동운의 상념 속으로 회상이 일어나면, 플롯은 젊은 시절 오동운과 소향의 사연을 재현한다. 기억 속에서 오동운은 소향을 만났고, 서로 간의 벽을 넘어 하룻밤 사랑을 나눈다. 더구나 오동운의 회상은 「춘향전」의 '이별가'라는 삽입 텍스트의 보조를 받아, 오동운과 소향이 사랑하는 남녀로 만나지만 결국에는 소향이 홀로 남겨질 것(오동운이 떠날 것)이라고 예고하고 있다. 이러한 예고는 나아가 성기와 계연의 만남으로도 확산될 수 있는데, 이러한 효과는 유려한 회상 구조에 기인한다.

24. 집 앞(달밤)

가야금 가락이 소낙비처럼 잦아져 높아 가면서

동운이가 방 앞으로 다가서자

뚝 끊기는 가야금 소리

25. 방 안 —— 현실(밤)

가물거리는 남폿불.

오동운이가 술잔을 기울이면서 방구석에 놓여 있는 가야금을 바라다보고 있다.

술상 옆에 비스듬히 옥화가 앉아 있고, 계연이는 가야금 옆 남폿불 그림자가 반쯤 비낀 바람벽에 붙어 앉아 있다.[12]

(밑줄은 인용자)

---

11) 최금동·김강윤, 「역마」, 『한국 시나리오 선집』(4권)(집문당, 1990), 123~124쪽.
12) 위의 책, 125쪽.

오동운의 회상은 장터와 풍악 소리에서 유발되지만, 그 끝은 옥화와 계연으로 끝맺음 된다. 오동운이 과거 상념에서 풀려나는 시공간인 '방안 — 현실(밤)'은 가물거리는 희미한 남폿불을 마주하고 있는 옥화의 집이다. 그곳에는 과거 인연으로 탄생한 딸인 '옥화'가 있고, 현재 키우고 있는 딸인 '계연'이 있다. 비록 이 시점에서 두 사람의 관계가 분명하게 확인되지는 않지만, "술상 옆에 비스듬히" 앉은 옥화와 "가야금 옆 남폿불 그림자"로 앉은 계연은 이러한 관계를 암시하고 있다.

그리고 이러한 관계가 결국에는 파국을 가져올 것을 암시하려는 듯, 계연의 그림자는 불안을 드러낸 채 바람벽에 간신히 붙어 있다. 오동운의 과거 회상은 오동운이라는 인물의 과거를 보여 주는(그래서 오동운의 정체에 대한 인상과 이미지를 전달하는) 기능을 수행하는 동시에 오동운의 과거가 가져올 미래의 사건을 예고하는 역할을 한다. 그 예고는 결과적으로 성기와 계연의 이별로 모아진다. 이렇듯 과거 회상은 과거의 남녀 사연을 보여 주면서, 성기와 계연의 인연을 풀어내는 하나의 실마리로 작용한다.

옥화와 법운의 과거 역시 옥화의 회상 속에서 공개된다. 옥화는 자신이 사랑했던 남자 법운을 회상함으로써 그에 대한 정보를 제공하게 된다. 구조적으로 옥화의 회상은 동운의 회상과 닮았지만, 동운의 회상이 옥화와 계연의 관계를 암시한다면 옥화의 회상은 법운과 성기의 유사성을 강조하고 있다. 법운이 옥화를 떠나듯 결국 성기 역시 옥화를 떠날 것이라는 미래를 예고한다고 하겠다.

「역마」에서 '회상'은 기본적으로 과거 서사를 현재의 서사에 접목시키는 역할을 한다. 그로 인해 오동운-소향, 옥화-법운의 과거와 얽힌 인연이 드러나고, 이로 인해 성기-계연의 앞날이 예고되는 효과를 거둘 수 있었다. 그 결과 다양한 인물들의 운명을 보여 주면서도, 그 공통성을 추출하여 성기의 운명 유전에 대한 관객의 공감을 높이려는 의도까지 담을 수 있었다.

과거 회상은 플롯의 입체성을 높일 수 있는 중요한 형식 미학이었기 때문에, 일찍부터 시나리오의 작법에서 중시되는 기법이었다. 따라서 회상 기법의 사용 자체만 놓고 판단한다면, 놀라운 것이라고는 할 수 없다. 하지만 당시 한국의 시나리오(사)에서는 '회상'을 잃어버린 이야기를 보충하거나 정보를 보강하는 기능에 국한하여 한정적으로 활용하고 있었기 때문에, 「역마」의 과거 회상이 기존의 서사 관습과 한계를 극복하는 계기가 된 것만은 분명하다고 하겠다. 이러한 기법적 진전이 가능했던 이유 중에는 회상을 단순한 과거 사연의 공개가 아니라, 플롯의 입체성을 북돋우고 인물의 다양성을 확대하는 장치로 기능하도록 유도했기 때문이다.

실제로 이러한 회상은 1960년대 후반 문예 영화의 중요한 미학적 특질 가운데 하나였으며, 최금동 시나리오 작법에서도 중대한 발견에 해당했다. 특히 단선적이었던 플롯이 사건 전개에 필요한 다양한 보충적 지선(支線)[13]을 갖춘 플롯으로 변모할 수 있었고, 그러면서도 플롯의 다양한 지선들이 공통적 목표(떠남과 운명)를 지향할 수 있는 방법을 찾을 수 있었다는 점은 주목되지 않을 수 없다.

「역마」 이후 최금동의 시나리오에서 '회상'은 주요한 플롯의 요인이자 전략으로 작용하는데, 「중광의 허튼소리」에서도 이러한 현상은 동일하게 관찰된다. 다만 회상 기법이 이미 보편적으로 사용되는 서사 전략이기 때문에, 「중광의 허튼소리」에서의 효과가 기존 전략을 뛰어넘는 획기적인 것이라고는 말할 수 없다. 다만 이 시나리오 곳곳에 드러나는 중광의 과거(회상)는 중광이 기행을 펼치면서 세속의 윤리와 종교의 법도를 넘어서려는 이유를 설명하는 근거가 된다.

비록 이러한 과거 회상을 통해 중광의 내면이 속속들이 설명되었다고는 할 수 없지만, 회상된 과거는 독자(관객)들에게 중광의 상처와 고독 그리고 그 내면에 간직한 인간에 대한 연민을 보여 주는 심상치 않은 역할을 한다. 중광에 대해 명확하게 재단하여 그 성격을 제시하지 않거나 분명하

---

13) 폴커 클로츠, 송윤엽 옮김, 『현대희곡론 — 개방 희곡과 폐쇄 희곡』(탑, 1981), 173~183쪽 참조.

게 설명하려 하지 않음으로써 중광에 대한 객관적 판단을 관객에게 맡기는 이 시나리오에서 이러한 회상 기법은 전체적인 창작 의도를 상당한 수준으로 뒷받침한다고 해야 한다. 따라서 이 작품에서 회상 기법은 내면과 비밀 그리고 이해를 돕는 일정한 장치에 머물렀다고 볼 수 있는데, 명징한 해설의 기능에서 벗어난 점은 주목해야 할 점이라고 하겠다. 회상이 확정적 해석으로 고정되는 것이 아니라 독자 판단의 근거로 유동적으로 활용되는 것도 이러한 회상의 제한적 역할 때문이다.

초기 시나리오뿐 아니라 1960년대 전반에 이르기까지 최금동의 시나리오는 선조적 단일 플롯을 고수하려는 성향이 강했다. 남녀의 연애담을 기조로 삼았기 때문에, 헤어짐(이별) 대목에서는 플롯의 양분 효과(삼각관계인 경우에는 삼분 효과)가 창출되었지만, 이는 넓은 의미에서 보면 단선적 양상으로 간주될 여지도 농후했다. 플롯의 입체성이 떨어지고 주요 인물에 대한 의존도가 높아, 실제로는 플롯이 승한 작품이 아니라 인물이 승한 작품 구조를 이루었다고 하겠다.

문제는 이러한 인물들, 가령 「애련송」의 '안남숙'이나 「에밀레종」의 '참마루'의 내면을 훑는 방식이 부족했고, 플롯의 도움으로 이러한 문제를 해결할 수 있는 방안도 마련되지 못했다는 점이다. 이러한 문제점을 일정 부분 해소하는 시점은 「역마」 각색 시점이었다. 원작을 참조, 변용, 첨가하여 각종 사건의 지선을 플롯 속에 삽입하는 작업은, 다양한 인물들의 과거와 내면을 담아내려는 고민으로 이어졌다. 이 작품에서 회상은 인물들의 이야기(사연)를 압축하여 주도적 사건 진행의 틀 속으로 밀어 넣을 수 있는 효과적인 장치였던 셈이다.

1960년 이전의 최금동이 아크 플롯(Arch plot)에 침윤된 구조를 구사하는 데에 익숙했다면, 「역마」에 접어들면서 다양한 인물들의 삶을 미니 플롯(Mini plot, 미니멀리즘)의 형태로 구현할 수 있는 가능성과 여지를 발견하게 되었다. 아크 플롯이란 서사상으로 제기된 문제에 대한 대답이 완료되는 닫힌 결말과, 한 사람의 주인공, 주인공과 외부적 세계와의 갈등, 그리고 역동적으로 욕망을 추구하는 활동적인 주인공의 성격을 특징으로 하는 플롯이다. 이에 반해 미니 플롯은 이야기를 통해 제기된 문제의 모든 대답이 제기되지도 않고, 등장인물 역시 다수이며, 외부 세계와의 갈등보다는 그로 인해 발생되는 주인공의 내면적 갈등에 초점을 두는 경우가 많은 유형의 플롯이다.[14]

1960년대부터 한국 영화의 시나리오는 이러한 미니 플롯의 단초를 드러내기 시작하는데, 「역마」 역시 이러한 단초에 해당하는 작품이다.[15] 오동운, 소향, 법운, 옥화, 성기, 계연 등 다양한 인물의 삶과 운명의 유전이 압축되어 표현되었다는 점에서 다수의 주인공이 등장하고 있고, 그들 삶의 상당 부분은 베일에 가려 있으며, 내면의 충동과 갈등이 주요하게 묘사되는 점에서 그러하다고 하겠다.

하지만 다수의 주인공이 등장하는 상황에서도 혜초-성기로 이어지는 근친상간의 맥락, 오동운-법운-성기로 이어지는 유랑의 운명, 소향-옥화-계연으로 이어지는 이별(기다림)의 수용과 체념의 정서는 이러한 인물 군상을 특정한 속성으로 묶어 주는 주요한 공통점에 해당한다. 많은 인물들이 각자의 이야기를 펼쳐 내지만, 그들의 삶은 구조적으로 닮은꼴의 모습을 공유하고 있는 셈이다.

이러한 공유점은 회상 기법의 활용과 의의를 강화한다. 더구나 회상을 통해 정보를 전달하려는 일차적 목적에서 벗어나 플롯의 유기적 연결 효과와 미래에 대한 예고 효과를 동시에 구현하면서 회상 기법 자체가 미학적 특질로 격상될 수 있었다. 최금동의 시나리오 세계에서 일종의 변화가 일어난 것이고, 이러한 변화는 이후 최금동 시나리오를 윤택하게 만드는 힘으로 작용하게 된다.

---

14) 아크 플롯과 미니 플롯의 개념에 대해서는 다음의 저서를 참조했다.(로버트 맥기, 고영범·이승민 옮김, 『시나리오 어떻게 쓸 것인가』(황금가지, 2002), 72~83쪽 참조).

15) 김남석, 「1960~1970년대 문예 영화 시나리오의 형식 미학 연구」(고려대 박사 학위 논문, 2003).

관능미(官能美)의 심화에서 무화로

최금동 시나리오가 일관되게 추구한 소재는 의외로 '연애'다. 오영미는 최금동의 시나리오가 '민족의식이 돋보이는 역사적 사건과 위인'을 다루고 있거나 '실존 인물을 통한 사회 고발성 소재' 혹은 '인간 승리 소재' 등을 취급하고 있다고 정리한 바 있다.[16] 이러한 주장에도 일리가 없지 않고, 또 전체적인 작품 맥락에서 살펴보면 일면 타당한 측면이 인정된다. 그럼에도 최금동 시나리오의 공유점이자 장점으로 관능미를 꼽는 것을 주저할 필요는 없다. 최금동은 시나리오를 통해 연애에 대한 관심을 표출하려는 노력을 숨기지 않았기 때문에, 연애의 서사를 통해 드러나는 관능미는 중요한 관찰 대상이 되지 않을 수 없다.

최금동의 데뷔작 「환무곡」은 바이올린을 전공하는 음악가와 그를 사랑하는 여인 사이의 만남과 이별을 다루고 있는 작품이다. 남자 음악가 이철민은 연인 안남숙을 사랑하지만 자신의 꿈을 위해 유럽(독일) 유학길에 오르고, 그 사이에 홀로 떨어져 있던 여인 안남숙은 아버지가 경영하는 학교의 재정난을 해결하기 위해 사업가(재벌)와 원하지 않는 결혼을 결심하게 된다. 이 소식을 들은 이철민은 유학을 포기하고 급거 귀국하는 용단을 내리지만, 자신이 사랑했던 안남숙이 타인의 아내가 되는 것을 막을 수는 없었다. 이에 이철민은 음악가로서의 미래를 포기하고 자포자기의 길을 걷고, 안남숙 역시 사랑 없는 결혼에 환멸을 느끼다 결국 수도원에 몸을 의탁한다.

이러한 남녀의 연애(이별) 사연은 사실 상투적인 이야기에 해당한다. 더구나 이 작품은 데뷔작이었기 때문에 기법상으로도 미숙했고 또한 낭만적 정취에 지나치게 몰입하여 작가의 의도를 제대로 농축하지 못한 약점도 분명 산견된다. 이러한 문제점에도 불구하고 이 작품이 주목되는 이유 중 하나는 이 작품에 최금동이 생각하는 연애관이 도발적으로 그려져 있

---

16) 오영미, 「최금동 시나리오 연구」, 《드라마연구》 35집(한국드라마학회, 2011), 272쪽 참조.

기 때문이다.

이철민과 안남숙은 몽금포에서 휴가를 즐기게 되는데, 이때 두 사람은 정신적인 연애의 경지를 넘어서 육체적인 합일을 요구하는 자신들의 욕망을 확인하게 된다. 남녀의 육체적 욕망은 몽금포를 떠나기 전날 밤에 폭발적으로 분출되는데, 이 작품은 이러한 성애의 표출을 비교적 대담하게 묘사하고자 했다. 「환무곡」의 설정을 이어받은 「애련송」에서 해당 대목을 발췌해 보자.

암초

파도치는 바위 위에 쓰러져 있는 철민이. 죽은 듯이 움직이지 않는다. 어느 섬에서인지 등대가 깜박인다. 얼마가 지나서야 철민은 힘없이 몸을 일으켜 바이올린을 턱에 고인다. 바이올린의 선율이 적막한 바다로 가늘게 가늘게 퍼져 나간다. 그의 팔과 몸이 함께 달아오르고 보우에 달빛이 번쩍번쩍 미끄러진다. 차츰차츰 그의 얼굴은 흥분에 타오르고 그의 두 눈은 더욱 열정에 빛났다. 혼과 몸이 바이올린과 함께 미쳐 버린 철민의 앞에 "철민씨!" 하고 떨리는 소리와 함께 하얀 손이 철민의 팔 위에 놓이자, (중략) 이대로 얼마가 흐른다. 솨 — . 솨 — . 솨 — . 콰르르르……, 콰르르르…… 모래밭에 얼싸안은 두 사람의 그림자가 뚜렷이 던져 있다. 구름 사이로 달이 흐른다. 달은 다시 구름 밖으로 헐레벌떡거리며 내닫는다.[17]

몽금포 해변에서의 두 사람의 만남은 표면적으로는 '헐레벌떡거리며 내닫는' 구름의 모습으로 종료된다. 그 이후에는 현실과 일상으로 돌아간 두 사람과 그 주변의 모습이 포착되면서, 위의 장면 '#암초'는 다양한 해석을 남기며 표면적으로는 그날 밤의 여운으로 남게 된다. 그럼에도 위 장면의 의미는 비교적 명확하다고 할 수 있다. 두 남녀는 암초로 나와 만나기 전

---

17)   최금동 원작, 이효석 윤색, 「애련송」, 『한국 시나리오 선집』 1권(집문당, 1982), 219~220쪽.

까지 상대에게 향하는 육체적 욕망을 통제하기 어려운 상황이었고, 이로 인해 두 사람의 성교는 심정적으로 예고되었다고 할 수 있다.

주목되는 바는 이 작품의 초안을 작성할 당시 최금동의 상황이다. 그는 비교적 어린 나이였고, '불전' 3학년에 재학 중인 학생이었다. 더구나 이 작품의 창작 동기나 집필 과정에는 헤어진 첫 사랑 '김명희'의 사연이 깊게 결부되어 있었다. 그가 털어놓은 첫사랑의 사연을 보면, 최금동과 김명희가 헤어지는 이유는 최금동의 당시 상황, 그러니까 외로운 처지, 어려운 가세, 불투명한 앞날 등에서 기인했다.[18]

최금동은 하숙집에서 김명희를 만나 그녀를 연모했지만, 김명희 집안의 반대와 불안전한 당시 상황으로 인해 그녀와의 인연을 이어 가지 못했다. 김명희의 모친은 자신의 딸과 최금동의 연애를 반대했을 뿐만 아니라, 김명희를 부잣집 소실로 넘기려 했다. 이에 불응한 김명희는 스스로 해외(모란강)로 팔려 가는 자포자기의 선택을 감행했다고 알려졌다.

「애련송」을 보면, 안남숙이 자신의 몸을 팔아 아버지의 학교를 살려 내는 사연이 포함되어 있다. 이러한 사연은 자신의 몸을 팔아야 했던 김명희의 모티프와, 딸을 팔아 일신의 안녕을 도모했던 김명희 모친의 모티프를 축약 합성한 결과로 보인다. 더욱 충격적으로 다가온 사연은 그 이후의 사연이다. 김명희와의 실연에서 한동안 헤어나지 못했던 최금동은 인천으로 거처를 옮겨 새로운 출발을 다짐하게 된다. 그때 계기가 된 사건이 동아일보사에서 공모한 시나리오(영화 소설) 집필이었다. 시나리오 집필을 통해 재기를 모색하던 중, 집필 원고지를 사기 위해 시내 조지아〔丁字屋〕백화점에 나갔던 최금동은 모란강으로 팔려 갔다던 김명희를 만나게 된다. 이 재회는 최금동 스스로 '넋이 나가서 어쩔 줄 모르는' 상황으로 술회할 정도로 깊은 충격을 주는 사건이었다.

더구나 이 재회는 무수한 억측을 낳을 수 있는 상황을 창출했다. 만주

---

18) 『이영일의 한국 영화사를 위한 증언록』(소도, 2003), 227~229쪽.

로 팔려 갔다는 김명희가 경성 한복판에서 버젓이 살아가고 있다는 추측은, 곧 '그(최금동)'가 알고 있는 사실이 실은 거짓일 수도 있다는 의심을 불러일으키기에 충분했다. 이러한 실연과 재회, 팔려 가는 사연과 그 사연에 대한 의혹에 이르는 이러한 일련의 상황은 시나리오 창작 집필 작업에 투여되었고, 이철민의 실의와 때늦은 재회 그리고 팔려 가는 안남숙 모티프와 이에 대한 분노로 변주되어 작품 내에 주요 모티프로 삽입되었다.

이러한 일련의 연애 플롯을 감안하면, 암초 장면의 묘사는 대담한 설정이라고 하겠다. 다시 말해서 육체적 관계를 전제하면서도, 그 인연을 파기하는 플롯은 관능미를 북돋우고 강화하는 형식으로 활용되었다고 간주해도 무방할 것이다.

관능미의 표출은 1960년대에도 다양한 방식으로 변주되었다. 그중에서도 「에밀레종」은 「애련송」의 밀애 장면을 연상시키는 장면을 포함하고 있다. 부소산 고란사에서 종을 만드는 참마루는 제작 과정에서 미망인 금아와 만남의 기회를 갖게 된다. 남편의 극락왕생을 축원하는 금아는 차츰 종장인 참마루에게 연정을 품게 되고, 참마루 역시 금아에게 향하는 마음을 좀처럼 떨쳐 버리지 못한다.

「에밀레종」의 도입부, 그러니까 #3에서 #20까지의 일련의 신들은 이러한 연정과 욕망에서 벗어나기 위해 몸부림치는 두 남녀의 상황을 그리고 있다. 특히 적극적인 구애를 펼치는 금아를 피해, 승려의 도리를 지키고자 노력하는 참마루의 노력이 부각되어 있다. 하지만 두 사람은 끝내 자신들의 욕망을 주체하지 못하고 숲속에서 만나게 된다.

    # 21. 다른 숲속
    허둥지둥 내닫는 참마루. 법의 자락이 갈기갈기 찢겨져 나가고 손등에서는 피가 흐른다. 씩씩거리며 내닫는 참마루 — 칡넝쿨에 걸리어 나가 뒹군다. 어깨를 들먹이며 넘어져 있는 참마루. 그의 머리와 어깨에 흔들리는 나

무 그림자. 움직일 줄 모르는 참마루의 머리 위에서 애원하는

소리　　　스님!

참마루　　……

<u>백옥같이 흰 손길이 참마루의 어깨에 얹혀 진다. 그제야 꿈틀거리는 참마</u><u>루. 벌써 얼굴을 쳐들고 금아를 노려본다. 노려본 채 일어서서 뒷걸음질을</u><u>친다. 눈물에 흥건히 젖은 금아의 얼굴이 앞으로 다가온다.</u> (중략) 왁칵 참마루의 품속에 뛰어드는 금아. 흑! 흐느끼기 시작한다. 사뭇 설레이는 숲속 — 획 — 바람이 지나간다. 두 사람의 발쿠리에 하나씩 떨어지는 금아의 머릿단과 비녀. 그리고 참마루의 단주, 은장도, 찢어진 장삼…… 더욱 설레는 드높은 나뭇가지들. 달빛도 구름 속으로 숨어 버리고 숲속은 한동안 어둠이 날개를 편다. 화려 열락의 음률이 천지에 가득한 가운데……[19]

(밑줄은 인용자)

성애의 과정과 쾌락을 형상화하는 방식은 「애련송」과 크게 다르지 않다. 남자의 고뇌 → 도피성 질주 → 여자의 도착 → '하얀 손'으로 대변되는 구애 행위 → 성애의 묘사(간접적인 형상화)의 과정이 동일하게 나타나고 있기 때문이다. 이것은 연애에서 구애로 그리고 육체적 성교로 나아가는 일련의 '행동 연쇄'[20]가 당대 영화적 표현 방식을 빌려 관객들의 무의식에 도달하는 과정이라고 할 수 있다.

남녀 간의 연정과 성애로서의 욕정은 밀접하게 연관되어 있지만, 이를 형상화하는 방식으로서의 영화적 설정은 일정한 관례(당대의 무의식적 규범)를 따르고 있었다고 해야 한다. 남녀의 성행위를 표현하는 방식에서 남자의 인내와 여자의 행동을 일종의 패턴으로 보여 주면서, 관능미를 확대

---

19) 최금동, 「에밀레종」, 『한국 시나리오 선집』 3권, 126쪽.

20) 에드워드 홀은 이러한 행동 연쇄가 일종의 문화적 패턴이라고 진단하고 있으며 이에 따라 사회 구성원들 사이의 문화적 맥락이 차별적으로 나타난다고 정리한 바 있다.(에드워드 홀, 최효선 옮김, 『문화를 넘어서』(한길사, 2013) 참조)

생산하려는 의도를 짙게 드러냈다. 이것은 당시 영화가 취하고 있었던 문화적(제작, 관람) 관습으로 이해해도 좋을 것이다.

다만 최금동은 이러한 문화적 관습을 어기지 않으면서도, 그 내부에서 관능미를 극대화하려는 여러 모색을 삽입했다. 특히 「에밀레종」에서는 금아의 구애를 한층 적극적으로 표현함으로써(금아의 구애는 참마루와 비교해서도 적극적이지만, 동일한 위치에 있었던 안남숙과 비교해도 한층 적극적이라고 할 수 있다.) 내면적 갈등을 겪고 있는 참마루의 심리를 증폭시키려 했고, 이로 인해 참마루의 의도적 도피(질주)는 더욱 격정적인 성애를 부추기는 결과를 야기했다.

하지만 같은 1960년 작이라도 다소 시간이 지난 후에 발표된 「역마」에서는 관능미의 표출 양상이 다르게 나타난다. 계연을 만난 성기는 한눈에 그녀에게 끌리지만, 간접적인 호의만을 베풀 뿐 오히려 그녀를 멀리하는 인상을 준다. 함께 앉아서 밥을 먹게 되는 상황에서도 계연이 떡을 먹는 모습을 타인의 시선으로부터 가려 주는 역할에 전념하거나, 그녀가 좋아하는 물건은 넌지시 전하면서도 그 밖의 말은 일체 삼가는 무뚝뚝한 모습을 견지한다. 그러다가 칠불암에 동행하면서 이러한 성기의 내면에 웅크리고 있던 애욕이 불현듯 표출된다.

그 계기는 나무에 오른 계연의 하반신이 성기의 눈에 노출되면서 시작되는데, 시나리오는 이 장면에서 카메라의 시선과 위치를 다음과 같이 지시하고 있다.

성기   치켜보다가 얼른 외면한다.
계연   아이고 어쩔 것이여.
다시 쳐다보는 성기.
그가 보는 눈으로 활짝 걷어 올린 베치마 속에 정강마루까지를 채 가리지 못한 짤막한 베고의가 휘언한 햇살을 받아 그 안의 죽 뻗은 허벅다리까지 뽀얗게 비친다.[19]

「역마」에서 관능미는 점차적인 카메라 워크를 통해 점진적으로 노출되기 시작한다. 계연의 경우를 예로 들면, 처음에는 하반신이 노출되고, 성기와의 가벼운 입맞춤이 이어지며, 폭포 장면에서는 물에 젖은 여인의 신체가 드러나면서 적극적인 성행위가 촉발된다. 하지만 중도에 계연이 정신을 잃고 쓰러지는 바람에 육체적 욕망은 완전히 실현되지 못하고 중단되는데, 이러한 중단으로 인해 「역마」 내에서 성기와 계연의 육체적 욕망은 관능미를 지속하는 효과를 거두고 있다.

사례를 오동운과 소향, 혹은 법운과 옥화의 경우로 확대하면, 이들은 짧은 만남과 폭발적인 성애를 통해 '성기-계연' 연인들과는 다른 양태로 성적 욕망을 표출한다고 할 수 있다. 따라서 세 쌍의 연인들은 서로 다른 형태의 관능미를 형성하면서, 이 작품의 분위기를 조율하는 기능을 담당하게 된다.

'성기-계연'의 관능미는 앞 작품에 해당하는 '철민-남숙'이나 '참마루-금아'의 관능미와도 차별화된 양태를 고수하므로, 이에 대해 논의할 필요가 있겠다. 앞의 두 경우에서 여성의 구애가 성행위를 촉발시키고 이로 인한 육체적 합일은 간접적으로 처리되는 방식을 고수하는 데에 비해, 성기-계연은 신체의 점진적인 노출과 이를 통해 관객의 기대감 상승을 계산하는 효과를 유발하고 있다.[22] 하지만 결과적으로는 성애의 거부와 무산(이별)을 통해 관능미의 지연 효과까지 동반하고 있다.[23]

이러한 변화에서 원작이 주는 영향을 전면적으로 배제하기는 힘들지만, 각색 과정에서 창의적으로 첨가된 각종 모티프와 사건을 감안할 때 관능

---

21) 최금동·김강윤, 「역마」, 『한국 시나리오 선집』 4권, 142쪽.

22) 영화 문법에서 관련 정보를 파편화하고 이를 플롯의 진행과 함께 점진적으로 제공하는 효과는 영화에 대한 집중력과 흡입력을 높이는 중요한 장치다.(스테판 샤프, 이용관 옮김, 『영화 구조의 미학(*The Elements of Cinema*)』(울력, 2008) 참조.

23) 김동리의 원작 소설에서 계연과 성기는 근친상간을 범하고 헤어지지만, 최금동의 각색 시나리오에서는 근친상간이 행해지지 않는다. 그것은 고의로 성애의 표현을 지연 혹은 차단하는 효과를 노렸다고 볼 수 있다.

미의 점진적 노출과 절제된 지연 효과는 분명 최금동이 의도한 미학적 특징이라고 할 수 있다. 이러한 효과는 성기와 계연의 결별을 운명적인 것으로 만드는 동시에, 그 과정에서 동반되는 안타까움을 증대하는 효과를 겨냥하고 있다고 하겠다.

최금동의 마지막 작품 「중광의 허튼소리」는 다양한 성애의 장면을 보다 직접적으로 구현했다는 점에서 파격적인 행보를 보이는 사례에 속한다. 과거의 관능미는 영화상의 관습적 노출 수준에 따라 일정 부분은 의도적으로 회피된 측면도 없지 않았지만, 「중광의 허튼소리」에서는 중광의 기행이라는 주제적 측면으로 인해 강도 높게 허용될 여지를 안고 있었다.

가령 중광이 손정희를 대동하고 방문한 여인숙에서 창녀와 섹스를 나누는 사건이나, 지체 부자유자 '꼽추' 여인의 육체적 갈증을 해갈하는 모티프는 이 작품의 성애 의식이 적나라하게 설정되었음을 보여 주는 대표적인 광경이다. 실제로 이러한 장면이 시나리오의 의도대로 장면화되지는 못했다고 할지라도, 시각적 검열에서 풀려나온 듯한 '해방'의 의의를 담고 있는 것만은 분명하다. 더구나 여인숙에서 치러진 섹스에서 옆방에 '손정희'(중광이 정신적으로 사랑했던 여인)를 투숙시키는 설정은 간접적인 염탐의 상황을 연출하여 관능미를 구현하면서도, 이를 정신적 자유로움의 경지로 확장하려는 의도도 함께 담고 있었다. 즉 '볼거리로서의 섹스'를 넘어서는 육체 묘사를 이룩하려는 작가의 의도가 투영된 장면이라고 볼 수 있다.

정리하면 자신의 시나리오 내에서 일관된 연애 → 구애 → 성애의 패턴에서 벗어난 작품이 「역마」였다면, 이러한 기법적 문제를 넘어 대승적인 주제 의식을 뒷받침하기 위해서 거침없는 구애 ― 성애 장면을 노골적으로 도입한 작품이 「중광의 허튼소리」였다고 할 수 있다. 섹스의 과도한 노출을 통해 오히려 그 관능미를 무화시키고 새로운 차원의 전언으로 바꾸려는 자구적 노력이었다고도 할 수 있다.

예능(기예)의 삽입과 배치에 담긴 의미 변화

전술한 대로, 「환무곡」의 남녀 주인공은 음악가로 설정되었다. 남자 이철민은 바이올리니스트이고, 여자 안남숙은 Y여전에 재학 중인 음악도이다. 그로 인해 안남숙은 독창회를 열어 뭇 남성들의 마음을 설레게 만들기도 하고, 자신의 괴로운 마음을 피아노 연주에 담아내기도 한다.

최금동이 「환무곡」을 최초로 집필할 때에도 이러한 설정은 존재했고, 그로 인해 윤색본 「애련송」에서도 남녀 주인공의 설정은 그대로 이어졌다. 그 결과 이철민의 바이올린 연주와 안남숙의 소프라노 독창은 시나리오 「애련송」의 오프닝 신(opening scene)에서부터 중요한 관람 요소(볼거리)로 등장하고 있다.

1960년대 최금동의 시나리오 「에밀레종」은 한국의 전통 공예와 공연 예술을 다양하게 함축한 작품이었다. 주인공 참마루는 종을 제작하는 명인으로 시나리오 곳곳에 종 만드는 과정과 절차를 설명하는 장면이 자연스럽게 삽입되어 있었다. 가령 오프닝 신에는 "수천수만의 온 세상 종이 한꺼번에 어울려 아득한 하늘가로부터 들려오는" 소리가 삽입되어 이러한 효과를 예고하고 있고, 클로즈업하여 "장미색으로 피어나는 아침 구름 속에 의젓이 떠오르는 검푸른 황동 범종"을 조명하여 시각적인 영상미도 강조할 것을 당부하고 있다.[24] 그런가 하면 종을 만드는 작업장인 공방을 배경으로 설정하여 일반인들에게 생소한 종 제작 과정을 보여 줄 수 있는 방법을 마련했다. 종을 만드는 공방을 돌아보는 카메라의 시선에 포착된 정경은 "종면에 연꽃 무늬를 그리고 있는 참마루. 그의 주위에는 흙으로 만든 크고 작은 종들이 10여 개나 놓여 있고—한쪽에서는 넓고 두터운 널을 깔고 둥그렇게 진흙을 쌓아올리기에 바쁜 십여 명의 공인들"을 포함하고 있다. 「에밀레종」은 종을 만드는 장인들의 사연을 다룬 작품이기 때문에, 필연적으로 종 제작 과정이 시나리오에 삽입되어 이를 관람

---

24) 최금동, 「에밀레종」, 『한국 시나리오 선집』 3권, 119쪽.

하는 이들이 그 과정을 파악할 수 있도록 장면을 배치하는 작업이 요구되었다고 할 수 있다.

또한 「에밀레종」은 신라의 전통 풍속, 즉 놀이 문화를 대거 옮겨 왔다. 그 중에는 씨름판과 활쏘기 등 현재까지 전래되는 전통 놀이(문화)를 옮겨 온 경우도 있었고, 승무처럼 1960년대 당시에도 그 가치를 인정받은 공연 예술도 포함되어 있었지만, 의외로 신라의 고유 문화로 치부되던 '회소곡'을 살려 내려 한 흔적도 있다.[25] 회소곡의 가사는 전하지 않지만,[26] 회소곡의 상황은 『삼국사기』 '유리왕 9년 조'에 전해 오는데, 최금동은 이를 활용하여 '삼실 뽑기 겨룸' 행사로 재창작했다. 비록 구체적인 장면은 오늘날의 길쌈을 응용한 것으로 판단되는데, 시나리오 장면으로 이러한 고대의 풍속과 기예를 연구하여 삽입하려 한 점은 주목되는 사안이 아닐 수 없다.

이외에도 최치원의 한시 「향악잡영(鄕樂雜詠)」 5수의 설정을,[27] 시나리오의 대사로 응용한 점도 주목된다. 「향악잡영」은 고대의 예능에 해당하는 '금환(金丸)', '월전(月顚)', '대면(大面)', '속독(束毒)', '산예(狻猊)' 등의 5기(五伎)를 다루고 있다. 최금동은 이러한 오기를 신라 왕실에서 벌이는 일종의 재주 겨룸으로 상정했고, 그래서 "아직도 겨룸할 무예는 금환 놀리기, 검무, 탈춤, 사자춤, 포구락……" 등의 대사를 창작 삽입한 바 있다.[28] 사실 최금동의 이러한 이해와 재창조는 엄격한 의미에서 올바른 해석이라고 할

---

25) 윤영옥, 「신라의 속(俗)과 시가(詩歌)」, 『신라문화제 학술 발표 논문집』(4)(동국대 신라문화연구소, 1938), 178~182쪽 참조.

26) 조선 시대 김종직의 『점필제집』(권3)의 『동도악부』에 악부시 「회소곡」이 기록되어 있다.(위의 책, 178쪽 참조)

27) 「향악잡영」은 『계원필경』과 『삼국사기』 '악지'에 수록된 시다. 이 시에 묘사된 다섯 개의 기예, 즉 5기는 비단 과거의 시문으로만 존재하는 특별한 기예라기보다는 이후 한국의 가면극이나 북청사자놀음 등의 기예로 변전 계승된 기예로 파악하는 것이 일반적인 견해다.(김학주, 「「향악잡영」과 당희와의 비교 고석」, 《아세아연구》(7권 2호), 고려대 아세아문제연구소, 1964, 134~141쪽 참조; 윤광봉, 「「향악잡영」 오수론(五首論)」, 《동악어문학》 14집(동악어문학회, 1981), 39~64쪽 참조)

28) 최금동, 「에밀레종」, 『한국 시나리오 선집』 3권(집문당, 1990), 134~135쪽.

수는 없지만,[29] 이러한 고대의 기예를 현대의 시나리오에 창작하여 삽입하려 한 의도는 대단히 창의적인 발상이라고 평가할 수 있다. 그 결과 원화들의 삼실 뽑기 겨룸(들)을 직접적으로 장면화하여, 고대의 예능을 영화상에서 선보이는 계기를 마련할 수 있었다.

이러한 최금동의 시도와 도전 사례는 「역마」에서 만개한다. 「역마」에는 다양한 전통문화의 예능과 그러한 예능을 펼쳐 내는 장면이 다수 포함되어 있다. 일단 도입부에서 성기가 화개장터에서 팔고 있는 서적들은 고전소설류로 "춘향전, 심청전, 유충렬전, 흥부전, 숙영낭자전, 배비장전, 치악산, 삼국지, 천자문, 명심보감 등등 갖가지 책을 벌여 놓은" 형태로 제시된다. 이러한 책전의 풍경이 시각적 이미지였다면, 성기가 처음 제시되는 장면에서는 "장고잡이가 장고를 메고 상모돌리기를 하는 판"의 정황이 포함되어 있다.[30] 성기는 이러한 상모돌리기를 넋 놓고 구경하는 인물로 최초 포착되면서 그의 마음속에 꿈틀거리는 예능(기예)에 대한 선망을 표출하고 있다.

성기가 처음 포착되는 장면 '#12. 광장'은 줄타기가 펼쳐지는 공간이기도 하다. 이 공간에서는 '어름'이라고 부르는 줄타기가 한창이다.

> # 12. 이번에는 여자 광대가 두 손에 부채를 갈라 쥐고 줄을 타기 시작한다. 장단에 맞추어 앞으로 왔다, 뒤로 물러섰다, 앉았다, 일어섰다, 자유자재로 줄 위에서 춤을 춘다.
>
> "어잇 ─, 어잇 ─."
>
> "잘 헌다 ─."
>
> "얼씨구절씨구 ─."
>
> 구경꾼들 저마다 신명이 나서 소리를 지른다.

---

29) 전경욱, 「우희(優戲)와 판소리·가면극의 관련 양상」, 《한국민속학》 34집(한국민속학회, 2001), 210~212쪽 참조: 전경욱, 『한국가면극 그 역사와 원리』(열화당, 1998) 참조.

30) 최금동·김강윤, 「역마」, 『한국 시나리오 선집』 4권, 121쪽.

넋을 잃고 보고 있는 성기.[31]

이러한 설정은 성기의 내면적 지향점을 보여 준다는 점에서, 과거 최금동의 시나리오에 삽입된 기예의 장면과는 차이를 보이고 있다. 「애련송」에서는 서양 음악 재능을 지닌 인물 위주로 음악 관련 기예를 도입하고 있고, 「에밀레종」에서는 종을 만드는 특별한 재능을 형상화하고 있지만, 이러한 기예는 볼거리에 치중한 것이 사실이다. 하지만 「역마」에서의 기예는 주인공의 내면적 지향점을 보여 주고, 그의 현재 상황을 암시하는 효과적인 장치로 격상되어 활용되고 있다. 위의 줄타기는 내용상으로는 광대의 줄타기 즉 '줄어름'을 보여 주고 있지만, 나아가서 이러한 위태로운 줄타기 같은 인생이 성기의 운명으로 제시될 것을 암시하고 있기도 하다.

재능과 기예를 통한 암시와 상징 효과는 시나리오 곳곳에 포진하고 있기 때문에, 시나리오 「역마」는 이러한 설정들을 해석하는 절차들을 다수 포함하고 있는 시나리오라고 할 수 있다. 옥화의 부친인 오동운과 모친 소향이 만나는 대목에는 오동운이 부르는 「춘향전」의 이별가 대목이 삽입되어 있다. 「춘향전」은 신분의 차이가 있는 청춘 남녀가 만나 불가능한 사랑을 하는 이야기로, 한국의 남녀노소 누구나 할 것 없이 그 내용을 알고 있는 작품이다. 「역마」에서는 이 중에서 '이별가' 대목을 골라 장면화하고 있는데, 이것은 오동운과 소향의 만남이 곧 이별로 이어질 것이라는 사실을 예고하는 효과도 아울러 거둔다. 두 사람은 첫 만남에서 서로에게 끌리는 마음을 주체할 수 없고, 그러한 오동운의 심정은 첫 만남을 이별로 연결하지 않고 어떻게 해서든 서로에게 향하는 마음을 성사시키려는 의지도 포함하게 된다.[32]

그리고 이러한 마음을 보조하는 수단으로 소향의 가야금 탄주와 동운

---

31) 위의 책, 같은 곳.
32) 김남석, 「시나리오 「역마」에 나타나는 '길'의 형상 연구」, 《한국문학이론과비평》 54집(한국문학이론과비평학회, 2012), 37~39쪽 참조.

의 통소 연주를 '합주'의 형태로 첨가하여, 두 사람의 인연을 성사시키고 있다. 음악 연주, 특히 합주는 「애련송」에서도 그 단초를 드러내고 있는데, 「역마」에 이르면 훨씬 원숙한 기량으로 그 의미와 상징성을 융합시키고 있는 것이 특색이다.

이외에도 오프닝에서 단초를 보인 육자배기는 결국 화개장터를 떠나는 성기의 입에서 읊조려지고, 가야금 연주 역시 소향에서 계연으로 이어지면서 작품 내에 떠돌게 된다. 이러한 볼거리와 들을 거리의 삽입은 최금동 시나리오의 변모 과정을 보여 주는 하나의 미학적 특색이 될 수 있다.

최금동은 데뷔작부터 시나리오 내에 예술적 재능을 지닌 이들의 기예를 삽입하고 이를 적극적으로 활용하는 데에 관심을 기울여 왔다. 하지만 데뷔작인 「애련송」에서는 이러한 구성 능력이 단초로만 드러났고, 「에밀레종」에서는 전후 맥락을 중시하지 않는 나열식 전개로 허점을 만들어 낸 것도 사실이다. 참마루가 종을 만드는 과정에서 종과 관련된 예술적 취향 혹은 작업 공정으로서의 미학적 오브제를 배치하는 일련의 작업은 서사상으로는 자연스러웠지만, 그 이후에 삽입된 신라의 고대 예능이나 해석은 다소 과장되고 또 그 의미를 제대로 담지하지 못하는 폐해를 낳은 것도 사실이었다. 무엇보다 이러한 기예와 예능이 일차적인 볼거리의 수준에서 크게 진전되지 못한 점은 분명 형식적 한계였다.

하지만 「역마」에서는 뚜렷한 변모를 보여 주고 있다. 그것은 전통적인 예능과 기예가 인물의 내면 상황이나 만남의 계기 혹은 플롯의 예고 효과까지 겨냥하고 있기 때문이다. 도입부 장터에서 벌어지는 일련의 공연 전경은 성기에게 단순한 볼거리가 아니고, 그의 내면과 운명을 보여 주는 하나의 사건이어야 했다. 그것은 오동운과 소향의 만남에서도 그러했고, 소향의 딸인 옥화와 법운의 만남('강강술래' 활용), 그리고 나아가서는 성기와 계연의 만남(가야금 삽화 활용)에서도 그러했다.

그렇다면 최금동은 일찍부터 예능의 미학적 가치와 활용에 민감한 작가였다고 규정할 수 있겠다. 그가 상업적 시나리오를 거부하고 자신만의 시나리오를 추구했다는 주장이나, 자신의 시나리오가 제대로 된 영화로 제작된 사례가 전무하다는 푸념[33] 등은 이러한 예술적 삽화를 대하는 그의 태도를 통해 그 의미가 드러난다. 최금동은 자신의 시나리오에 예능과 기예를 지닌 장면을 들여오면서, 이러한 삽화들이 보다 폭넓게 작품의 상징성과 그 의미를 확대하기를 바랐지만, 그의 영화적 목표는 실제 제작 과정에서 소기의 성과를 거두지 못한 것으로 판단된다.

그렇다면 이러한 예능과 기예에 대한 최금동의 관심은 어떻게 마무리되었을까. 「중광의 허튼소리」를 보면 이러한 의문은 다소 해결된다. 최금동은 이 시나리오에서 중광의 그림이 지니는 가치를 적극적으로 조명하는 한편, 다른 한편으로는 중광의 기행(특히 춤)을 인상적으로 포착하고자 했다.

＃3. 활활 타오르는 모닥불…… 카메라 후퇴하면 그 자화상의 화폭을 마치 '칼(형구)'를 쓴 듯 목에 걸고 봉산 탈바가지를 숟가락으로 두드려 대며 고고, 디스코, 무당춤…… 분간할 수 없는 율동으로 전신을 흔들며 모닥불 주위를 껑충껑충 돌고 있는 중광……. 카메라가 공중에서 부감으로 내려다보면 노송이 우거진 숲 속 빈터에 사물놀이 젊은 패와 중광을 중심으로 갖가지 가면을 쓴 50여 명의 남녀 대학생들이 일제히 합창이라기보다 고래고래 소리를 지른다. 노래는 METALLICA 그룹의 「KILL'EM ALL」에다 중광의 시풍, 곡은 타령조로 편곡한 것.[34]

＃108. 중광의 생가 마당

(중략) 중얼거리며 집 마당가로 걸어간다. 말뚝과 판자때기만 앙상한 돼지 우리…… 돌아서서 방문 앞으로 간다. 창살만 남은 방문. 그 문을 열어젖히는 중광의 손. 방 안을 둘러보는 중광의 눈…… 손정희도 그의 등 뒤로 다가선다. 흙뿐인 벽, 군데군데 붙어 있는 퇴색한 벽지 그리고 구멍이 뻥뻥 뚫

---

33) 『이영일의 한국 영화사를 위한 증언록』(소도, 2003), 249쪽.
34) 최금동, 『중광의 허튼소리』(커뮤니케이션북스, 2005), 9쪽.

린 천장에 아직도 중광이 어렸을 때 그려 놓은 비행기, 군인, 총, 군함, 말, 돼지, 닭, 꽃 소녀의 얼굴 등…… 그림 조각들이 희미하게 남아 있다.[35]

최금동의 마지막 시나리오「중광의 허튼소리」에도 다양한 기예와 예능이 삽입되어 있다. 하지만 오프닝에서 보여 주는 중광의 국적 불명의 춤과, 《108에서 삽입되는 중광의 어릴 적 '환'(아무렇게나 마구 그리는 그림)은 대표적인 예능의 산물이 아닌가 한다.

「중광의 허튼소리」에서 중광은 기존의 질서와 타인의 시선 그리고 사회의 관습에 얽매이지 않는 삶을 살아가는 기인으로 등장한다. 중광의 생각은 세속의 어떠한 틀도 쉽게 용약하지 않으며, 어떠한 가치에도 경도되지 않는다. 랭커스터 교수로 요약되는 권위에도 짓눌리지 않고, 자신만의 삶과 도(道) 그리고 그 부산물로서의 예능을 추구하는 인물로 설정된다.

이러한 시나리오의 취지에 비추어 볼 때, 아무렇게 추는 막춤이나 마구 그린 환 등은 고차원적인 의미와 가치를 인정받는 중광의 그림과 별 차이가 없어야 한다. 시나리오는 이를 의식한 듯, 중요한 지점에서 이러한 작품(주제)의 전언을 뒷받침하는 춤과 그림을 배치하고 있다.

최금동의 시나리오에서 예능과 기예가 구성적이거나 작가 의식적인 도구로 사용되어 작품의 의미를 풍성하게 하고 그 상징성을 북돋우는 역할을 해 온 것이 사실이었다면, 말년의 작품에서는 이러한 예능과 기예의 의의를 달리하는 변화를 추구한 셈이다. 이것은 종교적 의미에서는 '무화'라고 할 수 있는데, 이러한 전언을 받아들인다면 최금동은 형식적으로 두드러지지 않음으로써 그 의미를 더욱 심화시킬 수 있는 방법을 추구했다고 할 수 있다. 실제로「중광의 허튼소리」에서 작가 의식의 이러한 변화가 뚜렷하게 엿보이고 있다. 이러한 의식의 변화는 다수의 시나리오를 쓰면서 자신의 세계를 갈고 변화시킨 결과 얻은 일종의 창작 기법상의 오의가 아

---

35) 위의 책, 59쪽.

닌가 한다.

이처럼, 최금동의 시나리오에서 예능과 기예는 일종의 변전 과정을 거쳤다. 서양의 바이올린과 소프라노 독창은 1930년대 조선의 상황에서는 개화된 문물의 현현으로 수용될 수 있었는데, 이러한 문물은 이질적인 의미에서 당시 관객(독자)에게 신선한 충격을 주었다. 물론 당시에도 서양 음악에 대한 경도가 전혀 없었던 것이 아니고, 실제로도 각종 연주회가 개최되었지만 영화 내에서의 삽입은 색다른 볼거리가 아닐 수 없었다.

하지만 최금동은 이후 창작 과정을 통해 서양적인 예능보다는 동양적인 기예 특히 특화된 문화 예술에 대한 주력하는 인상을 남겼다. 「에밀레종」이나 「역마」는 대표적인 작품이다. 「에밀레종」의 고대의 예능을 상상적으로 살려 냈다면, 「역마」는 한국의 고전 문학과 전통 음악을 작품의 의미에 부합하도록 살려 낸 점이 특색이다. 특히 「역마」에서 '생의 구경적 형식'[36]으로서의 원작의 의미를 '예능혼(藝能魂)'의 차원에서 풀어낸 점이 탁월한 심미적 효과를 거두었다고 정리할 수 있겠다.

1930년대 「애련송」에서 예능의 도입이 작가의 의도를 생경하게 드러냈고 그 의의를 올곧게 살려 내지 못한 사례라면, 1960년대 최금동의 시나리오는 전략적이고 기능적으로 이러한 삽화들을 활용하는 노련함을 선보이고 있다. 그러다 1980년대 「중광의 허튼소리」에서는 전략과 기능보다는 해당 주제와 작가의 전언을 살리는 일종의 깨달음으로써 이러한 삽화를 사용하는 변화를 가져왔다. 삽화의 변화 방식으로만 따진다면, 충격적 효과에서 충실한 내실로 그리고 기행적 파격으로 이어졌다고 볼 수도 있을 것이다.

---

36) 백철, 「문학의 위기를 비판함」, 《경향신문》, 1948. 2. 8; 김광주 「최근의 창작계」, 《백민》 15호(1948. 7), 55쪽; 박종홍, 「'구경적 생의 형식'의 서사화 고찰」, 《국어국문학》 83권(국어국문학회, 1980), 76~78쪽.

명승고적의 수집에서 의미 있는 집중으로

「애련송」에는 조선의 유명 관광지 혹은 유적지가 다수 포함되어 있다. 오프닝 신은 '몽금포'에서 휴가를 즐기는 철민과 남숙의 장면이고, 여기에서 헤어진 두 남녀는 '평양'에서 재회한다. 두 사람이 서로 헤어진 이후에도 전국의 명승지는 시나리오에 계속 반영되는데, 가령 남숙이 필호와 신혼여행을 떠나는 '금강산' 경치나 남숙에 대한 미련을 잊기 위해서 철민이 찾은 '경주'와 '해운대'의 정경 등이 그러하다.

규정

일(一), 내용, 전 조선 저명한 승경고적을 되도록 많이 화면에 나타나게 하되 이야기의 구성을 흥미 있고 무리 없이 할 것. 승경고적에 얽힌 로맨스를 더러 솜씨 있게 끌어 엮고 또 유머러스한 장면을 가끔 재미나게 섞어 너허주헛으면 조켓다.[37]

이렇게 많은 명승고적이 작품 내에 자리 잡게 된 이유는 동아일보사가 시나리오 공모를 시행하면서 내건 조건에서 연원한다. 동아일보사는 조선 팔도의 명승고적을 담아내는 것을 창작(응모) 조건으로 삼았고, 최금동은 이 조건을 이행하기 위해 방문한 적도 없는 지역 명승과 고적을 '상상'과 '간접 학습'(주위 사람들로부터의 정보 입수)을 통해 공간적 배경으로 수용했다. 최금동 본인도 이러한 수박 겉핥기식 장소 삽입에 대해 증언한 바 있는데,[38] 훗날의 회고에서 이러한 설정(공간 구축)이 우연적 착상 내지는 임기응변식 대응이었다고 실토한 바 있다.

다시 말해서 최금동은 조선의 명승고적을 서사상의 필연적 이유나 미학적 전략에 의거하여 시나리오 내에 끌어들인 것이 아니었다. 동아일보사 측에서야 명승고적이 갖는 배경으로서의 가치를 염두에 두고 그러한

---

37) 「영화 소설 현상공모」, 《동아일보》(1936. 7. 28), 7면.
38) 『이영일의 한국 영화사를 위한 증언록』(소도, 2003), 233쪽 참조.

조건을 내걸었으며,[39] 경우에 따라서는 일제하 예술 문화 관련 활동(영화 제작 현장)에서 명승고적이 지니는 민족성 함양의 기운을 제고하기 위해서라는 명분을 끌어내고 싶었을지라도,[40] 최금동의 극작 의도 내에서는 상상 속 공간의 나열로 끝나는 아쉬움이 진하게 남았다. 그 결과 이렇게 추출된 공간이 모두 다른 공간으로 대체되어도 서사의 진행과 주제의 전달에 별다른 영향을 주지 못하는 단점을 양산하고 말았다.

다만 동아일보사가 겨냥하는 두 가지 목적은 분명해 보인다. 하나는 명승고적이 지니는 역사 문화적 배경과 그 배경 뒤에 담겨 있는 '조선적인 것'의 재발견이었다. 다른 하나는 이러한 명승고적을 통한 영화적 재미, 즉 화면의 신선함과 풍물의 반영이라는 미학적 체험의 극대화이다. 그 결과 그 명승고적의 일화를 작품의 플롯과 연결하는 사안에 대해서도 적극 장려하는 입장을 취하고 있다. 실제로 영화는 가 보지 못한 곳 혹은 겪어 보지 못한 일에 대한 간접적인 체험이고 실행인 만큼, 이러한 애초 취지는 시나리오 자체의 흥미를 부가하기 위한 조건이었다고 해야 한다.

최금동의 이러한 데뷔 체험은 「애련송」에서는 극작상으로는 성공에 이르지 못했지만, 그의 창작적 자산으로 연결되어 후대의 작품에 영향력을 끼친 것은 분명해 보인다. 1960년대 대표작이라고 여겨지는 「에밀레종」과

---

39) 식민지 조선(한반도)에서 '조선적인 것'에 대한 관심은 1920년대부터 발원하기 시작했는데, 처음에는 특정 단체나 연구 목적으로 이러한 관심이 촉발되었다. 하지만 곧 고적 답사, 명승지 보호, 종교 재평가, 위인 발굴, 관습 인정 등에 걸쳐 새로운 시각이 대두되기에 이르렀고, 이러한 활동들이 점차 조선적인 것에 대한 의미를 발견하는 일이라는 의견이 확산되었다. 다만 일정한 시간이 지난 후에는 이러한 움직임이 거꾸로 일제의 통치 수단으로 장려되는 역효과를 낳기도 했다.(이지원, 「1920~1930년대 일제의 조선 문화 지배 정책」,《역사교육》75), 역사교육연구회, 2000, 67~69면쪽 참조)

40) 명승고적 관심과 운동은 언론사에 의해 주도되는 경향이 강했다.(이경수, 「판소리의 현대적 변용 가능성에 대한 시론: '전통론'과의 관련을 중심으로」,《판소리연구》28집, 판소리학회, 2009, 21~23쪽 참조: 차승기, 「동양적인 것, 조선적인 것, 그리고《문장》」,《한국근대문학연구》(21), (한국근대문학회, 2010), 351~384쪽 참조)

「역마」는 탐승의 정취나 매혹적 공간에 대한 창작적 수용이 인상적으로 나타난 사례이다.

「에밀레종」의 종장 참마루는 부여 고란사 출신이다. 시나리오의 오프닝 시퀀스는 참마루가 고란사에서 종을 만든 이후 금아와의 육체적 관계로 파계를 고민하다가, 신라의 종을 만드는 장소로 이동하는 삽화가 펼쳐진다. 서라벌에 도착한 참마루는 내면의 번뇌에 괴로워하며 석굴암에서 불공을 드리게 된다. 이 대목의 초반에는 석굴암 내에 봉두난발의 차림새로 엎드려 있는 참마루의 모습이 미약하게 나타나지만, 빛을 발하는 석굴암의 장엄한 풍경이 현출하면서, 참마루 또한 내면의 격동을 경험하고, 자신이 해야 할 일을 스스로 깨닫게 되는 광경이 연출된다. 이때 시나리오는 이러한 불법대오의 장면을 '# 31. 굴 안' 풍경으로 포착하고 있다.

> # 31. 굴 안
> 여래의 만면에 자비의 빛이 번진다. 하늘로부터 흘러오는 현묘우아한 음률. 꿈틀거리는 참마루. 서서히 얼굴을 들어 부처님을 우러러 손을 모은다. 헝클어진 머리 아래 움푹 들어간 눈—툭 내민 광대뼈, 방송이 같은 수염. ……무릎걸음으로 부처님 앞까지 다가가자 가시처럼 앙상한 두 손을 뻗쳐 연화대를 붙들고 일어선다.[41]

참마루의 깨달음은 석굴암의 풍경, 즉 석굴암 부처의 현모하고도 자비로운 모습에 기댄 바 크다. 적어도 영화적으로 참마루의 재기(再起)는 석굴암의 의미와 상징성으로 인해 가능할 수 있었다. 사실 「애련송」에서도 실연한 철민이 삭발까지 감행하면서 찾은 공간이 경주였고, 경주에서도 석굴암과 함께 그 유명세를 드높이는 절 불국사였다. 하지만 「애련송」에서의 불국사 장면은 소기의 성과를 거두었다고 말하기 어려운데, 그 이유는

---

41) 최금동, 「에밀레종」, 『한국 시나리오 선집』 3권, 131~132쪽.

인물과 배경 사이의 상징적, 의미적 융합이 부족했기 때문이다. 바꾸어 말한다면 최금동은 「에밀레종」에 이르러, 석굴암이라는 공간을 플롯상에 정위시킬 수 있었으며, 괴로움과 깨달음의 상반된 정서를 올곧게 투영시킬 공간으로 의미 있게 정립할 수 있었다.

「역마」에서도 이러한 작법상의 발전이 감지된다. 「역마」에서 가장 주목되는 공간은 화개장터이다. 경상도와 전라도가 만나는 교통의 요지이자 문화의 접점은, 주인공들의 운명과 삶의 행적을 보여 주기에 적정한 공간으로 판단된다. 물론 화개장터를 운명의 공간으로 최초 설정하는 이는 원작자 김동리라고 할 수 있지만, 각색 과정에서 최금동(김강윤 공동)은 이러한 공간을 보다 영화적으로 꾸며내는 작업을 시행하여 그 의미를 완성시켰다고 할 수 있다.

일단 화개장터와 세 갈래로 난 길은 「역마」의 오프닝 신부터 중요하게 포착된다. '지리산 산봉'을 포착하고 '화개협'을 건너 '구례로 가는 길'을 따라 '섬진강 본류'를 보여 주고 카메라의 시선이 도착한 곳이 화개장터이며, 이후 화개장터를 기웃거리면서 그곳에 터를 잡고 살아가는 옥화 일행과 장터에서 책전을 펼치는 성기의 공간이 세부적으로 소개된다. 그리고 이야기가 전개되면서 이 삼거리로 몰려들었던/떠나갔던 인물들이 소개된다.

옥화의 아버지 오동운이 그러하고, 성기의 아버지 법운이 그러하다. 법운의 친부였던 혜초 스님도 이 길을 따라 왔으며, 결정적으로 성기의 운명을 바꿔 놓은 계연 역시 이 길을 따라 왔다가 결국에는 떠나갔다.

명승고적이라고까지는 할 수 없지만, 화개장터와 그 삼거리는 시대와 풍물 그리고 인생과 운명이 교차하는 지점이라고 할 때, 작품에서 갖는 중요성은 매우 크다. 다시 말해 이러한 운명의 교차점을 영화적으로 확보하고, 이를 서사의 기반으로 삼을 수 있다면, 공간이 간직한 힘을 플롯 내에 중대하게 투영시킬 수 있었을 것이다. 사실 「역마」는 이러한 삼거리가 지니는 각각의 의미를 분리해서 적용할 정도로 이 길에 대해 세심한 관심을 기울인 작품이라고 할 수 있다.

들어오는 자의 운명과 떠나는 자의 운명 그리고 앞선 이들의 길을 다시 갈 수 없는 이의 제삼의 선택이 어우러진다는 점에서 삼거리는 중요한 명승고적에 뒤지지 않는 공간 탐색의 결과에 해당한다. 그만큼 이 작품에 이르러서 영화적 공간에 대한 최금동의 이해가 심화되었으며, 이를 통해 영화적 서사를 굳건하게 살리는 자신만의 노하우를 터득했다고 볼 수 있다.

　이러한 공간에 대한 탐색은 「중광의 허튼소리」에서는 화려한 이동과 탐색을 거부하는 몸짓으로 나타난다. 중광의 어지러운 처소, 도시의 뒷골목, 주정과 야단이 난무하는 포장마차(길거리), 섹스나 밀담이 행해지는 밀실 등을 대상으로 하고 있으며, 공간이 주는 특혜보다는 그 공간에서 자유 의지를 발하는 이들의 내면을 보여 주는 데에 주력하는 인상이다. 공간을 이용하되, 그 공간에 얽매이지 않는다고 해야 하는데, 이러한 기법은 작품의 주제와 연결되어 무리 없는 미학적 전략으로 작용하게 된다.

　그중에서도 주목되는 공간은 중광이 손정희와 함께 떠나는 '제주도'이다. 제주도는 이 시나리오의 다른 공간들과는 달리 명승의 반열에 오를 수 있는 공간이다. 물론 제주도의 허름한 집(허물어져 가는 고가)을 방문하는 삽화가 주를 이루고 있지만, 이로 인해 제주도의 집과 중광의 어린 시절 그리고 고통과 탈출의 연대기가 살아날 수 있다는 점에서 (과거 회상과 회고를 통해) 이 공간은 예외적인 의미에서의 안온함을 지닌 공간으로 설정되었다고 할 수 있다. 중광의 말대로, 이 집 바깥은 지옥이고, 속세라는 점에서 제주도의 낡은 집은 심적 이상향이자 심저의 은거지였다고도 할 수 있다.

　명승고적에 대한 탐구는 최금동의 시나리오에서 일생에 걸쳐 지속되었다. 최초에는 외부적 조건에 의한 불가피한 선택이었지만, 점차 해당 공간을 작품 내에 수용하고 이를 활용할 수 있는 방안에 대해 면밀하게 탐구한 것으로 보인다. 「역마」의 화개장터와 삼거리는 그 정점에 이른 공간으로, 작품 내의 플롯과 인물의 향방을 가르고 또 예고하는 역할을 한다는 점에서 중요한 '발견'이었다고 할 수 있다. 「중광의 허튼소리」에서도 비록 퇴화되었지만 이러한 공간에 대한 인식이 강도 높게 적용되었으며, '무화'라는 또 다른 목표에 의해 정리된 흔적이 나타나고 있다.

3 최금동의 시나리오의 변모와 그 성패 ─ 결론을 겸하여

최금동이 영화 소설 「환무곡」을 응모하여 선정되고 이 작품이 《동아일보》에 「애련송」으로 연재되는 1936년 전후 시점은 한국의 시나리오 형식이 현재의 형식으로 정착되고 있을 무렵이었다. 그러한 측면에서 최금동의 영화 소설 「환무곡」은 시나리오 형식의 정리와 정착에서 주요한 역할을 매개한 작품이다. 더구나 최금동의 시나리오 작업에는 여러 다른 주체들이 개입된다. 가령 연재 당시 신문 지면에 스틸 컷을 보강하여 영화 소설이라는 신 장르를 선보이는 극예술연구회 영화부가 그러하고, 스틸 컷과 시나리오 내용을 전체적으로 구성한 김유영이 그러하며, 실제로 시나리오(촬영 대본)로 각색한 이효석이 또한 그러하다. 공모 → 선정 → 연재 → 제작(촬영) 과정에 암묵적인 지휘자이자 조율자로 참여했던 서항석(당시 《동아일보》 학예부장이자 영화 제작자)이 그러하며, 작품의 제작 촬영 과정에서 적극적으로 개입한 극연 멤버들과 각계 명사들도 그러한 주체가 될 수 있다.

이러한 복잡한 변화와 제작 과정을 거치면서, 비단 최금동의 작품이 한 편의 각색(윤색) 시나리오나 영화로 변모했을 뿐만 아니라, 시나리오의 형식적 안정을 모색하고 있었던 당대 영화계의 시각을 변모시키기도 했다. 이러한 측면에서 최금동의 최초 시나리오 작품은 1930년대 다양한 시도와 형식적 안착을 경주했던 조선 영화계의 여러 모색을 함축적으로 담고 있는 주요 관찰 대상이 아닐 수 없다. 이러한 작품을 세상에 내놓았다는 점에서 최금동의 데뷔와 등장은 남다른 의미를 지닌다. 세간의 평가대로 최금동은 조선 시나리오의 개척자 중 한 사람임에 틀림없다.

이후 최금동은 다양한 작품 세계를 선보였지만 1960년대 들어서면서 보여 준 두 편의 대표작은 유독 두드러진 성취를 보인다. 특히 1967년 「역마」는 문예 영화 시나리오로서의 높은 수준을 담지하고 있다. 문예 영화의 제작은 1960년대부터 붐을 이루면서 활성화되었고, 이로 인해 시나리오의 각색 기술 또한 진일보하기에 이르렀다. 「역마」는 그러한 진일보를 직접 확인시키는 작품인데, 그 특징은 최금동의 작품 이력과 관련지어 네 가지로 요약될 수 있다.

첫째, 「역마」는 플롯의 지선을 함축하는 방식을 고안했는데, 그 방식은 회상 즉 과거 사건의 장면화와 관련이 깊다. 최금동은 인물들의 다양한 삶과 운명 그리고 내면을 작품 내에 반영하기 위해서 주도적 플롯에 보충적 지선을 설치할 필요가 있었고 이를 회상을 통해 현재의 서사에 접목하는 시도를 펼쳤다.

둘째, 「역마」는 남녀 간의 연애와 이에 따른 관능미를 중시하는 기존의 창작 성향을 이어받으면서도, 관능미의 구현에서 다양한 변주를 도입하는 변화를 가미한 경우이다. 「애련송」이나 「에밀레종」에서 육체의 욕망은 격정적인 만남의 방식으로 수행되었지만, 「역마」에서는 이러한 격정의 방식은 단일하게 나타나지 않았다. 인물들이 만나는 방식도 기존의 두 연인의 은밀한 만남과 유혹이라는 설정에서 벗어나 중인들 사이에서의 인상적인 '눈맞춤'이라거나 제삼자의 응원을 받은 고백 등으로 변주되었다. 가장 주목받는 관능미는 성기와 계연의 인물 관계에서 오히려 지연되어 차단되는 의외의 효과를 추구하기도 했다. 그러니까 오동운과 소향은 중인들 사이에서 상대를 알아보고, 옥화는 소향의 조언을 받아 법운을 따라갔으며, 성기와 계연은 몇 번의 격정적인 충동에 도달하지만 결국에는 육체의 합일 없이 헤어지는 운명을 맞이한다. 더구나 이러한 다양한 만남의 방식에 예능이 결부되어 결합의 품격 역시 격상되었다.

한편, 이러한 변주와 변모 양상은 관능미를 도리어 고조시키고 그 의의를 강화하는 미학적 효과를 동반한다. 남녀의 연애는 성애의 쾌락을 부르고, 이러한 연애와 성애의 문제는 영화에서 주요한 볼거리를 이루는 것이 사실이다. 최금동도 이러한 측면에서 일찍부터 낭만적 로맨스를 즐겨 사용했던 작가인데, 그 방식과 의미를 변화시키려는 모색은 단순한 볼거리에서 벗어나 인물의 성격을 보강하는 의미를 지닌다고 하겠다.

셋째, 인물들의 만남에서도 언급했듯, 최금동은 시나리오 내에 예술적 기예와 각종 예능을 취택하여 삽입하는 데에 일찍부터 주력한 바 있다. 「애련송」의 서양 음악으로부터 시작하여, 「에밀레종」의 각종 풍습과 전승 놀이 등이 그러하며, 종을 만드는 과정과 공방 풍경 역시 주요한 볼거리로 삽입되었다. 이러한 예능과 기예는 영화에서 필요한 오브제를 제공하는 이유를 마련하며, 경우에 따라서는 인물과 사건의 전개를 보조하는 역할도 수행한다.

「역마」에서는 음악과 연희가 이러한 역할을 맡는다. 오동운의 「춘향가」, 소향의 합주, 옥화의 강강술래, 계연의 가야금, 성기의 육자배기 등이 그러하다. 주로 청각적 요소를 근간으로 하는 이러한 예능은 그 자체로 볼거리이기도 하지만, 이러한 예능이 지니는 의미의 확산과 심화(만남의 계기, 내면의 표출, 화면의 구도)로 인해 주목되지 않을 수 없다.

이전까지의 예능과 기예가 다소 표면적인 설정으로 그친 측면이 있다면, 「역마」에서는 이러한 설정이 심화되기에 이르렀다고 해야 한다. 최금동의 마지막 작품 「중광의 허튼소리」는 이러한 예능인을 전면적으로 다룬 시나리오이고, 구성상 그의 그림과 춤을 잔뜩 옮겨 오는 형태였지만, 거꾸로 이러한 예능과 기예가 종교적 무화(세속의 가치로부터의 이탈)의 길을 보여 주기 위한 징표로 사용되는 역 현상을 낳기도 한다.

넷째, 공간의 포착과 명승고적의 활용에서 「역마」는 기존 작품들에서 쌓은 노하우를 집중하고, 확대와 오용을 절제한 경우이다. 최금동은 데뷔부터 명승고적의 삽입이라는 부차적 압력을 경험한 바 있었다. 이것은 넓은 의미에서 공간의 활용에 대한 내발적 창작 능력을 확대시키는 이유가 되었다. 비록 최초에는 명승고적 즉 작품의 무대가 될 공간을 선택하여 나열하는 수준에 머물렀고, 그 공간이 주는 의미와 이미지를 작품 내에 구현하는 데에 한계를 노정했다고 해야 한다. 하지만 1960년대 「에밀레종」을 창작하면서 공간의 아우라를 인물과 사건에 결부시키는 방안을 모색하기 시작했으며, 그 결과 석굴암에서의 명상이라는 인상 깊은 '공간-인물' 융합 사례를 창출했다.

나아가 「역마」에서는 굳이 명승고적을 강조하지 않으면서도, 화개장터와 옥화의 주막 그리고 그 옆으로 난 세 갈래 길의 의미를 풍성하게 구성할 수 있었다. 화개장터의 세 갈래 길은 주인공의 운명과 선택을 압축한 생의 지도이며 운명의 공유지였다. 그곳으로 인연과 과거가 들어왔고, 연인과 현재가 떠나갔으며, 그곳에서 여인들은 헤어짐을 감수해야 했고, 남성들은 미래를 기약할 수 없는 곳으로 떠돌아다녀야 하는 운명을 수용해야 했다.

화개가 지닌 지리적 중요성은 그 길을 지나는 이들의 삶과 운명의 결절점이 되기에 영화적으로 손색이 없었다. 물론 이러한 공간감은 명승고적의 압력으로부터 그 유래를 찾을 수 있으며, 그로 인해 촉발된 공간에 대한 민감한 자의식이 최고조로 발현된 사례로 볼 수 있겠다.

시나리오 「역마」를 기점으로 최금동의 작품(창작) 세계는 정점에 도달한 것으로 보인다. 플롯의 구축 방식, 관능미의 변주와 지연 효과, 예능 삽화의 풍성한 도입과 이미지 강화, 장소의 활용과 상징화의 측면에서 탁월한 미학적 성과를 거두고 있는 것이 그 징표이다. 이로 인해 「역마」는 최금동 시나리오 세계에서도 주요한 성취를 이룰 수 있었고, 1960년대 문예영화의 시나리오 중에서도 주요 작품이 될 수 있었다.

최금동의 영화 소설 「환무곡」에서 윤색 시나리오 「애련송」 그리고 이 글에서는 다루지 않았지만 매일신보사 연재 영화 소설 등을 통해 습작기와 견습기를 보냈다면, 1960년대 들어서면서 장인 정신과 작가 의식을 갖춘 성숙기를 보냈고, 1980년대는 기법적으로 파격과 무화의 경지에 도전하는 원숙기를 맞이했다. 이러한 측면에서 최금동의 시나리오는 1960년대까지 지속적인 실험과 도전을 포기하지 않았으며, 1980년대까지 계속되는 창작과 구상을 통해 지속과 계승이라는 중대한 의의를 담보할 수 있었다고 정리할 수 있겠다.

참고 문헌

1 기본 자료

『이영일의 한국영화사를 위한 증언록』, 소도, 2003

최금동 원작, 이효석 윤색, 「애련송」, 『한국 시나리오 선집』 1권, 집문당, 1982

최금동, 「에밀레종」, 『한국 시나리오 선집』 3권, 집문당, 1990

최금동, 「영화소설(해빙기)」, 《매일신보》, 1938. 5. 7, 8쪽

최금동, 「향수」, 《매일신보》, 1939. 9. 19, 2쪽

최금동, 『중광의 허튼소리』, 커뮤니케이션북스, 2005

최금동·김강윤, 「역마」, 『한국 시나리오 선집』 4권, 집문당, 1990

2 논문과 단행본

「본사 당선 영화 소설 「애련송」 촬영 개시」, 《동아일보》, 1937. 10. 29, 5쪽

「영화소설 현상공모」, 《동아일보》, 1936. 7. 28, 7쪽

「영화소설 현상공모」, 《동아일보》, 1936. 8. 21, 7쪽

「현상 당선 영화 소설 「애련송」('환무곡' 개제(改題)」, 《동아일보》, 1937. 10. 3, 4쪽

김남석, 「1930년대 시나리오의 형식적 특성과 변모 과정 연구」, 《현대문학이론연구》 44집, 현대문학이론학회, 2011

김남석, 「1960~1970년대 문예영화 시나리오의 형식 미학 연구」, 고려대 박사학위 논문, 2003

김남석, 「시나리오 「역마」에 나타나는 '길'의 형상 연구」, 《한국문학이론과비평》 54집, 한국문학이론과비평학회, 2012, 27~48쪽

김용수, 『영화에서의 몽타주 이론』, 열화당, 1996, 161쪽

김학주, 「향악잡영과 당희와의 비교고석」, 《아세아연구》 7권 2호, 고려대 아세 아문제연구소, 1964, 134~141쪽

로버트 맥기, 고영범·이승민 옮김, 『시나리오 어떻게 쓸 것인가』, 황금가지, 2002, 72~83쪽

박종홍, 「'구경적 생의 형식'의 서사화 고찰」, 《국어국문학》(83권), 국어국문학 회, 1980, 76~78쪽

백철, 「문학의 위기를 비판함」, 《경향신문》, 1948년 2월 8일; 김광주 「최근의 창작계」, 《백민》(15호), 1948. 7, 55쪽

스테판 샤프(Sharff, Stefan), 이용관 옮김, 『영화 구조의 미학(The Elements of Cinema)』, 울력, 2008

에드워드 홀, 최효선 옮김, 『문화를 넘어서』, 한길사, 2013

오영미, 「최금동 시나리오 연구」, 《드라마연구》 35집, 한국드라마학회, 2011, 271~303쪽

윤광봉, 「향악잡영 오수론(五首論)」, 《동악어문학》 14집, 동악어문학회, 1981, 39~64쪽

윤영옥, 「신라의 속(俗)과 시가(詩歌)」, 『신라문화제 학술 발표 논문집』 4, 동 국대 신라문화연구소, 1938, 178~182쪽

이경수, 「판소리의 현대적 변용 가능성에 대한 시론: '전통론'과의 관련을 중 심으로」, 《판소리연구》 28집, 판소리학회, 2009, 21~23쪽

이지원, 「1920~1930년대 일제의 조선문화 지배 정책」, 《역사교육》 75집, 역사 교육연구회, 2000, 67~69쪽

전경욱, 「우희(優戲)와 판소리·가면극의 관련 양상」, 《한국민속학》 34집, 한 국민속학회, 2001, 210~212쪽

전경욱, 『한국 가면극 그 역사와 원리』, 열화당, 1998

차승기, 「동양적인 것, 조선적인 것, 그리고 《문장》」, 《한국근대문학연구》 21, 한국근대문학회, 2010, 351~384쪽

폴커 클로츠, 송윤엽 옮김, 『현대희곡론 ── 개방 희곡과 폐쇄 희곡』, 탑, 1981,
　173~183쪽

한국영화데이터베이스(http://www.kmdb.or.kr/)

제8주제에 관한 토론문

정민아 | 한신대 겸임교수, 영화평론가

최금동은 1936년에 오리지널 시나리오 「환무곡」이 《동아일보》에 당선된 이래로 50년간 100여 편의 시나리오를 쓴, 한국 최초의 본격 시나리오 작가다. 그가 쓴 시나리오 중 영화화된 작품은 50여 편이며, 주로 활동한 시기는 한국 영화가 황금기를 구가하던 1960년대다. 최금동은 「삼일독립운동」, 「아 백범 김구 선생」, 「상해 임시정부와 김구 선생」, 「동학란」, 「성웅 이순신」, 「의사 안중근」, 「유관순」 등 역사적 탐구와 인물사적 접근으로 민족혼을 담은 시나리오를 쓴 작가로 알려져 있다.

한 해 200편 이상의 영화가 만들어지던 1960년대에 그는 작품 의뢰를 받아 주문 생산을 하는 대신, 스스로 주제와 소재를 찾아 몇 년씩이나 그것에 몰두했다고 한다. 대표적으로 「동학란」은 12년, 「팔만대장경」은 17년, 「성웅 이순신」은 20년 동안 고쳐 쓴 작품이라고 하니, 대량 생산 시기의 1960년대 영화 산업 상황에서 매우 이례적으로 치열한 작가 정신을 펼친 이로 보인다.

본 논문은 최금동의 대표작 4편의 공통된 미학적 특징을 통해 최금동의 시나리오 세계를 살펴보고 있다. 1939년에 김유영 감독이 연출하고, 작가 이효석이 각색을 맡은 「애련송」과 1961년 홍성기 감독이 연출한 「에밀레종」은 최금동의 오리지널 시나리오다. 반면 1967년 김강윤 감독이 연출한 「역마」는 김동리 소설이 원작이며, 1986년 김수용 감독이 연출한 「중광의 허튼소리」는 중광의 선시가 원작으로 최금동이 각색한 작품이다. 「애련송」, 「에밀레종」, 「역마」는 현재 필름이 유실되어 남아 있지 않으며, 「중광의 허튼소리」는 제작 당시 심의 과정에서 10여 군데가 삭제되어 한국 영화사에서 검열로 인해 작품이 훼손된 대표적인 영화로 꼽힌다. 공교롭게도 본고의 분석 대상인 4편의 최금동의 대표작을 온전한 영화로 감상하기는 어렵다.

본고는 최금동 시나리오의 미학적 특징으로 첫째, 회상의 플롯, 둘째, 관능미, 셋째, 예능의 삽입, 넷째, 명승고적 배경을 꼽는다. 각각의 특징에 대해 다음과 같이 질문을 드리고자 한다.

「애련송」과 「에밀레종」이 과거를 설명하기 위해 회상 장면을 삽입하는 단순한 플롯 구성을 가지고 있는 반면, 「역마」는 과거와 현재를 연결하는 매개체가 되는 사물을 활용하고, 사운드가 시점 이동의 가교 역할을 하는 입체적인 플롯 진행 방식을 가지고 있다고 쓰고 있다. 또한 「중광의 허튼소리」는 설명적 방식을 지양하고 관객이 유추하게 하는 연상 작용의 몽타주 기법으로서 회상 장면을 활용한다고 쓰셨다. 1967년 작인 「역마」는 유럽 모더니즘 영화의 영향과 한국 문예 영화의 예술적 질의 향상과 관련이 있을 것이며, 1986년 작인 「중광의 허튼소리」는 임권택 감독의 「만다라」(1981)를 의식한 작품이 아닌가 한다. 최금동이 회상 플롯을 보다 입체적이고 깊이 있게 활용하는 스타일 변화의 외부적 요인에 대한 보충 설명을 듣고 싶다.

첫째, 「애련송」과 「에밀레종」의 남자의 고뇌와 도피, 그리고 여자의 다가옴과 수락으로 이어지는 성애 묘사, 「역마」의 원작과 달라진 성관계의 지연, 「중광의 허튼소리」의 거침없는 성애 장면은 각기 남녀 캐릭터를 설명하기 위한 장치로 활용된 것일 텐데, 작가가 가지고 있는 성별 관념 및 섹슈얼리티 관념에 대해 설명을 부탁드린다.

둘째, 예능의 삽입에 있어 「애련송」의 서양 음악, 「에밀레종」의 한국 전통 공예와 공연 예술, 「역마」의 전통 음악과 연희, 「중광의 허튼소리」의 예능인 주인공 등 예술을 작품에 접목하는 것은 작가의 의식적인 자기 반영의 산물로 보인다. 초기작을 제외한 작품에서 보이는 한국적 연희에 대한 특별한 관심이 작가의 예술가적 자의식과 어떤 관계를 맺고 있는지 궁금하다.

셋째, 명승고적 배경에 대해, 1936년 작인 「애련송」이 당시 일제의 '반도의 지방화' 전략의 하나로 '조선적인 것'에 대한 의식적 탐구로서 조선 명승고적을 배경으로 한 작품을 주문받아 쓴 것이었다면, 이후의 작품들에서 나타나는 지역적 배경은 캐릭터 은유 및 사건 은유와 관련을 맺는다. 영상적 이해의 발전으로서 나타나는 공간의 적극적 활용에 있어 지역적 배경에 특히 관심을 두는 작가의 세계관에 대해 질문하고자 한다.

넷째, 1960년대 장인 정신과 1980년대 파격적 실험 사이에 존재하는 최금동 작가의 스타일 선회 이유가 무엇인지 궁금하다.

최금동 생애 연보*

1916년	7월 3일, 전남 함평(대동면 상교리)에서 출생.
1924년	신지보통학교 입학.
1932년	완도에서 성장하며 완도보통학교 졸업.
1935년	1월, 《동아일보》 신춘문예에 「누나」로 응모했으나 낙선.(신문에 제목만 소개)
1935년	4월, 중앙불교전문학교 입학.
1936년	5월 16일, DK라디오 현상 공모에 「종소래」로 당선.
1937년	8월, 《동아일보》 영화 소설 현상 공모에 「환무곡」 당선.
1938년	3월, 중앙불교전문학교 문과 졸업.
1938년	《매일신보》 기자로 입사.
1945~1947년	서울신문 사회부장 역임.
1947~1949년	독립신문 편집국장 역임.
1949~1951년	한성일보 편집부국장 역임.
195년~1957년	전남대학교 출판국장 역임.
1965~1971년	한국시나리오작가협회 회장 역임.
1981년	시나리오 전집 『쇠사슬을 끊을 때까지』와 『건너지 못하는 강』을 발간.

---

* 《동아일보》,《매일신보》,《경향신문》의 신문 기사와 광고: 한국영화 데이터베이스
(http://www.kmdb.or.kr/); 『이영일의 한국 영화사를 위한 증언록』(소도, 2003),
209~201쪽: 오영미,「최금동 시나리오 연구」,《드라마연구》35집(한국드라마학회,
2011), 297~299쪽을 참고하여 이 연보를 구성했음.

1982년	영화진흥공사 발간 『시나리오 선집』에 「애련송」 선정.
1987년	5월, 「중광의 허튼소리」로 영화평론가협회 각본상 수상.
1988년	영협 시나리오 분과위원장 선임.
1990~1995년	대한민국 예술원 회원.
1991년	7월, 예술원상 수상.
1992년	12월, 예술문화상 수상.
1993년	스크린쿼터 사수 대책위 위원장.
1995년	6월 5일, 타계.
2005년	시나리오 『애련송』, 『에밀레종』, 『역마』, 『중광의 허튼소리』 (커뮤니케이션북스) 출간.

최금동 작품 연보

창작 연도(개봉일)	분류	제목	감독	제작사
1939. 9. 10	영화 소설	환무곡(애련송)[1]	김유영	극예술연구회 영화부
1938. 5. 7~	영화 소설	해빙기[2]		
1939. 9. 19~	영화 소설	향수[3]		
1947	시나리오	봉화		
1947	시나리오	노도		
1947	시나리오	영광은 우리에게		
1947. 6. 28	시나리오	새로운 맹서 (새로운 전설)	신경균	청구영화사
1957. 4. 20	시나리오	산유화	이용민	아세아영화사
1959. 1	시나리오 (각색)	청춘극장 (원작 김내성)	홍성기	자유영화사
1959. 2. 18	시나리오	오! 내 고향	김소동	김프로덕션
1959. 2. 18	시나리오	고개를 넘으면	이용민	대동영화사
1959. 5. 7	시나리오	가는 봄 오는 봄	권영순	오향영화
1959. 8	시나리오	비극은 없다	홍성기	선민영화사

1) 1936년《동아일보》시나리오 현상공모 당선작. 1937년 10월 5일부터《동아일보》연재.
2) 1938년 5월 7일부터《매일신보》연재.
3) 1939년 9월 19일부터《매일신보》연재.

창작 연도(개봉일)	분류	제목	감독	제작사
	(각색)			
1959. 10	시나리오	이름 없는 별들	김강윤	아세아 영화사
1959. 11. 25	시나리오	3·1 독립운동	전창근	한영영화사
1960. 1. 28	시나리오	흙	권영순	중앙문화영화사
1960. 6. 15	시나리오	길은 멀어도	홍성기	선민영화사
1960. 12. 17	시나리오	표류도	권영순	중앙문화영화사,
	(각색)			권프로덕션
1960. 12. 31	시나리오	아아 백범	전창근	중앙문화영화사
		김구 선생		
1961	시나리오	8·15 전야	안현철	동보영화사
1961. 3. 8	시나리오	한국의 비극	이용민	한국영화합동
1961. 9. 24	시나리오	에밀레종	홍성기	국제영화공사
1962. 2	시나리오	원효대사	장일호	동보영화사
	(각색)			
1962. 3	시나리오	대장화홍련전	정창화	화성영화사
1962. 6	시나리오	동학난	최훈	동보영화사
1962. 9	시나리오	화랑도	장일호	고종영화사
1963. 8	시나리오	대평원	정창화	동성영화사
1963. 8	시나리오	건너지 못하는 강	조긍하	이화영화사
1963. 9	시나리오	정복자	권영순	동아영화사
1964. 7	시나리오	안시성의 꽃송이	이규웅	한국영화주식회사
1964. 9	시나리오	님은 가시고	양명식	신필림
		노래만 남어		
1965. 4. 24	시나리오	푸른 별 아래	유현목	세기상사주식회사
		잠들게 하라		

창작 연도(개봉일)	분류	제목	감독	제작사
1965. 5. 14	시나리오	노을진 들녘	김성화	세기상사
1965. 6. 24	시나리오	태조 이성계	최인현	합동영화 주식회사
1965. 9. 24	시나리오	하늘을 보고 땅을 보고	이봉래	스타필림주식회사
1967. 5	시나리오	흙	장일호	한국예술영화 주식회사
1967. 6	시나리오	다정불심	신상옥	신필림
1967. 7. 20	시나리오 (각색)	역마	김강윤	㈜합동영화
1967. 8	시나리오	산	신상옥	신필림
1967. 9	시나리오	돌무지	정창화	대양영화사
1967. 11	시나리오	그리움은 가슴마다	장일호	한국예술영화사
1967. 12. 24	시나리오	콩쥐팥쥐	조긍하	대양영화사
1968. 3	시나리오	전설 따라 삼천리	장일호	한국예술영화 주식회사
1968. 7	시나리오	에밀레종	권영순	제일영화사
1969. 9	시나리오	상해 임시정부	조긍하	대양영화사
1970	시나리오	젊은 아들의 마지막 노래	조긍하	아성영화사
1970. 12	시나리오	팔도며느리	심우섭	㈜삼영필림
1971. 10. 3	시나리오	성웅 이순신	이규웅	연방영화
1972. 2. 16	시나리오	의사 안중근	주동진	연방영화
1973	시나리오	팔만대장경	최하원	동아흥업주식회사
1973. 7. 12	시나리오	비원	권영순	뉴코리아필림

창작 연도(개봉일)	분류	제목	감독	제작사
1973. 8. 1	시나리오	축배	고영남	뉴코리아 필림
1974. 4. 5	시나리오	유관순	김기덕	합동영화
1975. 7. 5	시나리오	극락조	김수용	대영흥행
1978. 4. 6	시나리오	무상	이성구	연방영화사
1982	시나리오	영산강		
연대 미상	시나리오	어머니의 세월	권영순	한국예술영화 주식회사
연대 미상	시나리오	한국환상곡		아성필림
1986. 10. 9	시나리오	중광의 허튼소리	김수용	화풍흥업주식회사

작성자 김남석 부경대 교수

해방과 분단, 경계의 재구성

탄생 100주년 문학인 기념문학제 논문집 2016

1판 1쇄 찍음 2016년 12월 10일
1판 1쇄 펴냄 2016년 12월 20일

지은이 임규찬 · 박수연 외
펴낸이 박근섭, 박상준
펴낸곳 (주)민음사

출판등록 1966. 5. 19.(제16-490호)
주소 서울특별시 강남구 도산대로 1길 62(신사동)
        강남출판문화센터 5층(우편번호 06027)
대표전화 515-2000, 팩시밀리 515-2007

www.minumsa.com
www.daesan.org

ⓒ재단법인대산문화재단, 2016. Printed in Seoul, Korea.

이 논문집은 대산문화재단과 한국작가회의가 기획, 개최한
'탄생 100주년 문학인 기념문학제'의 일환으로 제작되었습니다.

ISBN 978-89-374-3384-9 03800